Arena-Taschenbuch

Band 50968

Weitere Bücher von Rainer M. Schröder im Arena-Taschenbuch:

Tage der Finsternis (Band 50811)
Die Judaspapiere (Band 50477)
Das Geheimnis des Kartenmachers (Band 50664)
Die Lagune der Galeeren (Band 50272)
Das unsichtbare Siegel (Band 2240)
Das geheime Wissen des Alchimisten (Band 50186)
Felix Faber – Übers Meer und durch die Wildnis (Band 2121)
Das Geheimnis der weißen Mönche (Band 2150)
Insel der Gefahren (Band 2499)
Land des Feuers, Land der Sehnsucht (Band 2244)
Jäger des weißen Goldes (Band 2895)
Tiefe Sehnsucht, weites Land (Band 2890)
Die wundersame Weltreise des Jonathan Blum (Band 50270)
Tage der Finsternis (Band 50811)

Die Bruderschaft vom Heiligen Gral
Der Fall von Akkon (Band 50742)
Das Amulett der Wüstenkrieger (Band 50082)
Das Labyrinth der Schwarzen Abtei (Band 50083)

Die Medici-Chroniken
Hüter der Macht (Band 50618)
Der Pate von Florenz (Band 50619)
Das Erbe des Clans (Band 50620)

Rainer M. Schröder,

Jahrgang 1951, lebt nach vielseitigen Studien und Tätigkeiten in mehreren Berufen seit 1977 als freischaffender Schriftsteller in Deutschland und Amerika. Seine großen Reisen haben ihn in viele Teile der Welt geführt. Rainer M. Schröder ist einer der erfolgreichsten deutschen Autoren historischer Romane. Sein Werk wurde vielfach ausgezeichnet – unter anderem im Oktober 2005 mit dem »Buxtehuder Bullen«.

Rainer M. Schröder

Das Vermächtnis des alten Pilgers

Roman

Arena

Dedicated to our dearest friends
Barbara and Merrill Climo
who bless our lives
with their precious friendship.

FSC
www.fsc.org
MIX
Papier aus verantwortungsvollen Quellen
FSC® C110508

1. Auflage als Arena-Taschenbuch 2017

Coverillustration: Jonas Hassibi
Covertypografie: Juliane Hergt
Umschlagtypografie: Milena Schlosser
Gesamtherstellung: Westermann Druck Zwickau GmbH
ISSN 0518-4002
ISBN 978-3-401-50968-6

Besuche uns unter:
www.arena-verlag.de
www.twitter.com/arenaverlag
www.facebook.com/arenaverlagfans

»Wir müssen gehen,
wir müssen suchen.
Aber das Letzte
und Eigentliche
kommt uns entgegen,
sucht uns,
freilich nur,
wenn wir
ihm entgegengehen.«

Karl Rahner

Erstes Kapitel

Die Schatten im »Allmendewald«* wurden länger und dunkler. Ein kühler Windhauch fiel unter dem Geraune des herbstlichen Laubes aus den Baumkronen herab. Wie ein unsichtbarer Geisterfinger strich er Marius über die nackten Arme und ließ ihn frösteln. Zugleich mit dem Windhauch war plötzlich auch die Angst da.

Marius hielt im Graben inne. Sein Herz schlug ihm im Hals und er bereute seine Leichtfertigkeit, sich nicht mit fünf Nesselblättern bewehrt zu haben, bevor er ganz allein in den Hochwald gestiegen war. Wie hatte er bloß diese Vorsichtsmaßnahme vergessen können! Denn wer fünf Nesselblätter in der Hand hielt, den befiel bekanntlich keine Furcht, sondern der behielt auch in gefährlicher Lage kühlen Verstand. Und sein Vorhaben, eine Alraune aus dem Waldboden zu graben, war ein überaus gefährliches Unterfangen, bedeutete es doch, sich dunklen und unberechenbaren Mächten auszusetzen, die Verderben über einen bringen konnten. Nicht von ungefähr ähnelte der Wurzelstock der Alraune einem kleinen Menschen, der mit dem Kopf nach unten in der Erde steckte – und der nur darauf wartete, aus seinem unterirdischen Gefängnis befreit zu werden und seine magischen Kräfte zu entfalten.

Auch Hinkebein, der alte räudige Hund, der seit Jahren das linke Hinterbein nachzog und den er am Strick in den Wald mitgenommen hatte, schien sich in seiner Haut nicht

* Mit einem Sternchen gekennzeichnete Wörter sind am Ende des Buches kurz erklärt.

wohlzufühlen. Er zerrte am Strick, scharrte unruhig im Laub und kläffte auf eine gedämpfte heisere Art, als traute er sich nicht, an diesem Ort seinen Ärger ungezügelt hinauszubellen. Ob er wohl ahnte, was ihm drohte?

Marius rang kurz mit sich selbst, ob er all seinen Mut zusammennehmen und weitermachen oder das gefährliche Vorhaben besser aufgeben und ins Dorf zurückkehren sollte. Es wusste ja niemand von der Sache, sodass ihn auch keiner der Feigheit bezichtigen konnte, wenn er mit leeren Händen aus dem Allmendewald zurückkam. Er brauchte bloß aufzustehen, Hinkebein loszubinden und sich rasch von diesem Ort zu entfernen – und die unberechenbaren Mächte, die noch ungestört vor ihm in der schweren Erde schlummerten, konnten ihm nicht gefährlich werden.

Die Verlockung, sich in den Besitz dieser Alraune zu bringen, erwies sich jedoch als stärker. Rotrud, die eulengesichtige Tochter der alten Seherin, hatte Wissen von verborgenen Dingen und geheimnisvollen Vorgängen, die sich den Sinnen eines gewöhnlichen Menschen nicht offenbarten. Und Rotrud würde ihn gut entlohnen, wenn er ihr die Menschenwurzel brachte. Einen ordentlichen Napf voll Fett und einen breiten Streifen Speck brachte ihm die Alraune ganz sicher ein, vielleicht sogar noch mehr, und diese Kostbarkeiten konnte er dann im Dorf oder in der Burg gegen etwas anderes eintauschen. Möglicherweise reichte die Belohnung der Seherin sogar, um Notger den Schmied endlich dazu zu bringen, ihm das solide Messer anzufertigen, das er sich schon seit Jahren wünschte.

»Ich muss es einfach wagen! Und ich passe doch auf, dass ich keinen verhängnisvollen Fehler begehe!«, murmelte Marius, um sich selbst Mut zu machen.

Er war barfuß und schweigend an diesen Ort gekommen,

so wie es die ungeschriebenen Gesetze verlangten. Und er benutzte zum Ausgraben auch kein aus Eisen gearbeitetes oder mit Eisen verbundenes Werkzeug, was ein verhängnisvoller Fehler gewesen wäre, sondern seinen alten gesplitterten Holzlöffel. Ungünstig war nur, dass er die Alraune nicht vor Sonnenaufgang aus der Erde holte, sondern im Licht des Tages, auch wenn zu dieser Nachmittagsstunde nur noch wenig Tageslicht zwischen den dicht stehenden Bäumen zu ihm herab auf den Waldboden fand. Bekanntlich schwächte Tageslicht beim Ausgraben die magische Kraft der Wurzel, was ihm selbst aber ganz lieb war. Rotrud durfte jedoch nichts davon erfahren und deshalb würde er ihr die Alraune auch erst morgen kurz nach Sonnenaufgang bringen, um bloß nicht ihr Misstrauen zu wecken. Oder sollte er vielleicht doch besser bei der Wahrheit bleiben, bevor sie ihm auf die Schliche kam und ihn mit einem bösen Zauber belegte?

Marius verdrängte diesen beunruhigenden Gedanken. Darüber konnte er sich später noch lange genug den Kopf zerbrechen. Erst einmal musste er die Alraune sicher aus der Erde geholt haben. Außerdem erzählte man sich im Dorf, dass Rotrud bei Weitem nicht die außerordentlichen magischen Kräfte besaß, über die ihre Mutter verfügt hatte. Aber sogar der hatten im letzten strengen Winter nicht einmal ihre eigenen Heilzauber geholfen, den Tod abzuwehren. Und gegen den bösen Spruch einer schwachen Seherin konnte man sich leicht schützen. Da reichte schon ein wenig Wermutkraut, das man mit Weihwasser besprenkelte und ständig bei sich trug.

»Nun hör endlich auf, Hinkebein!«, rief Marius dem kläffenden alten Hund zu. »Ich kann dich nicht laufen lassen, weil ich ohne dich die Alraune nicht aus dem Boden holen kann. Du wirst es schon überstehen. Sei froh, dass du überhaupt so alt geworden bist! Ich bin noch jung, ich habe mehr Grund, um mein Leben zu fürchten ...«

Marius beugte sich wieder vor und fuhr fort, mit dem Löffelstiel die Erde aufzukratzen und die Alraune freizulegen. Er ging dabei mit höchster Vorsicht zu Werke und achtete peinlichst darauf, den Wurzelstock ja nicht zu berühren. Denn jeder wusste, dass die Alraune sich an demjenigen rächen konnte, der sie aus dem Boden zog. Um diesen Zorn von sich abzulenken, bediente man sich eines Hundes. Dieser nahm einem den gefährlichen Teil des Herausziehens ab und lenkte damit die Rachegelüste der Alraune auf sich.

Als Marius den Wurzelstock in etwa zur Hälfte freigelegt hatte, zog er die feste Schnur hervor, die er mitgebracht hatte und die gute fünf Schritt in der Länge maß. Er knotete an jedes Ende eine Schlinge – eine kleine für die Alraune und eine große für den Hals von Hinkebein. Mit angehaltenem Atem und mit einer Gänsehaut auf den Armen legte er schließlich die kleine Schlinge um die menschenähnliche Wurzel und zog sie behutsam zu, ohne sie dabei zu berühren. Dann band er Hinkebein los und wollte ihm schon die große Schlinge um den Hals legen, als ihm einfiel, dass es sicherer sei, wenn er vorher noch eine Beschwörungsformel sprach. Und zwar am besten die Formel, die der Dorfpfarrer so oft benutzte, wohl weil sie besonders wirksam und bei allen Gelegenheiten angemessen war.

Und so kniete sich Marius hin, hielt Hinkebein mit der linken Hand im Nacken fest, während er mit der rechten hastig das Kreuz schlug, blickte mit flauem Gefühl auf die halb freigelegte Alraune und murmelte mit belegter Stimme: »Im Namen des Vaters und des Sohnes und des Heiligen Geistes, Amen. Ich beschwöre euch, Unholde und Dämonen, wer ihr auch sein mögt, ob Tages- oder Nachtdämonen, im Namen der ungeteilten Dreieinigkeit, mit der Fürsprache der allerseligen, glorreichen Jungfrau Maria, bei der Kraft der Gebete der Propheten, den Bitten der Engel und Erzengel, der Fürsprache der Apostel, beim Glauben der Bekenner ...«

Er stockte kurz, weil er einen Moment lang nicht weiter wusste, und füllte die Pause vorsichtshalber mit einem Kreuzzeichen. Dann setzte die Erinnerung wieder ein und schnell fuhr er fort: »... der Fürsprache aller Heiligen und bei den Sieben Schläfern, deren Namen sind: Malchus, Maximianus, Dionysius, Johann, Konstantin, Seraphion, Martimanus, und im Namen des Herrn ...« An dieser Stelle musste er sich wieder bekreuzigen, wie er wusste. »... dessen Segen ewig währt, im Namen des Herrn und aller Genannten beschwöre ich euch, dass ihr nicht Schaden tut diesem Diener Gottes, ob er schlafe oder wache ...«

Marius' Stimme wurde fester. Denn nun folgten nur noch sechs Unheil abwehrende Kreuzzeichen, die unterbrochen wurden von den Ausrufen: »Christus siegt! ... Christus herrscht! ... Christus gebietet! ... Christus segne uns! ... Und bewahre uns vor allem Übel! ... Amen.«

Aber Marius kam nicht mehr dazu, seine Beschwörungsformel zu beenden, denn in diesem Moment traf ihn etwas Warmes, Weiches am Hinterkopf. Zu Tode erschrocken, schrie er auf, griff sich in den Nacken und fuhr herum.

Dabei ließ er Hinkebein los, der die Gelegenheit augenblicklich wahrnahm, um sein Heil in der Flucht zu suchen. Auch Marius wollte kopflos davonstürzen, kaum dass er schattenhafte Gestalten, die er im ersten Schreck für Walddämonen hielt, aus dem Gebüsch auf sich zukommen sah. Doch noch im Aufspringen erhielt er mit einem langen Stock, den eine der Schattengestalten wie eine Lanze führte, einen wuchtigen und schmerzhaften Stoß vor die Brust, der ihn rücklings stolpern und mit einem zweiten Aufschrei zu Boden gehen ließ.

Und da sah Marius, dass er es nicht mit Geistern oder Unholden des Waldes zu tun hatte, sondern mit seinem Vetter Ekkebert, dem zweitgeborenen Sohn des Grafen Frodebert, und dessen beiden Freunden Ludger und Hildger, deren Vater Stallwart auf Frodeberts Burg war.

Aber ob nun Waldgeister oder Ekkebert, das eine war so schlimm wie das andere. Sein fast anderthalb Jahre älterer Vetter – sofern er, Marius, denn wirklich der legitime Sohn seines Vaters Eginhard war, was er mit gut fünfzehn Jahren immer noch nicht wusste und wahrscheinlich auch nie in seinem Leben erfahren würde –, sein Vetter hatte noch nie eine Gelegenheit ausgelassen, um ihn zu drangsalieren, zu demütigen, ihm seine körperliche Unterlegenheit immer wieder schmerzhaft zu demonstrieren und ihn ob seiner Andersartigkeit und zweifelhaften Abstammung zu verspotten. Und die Söhne des Stallwarts, die seinem Vetter an Derbheit, Kraft und Rauflust in nichts nachstanden, machten ihm nur zu gern alles nach.

»Du liegst ja schon wieder wie ein stinkender Schweinehirte im Dreck«, höhnte Ekkebert und drückte ihm seinen langen Stock gegen die Brust, während der plattnasige Ludger grinsend Blätter von einem Strauch abstreifte und sich damit die kotverschmierte Hand säuberte. »Kein Wunder, dass man dich aus der Klosterschule rausgeworfen hat, du Lombardenschwächling.«

Marius brachte sich in eine sitzende Stellung und blickte auf seine Hand, mit der er sich eben unwillkürlich in den Nacken gefasst hatte, und stellte nun voller Wut und Ekel fest, dass Ludger ihm einen Ballen Schweinekot an den Hinterkopf geworfen hatte. Jetzt im Herbst, da die Schweine zur Mast in den Allmendewald getrieben wurden, damit sie sich an Bucheckern und Eicheln ordentlichen Winterspeck anfraßen, fanden sich überall solche Kothaufen.

»Man hat mich nicht rausgeschmissen, sondern mein Vater hat mich zurückgerufen, als er im Fieber lag und zu sterben glaubte!«, erwiderte Marius wütend.

»Dein *Vater?* Pah!« Ekkebert strich sich mit einer Geste der Überlegenheit eine Strähne seines langen dunkelbraunen Haars aus dem Gesicht, das ihn zusammen mit den soliden Stiefeln und dem feinen Stoff seiner Wollkleider als den Sohn eines Freiherrn auswies. Denn hörigen* Bauern, unfreiem Gesinde und Knechten wie den beiden Stallwartssöhnen war langes Haar verboten und von solch einer warmen Kleidung aus den besten Stoffen konnten sie nur träumen. »Wenn mein missratener Onkel Eginhard wirklich dein Vater wäre, hätte er dich wohl zu sich genommen, oder? Aber sogar wenn er es wäre, bist du doch bestenfalls der Bankert einer billigen Lombardenbuhle, mit der er es da unten getrieben hat, als er sich hier jahrelang nicht hatte blicken lassen.«

Damit bohrte Ekkebert wieder einmal voll hämischer Lust in jener schmerzenden seelischen Wunde, die einfach nicht heilen wollte. Ja, sie quälte Marius sogar noch mehr, je älter er wurde.

»Und du bist zu dumm, um zu wissen, dass das Land zwar Lombardei heißt, aber die Menschen dort Langobarden genannt werden!«, stieß er hervor. »Du kannst ja noch nicht einmal richtig schreiben und lesen!«

Ekkebert zuckte mit abfälligem Gleichmut die Achseln. »Na und? Was macht das schon? Solche Sachen sind für weibische Schwächlinge deines Schlags und für Klosterbrüder. Ein richtiger Mann, der was auf sich hält, braucht so etwas nicht. Ich muss dich nur ansehen, dann weiß ich, was dieses Gesindel da unten im Süden taugt ...«

»Nämlich nicht mehr als eine Handvoll Schweinedreck«, warf Ludger ein.

Die beiden anderen lachten zustimmend, dann fuhr Ekkebert bösartig fort: »Mit so einer bräunlichen Haut, die ja wie frische Stutenpisse aussieht, und mit derart krausem schwarzem Haar würde ich mich in Grund und Boden schämen!«

»Du solltest besser zu den Kuttenträgern zurückkehren und dich für immer hinter Klostermauern verstecken!«, rief Hildger.

»Und ich bin heilfroh, dass ich anders bin als ihr kraftstrotzenden Einfaltspinsel!«, schleuderte Marius ihnen erbost entgegen. Allerdings war das eine glatte Lüge. Denn in Wirklichkeit hasste er sich oft genug selbst dafür, dass er irgendwo in der Lombardei und nicht hier zwischen den Höhenzügen des Hunsrück geboren war und dass er so ganz anders aussah mit seinen pechschwarzen kleinen Locken, den ungewöhnlich dunklen Augen und dieser leicht getönten Haut. Wenn er doch wenigstens von robuster Statur gewesen wäre! Aber nicht einmal das hatte ihm das ungnädige Schicksal gegönnt. Zwar besaß er für seine sehnig schlanke Figur, die manche schon als schmächtig bezeichneten, große Ausdauer und Schnelligkeit.

Aber was nutzte ihm das, wenn ein kräftiger Bursche wie Ekkebert oder Ludger ihn am Kragen packen und sozusagen am ausgestreckten Arm verhungern lassen konnte?

Die drei lachten ihn aus.

»Genug der dummen Sprüche, du mieser Rattenfurz. Jetzt will ich wissen, was du so tief im Wald treibst!«, forderte ihn sein Vetter auf und stieß ihm das Stockende noch einmal nachdrücklich vor die Brust. »Zum Bucheckernsammeln bist du bestimmt nicht hier. Also erzähl, was hast du da gerade gemacht und gemurmelt?«

»Ja, und warum hast du den krätzigen Köter mit in den Wald genommen?«, fügte Ludger noch hinzu.

»Los, rück schon raus mit der Sprache oder wir prügeln es dir aus deinem kümmerlichen Langobardenleib, wenn dir das lieber ist!«, drohte Ekkebert und versetzte ihm einen weiteren Stoß mit dem Stock.

Marius machte sich keine Illusionen. Die Menschenwurzel war für ihn verloren. Ekkebert und seine Freunde hatten die halb ausgegrabene Alraune bloß deshalb noch nicht bemerkt, weil er sie mit seinem Körper vor ihren Blicken verdeckte. Jeden Moment konnten sie entdecken, wobei sie ihn überrascht hatten. Und dann würden sie Hinkebein wieder einfangen oder mit einem anderen Hund zurückkehren, um sich in den Besitz des kostbaren Wurzelstocks zu bringen. Ja, vielleicht waren sie gar so bösartig, ihn zu zwingen, die Menschenwurzel mit seinen bloßen Händen aus der Erde zu holen und damit schreckliches Unheil auf sich zu ziehen! Eine Vorstellung, die ihm einen eisigen Schauer durch den Körper jagte.

Dazu durfte es nicht kommen! Doch was sollte er bloß tun, um das zu verhindern?

Marius überlegte fieberhaft, während ihm der Angstschweiß ausbrach. Plötzlich fiel sein Blick auf das Ende von Ekkeberts langem Stock. Da war eine Art Haken, der Rest eines Astes, den Ekkebert wohl nicht sorgfältig genug von dem Stock abgebrochen hatte. Und augenblicklich wusste Marius, was er zu tun hatte, um seine Haut zu retten – und um Ekkebert um die Alraune zu bringen.

Die Schlinge für den Hund lag noch immer rechts neben seinem Bein. Im Zwielicht des Waldes hatten Ekkebert und seine Freunde die Schnur genauso wenig bemerkt wie das kleine Erdloch um die Wurzel in seinem Rücken. Das konnte seine Rettung sein – falls ihm sein Plan auch so gelang, wie er es sich erhoffte, was jedoch nur der Allmächtige wusste. Aber versuchen musste er es, denn ein anderer Ausweg fiel ihm nicht ein.

»Du brauchst mich nicht zu schlagen. Gegen euch habe ich sowieso keine Chance. Ich sage euch freiwillig, was ich hier gemacht habe!«, rief Marius, während seine rechte Hand an seinem Bein hinunter zur Schnur glitt und die Schlinge mit den Fingerspitzen ein wenig öffnete. »Ich habe nach etwas gegraben. Dort drüben!« Er deutete mit der linken Hand vage auf eine Stelle zwischen den Bäumen.

»Nach was hast du gegraben?«, wollte Ekkebert wissen und blickte wie Hildger und Ludger unwillkürlich in die Richtung, in die Marius deutete.

Im selben Augenblick hob Marius die Schlinge, hängte sie an den Haken und zog sie mit einem Ruck zu. »Nach dem rachsüchtigen Erddämon!«, stieß er gellend hervor und sprang auf.

Ekkebert verhielt sich, wie Marius es erwartet hatte: Ruckartig machte er nämlich einen Schritt zurück und zog dabei auch seinen Stock mit. Die Schnur spannte sich – und riss die Menschenwurzel aus dem Erdreich. Die Alraune flog durch die Luft und prallte gegen seine Brust.

Ekkebert wusste im ersten Moment nicht, was er da am

Stock hatte und was ihm an die Brust gesprungen war. Ludger jedoch erkannte sofort, was an der Schnur hing.

»Oh mein Gott, du hast eine Alraune aus dem Boden gezogen!«, schrie er voller Entsetzen und seine Stimme überschlug sich fast. »Schlag das Kreuz! ... Um Gottes willen, schlag bloß schnell das Kreuz und grab die verfluchte Alraune wieder ein, bevor es zu spät ist!«

Und Marius ergriff die Flucht.

Zweites Kapitel

Marius rannte, so schnell ihn seine nackten Füße trugen. Wie von Furien gehetzt, brach er durch Gebüsch und Unterholz des Waldes. Weder achtete er auf herabhängende Äste noch auf die federnden Zweige der Sträucher, die seine Arme und sein Gesicht wie Peitschenhiebe trafen. Die Schmerzen, die diese Schläge verursachten, gingen in der übermächtigen Angst unter, von Ekkebert und den Stallwartssöhnen eingeholt und für seinen üblen Trick grün und blau geprügelt zu werden. Gott allein wusste, wozu Ekkebert in seiner Wut fähig war!

Er musste die kurze Zeit nutzen, die sein Vetter brauchte, um die Menschenwurzel wieder einzugraben! Denn da seine Verfolger zu dritt waren und sich bestimmt gleich aufteilen würden, um ihn wie bei einer Treibjagd zu stellen, brauchte er einen guten Vorsprung, wenn er ihnen entkommen wollte. Jeder Atemzug an Zeit, den er ihnen voraus war, konnte entscheidend sein. Deshalb hoffte er inständig, dass Ekkebert die Menschenwurzel nicht einfach nur wieder eingrub, sondern sich zusätzlich durch eine möglichst lange Beschwörungsformel vor drohendem Unheil zu schützen gedachte.

Eine Hoffnung, die sich leider nicht erfüllte. Seine Peiniger nahmen erschreckend schnell seine Verfolgung auf, wie das einsetzende Geschrei in seinem Rücken verriet. Ekkebert konnte in dieser kurzen Zeit kaum mehr als ein schnelles Vaterunser gesprochen und ein paar Kreuze geschlagen haben.

Marius sprang über einen umgestürzten morschen

Baum, rutschte dabei auf einem feuchten Mooskissen aus, stürzte und rappelte sich sogleich wieder auf, um seine Flucht fortzusetzen. Eine Atempause konnte er sich nicht erlauben.

Angestrengt überlegte er, in welcher Richtung er seinen Verfolgern wohl am ehesten entkommen konnte. Sollte er sich nach Norden wenden und noch tiefer in den Hochwald vordringen, in der Hoffnung, dass Ekkebert und seine Freunde fürchteten, nicht früh genug vor Einbruch der Dunkelheit zur Burg zurückzufinden?

Marius verwarf diese Idee sofort, denn er bezweifelte, dass Ekkebert in seiner kochenden Wut auch nur einen einzigen klaren Gedanken fassen konnte. So blieb nur noch die Möglichkeit, sich irgendwo zu verstecken – oder im Vertrauen auf seine Schnelligkeit und Ausdauer den kürzesten Weg zurück zum Dorf einzuschlagen. Aber das bedeutete, dass er die Wolfsschlucht, die zwischen ihm und dem Dorf lag, nicht wie üblich umgehen konnte. Denn dann würde er seinem Vetter und dessen Busenfreunden geradewegs in die Arme laufen. Wenn er ihnen auf diesem Weg entkommen wollte, musste er schon das Wagnis eingehen, an einer der gefährlich steil abfallenden Wände hinabzusteigen – und das zügig und ohne Zeit zu verlieren.

Unwillkürlich dachte Marius daran, dass Ekkebert ihn verhöhnt und einen Schwächling genannt hatte. Das wollte er nicht auf sich sitzen lassen und so beschloss er, den gefahrvollen Weg durch die Wolfsschlucht zu nehmen. Er vermochte es an Kraft nicht mit Ekkebert und dessen Freunden aufzunehmen. Doch nun konnten sie ihrerseits zeigen, ob sie auch den Mut besaßen, ihm hinunter in die Schlucht zu folgen!

Er hielt seinen Vorsprung bis zu einem Windbruch, der

geradewegs zur Abbruchkante der Schlucht führte. Mit fliegendem Atem blieb er stehen und sein Herzschlag übertraf sogar noch den schnellen Rhythmus seines Atems, als er sah, wie steil der Hang an dieser Stelle zur Schlucht hinunter abfiel. Scharfkantiges Gestein ragte an vielen Stellen aus dem Erdreich hervor und der teilweise dichte Bewuchs mit Gras und Gestrüpp war trügerisch, denn auch darunter lauerten scharfe und spitze Felsbrocken.

Marius wünschte angesichts dieses Abgrundes, sich doch für eine der anderen Möglichkeiten entschieden zu haben. Doch die Reue kam zu spät, wie ihm ein schneller Blick zurück vor Augen führte. Denn am Beginn des Windbruchs, keine fünfzig, sechzig Schritt hinter ihm, tauchte schon Ekkebert auf.

»Er ist hier!«, brüllte er Ludger und Hildger zu, die bei dieser Hetzjagd offenbar die Flanken übernommen hatten. »Am Rand der Wolfsschlucht! ... Wir haben ihn! Er sitzt in der Falle!«

»Von wegen, Vetter!«, murmelte Marius grimmig, versuchte, den Kloß in seiner Kehle hinunterzuschlucken, bekreuzigte sich und kletterte dann mit einem Stoßgebet auf den Lippen über die Kante.

Er wusste, dass er sich beeilen musste. Doch als er augenblicklich zu rutschen begann, krallte er sich mit Händen und Zehen in das steinige Erdreich und versuchte verzweifelt, an Grasnarben, Felskanten und Gestrüpp Halt zu finden. Die ersten scharfen Kanten rissen den derben Wollstoff von Hose und Rock auf, zogen blutige Striemen über seine Haut und schnitten ihm ins Fleisch.

Marius rutschte mehr, als dass er kletterte, doch zum Glück konnte er sich immer wieder abfangen und verhindern, dass sein Rutschen in einen unaufhaltsamen Sturz überging.

Plötzlich hörte er von oben einen wütenden Schrei, und als er hochblickte, sah er Ekkebert an der Abbruchkante stehen. Wilder Zorn und Enttäuschung verzerrten das gerötete Gesicht seines Vetters. »Ich kriege dich schon!«, schrie er ihm zu und schleuderte einen Stein nach ihm, der ihn aber um eine gute Manneslänge verfehlte.

Marius konnte sich eines triumphierenden Grinsens nicht erwehren. Ihm wäre solch ein lausiger Wurf nie passiert. Wenn er mit Steinen Jagd auf Tauben machte, die seine Tante, die Gräfin Cordula, jedem anderen Wild vorzog, dann erlegte er bei zehn Würfen mindestens sieben Tauben!

»Na, was ist, Vetter? Fehlt dir der Mut, mir nachzusteigen?«, schrie er spöttisch.

Wenige Augenblicke später tauchten Ludger und Hildger an der Seite seines Vetters auf und das Gefühl des Triumphes verschwand so schnell wie das Grinsen von seinem Gesicht, als die Stallwartssöhne nun einen wahren Steinhagel auf ihn niederprasseln ließen. Und sie trafen weitaus besser als Ekkebert.

Marius suchte Schutz hinter einem niedrigen Strauch, der den Aufprall der vielen Wurfgeschosse ein wenig dämpfte und sogar einige Steine ablenkte. Aber ihm wurde schnell klar, dass er hier nicht bleiben durfte. Sie würden ihn über kurz oder lang mit ihrem Steinhagel zermürben und ihm eine blutige Kopfwunde nach der anderen zufügen, bis ihm die Sinne schwanden und er in die Tiefe stürzte. Er musste so schnell wie möglich weiter abwärts klettern. Je weiter er von ihnen weg war, desto weniger Steine würden ihn treffen.

Er biss die Zähne zusammen, als er hinter dem Strauch hervorkam und sogleich mehrere schmerzhafte Treffer an Kopf und Schultern hinnehmen musste. Doch nachdem er rasch einige Manneslängen tiefer gerutscht war, verfehlte ihn die Mehrzahl der Steine.

Das entging wohl auch seinem Vetter nicht, denn er hörte, wie Ekkebert seinen Freunden ärgerlich zurief: »Hört auf damit! Das bringt nichts! Damit vergeuden wir bloß unsere Zeit. Sehen wir lieber zu, dass er uns nicht entkommt!« Und ihm, Marius, rief er wütend zu: »Dann kletter mal schön, du stinkender Schafbock! Wir warten unten auf dich!«

Marius presste die Lippen zusammen und zwang sich, nicht die Nerven zu verlieren und nun alle Vorsicht fahren zu lassen. Denn er hing noch immer so hoch in der Steilwand, dass ein Sturz unweigerlich den Tod bedeuten würde. Zwanzig, dreißig Manneslängen musste er mindestens noch bewältigen, bevor er sicher sein konnte, den Abstieg in die Schlucht mit heiler Haut zu überstehen. Und er hatte ordentlich Zeit herausgeschunden, um diese Strecke ohne Panik in Angriff nehmen zu können. Ekkebert und seine willfährigen Kameraden mussten erst einen weiten Bogen schlagen, wenn sie ihm den Weg aus der Schlucht abschneiden wollten.

Als er dort angelangt war, wo die Steilwand in einen Hang mit bedeutend sanfterer Neigung überging, atmete er erleichtert auf.

Jedoch zu früh! Er machte eine unbedachte Bewegung und im nächsten Moment verlor er jeglichen Halt. Schnell wurde aus dem anfänglichen Rutschen ein regelrechter Sturz, bei dem er sich mehrfach überschlug und äußerst schmerzhaft mit hartem Gestein in Berührung kam, bevor er schließlich am Boden der Schlucht in einem Holunderdickicht landete.

Eine Weile lag Marius benommen zwischen den Holundersträuchern. Dann richtete er sich mit einem lang gezogenen Stöhnen auf, betastete seine schmerzenden Glieder und stellte zu seiner großen Erleichterung fest, dass er sich nichts gebrochen hatte. Dafür wiesen seine Hose und sein Rock, die nach Bauernart aus grober brauner Wolle gearbeitet waren, zahllose Risse auf. Die Sachen hingen ihm fast wie Lumpen am Leib. Blutige Schrammen, Kratzer und Schnitte bedeckten seinen Körper – und würden sicherlich bald Gesellschaft von vielen blauen Flecken bekommen, die er jetzt schon spüren konnte.

Als er zwischen den Sträuchern hervorwankte und zur Wand hochblickte, die er soeben bezwungen hatte, verflogen Schmerz und Benommenheit für einen Augenblick und es ergriff ihn unbändiger Stolz. Das machte ihm so schnell keiner nach! Nicht einmal Ekkebert hatte sich getraut, ihm nachzusteigen!

Er fuhr zusammen. Ekkebert! Himmel, was stand er hier herum und sonnte sich im Glanz seines Triumphes, da er sich doch noch längst nicht in Sicherheit befand!

Hastig wandte er sich um und wollte loslaufen, als sein linker Fuß gegen etwas stieß. Er blickte hinunter und glaubte im ersten Moment seinen Augen nicht trauen zu dürfen. In einem Grasbüschel vor seinen Füßen lag ein Hufeisen!

Marius konnte sein Glück kaum fassen. Ein Hufeisen zu finden, bedeutete ein gutes Omen. Und außerdem war sein Wunsch nach einem eigenen Messer offenbar erhört worden. Vielleicht hätte er sich im Tausch gegen das, was Rotrud ihm für die Menschenwurzel gegeben hätte, den

Schmied gewogen machen können. Doch mit einem soliden Hufeisen konnte er mit ihm richtig von Mann zu Mann handeln. Eisen zählte zu den kostbarsten Handelsgütern und war in jedem Dorf dementsprechend rar. Die Hälfte des Hufeisens musste für eine gute Messerklinge völlig ausreichen, sodass ihm die andere Hälfte blieb, um Notger den Schmied für seine Arbeit zu entlohnen.

Schnell bückte sich Marius nach dem schweren Hufeisen, umfasste es mit festem Griff und rannte auf den Ausgang der Schlucht zu. Dabei fragte er sich, welches Pferd hier wohl das Eisen verloren haben mochte. Der Reiter musste von der Burg gekommen sein, vermutlich einer von der gräflichen Herrschaft oder aber einer der vornehmen Besucher, die Graf Frodebert manchmal auf der Burg zu Gast hatte. Denn im Dorf besaß niemand ein Pferd. Schon wer einen Ochsen sein Eigen nannte, und von denen gab es gerade mal eine Handvoll in ihrem Dorf, konnte sich reich und glücklich schätzen.

Nun, ihm sollte es egal sein, wer das Hufeisen verloren hatte. Und der Schmied würde vermutlich gar nicht wissen wollen, woher das Eisen stammte. Einen glücklichen Fund zerredete man nicht, schon gar nicht, wenn es sich um kostbares Fundeisen handelte.

Ungehindert passierte Marius den Ausgang der Schlucht und seine Zuversicht stieg. Jetzt hatte er es nicht mehr weit. Vor ihm lag nur noch ein schmaler Streifen Wald, der ihn von der Landstraße trennte, die ihn um den großen Teich und ins sichere Dorf führen würde.

Er konnte zwischen den Bäumen am Waldsaum schon die staubige Landstraße ausmachen, als er das verräterische Knacken von trockenem Unterholz vernahm. Und gleich darauf hörte er einen der Stallwartssöhne schreien: »Da kommt er!«

»Du Trottel, warum hast du nicht noch gewartet!«, schallte es zurück. »Jetzt ist er gewarnt!«

Marius fuhr der Schreck in die Glieder. Er hatte Ekkebert unterschätzt. Sein Vetter hatte gar nicht erst versucht, ihn am Ausgang der Wolfsschlucht abzupassen. Stattdessen hatten sich die drei schnurstracks zur Landstraße begeben, um ihm in der Nähe der schweren Bohlenbrücke aufzulauern, die über den Mühlbach und auf die andere Seite des Teiches führte. Und um ein Haar wäre er ihnen in die Falle gelaufen.

Was jetzt?

Marius blieb kurz am Waldrand stehen, wo ein lang gezogenes verfilztes Dickicht ihn davor bewahrte, von seinen Verfolgern entdeckt zu werden. Gehetzt sah er sich nach einem Fluchtweg oder Versteck um. Sein Blick ging über die sandige, mit Wagenspuren durchzogene Landstraße hinweg, glitt über das mit Gras und niedrigen Sträuchern bewachsene Gelände, das sanft zum schilfbestandenen Ufer des großen Teiches abfiel, und blieb an der Trauerweide hängen. Der Stamm des alten Baumes neigte sich über das Ufer hinaus, sodass ein Teil seiner Zweige wie ein Schleier aus Schnüren ins Wasser hing.

Marius begriff sofort, dass allein die Trauerweide seine Rettung sein konnte, und rannte geduckt über den sandigen Weg. Er wechselte das Hufeisen in die linke Hand, hob einen Stein auf und schleuderte ihn mit aller Kraft zwischen die Bäume. Dann warf er sich bäuchlings zu Boden und rutschte hinter den Stamm der Trauerweide.

Kein Augenblick zu früh, denn schon brachen seine Verfolger durch das Gestrüpp am Waldsaum und stürzten auf die Landstraße. Jeder hatte sich mit einem kräftigen Knüppel bewaffnet, was ein beredtes Zeugnis davon abgab, was sie mit ihm zu tun gedachten, wenn sie seiner habhaft werden sollten.

»Habt ihr das gehört?«, schrie Ludger aufgeregt.

»Ja, er hat sich hier irgendwo verkrochen!«, stieß sein Bruder hervor. »Los, holen wir ihn uns!«

»Einer bleibt hier und hält die Straße und die Brücke im Auge!«, befahl Ekkebert und bestimmte Hildger für diese Aufgabe, dem das gar nicht gefiel. Doch Ekkebert schnitt seinen Einwand grob ab. »Halt 's Maul und tu, was ich dir sage! Los, komm, Ludger!« Die beiden rannten auf die Stelle zu, wo der Stein geräuschvoll zwischen die Sträucher gefahren war.

Marius gab einen stummen Fluch von sich. Sein Trick mit dem Steinwurf brachte ihm nicht die erhoffte Rettung, sondern bloß einen kleinen Aufschub. Denn Ekkebert hatte seinen Plan vereitelt, sich in ihrem Rücken davonzuschleichen und über die Brücke zu gelangen, bevor sie merkten, dass er sie genarrt hatte.

An Hildger kam er nicht vorbei. Und Ekkebert würde jeden Moment mit Ludger zurückkommen, um dann erst einmal die möglichen Verstecke am Ufer abzusuchen. Deshalb blieb ihm nur noch eine einzige Chance, seinen Häschern vielleicht doch noch zu entkommen: Er musste sich ins kalte Wasser wagen und sich zwischen Schilf und Weidenschnüren verstecken!

Marius bekämpfte seine würgende Angst, denn er konnte nicht schwimmen und fürchtete sich vor dem dunklen, modrigen Gewässer des Teiches. Alles krampfte sich in ihm zusammen, als er sich flach, auf dem Bauch liegend, mit den Beinen voran ins Wasser schob. Es kostete ihn seine ganze Willenskraft, nicht zurückzukriechen und nicht laut aufzustöhnen, als die Kälte auf seinen erhitzten Körper traf, seine Beine umfasste, dann seine Hüfte umspülte und schließlich seine Brust wie mit Eislappen umschloss. Zunächst blieb ihm fast die Luft weg. Glücklicherweise ließ die Wirkung nach dem ersten Schock ein wenig nach. Aber kalt blieb das Wasser dennoch.

Er versuchte, nicht an das Getier zu denken, das unter dem glitschigen Uferschlamm und um ihn herum lauern mochte, während er sich, langsam und so lautlos wie möglich, tiefer zwischen das Schilf gleiten ließ, dorthin wo die Weiden in den Teich hingen und dunkle Schatten warfen.

Kaum kauerte er zwischen den Halmen und Zweigen, als er auch schon Ekkeberts wütende Stimme hörte. »... einfach unmöglich! Der Mistkerl kann sich doch nicht einfach in Luft auflösen! Bist du dir auch sicher, dass er sich nicht irgendwie an dir vorbeigeschlichen hat, Hildger?«

»Hältst du mich vielleicht für eine Schlafmütze?«, fragte Hildger beleidigt zurück. »Wenn er sich hier auf meiner Seite gezeigt hätte, hätte ich ihn auch gesehen, das kannst du mir glauben.«

»Dann kann er nicht weit sein!«, rief Ekkebert. »Er muss sich hier irgendwo verstecken. Suchen wir das Ufer ab!«

Marius hockte bis zum Hals im Wasser und beobachtete mit wild schlagendem Herz durch das Schilf hindurch, wie sie mit ihren Knüppeln in die Sträucher schlugen und unaufhaltsam näher kamen. Als sie nur noch ein Dutzend Schritt entfernt waren, holte er tief Luft und tauchte ganz unter. Er umklammerte unter Wasser das Hufeisen, das ihm jetzt unbedingt Glück bringen musste, und wiederholte in Gedanken immer wieder das Stoßgebet: »Jesus, Maria und Josef – habt Erbarmen!«

Atemnot zwang ihn viel zu schnell wieder zum Auftauchen. Dabei legte er den Kopf, so weit er konnte, in den Nacken, damit nur Mund und Nase über die Wasseroberfläche ragten und möglichst wenig von ihm zu sehen war. Begierig sog er die Luft in seine schmerzenden Lungen – und bemerkte aus den Augenwinkeln, dass im selben Moment ein Schatten über ihn fiel. Ekkebert oder einer der Stallwartssöhne musste sich am Ufer genau auf seiner Höhe befinden!

Vor lauter Schreck ließ er nicht nur das Hufeisen los, sondern beging auch den Fehler, zu hastig wieder unterzutauchen. Ob er dabei ein verräterisches Planschen verursachte oder aber durch die Bewegung im Schilf die Aufmerksamkeit auf sich zog, sollte Marius nie erfahren. Und er wusste später auch nicht zu sagen, ob er den triumphierenden Schrei unter Wasser wirklich gehört oder sich das in seiner Angst nur eingebildet hatte.

Wie auch immer, er hatte sich verraten. Ekkebert und Ludger kamen von zwei Seiten, wateten knietief ins Wasser und droschen dann mit ihren Knüppeln auf ihn ein.

Der erste Schlag traf Marius an der Hüfte. Die Wucht des Hiebes wurde jedoch vom Schilf und vom Wasser abgefangen, sodass er ihn kaum spürte. Das galt auch für die nächsten vier, fünf Schläge, mit denen Ekkebert und Ludger das Wasser über ihm aufpeitschten und die ihn trafen, ohne ihm wirklich wehzutun. Da er jedoch nicht länger die Luft anhalten konnte, blieb ihm gar nichts anderes übrig, als aufzutauchen. Und so sprang er hoch – mitten hinein in die Schläge.

Die Arme schützend vor dem Gesicht gekreuzt, versuchte Marius den auf ihn herabsausenden Knüppeln auszuweichen. Doch das wussten seine Peiniger zu vereiteln. Hildger schnitt ihm den Weg ab, als er rechts an Ekkebert und Ludger vorbeiwollte. Johlend prügelten sie ihn im knietiefen Wasser vor sich her.

Marius stürzte schließlich in den Uferschlamm. Als er sich aufzurichten versuchte, versetzte Ekkebert ihm einen Tritt in den Unterleib, der ihn auf den Rücken warf.

Marius krümmte sich und röchelte nach Atem, während ihn eine Schmerzwelle nach der anderen durchzuckte. Er besaß keine Kraft mehr, sich dieser blinden und rohen Gewalt zu widersetzen, vermochte er doch nicht einmal mehr, seine Arme zu heben.

»Jetzt rechnen wir ab, du Lombardenschwein!« Ekkebert spuckte auf ihn hinunter und zog ihm seinen Prügel über die Schulter. »Fang schon mal an zu beten! Vielleicht hast du Glück und kommst als Krüppel davon, wenn wir mit dir fertig sind!«

Marius glaubte ihm aufs Wort. Der Hass und die Freude an der Gewalt, die deutlich auf dem Gesicht seines Vetters geschrieben standen, sagten ihm, dass er kein Erbarmen von ihm erwarten durfte. Und was seine ergebenen Freunde Hildger und Ludger betraf, so würden sie seinem Beispiel bedenkenlos folgen. Was hatten sie auch zu befürchten, da er doch der Sohn des Grafen war?

Ja, Marius hatte allen Grund, in diesem Moment mit seinem Leben abzuschließen.

Drittes Kapitel

Ein kurzer, aber durchdringend gellender Pfiff, der durch Mark und Bein ging, zerschnitt die trügerische Stille, als Ekkebert gerade mit seinem Knüppel zu einem erneuten Hieb ausholen wollte. Erschrocken fuhren er und seine beiden Freunde zusammen und wandten sich zur Landstraße um, denn aus dieser Richtung war der schneidende Pfiff gekommen.

Auch Marius zuckte zusammen, wandte den Kopf und erblickte oben auf dem staubigen Weg einen Mann, der aus dem Schatten des Waldes kam, einen schweren Wanderstab in der Rechten hielt und an der Linken einen Esel hinter sich herführte. Und augenblicklich erwachte in ihm wieder die Hoffnung auf Rettung.

Auf den Gesichtern seiner Peiniger zeigte sich Verblüffung. Niemand von ihnen hatte den fremden Mann, der aus der Richtung kam, wo es nach Dill, Kirchberg und zum Kloster Ravengiersburg ging, nahen gehört.

»Nanu, bloß drei gegen einen?«, rief ihnen der Mann zu. »Das nenne ich Tapferkeit. Ach, was rede ich denn? Das ist schon wahrer Heldenmut!«

»Wer ist dieser Kerl?«, stieß Ekkebert zwischen den Zähnen hervor.

»Keine Ahnung«, raunte Ludger. »Aber irgendwie kommt er mir bekannt vor.«

Hildger nickte. »Ja, ich bin mir sicher, ihn schon mal an der Tafel deines Vaters gesehen zu haben. Es muss aber schon ein paar Jahre her sein, denn an seinen Namen kann ich mich auch nicht erinnern«, flüsterte er.

Ekkebert stieß einen unterdrückten Fluch aus.

»Heiliger Sebastian, was muss einem da doch die Heldenbrust schwellen!«, fuhr der Fremde fort. »Drei kräftige Burschen mit Knüppeln bewehrt gegen ein gefährlich schmächtiges Bürschchen, das nenne ich Unerschrockenheit, wie sie einem aufrechten Mann wohl gut ansteht! Denn bei solch einem Kampf muss man schon ausgesprochen furchtlos sein und sich ordentlich anstrengen, wenn man nicht unterliegen will!«

Die Gesichter von Ekkebert, Ludger und Hildger wurden grimmiger und verschlossener, während in Marius die Hoffnung keimte, vielleicht doch noch mit dem Leben davonzukommen.

»Oder braucht ihr vielleicht Hilfe?«, rief der Mann und blieb oben am Straßenrand stehen, nun keine zehn Schritt mehr von ihnen entfernt. »Nur Mut, ihr Helden! Keine falsche Bescheidenheit. Ich verstehe mich nicht schlecht darauf, einen Knüppel zu schwingen. Und meiner ist aus bester Esche. Der hat schon so manchen Knochen brechen lassen.« Er schwang den Stab kraftvoll durch die Luft. »Dreieinhalb Jahrzehnte auf den Straßen und Wegen dieser Welt, wo vielerorts ein Menschenleben nicht viel gilt, Brüder in Christo, da bleibt man ganz prächtig in Übung!«

Der Fremde trug einen weiten, ärmellosen Umhang aus einfachem erdbraunem Wollstoff und einen Hut, dessen breite Krempe über der Stirn hochgeschlagen war, im Nacken jedoch fast bis auf die Schultern reichte. Ein abgewetzter Ledergürtel mit einer klobig breiten Holzschnalle hing locker um seine Hüften. Auf seinem Rücken baumelte eine bauchige Lederflasche von einem Schultergurt. Ein mächtiger eisgrauer Bart, der ihm bis auf die Brust reichte und einem verfilzten Vlies glich, umschloss ein von Wind und Wetter gegerbtes Gesicht, dessen Haut wie altes Leder aussah. Das struppige Fell des kleinen Esels hatte fast dieselbe Farbe wie der Bart des alten Mannes. Auf einem hölzernen Tragegestell, das dem Tier über dem Rücken gebunden war, baumelten an jeder Seite zwei kleine Säcke.

»Verflucht!«, stieß Ekkebert plötzlich hervor. »Ich weiß jetzt, wer der Alte ist! Mit dem legen wir uns besser nicht an! Das könnte Ärger geben, nicht nur mit meinem Vater. Mist, verdammter!«

»Wer ist der Kerl?«, fragte Ludger.

Ekkebert würdigte ihn jedoch keiner Antwort, sondern drehte sich zu Marius um und zischte ihm mit mühsam beherrschter Wut zu: »Freu dich bloß nicht zu früh! Aufgeschoben ist nicht aufgehoben. Du kriegst schon noch, was du verdient hast, verlass dich drauf!« Dann wandte er sich an seine Freunde und sagte schroff: »Gehen wir!«

Der Fremde stand ruhig auf seinen Wanderstab gestützt und schaute ihnen mit einem kaum merklichen Lächeln nach, wie sie sich rasch und mit verkniffenen Mienen entfernten, ohne auch nur noch ein Wort an ihn zu richten.

»Jaja, so schnell verfliegt der Heldenmut, wenn der Wind nur ein wenig frischer weht«, seufzte er scheinbar betrübt und kicherte dann in seinen wild wuchernden Bart.

Marius taumelte zitternd aus dem seichten Uferwasser und sank mit zerschundenem, schmerzendem Körper in das Gras. »Der Allmächtige muss Euch geschickt haben!«, keuchte er. »Wer immer Ihr seid, ich danke Euch!«

»Man nennt mich Vinzent den Pilger«, antwortete der Fremde freundlich und nahm den Strick auf, an dem er den Esel führte. »Komm, Homer, lass uns hinuntergehen und sehen, was wir noch für den Jungen tun können!«

»Ihr habt Euren Esel nach dem berühmten Autor der *Odyssee* und der *Ilias* benannt?«, fragte Marius überrascht und belustigt zugleich.

Nun war es an Vinzent dem Pilger, Überraschung zu zeigen. »Sieh an, ich bin an einen gebildeten Bauernjungen geraten! Fürwahr, die Welt ist jeden Tag voll neuer Wunder!«

»Ich bin kein Bauernbursche!«, widersprach Marius sofort und mit einem Anflug von verletztem Stolz.

Der graubärtige Pilger hob die buschigen Augenbrauen. »Nein? Habe ich dir unrecht getan und dich gar beleidigt, indem ich dich mit einem rechtschaffenen Sohn der Scholle* verwechselt habe? Nun, wer bist du dann, junger Mann?«

Marius biss sich auf die Lippen und zögerte. Was sollte er dem frommen Mann bloß antworten, wo er doch selbst nicht wusste, wer er war?

»Nun?«

»Ich bin Marius von der Burg!«, antwortete er schließlich mit bibbernder Stimme, doch höchst zufrieden mit dem Einfall, der ihm da plötzlich gekommen war.

»So, du bist also Marius von der Burg«, sagte Vinzent der Pilger mit einem hintergründigen Lächeln. »Ich nehme an, du meinst damit die Burg des Grafen Frodebert.«

Marius beschränkte sich auf ein Nicken und fürchtete die nächste Frage seines Lebensretters, der nun gewiss Näheres zu seiner Herkunft wissen wollte.

Vinzent sah ihn mit seinen klaren Augen an, als könnte er ihm bis auf den Seelengrund schauen. Und statt nachzufragen, sagte er: »Nun, ich denke mal, dass ein Name so gut wie jeder andere ist, ganz gleich, wie und von wem man ihn erworben hat. Denn letztlich kommt es doch allein darauf an, welches Herz in der Brust eines Menschen schlägt.«

Er rammte seinen Wanderstab in die weiche Erde. Und während er sich an den Schnüren einer der Packtaschen zu schaffen machte, die der Esel Homer trug, fuhr er fort: »Namen sind leider allzu oft so trügerisch wie die Einflüsterungen des Teufels. So manch mächtiger Mann, der von Chronisten ›der Große‹ oder ›der Siegreiche‹ genannt wird, müsste in seinem Namen eher den Zusatz ›der Rücksichtslose‹ oder ›der Blutrünstige‹ tragen, und wer als ›der Kleine‹ abgetan wird, hätte oft Anspruch, als ›der Gerechte‹ oder ›der Tapfere‹ geehrt zu werden.« Er seufzte und sagte dann über die Schulter: »So, und jetzt zieh die nassen Sachen aus, Marius von der Burg!«

Marius sah ihn verwundert an. »Ja, aber ...«

»Worauf wartest du noch? Das Klappern deiner Zähne lässt einen ja kaum noch das eigene Wort verstehen. Also runter mit dem nassen Zeug, sonst holst du dir noch den Tod, Junge!«, drängte Vinzent, zerrte eine Decke hervor und warf sie ihm zu. »Hier, trockne dich damit ab!«

Marius fror so sehr in seinen triefenden, klatschnass am Leib klebenden Sachen, dass er dieser Aufforderung bereitwillig nachkam. Mit klammen Händen entledigte er sich seiner schlammverdreckten Kleidung und wickelte sich zitternd in die muffige Decke. Dass die raue Wolle auf der Haut kratzte und ihn seine vielen Schürfwunden schmerzhaft spüren ließ, nahm er als das kleinere Übel hin. Vorsichtig trocknete er sich ab und ganz allmählich kehrte die Wärme zurück in seinen Leib.

Vinzent zog zwei verschlissene, aber überraschend saubere Kleidungsstücke aus seinem Sack und reichte sie ihm mit den Worten: »Ich habe hier noch eine alte Hose und einen Rock, die ich dir überlassen kann, bis deine eigenen Sachen wieder trocken sind. Wohl passen da zwei von deiner Sorte hinein, aber lieber zu weite als pitschnasse Kleider am Leib, nicht wahr?«

»Oh ja!«, versicherte Marius und schlüpfte in die weite Hose, die er mit seinem eigenen geflochteten Hanfgürtel auf den Hüften hielt. Die Hosenbeine musste er jedoch mehrfach umschlagen, was auch für die Ärmel des Überrocks galt, der seinen schlanken Leib faltenreich umschlotterte und ihm bis über die Knie reichte. Aber die Kleider waren trocken und wärmten und allein darauf kam es an. »Ich weiß gar nicht, wie ich Euch für alles danken und es Euch jemals wieder vergelten soll!«

»Mach dir darüber mal keine Gedanken. Barmherzigkeit verliert ihre Bedeutung und wird zum berechnenden Geschäft, wenn man einen Gegenwert erwartet oder auch nur erhofft«, erwiderte Vinzent der Pilger. »Und jetzt lass uns gehen. Es wird deinem unterkühlten Körper guttun, sich zu bewegen. Das bringt Wärme. Zudem ist der Abend nicht mehr weit und ich möchte gern vor Einbruch der Dunkelheit auf der Burg eintreffen und der Gräfin Cordula meine Aufwartung machen.«

Dass der graubärtige Pilger den Namen der Gräfin kannte und zu ihr wollte, erstaunte Marius, hatte er den Mann doch noch nie im Dorf oder auf der Burg zu Gesicht bekommen. Dennoch musste er schon einmal auf der Burg gewesen sein, denn Hildger und Ludger hatten sich nicht nur vage an ihn erinnert, sondern Ekkebert hatte ihn sogar erkannt und es deshalb vorgezogen, sich nicht mit ihm anzulegen. Daraus ließ sich folgern, dass Vinzent der Pilger nicht zu jenen gewöhnlichen Vaganten* zählte, die gelegentlich durch ihr Dorf zogen. Vor einem solchen Niemand der Landstraße hätte Ekkebert auf gar keinen Fall den Schwanz eingekniffen. Nein, mit Vinzent dem Pilger musste es eine besondere Bewandtnis haben, sonst hätte sein Vetter ihm nicht mit knirschenden Zähnen Respekt bezeugt und sich mit seinen beiden Speichelleckern so einfach davongemacht!

Marius hätte nur zu gern gewusst, wer genau der Alte war und was er mit der Gräfin zu schaffen hatte. Es bereitete ihm große Mühe, seine Neugier zu bezähmen und ihn nicht danach zu fragen. Er widerstand dieser Versuchung jedoch, wrang seine nassen Sachen aus und legte sie oben auf das Tragegestell des Esels, so wie Vinzent es ihm auftrug.

Die Sonne sank schon hinter die bewaldeten Höhenzüge im Westen, als sie den breiten Mühlbach überquerten, der weiter oberhalb Giesebrechts Mühle antrieb, bevor er den Teich speiste. Und während in der Mitte des Teiches noch die letzten goldenen Sonnenflecken auf der windbewegten Wasseroberfläche tanzten, krochen an den Rändern des Gewässers schon die Schatten der sich ankündigenden Dunkelheit hervor.

Gleich hinter der Brücke erstreckte sich zur linken Hand ein Teil der gemeinen Mark*, die bis an ein kleines Waldstück heranreichte, das von der Brücke aus den Blick auf die Burg verwehrte. Ein gutes Stück weiter rechts lag das vom Etter* umschlossene Dorf, das sich mit seinen fast vierzig Hütten, dem Anger* und der Kirche in den weiten Uferbogen des Teiches schmiegte. Müde vom Tagwerk, doch dankbar für die trockne Witterung waren die Bauern, die auch Hufner genannt wurden, weil sich ihr Land nach dem Flächenmaß der Hufe berechnete, von der Ackerflur zurückgekehrt. Denn überall brannten schon die Kochfeuer, wie die dünnen Rauchfahnen verrieten, die aus den aufgeklappten Rauchluken der Häuser krochen und vom unsteten Wind ineinander verwirbelt wurden, als wollte er einen Zopf aus Rauch flechten.

Zügigen Schrittes gingen sie an der Allmendeweide vorbei und gelangten zur kleinen Kirche aus grauschwarzen Steinblöcken, die mit ihren schmalen Fensterbögen der Stolz der ganzen Landbevölkerung war. Hinter der Kirche und dem Gebeinhaus, in dem Totenschädel und Knochen aufbewahrt wurden, erstreckte sich der Friedhof.

Hier an der Kirche und unter dem Kreuz Christi gabelte sich der sandige, ausgefahrene Weg. Rechts ging es ins Dorf und links hinauf zur Burg.

»Ah, da ist sie ja! Nun haben wir es gleich geschafft, Homer!«, sagte Vinzent fröhlich, als keine Baumgruppe mehr die Sicht auf die Burg behinderte, und tätschelte das Tier liebevoll am Hals, das müde und mit gesenktem Kopf neben ihm hertrottete. »Ich weiß, ich weiß, mein Guter, manche Tage sind länger als andere und einige scheinen einfach kein Ende nehmen zu wollen.«

Die Feste* lag auf einer mit Felsen durchsetzten Anhöhe, die sich jedoch nicht allzu hoch vom Talgrund erhob. Auch reichte die im Osten unter der Mauer glatt abfallende Felsflanke, wo der wuchtige Bergfried* aufragte, nur ein halbes Dutzend Manneslängen in die Tiefe. Aber das mächtige Geviert der Burg mit seinen zinnenbewehrten dicken Steinmauern, dem Festungsgraben mit der hochziehbaren Holzbrücke vor dem Tor und dem zweiten, äußeren Erdwall, der mit Steinen und hölzernen Palisaden befestigt war und den Zwinger* der Burg umschloss – all das machte auf Marius doch immer wieder großen Eindruck.

Dagegen hatte Walther der Reimer nur Geringschätzung für die Burg des Grafen Frodebert übrig. »Nichts weiter als ein schäbiger, plumper Steinhaufen, der nicht mal eine Woche lang einer rechten Belagerung standhalten würde!« So hatte der Vagant, der jedes Jahr mindestens einmal ins Dorf kam und sich seinen Lebensunterhalt damit verdiente, dass er die Leute mit allerlei Geschichten sowie lustigen Reimen und Spottliedern auf die Fürsten und Könige unterhielt, die Burg verächtlich bezeichnet. »Wenn du eine Burg sehen willst, die diese Bezeichnung wirklich wert ist, dann musst du dich an den Rhein oder ins südliche Herz des Frankenlands begeben. Aber wenn dir das zu weit ist, Junge, dann sieh dir die Festen der Grafen von Sponheim, die Burg Ramstein im Gutland oder die Ebernburg an, die auf einem Bergsporn liegt, wo die Alsenz in die Nahe fließt. Dann weißt du, wie eine Burg auszusehen hat, die Respekt gebieten will!«

Marius verzog in Gedanken das Gesicht, während sie den sanft ansteigenden Hang zur äußeren Umfriedung des Burgareals hochgingen. Als ob er einfach sein Bündel schnüren und in die fremde Welt hinausmarschieren könnte, um sich die Burgen anderer, wirklich mächtiger Herrscher anzusehen! Das Leben eines Vaganten musste wunderbar aufregend sein und einem die Welt eröffnen. Eine Verlockung, die ihn schon mehr als einmal heimgesucht hatte und der zu widerstehen ihm jedes Mal schwererfiel. Aber bisher hatte noch immer seine Vernunft obsiegt. Es war nun mal nicht jeder mit dem segensreichen Talent des Geschichtenerzählers, Sängers und Reimers zur Welt gekommen, das ihn überall willkommen sein ließ und davor bewahrte, in der Fremde elendig zugrunde zu gehen.

Marius unterdrückte einen Seufzer und seine Gedanken kehrten wieder zu dem graubärtigen fremden Mann zurück, der schweigend an seiner Seite ging. Seine Neugier ließ ihm keine Ruhe und er beschloss, ihr wenigstens ein wenig nachzugeben.

»Darf ich Euch etwas fragen?«

»Nur zu, Marius von der Burg«, ermutigte ihn der Fremde, um sogleich mit einem verschmitzten Lächeln hinzuzufügen: »Aber denk daran: Wer den Obstbaum kräftig schüttelt, damit ihm saftige Frucht in den Schoß fällt, sollte damit rechnen, dass auch mal ein trockner Ast herunterkommen und ihn schmerzhaft am Kopf treffen kann!«

Marius machte ein verdutztes Gesicht, weil er nicht recht wusste, ob der Alte sich einen Scherz mit ihm machte oder ihm eine Warnung erteilen wollte. »Was meint Ihr damit?«, fragte er.

»Dass derjenige, der den natürlichen Lauf der Dinge beschleunigen will und Fragen stellt, auch damit rechnen soll, dass ihm nicht jede Antwort gefallen wird«, erklärte Vinzent. »Aber nun sag, was du von mir wissen möchtest.«

»Ihr habt gesagt, dass man Euch Vinzent den Pilger nennt«, begann Marius. »Und das heißt doch wohl, dass Ihr schon mehr als eine Pilgerreise gemacht habt ...«

Vinzent lachte. »Ja, deine Vermutung ist gar nicht so abwegig. Ich habe in der Tat schon mehr als eine Pilgerreise zu berühmten Gnadenstätten unternommen.«

»Kommt Ihr dann gerade von einer solchen Wallfahrt zurück oder liegt die Reise erst noch vor Euch?«

»Beides trifft zu, mein Sohn«, lautete Vinzents rätselhafte Antwort.

»Von welcher Pilgerstätte kehrt Ihr denn zurück?«

»Diesmal hat es mich und Homer nur nach Rom geführt«, sagte der Pilger. Inzwischen hatten sie den Zwinger der

Burg hinter sich gebracht und die Brücke erreicht, die über den Graben in die Feste führte.

»Nur?«, wiederholte Marius ungläubig und bewundernd zugleich. Die Stadt Trier lag nur wenige Tagereisen entfernt und gehörte für ihn dennoch schon zu einer fremden fernen Welt, von der er nur träumen konnte. Rom dagegen ... Heilige Muttergottes, bei solchen Entfernungen ließ ihn seine Vorstellungskraft im Stich. Eine Pilgerreise nach Rom musste hin und zurück viele Monate in Anspruch nehmen. Was mochte dieser Mann auf jener Reise nicht alles erlebt haben? »Ich bin in meinem ganzen Leben noch nicht einmal in Trier gewesen!«

»Was du als dein ganzes Leben bezeichnest, ist noch nicht sehr viel, wenn du mir diese Bemerkung erlaubst«, erwiderte Vinzent, während die Hufschläge des Esels von den Bohlen der Brücke widerhallten und im nächsten Augenblick von den Wänden des tiefen Tordurchgangs zurückgeworfen wurden.

»Und wo seid Ihr zu Hause?«, platzte es nun aus Marius heraus.

Vinzent der Pilger blieb gleich hinter dem Torhaus stehen. Vom anderen Ende des Burghofes, wo der Waffenturm aufragte, in welchem Pech, Schwefel, Werg und Öl aufbewahrt wurden, kläfften die Jagdhunde des Grafen vor dem Stallgitter des neuen Zuchtebers. »Die christlichen Pilgerwege dieser Welt sind mein Zuhause, junger Mann. Ich lebe nach der Regel per pedes *Apostolorem ...«*

»Zu Fuß wie die Apostel«, übersetzte Marius unwillkürlich.

Der graubärtige Alte lächelte. »Richtig, das ist mein Leben, schon seit mehr als dreieinhalb Jahrzehnten. Ich bin ein berufsmäßiger *peregrino.«*

Marius glaubte, sich verhört zu haben. »Ihr seid was?«

Vinzent schmunzelte. »Ich unternehme Pilgerreisen für diejenigen, die auf dem Sterbebett ein immer wieder aufgeschobenes Wallfahrtsgelübde einlösen wollen oder aus vielfältigen anderen Gründen einen Stellvertreter *in meo nomine* entsenden. Eben jemanden wie mich, der für sie die Mühen und Gefahren einer Bitt- oder Bußwallfahrt an die Gnadenstätte ihrer Wahl auf sich nimmt, um sich dadurch einen wirkmächtigen Heiligen als Schützer und Fürsprecher gewogen zu machen.«

Marius sah ihn sprachlos vor Überraschung an. Vinzent war also ein Pilger, der schon seit Jahrzehnten für andere von einer Wallfahrtsstätte zur nächsten unterwegs war? Was für eine faszinierende Vorstellung!

Hätte er doch bloß schon eher den Mut gefunden, Vinzent nach seiner Pilgerschaft zu fragen! Denn nun musste er dieses Gespräch abrupt abbrechen, weil er plötzlich Ekkebert drüben aus dem Palas* kommen und zum Bergfried hinübergehen sah, wo die Stallwartssöhne standen. Sein Vetter würde zwar innerhalb der Burgmauern wie üblich seine verlogene Friedfertigkeit an den Tag legen, doch Marius wollte es trotzdem nicht darauf ankommen lassen, ihm jetzt schon über den Weg zu laufen.

»Entschuldigt mich, aber ich möchte dem Sohn des Grafen jetzt nicht begegnen«, murmelte er hastig und zog sich schnell in den Schatten des Tores zurück.

Vinzent nahm die nassen Kleidungsstücke vom Tragegestell seines Esels und warf sie ihm zu. »Trockne deine Sachen und lass sie flicken, Marius von der Burg!«, rief er ihm mit einem leisen Lachen in der Stimme zu. »Was du da am Leib trägst, macht einen wesentlichen Teil meines weltlichen Besitzes aus. So kümmerlich es sein mag, ich würde es gerne bald wieder bei meinem anderen Hab und Gut wissen. Denn wenn ich auch für ein paar Tage zu bleiben gedenke, so weiß ich doch nie, wann die Zeit zum Aufbruch gekommen ist.«

»Morgen bekommt Ihr die Sachen wieder, Ihr habt mein Wort!«, versprach Marius. Und als er Vinzent nachsah, wie dieser aufrecht und festen Schrittes, den glatt gescheuerten Wanderstab in der Rechten und den Strick von Homer in der Linken, am Ziehbrunnen vorbeiging und den Stallungen zustrebte, da geschah etwas Merkwürdiges mit ihm.

Ihn ergriff ein unbändiges Verlangen, eine bislang nicht gekannte Erregung, die sich seiner alten Sehnsucht bemächtigte und sie entfachte, wie ein Windstoß in einer scheinbar erkalteten Feuerstelle die verborgene Glut freilegt und lodernde Flammen aufschießen lässt. Es war die plötzliche Erkenntnis, dass er nicht mehr länger so leben konnte wie bisher. Sein Leben musste sich ändern, entscheidend ändern.

Aber wie – und mit welchem Ziel? Ob Vinzent der Pilger wohl die Antwort darauf wusste?

Viertes Kapitel

Die Dunkelheit in den Stallungen der Burg umfing Marius wie ein kühles schwarzes Tuch aus feinstem Gewebe.

Er hatte sich nie vor der nächtlichen Finsternis gefürchtet, schon als kleines Kind nicht. Statt sie als unheimlich und beklemmend zu empfinden, liebte er die magische Kraft der Dunkelheit. Sie ließ ihn alle Demütigungen vergessen, befreite ihn aus der niederdrückenden Welt, wie er sie kannte, und öffnete ihm tausend Tore in das Land seiner Träume. Und in diesen Wachträumen quälten ihn nicht mehr die Fragen, wer er war, woher er kam, wer wohl seine Mutter gewesen sein mochte – und was er für seinen Vater bedeutete.

Wenn er des Nachts seiner brennenden Sehnsucht nachgab, die ihn antrieb, den Schleier vor seiner Vergangenheit aufzureißen sowie sein Leben von allen Makeln zu befreien, dann sah er nicht Frodebert, sondern seinen Vater Eginhard als Graf im geschnitzten Lehnstuhl im Rittersaal sitzen und sich selbst an dessen Seite. Oder er ritt mit ihm hoch zu Ross an der Spitze eines mächtigen Belagerungsheeres durch die Lombardei und zog vor die Tore von Ravenna – mal mit Lanze, Schwert und Schild bewehrt, ein andermal furchtlos das im Wind flatternde Banner mit ihrem Familienwappen vorantragend. Wann immer ihm in nächtlichen Stunden danach war, streifte er in seiner Fantasie über die Märkte von Pavia und Mantua, nahm in Padua huldvoll Einladungen örtlicher Fürsten in ihre prunkvollen Paläste entgegen oder befreite mit einem tollkühnen Handstreich seinen Vater aus den gefürchteten Kerkern von Genua. Dass er noch nie eine

Stadt zu Gesicht bekommen hatte, vielleicht allenfalls als Säugling, behinderte ihn bei seinen geistigen Streifzügen nicht im Geringsten. Seine Einbildungskraft überwand mühelos alle Hindernisse.

Oft überließ er sich auch wunderbaren Bildern und Szenen, in denen seine Mutter im Mittelpunkt stand. Was ihre Anmut, Schönheit und Sanftmut betraf, so konnte nur die allerheiligste Jungfrau im Himmel seine Mutter darin übertreffen.

Mariella sollte sie geheißen haben, aber nicht einmal das wusste er mit Sicherheit.

Marius gab einen leisen Stoßseufzer von sich und stützte seinen Kopf in die Hände, seine Ellbogen ruhten auf den angezogenen Knien.

Er kauerte in dem schmalen Spalt, der gegenüber den Einstellplätzen der Pferde zwischen einer hölzernen Trennwand und der großen Haferkiste klaffte, auf einer dünnen Schicht Stroh. Die einzigen Geräusche, die zu ihm drangen, waren das vertraute Scharren, Schnauben und Kiefermahlen der Pferde sowie das Geraschel der Mäuse, die sich durch seine Anwesenheit nicht davon abhalten ließen, in dem Dreck rund um die verriegelte Haferkiste nach Körnern und Kleingetier zu suchen.

Er wartete geduldig. Schließlich hörte er gedämpfte Stimmen, die vom Bergfried kamen, jedoch fast augenblicklich wieder verstummten. Wenig später knarrte die kleine Tür, die in das hohe Doppeltor der Stallanlage eingelassen war. Ein schwacher Lichtschimmer glomm in der Dunkelheit auf und wurde rasch heller.

Vorsichtig spähte Marius hinter der Haferkiste hervor, um zu erkennen, wer da mit der Stalllaterne näher kam. Die Gestalt, die im nächsten Moment im Durchgang auftauchte und auf den Einstellplatz schräg vor ihm zuhielt, trug die Laterne so tief, dass der Lichtschein nicht das Gesicht erreichte. Es fiel jedoch ein Schimmer auf einen eisgrauen, brustlangen Bart – und das genügte Marius, um zu wissen, dass es Vinzent der Pilger war. Er hatte also recht daran getan, hier so lange auszuharren.

Marius richtete sich nun auf und machte sich durch ein leises Räuspern bemerkbar, um dem Alten keinen gar zu großen Schrecken in die Glieder zu jagen.

Wie sich zeigte, war Vinzent jedoch alles andere als ein schreckhafter Mann. Er hielt noch nicht einmal in der Bewegung inne, sondern hängte zuerst die Laterne an den Haken, der aus einem Stützbalken herausragte, und wandte sich dann um.

»Schau an, der junge Marius von der Burg«, sagte er leise. »Hast du vielleicht auf mich gewartet?«

Marius nickte. »Ich dachte mir, dass Ihr wohl noch mal nach Eurem Esel sehen würdet, bevor Ihr Euch zur Nacht niederlegt. Hier sind Eure Sachen, die Ihr mir am Teich überlassen habt«, sagte er, reichte ihm Rock und Hose und dankte ihm noch einmal für sein Eingreifen und seine großzügige Hilfe.

»Du scheinst nicht nur zu deinem Wort zu stehen, sondern auch noch eine gute Menschenkenntnis zu besitzen. Ich sehe in der Tat stets nach Homer, bevor ich mich schlafen lege«, bestätigte er. »Aber wo hast du nur so schnell deine Kleider trocknen können?«

»Vor dem Feuer drüben im Kochhaus. Früher hat man mich da nicht geduldet. Aber seit dem Sommer habe ich bei der sonst so kratzbürstigen Gisla, die im Kochhaus das Sagen hat, einen Stein im Brett. Sie ist nämlich die Schwester des Bauern Burchard. Und dem wäre fast das Haus abgebrannt, wenn ich nicht zufällig den Rauch bemerkt hätte. Ich konnte das Feuer noch rechtzeitig löschen, das seine jüngste Tochter beim Spielen entzündet hatte«, berichtete er nicht ohne Stolz. »Die Gisla hat mir dann auch gleich die größten Risse geflickt.«

»Hast du denn keine Mutter oder Schwester, die das für dich tun könnte?«, fragte Vinzent.

»Nein, ich habe niemanden, der etwas darum gibt, wo ich bleibe und wer mich drangsaliert«, antwortete Marius mit einer Mischung aus Verlegenheit und Bitterkeit. »Und dabei ist Graf Frodebert doch mein Onkel.«

Verblüffung zeigte sich auf dem Gesicht des Pilgers. »Du bist sein Neffe?«

»Ja, das bin ich.« Marius machte eine unsichere Geste und räumte dann ein: »Zumindest deutet alles daraufhin, dass sein Bruder Eginhard mein Vater ist. Es kann gar nicht anders sein. Sonst macht alles keinen Sinn und ich wäre heute bestimmt nicht hier, sondern lebte wohl irgendwo in der Lombardei.«

»Das klingt ein wenig verwirrend und ich glaube nicht, dass meine Verwirrung an dem sauren Wein liegt, den der Graf heute Abend zur halb rohen, halb verbrannten Wildkeule hat ausschenken lassen. Möchtest du mir deine Geschichte erzählen oder ist es dir lieber, wir berühren das Thema nicht weiter?«

Marius zuckte mit den Achseln. »Wenn Ihr zu so später Stunde noch Zeit für eine solche Geschichte habt«, erwiderte er scheinbar zurückhaltend. Dabei wollte er sich dem alten Pilger nur zu gern anvertrauen und ihm sein Herz ausschütten. Vielleicht wusste der ihm ja in irgendeiner Weise zu helfen, obwohl er selbst nicht sagen konnte, worin diese Hilfe eigentlich bestehen sollte.

Ein kaum merkliches Lächeln huschte über das wettergegerbte Gesicht des Pilgers, als wüsste er ganz genau, wie sehr Marius darauf brannte, von sich und seinem Vater zu erzählen. »Ich höre mir deine Geschichte gern an, Marius. In meinem Alter sind die Nächte ohnehin zu lang«, sagte er, setzte sich auf die Haferkiste und bedeutete Marius, neben ihm Platz zu nehmen.

Marius kam der Aufforderung bereitwillig nach. »Allzu viel weiß ich nicht über meinen Vater und noch weniger ist mir über meine Herkunft bekannt. Denn bisher hat niemand hier sich die Mühe gemacht, mit mir ehrlich darüber zu reden. Ich kann Euch also nur das erzählen, was ich in den Jahren hier und da aufgeschnappt habe.«

»Nur zu!«

Marius atmete tief durch. »Eginhard, der Mann, den ich für meinen Vater halte, ist der Zwillingsbruder meines Oheims*, des Grafen Frodebert, der ihn bei der Niederkunft ihrer Mutter nur um wenige Augenblicke im Rennen um den Platz des Erbsohns geschlagen hat«, begann er. »Aber dieser Vorsprung reichte nun mal völlig, um Frodebert zum Stammhalter und als Erstgeborenen zum alleinigen Erben von Land und Besitz zu machen – und meinen Vater auf den bitteren Platz des zweiten Sohnes zu verweisen, der nichts zu erwarten hat und selbst zusehen muss, wie und wo er sein Glück macht.«

Vinzent nickte. »Eine äußerst undankbare Stellung, die in der nächsten Generation nun jenem Ekkebert zugefallen ist, der dir heute Nachmittag am Teich mit seinen Freunden das Fell gerben wollte, nicht wahr?«

Marius stutzte und nickte dann widerwillig. »Ja, Siegbert ist der Erstgeborene, aber er ist immerhin um drei Jahre und nicht nur um wenige Augenblicke älter als sein Bruder

Ekkebert. Das erste Kind des Grafen ist jedoch eine Tochter gewesen. Ihr Name ist Frederuna.«

»... die eine Braut Christi geworden ist, richtig?«

Marius lachte spöttisch auf. »Ja, aber bestimmt nicht aus freien Stücken! Braut wäre sie wohl gern geworden, nur nicht gerade Braut Christi. Die arme Frederuna hat jedoch das Pech gehabt, nicht gerade mit Anmut gesegnet zu sein. Niemand wollte sie zur Frau, wie man sich erzählt. Und als sie mit siebzehn Jahren immer noch keinen Mann gefunden hatte und eine alte Jungfer zu werden drohte, haben ihre Eltern ihr keine andere Wahl gelassen, als den Schleier zu nehmen und ihr Leben fortan in einem Nonnenstift in Trier zu verbringen.«

Vinzent schüttelte betrübt den Kopf. »Es ist eine schreckliche Unsitte, Kinder schon im zarten Alter von neun oder zehn Jahren einem Kloster zu versprechen, wie das oft der Fall ist, oder Töchter, die nicht rechtzeitig unter die Haube kommen, einfach hinter die Mauern eines Nonnenstiftes abzuschieben. Wer unserem Heiland durch ein monastisches* Leben dienen will, sollte sich mit freudig brennendem Herz und unstillbarer Sehnsucht für die drei gnadenreichen evangelischen Räte Gehorsam, Armut und Keuschheit entscheiden und auf keinen Fall dazu gedrängt werden, aus welch wohlmeinenden Gründen auch immer. Aber lassen wir das und kommen wir lieber zu dir und deinem Vater zurück!«

»Frodebert und mein Vater kamen von Kindesbeinen an nicht gut miteinander aus«, fuhr Marius nun fort. »Sie lagen sich ständig wie Hund und Katze in den Haaren, heißt es. Und je älter sie wurden, desto stärker wuchs ihre Rivalität. Mein Vater war der kräftigere der Zwillinge, aber Frodebert besaß nun mal die Macht des Erstgeborenen, dem eines Tages alles in den Schoß fallen würde und dem der Vater alles durchgehen ließ. Und das führte zu immer erbitterteren, auch handgreiflichen Auseinandersetzungen zwischen ihnen. Dann, vor nun mehr als zwanzig Jahren, hätte sich hier in diesem Tal um ein Haar die blutige Geschichte von Kain und Abel wiederholt, als ...« Er stockte kurz.

»Ja?«

»... als mein Vater sich in eine der Töchter des mächtigen Grafen von Spanheim verliebte und Frodebert ihn aus schierer Missgunst um das Mädchen brachte, obwohl er doch wusste, wie sehr es zu seinem Bruder entflammt war. Er sorgte dafür, dass mein Großvater, der damals schon seine Gesundheit dahinschwinden sah und noch die Geburt seines ersten Enkelsohns erleben wollte, für ihn die Ehe mit dieser Tochter des Grafen von Spanheim aushandelte. Frodebert heiratete Cordula, kaum dass sie dreizehn Jahre alt war und sich damit im heiratsfähigen Alter befand.«

Vinzent sah ihn bestürzt an. »Die Gräfin Cordula war einst die Auserwählte deines Vaters?«

Marius nickte mit grimmiger Miene. »Mein Vater soll außer sich vor Zorn und Ohnmacht gewesen sein und seinen Zwillingsbruder beschworen, ja sogar kniefällig gebeten haben, von dieser Heirat abzusehen. Frodebert hätte doch jede andere haben können, aber er wollte seinem Bruder beweisen, dass er ihm wegnehmen konnte, wonach auch immer ihm der Sinn stand. Weil er nämlich bald der Graf sein und über Land und Burg herrschen würde. Also hat Frodebert meinen Vater, so wird erzählt, nur ausgelacht und schändlichst verhöhnt, worauf es zu einem Kampf gekommen ist. Dabei ist wohl auch Blut geflossen, was meinen Großvater dermaßen in Ärger und Wut versetzte, dass er meinen Vater davongejagt hat. Im Jahr darauf, als Frederuna zur Welt kam, starb mein Großvater – angeblich aus maßloser Enttäuschung, dass sein Sohn keinen Stammhalter, sondern nur ein Mädchen gezeugt hatte, wie gehässige Zungen behaupten.«

Marius legte eine kurze Pause ein, hob einen trocknen Halm vom Deckel der Haferkiste auf und kaute eine Weile auf dem Stängel herum, als müsste er erst überlegen, was sich danach ereignet hatte.

»Über die Jahre, die darauf folgten, habe ich bisher nichts Genaues erfahren können. Vielleicht gibt es hier auch niemanden, der Näheres darüber weiß, wohin es meinen Vater verschlagen hat und wie es ihm ergangen ist«, setzte er seine Erzählung dann fort.

»Aber es gibt Gerüchte, nicht wahr?«, fragte Vinzent.

Marius nickte. »Ja, und diesen Gerüchten nach soll er zuerst als Knappe in die Dienste eines Ritters im südlichen Frankenland getreten sein. Und da er sich schon als junge ausgezeichnet aufs Reiten und auf die Handhabung von Schwert und Tanz verstand, hat er sich bei Kämpfen und Turnieren rasch bewährt, sich später einigen Rittern angeschlossen und mit ihnen an kriegerischen Städtefehden diesseits und jenseits der Alpen, insbesondere aber in der Lombardei teilgenommen. Es geht auch das Gerücht, er sei bei einem dieser Kriegszüge einmal in Ravenna oder Genua in Gefangenschaft geraten und habe lange in einem schrecklichen Kerker eingesessen, und angeblich habe er dem Tod nur entfliehen können, weil die Tochter eines noblen und mächtigen Mannes ihm wenige Tage vor der Hinrichtung zum Ausbruch verholfen und ihn bei sich versteckt habe. Ihr Name soll Mariella gewesen sein.«

»Deine Mutter?«

Marius zuckte die Achseln. »Ich möchte es nur zu gerne glauben, aber was ist ein Gerücht schon wert?«

»Und was geschah dann?«

»Sieben Jahre nachdem mein Großvater ihn von der Burg gewiesen hatte, kehrte er zurück – mit mir als Säugling.« Überrascht zog Vinzent die Augenbrauen hoch und wartete geduldig auf weitere Erklärungen.

Marius lachte freudlos auf, als hätte er die Gedanken seines aufmerksamen Zuhörers erraten. »Nein, er brachte mich nicht hier auf die Burg, sondern zu einem älteren, kinderlosen Ehepaar östlich von Dill. Ich glaube, er versteckte mich dort, weil er der Gräfin nicht mit einem eigenen Kind unter die Augen treten wollte – und schon gar nicht mit einem Kind, das so deutlich eine Mutter aus dem Süden jenseits der Alpen verriet. Denn mein Oheim nahm ihn mit herablassender Großzügigkeit und ganz im Bewusstsein seiner unangefochtenen Stellung wieder auf. Fragt mich nicht, warum mein Vater überhaupt heimgekommen ist. Vielleicht hatte er Cordula einfach nicht vergessen können? Nur, warum hatte er mich dann nicht bei meiner Mutter oder deren Familie in der Lombardei gelassen, sondern die Mühe auf sich genommen, sich auf der langen Reise mit einem ein Jahr alten Säugling zu belasten? Und was ist aus meiner Mutter geworden? Hieß sie wirklich Mariella und entstammte sie tatsächlich einer vornehmen Familie in Ravenna oder Genua? Hat sie meinen Vater wirklich aus dem Kerker befreit und ihn bei sich versteckt – und ist sie dafür vielleicht von ihrer Familie verstoßen worden?«

Marius schüttelte den Kopf. In seiner Vergangenheit und dem Leben seines Vaters gab es einfach zu viele Rätsel und

Lücken, als dass er wohl je damit rechnen durfte, in diesen Dingen Gewissheit zu erlangen.

»Ich wuchs also auf dem Hof des Bauern Karl und seiner Frau Gerta auf. Sie behandelten mich anständig, aber ohne große Zuneigung. Ich glaube, sie zogen mich nur aus irgendeinem Pflichtgefühl auf oder weil sie dafür gut entlohnt wurden. Über meinen Vater und dessen Verbleib verloren sie kein Wort. Dass ich zu gehorchen und keine Fragen zu stellen hatte, lernte ich schnell. Meinen Vater habe ich in den folgenden Jahren selten zu Gesicht bekommen. Ich kann mich jedenfalls nur an ganz wenige Besuche erinnern, die immer sehr kurz ausfielen und mich überdies mehr erschreckten und einschüchterten als beglückten. Das änderte sich auch nicht, als er mich mit sechs Jahren in die Obhut der Mönche von Ravengiersburg gab und sie offenbar gut dafür bezahlte, wie ich ihn einmal im Gespräch mit dem Prior* sagen hörte, damit sie mich in allen wichtigen Dingen unterrichteten.«

»Du bist in die Klosterschule des dortigen Augustiner Chorherrenstifts gegangen?«, entfuhr es Vinzent überrascht, der mit der jungen Abtei von Ravengiersburg offensichtlich bestens vertraut war, wie seine Frage erkennen ließ.

Marius nickte und in seinem breiten Grinsen lag eine gehörige Portion Stolz. »Ja, mehr als sechs Jahre lang habe ich bei den Mönchen gelebt und studiert. Mein Latein ist besser als das unseres Dorfpfarrers, dem bei der Messe so manch peinlicher Schnitzer unterläuft. Aber das merkt weder er selbst noch die Grafenfamilie, von denen ja nur mein Oheim und sein Erstgeborener des Lesens und Schreibens einigermaßen mächtig sind, geschweige denn irgendein anderer!«, spottete er, um aber gleich wieder ernst zu werden. »Während der Jahre, die ich im Kloster verbrachte, wurde mein Vater in sich gekehrter, verschlossener und wortkarger. Er zog rastlos umher, um aber immer wieder zur Burg und wohl auch zu Cordula zurückzukehren.«

»Hat es dir in der Klosterschule gefallen?«, wollte Vinzent wissen.

Marius überlegte kurz und wiegte den Kopf. »Ja und nein. Das Lesen, Schreiben und Studieren der Bibel und anderer wunderbarer Bücher hat mir große Freude bereitet. Es gab sogar einmal eine Zeit, da glaubte ich tatsächlich, mein ganzes Leben in der Bibliothek und im Skriptorium* verbringen zu wollen und dafür zu jedem Opfer bereit zu sein. Ich liebte auch den Chorgesang der Mönche, der mir oft das wunderbare Gefühl gab, Gott plötzlich ganz nahe zu sein.«

Vinzent lächelte wissend. »Ja, die himmlische Macht der Musik ... Wo Worte versagen, befreit uns die Musik aus den Ketten unserer geistigen Begrenztheit.«

»Dankbar war ich auch dafür, dass ich so etwas wie eine große Familie hatte und immer wusste, wo mein Platz war, ganz gleich, wo ich mich gerade aufhielt. Ich hatte meinen festen Schlafplatz im Schlafsaal unter dem Dach, im Unterrichtszimmer und an der Speisetafel. Ich kam mit den anderen Klosterschülern gut aus und bin sogar häufiger belobigt als gezüchtigt worden. Vieles andere hat mir dagegen weniger gut gefallen. Aber alles in allem war es doch die schönste Zeit, an die ich mich erinnern kann. Ja, ich hatte es gut im Kloster und vermutlich wäre ich heute noch da, mittlerweile wohl als Novize*, wenn mein Vater mich einfach vergessen hätte. Manchmal wünschte ich, er hätte es getan. Doch dann, im Frühling vor zweieinhalb

Jahren, traf eines Nachts Gottschalk, der getreue Dienstmann meines Vaters, im Kloster ein, um mich zu holen. Mein Vater wollte mich noch einmal sehen, denn er lag im Sterben, zumindest sah es danach aus. Er hatte schon die Sterbebeichte abgelegt, die Letzte Ölung erhalten und mit seinem Leben abgeschlossen. Doch wundersamerweise starb mein Vater nicht an jenem Fieber, das er von einem seiner Streifzüge mitgebracht hatte, sondern erholte sich schnell wieder.«

»Und damals hast du nicht mit ihm reden und ihn nach deiner Mutter und den näheren Umständen deiner Herkunft fragen können?«, warf Vinzent verwundert ein.

»Oh ja, und ob ich ihn danach gefragt habe!«, antwortete Marius, während sich in Erinnerung an jene Begebenheit ein Schatten über sein Gesicht legte. »Ich hatte endlich einmal den Mut, meinen Vater darauf anzusprechen. Doch er fiel mir sofort schroff in die Rede, verbot mir jede weitere Frage und erklärte, die Erinnerungen seien noch zu schmerzlich, als dass er jetzt schon mit mir darüber reden könnte! Und damit schickte er mich aus dem Zimmer. Nicht einmal die Frage, ob er denn nun mein leiblicher Vater und ich ein legitimes Kind oder ein Bankert sei, hat er mir beantwortet.«

»Du hättest nicht nachgeben und bei der nächstbesten Gelegenheit auf einer klaren Antwort bestehen sollen«, hielt Vinzent ihm vor.

»Ich hätte es wohl getan, wenn es eine solche Gelegenheit nur gegeben hätte!«, versicherte Marius grimmig. »Doch ich habe meinen Vater danach nicht wiedergesehen. Denn am nächsten Tag waren er und Gottschalk verschwunden. Und seitdem hat man hier auch von keinem mehr etwas gehört.«

»Beide Männer spurlos verschwunden?«, fragte Vinzent stirnrunzelnd.

Marius nickte. »Soviel ich weiß, hat seitdem niemand etwas von ihnen gehört, geschweige denn habe ich eine Nachricht erhalten. Ich glaube, mein Vater ist wieder in die Lombardei zurückgekehrt. Und das ist alles, was ich Euch erzählen kann: eine Anhäufung von Gerüchten und Mutmaßungen.« Er machte eine kurze Pause. »Ihr seht, Ihr habt es mit einem Niemandskind zu tun.«

»Niemandskind?«, wiederholte Vinzent verblüfft.

»Ja, ich bin zwar kein höriger Bauer oder Knecht und stehe nicht unter der Munt* irgendeines Herren, sondern ich bin frei und kann gehen, wohin ich will, aber dennoch bin ich ein Niemandskind – weil ich nämlich zu niemandem gehöre und niemand etwas darum gibt, was ich tue und wie es mir geht«, erklärte Marius bitter. »Aus irgendeinem Grund duldet man mich hier auf der Burg, wohl weil die Gräfin ein wenig ihre schützende Hand über mich hält. Aber wirklich dazugehören tue ich nicht – weder zu den Freien der Herrschaft noch zum Gesinde. Und auch für die Bauern im Dorf bin ich weder Fisch noch Fleisch. Das ist es, was ich ein Niemandskind nenne!«

»Du magst deiner Eltern und deiner Herkunft nicht gewiss sein und deinen Platz im Leben noch nicht gefunden haben, aber ein Niemandskind bist du nicht«, antwortete Vinzent mit Nachdruck. »Niemand ist ein Niemandskind. Wir alle sind geliebte Kinder Gottes.«

Marius verzog das Gesicht. »Das scheint aber noch nicht bis zu Ekkebert und vielen anderen in dieser Gegend vorgedrungen zu sein«, erwiderte er bitter.

Vinzent bedachte ihn mit einem schmerzlichen Lächeln. »Viel wichtiger ist wohl, dass dies zuerst einmal in *dein*

Bewusstsein vordringt und dort die peinigenden Selbstzweifel verjagt«, stellte er klar. »Es ist nämlich von viel größerer Bedeutung, was *du* von dir denkst, als was *andere* von dir halten.«

»Ich werde darüber nachdenken«, sagte Marius nicht sehr überzeugend und wechselte das Thema. »Aber nun seid Ihr an der Reihe, mir ein wenig aus Eurem Leben zu erzählen. Oder ist es zu ungehörig, Euch zu fragen, wie Ihr denn bloß dazu gekommen seid, für andere Leute Pilgerfahrten zu unternehmen, und was das überhaupt für ein Leben ist, jahraus und jahrein zu den heiligen Stätten zu pilgern?«

Vinzent lachte leise auf. »Nein, ich sehe darin nichts Ungehöriges und ich will deine Neugier gern stillen, Marius. Du möchtest wissen, was mich dazu gebracht hat, zum Pilger zu werden. Nun, meine erste Pilgerreise führte mich vor dreieinhalb Jahrzehnten nach Jerusalem ...«

Marius sah ihn voller Ehrfurcht an. Jerusalem lag im Zentrum der Welt, wie jedermann wusste, und eine Reise dorthin war so langwierig und gefährlich, dass nur wenige sie auf sich zu nehmen wagten. Und mit solch einem Mann saß er Seite an Seite auf einer Haferkiste und durfte mit ihm wie mit einem guten Freund reden!

»... und ich unternahm sie, weil ich meine heiligen Gelübde gebrochen hatte und nun um mein Seelenheil fürchtete.«

Marius runzelte die Stirn. »Welche heiligen Gelübde könnt Ihr denn gebrochen haben?«

»Die ewigen Gelübde des Mönches.«

»Ihr habt einst im Kloster gelebt?«, fragte Marius erstaunt.

Vinzent nickte. »Meine Eltern hatten in größter Not zu Gott gebetet und Er hatte sie erhört und ihre Not gewendet. Zum Dank dafür hatten sie mich unserem Kloster versprochen, als ich noch nicht einmal entwöhnt war. Mit zehn übergaben sie mich den Mönchen und ich wurde einer von ihnen. Ich ging ungern, gehorchte jedoch. Was blieb mir auch anderes übrig? Doch zwölf Jahre später, als ich längst die ewigen Gelübde abgelegt hatte, konnte ich mich nicht länger der Einsicht verwehren, dass ich für dieses Leben nicht geschaffen war. Sosehr ich vieles am Klosterleben schätzte und auch heute noch für heilig halte, so zog es mich doch mit übermächtiger Kraft hinaus in die Welt, die hinter den Mauern unserer Abtei lag. Aus Angst, man könnte mich hindern oder irgendwie zum Bleiben überreden, nutzte ich eines herrlichen Frühlingstages einen Botengang zu einem unserer Fronhöfe*, um mich … ja, im wahrsten Sinne des Wortes davonzumachen.«

»Oh!« Marius war beeindruckt. »Hattet Ihr denn ein Ziel, wohin Ihr wolltet, und einen Plan, was Ihr zu tun gedachtet?«

Der alte Pilger schüttelte den Kopf. »Ich lebte in einem Wechselbad aus überschwänglicher Freude und schrecklicher Angst, mein Seelenheil verwirkt zu haben. Der Teufel kennt viele Arten, seine Netze auszuwerfen, und wer sagte mir, dass mein Drang, ein anderes Leben zu leben, und mein Davonlaufen nicht eine seiner Versuchungen war, um mich ins Verderben zu führen? Deshalb beschloss ich, nach Jerusalem zu pilgern. Dort hoffte ich ein göttliches Zeichen zu erhalten. Und das erhielt ich auch, als ich an den heiligen Stätten betete und den Sand und die Steine berührte, über die schon unser Heiland und seine Apostel geschritten waren.«

»Und was war das für ein Zeichen?«

»Eine Art von Vision«, antwortete der Pilger mit einem

verträumten Lächeln. »Ich sah nämlich die Jünger unseres Herrn, sah sie in Jerusalem zusammenkommen und dann als Apostel mutig in die Welt hinausgehen, in alle Himmelsrichtungen verstreut, jeder in ein anderes Land. Und da begriff ich, dass Jesus und seine Jünger sich nicht hinter Mauern zurückgezogen haben, um Gott zu verehren, sondern dass sie sich selbst heimatlos gemacht haben und zu den Menschen gegangen sind, um ihnen die Botschaft des Evangeliums zu verkünden. Und von diesem Moment an wusste ich, dass ich recht daran getan hatte, meiner inneren Stimme zu folgen.«

»Dann haltet Ihr das Kloster der Mönche, die meinen, dem Allmächtigen am besten durch unablässige Gebete und Lobgesang zu dienen, also nicht für den richtigen und gottgewollten Weg?«, folgerte Marius, fast erschrocken über eine solche Kühnheit des Denkens.

»Nein, ganz und gar nicht. Ich halte das monastische Leben vielmehr für ein großartiges und gnadenreiches Geschenk, für ein wichtiges und unverzichtbares Glied am heiligen Leib der Mutter Kirche«, lautete die überraschende Antwort.

»Ja, aber ...«, stammelte Marius verwirrt.

»Keine Sorge, ich erkläre dir das schon noch«, fiel Vinzent ihm ins Wort. »Das eine zu lieben, heißt eben nicht, das andere zu hassen! Gott hat die Schöpfung auf unbeschreibliche und letztlich auch unfassbare Vielfalt angelegt, nicht auf triste Einheitlichkeit. Wächst auf einer Wiese nur eine Sorte von Blumen? Nein, es gibt ihrer unzählige. Und gedeiht die Trauerweide in derselben Erde wie eine Eiche oder eine Kiefer? Mitnichten! Wo das eine Gewächs feuchten Grund braucht, verlangt das andere nach trocknem Erdreich. Und während ein Singvogel erbärmlich einginge, wenn er nur Gras zu fressen hätte, liebt das Vieh nichts so sehr wie eine fette Weide. Mit den Menschen verhält es sich nicht viel anders. Gott hat es so gewollt, dass jeder von uns seine eigenen Gaben und Bedürfnisse besitzt. Und nach diesen Gaben und Bedürfnissen muss er leben, wenn sein Leben gedeihen soll. Mönch zu sein und aus freien Stücken und aus tiefer Sehnsucht im Kloster zu leben, diese großartige Gnade war mir nicht gegeben. Mich hat der Allmächtige zum Pilgerleben bestimmt.«

»Und mich?«, fragte Marius sofort. »Was meint Ihr, wofür Er ein Niemandskind wie mich bestimmt?«

»Das weiß im Augenblick nur Gott allein. Aber du wirst es wissen, wenn der rechte Zeitpunkt gekommen ist, an dem dein Leben am Scheideweg steht«, versicherte Vinzent. »Wir alle stehen irgendwann an diesem Scheideweg – manche früher, andere später.«

»Wirklich? Hoffentlich übersehe ich ihn nicht, wenn es so weit ist«, sagte Marius.

Vinzent sah ihn ernst an. »Das kann sehr wohl passieren, wenn man nicht wachsam genug ist. Andere wiederum wollen ihn nicht sehen und stellen sich blind, weil sie die Folgen fürchten. Ich hoffe, dass du keines von beidem tust, wenn der Zeitpunkt für dich gekommen ist.«

Unter dem ernsten Blick des Pilgers war ihm nicht wohl in seiner Haut und so lenkte er schnell von sich ab. »Ist das Leben eines Pilgers denn nicht sehr einsam?«, fragte er.

»Wie kommst du denn darauf? Ein Pilger braucht die Einsamkeit nicht zu fürchten, denn er hat ständig sieben Gefährten an seiner Seite!«

»Ihr aber nicht! Ihr habt nur Homer und das ist ein Esel.«

»Oh doch!«, widersprach Vinzent und zählte mit einem verschmitzten Lächeln auf: »Hunger, Durst, Hitze, Kälte,

Müdigkeit, Krankheit und Tod – das sind die sieben ständigen Wegbegleiter eines jeden Pilgers!«

Marius lachte. »Das sind nicht gerade die Weggefährten, die ich mir als Gesellschaft wünschen würde. Aber sagt, woher erhaltet Ihr überhaupt die Aufträge, für andere Leute Pilgerreisen zu unternehmen?«

»Das spricht sich herum, und wenn man in einem guten Ruf steht, dann werden einem mehr stellvertretende Wallfahrten angetragen, als man annehmen kann. So habe ich vor drei Jahren, als die Mutter der Gräfin Cordula starb, eine Pilgerreise nach Santiago de Compostela gemacht, um am Grab des heiligen Jakobus für das Seelenheil der Verstorbenen zu beten.«

Nun wusste Marius auch, woher Ekkebert und seine Freunde den Pilger kannten. Etwas anderes interessierte ihn im Augenblick aber mehr. »Und werdet Ihr für diese Pilgerreise auch ...« Er hielt noch im letzten Moment inne.

»... bezahlt?«, vollendete Vinzent die Frage für ihn.

Marius blickte verlegen weg, nickte jedoch.

»Sicherlich werde ich dafür bezahlt, denn mit Betteln kommt man nicht weit und ein Pilger soll auch nicht betteln. Das wäre eine Schande, er soll im Gegenteil möglichst oft Almosen verteilen. Überall sind zudem irgendwelche Wegzölle sowie Trinkgelder und sogenannte ›Verehrungen‹ zu zahlen, mit denen man sich jemandes Wohlwollen sichert. Auch muss man mit dem Beichtpfennig, mit Gebühren für Gesundheitsbescheinigungen sowie mit Fähr- und Schiffsgeldern rechnen, um nur einige der Ausgaben zu nennen – ganz zu schweigen von Kost und Logis«, erzählte Vinzent freimütig. »Willst du Preise wissen? Natürlich willst du das! Also gut: Für eine Pilgerreise nach Rom sind zehn bis dreißig Silbermünzen fällig, so viel, wie drei oder vier anständige Wirtschaftspferde wert sind. Der Preis hängt davon ab, wie oft und in welchen der sieben Hauptkirchen in Rom man täglich für das Seelenheil beten soll. Wer diese sieben Kirchen übrigens an einem Tag zu Fuß erreichen will, der muss sich schon ordentlich anstrengen und über Ausdauer verfügen. Wenn ich jedoch nur nach Trier, Köln, Aachen oder Einsiedeln soll, dann kommt das natürlich entsprechend billiger.«

»Und Jerusalem?«

»Oh, eine Wallfahrt ins Heilige Land kostet einen hübschen Batzen Geld! Unter hundert Silberdenaren ist da nichts zu machen. Und damit sind wirklich nur die Kosten abgedeckt. Die Gefahr, von den Sarazenen* erschlagen und ins Meer geworfen oder aber in die Sklaverei verkauft zu werden, nimmt der *peregrino* ohne Aufpreis auf sich«, versicherte Vinzent. »Jedenfalls kann ich für meine Person sagen, dass letztlich für einen selbst nichts übrig bleibt. Bei Priestern, die bei stellvertretenden Pilgerfahrten üblicherweise das Doppelte von dem nehmen, was unsereins in Rechnung stellt, mag es anders aussehen. Aber reich kann auch solch ein Pilger nicht werden, das ist gewiss. Wir stellvertretenden *peregrini* können froh sein, wenn wir unser bescheidenes Auskommen haben.«

»Seid Ihr auf die Burg gekommen, weil Euch die Gräfin wieder mit einer Wallfahrt betrauen will?«, wollte Marius nun wissen.

»Es sieht ganz danach aus, dass sie sehr geneigt ist, mich noch einmal ...« Vinzent brach mitten im Satz ab, weil plötzlich jemand die knarrende Tür zu den Stallungen öffnete.

»Seid Ihr noch immer hier, Wallfahrer, oder habt Ihr nur vergessen, die Laterne zu löschen?«, rief eine raue Stimme.

»Das ist Thietger, der Stallwart! Es ist besser, er bekommt mich nicht zu Gesicht, sonst erfahren seine Söhne noch, wo sie mich finden können, falls sie nach mir suchen!«, raunte Marius dem alten Pilger hastig zu, sprang von der Haferkiste und kauerte sich wieder in den Spalt.

»Ja, ich bin es, guter Mann!«, rief Vinzent laut zurück und fragte gedämpft: »Willst du die Nacht hier im Stall verbringen?«

»Warum nicht? Hier bin ich sicherer als in meiner zugigen Dachkammer drüben im Gesindehaus und wärmer ist es hier allemal«, versicherte Marius. »Ich schlafe hier bestimmt besser als irgendwo sonst. Wenn Thietger allerdings von außen den Riegel vorlegt, muss ich morgen früh aufpassen, dass ich seinen Söhnen nicht in die Arme laufe.«

»Das soll dich nicht sorgen. Wie damals als Mönch bete ich noch immer die Horen*, das habe ich beibehalten. Deshalb bin ich sicherlich der Erste, der schon lange vor Tagesanbruch auf den Beinen ist. Es wird mir daher ein Leichtes sein, die Stalltür für dich früh genug und unbemerkt zu entriegeln. Vergiss nur nicht, den Riegel wieder vorzulegen, bevor du dich davonmachst.«

»Ich werde es bestimmt nicht vergessen. Ich danke Euch!«, flüsterte Marius voller Erleichterung.

»Dann Gottes Segen und eine gute Nacht«, flüsterte Vinzent zurück, nahm seine Laterne vom Haken und entfernte sich rasch, wobei er eine fremdländische Melodie vor sich hin pfiff.

Marius raffte mehrere Arme Stroh zusammen und verteilte es auf der Haferkiste, die damit als Lager mindestens genauso bequem war wie sein hartes Schlafbrett mit dem dünnen, platt gelegenen Strohsack in der Dachkammer. Er wusste auch, wo er in den Stallungen ein paar alte Pferdedecken finden konnte. Sie würden ihn bestimmt so warm halten wie seine Decke aus zusammengenähten Schaffellen.

Er lag in dieser Nacht noch eine ganze Weile wach, denn nach dem langen Gespräch mit Vinzent gab es so vieles, was ihm durch den Kopf schwirrte und ihm keine Ruhe ließ. Und immer wieder kehrte er zu der Versicherung des Pilgers zurück, dass für jeden Menschen irgendwann einmal der Zeitpunkt kam, wo er am Scheideweg seines Lebens stand und sich entscheiden musste und wo sich ihm die Gelegenheit bot zu erkennen, wozu er bestimmt war.

Wann mochte wohl für ihn dieser Moment kommen – und wogegen würde er, das Niemandskind Marius von der Burg, sich dann wohl entscheiden müssen?

Mit diesem Gedanken im Sinn schlief er schließlich ein.

Fünftes Kapitel

Von drei Seiten rammten sie ihm ihre langen Holzstangen in den Leib und pressten ihn unter Wasser. Verzweifelt versuchte er, sich zu befreien, doch ohne Erfolg. Sie hielten ihn im Uferschlamm wie festgenagelt. Atemnot quälte ihn und schien seine Lungen von innen zerreißen zu wollen. Ihm war, als steckte er in einem unsichtbaren Schraubstock, der seinen schmerzenden Brustkorb immer mehr zusammenquetschte. Durch die eisig klaren Fluten hindurch sah er ihre höhnischen Gesichter. Den Tod vor Augen zu haben, weckte auf einmal ungeahnte Kräfte in ihm. Er bäumte sich gegen den Druck der Holzstangen auf und es gelang ihm tatsächlich, sich vom Grund zu lösen und aufzusteigen. Nur noch zwei Fingerbreit trennten ihn davon, die Wasseroberfläche zu durchbrechen und an die rettende Luft zu kommen. Doch zu seinem grenzenlosen Entsetzen verwandelte sich das Wasser über ihm plötzlich in eine Eisdecke. Seine Hände und sein Mund, zu einem stummen Schrei aufgerissen, berührten die eisige Kälte, aus der es nun kein Entrinnen mehr gab ...

Marius erwachte jäh aus seinem Albtraum. Die grässlichen Bilder, die ihn im Schlaf heimgesucht hatten, hielten ihn noch einen kurzen Moment lang gefangen. Völlige Finsternis umhüllte ihn. Dann wurde er sich der vertrauten Gerüche und Geräusche bewusst und er erinnerte sich, wo er sich befand. Er lag im gräflichen Pferdestall auf der großen Haferkiste und kämpfte nicht unter Wasser mit dem Erstickungstod, dem Allmächtigen sei Dank! Keine Eisdecke hielt ihn gefangen und hinderte ihn am Atmen.

Er hatte sich im Schlaf bloß auf die Seite gerollt und dabei wohl die kalte Steinwand hinter der Haferkiste mit Mund und Händen berührt.

Als Marius sich in der Dunkelheit aufrichtete, flog ein kleiner Stein durch eine der waagerechten Fensteröffnungen, welche Schießscharten ähnelten und zum Hof hinausgingen. Der Stein traf gegen eine der hölzernen Trennwände und fiel ins Stroh. Ein weiterer folgte Augenblicke später.

Nun wusste Marius, was ihn aus dem Schlaf geholt hatte. Vinzent der Pilger hatte Wort gehalten und sich nach seinem frühmorgendlichen Gebet hinunter in den Hof begeben, um wie versprochen die Stalltür zu entriegeln. Und mit den Steinwürfen wollte er ihm zu verstehen geben, dass er sich jetzt ungehindert aus dem Stall schleichen konnte.

»Ja, ich bin wach und ich habe verstanden!«, rief Marius gedämpft zu den Fensteröffnungen hoch. Eine Antwort erhielt er nicht, weitere Steinwürfe blieben jedoch aus.

Er rutschte von der Kiste, streckte seine Glieder unter herzhaftem Gähnen und tastete sich in der Dunkelheit durch den Stall. Zuerst legte er die Decke wieder dorthin zurück, wo er sie gefunden hatte. Dann begab er sich zur Tür.

»Ich danke Euch, Vinzent«, murmelte er leise und trat hinaus. Sofort legte er den Riegel wieder vor und blieb dann einen Augenblick unschlüssig an der Stallmauer stehen.

Er blickte zu den Zinnen der Ringmauer hoch und bemerkte die schattenhafte Gestalt eines Wachtpostens der müde über den Wehrgang schlurfte. Am Nachthimmel glänzten schwach die Sterne und die Finsternis hatte noch nichts von ihrer Macht eingebüßt. Vinzent musste die Vigil* wirklich wie die Mönche mitten in der Nacht gebetet haben. Bis der neue Tag heraufdämmerte, würden noch Stunden vergehen.

An Schlaf war jetzt aber nicht mehr zu denken, zumal ihm auf einmal das kostbare Hufeisen einfiel, das er in der Wolfsschlucht gefunden und im Teich wieder verloren hatte, als Ekkebert und Ludger mit ihren Stöcken auf ihn eingeschlagen hatten. Er musste es unbedingt wiederfinden und zum Glück wusste er recht genau, wo er danach zu suchen hatte.

Am liebsten hätte er sich sofort zum Teich aufgemacht, um das Hufeisen im Schutz der Nacht aus dem Schilfgürtel bei der Trauerweide zu bergen. Allerdings saß er bis zum ersten Lichtstrahl des neuen Tages auf der Burg fest, denn das schwere Burgtor blieb immer vom Einbruch der Nacht bis zum Morgengrauen geschlossen. Zwar konnte er den alten und schon halb erblindeten Otbert, der als Nachtwächter im Torhaus Dienst tat und um diese Stunde gewöhnlich in der Wachstube vor sich hin döste, wach rütteln und bitten, ihn jetzt schon hinauszulassen. Aber für diesen Gefallen würde Otbert etwas haben wollen und Marius besaß nichts, was er ihm hätte anbieten können. Ihm blieb daher nichts anderes übrig, als sich in Geduld zu fassen und zu warten, bis der neue Tag anbrach.

Marius verbrachte die Stunden im Webschuppen, wo tagsüber drei Webstühle klapperten und sich Spinnräder eifrig drehten. Jetzt hing das halb fertige Tuch an den Webstühlen müde durch und die Schiffchen, die im Licht des Tages keine Ruhe fanden und von geschickten Frauenhänden hin- und hergejagt wurden, baumelten im Zugwind an ihren Ketten. Er zog diesen Ort seiner Dachkammer vor, weil er sich nicht erst durch das Gesindehaus mit seinen laut knarrenden Stiegen schleichen musste und ihm die Nachtkälte zwischen den Säcken mit der Schafwolle wenig anhaben konnte. Zudem konnte er durch die Fensterluke, die er leise hochklappte, das Kochhaus im Blick halten. Gisla gehörte auf der Burg zu den Ersten, die so frühmorgens schon auf den Beinen waren, denn sie musste das Feuer in der Herdstelle entfachen.

Marius hing seinen Gedanken und Wachträumen nach, bis endlich die Dunkelheit zu verblassen begann und er das Poltern von Holzscheiten im Kochhaus vernahm. Schnell sprang er auf und begab sich hinüber.

Mahlzeiten gab es nur zweimal am Tag, einmal am Vormittag und einmal am frühen Abend. Das galt ebenso für Bauersleute, Knechte und Mägde wie für den Grafen und dessen Familie. Wobei die Bauern und Dienstleute nur beten und hoffen konnten, dass es jeden Tag für zwei sättigende Mahlzeiten reichte. Oft genug war das nämlich nicht der Fall. Die Missernten der letzten Jahre hatten viel Hunger und Not gebracht.

»Könnt Ihr mir jetzt schon meine Mahlzeit geben?«, fragte Marius schüchtern.

Gisla machte nie viele Worte, nicht einmal, wenn es um ihre Arbeit ging, mit der sie es sehr genau nahm. Sie fragte auch jetzt nicht, warum er nicht warten konnte, bis im Gesindehaus das Essen auf den Tisch kam. Sie sah ihn kurz an und nickte dann knapp, als wüsste sie, dass er es so eilig hatte, weil er nicht wieder dem zweitgeborenen Sohn des Grafen und dessen Busenfreunden in die Hände fallen wollte. Also setzte sie ihm einen Holznapf voll Hirsebrei vor, der für die Bauern im Dorf wie für das Gesinde auf der Burg das übliche Nahrungsmittel darstellte, und füllte einen plumpen hölzernen Becher mit Molke. Nach kurzem Zögern legte sie noch ein Stück des gerösteten Hirsefladens dazu, der vom Abend zuvor übrig geblieben war.

Marius' Augen strahlten sie an, als er ihr mit vollem Mund dankte. Schnell steckte er das Fladenstück ein, um es für später am Tag zu verwahren, wenn sich der Hunger wieder bemerkbar machte. Dann griff er zu seinem Holzlöffel, den er wie die meisten einfachen Leute stets bei sich trug und hinter dem Gürtel stecken hatte, und löffelte den Hirsebrei eiligst in sich hinein. Den Becher Molke trank er hinterher.

Indessen prasselte schon ein kräftiges Feuer und verbreitete in der Nähe der Herdstelle eine wohlige Wärme. Marius wäre gern noch etwas geblieben, doch er wusste, dass er keine Zeit verlieren durfte, wenn er das Hufeisen unbemerkt aus dem Teich holen wollte. So dankte er Gisla noch einmal, was diese mit einem Grunzlaut und einer unwirschen Handbewegung beantwortete, während sie einen schweren Eisenkessel über der Feuerstelle an den Haken des Dreifußes hängte.

Das Burgtor stand schon offen, als Marius Augenblicke später über den Hof lief. Sowie er die dunklen Mauern der Feste und den Zwinger hinter sich wusste, fühlte er sich gleich bedeutend wohler. Es war noch immer früh am Morgen und nur sehr zögerlich hellte sich im Osten der Himmel auf, als hätte die Sonne allergrößte Mühe, sich an diesem wolkenverhangenen Herbsttag zu ihrem Aufstieg aufzuraffen.

Das Dorf war zwar schon zum Leben erwacht, doch niemand begegnete ihm hier draußen außerhalb des Etters, als er bei der Kirche nach rechts abbog und noch im Dämmerlicht den Weg zur Brücke einschlug. Am Mühlbach angekommen, hörte er über sich aus einer Baumkrone das laute Krächzen von Raben. Sofort blickte er zu ihnen hoch und fragte sich, ob es wohl Regen geben würde oder ob gar ein Unwetter aufzog. Denn Raben verrieten dem Kundigen durch ihr Krächzen jeden Wetterumschwung, wie es hieß. Nur hatte er bisher niemanden gefunden, der sich auf diese besondere Kunst verstand und sich die Mühe gemacht hätte, ihn darin zu unterrichten, wie man die Schreie dieser Vögel deuten musste.

Wie ungesponnene, auseinandergezupfte Wolle trieben milchige Dunstschleier über dem Teich und schienen sich in den Schilfrändern verfangen zu haben. Als Marius die Trauerweide erreichte, drang vom dorfseitigen Ufer das Blöken, Meckern und Muhen des Viehs gedämpft zu ihm herüber. Dagegen trug der kühle Morgen das Schnattern aufgeregter Gänse, die sich um Futter stritten, klar und durchdringend an sein Ohr.

Er suchte das Ufer nach der Stelle ab, wo ihn die Prügel von Ekkebert und Hildger das erste Mal getroffen hatten. Als er schließlich meinte, auf der richtigen Höhe zu sein, löste er die Riemen seiner Schuhe und zog die Hose aus.

»Jetzt nur nicht lange zögern!«, ermahnte er sich selbst, presste die Lippen zusammen und watete ins Wasser. Scharf sog er die Luft zwischen den Zähnen ein, als die Kälte seine Beine wie mit eisigen Händen umfasste und ihm bis ins Mark drang. Es kostete ihn große Überwindung, nicht zurückzuweichen, sondern seinen Leibrock bis über die Hüften hochzuraffen und noch tiefer in das eisige Gewässer hineinzuwaten.

»Heilige Gottesmutter, hilf! Lass mich das Hufeisen schnell finden, bevor mir alle Glieder absterben!«, stöhnte er, während er den Grund vorsichtig mit seinen Füßen nach dem kostbaren Stück Eisen abtastete. Er zitterte vor

Kälte und musste sich zwingen, ruhig und überlegt vorzugehen und nicht hektisch und planlos im Schilfgürtel umherzuirren.

Wie ein Bauer, der auf seinem Acker eine sorgfältig gepflügte Furche neben die andere setzt, ging Marius das Wasserfeld ab, in dem das Hufeisen seiner Erinnerung nach liegen musste. Und mit jeder neuen Reihe geriet er tiefer ins Wasser. Schließlich reichte es ihm bis an den Bauchnabel. Der Hirsebrei in seinem Magen schien zu einem Eisklumpen zusammenzufrieren. Und noch immer hatte er das Hufeisen nicht gefunden! Ob er vielleicht doch am falschen Ort suchte? Seine Zweifel wurden immer stärker und bei der Vorstellung, seine Suche womöglich nach links und rechts ausdehnen zu müssen, wurde ihm ganz elend zumute.

Da jedoch stieß sein linker Fuß plötzlich gegen etwas Hartes und Glattes. Wieder nur ein Stein? Tastend glitten Zehen und Fußballen über den Fund.

Es war das Hufeisen!

Marius stieß einen leisen Schrei des Jubels und der Erleichterung aus. Seine Erinnerung hatte ihn also doch nicht getrogen! Vorsichtig schob er seinen Fuß in die Rundung, bohrte sich mit den Zehen ein wenig in den Grund unter dem Eisen, bis es um sein Fußgelenk lag, und hob das Hufeisen schließlich behutsam an. Er zerrte sich Leibhemd und Überrock bis zur Brust hoch, dann beugte er sich vor, griff mit der rechten Hand ins Wasser – und packte das Hufeisen mit festem Griff.

Das Wasser spritzte nach allen Seiten auf, als er nun, so schnell er konnte, zurück ans Ufer eilte. Er warf das Hufeisen ins taufeuchte Gras, griff mit klappernden Zähnen nach seiner Hose und rieb sich damit trocken, bis sich seine Haut rötete und er wieder Wärme durch seine Glieder strömen fühlte.

Statt das Hufeisen nun gleich zum Schmied zu bringen und ihn um die Anfertigung eines Messers zu bitten, wollte Marius es zunächst unter der Brücke verstecken. Nachdem er sich vergewissert hatte, dass niemand ihn beobachtete, kroch er unter die schweren Bohlen, bohrte das Hufeisen mit den beiden Enden voran in die weiche Erde und bedeckte es mit mehreren Steinen. Zusätzlich tarnte er sein Versteck mit ein wenig Laub und verwelktem Ufergestrüpp.

Während er im Webschuppen auf das Morgengrauen gewartet hatte, war ihm der Gedanke gekommen, dass es vielleicht ratsamer war, nichts zu überstürzen und sich Zeit mit der Entscheidung zu lassen, wofür er das kostbare Eisen verwenden wollte. Außer seinem Holzlöffel, einer alten, räudigen Schaffelldecke und den einfachen Kleidungsstücken aus grober Wolle, wie sie auch die Knechte und Bauern trugen, nannte er nichts sein Eigen, was auch nur einen bescheidenen Wert besessen hätte. Und sosehr er sich auch ein eigenes Messer wünschte, es mochte doch klüger sein, das Eisen für etwas Wichtigeres einzutauschen – nämlich für Schutz vor den gewalttätigen Nachstellungen seines Vetters.

Solange Vinzent auf der Burg weilte und Ekkebert wusste, dass der fromme Mann ihn womöglich durch eine Ächtung an irgendeiner wirkmächtigen Gnadenstätte um sein Seelenheil bringen konnte, so lange brauchte er Ekkeberts Rache vielleicht nicht zu fürchten. Aber der alte Pilger würde nicht ewig bleiben und dann stand er wieder ganz allein da. Und nach dem Vorfall mit der Alraune hatte er Schlimmeres als je zu befürchten. Er wünschte längst, er hätte seinem Vetter gestern nicht die Schlinge mit der Menschenwurzel an den Stock gehängt, sondern einfach klein beigegeben. Aber andererseits ...

Marius richtete sich abrupt auf und gebot seinen grüblerischen Gedanken Einhalt. Alles Drehen und Wenden nutzte jetzt nichts mehr. Er sollte besser die Zeit nutzen, um noch einmal die Idee gründlich zu durchdenken, die ihm vorhin im Webschuppen gekommen war. Und das konnte er auch bei der Arbeit tun. Zwar gewährte ihm sein Oheim immer noch Unterkunft sowie Kleidung und Essen, wie es dem Gesinde zustand, aber dafür erwartete er von ihm eine Gegenleistung, auch wenn er nicht zu den unfreien und hörigen Dienstmannen und Bauern gehörte, sondern als frei galt. Doch in Wirklichkeit war er ein Zwitter, also weder das eine noch das andere, weder unfrei noch frei, und nirgendwo zugehörig.

Mit schwerem Herzen machte sich Marius daran, Bruchholz zu sammeln. Denn es gehörte zu seinen demütigenden Pflichten, Weiberarbeit zu verrichten und stets dafür Sorge zu tragen, dass sich im Holzschuppen genug Anmachholz für mindestens eine Woche befand.

Die blasse Sonne stand schon recht hoch am trübgrauen Himmel, als Marius sich mit einem schweren, fest verschnürten Reisigbündel der Burg näherte – und er Vinzent aus dem offen stehenden Tor des äußeren Burgrings kommen sah.

Der alte Pilger, bewehrt mit Hut und Wanderstab, führte seinen Esel am Strick hinter sich her.

Verwundert bemerkte Marius, dass Vinzent sich auch seine Wasserflasche umgehängt hatte und dass Homer das hölzerne Tragegestell mit den beiden Packsäcken des Pilgers auf dem Rücken trug. Sofort bemächtigte sich seiner eine unangenehme Ahnung. Er blieb stehen, warf das Reisigbündel ab und wartete.

»Wie schön, dass ich dich noch sehe«, sagte Vinzent erfreut, als er Marius erreicht hatte. »Ich habe schon nach dir gefragt, doch es konnte mir keiner sagen, wo du steckst.«

»Ihr brecht schon wieder auf?«, fragte Marius mit unverhohlener Enttäuschung.

Der alte Pilger nickte. »Wir müssen nach Trier.«

»Aber Ihr seid doch gestern erst angekommen!«, wandte Marius ein. »Ihr wolltet Euch und Eurem Tier doch eine viel längere Rast gönnen. Und habt Ihr mir nicht erzählt, dass Ihr einige Zeit bleiben wolltet, um mit meinem Oheim und meiner Tante über eine Pilgerreise in ihrem Namen zu reden?«

Vinzent lächelte verhalten. »Eure Tante Cordula ist überaus geneigt, mich mit einer Pilgerreise zu beauftragen. Sie möchte mich gern noch einmal ans Grab des heiligen Jakobus nach Santiago de Compostela schicken. Nur fehlt dem Grafen noch die nötige Begeisterung für diese Wallfahrt, was natürlich mehr an den Kosten als am frommen Wunsch seiner Gattin liegt.«

Marius verzog das Gesicht. »Das glaube ich Euch nur zu gern. Mein Oheim ist ein wahrer Kümmelspalter von Geizkragen. Sogar an Allerseelen, wo es doch heilige Sitte ist, dass der Lehnsherr sein Gesinde und sein höriges Bauernvolk zu einem Fest einlädt, Almosen verteilt und die Armen großzügig speist, geizt er mit Wein und Fleisch, als wären seine Speicher, Vorratskammern und Keller nicht gut gefüllt.«

»Ich habe einen ähnlich betrüblichen Eindruck von diesem gräflichen Herrn«, seufzte der alte Pilger. »Aber mit seiner Gesundheit steht es nicht zum Besten, wird er doch von einem immer ärgeren Stechen und Ziehen in den Gliedern geplagt, wie ich mir von seiner klugen und gottgefälligen Gattin habe sagen lassen. Und die Gräfin ist sehr zuversichtlich, dass ihr Herr und Gatte früher oder später doch noch seine Zustimmung geben wird, um sich den heiligen Jakobus gewogen zu machen und seiner Fürsprache gewiss zu sein. Deshalb reise ich erst einmal nach Trier.«

»Aber müsst Ihr denn unbedingt schon heute aufbrechen?«, fragte Marius. »Ihr wolltet mir doch noch so viel von Euren Reisen berichten!«

»Ich wünschte, Homer und ich hätten uns eine längere Rast gönnen können, zumal der Himmel nicht danach aussieht, als wäre er uns sehr gewogen. Ich rechne schon in der nächsten Stunde mit Regen, der dann wohl tagelang nicht nachlassen wird, wie die Erfahrung in diesem Landstrich lehrt«, sagte der Pilger mit einem bekümmerten Blick auf die dunklen Wolkenfelder, die von Nordwesten heranzogen. »Aber die Gräfin macht sich Sorgen um ihre Tochter, da sie schon seit Monaten keine Nachricht mehr von ihr erhalten hat. Ihr Gatte ist aber nicht willens einen Boten nach Trier zu schicken, weil sich nach den schlechten Ernten der letzten beiden Jahre zu viel Gesindel und Räuberpack in den Wäldern herumtreibt, als dass er einen Boten ohne den Schutz von mindestens sechs, sieben bewaffneten Trossknechten losziehen lassen könnte. Und diesen Aufwand hält er für unnötig. Das Kloster spekuliere doch auf eine weitere großzügige Stiftung seinerseits und werde deshalb gewiss eine Nachricht schicken, sollte etwas mit ihrer Tochter sein. Die Gräfin jedoch kann dieser nüchternen Betrachtungsweise wenig Seelenfrieden abgewinnen, und als sie hörte, dass ich ohnehin nach Trier will, hat sie mich gebeten, mich umgehend auf den Weg zu machen, ihrer Tochter einen Brief von ihr zu überbringen und mich zu vergewissern, dass es ihr gut gehe.«

»Aber Euch, der Ihr ohne bewaffnete Trossknechte durch die unsicheren Wälder müsst, hält mein Oheim offensichtlich nicht zurück!«, stellte Marius erbost fest.

Vinzent schenkte ihm ein beruhigendes Lächeln. »Für einen Pilger gelten gottlob andere Gesetze. Sogar Räuber schrecken zumeist davor zurück, sich an einem Wallfahrer zu vergreifen, weil sie wissen, dass sie dann ihre letzte Chance auf Gottes Barmherzigkeit vertan haben und unabwendbar dem ewigen Fegefeuer anheimfallen. Und um ganz ehrlich zu sein, so habe ich der Bitte der Gräfin gern und ohne langes Zögern entsprochen, denn es steht die gräfliche Herrschaft nun nicht wenig in meiner Schuld, sodass ich bei meiner Rückkehr sicher sein kann, den Winter über auf der Burg bleiben zu dürfen und im Frühjahr in ihrem Namen zu einer Wallfahrt ins ferne Galizien aufbrechen zu können.«

»Und wann ist mit Eurer Rückkehr zu rechnen?«, wollte Marius wissen.

»Ein paar Wochen werden wohl schon vergehen. Denn die Tage der Ruhe, die wir uns eigentlich hier auf der Burg hatten gönnen wollen, werden Homer und ich nun in Trier einlegen, bevor wir uns auf den Rückweg machen«, teilte Vinzent ihm mit. Und nach einigen aufmunternden Worten und der Versicherung, dass sie sich schon bald wieder sehen würden, machte er sich mit seinem Esel auf den Weg nach Trier.

Marius sank neben seinem Reisigbündel nieder und hockte sich auf einen aus dem Erdreich aufragenden Felsbrocken. Bedrückt und mutlos sah er dem Pilger nach, bis dieser hinter dem vorspringenden Waldstück verschwand, das den Blick auf die Allmendeweide und einen Großteil des Teiches verwehrte.

Der Tag, von dem an er wieder ganz auf sich allein gestellt sein würde und Ekkeberts Rache fürchten musste, war früher gekommen, als er angenommen hatte. Er hätte sich das Vergraben des Hufeisens sparen können, würde er doch heute noch damit zu Burchard gehen, seinen letzten Rest Stolz hinunterschlucken und sich ihm als ... ja, als Knecht andienen müssen.

Und er konnte von Glück reden, wenn Burchard ihn nahm!

Sechstes Kapitel

Der Überfall der Reiter geschah kurz vor Einbruch der Dunkelheit. Er überraschte Marius auf dem offenen, regengetränkten Gelände zwischen der Allmendeweide und dem Etter.

Unerwartet und ohne Vorwarnung brachen die drei Berittenen am Waldsaum durchs Unterholz und galoppierten auf ihn zu, bewehrt mit Schild und Lanze. Das Licht der tief stehenden blutroten Sonnenscheibe fiel durch schartige Löcher in der aufgerissenen Wolkendecke und verwandelte ihre Kettenhemden in ein Vlies aus rot glühenden Eisengliedern.

Marius fuhr der Schreck in die Glieder. Es war Ekkebert mit seinen beiden Freunden. Als der stundenlange Regen am Nachmittag endlich aufgehört und der Himmel sich ein wenig aufgehellt hatte, war er mit Ludger und Hildger vermutlich auf die große Lichtung westlich der Burg geritten, um mal wieder den Lanzenkampf zu üben. Denn ihre Lanzen liefen nicht in messerscharfen Eisenspitzen aus, sondern trugen am vorderen Ende einen faustdicken Wulst aus Werg, der mit einem Lederlappen umwickelt war und die Wucht eines Rammstoßes mildern sollte. Aber das Üben war Ekkebert wohl zu langweilig geworden, sodass er beschlossen hatte, ihm, seinem verhassten Vetter, aufzulauern und ihm zu zeigen, wie gut er zu Pferd eine Lanze zu handhaben verstand!

Marius wusste sofort, was ihm drohte, als Ekkebert und seine Kumpane nun in höhnisches Gejohle ausbrachen und mit gesenkter Lanze auf ihn zujagten, dass die Erdklumpen unter den Hufen der Pferde nur so nach hinten wegflogen. Aus vollem Galopp von einer solchen Übungslanze getroffen zu werden, ohne dass man den Stoß mit einem Schild abzulenken vermochte, konnte ebenso tödlich sein wie ein Lanzenstich mit geschärfter Metallspitze.

Er rannte los, unter dem Arm die zusammengerollte, alte Decke aus Schaffellen, in die er seine wenigen Kleidungsstücke gewickelt hatte, die zusammen mit dem Hufeisen sein ganzes Hab und Gut ausmachten. Sogleich erkannte er jedoch, dass er es nicht rechtzeitig bis zum schützenden Etter schaffen würde. Hundert Schritt, wenn nicht sogar mehr, trennten ihn noch vom brusthohen Zaun aus Weidengeflecht, der das Dorf umgab. Doch die drei Reiter hatten höchstens noch ein Drittel dieser Strecke zu überwinden, um ihn mit ihren Lanzen zu treffen oder einfach über den Haufen zu reiten.

Marius warf im Laufen einen gehetzten Blick zurück und die Angst schoss wie eine Stichflamme in ihm hoch. Ekkebert und seine Spießgesellen flogen förmlich heran! Das bedrohlich dumpfe Trommeln der Pferdehufe auf dem regenschweren Boden und das hämische Geschrei der Angreifer schwollen an. Sein Vorsprung betrug nur noch wenige Pferdelängen und dann ...

Die Angst drohte, ihn kopflos zu machen, doch seine Geistesgegenwart behielt die Oberhand. Als er Ludger schreien hörte: »Du hast ihn, Ekkebert! Spieß das feige Lombardenschwein auf!«, wandte er kurz den Kopf, sah den Rotfuchs seines Vetters heranstürmen – und schlug einen plötzlichen Haken nach links. Dabei rutschte er auf dem feuchten Gras aus und stürzte zu Boden.

Vermutlich rettete ihm dieser Sturz das Leben. Denn fast im selben Atemzug galoppierte rechts von ihm Ekkebert vorbei, dessen Lanze ins Leere stieß – und einen Augenblick später donnerte Ludger links an ihm vorbei. Wäre er noch auf den Beinen gewesen, hätte ihn der Stallwartssohn zweifellos mit seiner Lanze aus dem Galopp heraus erwischt. Ludger hatte nämlich etwa anderthalb Pferdelängen schräg hinter Ekkebert gelegen und damit mehr Zeit gehabt, auf sein abruptes Ausweichmanöver zu reagieren. So jedoch schoss die Lanze weniger als eine Armlänge über ihn hinweg.

Aber damit war er noch längst nicht gerettet. Er hatte bei diesem Angriff nur Glück gehabt. Beim nächsten Mal würden sie gewarnt sein und sich nicht mehr so leicht täuschen lassen. Zudem befanden sich die Reiter jetzt zwischen ihm und dem Zaun.

»Dieser räudige Köter!«, gellte Ekkebert und riss sein Pferd gewaltsam herum. Der Rotfuchs protestierte mit schrillem Wiehern und ging dabei fast in die Knie. »Aber wir kriegen dich schon!«

Marius sprang schnell auf und rannte scheinbar tollkühn auf die drei Reiter zu, die Mühe hatten, ihre Pferde zu beherrschen, denn sie hatten nur die linke Hand für die Zügel frei, die zudem noch mit dem eisenbeschlagenen Holzschild beschwert war. Was blieb ihm auch anderes übrig? Nur im Dorf konnte er Schutz finden. Und dazu musste er an den Reitern vorbei. Und je geringer die Entfernung zwischen ihnen und ihm war, desto schwächer fiel auch die Wucht der Lanzenstöße aus, sollte er ihnen nicht wieder ausweichen können. Gab er ihnen erst Gelegenheit, wieder anzugaloppieren und Geschwindigkeit zu erreichen, würde ihm ein einziger Treffer die Knochen wie Kienspäne brechen.

Hildger saß als der jüngere der Stallwartssöhne auf dem

langsamsten und ältesten der drei Pferde, einem recht kurzbeinigen Braunen mit einer Blesse auf der Brust. Er hatte weder mit Ekkeberts feurigem Rotfuchs noch mit dem Apfelschimmel seines Bruders mithalten können. Und da er beim ersten Angriff an Ekkeberts rechter Flanke geritten war, hatte er auch nicht eingreifen können, obwohl er mehrere Pferdelängen zurückgelegen hatte. Nun aber gelang es Hildger schneller als seinem Bruder und dem Grafensohn, seinen Braunen zum Angriff auszurichten. Ohne groß nachzudenken, warf er den lästigen Schild ab und trieb sein Pferd geradewegs auf Marius zu.

Hildger hätte ihm keinen größeren Gefallen tun können. Denn in seinem blinden Eifer bemerkte er gar nicht, dass er sich damit genau zwischen Marius und seine Gefährten brachte und ihnen so den Weg versperrte.

Marius lief im Zickzack auf ihn zu. Mit unstet wippender Lanze griff Hildger an, ein breites Grinsen auf dem geröteten Gesicht. Er frohlockte wohl schon, weil er sein Opfer gleich mit einem gewaltigen Rammstoß zu Boden schleudern und ihm die Knochen zertrümmern würde.

Mit der Fellrolle, die Marius ihm im letzten Moment entgegenwarf, hatte Hildger dagegen nicht gerechnet. Zwar gelang es ihm, dem heranfliegenden Bündel auszuweichen, doch dabei duckte er sich nach links weg, verlor für einen kurzen Moment den Überblick und lockerte wohl auch seinen Griff um den Lanzenschaft ein wenig.

All das genügte Marius, um nicht nur dem Stoß auszuweichen, sondern um zwischen Pferd und Lanze treten, die Lanze packen und nach hinten drücken zu können. Und da Hildger die stumpfe Waffe mit der Armbeuge unter der Achsel eingeklemmt hielt, warf ihn der plötzliche Widerstand jäh aus dem Sattel. Mit einem gellenden Aufschrei stürzte er vom Pferd.

Offenbar hatte er sich bei dem Sturz das linke Fußgelenk verstaucht, denn als er sich wieder aufrappelte, knickte er sogleich mit einem lästerlichen Fluch wieder ein und fasste sich an das Gelenk. Wüste Verwünschungen ausstoßend, humpelte er seinem Pferd hinterher, das in Richtung Allmendeweide davongetrabt war.

Marius spürte die schmerzhafte Prellung, die er sich bei seinem Gegenangriff zugezogen hatte, doch er lief schnell auf die Stelle zu, wo die Lanze im Gras lag. Denn nun jagte Ekkebert auf ihn zu und befand sich schon gefährlich nahe hinter ihm.

Die Zeit reichte nicht mehr. Gerade hatte Marius die Lanze aufgehoben und sich halb aufgerichtet, als Ekkebert auch schon heran war und triumphierend aufschrie. Der faustdicke, lederumwickelte Wergpfropfen traf Marius wie ein kraftvoller Pferdetritt genau zwischen die Schultern. Allein die glückliche Tatsache, dass er sich gerade in der Drehung befand und deshalb schräg zum auftreffenden Lanzenende stand, als der Stoß ihn traf, bewahrte ihn davor, mit zertrümmertem Schulterblatt und gebrochener Wirbelsäule tot in den Schlamm geschleudert zu werden. Denn so fand die lederne Wergfaust nicht viel Widerstand, sondern glitt über die rechte Schulter hinweg.

Ein feuriger Schmerz jagte Marius durch Schulter und Rücken, als er wie von einer Riesenfaust zu Boden geworfen wurde und dabei fast noch unter die Hufe von Ludgers Apfelschimmel geriet. Der wilde Schmerz ließ ihn aufschreien und trieb ihm die Tränen in die Augen. Ihm war, als hätte man seine Schulter in die Glut eines Kohlenbeckens gedrückt. Er krümmte sich vor Schmerzen am

Boden und glaubte, dass nun alles vorbei sei. Der nächste Lanzenhieb würde ihm den Rest geben.

Doch da sah er durch den Schleier seiner Tränen vor sich den Schild im Gras liegen, den Hildger abgeworfen hatte, weil er ihm zu schwer und beim Zügeln seines Pferdes im Weg gewesen war.

Nein, noch ist nichts vorbei!, schoss es Marius durch den Kopf, er biss die Zähne zusammen und kroch mit brennender Schulter auf den Schild zu. Alles in ihm bäumte sich auf gegen den Schmerz und gegen die hinterhältige Versuchung, einfach aufzugeben und sich in sein scheinbar unabwendbares Schicksal zu fügen. Oh nein, noch ist gar nichts entschieden! So leicht werde ich es dir nicht machen, Ekkebert!

Er schob seinen linken Arm durch die breiten Lederschlaufen, schloss die Faust um den eisernen Griffbügel und kam schwankend auf die Beine. Gerade rechtzeitig, um den Schild hochzureißen und einen gottlob schlecht gezielten Lanzenstoß von Ludger abzuwehren, der den schweren Schild aber trotzdem zum Dröhnen brachte und Marius um ein Haar wieder zu Boden geschleudert hätte. Mühsam um sein Gleichgewicht kämpfend, wankte er zwei, drei Schritte zurück.

Dass die beiden Stallwartssöhne zum Glück nicht viel von der Handhabung dieser Stichwaffe verstanden, war ganz offensichtlich. Sie waren nun mal nur gewöhnliche Stallknechte und erhielten nicht wie Ekkebert vom Burghauptmann Wolfhard seit Jahren Unterricht im Kriegshandwerk. Und Ekkebert war viel zu eigensüchtig und berechnend, um sein Wissen an sie weiterzugeben, sondern bediente sich ihrer nur als willige Übungspartner, die für das Privileg, seine Begleiter sein zu dürfen, klaglos alles mit sich machen ließen. Allein schon mit Lanze und Schild auf einem Pferd sitzen sowie ein kostbares Kettenhemd aus der Rüstkammer tragen zu dürfen, musste ihnen ungemein schmeicheln, war dies doch sonst nur Rittern, also freien Männern, vorbehalten.

Aber auch ohne das nötige Geschick hätten Ludger und Hildger ihn zusammen mit seinem Vetter letztlich doch noch erledigt, wenn nicht der Burghauptmann unverhofft auf dem freien Gelände zwischen Dorf und Burg aufgetaucht wäre. Denn die Dorfbewohner, die sich gerade in der Nähe des Etters und drüben bei der Kirche aufhielten und Zeugen dieses ungleichen Kampfes waren, hätten nie gewagt einzuschreiten und dem Sohn des Grafen Einhalt zu gebieten.

Der Burghauptmann Wolfhard, der stets einen pechschwarzen Rappen namens Wotan ritt, besaß als kampferfahrener Ritter zum Glück mehr Rechte und Autorität. Zudem geboten allein schon seine kantige Statur und seine Bärenkräfte Respekt. Dazu kam, dass er sich in so manch blutiger Schlacht ruhmreich bewährt hatte und daher bei Graf Frodebert mehr Vertrauen und Einfluss besaß als irgendjemand sonst, dessen Söhne und Ehefrau eingeschlossen.

Wolfhard nun, als er sah, was da vor sich ging, trieb seinem Pferd die Stiefel in die Flanken und ein einziger rauer, kehliger Ruf von ihm brachte Ekkebert und seine Gefährten augenblicklich dazu, von Marius abzulassen.

Ekkebert jedoch spuckte erst noch in Marius' Richtung, bevor er sein Pferd grob herumzog und dem Befehl des Burghauptmanns Folge leistete.

Hildger kam mit verkniffener Miene angetrabt. »Na los, gib den Schild her!«, verlangte er schroff.

Wortlos reichte Marius ihm den Schild hoch – und hätte

sich im nächsten Moment vor Wut und Scham über seinen mangelnden Stolz selbst ohrfeigen können. Nach allem, was sie ihm angetan hatten, folgte er Hildger auch noch aufs Wort! Er hätte den Schild vor ihm in den Dreck werfen sollen!

Einen Augenblick sah Marius ihnen nach, wie sie mit Wolfhard zur Burg hochritten. Ekkebert an der Seite des ruhmreichen Ritters, der gestenreich und offenbar verärgert auf ihn einredete, während die Stallwartssöhne respektvoll zwei Pferdelängen hinter ihnen blieben.

Bitterer Neid regte sich in Marius. Sein Vetter hatte alles, was man sich wünschen konnte, doch er würde nie ein aufrechter Ritter werden, von dem man mit Respekt und Bewunderung sprach, so wie von Wolfhard. Ekkebert würde man bestenfalls ob seiner Grausamkeit und Hinterhältigkeit fürchten.

Aber war das nicht immer noch besser, als derjenige zu sein, der sich fürchten musste?

Mit einer abrupten, zornigen Bewegung wandte Marius sich ab. Er hob die völlig verschmutzte Fellrolle mit dem darin verborgenen Hufeisen auf und begab sich ins Dorf.

Siebtes Kapitel

Die Hütten der Bauern, die sich in mehreren Ringen um den Anger reihten, waren unterschiedlich groß, bestanden aber ausschließlich aus einfachen Pfostenwänden. Eine dicke Schicht Lehm und mit Stroh verstärktes Flechtwerk füllten die Zwischenräume zwischen den Pfosten aus. Die strohgedeckten Dächer fielen steil von den Firstbalken herab.

Da sich sogar ein Lehnsherr* wie Graf Frodebert keine verglasten Fenster leisten konnte, geschweige denn ein einfacher Bauer, und die Winter lang und eiseskalt waren, fand sich bei vielen Hütten nicht eine einzige Fensteröffnung. Die in Lederschlaufen hängende Brettertür, die bei fast keinem Haus mit der Lehmmauer wirklich dicht abschloss, ließ Wind und Sturm ungemütlich ins Innere pfeifen. Wo dennoch schmale Öffnungen in einer Lehmwand klafften, musste der Bauer sie mit Brettern verschließen und zudem noch gut mit Decken und Fellen versorgt sein, um sie im Winter mehrere Lagen dick zuhängen zu können. Den Bewohnern der Hütte drohte in der Winterzeit sonst das Erfrieren, kroch der Frost doch schon durch den festgetrampelten Lehmboden ungehindert in jede Bauernhütte. Ein Boden aus Brettern oder gar dicken Bohlen, die zumindest einen Teil der Kälte abhielten, fand sich im ganzen Dorf nicht. So etwas konnten sich bloß gut gestellte Verwalter von großen Fronhöfen leisten, nicht jedoch die einfache Landbevölkerung.

Marius bemerkte sehr wohl die neugierigen Blicke, die ihm die Dorfbewohner zuwarfen, als er an ihren Hütten und den mit Weidenruten eingezäunten Kräutergärten vorbei in Richtung Anger ging. Er war sich im Klaren, dass sie genauso wenig wussten, wohin sie ihn stecken sollten, wie die Leute auf der Burg, war er doch weder ein Höriger noch zweifelsfrei der legitime Sohn des Grafenbruders. Jeder begegnete ihm mit Vorsicht, um sich nicht eines Tages Unannehmlichkeiten einzuhandeln. Er war hier so fremd wie auf der Burg. Allein die umherstreunenden Hunde hatten keine Scheu, ihm um die Beine zu streifen. Sogar Hinkebein zeigte sich und blieb eine ganze Weile an seiner Seite, als wollte er ihm beweisen, dass er besser als die Menschen war und ihm nichts nachtrug.

Marius tat so, als fiele ihm die abweisende Neugier der Dorfbewohner überhaupt nicht auf. Dabei meinte er, jeden Blick wie einen Stoß mit dem ausgestreckten Finger spüren zu können. Zum ersten Mal kam ihm zu Bewusstsein, welch tristes und eintöniges Bild die Dorfbewohner mit ihrer Bekleidung abgaben. Sie trugen ausnahmslos dicke, grobe Wollstoffe von dunkler graubrauner Farbe, wie sie die heimischen Schafe lieferten. Nirgendwo auch nur ein heller, farbiger Ton, der das Auge erfreute und Hoffnung machte.

Und ich?, dachte er. Ich sehe nicht viel besser aus! Das Aussehen habe ich schon lange mit ihnen gemein und nun folgt gar noch die Knechtschaft, auch wenn sie freiwillig erfolgt! Während er den schlammigen Dorfplatz überquerte und dabei einem müde herantrottenden Ochsengespann auswich, gemahnte er sich: Also hüte dich vor jedem Hochmut, Marius von der Burg, der du dich von nun an wohl besser Marius vom Dorf nennen solltest!

Wenig später stand er vor dem Haus des Bauern Burchard, der zwar auch seinen Zins an den Lehnsherrn entrichten musste, aber kein Höriger war und auch keine Hand- und Spanndienste* zu leisten hatte. Doch nicht weil er vom Scharwerk* befreit war, sondern auf Grund seiner Tüchtigkeit, Aufrichtigkeit und Verlässlichkeit genoss Burchard im Dorf hohes Ansehen und war schon vor Jahren von der Versammlung der Bauern zu ihrem Untergänger bestimmt worden. Nach dem Dorfvorsteher war das Amt des Untergängers zusammen mit dem des Bannwarts, der die Flur- und Allmendeordnung zu kontrollieren hatte, und dem des Forstwarts, der die gemeindeeigenen Wälder überwachte, eines der wichtigsten und ehrenvollsten Ämter, die ein Bauer bekleiden konnte. Oblag es doch dem Untergänger, die Flurgrenzen zu beobachten und Grenzverletzungen anzuzeigen. Für eine solche Aufgabe brauchte man einen Mann, der das uneingeschränkte Vertrauen der Dorfgemeinschaft besaß, weil seine Rechtschaffenheit über jeden Zweifel erhaben war.

Dicker Rauch quoll aus der Luke im Giebel. Magdala, die Frau des Burchard, stand sicher schon am Kochfeuer und bereitete die Mahlzeit für ihre Familie vor. Kindergeschrei und die besänftigende Stimme eines Mannes drangen nach draußen.

Marius atmete tief durch, hämmerte kurz gegen die schwere Bohlentür und drückte sie auf. Mit seiner dicken Rolle unter dem Arm trat er in die Behausung – und hatte sogleich das Gefühl von erdrückender Enge. Dabei gehörte das Haus schon zu den geräumigeren Hütten im Dorf!

Ein Teil der linken Haushälfte war dem Vieh vorbehalten, das der Bauer Burchard sein Eigen nannte und das mit seiner Familie unter einem Dach lebte, getrennt nur durch eine dünne Wand aus Brettern und Flechtwerk. Denn mit dem Vieh unter einem Dach zu leben, brachte kostbare Wärme ins Haus, insbesondere in der langen Winterzeit.

Einfache Bretterborde an den Wänden trugen Krüge, Schüsseln und andere Haushaltsgeräte. An Holzpflöcken hingen Kleider und eine Vielzahl bäuerlicher Werkzeuge und von den Dachbalken baumelten ganze Bündel getrockneter Kräuter, Wurzeln und mit Knollen gefüllte Beutel sowie einige Schaffelle herab.

Der Schragen, an dem die ganze Bauernfamilie Platz fand, stand vor der dünnen Trennwand, hinter der das Vieh hauste. Der Tisch hatte seinen Namen von den schräg gekreuzten Holzbeinen, auf denen die Tischplatte ruhte. Den Schragen umstanden eine schlichte Bank aus einem Brett über zwei astknorrigen Hauklötzen sowie drei dicke, kniehohe Scheiben eines Baumstamms und ein dreibeiniger Schemel. Dort am Tisch saßen schon Mergard, die alte, blinde Mutter des Bauern, sowie die sechsjährige Mechthild, das älteste von Burchards und Magdalas noch lebenden Kindern, und ihre Schwester, die zweijährige Maria. Vier andere Kinder, darunter ihren ältesten Sohn, der immerhin fast neun geworden war, hatten die Eheleute schon zu Grabe getragen.

Marius wusste, dass nur etwa jedes zweite Kind die ersten zehn Lebensjahre überstand. In schlechten Zeiten, wenn Missernte auf Missernte folgte oder Seuchen und Kriege zur tödlichen Heimsuchung wurden, sah es noch viel schlimmer aus. Da forderte der Tod einen hohen Blutzoll, besonders unter Kleinkindern, Alten und Kranken. Wer die ersten zehn Lebensjahre überstanden hatte, der hatte gute Aussichten, mit ein wenig Glück und bei ausreichender Ernährung auf ein Alter von dreißig bis vierzig Jahren zu kommen, ja vielleicht sogar richtig alt zu werden, was eine Lebenszeit von fünfzig oder sechzig Jahren bedeutete. Mädchen allerdings mussten damit rechnen, schon mit vierzehn, fünfzehn alle Lasten einer Ehefrau und Mutter tragen zu müssen und das Schicksal vieler Frauen zu teilen, die im Kindbett starben, bevor sie noch das fünfundzwanzigste Lebensjahr vollendet hatten.

Magdala, die am offenen Kochfeuer stand und in einem großen Kessel mit Hirsebrei rührte, mochte Mitte zwanzig sein. Und wie ihr mächtig gewölbter Leib verriet, erwartete sie schon bald ihr siebtes Kind. Sie war, wie ihr Mann, von kräftiger Statur und trug das dicke braune Haar zu einem Zopf geflochten, der Marius an die schweren Eisenketten erinnerte, die auf der Burg die Zugbrücke hielten. Neben ihr stand ihre ältere Schwester Bärwel, das einzige ihrer Geschwister, das unverheiratet geblieben war. Der Grund für diese unfreiwillige Ehelosigkeit war offensichtlich: Eine schrecklich anzusehende Hasenscharte klaffte fast zwei Finger breit unter ihrer Nase.

»Marius?«, rief Burchard überrascht, als er im spärlichen Licht rußender Kienspäne sah, wer zu ihnen ins Haus getreten war. Der Bauer hätte fast als Bruder des Burghauptmanns durchgehen können, was seinen breitschultrigen Körperbau betraf. Nur schimmerte in seinem braunen Haar hier und da ein leicht rötlicher Ton, während Wolfhard so schwarzhaarig war wie sein Rappe Wotan. Und im Gegensatz zu den kantigen Gesichtszügen des Ritters fand sich im Gesicht des Bauern kaum eine harte Linie, auch wenn es vom entbehrungsreichen Leben und der harten bäuerlichen Arbeit unter freiem Himmel deutlich gezeichnet war. »Was führt dich zu uns? Bringst du eine Nachricht von Gisla?«

Marius schüttelte den Kopf, während sein Blick vergeblich den schieläugigen und mit Stummheit geschlagenen Germo suchte, der schon bei Burchards Vater Knecht gewesen war und zum Haushalt des Hufners gehörte. Vermutlich hatte er draußen noch irgendeine Arbeit zu erledigen.

»Was bringt dich dann zu uns?«, fragte Magdala vom Feuer her. Sie fuhr sich mit dem Handrücken über die Augen, die vom Rauch tränten. Auch alle anderen hatten unter den Rauchschwaden zu leiden, die trotz der Abzugsluke im Dachgiebel durch den Raum trieben. Aber dagegen konnte man nichts machen. Beißender Rauch war in jeder Behausung ein unausweichliches Übel. Daher kam auch die Redensart, wonach ein undichtes Dach, ein böses Weib und Hausrauch die drei schlimmsten Dingen im Haus waren. Doch während man ein undichtes Dach ausbessern und ein böses Weib züchtigen konnte, war man gegen die Rauchentwicklung im Haus so gut wie machtlos.

»Ich möchte Euch ...«, begann Marius, doch dann geriet er ins Stocken.

Burchard runzelte die Stirn und trat näher. »Was möchtest du? Nun sprich schon, Junge!«

»Ich möchte Euch bitten, mich bei Euch aufzunehmen«, murmelte Marius verlegen und war ganz froh über das zänkische Geschrei, das im selben Moment am Tisch zwischen den Mädchen ausbrach. Und hastig fügte er hinzu: »Ich werde alle Arbeiten zu Eurer Zufriedenheit verrichten! Auch auf der Ackerflur. Und ich bin kräftiger und ausdauernder, als ich aussehe!«

Sichtlich verblüfft sahen die Eheleute ihn an.

»Aber Marius, du gehörst doch nicht unter das Dach eines Hufners und hinter einen Pflug!«, wandte Burchard halb belustigt ein. »Du hast deine Kammer auf der Burg!«

Marius schüttelte heftig den Kopf. »Ich gehöre nirgendwohin, das habe ich längst begriffen, und auf der Burg bin ich noch weniger gelitten als irgendwo sonst!«, platzte es aus ihm heraus. »Ekkebert stellt mir nach und macht mir mit seinen Freunden das Leben so schwer, wie er nur kann. Er schreckt vor nichts zurück. Vielleicht lässt er endlich von mir ab, wenn ich nicht mehr auf der Burg lebe, sondern unter den Hufnern. Ich denke, es wird ihm sogar sehr gefallen.«

»Was soll ich dazu sagen?«, erwiderte Burchard mit bedenklicher Miene. »Ich habe schon mehr als genug hungrige Mäuler zu füllen, und ob du für das Leben auf dem Acker wirklich geschaffen bist und mir nicht ...«

Marius fiel ihm ins Wort. »Ich bitte Euch, nehmt mich bei Euch auf! Ich werde hart für meinen Unterhalt arbeiten und ich brauche auch nicht viel. Ihr werdet es bestimmt nicht bereuen!«, flehte Marius ihn an und in seinen Augen schimmerte tränenfeucht die Angst, abgewiesen zu werden und wieder in die Burg zurückkehren zu müssen.

»Es muss ihm mit seiner Bitte wirklich sehr ernst sein. Du kannst ihn nicht wegschicken, Burchard. Er braucht unsere Hilfe«, sagte Magdala leise im Rücken ihres Mannes und fast im Flüsterton fügte sie noch hinzu: »Und vergiss nicht, welch großes Unglück uns wohl getroffen hätte, wenn er nicht so beherzt eingegriffen und die Flammen noch rechtzeitig ausgeschlagen hätte!«

»Ja, ich weiß, Frau. Aber dennoch ...«, brummte der Bauer zögerlich.

»Ich gebe Euch auch das hier!«, stieß Marius hervor, während seine Hand in die Deckenrolle fuhr und mit dem Hufeisen wiederherauskam. »Ich habe es im Allmendewald gefunden. Aus dem Eisen kann der Schmied sicherlich zwei gute Messer machen. Meint Ihr nicht, dass mich der Gegenwert des Eisens zumindest über den Winter bringt?«

Auf dem Gesicht der Bauersfrau zeigte sich ein Ausdruck der Rührung und Beschämung. »Wir bringen dich auch ohne das Hufeisen über den Winter, Marius!«, antwortete sie, bevor ihr Mann etwas anderes sagen konnte, und schlug mit der Holzkelle gegen den Kesselrand, als wollte sie ihrem Mann ein unmissverständliches Zeichen geben. »Nicht wahr, Burchard?«

Der Bauer verzog das Gesicht und zuckte dann die Achseln. »Also gut, in Gottes Namen, versuchen können wir es ja«, sagte er und nahm das Hufeisen an sich. »Und ob du für die schwere Arbeit taugst, die unsereins zu verrichten hat, wird sich ja bald zeigen.«

Die Erleichterung ging wie ein Schauer durch Marius' Körper und einen Augenblick lang fühlte er sich schwach auf den Beinen. »Danke!«, stieß er hervor. »Ich werde Euch bestimmt nicht enttäuschen.«

»Wir werden sehen«, erwiderte Burchard skeptisch. »Aber eins gleich vorweg: Hör auf, mich wie einen feinen Herrn anzusprechen. Du bist hier nicht im Haus der gräflichen Herrschaft, sondern ich bin der Bauer Burchard und meine Frau ist die Bäuerin Magdala. Haben wir uns verstanden?«

Marius nickte.

»Gut, dann such dir einen freien Haken für dein Bündel und setz dich da drüben auf den Baumklotz. Das ist von nun an dein Platz.« Burchard trug seiner Schwägerin Bärwel auf, dem neuen Mitglied der Hausgemeinschaft eine Holzschüssel hinzustellen, und wog dann mit einem Lächeln das Hufeisen in seiner Hand, bevor er es hinter seinen Gürtel schob und sich an die Kopfseite des Schragen setzte.

Augenblicke später stapfte Germo ins Haus, als hätte er gerochen, dass die Bäuerin das Essen fertig hatte und in die hölzernen Näpfe füllte. Der untersetzte, schon fast kahlköpfige Knecht stutzte nicht einmal, als er Marius am Tisch sitzen sah, sondern hockte sich hin und zog seinen Holzlöffel aus dem Gürtel, um sich schmatzend über den heißen Hirsebrei herzumachen. Die Erklärung des Bauern, dass Marius von nun an zu ihrer Hausfamilie gehörte, nahm er mit einem gleichmütigen Nicken zur Kenntnis. Noch eine zweite Kelle Hirsebrei aus dem Kessel zu ergattern, bevor ihm ein anderer zuvorkommen konnte, war ihm offenbar wichtiger als alles andere.

Als es Zeit wurde, auf dem nackten Lehmboden das Lager für die Nacht zu bereiten, wurde die Tafel aufgehoben, indem die Tischplatte von den Holzgestellen genommen und neben die Stallwand gelegt wurde. Die Böcke des Schragen sowie Bank, Schemel und Baumstümpfe kamen an die Längsseite der Hütte. Mergard, die erblindete alte Bäuerin, teilte sich die dicke Tischplatte, die viel Bodenkälte abhielt, mit Bärwel. Die besten Plätze rund um die Feuerstelle, wo die festgestampfte Lehmerde die tagsüber gespeicherte Wärme abgab, belegten Burchard, Magdala und die beiden Kinder mit ihren Strohsäcken. Germo schob sein flaches Brettergestell, das mit einer zerlumpten Decke mehr schlecht als recht gepolstert war, zwischen die Kinder, die links vom Feuer lagen, und die beiden Frauen auf der Tischplatte. Allein die Feuerstelle und die Mehltruhe an der Wand trennten die Eheleute von den anderen Bewohnern des Hauses, denn private Kammern kannte man in den Behausungen des einfachen Landvolkes nicht. Das Leben und Sterben vollzog sich in einem Bauernhaus daher ebenso offen und unmittelbar vor aller Augen und Ohren wie das Lieben und Gebären.

»Und wo soll ich schlafen?«, fragte Marius.

Burchard blieb nichts anderes übrig, als ihm einen Schlafplatz nahe der Tür anzuweisen, wo er genau in der Bahn der Zugluft lag. Als Unterlage warf er ihm einen schon recht platt gelegenen Strohsack zu. »Das muss fürs Erste genügen, bis wir dir ein Bettgestell gezimmert haben. Vielleicht kommen wir ja schon morgen dazu. Für heute wirst du dich mit dem zufriedengeben müssen, was wir haben.«

Marius beteuerte, dass er damit schon auskommen werde. Nachdem er stumm seine Nachtgebete gesprochen hatte, wie die Mönche es ihm in der Klosterschule in Ravengiersburg beigebracht hatten, legte er sich auf die dünne Schicht aus Stroh, Reisig und Laub und wickelte sich in seine Decke ein.

Nun bildete sich ein vielstimmiger gedämpfter Chor, an dem sich auch das Vieh hinter der Trennwand beteiligte. Kein Laut passte zum anderen, jede Stimme folgte ihrer eigenen wirren Melodie. Die einzelnen Geräusche und Stimmen trieben wie Rauchfetzen durch die Dunkelheit des Raumes. Ein Holzscheit knackte im heruntergebrannten Feuer. Aus der Richtung, wo die beiden Mädchen lagen, kam ein Schluckauf. Geflüster von jenseits der Feuerstelle, begleitet von Gähnen. Jemand zog die Nase hoch und spuckte ungeniert aus, ein anderer rülpste. Aus einer Ecke der Hütte drang dröhnendes Schnarchen, aus einer anderen ein flaches Pfeifen. Jemand verschaffte seinem aufgeblähten Darm lautstark Erleichterung. Das unverständliche Gemurmel eines Träumenden schwoll kurz an, um im nächsten Moment zu einem Seufzen zu ersterben und vom Ächzen und Knarren eines Bettgestells übertönt zu werden. Die Dachbalken knarrten und das laute Plätschern hinter der Trennwand verkündete, dass die Kuh gerade ihre Blase erleichterte – und gleich auch noch ihren Darm. Mäuse jagten sich im Stroh. Und draußen kläfften sich zwei Köter an, ein Nachtvogel landete mit vernehmlichem Flügelschlag auf dem Dach, um sofort wieder aufzufliegen. Als die Hunde sich und dem Dorf eine kurze Ruhepause gönnten, drang vom Wald her der klagende Ruf einer Eule. Der auffrischende Wind bewegte geräuschvoll die Äste eines nahen Baumes und fegte das Laub von den Zweigen, deren Lebenskraft erloschen war. Die Hunde fingen wieder mit ihrem Gekläffe an ...

Marius wälzte sich unruhig von einer Seite auf die andere, während seine Gedanken keine Ruhe finden konnten. Wo Vinzent der Pilger jetzt sein mochte? Ein gutes Drittel der Strecke nach Trier musste er an diesem Tag geschafft haben, vielleicht sogar mehr. Ob er mit seinem Esel Homer wohl im Freien übernachtete oder irgendwo ein Dach über dem Kopf gefunden hatte? Mochte der Herr diesen guten Mann, der ihm in den wenigen Stunden ihrer Bekanntschaft doch schon wie ein väterlicher Freund ans Herz gewachsen war, vor Räubern und allen Plagen der Welt schützen! Warum nur hatte er nicht länger auf der Burg bleiben können? So eilig konnte es mit dem Brief der Gräfin doch gar nicht sein. Ekkebert hätte es heute bestimmt nicht gewagt, mit der Lanze auf ihn loszugehen, wenn er den frommen Mann in der Nähe gewusst hätte! Welch ein Glück, dass der Burghauptmann noch im letzten Augenblick aufgetaucht war und eingegriffen hatte, sonst wäre es ihm ganz übel ergangen.

Ja, Wolfhard war ein aufrechter Mann, ein wahrer Ritter – und Ekkebert eines so vorzüglichen und ehrenhaften

Lehrers nicht wert! Wie oft hatte Marius sich gewünscht, ein Mann wie der Burghauptmann würde ihn unter seine Fittiche nehmen und ihn so geduldig das Kriegshandwerk des Ritters lehren, wie er es mit seinem Vetter seit Jahren tat. Sein Traum war es, sich eines Tages bei einem mächtigen Fürsten als mutiger und schwertgewandter Ritter zu verdingen und sich in Jahren treuer Gefolgschaft ein eigenes Lehen* zu erkämpfen. Doch dieses Ziel lag nun in weiterer Ferne als je. Er hatte sich unter die Munt des Bauern Burchard geflüchtet und würde zum Dank dafür von nun an die Arbeit eines gewöhnlichen Knechtes verrichten müssen.

Marius biss sich auf die Lippe, drehte sich mit dem Gesicht zur kalten Lehmwand der Hütte und zog die Decke aus Schaffellen bis über den Kopf.

Stumm weinte er sich in den Schlaf.

Achtes Kapitel

Das gequälte, lang gezogene Stöhnen passte nicht in seinen Traum, ritt er doch in schimmernder Ritterrüstung über einen festlich geschmückten Turnierplatz, begleitet von bewundernden Blicken und Zurufen der Menge. Seine Gegner, zu denen auch Ekkebert gehörte, lagen geschlagen im Dreck und auf ihn warteten nun die Ehrung und der Preis. Der feurige rabenschwarze Hengst, den der Burghauptmann kaum zu bändigen wusste, gehörte nun ihm! Und unter seinem Schenkeldruck würde das edle Tier so folgsam sein wie ein treuer Knappe.

Das Stöhnen ließ sich jedoch nicht vertreiben. Beharrlich störte es seinen wunderbaren Traum, drängte sich immer mehr in den Vordergrund und erstickte den Jubel, der ihn gerade noch umbrandet hatte.

»Marius!«

Marius wollte nicht aufwachen, sondern in dieser Welt bleiben, in der ihm sein Ruf als Edelmann und unbezwingbarer Ritter von Turnier zu Turnier vorauseilte. Er versuchte, sich an seinen Traum zu klammern, doch er vermochte ihn nicht festzuhalten. Die Bilder lösten sich auf und versickerten in der Dunkelheit wie Wasser im Sand.

»Marius!«

Widerwillig gab Marius den Kampf gegen das Erwachen auf, öffnete die Augen und mühte sich verschlafen und mit steifen Gliedern in eine sitzende Stellung. Verwirrt blickte er auf die Gestalten, die sich vor ihm im schwachen Licht von zwei flackernden Kienspänen zu schaffen machten. Eine gute Woche lebte er schon unter dem Dach des

Bauern, doch wenn er in dunkler Morgenstunde erwachte und sich in der drangvollen Enge der Hütte umblickte, befiel ihn noch immer das beklemmende Gefühl, im Schlaf in eine von geisterhaften Wesen bevölkerte Höhle verschleppt worden zu sein.

»... die Hebamme besser jetzt schon«, hörte Marius hinter sich die unverkennbare Stimme von Bärwel. Denn die Schwester der Bäuerin war nicht nur mit der hässlichen Hasenscharte geschlagen, sondern litt zudem unter einer Behinderung der Zunge, sodass jedes Wort ein wenig lallend klang und von einem Zischlaut begleitet wurde.

Bärwel riss die Tür auf und ein nasskalter Windstoß fegte herein. Er trieb Marius den letzten Rest schläfriger Benommenheit aus. Gleichzeitig loderten Flammen zwischen den schweren Feldsteinen der Feuerstelle auf, und als er Burchard über seine Frau gebeugt sah, die sich unter lang gezogenem Stöhnen auf ihrer Bettstelle aufbäumte, begriff er, dass für die Bäuerin die Zeit der Niederkunft gekommen war.

»Marius! Zum Teufel noch mal, bist du jetzt endlich wach?«, rief Burchard ihm ungehalten zu, ohne aufzuschauen.

»Ja, Bauer! Soll ich etwas tun?«, fragte Marius und sprang auf.

»In der Tat! Lauf, so schnell du kannst, zum Pfarrer und wecke ihn auf. Und lass dich nicht beirren, hörst du? Sag ihm, dass er sich bereithalten soll!«, trug Burchard ihm auf. »Ich weiß, er wird murren, um diese Zeit aus den Decken kriechen zu müssen, aber es soll sein Schaden nicht sein, richte ihm das von mir aus. Ich will, dass dieses Kind sofort getauft wird, sowie die Hebamme es geholt hat.«

»Ich werde es ihm ausrichten«, versicherte Marius, nahm

seinen Winterumhang mit der angenähten Kapuze vom Haken und warf ihn sich über.

»Er soll sofort kommen!«, stöhnte Magdala.

»Ja, sag ihm, dass er am besten hier bei uns auf die Geburt wartet!«, rief Burchard ihm noch zu, als Marius schon die Tür in der Hand hatte. »Er kann sich das Warten bei einem Krug Met und einem frischen Hirsefladen vertreiben, den Bärwel ihm gleich backen wird. Vergiss das bloß nicht!«

»Nein, bestimmt nicht. Ich werde es ihm schon schmackhaft machen!«, antwortete Marius und stürzte hinaus in die kalte, regnerische Nacht.

Marius verstand die Sorge des Bauern und seiner Frau. Hier ging es um das Seelenheil des Neugeborenen, das ohne die heilige Taufe in Gefahr war, verloren in einer geheimnisvollen Zwischenwelt herumzuirren, ohne zu wissen, ob es je Erlösung und Aufnahme in den Himmel finden würde. Ihr letztes Kind, das vor anderthalb Jahren viele Wochen zu früh zur Welt gekommen war, hatte schon eine halbe Stunde nach der Geburt seinen letzten irdischen Atemzug getan. Gerbert, der Dorfpfarrer, war zu spät gekommen, um die Taufe durchzuführen und es damit in die christliche Gemeinschaft aufzunehmen. Burchard und Magdala trugen schwer daran, dass ihr Kind deshalb kein gewöhnliches christliches Begräbnis erhalten hatte, sondern sich mit einem Platz auf dem Friedhofsgelände hatte begnügen müssen, das sich »Der Unschuldigen Gottesacker« nannte. Wenigstens lag es unter der Dachtraufe der Kirche, sodass die Eltern Trost aus der Hoffnung schöpfen durften, dass ihr Kind durch das vom Kirchendach herabtropfende Wasser gleichsam in einem langsamen, aber stetigen Prozess getauft wurde und dadurch eines Tages doch noch in Gottes himmlisches Reich eingehen würde.

Der Dorfpfarrer Gerbert, ein schon älterer Mann von untersetzter Gestalt und mit schütterem Haupthaar, erfreute sich im Dorf eines Ansehens, das nicht viele weltliche Priester in ihrer Pfarre genossen. Gerbert bestand nämlich bei den jährlich fälligen Abgaben nicht immer bis auf das letzte Korn genau auf seinem Zehnten*, den ihm die Bauern schuldeten. Im Gegensatz zu der Mehrzahl der Weltgeistlichen, die gemeinsam mit dem Lehnsherrn aus den Hörigen und Zinspflichtigen herauspressten, was sich nur herauspressen ließ, gewährte Gerbert in Zeiten schlechter Ernten und persönlicher Katastrophen einen gnädigen Nachlass. Die Dankbarkeit der Dörfler war daher groß, gehörten sie doch zu jenen glücklichen Gemeinden, deren Pfarrer weniger eine Plage als einen Segen darstellte. Wenn doch nur auch der Graf etwas von dieser Großzügigkeit besessen hätte!

Dieser Mann Gottes war also ein verträglicher Mensch, wie Marius wusste, als er wenig später gegen dessen Haustür hämmerte. Doch die Störung seiner Nachtruhe nahm Gerbert nicht gerade mit christlicher Gelassenheit hin – wie auch seine Flüche im starken Gegensatz zu den frommen Sprüchen standen, die er sonst auf den Lippen trug.

Marius ließ sich jedoch nicht beirren. Er dachte gar nicht daran, Ruhe zu geben und sich davonzumachen, wie ihm der Dorfpfarrer ungnädig zurief. Er schlug so lange mit der Faust gegen die Tür, bis ihm geöffnet wurde.

Die missliche Laune des Geistlichen besserte sich jedoch rasch, als Marius ihm mitteilte, dass ein Krug Met sowie ein frischer Hirsefladen auf ihn warteten. Diese Aussicht versöhn-te ihn sichtlich. »Nun denn, in Gottes Namen! Wenn es zum Heil des Kindes ist, will ich es wohl auf mich nehmen«, brummte er huldvoll und brauchte erstaunlich wenig Zeit, um sich anzukleiden.

Das Kind, ein Junge, kam beim ersten Licht des Tages und unter anschwellendem Donnergrollen zur Welt. Die Angst, es könnte sich um eine Totgeburt handeln, war bei den Eltern wie bei der Hebamme Theolinde groß. Denn das Kind gab keinen Laut von sich, zumindest keinen durchdringenden Schrei, wie es gewöhnlich der Fall ist.

»Die Hasenpfote, Bärwel. Beeil dich!«, rief Burchard, als die Nabelschnur durchtrennt war und das Neugeborene noch immer keinen Schrei von sich gab.

Marius kauerte auf einem der Sitzklötze und beobachtete, wie Bärwel der Hebamme hastig eine kleine, getrocknete Hasenpfote reichte, die Theolinde dem Kind an den linken Arm band. Denn solch ein Amulett sorgte dafür, Gefahr abzuwenden.

Der Dorfpfarrer, der das Weihwasser bereithielt, ließ es geschehen. Dann nahm er sich des Kindes an. »Es sieht mir aber nicht danach aus, als wollte der Herrgott es schon wieder zu sich rufen«, stellte er beruhigend fest. »Es hat einen guten Atem und es bewegt kräftig die Arme.«

»Aber es schreit nicht in die Welt hinaus, wie es doch jedes Neugeborene tut!«, wandte die Bäuerin von ihrem durchschwitzten und blutverschmierten Lager aus ängstlich ein, während draußen ein Blitz den Himmel spaltete und ein ohrenbetäubendes Krachen folgen ließ. Das Gewitter stand nun genau über ihrem Tal. »Tauft es auf den Namen Bernold!«

Der Geistliche hob den Kopf, lauschte auf das Bersten, welches klang, als würde eine himmelhohe Wand aus Granit einstürzen, und nickte. »Ja, das ist fürwahr ungewöhnlich«, sagte er mit bedenklicher Miene und griff zum Weihwasser.

Der kleine Bernold streckte seine Ärmchen abwehrend in die Höhe und schrie augenblicklich mit durchdringender Stimme, als das kalte Wasser sein Gesicht traf.

Das zeitliche Zusammentreffen des Gewitters mit der Stunde der Geburt gab dem Geistlichen, der beim ersten Schrei erschrocken zusammengefahren war, sehr zu denken.

»Gebt mir eine Prise Salz!«, forderte er den Bauern kurz entschlossen auf.

Burchard wusste sofort, was das zu bedeuten hatte. »Ihr haltet das Kind ... für vom Teufel besessen und wollt einen Exorzismus vornehmen?«, rief er bestürzt.

Der Geistliche wiegte unsicher den Kopf. »Mit Gewissheit weiß ich das nicht zu sagen, denn die Zeichen lassen mehr als eine Deutung zu«, erwiderte Gerbert verunsichert. »Und da der Teufel seine unrechten Netze auf vielerlei Art auswirft, müssen wir allzeit wachsam sein und ihm beherzt entgegentreten, wann immer wir vermuten, dass er sein hässliches Haupt in unserer Gegenwart zu erheben versucht!«

Marius drückte sich noch tiefer in das Dunkel der Ecke, als der Pfarrer eine Prise Salz ins Feuer warf, ein paar Körner über dem winzigen Leib des Neugeborenen verrieb, die Stirn des Kindes mit Weihwasser zeichnete und dann mit beschwörender Stimme die Dämonen, die möglicherweise von dem kleinen Bernold Besitz ergriffen hatten, mit den Worten anrief: »Im Zeichen der Heiligen Dreifaltigkeit, aus der Kraft des Herrn und im Namen des reinen Lammes, das über Nattern schreitet, den Löwen in den Staub tritt und den Drachen, ich befehle dir, du böse falsche Schlange: Tu ohne Zögern, was immer ich dir befehle!«

Er malte ein weiteres Kreuzzeichen auf die Stirn des Kindes, das nun wie am Spieß schrie, und fuhr dann mit immer lauter werdender Stimme beschwörend fort: »Zittere und bebe vor Furcht, wenn der Name Gottes erschallt, den die Hölle fürchtet und dem alle Kräfte des Himmels, seine Throne und Heerscharen und alle anderen Kräfte untertan sind. Er, der von der allerseligen Jungfrau geboren wurde, befiehlt dir. Ich beschwöre dich mit den Worten der Wahrheit: Weiche von diesem Kind! Hebe dich hinweg und verlasse diesen Körper, der geweiht ist mit der Kraft der Heiligen Dreifaltigkeit! Hinweg! ... Hinweg! ... Hinweg, ihr Ausgeburten Luzifers!«

Ein Schauer durchfuhr Marius und ließ ihn frösteln, als das Geschrei des Kindes tatsächlich abbrach und in ein Wimmern überging. Er zweifelte nicht daran, dass Gerbert die Dämonen kraft seines geweihten Amtes und seiner Beschwörungsformel gezwungen hatte, den kleinen Bernold wieder freizugeben. Die Hebamme Theolinde nahm den Säugling an sich und rieb ihm den Gaumen und das Zahnfleisch mit Honig ein. Das sollte zu seinem schnellen Gedeihen beitragen.

»Falls Satan seine Klauen nach eurem Kind ausgestreckt hatte, so ist seine Macht nunmehr gebrochen«, verkündete der Dorfpfarrer mit sichtlicher Genugtuung. »Doch habt weiterhin ein wachsames Auge auf euren Sohn und lasst es mich wissen, falls etwas darauf hinweisen könnte, dass Satan ihn wieder umschleicht!«

»Ihr könnt gewiss sein, dass wir ein gutes Auge auf ihn haben werden!«, versicherte Burchard, entlohnte den Pfarrer und hielt ihm die Tür auf. Und gleich nachdem der

Gottesmann gegangen war, schickte der Bauer Germo und Marius zur Arbeit in den nasskalten Morgen hinaus: »Seht zu, dass ihr heute den Rest der Brache umbrechen könnt!«

Jeder Bauer nutzte sein Ackerland nach dem Verfahren der Dreifelderwirtschaft. Winterfrucht, Sommerfrucht und Brache wechselten sich auf diesen drei Feldern im jährlichen Wechsel ab. Dabei war die Brache derjenige Teil des Landes, auf den die Bauern nach dem Abernten des Sommergetreides ihr Vieh zum Abweiden der Stoppeln trieben. Anschließend wurde das Feld mit dem Hakenpflug umgebrochen und blieb bis zum folgenden Jahr ungenutzt, damit sich der Boden von der Bestellung erholen konnte. Im nächsten Spätsommer nahm dann die Brache die Einsaat des Wintergetreides auf.

Marius dachte noch lange über die erste Geburt nach, die er miterlebt hatte, sowie über die Teufelsaustreibung, die Gerbert an dem Neugeborenen vorgenommen hatte. Und an Zeit zum Nachdenken und Grübeln über die Wunder und Abgründe dieser Welt fehlte es ihm bei der eintönigen Arbeit auf der Gewannflur* wahrlich nicht.

Wenige Tage später wurde Marius Zeuge einer anderen Zeremonie, die Gerbert in Gegenwart des gesamten Bauernvolkes vornahm und die in den Augen der Dörfler zu seinen allerwichtigsten Amtspflichten im Wechsel der Jahreszeiten gehörte: die Segnung der Ackerflur zur Steigerung der Bodenfruchtbarkeit.

Jeder Bauer sprach voll Dankbarkeit von einer guten Ernte, wenn sein Rohertrag das Dreifache seiner Aussaat betrug. Dann konnten er und seine Hausgemeinschaft recht zuversichtlich sein, den Winter über keine große Not leiden zu müssen. Aber die letzten beiden Ernten hatten keine guten Erträge gebracht. Noch konnte von einer katastrophalen Lage keine Rede sein. Die Zeiten waren einfach nur schlecht. Aber aus anderen Teilen des Landes drangen besorgniserregende Berichte von erschreckenden Missernten zu ihnen. Dort quälte bitterer Hunger das Landvolk und trieb die Menschen in ihrer Not dazu, das lebensnotwendige Saatgut fürs nächste Jahr zu verzehren und schließlich Baumrinde, Gras und Aas zu essen, um vor Hunger nicht verrückt zu werden und sich nicht an Toten zu versündigen.

Die Angst, dass auch ihre Gegend von einer Hungersnot heimgesucht werden könnte, lastete daher schwer auf den Bauern des Lehnsherrn Frodebert. Und es oblag ihrem Dorfpfarrer, dieses Unheil möglichst von ihnen abzuwehren, indem er Gottes Schutz und Segen für ihre Ackerflur erbat.

Die Zeremonie nahm einen ganzen Tag in Anspruch. Noch vor Sonnenaufgang begab sich das ganze Dorf in einer feierlichen Prozession auf die Gewannflur, wo symbolisch vier Erdklumpen von den vier Seiten des Ackers ausgegraben wurden.

Augustin, der Dorfvorsteher, brachte die vier Erdklumpen auf einem Brett zum Pfarrer, der sie mit einer Mischung aus Weihwasser, Öl, Milch und Honig besprengte sowie mit verschiedenen Teilen von besonders fruchtbringenden Gewächsen bestreute. Er zeichnete mehrmals das Kreuz über sie und sprach dazu lateinische Segenssprüche.

Marius war wohl der Einzige in der Menge, der verstand, was der Priester dort murmelte und woher die Worte stammten. Gerbert zitierte aus dem ersten Kapitel der Genesis, was Gott zu Adam und Eva sagte: »Seid fruchtbar und mehret euch und füllet die Erde!«

Anschließend wurden die vier Erdklumpen in die Kirche

getragen, wo Gerbert sich nun der anstrengenden Aufgabe unterziehen musste, vier heilige Messen zu lesen. Die feierliche Zeremonie endete kurz vor Sonnenuntergang, als man die vier Klumpen im Zuge einer weiteren Prozession wieder hinaus auf die Ackerflur brachte und dort in die Erde zurücklegte, damit sie nun die wirkmächtige Segenskraft, die sie den ganzen Tag über in der Kirche in sich aufgesogen hatten, weitergaben und über die gesamte Ackerflur verteilten.

Der Glaube der Bauern an die Kraft dieser Segnungen war stark, doch einer unter ihnen, Odilio, wollte sich darauf nicht verlassen, sondern seinem Glück auf ruchlose Weise und im Schutze der Nacht nachhelfen – und verspielte damit sein Leben.

Es geschah am dreizehnten Tag nach der Segnung der Ackerflur, gute zwei Stunden vor Einbruch der Morgendämmerung. Der Regen, der schon seit Tagen Dorf und Felder in ein Meer aus Schlamm verwandelte, prasselte mit ungebrochener Kraft auf die Dächer der Hütten nieder.

Erschrocken fuhr Marius aus dem Schlaf hoch, als eine Faust heftig gegen die Tür hämmerte und eine aufgeregte Stimme rief: »Burchard! ... Wach auf! Burchard, hoch mit dir, es ist etwas Schlimmes passiert!«

»Das ist Gottschalk!«, kam die verstörte Stimme des Bauern aus dem Dunkel jenseits der Feuerstelle. »Lass ihn herein, Marius! ... Und du mach Feuer, Bärwel!«

Widerwillig kroch Marius unter der warmen Decke hervor, sprang auf und kippte den klobigen Riegel hoch, der die Tür versperrte.

Regentriefend schob sich Gottschalk an ihm vorbei in die dunkle Hütte. »Das ist es, was uns noch gefehlt hat! Verflucht soll Odilio sein!«, stieß er grimmig hervor und Regenwasser spritzte Marius ins Gesicht, als der Bauer die Kapuze seines Mantelumhangs zurückwarf. »Der Teufel soll ihn holen, diesen elenden Raufbold! Aber bei Gott, den Teufel wird dieser Lump jetzt bald zu Gesicht bekommen!«

»Um Himmels willen, was ist passiert?«, fragte Burchard.

»Wir haben ihn erwischt, der Augustin und ich! Auf frischer Tat. Da gab es kein Leugnen mehr, sondern nur noch Jammern und Flehen. Gewinselt wie ein Hund hat er!«, sagte Gottschalk voller Abscheu.

»Erwischt wobei?«, rief Burchard.

»Beim Versetzen von Grenzsteinen!«

»Nein!«, stieß Burchard hervor und auch von den anderen in der Hütte kam wie aus einem Mund ein entsetzter, aufstönender Laut. Wer sich auf der Ackerflur an den Grenzsteinen zu schaffen machte, um sein eigenes Land auf Kosten seiner Nachbarn zu vergrößern, beging das Verbrechen des Landraubs – und hatte damit sein Leben verwirkt. Ja, der Tod war Odilio gewiss, wenn er für schuldig befunden wurde, stand doch schon auf das vergleichsweise harmlose Verbrechen des Wilderns die Strafe des Augenausstechens.

»Nicht nur der Herr ist mein Zeuge, sondern auch Augustin!«, versicherte Gottschalk, der im Dorf das Amt des Bannwarts innehatte. »Der Schweinehund hat es geschickt geplant. Und vermutlich hätte niemand Odilios abscheuliche Tat bemerkt, wenn der Regen nicht eine brüchige Stelle in meinem Dach gefunden und mich mit einem ordentlichen Wasserguss aus dem Schlaf gerissen hätte.«

Bärwel hatte indessen die Glut unter der Asche freigelegt und pustend zwei Kienspäne an den ersten auflodernden Flammen entzündet, die nun ein schwaches, unruhig flackerndes Licht in die feuchte Dunkelheit der Bauernhütte warfen.

»Der unverhoffte Wasserguss zwang mich, aufzustehen und mich auf der Stelle um diese undichte Stelle auf meinem Dach zu kümmern. Und als ich gerade hinter dem Haus die Leiter hochstieg, da bemerkte ich eine Gestalt, die aus Odilios Hütte kam und sich in Richtung Ackerflur davonschlich«, berichtete Gottschalk. »Das kam mir verdächtig vor. Denn um diese Nachtstunde und bei solch einem Sauwetter geht doch keiner aus dem Haus, ohne dafür einen Grund zu haben. Du weißt, was ich von Odilio halte. Er war schon immer ein ...«

»... raufsüchtiger Trunkenbold, ein Großmaul und Taugenichts«, beendete Burchard den Satz für ihn.

Gottschalk nickte. »Genau, und deshalb habe ich auch nicht lange überlegt, sondern bin ihm nach. Als er sich dann am ersten unteren Grenzstein zu schaffen machte, habe ich Augustin aus dem Schlaf geholt, weil dessen Hof am schnellsten zu erreichen war. Zusammen haben wir Odilio dabei gestellt, wie er auch den oberen Grenzstein umsetzen wollte. Er hat wohl darauf vertraut, dass niemand die Versetzung bemerken würde, weil der tagelange Regen alles in knöcheltiefen Schlamm verwandelt hat. Aber zum Glück haben wir ihn auf frischer Tat erwischt.«

»Das wird ein böses Ende für Odilio haben«, sagte Burchard mit finsterer Miene. »Der Graf wird gewiss noch heute über ihn zu Gericht sitzen und dann ...« Er sprach nicht weiter, denn jeder wusste, was Odilio bei einer Verurteilung erwartete. Das Entsetzliche musste nicht auch noch ausgesprochen werden.

»Oh ja, aber zuerst ist es deine Aufgabe als Untergänger, dir die versuchte Grenzverletzung anzusehen und uns zu bestätigen«, sagte Gottschalk und wischte sich eine nasse Haarsträhne aus der Stirn. »Immerhin müssen wir nachher gemeinsam vor den Lehnsherrn treten und unsere Aussage beschwören, wenn er über Odilio zu Gericht sitzt.«

Burchard nickte. »Ich komme!«

Der Prozess fand noch vor der Mittagsstunde auf der Burg statt, und da der Regen kurz nach Anbruch des Tages endlich aufgehört hatte und der Himmel sich zur Abwechslung mal wieder in ein blaues Gewand mit wenigen weißen Wolkentupfern kleidete, verlegte der Lehnsherr den Ort des Gerichtsverfahrens vom Rittersaal in den Burghof. Denn das ganze Dorf wollte daran teilnehmen und im Rittersaal, der nur ein Dutzend Schritt in der Länge maß, hätte nicht einmal ein Drittel der Leute Platz gefunden.

Graf Frodebert, ein kräftiger und sichtlich wohlgenährter Mann mit pockennarbigem Gesicht und herrischem Blick, ließ ein kleines Bretterpodest vor dem Eingang zur Kemenate* errichten und dorthin seinen geschnitzten Lehnstuhl aus dem Rittersaal bringen. In einen prächtigen Mantel aus Fuchsfell gekleidet, thronte er so über der Menge aus Bauernvolk, Dienstmannen und Burggesinde, die sich mit einer eigenartigen Mischung aus Beklommenheit, Rachsucht und freudiger Erwartung auf ein blutiges Schauspiel im Burghof drängte.

Auf nicht ganz so hohen Stühlen, denen zudem die Rückenlehne fehlte, saßen seine beiden Söhne. Zu seiner Rechten sein ihm wie aus dem Gesicht geschnittener Erbsohn Siegbert, aufrecht, mit ausdruckslosem Blick und ganz im Bewusstsein seiner Stellung als künftiger Lehnsherr; zu seiner Linken Ekkebert, der es an der gebotenen Haltung vermissen ließ und sich auf seinem Sitz herumlümmelte.

Graf Frodebert hörte sich die Aussagen von Gottschalk, Augustin und Burchard an und vernahm den Beschuldigten, der seine Tat nicht bestritt, aber zu seiner Verteidigung anführte, im Rausch gehandelt und nicht gewusst zu haben, was er da tat. Schluchzend beteuerte Odilio, dass er die Grenzsteine nicht wirklich hatte versetzen wollen, was bei den Zuschauern höhnisches Gelächter und eine Reihe von Verwünschungen hervorrief. Er warf sich vor die Füße seines Lehnsherrn und bat wimmernd um Gnade.

»Gnade? Womit willst du dir einen Anspruch auf Gnade verdient haben? Vielleicht damit, dass du immer für Ärger gut warst und mir erst letztes Jahr den Hand- und Spanndienst immer wieder unter fadenscheinigen Begründungen vorenthalten hast, sodass ich dich erst durch dreißig Peitschenhiebe an deine Pflichten erinnern musste?«, höhnte der Graf und blickte dann auf die Menge. »Wer etwas zugunsten dieses Mannes zu sagen hat, der soll es vorbringen!«

»Er hat immer mehr gesoffen, als er vertragen kann!«, schrie jemand aus einer der hinteren Reihen.

Das Gelächter, das sich darauf im Burghof erhob, klang hart und kalt wie Stein und schien nichts von Barmherzigkeit und Gnade wissen zu wollen.

»Keiner konnte so gut nach Hunden und Kindern treten, die ihm im Weg waren, wie Odilio!«, rief eine Frauenstimme bissig.

»Was seid ihr undankbar, wo uns der arme Odilio doch so viel Gutes getan hat! Oder habt ihr schon vergessen, dass wir unser Vieh auf sein Feld treiben konnten, weil er zu faul oder zu besoffen war, um es rechtzeitig abzuernten, wie es seine Pflicht gewesen wäre?«, rief ein anderer Bauer höhnisch. »Was wiegen dagegen schon ein paar versetzte Grenzsteine, nicht wahr?«

»Ich werde euch sagen, wie viel sie wiegen! Sie wiegen

so viel wie ein Pflug!«, brüllte da der Bauer, dem Odilio ein Stück seines Landes hatte stehlen wollen.

Ihm antwortete ein dunkles Gemurmel, das nach dem vollen Strafmaß verlangte.

Der Graf hob die Hand und augenblicklich erstarben die Stimmen im Hof. Auf sein Zeichen hin rissen die beiden Knechte den vor ihm liegenden Bauern hoch. Dann machte er kurzen Prozess. »Odilio, du bist auf frischer Tat ertappt worden und hast zudem die schändliche Tat gestanden. Damit hast du dein Leben verwirkt. Du erhältst die gerechte Strafe, die auf das Versetzen von Grenzsteinen steht: Tod durch den Pflug!«

Die Menge nahm das Urteil zustimmend auf. »Tod durch den Pflug! ... Tod durch den Pflug!«, schallte es von den hohen Ringmauern zurück, die dunkle Schatten warfen, und das Echo erstickte den verzweifelten Aufschrei des Verurteilten.

»Das Urteil wird eine Stunde vor Sonnenuntergang auf seinem eigenen Acker vollzogen!«, verkündete der Graf und befahl seinen Knechten: »Schafft ihn weg!«

Marius schauderte bei der Vorstellung, was Odilio in wenigen Stunden erwartete. Dem Bauern stand ein grässlicher Tod bevor. Schon der Gedanke daran bereitete ihm Ekel und er wünschte, der Graf hätte Milde walten und ihm nur den Kopf abschlagen lassen.

Und doch fand auch Marius sich am Nachmittag auf dem Acker des zum Tode Verurteilten ein, wo sich schon eine große Menschenmenge versammelt hatte. Irgendein geheimnisvoller, dunkler Trieb drängte ihn unwiderstehlich, Zeuge der Hinrichtung zu werden.

Knechte des Grafen hoben eine flache Grube aus und rammten vier Holzpflöcke tief in den aufgeweichten Boden. Dann holten sie Odilio herbei, der seine Todesangst laut hinausschrie und verzweifelt versuchte, sich aus dem brutalen Griff der Knechte zu befreien. Vergeblich. Sie schleppten ihn in die Mulde, zwangen ihn auf den Rücken und zerrten Arme und Beine mit Stricken auseinander, die sie straff an die vier Pflöcke banden. Dann bedeckten sie seinen Körper so weit mit Erde, dass nur noch sein Kopf und der obere Teil seiner Brust aus dem schlammigen Erdreich herausragten.

Der Burghauptmann, der den Grafen vertrat, verkündete noch einmal das Urteil. Dann gab er den beiden Dienstmannen, die mit dem Ochsengespann ein gutes Stück vom Hinrichtungsort entfernt warteten, das Zeichen, das Urteil zu vollstrecken. Sie trugen braune, wollene Umhänge sowie Kapuzen, die ihre Gesichter völlig bedeckten, sodass niemand sagen konnte, wem von des Grafen Dienstmannen die grausame Aufgabe zugekommen war, die Hinrichtung zu vollziehen.

Marius schlug das Herz wie wild in der Brust, als sich die beiden verhüllten Gestalten mit dem Gespann in Bewegung setzten. Der eine führte die beiden Ochsen, der andere drückte den Hakenpflug tief in die schlammige Erde. Die Pflugschar wühlte den Boden auf und warf ihn zu beiden Seiten hin, während weiter vorn das scharfe Pflugmesser wie ein Dolch in das sich krümmende Erdreich schnitt.

Und die Furche hielt geradewegs auf Odilio zu.

Ein letztes Murmeln, Raunen und Flüstern – und darin verstummten auch die letzten Stimmen in der Menge, die sich zu beiden Seiten des angepflockten Bauern drängte.

Als Marius sah, wie sich Odilio unter gellenden Schreien aufzubäumen versuchte, um sich vor dem Hakenpflug zu retten, der ihm in wenigen Augenblicken die Brust aufreißen und das Herz zerfetzen würde, stieg Übelkeit in ihm auf. Eine heftige Beklemmung befiel ihn. Wie ein Seil, das sich um seine Brust zuzog.

Abrupt wandte er sich um, drängelte sich nach hinten und rannte davon. Die schwere, aufgeweichte Erde klebte jedoch in dicken Klumpen an seinen Füßen und ließ ihn nur langsam und stolpernd vorankommen.

Marius rannte und presste sich die Hände mit aller Kraft auf die Ohren. Doch das rettete ihn nicht vor dem fast unmenschlichen Schrei, in den die Menge augenblicklich einfiel, als müssten die Menschen einer unerträglichen Anspannung Luft machen und den Todesschrei des Verurteilten niederschreien, damit er sich nicht in ihren Seelen festsetzen und sie verfolgen konnte.

»Odilio hat seine gerechte Strafe erhalten und es ist nur recht, dass ihm der Pfarrer die Beerdigung in geweihter Erde verwehrt hat«, hörte Marius später Burchard zu Gottschalk sagen. »Er hat es verdient, dort draußen am Scheideweg wie ein Hundekadaver verscharrt zu werden und sich die Erde mit Selbstmördern und anderen Gottlosen teilen zu müssen, die ihr Seelenheil durch ihre eigene ruchlose Tat verwirkt haben!«

Gottschalk nickte nachdrücklich. »Ja, der Graf hat recht daran getan, keine Gnade walten zu lassen. Warum sollte er? Das Leben hat auch mit uns kein Erbarmen!«

Neuntes Kapitel

An einem nasskalten Nachmittag zu Beginn des neuen Jahres 1096, als die tief hängenden Wolken sich nicht entscheiden konnten, ob sie ihre Last als Schnee oder als Regen über dem Land abladen sollten, kehrte Vinzent der Pilger mit seinem Esel Homer aus Trier zurück.

Und nur eine knappe Stunde später traf auch der Mönch Ambrosius ein, dessen heiliger Eifer wie eine lodernde Fackel überall Brände legte, wo immer er auftauchte. Der Fassbinder Hannes aus dem benachbarten Tal, der den Wanderprediger auf der Landstraße aufgelesen hatte, brachte ihn mit seinem Fuhrwerk auf die Burg.

Als Marius hörte, dass Vinzent wieder zurück war, ließ er alles stehen und liegen und lief zur Burg hoch. Zum Teufel mit Ekkebert und seinen Spießgesellen!

Wie quälend lange hatten sich die Wochen des Wartens hingezogen! Er hatte schon befürchtet, dass Vinzent womöglich der Einladung irgendeines begüterten und großzügigen Trierer Gönners gefolgt war, den Winter bei ihm in der Stadt zu verbringen. Aber dem war nicht so, dem Himmel und allen Schutzheiligen sei Dank! Vinzent war zurückgekommen, wie er es versprochen hatte. Wenn auch um viele Wochen später als angekündigt, aber was machte das jetzt schon!

Seine Brust barst fast vor Freude. Denn wenn er es auch niemals auszusprechen gewagt hätte, so betrachtete er den Pilger doch im Stillen als seinen Freund. Als seinen *einzigen* Freund, genau genommen. Was er Vinzent in jener Nacht im Pferdestall anvertraut hatte, hatte er so offen noch zu keinem anderen gesagt – wie sich bisher auch noch nie jemand ernstlich für das interessiert hatte, was ihn in seinem Innersten bewegte und quälte.

Marius fand ihn in den Stallungen bei seinem Esel. Einer der Knechte wollte es dem frommen Mann abnehmen, das müde und verschwitzte Tier mit Stroh abzureiben, doch Vinzent bestand darauf, es selbst zu tun. »Lass nur«, hörte Marius ihn zum Stallknecht sagen, als er um die Ecke kam. »Der Gute ist meine Hand gewohnt und sehr eigen, wenn es darum geht, ihm das Fell zu reiben. Und wer sich nicht sorgsam um das Geschöpf kümmert, mit dem er die Freuden und Mühsale eines gemeinsamen Lebensweges teilt, der ist ihm ein schlechter Gefährte und seiner Gesellschaft nicht wert, geschweige denn seiner Freundschaft und Treue. Denn man kann nicht Gott lieben und gleichzeitig Seine Geschöpfe verachten.«

»Ganz wie Ihr meint, mir soll es recht sein«, sagte der Stallbursche achselzuckend und machte schnell, dass er wegkam, denn er fürchtete wohl, der fromme Pilger könnte es sich vielleicht noch einmal anders überlegen.

Vinzent hob die mit Stroh gefüllte Hand zum Gruß, als er Marius erblickte. »Sei mir gegrüßt, junger Mann! Der Stall scheint ja unser bevorzugter Treffpunkt zu sein«, sagte er scherzend und erkundigte sich, wie es ihm in der Zwischenzeit ergangen war.

»Ich lebe nicht mehr auf der Burg, sondern unten im Dorf, beim Zinsbauern Burchard«, antwortete Marius ein wenig verlegen.

Vinzent hob leicht die buschigen Augenbrauen. »Weil du dort eher vor den Nachstellungen deines Vetters sicher bist?«, vergewisserte er sich.

Marius nickte und erzählte ihm von dem Überfall: Wie

sie ihn hoch zu Ross mit ihren Übungslanzen über das freie Gelände gejagt hatten und welch bitteres Ende die Sache wohl für ihn genommen hätte, wenn der Burghauptmann nicht rechtzeitig auf dem Platz erschienen wäre und dem gewalttätigen Treiben Einhalt geboten hätte.

»Und seitdem haben sie dich in Ruhe gelassen?«, fragte Vinzent.

»Nun ja, ein paar üble Zusammenstöße hat es danach schon noch gegeben, aber die waren nichts im Vergleich zu den Gemeinheiten, die davor geschehen sind. Seit ich unten im Dorf lebe, laufen wir uns einfach nicht mehr so oft über den Weg«, antwortete Marius. »Aber nun müsst Ihr erzählen! Sagt, was hat Euch nur so lange in Trier aufgehalten? Wolltet Ihr nicht schon nach ein paar Wochen wieder zurück sein?«

»Des Menschen Pläne sind eine Sache, der Lauf des Lebens ist eine andere – einmal ganz davon abgesehen, dass sich unsere Wünsche oft nicht mit dem vertragen, was Gott mit uns vorhat«, erwiderte der Pilger mit einem feinen Lächeln. »So hat mich vielerlei in Trier aufgehalten, insbesondere jedoch meine Erschöpfung, die mich sogar mehrere Wochen ans Bett gefesselt hat.«

Marius sah ihn betroffen an und bemerkte nun, dass der Pilger wirklich sehr müde und ausgezehrt aussah. Er schien auch an Gewicht verloren zu haben. »Ihr seid krank gewesen?«

Vinzent nickte. »Ja, eine Weile ging es mir nicht gut. Aber das liegt gottlob hinter mir und nun bleiben mir ja mehrere Monate, um mich zu schonen und zu Kräften zu kommen, bevor ich mit Homer wieder hinaus auf die Landstraße muss.«

Marius seufzte. »Ich wünschte, ich könnte so leben wie

Ihr!«, entfuhr es ihm sehnsüchtig. »Ihr seid heute hier und morgen dort, erlebt ständig etwas Neues und habt schon so viel von der Welt gesehen!«

Vinzent sah ihn ernst an. »Nicht jeder ist für das geschaffen, was er an einem anderen bewundert«, gab er zu bedenken.

»Wie meint Ihr das?«

»Pilgern heißt anders sein ...«, begann Vinzent.

»Das trifft sich ja bestens«, warf Marius ein. »Denn dass ich anders als die andern bin, ist doch wohl augenfällig, nicht wahr?«

Der Pilger schmunzelte. »Was du meinst, ist etwas Äußerliches. Ein solches Anderssein ist damit nicht gemeint. Zudem muss man Stärke besitzen. Denn wer aufbricht und seine Heimat verlässt, zeigt Stärke und Mut, sich dem Ungewissen auszuliefern.«

»Diese Stärke und diesen Mut hätte ich ganz bestimmt!«, versicherte Marius. Er hegte die Hoffnung, dass Vinzent ihn aus der Enge und Aussichtslosigkeit seines hiesigen Lebens herausholte und ihn als seinen Weggefährten auf seiner nächsten Reise mitnahm. Gewiss war das nicht mehr als eine vage Hoffnung und der Frühling war noch weit, aber weshalb sollte er nicht schon jetzt die ersten Zeichen setzen und seinen geheimen Wunsch einmal anklingen lassen?

»Aber hast du auch die Stärke, die Ablehnung zu ertragen, mit denen jene, die zu Hause bleiben, Leuten wie mir begegnen?«, fragte Vinzent. »Das Anderssein stärkt zwar denjenigen, der damit richtig zu leben weiß, in seinem Selbstvertrauen. Andererseits aber verunsichert es den, der nicht wirklich dafür geschaffen ist, zutiefst und stürzt ihn in schreckliche Nöte.«

Marius senkte verlegen den Blick, weil ihn die Warnung an vieles erinnerte, was sein Leben bisher geprägt hatte: die Demütigungen, das Gefühl der Verlassenheit, seine Verzweiflung und seine Unversöhnlichkeit mit dem Schicksal.

»Der Fremde und Andersartige weckt bei den Einheimischen fast immer Angst, Abwehr und eine Flut bösartiger Vorurteile«, fuhr Vinzent fort, als könnte er Marius' Gedanken und geheimste Wünsche lesen. »Es gehört nämlich leider zu den schandbarsten Fehlern des Menschen, den Groll auf die eigenen Schwächen und auf die Ketten, die man freiwillig oder erzwungenermaßen trägt, am Fremden, am Andersartigen auszulassen.«

»Im Tragen dieses Jochs habe ich schon jahrelange Übung«, bemerkte Marius, um in Gedanken jedoch aufrichtig hinzuzusetzen: Aber eine dicke Haut habe ich mir deshalb noch längst nicht zugelegt, sonst würde es mich ja nicht immer wieder so tief treffen!

»Das mag sein«, sagte der Pilger. »Doch da ist noch etwas anderes: Pilgern heißt, sich auf die Suche nach dem Sinn im eigenen Leben zu machen. Deshalb hat es in doppelter Bedeutung etwas mit Unterwegssein zu tun, ist es doch immer auch ein innerer Weg der Suche und des Fragens. Dagegen hat Pilgern wenig mit Angekommensein, mit fertigen und bequemen Antworten zu tun.«

»Aber ist denn Pilgern nicht für sich schon genug?«, fragte Marius leicht verwirrt.

»Einfach nur unterwegs zu sein, reicht nicht, Marius. Sicherlich ist der Weg für jeden Pilger wichtig, aber er ist nicht wichtiger als das Ziel. Ohne Ziel wird man schnell zum Abenteurer und Vaganten. Ohne Ziel schweift der unruhige Geist einfach nur umher und findet nicht mehr heim«, sagte Vinzent.

»Ihr habt doch immer ein Ziel«, wandte Marius ein. »Mal ist es Rom, ein andermal Santiago de Compostela oder Köln, ja sogar im Heiligen Land wart Ihr schon mehrfach, wie Ihr mir erzählt habt.«

Der alte Pilger nickte. »So ist es, aber man kann auch von einem Ziel zum anderen reisen und dennoch niemals wirklich ankommen. Denn das wahre Ziel liegt letztlich nicht irgendwo dort draußen in der Welt, wo heilige Gnadenstätten die Wallfahrer anziehen, sondern es liegt in uns und in der Art, wie wir auf den Ruf antworten, der diese große Sehnsucht des Pilgerns in uns geweckt hat.«

Marius runzelte die Stirn, nagte an seiner Unterlippe und bekannte schließlich: »Ihr mögt mich für nicht sehr gescheit halten, aber so ganz verstehe ich das nicht, was Ihr da vom Unterwegssein und dem Ziel sagt, das nicht draußen in der Welt, sondern irgendwo in uns zu finden sein soll.«

Vinzent lachte belustigt auf und warf das Stroh zu Boden, mit dem er Homer trocken gerieben hatte. »Das verwundert mich so wenig, wie es mich enttäuscht, Marius von der Burg. Ich habe selbst weit über die Hälfte meines Lebens gebraucht, um das zu begreifen, was ich dir gerade dargelegt habe. Wenn es so einfach zu begreifen und in die rechte Tat umzusetzen wäre, sähe die Welt der Christen, die doch alle die Zehn Gebote kennen, sehr viel friedlicher und liebevoller aus, als wir sie kennen und ertragen müssen.« Ein wehmütiges Lächeln flog über sein bärtiges, von tiefen Falten durchzogenes Gesicht. »Dass ich dich verwirrt habe, ist nur zu verständlich. Es würde mich auch wundern, wenn du jetzt schon verstehen würdest, wofür die meisten klugen Köpfe ein ganzes Leben brauchen – und viele begreifen es selbst dann noch nicht«, beruhigte er ihn und schlug ihm freundschaftlich auf die Schulter. »Also mach dir nichts daraus und grüble nicht darüber nach. Mein Gefühl sagt mir, dass du zu denen gehörst, die nicht erst den Großteil ihres Lebens auf allerlei Irrwegen verbringen, bevor ihnen die große Erleuchtung kommt.«

»Meint Ihr das wirklich?«

»Je älter ich werde, desto weniger tauge ich als Schwätzer und Schmeichler«, antwortete der alte Pilger mit freundlicher Ironie.

Das Lob brachte ein Strahlen auf Marius' Gesicht, denn Vinzent schien große Stücke auf ihn zu halten.

Der Pilger lachte. »Genug der gelehrten Rede für heute. Ich habe Hunger und du bestimmt auch.«

»Aber Ihr werdet doch gewiss an der Tafel des Grafen im Rittersaal erwartet und dort ist kein Platz für mich. Wenn ich auf der Burg etwas zu essen bekommen will, muss ich mich ins Gesindehaus begeben«, sagte Marius.

»Dann werde ich heute eben mit dir im Gesindehaus zu Tische sitzen«, erwiderte Vinzent leichthin. »Die gräfliche Familie wird das sicherlich nicht bekümmern, hat sie mich doch noch bis in den Frühling zu ertragen.«

Als sie aus den Stallungen kamen, ratterte gerade das Fuhrwerk des Fassbinders durch den dunklen Torgang auf den Hof und kam vor der Kemenate zum Stehen.

»Schaut, der Fassbinder Hannes hat einen Klosterbruder mitgebracht!«, rief Marius und deutete auf den hageren Mönch, der mit rasiertem Schädel und in eine schäbige Mönchskutte gekleidet auf dem Kutschbock saß. »Zu den Brüdern und Patres von Ravengiersburg kann er nicht gehören, denn die kenne ich alle. Oder aber er muss erst kürzlich ins Kloster eingetreten sein.«

Vinzent schüttelte den Kopf. »Nein, aus Ravengiersburg kommt er wirklich nicht. Das ist der Wanderprediger Ambrosius.«

»Ihr kennt ihn?«, fragte Marius überrascht.

Der Pilger verzog das Gesicht. »Ich habe in Trier und in den Dörfern auf dem Weg hierher von ihm gehört, und das genügt mir, um wenig Verlangen nach einer näheren Bekanntschaft zu haben.«

»Was habt Ihr gegen ihn?«

Vinzent zögerte. Dann sagte er knapp: »Der Mann ist ein Brandstifter.«

Marius sah ihn erschrocken an. »Ein Brandstifter? Ein Mönch, der heimlich Brände legt?«, flüsterte er fassungslos.

»Nein, Bruder Ambrosius gehört zu jenen Männern, die ihre unheilvollen Brände in aller Öffentlichkeit legen und für den Flächenbrand, den sie mit ihren Predigten und Aufrufen verursachen, sogar noch den Segen des Papstes erhalten!«, sagte Vinzent grimmig.

»Ihr meint, dieser Mönch wird gleich eine Predigt halten?«, fragte Marius.

Vinzent schüttelte den Kopf. »Bruder Ambrosius wird seinen heiligen Eifer erst einmal auf die Familie des Grafen richten, bevor er sich dem einfachen Volk zuwendet. Die Dinge müssen ja ihre gottgewollte Ordnung haben, nicht wahr?«, spottete er. »Nur gut, dass ich mich schon entschlossen habe, heute mit dir im Gesindehaus zu speisen. Ich glaube nicht, dass ich an der Tafel des Grafen heute großen Appetit verspüren würde, in der Gegenwart eines Mannes, der behauptet, Gott habe sich ihm in heiligen

Zeichen offenbart und ihm aufgetragen, in besonderer Mission durch das Land zu reisen. Dass Gott die Würdigsten wie die Unwürdigsten erwählt, damit sie sein Werk tun, beweist die Geschichte zwar zur Genüge. Aber leider halten sich oftmals auch Menschen für erwählt, die den Ruf einer Taube nicht vom Waffengeklirr unterscheiden können.«

»Und was ist diese Mission, die er predigt?«, wollte Marius wissen.

»Der Heilige Krieg – zumindest nennen er und seinesgleichen diesen Krieg heilig, was mir so widersinnig scheint, als wollte man versuchen, dem Teufel einen Heiligenschein aufzusetzen«, antwortete Vinzent sarkastisch. »Aber nun dränge bitte nicht weiter in mich, wenn du mir nicht die Freude auf eine Schale mit heißem Hirsebrei verderben willst. Auch du wirst Bruder Ambrosius nicht entgehen und gewiss schon bald das zweifelhafte Vergnügen haben, seine Predigt zu hören und zu erfahren, was es mit diesem Heiligen Krieg im Namen des Kreuzes auf sich hat.«

Marius bezähmte seine Neugier und folgte Vinzent zum Gesindehaus hinüber. Bevor sie hineingingen, wandte er sich um und warf noch einen neugierigen Blick auf den Mönch, der gerade vom Fuhrwerk geklettert war, nun die Arme ausbreitete, den Kopf in den Nacken warf und zum grau verhangenen Himmel hochrief: *»Laudate Dominum!* Lobet den Herrn!«

Dieser hagere, asketisch aussehende Mann sah gar nicht aus wie ein gefährlicher Brandstifter, fand Marius. Er ahnte noch nicht, dass das Feuer, welches Bruder Ambrosius auf der Burg des Grafen entfachen sollte, auch auf ihn überspringen würde.

Zehntes Kapitel

Beinahe hätte Marius am folgenden Vormittag die erste Rede des Wanderpredigers im Burghof verpasst. Denn Burchard hatte ihn nicht gehen lassen wollen. Zwar galten die Wintermonate als eine Zeit, in der Bauer, Knecht und Magd vergleichsweise wenig zu tun hatten und es genügend Stunden des Müßiggangs gab. Doch Burchard wollte, dass Marius zuerst den neuen hölzernen Eggerahmen glatt hobelte, bevor er sich auf den Weg zur Burg machte.

Dass Marius dann doch noch gehen durfte, verdankte er der Fürsprache der Bäuerin. »Nun lass ihn doch gehen, Burchard«, sagte sie, als sie Marius' enttäuschtes Gesicht sah. »Der Eggerahmen läuft ihm doch nicht weg.«

»Dieser Wandermönch aber auch nicht!«, brummte Burchard. »Der wird es sich schon noch ein paar Tage auf des Grafen Kosten gut gehen lassen, das kannst du mir glauben. Und irgendwann kriegen wir ihn hier im Dorf auch noch zu hören.«

»Aber den Jungen zieht es nun mal auf die Burg, auch wegen dieses frommen Pilgers, von dem er uns erzählt hat«, wandte die Bäuerin ein und sah Burchard mit einem um Nachsicht bittenden Lächeln an. »Was macht es denn für einen Unterschied, ob er den Eggerahmen jetzt oder erst in ein paar Stunden glatt hobelt? Die Arbeit wird heute getan sein, so wie du es von ihm erwartest. Oder hatten wir bisher jemals Grund zur Klage?«

Burchard verzog das Gesicht. »Weib, du könntest sogar einen Granitfelsen in Molke verwandeln, wenn du es dir in den Kopf gesetzt hast!«, seufzte er. Dann machte er eine knappe Kopfbewegung zur Tür hin und sagte zu Marius: »Heute Abend ist der Rahmen so glatt wie eine Speckseite, dass wir uns da verstehen, Bursche! Jetzt mach, dass du hinauskommst, bevor ich es mir noch anders überlege!«

Und während Marius nun über das freie Feld des Zwingers auf die Zugbrücke zulief, trug ihm der Wind schon die durchdringende Stimme des Wanderpredigers entgegen.

Mit fliegendem Atem, der in der kalten Januarluft wie Dampf aus seinem Mund wehte, rannte er über die Bohlen, schoss durch den Torgang und lief dem alten Pilger geradewegs in die ausgestreckten Arme.

»Nur gemach, mein Freund! Du hast noch nichts verpasst«, beruhigte Vinzent ihn und fügte spöttisch hinzu: »Dieser Bruder Ambrosius versteht sein Geschäft. Er redet sich und sein Publikum erst einmal warm, bevor er die Flammen der heiligen Rhetorik auflodern lässt.«

Der asketische Wandermönch mit dem knochigen Gesicht und den stechenden Augen eines Habichts stand auf dem oberen Absatz der Holztreppe, die außen am Bergfried zur höher gelegenen Tür führte. Der Eingang war bewusst so hoch über der Erde angelegt. Damit sollte verhindert werden, dass Feinde, die in die Burg eingedrungen waren, den Festungsturm leicht mittels eines Rammbockes stürmen konnten. Denn der Bergfried galt im Notfall als letzter Fluchtort, weil er sich auch mit wenigen Kriegern gut verteidigen ließ.

Alle Dienstmannen, Knechte und Mägde drängten sich vor dem klobigen Turm. Marius bemerkte verwundert, dass sich auch die beiden Söhne des Grafen eingefunden hatten. Dabei hatten sie doch schon am Abend zuvor stundenlang mit Bruder Ambrosius getafelt und dabei zweifellos erfahren, welch besondere Kunde er brachte.

Dass sie ihn ein zweites Mal hören wollten, und das sogar im Freien und trotz der schneidenden Morgenkälte, ließ den Schluss zu, dass der Mönch etwas Außergewöhnliches zu verkünden hatte. Etwas, das sich auch mehrmals anzuhören lohnte.

»... ja, es war zweifellos Gottes gnadenreiche Vorsehung, die mich im November in jene französische Stadt namens Clermont geführt hat, die eine gute Wochenreise südlich von Paris liegt!«, versicherte er seiner Zuhörerschaft mit einer kraftvollen Stimme, die Marius einem so hageren Mann niemals zugetraut hätte.

»Bestimmt nicht die Vorsehung, sondern ganz profane Neugier hat diesen Burschen nach Clermont geführt!«, bemerkte Vinzent neben ihm bissig. »Dass Papst Urban II. sich in dieser Stadt mit dreihundert Bischöfen, Äbten und anderen Würdenträgern treffen und auf einem Konzil* die vielen Probleme der Kirche besprechen würde, war doch schon lange vorher bekannt!«

Marius kam nicht dazu nachzufragen, denn Bruder Ambrosius fuhr nun fort: »Wie ein Lauffeuer verbreitete sich in Clermont und im Umland die Nachricht, dass der Papst am 27. November auf dem freien Feld vor der Stadt eine wichtige Rede halten würde. Jedermann war aufgefordert sich zu dieser historischen Stunde auf dem Platz einzufinden. Und so geschah es denn auch. Die Menschen strömten in Scharen herbei, während der päpstliche Thron auf eine eigens zu diesem Zweck zusammengezimmerte Bühne vor dem östlichen Stadttor gestellt wurde. Fürsten, Ritter, Bauern, Kleriker* und Kaufleute, sie alle bildeten ein gewaltiges Meer von Menschen, die die Worte des Papstes hören wollten. Und ich stand mitten unter ihnen, ja sogar in einer der vordersten Reihen, sodass ich alles überblicken und jedes Wort hören konnte, das gesprochen wurde. Und der Herr schenkte mir in Seiner Güte die große Gabe, jedes dieser Worte in Ehrfurcht wie eingebrannt in meinem Gedächtnis zu bewahren, um es hinaus in die Welt zu tragen – so nun heute zu euch!«

Ein Raunen der Bewunderung ging durch die Menge. Dieser einfache Wandermönch dort oben auf der Treppe hatte Papst Urban II., Gottes Stellvertreter auf Erden, nicht nur aus allernächster Nähe gesehen, sondern ihn auch reden gehört und jedes Wort behalten! Und all das war auch noch im fernen Land der Franken geschehen, auf einem feierlichen Konzil!

»Schließlich war die Stunde gekommen. Der Papst erhob sich von seinem Thron und die Menge wurde so still, als hielte die Welt den Atem an!«, rief Bruder Ambrosius und streckte gebieterisch den Arm aus, so wie Moses wohl einst das Rote Meer geteilt hatte, und augenblicklich trat unter seinen Zuhörern angespannte Stille ein. »Und Urban sprach: ...« Er machte eine dramatische Pause, um die Spannung zu steigern. »›Ihr Franken, ihr stolzes Volk nördlich der Alpen, ihr seid, wie eure vielen Taten erhellen, Gottes geliebtes und auserwähltes Volk, herausgehoben aus allen Völkern durch die Lage des Landes, den Glauben und die Hochschätzung für die heilige Kirche. An euch richtet sich Unsere Rede, an euch ergeht Unsere Mahnung ...‹«

Atemlos hing Marius an den Lippen des Wandermönchs.

»›Aus dem Land Jerusalem und der Stadt Konstantinopel kam schlimme Nachricht und drang schon oft an Unser Ohr: Das Volk im Perserreich, ein fremdes Volk, eine Brut von ziellosem Gemüt und ohne Vertrauen auf Gott, hat die Länder der dortigen Christen besetzt, durch Mord, Raub und Brand entvölkert und die Gefangenen teils in sein Land abgeführt, teils elend umgebracht. Es hat die Kirchen Gottes gründlich zerstört oder für seinen gottlosen Kult beschlagnahmt!«, rief Bruder Ambrosius, die Rede des Papstes mit anschwellender und anklagender Stimme wiedergebend.

»›Schon haben sie das byzantinische* Kaiserreich verstümmelt und sich ein Gebiet einverleibt, das zu durchwandern eine Reise von zwei Monaten nicht hinreicht. Wem anders obliegt nun die Aufgabe, diese Schmach zu rächen, dieses Land zu befreien, als euch? Euch verlieh Gott mehr als den übrigen Völkern ausgezeichneten Waffenruhm, hohen Mut, körperliche Gewandtheit und die Kraft, den Scheitel eurer Widersacher zu beugen. Bewegen und zu mannhaftem Entschluss aufstacheln mögen euch die Taten eurer Vorgänger, die Heldengröße König Karls des Großen, seines Sohnes Ludwig und eurer anderen Könige. Dieses Land, in dem ihr wohnt, ist allenthalben von Meeren und Gebirgszügen umschlossen und von euch beängstigend dicht bevölkert. Es fließt nicht vor Fülle und Wohlstand über, liefert seinen Bauern kaum die bloße Nahrung. Daher kommt es, dass ihr euch gegenseitig beißt und bekämpft, gegeneinander Krieg führt und euch gegenseitig verletzt und tötet. Aufhören soll unter euch der Hass, schweigen soll der Zank, ruhen soll der Krieg, einschlafen soll aller Meinungs- und Rechtsstreit!‹«

Die Hand des Mönches schnitt wie ein symbolischer Schlussstrich durch die Luft. Und nach einer kurzen, dramatischen Pause fuhr er mit beschwörender Stimme in der Rolle des Papstes fort, der sich an die Menge in Clermont richtete, aber damit auch alle anderen Christen ansprach, wo immer sie leben mochten: »›Tretet den Weg zum Heiligen Grab an, nehmt das Land dort dem gottlosen Volk, macht es euch untertan!‹« Er begleitete jede dieser Aufforderungen mit einer scharfen Geste, die wie ein Schwerthieb ausfiel, so als sähe er die heidnischen Feinde deutlich vor sich. »›Gott gab dieses Land in den Besitz der Söhne Israels. Die Bibel sagt, dass dort Milch und Honig fließen. Jerusalem ist der Mittelpunkt der Erde, das fruchtbarste aller Länder ...‹«

Vinzent räusperte sich. »Welch ein Unsinn!«, murmelte er. »Man könnte es besser wissen, wenn einem daran gelegen wäre. Dazu sind noch nicht einmal die Strapazen einer eigenen Reise ins Heilige Land nötig. Es würde genügen, diejenigen zu befragen, die schon einmal dort gewesen sind!«

Marius vernahm den Einwurf des Pilgers nur mit halbem Ohr. Zu sehr war er von der Ansprache des Papstes gefangen, die dieser Wanderprediger Wort für Wort auswendig kannte.

»›... als wäre es ein zweites Paradies der Wonne. Der Erlöser der Menschheit hat es durch seine Ankunft verherrlicht, durch seinen Lebenswandel geschmückt, durch sein Leiden geweiht, durch sein Sterben erlöst und durch sein Grab ausgezeichnet.‹« Die Stimme des Mönches, der zuletzt leise und feierlich gesprochen hatte, erhob sich nun wieder zu voller Kraft und füllte den Burghof wie ein loderndes Feuer aus Worten: »›Diese Königsstadt also, in der Erdmitte gelegen, wird jetzt von ihren Feinden gefangen gehalten und von denen, die Gott nicht kennen, dem Heidentum versklavt. Sie erbittet und ersehnt Befreiung, sie erfleht unablässig eure Hilfe. Vornehmlich von euch fordert sie Unterstützung, denn euch verlieh Gott, wie Wir schon sagten, vor allen Völkern ausgezeichneten Waffenruhm.

Schlagt also diesen Weg ein zur Vergebung eurer Sünden: Nie verwelkender Ruhm ist euch im Himmelreich gewiss!!‹«**

Wieder legte Ambrosius eine Pause ein, um die Botschaft auf seine Zuhörer wirken zu lassen. »Ja, das waren seine Worte und sie fielen auf fruchtbaren Boden, denn der Herr hatte die Herzen der Ritter und Edelleute berührt und weit geöffnet. Kaum hatte der Papst seine Rede beendet, als die Menge ihm brandenden Beifall spendete und unaufhörlich rief ›*Deus lo volt! Deus la volt!*‹ – ›Gott will es! Gott will es!‹. Und als Erster trat Adhémar de Monteil vor, der Bischof von Le Puy, warf sich vor Urban auf die Knie und erklärte ihm seine bedingungslose Bereitschaft, gegen die Heiden in den Krieg zu ziehen und das Heilige Land von den gottlosen Muslimen zu befreien. Worauf ihn der Papst zum Oberbefehlshaber ernannte. Kaum war das geschehen, da strömten Hunderte von Rittern und Adligen, die Gottes Ruf empfangen hatten, nach vorn und versprachen ihre Treue. Und seit dieser Stunde verbreitet sich die Kunde vom Aufruf des Papstes, im Namen Gottes und unter dem Zeichen des Kreuzes in den Heiligen Krieg gegen die Feinde des Christentums zu ziehen und Jerusalems heilige Stätten vor dem Antichrist zu retten. Ein Aufruf, der an alle Christen ergangen ist, an Fürsten und Bischöfe, Edelleute und Ritter, Dienstmannen und Knechte. Wer eine Waffe tragen kann, den ruft Gottes Stellvertreter auf, ein *miles Christi* zu werden, ein Soldat Gottes! Es winken aber nicht nur Ruhm und Ehre, reiche Beute und Ländereien, sondern

---

** Dies sind Auszüge der Rede von Papst Urban am 27. November 1095 auf dem Konzil zu Clermont, wie sie der Benediktinermönch Robert von Reims, ein Augenzeuge der Ansprache, wiedergegeben hat.

auch ewiger Ruhm im Himmelreich! Wer im Zeichen des Kreuzes ins Heilige Land zieht, um es zu befreien, dem ist der Nachlass aller Sündenstrafen bei seinem Tod sicher! Denkt an das himmlische Jerusalem, das wir mit den Worten besingen: ›In deinen Toren werde ich stehen, du freie Stadt Jerusalem, in deinen Toren kann ich atmen, erwacht mein Lied!‹ Also geht in euch, ergreift die einzigartige Gelegenheit, die ewige Seligkeit zu erringen, beim Schopfe und zieht nach Jerusalem! Befreit Jerusalem von den Heiden! ... *Deus lo volt!* ... Gott will es!« Und damit schloss Ambrosius seine Predigt für den heiligen Krieg, wandte sich abrupt um und eilte mit wehender Kutte die Treppe hinunter.

Ekkebert und Siegbert warteten schon am Fuße der Stiege auf ihn und führten ihn, aufgeregt auf ihn einredend, zum Palas hinüber.

Die Menge vor dem Bergfried löste sich nur zögernd auf. Die Worte des Wanderpredigers hatten die Menschen tief beeindruckt und aufgewühlt. Denn ob Bauer oder Lehnsherr, Magd oder Edelfrau, sie alle waren unerschütterlich im christlichen Glauben verwurzelt und fürchteten ob ihrer Verfehlungen das Fegefeuer und die ewige Verdammnis so real und leibhaftig wie die nächste Missernte, den frühen Tod ihrer Kinder oder die Plünderung durch ein durchziehendes Kriegsheer. In kleinen Gruppen standen sie auf dem Hof, sprachen erregt über den Aufruf zum Heiligen Krieg und konnten nur schwer wieder zu ihrer Arbeit zurückfinden.

Marius machte da keine Ausnahme. Auch er stand noch ganz unter dem Bann der beschwörenden Rede und fühlte eine eigenartige Mischung aus Benommenheit und starker innerer Erregung.

Vinzent packte ihn fast grob am Arm und zog ihn in Richtung Tor. »Komm, lass uns im Wald Feuerholz suchen. Auch wenn ich die Gastfreundschaft des Grafen genieße, mache ich mich doch gerne nützlich, so gut ich kann. Und dir, glaube ich, kann ein wenig Bewegung und frische Luft gewiss nicht schaden. Dein verklärter Blick verrät mir, dass dein Hirn eine frische Brise jetzt sogar dringend braucht!«

Sie verließen die Burg und begaben sich in den Wald, wo Marius schnell feststellte, dass es Vinzent nicht so sehr um das Aufsammeln von Bruchholz ging, sondern vielmehr darum, seine Einwände gegen die Rede des Papstes loszuwerden.

»Ich bezweifle sehr, dass Gott diesen Heiligen Krieg gegen die Muslime wirklich will«, begann er, kaum dass sie sich außer Hörweite befanden.

»Wie könnt Ihr so etwas sagen?«, stieß Marius erschrocken hervor, denn in seinen Ohren klang dies eindeutig wie Gotteslästerung. »Gott spricht doch durch den Mund des Papstes!«

»Ja, so heißt es«, sagte der alte Pilger mit einem feinen Lächeln. »Aber leider verhören sich auch Päpste oft genug in dem, was der Allmächtige ihnen sagen will, und geben dann sehr weltliche Meinungen kund, die weniger mit göttlicher Offenbarung als mit kirchenpolitischen Interessen zu tun haben.«

Marius sah ihn mit skeptischer Miene an, während sie durch den Schnee stapften. »Woher wollt Ihr das wissen?«

»Ich hatte in Trier die Gelegenheit, mit einigen Männern zu sprechen, die wie Bruder Ambrosius zur Zeit des Konzils in Clermont gewesen sind. Und zwar mit weit gereisten Kaufleuten, deren Aufrichtigkeit und Ehrenhaftigkeit ebenso außer Frage stehen wie ihr gutes Ohr und ihr

Scharfsinn«, antwortete Vinzent. »Sie erzählten mir, dass nach Urbans Ansprache und dem Jubelgeschrei des ›*Deus le volt!* … Gott will es!‹ plötzlich überall in der Menge Tausende von Stoffstreifen mit einem roten Kreuz aufgetaucht seien, die sich die kriegsbegeisterten Ritter und Kleriker umgeworfen hätten. Diese Umhänge, mit denen sich die Kreuzfahrer nun schmücken, sind doch nicht vom Himmel gefallen, sondern die ganze Geschichte ist vom Papst und einigen anderen Mächtigen von langer Hand vorbereitet worden.«

»Seid Ihr Euch da so sicher?«

Der alte Pilger nickte nachdrücklich. »Es ist auch kein Zufall gewesen, dass dieser Bischof Adhémar de Monteil der Erste war, der scheinbar unter dem Eindruck der Rede zum Papst auf die Bühne stieg und verkündete, er wolle mit dem Schwert in der Hand ins Heilige Land ziehen. Denn wie ich erfahren habe, hat dieser Bischof, der sich so geschickt den Oberbefehl über das zukünftige Kreuzfahrerheer gesichert hat, den Papst vorher einige Wochen zu Gast gehabt und dabei hat Urban bestimmt lang und breit mit ihm über seine Pläne gesprochen. Der Papst war doch in Wirklichkeit schon seit Langem dazu entschlossen, einen Krieg gegen das Morgenland zu führen.«

Marius zuckte die Achseln. »Schön und gut, aber das ändert doch nichts an der Tatsache, dass der Aufruf gerechtfertigt und bitter notwendig ist, um die Heiden davon abzuhalten, die heiligen Stätten zu schänden und zu zerstören!«, wandte er ein.

Vinzent machte eine wegwerfende Handbewegung. »Ach, das ist auch nur politisches Gewäsch. Damit wird den Leuten Sand in die Augen gestreut, damit sie nicht sehen, worum es bei diesem Unternehmen wirklich geht. Denn die heiligen Stätten sind nie in Gefahr gewesen – und werden es auch nie sein.«

»Ja, aber Papst Urban hat doch gesagt ...«

»Vergiss, was er gesagt hat! Es stimmt einfach nicht!«, fiel Vinzent ihm ins Wort. »Unwissenheit ist nur allzu oft die Quelle böser Vorurteile und Ängste. Und diese Unwissenheit macht auch vor Bischöfen, Kardinälen und Päpsten nicht halt. Denn wüssten sie, dass auch die Mohammedaner wie wir an einen einzigen Gott glauben, den sie Allah nennen, und dass sie Jesus immerhin als einen Propheten Allahs verehren, dann würden diese Kirchenmänner nicht solche Dummheiten von sich geben und behaupten, die heiligen Stätten Jerusalems befänden sich in Gefahr!«

»Aber zu sagen, dass Jesus nur ein Prophet gewesen sei, ist doch eine schändliche Gotteslästerung!«, erregte sich Marius.

»Gewiss, das ist es!«, pflichtete Vinzent ihm bei. »Doch ebenso gewiss ist auch, dass die Muslime die heiligen Stätten weder schänden noch verwüsten. Mohammed, ihr Prophet, hat sogar selbst verfügt, dass Heiden, die sich nicht zum muslimischen Glauben bekehren, kurzerhand zu töten seien – dass aber dem Volk des Buches ...«

»... also der Bibel ...«

Vinzent nickte. »Ja, dem Volk der Bibel, also Christen und Juden, soll gestattet sein, ihre Andachtsstätten zu behalten und unbehindert zu benutzen. Zwar dürfen sie nicht missionieren, keine Waffen tragen, nicht zu Pferd reiten und haben zudem eine Kopfsteuer, die *Dschizia,* zu entrichten, aber eine Zerstörung der heiligen Stätten ist nie Sinnen und Trachten Mohammeds und seiner Anhänger gewesen.«

»Das habe ich aber anders gehört ...«, sagte Marius verdrossen.

»Gut, es gab da mal den verrückten Kalifen Hakim, der im Jahre 1009 in einem Anfall von Wahnsinn die Grabeskirche zerstört und den im Morgenland lebenden Christen das Leben schwer gemacht hat, aber das ist die abscheuliche Tat eines geistig Umnachteten gewesen. Jerusalem ist seit vielen Jahrhunderten Pilgerstadt der Christen und Kaiser Karl hat zur Zeit seiner Regentschaft sogar ein feierliches Abkommen mit dem gelehrten und viel gerühmten Kalifen Harun al-Raschid geschlossen, welches die Sicherheit der Wallfahrer gewährleistet. Vor Piraten auf dem Meer, Wegelagerern, Diebesgesindel und ähnlichen Gefahren kann natürlich auch so ein Abkommen nicht schützen – wie man als Pilger ja auch nicht dagegen gefeit ist, noch im christlichen Abendland von Fuhrleuten, Kneipenwirten, Herbergsvätern, Schiffskapitänen und Quartiermeistern schändlichst betrogen und ausgenommen zu werden. Ich habe die beschwerliche Reise nach Jerusalem mehrfach auf mich genommen und ich kann dir versichern, dass ein gläubiger Muslim ebenso wenig auf den Gedanken kommt, die Stätten zu entweihen, die Jesus und Maria durch ihr Leben und Leiden geheiligt haben, wie ein gläubiger Christ. Zudem sollten wir nicht vergessen, wie erbittert seit Jahrhunderten Christen gegen Christen Krieg führen und dabei ganze Landstriche in Schutt und Asche legen, wenn es um die rücksichtslose Durchsetzung ihrer Machtansprüche geht. Bevor wir uns also über den Splitter im Auge eines anderen erregen, sollten wir erst einmal etwas gegen den Balken in unserem eigenen Auge tun.«

Marius fühlte sich zwischen Skepsis und Enttäuschung hin- und hergerissen. Einerseits zweifelte er nicht daran, dass der Pilger die Wahrheit sagte. Andererseits waren diese Einwände gegen den Heiligen Krieg der Kreuzfahrer aber nicht das, was er hatte hören wollen.

»Wann seid Ihr denn das letzte Mal in Jerusalem gewesen?«, fragte er.

»Das ist jetzt ein halbes Dutzend Jahre her«, antwortete Vinzent.

»Nun, in sechs Jahren kann sich im Heiligen Land vieles zum Schlechten verändert haben, ohne dass Ihr bisher Kenntnis davon bekommen habt«, sagte Marius fast erleichtert.

Vinzent bedachte ihn mit einem spöttischen Blick. »Ich werde dir sagen, was sich verändert hat und warum Papst Urban so versessen darauf ist, dass sich ein mächtiges Heer gen Osten aufmacht. Er hat dafür nämlich zwei gute Gründe, die er in seiner Ansprache wohlweislich nicht erwähnt hat.«

»Und die wären?«

»Seit über hundert Jahren schlägt sich die Kirche im wahrsten Sinne des Wortes mit den kampflustigen Rittern und Regionalherrschern herum«, erklärte Vinzent. »Das Plündern und Verwüsten nimmt kein Ende. Herzöge und Grafen bekämpfen sich, das Land ist von tausend blutigen Fehden zerrissen. Und da nur auf den Erbsohn Titel und Besitz übergehen, ziehen unzählige Ritter aus adligen Familien, die leer ausgegangen sind und sich nicht der Knute ihres älteren Bruders unterwerfen wollen, mit ihrer Anhängerschaft als rauflustige Schlagetots durch die Lande. Sie harren nur auf eine Gelegenheit, um sich durch einen kriegerischen Beutezug in den Besitz eines eigenen Lehens zu bringen. Es streiten sich einfach zu viele Ritter, die nichts als das Kriegshandwerk gelernt haben, um zu wenig Land.«

Marius nickte unwillkürlich, musste er doch sofort an seinen Vater denken. Wo Eginhard sich jetzt wohl herumtreiben mochte? Ob vielleicht auch er rastlos das Land durchstreifte und darauf wartete, irgendeinem schwachen Grafen seinen Besitz durch Waffengewalt entreißen zu können?

»Und unser König Heinrich IV. gibt in dieser unruhigen Zeit auch kein leuchtendes Beispiel ab, ganz im Gegenteil«, fuhr Vinzent grimmig fort. »Er hatte sich vor einigen Jahren mit Papst Gregor angelegt, weil sich Kaiser und Papst nicht darüber einig werden konnten, wer das größere Gottesgnadentum für sich beanspruchen und dem anderen Vorschriften machen kann. Etwa bei der Ernennung und Einkleidung von Bischöfen, weshalb dieser Streit auch Investiturstreit genannt wird. Heinrich hat ihn einfach für abgesetzt erklärt und wollte ihn zu Pfingsten 1076 sogar aus Rom vertreiben, um einen ihm gemäßen Stellvertreter Gottes einzusetzen. Worauf Gregor ihn kurzum mit dem Kirchenbann* geschlagen hat. Und weil Heinrich daraufhin viele Herzöge die Waffengefolgschaft verweigert haben, sah der sich im Winter 1077 gezwungen, nach Canossa zu ziehen und vor der Burg des Papstes barfuß und im Büßerhemd in den Schnee zu fallen, damit dieser den Kirchenbann aufhob. Womit der Streit aber längst nicht beigelegt ist, heute noch schwelt er stark genug, um immer wieder neue Flammen gegenseitiger Feindschaft auflodern zu lassen. Unser *Heiliges Römisches Reich Deutscher Nation* ist bitterlich gespalten, Marius. Es gibt Gegenkönige und Gegenpäpste. Jetzt führt Heinrich mal wieder Krieg in Italien, während sein eigener Sohn böse Intrigen gegen ihn schmiedet. Ein Heiliger Krieg wäre da schon ein kleines Wundermittel gegen die Krankheiten unserer Zeit. Die Aussicht auf reiche

Beute dürfte alle mittellosen Schlagetots anlocken und erst einmal für Jahre in die Ferne locken. Das allein wird schon viel Ruhe in die Länder diesseits und jenseits der Alpen bringen. Und da solche langjährigen Kriegszüge es nun mal an sich haben, dass sie einen großen Blutzoll unter Soldaten und Tross fordern, ist nicht damit zu rechnen, dass allzu viele wieder zurückkehren. Unter denen, die den Krieg überleben, werden gewiss einige sein, die sich große Ländereien angeeignet und reiche Beute gemacht haben. Doch bis diese zurückkehren, werden erst einmal mehrere Jahre vergehen. Jahre, in denen Urban so manches regeln und die Macht der Kirche ausweiten kann.«

»Aber das vermutet Ihr nur!«, erwiderte Marius fast trotzig, weil es nicht das war, was er hatte hören wollen. »Mit Gewissheit könnt Ihr nicht sagen, dass der Papst aus diesen Hintergedanken zum Heiligen Krieg aufgerufen hat!«

»Die Gewissheit geben mir der gesunde Menschenverstand und die Lebenserfahrung, Marius«, antwortete Vinzent.

»Also gut, das ist angeblich der eine Grund. Ihr habt aber noch von einem zweiten gesprochen«, erinnerte ihn Marius.

Vinzent nickte. »Keine Sorge, ich habe ihn schon nicht vergessen. Der zweite Grund liegt darin, dass der Papst sich mit dem byzantinischen Kaiser in Konstantinopel und der Ostkirche, die ja mit Rom heftig zerstritten ist, aussöhnen will. Deshalb hat Urban Gesandte von Kaiser Alexius Comnenus zum letzten Konzil eingeladen, die im Namen des Kaisers den Papst um Hilfe gegen die Seldschuken gebeten haben. Denn nur gemeinsam könne man den muslimischen Feind aus dem byzantinischen Territorium vertreiben. Und das ist der eigentliche Hauptgrund, wie ich vermute, warum Urban ausgerechnet jetzt die Ritter so eindringlich zu den Waffen ruft und sie nach Osten in einen angeblich Heiligen Krieg schicken will. Wie du siehst, es stecken handfeste politische Absichten hinter diesem Aufruf, von denen einige sogar meine Zustimmung erhalten könnten.«

»Und warum seid Ihr dennoch gegen diesen Heiligen Krieg?«, wollte Marius wissen.

»Weil die Menschen, die ihre Haut zu Markte tragen und die Schlachten schlagen sollen, über vieles getäuscht werden und weil ich nicht daran glaube, dass irgendein Krieg heilig genannt werden darf«, erwiderte Vinzent.

»Ja, aber sogar der heilige Augustinus, unser großer Kirchenlehrer, hat doch schon vom *bellum iustum,* vom gerechten Krieg gesprochen!«, hielt Marius ihm vor und freute sich, ihm beweisen zu können, dass er in der Klosterschule von Ravengiersburg ein fleißiger und aufmerksamer Schüler gewesen war.

»Auch Heilige sind in ihrem Leben, in ihren Taten, Ansichten und Äußerungen nicht ohne Fehler und Irrtümer gewesen, wahrhaftig nicht! Heilig sein heißt nämlich nicht, frei von Sünde und Fehlern zu sein, wie manche irrigerweise meinen, sondern trotz aller Versuchungen und Mühen unerschütterlich in der Liebe zu Gott und zu seinem Nächsten zu sein und im Kampf gegen die eigenen Schwächen nie nachzulassen«, stellte der alte Pilger klar. »Augustinus war ein großer Mann und einzigartiger Gelehrter. Aber auch er steht nicht über der Heiligen Schrift und dort kann ich nirgendwo einen Hinweis darauf finden, dass Jesus Gewalt und Blutvergießen gebilligt, geschweige denn dazu aufgefordert hätte. Ganz im Gegenteil. ›Liebet eure Feinde!‹, hat er gesagt, und: ›Wer zum Schwert greift, wird durch das

Schwert sterben.‹ Das Evangelium ist voll von solchen Mahnungen. Jesus wollte immer nur die freiwillige Bekehrung, nie jedoch eine durch Gewalt erzwungene Unterwerfung, zumal diese ja doch nur eine äußerliche ist, ein wertloses Lippenbekenntnis. Noch am Kreuz hat er seinen Widersachern, die ihn so grausam haben hinrichten lassen, vergeben. Nein, aus der Bibel kann ich nirgendwo eine Rechtfertigung für einen gerechten oder gar einen Heiligen Krieg herauslesen. Jeder Krieg ist grausam und bestialisch.«

Marius machte ein nachdenkliches Gesicht. »Aber darf man sich denn nicht verteidigen?«

»Das Recht, sein Leben zu schützen, hat jeder. Und wie weit dieses Recht geht, darüber kann man bestimmt trefflich und tagelang streiten«, räumte Vinzent ein. »Aber an einen Heiligen Krieg, der Gottes Segen haben und in dem man die ewige Seligkeit erlangen soll, weil man andere Geschöpfe Gottes, mögen sie auch noch so heidnisch sein, barbarisch niedermetzelt, an einen solchen Heiligen Krieg kann ich nicht glauben. Schlächterei bleibt Schlächterei, Marius, auch wenn man sich dafür einen Umhang mit einem roten Kreuz überwirft! Ich kann einem Menschen ebenso mit der Keule wie mit dem Kruzifix den Schädel einschlagen – und das eine ist so abscheulich wie das andere.« Er stampfte nachdrücklich mit seinem Wanderstab auf. »So, und jetzt sollten wir uns wirklich an die Arbeit machen und ein paar Arme voll Feuerholz zusammensuchen!«

Die Ausführungen des alten Pilgers machten Marius niedergeschlagen. Ihm war, als hätte Vinzent ihm damit einen der wenigen Fluchtwege verbaut, die ihm aus diesem Tal und aus seinem engen Leben blieben. Nur zu gern hätte er ihm widersprochen, doch er wusste nicht, wie. Und so schwieg er und sammelte bedrückt Bruchholz auf.

Er glaubte auch nicht mehr daran, den Pilger überreden zu können, ihn als Begleiter auf seiner nächsten Wallfahrt nach Santiago de Compostela mitzunehmen. Graf Frodebert hatte sich schon schwer damit getan, seiner Frau den Wunsch zu erfüllen, Vinzent nach Galizien ans Jakobusgrab zu schicken und ihn mit den entsprechenden finanziellen Mitteln auszustatten. Da würde er kaum gewillt sein, auch noch für ihn die Kosten für eine solch lange Pilgerreise zu übernehmen. Er brauchte seinen Onkel gar nicht erst zu fragen.

Marius fühlte sich gefangen, lebendig begraben, dazu verdammt, ein Leben als Knecht zu führen. Wenn man so wie Germo damit zufrieden war und nicht den quälenden Wunsch verspürte, einmal aus dem heimatlichen Tal herauszukommen und zu sehen, wie die Welt jenseits der bekannten Grenzen aussah, dann mochte das ja ganz in Ordnung sein. Aber wenn man dagegen nach der Fremde, nach den Verheißungen ferner Länder dürstete, dann bedeutete ein solches Leben eine schier unerträgliche Strafe.

Anderthalb Wochen später, am Tag der Abreise von Bruder Ambrosius, erhielt Marius' gedrückte Stimmung einen regelrechten Tiefschlag. Vor Beginn der Messe in der Kirche verkündete Graf Frodebert feierlich, dass sein Sohn Ekkebert mit seinem väterlichen Segen und begleitet von den Trossknechten Ludger und Hildger sowie zwei weiteren Dienstmannen dem päpstlichen Ruf folgen, sich im Frühjahr dem Heer der Kreuzfahrer anschließen und als tapferer Ritter zum Ruhm Gottes ins Heilige Land ziehen werde, um Jerusalem von den heidnischen Muslimen zu befreien.

»Der Graf wird fast so froh darüber sein wie sein Erbsohn Siegbert, den Zweitgeborenen bald fern der Heimat zu wissen«, bemerkte Burchard nach der Messe trocken. »Das dürfte beiden viel Ärger mit dem Raufbold Ekkebert ersparen, so unberechenbar, wie dieser ist.«

»Ja, der Erbsohn kann dann bestimmt ruhiger schlafen!«, fügte ein anderer bissig hinzu. »Besonders wenn sein Bruder für immer im Heiligen Land bleibt!«

Marius starrte nur stumm vor sich hin. Er hatte noch immer das Bild seines Vetters vor Augen, wie er dort in der Kirche neben seinem Vater stand, mit vor Stolz geschwellter Brust, weil er bald mit den Kreuzfahrern zu einem großen Abenteuer aufbrechen würde. Ein Gefühl der Hoffnungslosigkeit erfasste Marius wie eine dunkle Strömung, die ihn unbarmherzig von den Küsten seiner Träume wegtrieb und immer weiter ins offene Meer hinaustrug, in ein Leben, in dem nichts als Verlassenheit und Trostlosigkeit auf ihn warteten.

Elftes Kapitel

Der harte, metallische Klang wuchtiger Schwerthiebe drang aus dem Burghof in die zugige Kammer, die Graf Frodebert dem frommen Pilger als Winterquartier zugewiesen hatte. Über einen Kamin, in dem man ein Feuer gegen die schneidende Februarkälte hätte entzünden können, verfügte dieser Raum allerdings nicht. Derlei kostbare Feuerstellen gab es, vom Kochhaus abgesehen, allein in der Kemenate, und dort auch nur im Rittersaal und in den gräflichen Gemächern. Der Großherzigkeit der Gräfin verdankte Vinzent jedoch, dass ihm an besonders eisigen Wintertagen zumindest ein gut gefülltes Kohlenbecken in sein Quartier gebracht wurde, um die ärgste Kälte fernzuhalten. Der lästige Rauch, der allmählich den Raum füllte und in den Augen brannte, war dann das kleinere Übel.

Vinzent hustete. *»Sunt tria damna domus, imber, mala femina, fumus!«*, klagte er und zitierte damit auf Latein eine gebräuchliche Redensart, wonach die drei schlimmsten Dinge im Haus ein undichtes Dach, ein böses Weib und Hausrauch seien.

»Es gibt schlimmere Plagen«, brummte Marius in Gedanken an seinen Vetter, der sich unten im Hof mal wieder mit prahlerischem Gehabe im Schwertkampf übte und es nicht abwarten konnte, sich im Frühling den Kreuzfahrern anzuschließen und gen Jerusalem zu ziehen. Und während Ekkebert sich auf diesen glorreichen Feldzug gegen die Muselmanen vorbereitete, von dem er dann eines Tages womöglich noch mit Ruhm und reicher Beute zurückkehrte, hatte er, Marius Niemandskind, nichts Besseres zu tun, als dem alten Pilger Gesellschaft zu leisten und ihm im Licht von zwei blakenden Binsenfackeln dabei zuzusehen, wie er seinen verschlissenen Umhang flickte. Mehr durfte er nicht erwarten.

Marius rückte mit seinem Schemel näher an das Kohlenbecken, wärmte sich über der Glut die Hände und versuchte, den scharfen Klang der Waffen unten im Hof ebenso zu ignorieren wie die nagende Stimme der Unzufriedenheit in seinem Inneren. Es gelang ihm jedoch nicht. Er vernahm jeden klirrenden Schlag und jeden Zuruf, der über den Hof schallte.

Schließlich hielt es ihn nicht länger auf dem Schemel. Er sprang auf und trat an die schmale Fensterluke, die zum Schutz gegen die Kälte mit alten Fellresten verhängt war. Deshalb drang sogar am helllichten Tag kaum Licht in die Kammer, sodass man Fackeln entzünden musste, wenn man sehen wollte, was man tat. Die Felle waren steif gefroren und ließen sich wie ein Brett hochklappen. Das helle Sonnenlicht traf ihn im ersten Moment wie ein gleißender Blendstrahl. Er kniff die Augen zusammen, blinzelte in die Helligkeit und spähte hinunter in den Hof.

Blanker Neid erfüllte ihn, als er seinen Vetter mit dem Burghauptmann erblickte. Ekkebert trug über dem Kettenhemd Brustpanzer sowie Arm- und Beinschienen, die im klaren, kalten Licht dieses Wintertages wie poliertes Silber funkelten. Mit wuchtigen Schlägen setzte er seinem Lehrer zu, der die Hiebe mal mit seinem schweren, eisenbeschlagenen Schild, mal mit seinem Schwert parierte.

»Jetzt die andere Finte, die ich dir beigebracht habe! ... Ausgezeichnet! ... Du machst dich! Dein Vater wird noch mal stolz auf dich sein, Ekkebert!«, rief der Burghauptmann und Marius wurde sich schmerzlich bewusst, dass er es wohl nie im Leben dazu bringen würde, ein Schwert auch nur halb so kräftig und geschickt zu führen, wie sein Vetter es schon heute vermochte. Er durfte froh und dankbar sein, wenn es ihm eines Tages gelang, so gut mit Ochsengespann, Pflug und Egge umzugehen, dass ein Bauer wie Burchard an seiner Arbeit nichts mehr auszusetzen fand.

Es sei denn, es gelang ihm, den alten Pilger dazu zu überreden, ihn auf seiner nächsten Wallfahrt als Begleiter mitzunehmen und ihn alles zu lehren, was ein stellvertretender Pilger in seinem Gewerbe wissen musste. Diese Hoffnung hatte er noch nicht aufgegeben.

Schnell wandte er sich ab und ließ die eisharten Felle wieder vor die Fensterluke zurückfallen. Als er sich zu Vinzent umdrehte, der unter einer der Binsenfackeln auf seinem harten Bettgestell saß, sah er zu seiner Verblüffung, dass der Pilger den Ledergürtel mit der breiten, klobigen Schnalle löste, aus einem kleinen Lederbeutel eine Art Feile hervorzog, die nicht viel breiter als ein Grashalm war, und sich mit der Spitze an der Rückseite der Schließe zu schaffen machte.

»Ist Euch die Schnalle gesplittert?«, fragte Marius.

»Nein, es ist nur wieder mal an der Zeit, dass ich mein Reliquiar von Dreck und Flecken befreie und den Mechanismus öle«, antwortete er.

»Reliquiar?« Marius runzelte die Stirn. »Wovon redet Ihr?«

Vinzent bedachte ihn mit einem vergnügten Lächeln und deutete neben sich auf die Pritsche. »Komm, setz dich zu mir, dann zeige ich dir, was ein Schnallenreliquiar ist.«

Marius setzte sich zu ihm und machte große Augen, als Vinzent auf der Rückseite der Schnalle wachsartigen Dreck aus einer Ritze kratzte, darunter einen gerade mal fingernagellangen Spalt freilegte. Dann schob der Pilger die flache Spitze der Feile in diesen winzigen Spalt und betätigte einen versteckten Mechanismus, worauf sich die obere Kante der trügerisch plumpen Holzschließe kaum merklich anhob.

»So, es ist entriegelt. Du kannst das Reliquiar jetzt herausziehen!«, forderte Vinzent ihn auf und hielt ihm die Schnalle hin.

Vorsichtig fasste Marius die Schnalle an der oberen Längskante, zog – und hielt im nächsten Augenblick einen kleinen Behälter aus dünnem, gehämmertem Silber in der Hand. Das fast quadratische Reliquiar trug merkwürdige Zeichen, die kunstvoll in das Silber eingearbeitet waren, und passte von der Größe her leicht in seine Handfläche. Und er schätzte, dass der Hohlraum darin wohl gerade ausreichen dürfte, um eine größere Münze oder mehrere kleine aufzunehmen.

Marius schüttelte verblüfft den Kopf. »Solch ein Versteck hätte ich nie und nimmer in Eurer Gürtelschnalle vermutet! Und dann ist es auch noch aus Silber gearbeitet!«

Vinzent lachte. »Oh, es gibt allerlei Schnallenreliquiare! Zumeist sind die Schnallen aus Metall gearbeitet, was jedoch den Nachteil hat, dass Räuber dir bei einem Überfall auch noch den Gürtel abnehmen. Und Kundige unter dem Diebespack wissen zudem, dass solch eine Schnalle ein Reliquiar* und dieses eine kostbare Reliquie enthalten kann. Dagegen sieht dieses so plump und bäuerlich gehaltene Holzding hier nach nichts aus, sodass es bei Räubern keine Begehrlichkeiten weckt. Ich habe es von einer meiner Reisen ins Morgenland mitgebracht. Ein geschickter Silberschmied, der zu den dortigen Kopten gehört, die wie wir an Jesus Christus glauben, hat es in Alexandria für mich angefertigt.«

»Ihr seid auf Euren Reisen sogar bis nach Alexandria in Ägypten gekommen, wo einst die Pharaonen geherrscht haben und wo Moses sein Volk aus der Gefangenschaft geführt hat?«, stieß Marius voll staunender Bewunderung hervor.

Der Pilger nickte. »Wir haben damals sogar Kairo und die Pyramiden in der Wüste gesehen.«

Marius horchte auf. »Wir?«, fragte er mit hochgezogenen Augenbrauen.

Vinzent nickte. »Ich machte die Reise nach Kairo in Begleitung eines ebenso mutigen wie wissensdurstigen Mannes namens Bartholo, mit dem ich mich in Jerusalem angefreundet hatte und der gewillt war, sich mit mir auf das Wagnis eines solchen Unternehmens einzulassen. Er war ein guter Reisegefährte, verlässlich und ausdauernd, manchmal jedoch etwas zu unbekümmert und leichtfertig.«

Er lachte in Erinnerung an jene Erlebnisse mit seinem Reisegefährten auf. »Diese Leichtfertigkeit hätte ihm in einer Oase um ein Haar das Leben gekostet, als er einer hübschen jungen Frau länger nachblickte, als es die Sitten einem Fremden erlauben. Es hätte nicht viel gefehlt und er wäre gesteinigt worden. Im letzten Moment gelang es mir gottlob noch, dieses schreckliche Schicksal von ihm abzuwenden. Und zum Dank dafür, dass ich ihm das Leben gerettet hatte, ließ der gute Bartholo mir dann später in Alexandria dieses Schnallenreliquiar aus Zedernholz und gehämmertem Silber anfertigen, wusste er doch, dass viele meiner Auftraggeber sich nichts sehnlicher wünschen als eine Reliquie von der heiligen Stätte, zu der sie mich geschickt haben.«

»Ihr meint, ein Splitter vom Gebein eines Heiligen, eine

Haarsträhne oder ein Stück von seinem Sterbegewand, nicht wahr?«

Vinzent nickte. »Mit diesen Reliquien wird zwar viel Schindluder getrieben, weil so viele Knochensplitter, wie von manchen Heiligen verkauft werden, nicht mal das Skelett eines Riesen hergeben würden. Aber dann und wann ist es mir gelungen, für meine Auftraggeber eine Reliquie zu erwerben, deren Echtheit von vertrauenswürdigen Menschen bezeugt worden ist.«

»Was haben diese Zeichen zu bedeuten?«, fragte Marius und fuhr mit der Fingerkuppe über die rätselhaften Zeichen, die sich wie eine Schlange aus ineinander verschlungenen Linien um das Reliquiar wanden.

»Das sind arabische Schriftzeichen. Sie geben mein Lebensmotto wieder, das ich den Schriften des heiligen Augustinus entnommen habe. Es lautet: *Das unruhige Herz ist die Wurzel der Pilgerschaft – und das ganze Leben ist ein Pilgerweg zu Gott«,* erklärte der alte Pilger, während er den Boden des flachen silbernen Behälters, der sich aufschieben ließ, öffnete. Dann holte er eine Art Münze aus Kupfer hervor, die mit Werg umwickelt war, damit sie nicht klapperte und verriet, dass sich unter dem alten, abgegriffenen Holz der Schnalle ein Reliquiar verbarg.

Marius beugte sich neugierig vor. »Und was ist das für eine Münze?«, erkundigte er sich.

Vinzent lachte auf. »Das ist keine Münze, sondern eine Miniatursonnenuhr«, sagte er und drückte ihm die münzgroße Metallscheibe in die Hand. »Hier, schau es dir an!«

Marius machte ein ungläubiges Gesicht. »Was? Das soll eine Sonnenuhr sein?« Alles, was er in seiner Handfläche sah, war eine Kupfermünze mit einem daumennagelgroßen Loch in der Mitte, einem Dutzend Markierungen in Form von winzigen Einkerbungen und den vier Buchstaben AGLA, die wie die vier Himmelsrichtungen in den schmalen Metallreif eingraviert waren.

»Na ja, so wie du sie in der Hand hast, taugt sie natürlich nicht als Sonnenuhr«, räumte Vinzent schmunzelnd ein. »Das innere Teilstück mit dem winzigen Winkelfinger, der den Schatten auf den Rand mit den Markierungen wirft, fehlt ja. Das hat der gute Bartholo.«

»Und warum?«

»Als sich unsere Wege in Alexandria trennten, wussten wir nicht, ob wir nicht eines Tages die Hilfe des anderen benötigen würden«, erzählte Vinzent. »Wir einigten uns darauf, als stumme Botschaft und als Zeichen für die Vertrauenswürdigkeit des Überbringers die beiden Teile dieser Miniatursonnenuhr zu benutzen. Wer einen Boten mit seinem Teil der Münzsonnenuhr schickte, der befand sich in Not und brauchte Hilfe. Was für eine Zeit der Abenteuer das damals doch war! Kaum zu glauben, dass seitdem schon fast zwei Jahrzehnte vergangen sind.«

»Wisst Ihr, was aus Eurem damaligen Reisegefährten geworden ist?«, erkundigte sich Marius, während eine der beiden heruntergebrannten Binsenfackeln qualmend erlosch.

Hustend wedelte der alte Pilger den beißenden Qualm, der wie schwarze Nebelschwaden durch die Kammer trieb, von sich. »Ja und nein. Was ich weiß, ist, dass er seit einigen Jahren in Mainz leben und dort unter dem Namen Bartholo der Okkultist* bekannt sein soll. Wiedergesehen haben wir uns seit unserem Abschied in Alexandria jedoch nicht. Wie oft habe ich mir schon vorgenommen, ihn aufzusuchen, um dann doch nicht dazu zu kommen.« Er seufzte. »Aber vielleicht ist es auch gut so. Oft führen Bemühungen, alte Freundschaften nach langen Jahren getrennter Wege zu neuem Leben zu erwecken, zu nichts weiter als zu bitteren Enttäuschungen. Ich denke, es ist ratsamer, ich behalte meinen jungen Reisegefährten Bartholo in so gutem und ungetrübtem Andenken, wie ich ihn all die Jahre in meiner Erinnerung bewahrt habe.«

Meinen jungen Reisegefährten! Marius frohlockte innerlich. Vinzent hatte also einst einen jungen Reisegefährten gehabt, mit dem er sich bestens verstanden hatte! Ein besseres Stichwort hätte er sich gar nicht wünschen können. Diese Geschichte mit Bartholo kam ihm wie gerufen, um sich Vinzent als Reisegefährte anzudienen. Aber er wollte anstandshalber erst noch eine kurze Schamfrist verstreichen lassen, bevor er das Gespräch auf die Möglichkeit einer gemeinsamen Wallfahrt nach Santiago de Compostela brachte. Es sollte ja nicht so aussehen, als hätte er bloß auf dieses Stichwort gewartet, um ihn mit seinen Bitten zu bedrängen ...

Deshalb fragte er, obwohl es ihn eigentlich wenig interessierte: »Sagt, wofür stehen diese vier Buchstaben AGLA, die auf beiden Seiten in den Reif eingraviert sind? Fast könnte man sie für die vier Himmelsrichtungen halten, zumindest sind sie so ähnlich angeordnet.«

Der alte Pilger schüttelte den Kopf. »Nein, mit Himmels*richtungen* haben sie nichts zu tun, wohl aber mit Gottes Himmels*reich*. Bei diesen vier Buchstaben handelt es sich nämlich um ein Akronym.«

»Ein was?«, fragte Marius verständnislos.

»Ein Akronym ist ein Wort, das aus den Anfangsbuchstaben mehrerer Wörter gebildet wird«, erklärte Vinzent. »Hier handelt es sich um die vier hebräischen Wörter *Ata*

Gibor Leolam Adoni, was übersetzt heißt: *Deine Macht währt ewig, Herr!«*

Ein Ausdruck unverhohlener Verwunderung zeigte sich auf Marius' Gesicht. »Ihr seid mir schon ein sehr eigenwilliger Pilger! Ihr wallfahrtet fast Euer ganzes Leben zu den heiligen Stätten, haltet aber dennoch wenig von der Befreiung Jerusalems, der heiligsten aller heiligen Stätten, zu der Papst Urban alle Gläubigen aufgerufen hat ...«

»Nicht wenig, sondern absolut nichts halte ich davon, wenn der Weg dorthin nur durch ein Meer von Blut geht!«, warf Vinzent ein. »Mit Schwert und Keule lässt sich nirgendwo Gottes Reich errichten, sondern daraus entsteht nur die blutrünstige Tyrannei des Bösen.«

»... Ihr tragt zudem ein Schnallenreliquiar«, fuhr Marius unbeirrt fort, »das gelegentlich kostbare Reliquien unserer verstorbenen Heiligen beherbergt, die Ihr auf Euren Reisen für Eure Auftraggeber an den Gnadenstätten ersteht ...«

Vinzent nickte schmunzelnd.

»... doch dieser Behälter für christliche Reliquien trägt eine Inschrift, die aus den Schriftzeichen heidnischer Muselmanen besteht. Und als wäre das nicht schon genug des Ungewöhnlichen, empfindet Ihr es auch nicht als anstößig, einen Sonnenuhrreif darin aufzubewahren, der mit solch einem hebräischen Akra... Akronym geschmückt ist. Und dabei waren es doch die Hebräer, die Juden, die unseren Heiland gegeißelt und ans Kreuz geschlagen haben und über die Gottes Fluch gekommen ist!«

»Gottes Fluch mag über die Täter und Hintermänner gekommen sein, nicht aber über *die* Juden«, erwiderte Vinzent gelassen. »Oder hast du vergessen, dass nicht nur Jesus, Maria und Josef Juden waren, sondern auch alle seine Apostel und Jünger? Wir Christen bauen auf dem

Alten Testament, der jüdischen Kultur und Religion auf, so wie eine stolze Kathedrale auf festen Fundamenten und starken Pfeilern steht.«

Marius machte eine verdutzte Miene, jedoch hatte er kein Bedürfnis, das Gespräch in dieser Richtung fortzusetzen. Er wollte auf etwas ganz anderes hinaus und daher dem alten Pilger auch nicht widersprechen. Deshalb sagte er schnell: »Natürlich, das war vielleicht dumm von mir. Was verstehe ich schon von den Juden? Aber was ich mit der ganzen Aufzählung eigentlich sagen wollte, ist, dass Ihr ein Mann seid, der sich nicht scheut, sich immer wieder auf etwas Neues einzulassen …«

»Ich habe mich jedenfalls bemüht, nicht nur Augen und Ohren offen zu halten, sondern auch Herz und Verstand«, bemerkte Vinzent und hustete erneut. »Gehört doch die Macht der Gewohnheit, die nichts Neues mehr wissen und lernen will, zu den größten Tyrannen und Unheilbringern in unserem Leben.«

Marius nickte eifrig. »Darin seid Ihr mir ein großes Vorbild, Vinzent. Ich möchte auch so sein und so leben wie Ihr. Aber hier werde ich es niemals so weit bringen.«

Die Flamme der zweiten Binsenfackel, die neben der Tür in einem steinernen Haltering steckte, fiel in sich zusammen und begann zu flackern. Auch sie würde bald verlöschen.

Vinzent sah ihm in die Augen. »Und deshalb möchtest du, dass ich dich mitnehme, wenn ich in wenigen Wochen nach Galizien aufbreche, nicht wahr? Von mir erhoffst du dir die Erlösung von all deinen Bedrängnissen und Kümmernissen, die dir das Leben hier auf der Burg und im Dorf so schwer machen, richtig?«

Marius spürte, wie die Röte der Verlegenheit sein Gesicht entflammte. Was sollte er darauf bloß antworten? So, wie der alte Pilger es ausgedrückt hatte, klang sein Anliegen sehr eigennützig und berechnend. Aber war es das denn nicht auch?

»Ja, ich glaube, darauf läuft es wohl hinaus, was ich mir von Euch erhoffe«, gab er schließlich kleinlaut zu. Er wusste, dass es nur zu seinem eigenen Schaden gewesen wäre, wenn er versucht hätte, Vinzent etwas vorzumachen. Der alte Pilger hatte ihn doch längst durchschaut. Jetzt half nur noch rückhaltlose Offenheit. »Ihr mögt darüber lachen, aber ich glaube fest daran, dass Gott Euch geschickt hat, um mich von hier wegzuholen und mit Euch hinaus in die Fremde zu führen.«

Vinzent schmunzelte. »Ich kann deinen Wunsch verstehen, aber dass Gott mich wirklich mit dieser Aufgabe an diesen Ort geschickt hat, wage ich doch sehr zu bezweifeln. Dafür decken sich Gottes wundersame Pläne nur zu selten mit unseren eigennützigen Wünschen, mein junger Freund.«

Marius sah schon seine Felle davonschwimmen und setzte zu einer hastigen Erwiderung an.

Doch Vinzent kam ihm zuvor. »Bemühe dich nicht, mich überreden zu wollen, Marius. Es würde dir nicht gelingen!«, versicherte er. »Mein Entschluss stand schon fest, noch bevor du mich gefragt hast. Denn ich wusste, dass du mich früher oder später bitten würdest, dich nach Santiago de Compostela mitzunehmen.«

Marius ließ Kopf und Schultern hängen. »Ich dachte ja nur ...«, begann er enttäuscht.

»Du hast keinen Grund, den Kopf hängen zu lassen und so ein trauriges Gesicht zu machen«, fiel der alte Pilger ihm lachend ins Wort. »Ja, ich werde dich mitnehmen und dich alles lehren, was ich in über drei Jahrzehnten Pilgerleben gelernt habe.«

Marius riss den Kopf hoch und stieß mit ungläubiger Freude hervor: »Ihr nehmt mich mit? Ich darf Euer Reisegefährte sein? Ist es Euch wirklich Ernst damit?«

Vinzent nickte. »Ja, das ist es. Aber sei schon jetzt gewarnt: Eine Pilgerreise nach Galizien ist nicht nur lang und birgt viele Gefahren für Leib und Seele, sondern sie ist auch mühsam und verlangt viel von einem ab. Zudem tust du gut daran, eine Wallfahrt nicht mit dem ungebundenen Leben von Vaganten zu verwechseln, die sich den Tag so einrichten, wie es ihnen passt. Eine Wallfahrt verlangt große Ausdauer, Disziplin und Hingabe.«

Diese Warnung vermochte die grenzenlose Freude, die Marius wie auf Wolken schweben ließ, nicht im Mindesten zu trüben. »Ich habe Ausdauer und bin zäh, Ihr werdet sehen!«, versicherte er mit strahlendem Gesicht.

Ein letztes Mal zuckten die wenigen übrig gebliebenen Flammenzungen um den verkohlten Rest der Binsenfackel, dann erloschen auch sie. Der eisige Wind, der an Stärke zugenommen hatte und durch die Ritzen von Tür und Fensterluke pfiff, riss den aufsteigenden Qualm mit sich. Die Kammer lag nun in Dämmerlicht getaucht.

»Ich hole uns eine neue Binsenfackel!«, erbot sich Marius. »Und vielleicht kann ich auch dafür sorgen, dass Euer Kohlenbecken mit ein, zwei Schaufeln frischer Glut aufgefüllt wird.« Er zögerte kurz. »Vorausgesetzt, Ihr erlaubt mir zu sagen, dass ich mit Euch auf Pilgerreise gehen werde und damit von nun an sozusagen unter Eurer Munt stehe. Ihr wisst ja, dass andernfalls mein Wort in diesen Mauern nichts gilt.«

Vinzent lächelte verständnisvoll. »Im Grunde habe ich nichts dagegen einzuwenden, Marius. Aber hast du dich nicht unter die Munt des Bauern Burchard begeben, zu dessen Hausgemeinschaft du doch noch immer gehörst?«

»Ja, weil ich seinen Schutz brauchte, aber ich bin und bleibe doch ein Freier. Und wo ich jetzt weiß, dass Ihr mich mitnehmt, kann ich auch wieder auf die Burg zurückkehren. Ekkebert wird es nun nicht mehr wagen, mit mir seine bösartigen Spiele zu treiben. Zudem ist er viel zu sehr mit sich selbst und seinem baldigen Aufbruch beschäftigt«, erwiderte Marius. »Und was Burchard angeht, so wird der es bestimmt verstehen. Außerdem habe ich hart dafür gearbeitet, dass ich bei ihm Unterschlupf finden konnte.« Und das kostbare Hufeisen hat er auch noch bekommen!, fügte er in Gedanken hinzu.

»Mach es so, wie du es für richtig hältst. Ich fühle mich schrecklich müde und lege mich jetzt für eine Weile hin«, sagte Vinzent, wickelte sich in seinen dicken Umhang und griff zu den Decken, die hinter ihm auf der Bettstelle lagen. »Das mit der neuen Binsenfackel hat also Zeit bis später. Und was das Kohlenbecken betrifft, so möchte ich nicht so unmäßig sein, jetzt schon weitere Kohlen zu erbitten. Ich möchte mir diese Bitte lieber für die Nacht aufheben.«

»Ganz wie Ihr möchtet. Gönnt Euch nur ein paar Stunden Schlaf. Ich gehe indessen zu Burchard und sage ihm, dass ich wieder auf die Burg zurückkehre und Ihr mich sozusagen in Eure Dienste aufnehmt«, antwortete Marius fröhlich und verließ sogleich die Kammer.

Ausgelassen rannte er die Stufen hinunter. Ihm wollte vor Freude schier die Brust platzen und er musste sehr an sich halten, um nicht in lautes Jubelgeschrei auszubrechen. Seine flehentlichen Gebete waren erhört worden: Vinzent nahm ihn mit nach Santiago de Compostela! In wenigen Wochen, wenn der Frühling kam, würde er diesem elenden Leben hier entfliehen und mit Vinzent in die Welt hinausziehen! Und dann war alles möglich, sogar dass er seinen verschollenen Vater wiederfand und endlich erfuhr, wer er war, woher er kam und welches Schicksal seinen Eltern in Italien widerfahren war.

Als er auf den Burghof hinaustrat, umfing ihn augenblicklich ein dichter Wirbel von Schneeflocken. Das Wetter war umgeschlagen. Tief hängende Wolken verdunkelten den Himmel, der sich noch vor Kurzem wie ein eisblaues Tuch hoch über dem Tal gespannt hatte. Der Wind hatte mächtig an Kraft gewonnen. Brausend fegte er über Zinnen und Wehrgänge, fuhr heulend durch Luken und Torgänge und peitschte den fallenden Schnee in launischer Unentschlossenheit mal hierhin, mal dorthin.

Schnell schlug Marius seine Kapuze hoch, zog sie sich tief ins Gesicht und rannte über den Hof auf das Torhaus zu – und damit geradewegs vor das blanke Schwert seines Vetters, der dort vor dem plötzlich einsetzenden Schneefall Zuflucht gesucht hatte.

Abrupt und zu Tode erschrocken blieb Marius stehen, als die breite Klinge im Halbdunkel des Tordurchgangs aufblitzte und sich auf seine Brust richtete. Seine zur Abwehr ausgestreckten Hände hingen wie erstarrt in der Luft. Er wagte nicht, sich zu bewegen.

Ekkebert hob das Schwert und setzte ihm die Klinge unter das Kinn. »Ich könnte dich jetzt abstechen wie ein Schwein«, sagte er mit kalter Überheblichkeit eines Mannes, der sich seiner Waffenstärke bewusst war und das Töten jeglicher Widersacher für sein ureigenstes Recht hielt. So wie er es auch für sein Recht hielt, den Mägden nachzustellen, wann immer ihm der Sinn danach stand, und sie in irgendeinem dunklen Winkel zu zwingen, für ihn die Röcke zu heben, wenn sie ihm nicht von sich aus zu Willen sein wollten.

Marius wollte erwidern, dass er unter der Munt des frommen Pilgers stand und mit ihm an die heiligsten Gnadenstätten der Christenheit pilgern würde – und dass Ekkebert sich den Fluch des Wallfahrers zuziehen würde, sollte er sein Blut vergießen. Aber die Angst ließ ihm die Worte auf der Zunge gefrieren.

Und noch bevor er diese Lähmung überwinden konnte, kam aus dem Wachhaus die raue Stimme des Burghauptmanns. »Runter mit dem Schwert, Ekkebert! Lass ihn in Ruhe! Du wirst schon noch früh genug beweisen können, was du bei mir gelernt hast – aber das wirst du gefälligst in der Schlacht tun, wie es einem Ritter ansteht, und nicht, indem du einen wehrlosen Bankert abstichst!«

Ekkebert verzog hämisch das Gesicht. »Mit Gesindel muss man aufräumen, ganz gleich, wo und wie es einem vor die Klinge kommt. Aber Wolfhard hat recht: Du bist es noch nicht einmal wert, dass ich mir das Schwert mit deinem Blut besudle. Also verschwind und verkriech dich in deinem stinkenden Bauernstall, wo du hingehörst!« Er vollführte eine leichte Drehung mit dem Schwert, bevor er die Waffe sinken ließ.

Marius zuckte schmerzhaft zusammen, als die Klingenspitze seine Haut unter dem Kinn aufritzte und das Blut warm über seine Kehle lief.

»Na los, nun mach schon, dass du wegkommst, bevor ich dir ein weiteres Andenken verpasse!«, zischte Ekkebert und schlug ihm die flache Klinge auf den Rücken.

Marius drückte die Hand auf die Schnittwunde, presste die Lippen in stummer Wut zusammen und hastete durch das Torhaus und über die Zugbrücke aus der Burg.

So mächtig der Zorn auf Ekkebert in ihm auch aufwallte und brodelte, so schnell fiel er diesmal doch in sich zusammen. Dies war Ekkeberts letzter Übergriff gewesen! Sowie bekannt wurde, dass er von nun an unter dem Schutz des frommen Wallfahrers stand, würde sein Vetter es nicht mehr wagen, ihm etwas zuleide zu tun. Damit war Ekkeberts Tyrannei endgültig gebrochen. Und wenn er schließlich im Frühjahr mit Vinzent gen Süden zum Grab des heiligen Jakobus aufbrach und Ekkebert sich den Kreuzfahrern anschloss, würden sich ihre Lebenswege wohl gottlob für immer trennen.

Dieser Gedanke ließ Marius, trotz der pochenden Schnittwunde und des Schneetreibens, neue Zuversicht schöpfen, als er auf das freie Feld gelangte und dem Dorf zustrebte. In wenigen Wochen, wenn der Frühling die bitterkalte Herrschaft des Winters beendet hatte, begann ein neues Leben voll wunderbarer Verheißungen für ihn.

Das Gefühl der Erlösung und die Vorfreude auf das neue Leben an der Seite des weit gereisten Pilgers überwältigten ihn plötzlich dermaßen, dass er mitten auf dem ungeschützten Gelände stehen blieb, die Kapuze zurückschlug, das Gesicht in den stürmischen Wind hielt, die Arme zum Himmel streckte und seinen unbändigen inneren Jubel mit voller Lungenkraft in das wilde Schneetreiben hinausschrie.

Nichts konnte ihn jetzt mehr aufhalten. Nichts!

So dachte er.

Zwölftes Kapitel

Fünf Tage später, in einer sternklaren Vollmondnacht, sollte Vinzent der Pilger auf dem nackten Steinboden der Kammer sein Leben aushauchen.

Die Krankheit warf den Pilger schon an jenem Tag nieder, als er Marius zu seinem künftigen Reisegefährten ernannt hatte. Er fühlte sich zerschlagen und unwohl und verspürte nicht das geringste Verlangen, etwas zu sich zu nehmen. Deshalb trug er Marius auf, als dieser am späten Nachmittag auf die Burg zurückkehrte und ihn in seiner Kammer aufsuchte, der gräflichen Herrschaft mitzuteilen, dass er zur abendlichen Mahlzeit nicht an der Tafel im Rittersaal erscheinen werde.

Marius dachte sich nichts dabei. In seiner euphorischen Stimmung hatte der erschreckende Gedanke, dass es mit Vinzents Gesundheit nicht zum Besten stehen könnte, keine Aussicht, in sein Bewusstsein vorzudringen.

Nicht ohne Stolz in der Stimme hatte er Burchard davon unterrichtet, dass er bis zum Frühjahr nun wieder auf der Burg leben werde, weil der fromme Pilger ihn als Reisegefährten auserwählt habe. Er, Marius, werde ihn auf seiner nächsten großen Wallfahrt begleiten, die er im Auftrag der Gräfin ins ferne Galizien unternehmen werde. Und ein wenig prahlerisch hatte er hinzugefügt, dass Vinzent ihn schon jetzt in seiner Nähe wissen wolle, um ihn in den wenigen Wochen bis zum Aufbruch gewissenhaft auf die Wallfahrt und das Leben in der Fremde vorzubereiten.

Worauf der Bauer geantwortet hatte: »Dann pack nur dein Bündel, Marius. Denn was dieser fromme Mann dir zu bieten hat, davon kann unsereins nur träumen.« Und er hatte ihn noch darum gebeten, für seine Familie und sein Gesinde ein Gebet am Grab des heiligen Jakobus zu sprechen.

Auf die Burg zurückgekehrt, hatte ihn sein erster Gang zu Gisla und ihren Mägden ins Kochhaus geführt, unter dem Vorwand, die Körbe mit Feuerholz auffüllen zu wollen, wie er es früher immer getan hatte. In Wirklichkeit ging es ihm jedoch nur darum, den Frauen zu erzählen, was Vinzent der Pilger und er vereinbart hatten. Denn er vertraute darauf, dass die Mägde diese Neuigkeit in Windeseile auf der Burg verbreiten würden.

Und tatsächlich – sogar sein verhasster Vetter Ekkebert wusste schon davon, als Marius eine knappe Stunde später an der Tür zum Palas erschien, um die Entschuldigung des Pilgers auszurichten. Er stieß unverhofft in dem Gang auf ihn, der Kochhaus und Rittersaal miteinander verband.

»Schau an, du hast dich also unter die ergrauten Fittiche dieses greisen Pilgers begeben!«, spottete Ekkebert leise. »Na, mich wundert es nicht. Vermutlich ist das Leben eines herumziehenden Betbruders wirklich das Einzige, wozu ein lombardischer Bankert wie du taugt! Aber ich möchte bloß wissen, wie du es angestellt hast, dass der Alte sich überhaupt mit dir abgibt.«

Marius hatte den Eindruck, so etwas wie widerwilligen Respekt aus der Stimme seines Vetters herauszuhören, und das machte ihn mutig. So reckte er das Kinn und antwortete herausfordernd: »Frag ihn doch. Aber ich bin sicher, du würdest es nicht verstehen, auch wenn er es dir dreimal erklärte. Denn um das zu begreifen, muss man schon mehr können als nur kräftig mit Schwert und Streitaxt dreinschlagen!«

Unter gewöhnlichen Umständen hätte Ekkebert ihn auf eine so freche Antwort hin augenblicklich gepackt und ihn seine körperliche Überlegenheit schmerzhaft spüren lassen. Nun aber beließ er es bei einem verdrossenen, kraftlosen Stoß vor die Brust und rief: »Pilgere du nur mit dem Alten über die Landstraßen! Ich werde indessen Jerusalem erobern!« Und damit ließ er ihn stehen.

Ja, Marius hatte wirklich allen Grund, sich seines Lebens zu freuen, sich wie verwandelt zu fühlen und der Zukunft freudig und voll Zuversicht entgegenzusehen. Endlich trat er aus dem Schatten, der ihn als widerwillig geduldetes »Niemandskind« so lange gefangen gehalten hatte, und wurde ernst genommen!

Am nächsten Morgen dann fand er den alten Pilger mit Schüttelfrost, fieberheißem Kopf und Husten in seiner Kammer vor. »Ich fürchte, die Reise, die ich vor mir habe, wird meine letzte sein«, murmelte Vinzent ahnungsvoll. »Und dies wird keine gewöhnliche Wallfahrt mit dir an meiner Seite sein, sondern sie wird mich ganz allein auf jenen geheimnisvollen Weg führen, den jeder von uns einmal gehen muss und von dem keiner zurückkehrt, um Bericht zu erstatten.«

»Redet doch nicht solchen Unsinn daher, Vinzent! Ein wenig Fieber kann doch einem Mann wie Euch nichts anhaben. Natürlich werdet Ihr wieder auf die Beine kommen!«, sagte Marius abwehrend.

Vinzent rang sich ein Lächeln ab. »Ach, ich wünschte, ich müsste dir das Herz nicht so schwer machen und so viele Hoffnungen, die du in mich gesetzt hast, zerstören«, seufzte er. »Aber ich vernehme nur zu deutlich die Stimme meines schwachen Fleisches, die mir sagt, dass das Feuer des Fiebers brennen wird, bis meine Seele befreit entweicht.«

Ein Schauer der Angst durchfuhr Marius. »Ich will davon nichts hören!«, stieß er hervor.

Vinzent schüttelte mit einem wehmütigen Lächeln den Kopf. »Es gab einmal einen berühmten arabischen Dichter und Sänger namens Abu al-Ma'arri, der in seiner Jugend an Pocken erkrankte und dadurch sein Augenlicht verlor. Dieser Dichter erfährt noch heute in der ganzen arabischen Welt größte Verehrung. Über den Tod schrieb er einmal: *Uns alle sucht er heim, zu Hause und unterwegs. Genau wie wir will auch die Erde ihre Speise haben; sie isst und trinkt des Menschen Fleisch und Blut. Mir scheint, der Halbmond an dem Firmament, er ist des Mondes krummer Dolch; der erste Strahl des Tageslichts, er ist ein Schwert, vom Morgengrauen jäh gezückt.*«

»Hört auf mit solchen Reden!«, herrschte Marius ihn erregt an, um dann schnell mit versöhnlicher Stimme zu versichern: »Rotrud versteht sich auf die Heilkunst. Sie wird Euch einen Trunk zubereiten, der Eurem Fieber schnell den Garaus macht, verlasst Euch drauf!« Damit stürzte er aus der Kammer und rannte, so schnell er konnte, zur eulengesichtigen Seherin und Heilerin, um sie zu Hilfe zu rufen.

Rotrud, die in einer alten Kate am Rand des Dorfes hauste, dachte jedoch nicht daran, sich sofort an die Arbeit zu machen. »Und wer bezahlt mich für meine Kräutersalben und Heilsprüche und den Fiebertrunk? Du vielleicht?« Sie lachte abschätzig.

Marius musste erst wieder zur Burg zurückkehren und die Zusage der Gräfin einholen, für die Behandlung des kranken Pilgers aufzukommen, bevor Rotrud bereit war, mit ihrem Heilzauber zu beginnen.

Doch sosehr sie sich auch anstrengte, all ihre bitteren Säfte, Salben und magischen Sprüche brachten Vinzent keine Besserung. Das Fieber fraß mit unverminderter

Heimtücke die letzten Kräfte des alten Mannes auf. Nichts half, kein Heilzauber und kein noch so starker Fiebertrunk.

»Wir gewinnen nichts, wenn wir vor dem Unausweichlichen die Augen verschließen, sondern machen es uns nur noch schwerer«, sagte Vinzent schwer atmend und mit schwacher Stimme, als Marius ihm wieder einmal versicherte, dass er die Krankheit schon noch besiegen und dann rasch genesen würde. *»Der Leib geht dahin wie eine Loderasche und der Geist zerflattert wie eine dünne Luft, unseres Namens wird mit der Zeit vergessen und niemand wird unseres Tuns gedenken!* So steht es im Buch der Weisheit, Marius, und dem sollen wir alle Tage unseres Lebens offen ins Auge sehen. Und es kann nicht übel sterben, wer gut gelebt hat.«

Marius biss sich auf die Lippe, um die Tränen zurückzuhalten, und betete in diesen Tagen, wie er noch nie in seinem Leben gebetet hatte. Er flehte Gott um ein Wunder an, denn nur ein Wunder konnte den alten Pilger jetzt noch retten.

Doch das Wunder geschah nicht. Vinzent verfiel immer mehr. Am Mittag des fünften Tages konnte er kaum noch den Kopf heben, um aus dem Becher zu trinken, den Marius ihm an die Lippen führte, wann immer Vinzent ihm zu verstehen gab, dass ihn dürstete.

»Wo der Tod schon über die Schwelle getreten ist, vermag keine Heilkunst mehr etwas auszurichten«, sagte Rotrud schließlich kleinlaut und beeilte sich, dass sie ihren Lohn einstrich und von der Burg kam.

»Meine Zeit ist dahin ... ›*Meine Hütte bricht man über mir ab ... man schafft sie weg wie das Zelt ... eines Hirten ... Wie ein Weber hast du mein Leben zu Ende gewoben ... du schneidest mich ab wie ein fertig gewobenes Tuch ... Meine Augen blicken ermattet nach oben: ... Ich bin in Not, Herr ... Steh mir bei!«*, zitierte Vinzent stockend aus dem Buch Jesaja und drängte Marius dann, den Dorfpfarrer zu holen, damit er ihm die Beichte abnahm und die Letzte Ölung gab. »Wenn er nach den ... Stolgebühren fragt, so soll er von meinem ...«

»Macht Euch wegen der Gebühren für den Pfarrer keine Sorgen«, fiel ihm Marius beruhigend ins Wort, als er den besorgten Ausdruck auf dem fieberglänzenden Gesicht des alten Pilgers sah. Jeder Gläubige, der seine Todesstunde nahe wusste, wünschte sich einen Geistlichen ans Sterbebett, um nach Beichte und Absolution und Letzter Ölung im Zustand der Gnade zu sterben. Doch wenn ein Priester, insbesondere ein armer Dorfpfarrer, zu diesem Zwecke die Stola anlegte, erwartete er dafür eine Gebühr. Denn von diesen Gebühren und Abgaben lebte er. Doch die wenigsten unter der einfachen Landbevölkerung konnten sich diese Stolgebühr leisten. Auch Vinzent nicht, wie Marius wusste. »Die Gräfin wird sie übernehmen und Pfarrer Gerbert ist schon auf dem Weg.«

Die Gesichtszüge des Pilgers entspannten sich. Beruhigt sank er auf sein Strohlager zurück und schloss die Augen. »Gott vergelte es ihr«, raunte er. »Wohl dem, dessen Frevel vergeben und dessen Sünde bedeckt ist!«

Bis auf die Zeit, die Gerbert allein mit dem Sterbenden in der Kammer verbrachte, um ihn mit Weihwasser zu besprengen und geweihte Asche auf seine Stirn zu streuen, wich Marius in den letzten Lebensstunden des alten Mannes nicht von dessen Seite. Er sah, wie Vinzents Lippen sich bewegten, und er wusste, dass er die sieben Bußpsalmen als Sterbegebet betete. Manchmal fing er sogar einzelne Sätze auf wie: *»Doch bei dir ist Vergebung ... Meine Seele wartet auf den Herrn«* und *»Denn beim Herrn ist Erlösung* *in Fülle«.* Schließlich begann auch er, die Bußpsalmen sowie die Allerheiligenlitanei zu beten, war es doch das Einzige, was er noch für Vinzent tun konnte.

Auf Anweisung des Grafen kamen kurz nach Einbruch der Dunkelheit mehrere alte Mägde in die Kammer. Sie streuten Asche auf den nackten Steinboden, rollten eine dünne, geflochtene Strohmatte aus, die auch Bußmatte genannt wurde, und hoben den Sterbenden von der Bettstelle, um ihn auf dieses Lager aus Stroh und Asche zu legen. Marius hinderte sie nicht daran, denn der Brauch verlangte es so. Der Tod sollte möglichst nahe der Erde eintreten, die ja bald den sterblichen Leib des Menschen aufnehmen würde. Zudem wollte man die Bettstelle, die noch gebraucht wurde, davor bewahren, von den möglicherweise unsichtbaren Giften des Todes durchdrungen zu werden.

Die Frauen nahmen zum Schluss auch noch die Felle von der Fensterluke, damit die aus dem Leib entwichene Seele ungehindert zum Himmel aufsteigen konnte.

Verzweifelt kauerte Marius an Vinzents Seite, sah er mit ihm doch nicht nur seine Hoffnungen auf ein neues Leben sterben, sondern auch den einzigen väterlichen Freund, den er je gehabt hatte. Wieder einmal verhöhnte ihn das Schicksal, indem es ihm diese kostbare Freundschaft schon nach wenigen Monaten wieder raubte und damit alles zunichte machte, was sie zusammen geplant hatten.

Marius liefen die Tränen über das Gesicht.

Mit einer schwachen Handbewegung bedeutete Vinzent ihm, sich zu ihm hinunterzubeugen. Er flüsterte etwas. Marius musste sein Ohr dicht an den Mund des Pilgers bringen, um zu verstehen, was er ihm vor seinem Tod noch sagen wollte.

»Lass dir das Herz … nicht zu schwer werden, Marius … Glaube mir, es sind auch noch jenseits des Todes … Lieder zu singen«, sagte er mit kraftloser Stimme und lächelte schwach, während er seine Hand über die von Marius schob.

»Ich hatte die Lieder mit Euch singen wollen, Vinzent!«, erwiderte Marius mit sinnlosem Aufbegehren. »Aber auf unserer gemeinsamen Pilgerreise und nicht an Eurem Grab!« Und beinahe wäre ihm in seiner Verzweiflung noch die Klage herausgerutscht, was denn nun aus ihm werden solle, wo ihn der Tod seiner Munt und Führung beraubte?

Ob die Todesnähe dem fiebernden Pilger übersinnliche Fähigkeiten verliehen hatte oder ob dieser ihm seinen Gedanken schlichtweg ansehen konnte, wusste Marius nicht zu sagen. Auf jeden Fall antwortete Vinzent darauf, als hätte er die Frage tatsächlich ausgesprochen.

»Hadere nicht mit dem Schicksal … und warte nicht darauf, dass dir die Früchte … von selbst in den Schoß fallen, sondern wage es ruhig, am Baum des Lebens zu rütteln … vertraue auf deine eigene Kraft … höre auf deine innere Stimme … sie wird dich schon auf den richtigen Weg leiten«, stieß der Pilger abgehackt und immer kraftloser hervor. »Du wirst auch ohne mich …«

Marius vermochte den Rest des Satzes nicht zu verstehen und brachte sein Ohr noch näher an den Mund seines sterbenden Freundes. »Was habt Ihr gesagt?«

»Morgenstern …«, hauchte Vinzent kaum verständlich.

»Was ist mit dem Morgenstern?«, fragte Marius eindringlich, weil ihn die Ahnung befiel, dass Vinzent ihm noch etwas sehr Wichtiges mitteilen wollte.

»… ein Licht … an einem finsteren Ort … bis der Tag anbricht … und der Morgenstern …« Wieder verlor sich die Stimme des sterbenden Pilgers in einem Röcheln. Zitternd kroch seine knochige, ausgezehrte Hand an Marius' Arm hoch und klammerte sich über der Brust in den derben Wollstoff seiner Kleidung.

Ein Gefühl von Panik befiel Marius. »Vinzent, geht nicht so von mir! Lasst mich verstehen, was Ihr mir noch mitzuteilen habt und was ich tun soll.«

»Wo der Morgenstern aufgeht ... hier, hörst du? ... Der Morgenstern ... ein Licht an einem finsteren Ort!«, flüsterte Vinzent ihm beschwörend ins Ohr, die Stimme ein schwacher Hauch, der kaum noch einen Ton zu tragen vermochte. »Suche ... und folge ... dem ... Morgenstern, Marius! ... Dem Morgenstern ... bis er aufgeht ...«

Das waren die letzten Worte, die dem alten Pilger über die Lippen kamen. Seine Hand öffnete sich, gab den kratzigen Wollstoff frei und fiel kraftlos auf die Brust zurück.

Marius hob den Kopf – und blickte in leblose Augen. Das Lebenslicht des unermüdlichen Wallfahrers, der den größten Teil seiner irdischen Tage und Nächte auf den Landstraßen und unterwegs zu den heiligen Stätten der Christenheit verbracht hatte, war erloschen. Vinzent der Pilger hatte ihn, hatte die irdische Welt verlassen und seine letzte Reise angetreten.

Marius rief die alten Frauen herbei, damit sie sich um den Leichnam des frommen Mannes kümmerten und ihn für die Beerdigung herrichteten, und flüchtete sich dann in die eisige Einsamkeit hoch oben auf der Mauerkrone der Ringmauer. Nicht eine Wolke zog über den Nachthimmel und die Gestirne blitzten wie Eissplitter in diesem endlosen Meer kosmischer Schwärze. Und der Mond, groß und rund und milchig wie das erblindete Auge eines dämonenhaften Riesen, hing über dem Tal.

Hier oben auf den Zinnen, in schwindelerregender Höhe, ließ Marius seinen Tränen freien Lauf. Er weinte in aufrichtiger Trauer um Vinzent, aber er weinte auch um sich und um das, was hätte sein können, wenn das Fieber den alten Pilger nicht hinweggerafft hätte.

In derselben Nacht fasste Marius aber auch den Entschluss, nicht länger darauf zu warten, dass sein Leben eine Wendung zum Besseren nahm. Er würde sein Bündel packen, diesem Tal den Rücken kehren und sein Glück in der Fremde suchen, so wie Vinzent es getan hatte! Ja, genau das würde er tun! Er konnte einfach nicht länger untätig bleiben und sich selbst bemitleiden, er musste sich jetzt endlich mutig über all seine Ängste und Vorbehalte hinwegsetzen und den Schritt ins Ungewisse wagen.

Noch auf dem Totenbett hatte Vinzent ihm den Weg gewiesen. Er solle *»dem Morgenstern folgen, bis der Tag anbricht«. Dazu hatte Vinzent ihn noch in seiner Sterbestunde mit großer Eindringlichkeit aufgefordert. Und da die Weisheit des Pilgers für ihn außer Zweifel stand, kamen dessen Worte bei aller Rätselhaftigkeit einer Art Vermächtnis gleich, einer Wegweisung, der er folgen sollte.*

Vinzent hatte ihm ans Herz gelegt, auf seine innere Stimme zu hören, dem Morgenstern zu folgen und sich dorthin zu begeben, wo dieser Morgenstern über einem finsteren Ort aufging.

Und dieser finstere Ort war zweifellos der ferne Osten – das Morgenland der heidnischen Muselmanen, gegen die der Papst zum Heiligen Krieg im Zeichen des Kreuzes aufgerufen hatte, damit das Licht der Christenheit in einem befreiten Jerusalem triumphieren konnte!

Dreizehntes Kapitel

Vinzent wurde schon am folgenden Tag zu Grabe getragen. Jedoch wurde er nicht wirklich beerdigt und eine Elle hoch mit Erde bedeckt, sondern nur in eines der drei tiefen Sammelgräber gelegt, die der Dorfpfarrer wie jedes Jahr vorsorglich vor Einbruch des Winters für die Todesfalle der kommenden Monate hatte ausheben lassen. Der strenge Winter im Hunsrück ließ den Boden nämlich so tief und hart gefrieren, dass es oftmals bis in den März hinein unmöglich war, ein Grab auszuheben.

In grobes Sackleinen gewickelt, wurde der Leichnam des alten Pilgers in die letzte der drei Gruben gelegt, in der schon zwei andere Tote ruhten und darauf warteten, im Frühling in ordentliche Einzelgräber umgebettet zu werden.

Das ganze Dorf hatte sich eingefunden, um dem frommen Pilger das letzte Geleit zu geben. Auch das Gesinde der Burg und die Dienstmannen waren fast vollständig anwesend. Von der gräflichen Herrschaft war jedoch nur die Gräfin erschienen – und ihr zweiter Sohn.

Auch ohne die schadenfrohen Blicke, die sein Vetter ihm zuwarf, hätte Marius gewusst, dass Ekkebert nur gekommen war, um sich an seinem Schmerz zu ergötzen. Zweifellos erfüllte es ihn mit gehässiger Genugtuung, dass Marius mit dem Tod seines angesehenen Gönners und Förderers nun wieder in sein elendes Los zurückgesunken war.

Marius ignorierte ihn, was ihm nicht schwerfiel, hatte er doch mit ganz anderen Gefühlen zu kämpfen. Er musste sich zusammenreißen, um auf dem Friedhof nicht wieder in Tränen auszubrechen. Die Messfeier in der Kirche hatte ihn schon tief aufgewühlt. Nun aber zerriss es ihm das Herz zu sehen, wie schnell und armselig Vinzent beerdigt wurde. Ein letztes Besprengen mit Weihwasser, ein letzter Segen – und schon gingen die beiden Totengräber zu Werk. Sie kippten mehrere Schaufeln Asche über die sterbliche Hülle des Pilgers und warfen einige Arme voll Stroh nach. Dann deckten sie die Grube zum Schutz vor Ratten und anderem wilden Getier wieder mit der dicken Holzplatte ab, die jedes Sammelgrab abschloss und auf die sie zusätzlich noch schwere Feldsteine wuchteten.

Zum Schluss der Zeremonie stimmte der Dorfpfarrer nach altem Brauch ein »Vaterunser« für jenen unter der Trauergemeinschaft an, der als Nächster von dieser Welt ging und in die Grube hinabgelassen werden musste.

Als die Menge sich auflöste, trat Ekkebert von hinten an Marius heran. »Fröhliche Wallfahrt!«, höhnte er leise und stieß ihn kräftig in den Rücken.

Wäre der Dorfpfarrer nicht sofort hinzugekommen, Marius hätte sich in seinem heiß aufwallenden Zorn wohl dazu hinreißen lassen, sich hier vor aller Augen auf seinen Vetter zu stürzen. Dass Gerbert zwischen sie trat, bewahrte ihn davor, die Beherrschung über sich zu verlieren und einen verhängnisvollen Fehler zu begehen, der ihn womöglich vor das Gericht des Grafen gebracht hätte.

Der Priester legte ihm eine Hand auf die Schulter. »Ich weiß, was dir der Verstorbene bedeutet hat«, sagte er mitfühlend. »Er hätte dir eine große Hilfe sein können.«

Marius sagte nichts, sondern biss sich nur auf die Lippe.

Die Tränen wollten noch immer heraus, aber das durfte er nicht zulassen. Er musste sich mannhaft zeigen.

»Vinzent der Pilger ist nicht nur ein überaus weit gereister und frommer Mann gewesen, sondern auch ein sehr großherziger«, fuhr Gerbert fort. »Und da du ihm in den Monaten seines Winterquartiers hier bei uns offenbar sehr ans Herz gewachsen bist, hat er dir alles vermacht, was er hinterlassen hat.«

Marius sah ihn verdutzt an. »Er hat was?«, stieß er ungläubig hervor.

»Er hat dich zu seinem Erben erklärt, als ich ihm gestern Nacht die Beichte abnahm und die Letzte Ölung erteilte«, bestätigte der Dorfpfarrer mit einem milden Lächeln. »Was Vinzent an Hab und Gut hinterlassen hat, gehört somit dir. Viel ist es zwar nicht, aber es dürfte dir in deiner Mittellosigkeit doch sehr willkommen sein. Außerdem zeigt es, wie nahe du ihm gestanden hast.«

Das war das größte Geschenk, das Marius sich in diesem Moment vorstellen konnte, und zwei Tränen liefen über sein Gesicht. Er musste mehrmals schlucken, um das Schluchzen in seiner Kehle zu unterdrücken.

»Sieh zu, dass du das Beste daraus machst, Marius!«, sagte der Priester noch. »Vinzent der Pilger hat dir mehr als nur ein wenig Hab und Gut hinterlassen wollen, wie ich den Eindruck habe.«

Hin- und hergerissen zwischen Trauer um den Verlust seines väterlichen Freundes und dankbarer Freude über das Erbe, das ihm nun manches einfacher machen würde, verweilte Marius noch eine ganze Weile am Grab seines Gönners. Schließlich machte er sich auf den Weg zur Burg.

Dort ging er als Erstes in den Stall, so wie es der alte Pilger immer getan hatte, für den der Esel Homer weit mehr als nur ein treues Lasttier gewesen war. Und an dieser Gewohnheit gedachte Marius festzuhalten.

Thietmar, der Stallwart, ließ ihn jedoch nicht passieren. »Was suchst du hier?«, herrschte er ihn an und verstellte ihm den Durchgang.

»Ich möchte zu Homer, meinem Esel, Stallwart Thietmar«, antwortete Marius respektvoll und fügte erklärend hinzu: »Gerbert hat mir nach der Beerdigung mitgeteilt, dass mir der Pilger all sein Hab und Gut hinterlassen hat.«

»Den Plunder vielleicht, aber nicht den Esel! Den hat sich der Graf genommen!«, beschied ihn der Stallwart barsch. Marius sah ihn verblüfft an. »Ja, aber das kann er doch gar nicht ...«

»Rede nicht so dumm daher, dass der Graf das nicht kann!«, fiel ihm Thietmar ungehalten ins Wort. »Natürlich kann er! Er hat Anspruch auf das Besthaupt und das ist nun mal der Esel. Und jetzt troll dich. Ich habe zu arbeiten!«

Verstört kehrte Marius auf den Burghof zurück. Der Graf hatte Homer als Besthaupt beansprucht!

Beim Tod eines Hörigen hatte jeder Lehnsherr Anspruch auf das beste Stück Vieh des Verstorbenen, Besthaupt genannt. Verstarb eine Frau, durfte er das Bestkleid einfordern, also das beste Gewand. Dagegen war nichts einzuwenden, denn das gehörte nun mal zu den verbrieften Rechten jeder Grundherrschaft. Was Marius jedoch nicht einsehen konnte und wollte, war, dass sein Onkel das Besthaupt von einem Verstorbenen einforderte, der nicht auf seinem Land gelebt und somit nicht zu seinen Abhängigen gehört hatte, sondern ein freier Mann und Pilger gewesen war. Vinzent war ihm nichts schuldig, weder im Leben noch im Tod. Und er dachte nicht daran, sich ohne jeden Widerspruch um den kostbarsten Teil seines Erbes bringen zu lassen. Er mochte ein Bankert sein, aber das änderte nichts daran, dass er ein Freier war und Rechte hatte, die auch ein Graf wie sein Onkel respektieren musste – und daran würde er ihn erinnern!

Dieser Entschluss war jedoch leichter gefasst als in die Tat umgesetzt, bedurfte es dazu doch viel Mutes. Bisher hatte er es nie gewagt, seinen Onkel anzusprechen, geschweige denn ihn um etwas zu bitten. Und Frodebert hatte sich noch nie dazu herabgelassen, mit ihm zu reden. Allein die Gräfin hatte ihm dann und wann einmal für wenige Augenblicke ihre Aufmerksamkeit geschenkt.

Dennoch, jetzt musste es sein!

Marius machte sich Mut, indem er sich immer wieder sagte, dass er nichts verlieren, sondern nur gewinnen konnte. Ein Esel war es zudem wert, dass er es riskierte, den Groll des Grafen auf sich zu ziehen. Seine Tage auf der Burg, ja auf dem Lehen seines Onkels waren so oder so gezählt.

Er begab sich hinüber in den Rittersaal, der gut achtzehn Schritt in der Länge und ein Drittel so viel in der Breite maß und mit seinen verhängten Rundbogenfenstern wenig einladend wirkte. Der Wandschmuck bestand aus einem Wappenschild, zwei Wandteppichen und einer Reihe von Lanzen und Schwertern, die der ganze Waffenstolz des Grafen waren. Im Kamin brannte feuchtes Pappelholz und verströmte weißen, beißenden Rauch. Dreckiges Stroh bedeckte den Boden. Die lange Tafel bestand aus Holzbänken entlang der Wände und mehreren einfachen Holzplatten über Böcken und unterschied sich damit von den Schragen der Bauern allein durch ihre Größe und das bessere Holz. Nachts wurde die Tafel aufgehoben und dann diente der Palas einem Teil der Trossknechte als Schlafsaal. Hatte der Graf mehrere Gäste auf einmal auf der Burg zu beherbergen, bereitete man hier ihr Nachtlager.

Marius traf hier nur auf einen Trossknecht, der gerade eines der Schwerter abhängte, um die Klinge einzuölen, damit ihr der Rost nicht so schnell zusetzte.

»Kannst du mir sagen, wo ich den Grafen finde?«, erkundigte sich Marius höflich.

Der Mann nickte. »Ja, oben im Aborterker.«

Marius bedankte sich, stieg die Treppe hoch und ging den Gang entlang, der zum Erker an der östlichen Außenwand führte. In der zum Gang hin offenen Nische des Erkers befand sich eine steinerne Bank mit zwei nebeneinander liegenden Abortplätzen und einer schmalen Fensterluke über dem Abtritt. Die Ausscheidungen fielen durch die Sitzöffnungen der Steinplatte, die über die Mauerfläche hinausragte, in die Tiefe und sammelten sich im darunter liegenden Burggraben. Dass dabei auch die Außenmauer übel beschmutzt wurde, ließ sich nun mal nicht vermeiden.

Mit klopfendem Herzen näherte sich Marius seinem Onkel, der ganz ungeniert mit halb entblößtem Unterleib über einer der Öffnungen saß.

»Was willst du?«, bellte Frodebert mit verkniffener Miene.

»Ich komme wegen meines Erbes«, antwortete Marius verzagt.

»Was habe ich mit dem Plunder zu tun, den der Alte dir hinterlassen hat?«, knurrte der Graf ungnädig und starrte ihn drohend an.

Marius hätte sich am liebsten davongeschlichen, doch sein Ehrgefühl verbot es ihm. Er hatte sich geschworen, Homer seinem Onkel nicht ohne Widerspruch zu überlassen. Und so nahm er all seinen Mut zusammen und antwortete: »Es ist wegen des Esels, den Vinzent mir vermacht hat … und den Ihr angeblich als Besthaupt beansprucht.«

»Was heißt hier angeblich?«, fuhr Frodebert ihn an.

»Ich dachte, Euch wäre vielleicht ein Irrtum unterlaufen!«, stieß Marius hastig hervor, während ihm das Herz wild im Hals schlug. »Ich meine, wo Vinzent doch ein freier Mann und Pilger war und nicht zu den Abhängigen Eures Lehens gehörte ...«

Frodebert ließ ihn erst gar nicht ausreden. »Willst du Taugenichts mich vielleicht darüber belehren, was mein gräfliches Recht ist und was nicht?«, fuhr er ihm über den Mund. »Hast vielleicht du den Alten über den Winter gebracht oder bin ich für Kost und Quartier aufgekommen? Und wer hat denn die Stolgebühren bezahlt? Etwa du Klugscheißer? Nein, ich habe dafür in den Geldbeutel greifen müssen, so wie ich auch für die Kosten der Beerdigung, die mir der Pfaffe in Rechnung stellt, aufkommen werde. Zudem ist dieser schwatzhafte Besserwisser auch noch ...«

Der Graf stockte kurz, während er das Gesicht verzog und offensichtlich schwer presste. Im nächsten Moment entleerte sich hörbar sein Darm. Er seufzte erleichtert und fuhr in seinem Satz fort: »... auf meinem Land begraben! Und all das gibt mir sehr wohl das Recht, von seinem Nachlass das Besthaupt zu verlangen, hast du das verstanden?«

»Ja, Herr«, murmelte Marius mit hochrotem Kopf.

»Also was stehst du dann hier dumm herum und störst mich bei meinem Geschäft, Bursche?«, herrschte Frodebert ihn mit zorngeschwellter Stirnader an. »Mach gefälligst, dass du mir aus den Augen kommst, du undankbarer Bankert! Du bist ganz dein Vater! Aber mir reicht es jetzt. Sowie der Frühling kommt, packst du dein Bündel und verschwindest von meinem Land – und zwar für immer!«

Marius glaubte auf der Stelle im Erdboden versinken zu müssen. Noch nie hatte er sich so gedemütigt gefühlt wie in diesem Moment. Er wandte sich abrupt um und rannte davon.

»Ja, lauf nur! Ich hätte dich damals gleich von meinem Land jagen sollen!«, schrie Frodebert ihm voller Ingrimm nach. »Nichts als Ärger, Zank und Undank, das hat man davon, wenn man auf das schwachsinnige Geschwätz der Weiber hört. Aber das wird mir nicht noch einmal passieren! Und du komm mir bloß nicht mehr unter die Augen, hörst du?«

Ohnmächtige Wut tobte in Marius, aber auch Beschämung. Denn dass er nicht länger auf der Burg seines Onkels bleiben konnte, verstand sich nach diesem demütigenden Vorfall von selbst. Doch das bedeutete auch, dass er zu Burchard zurückkehren und ihn kleinlaut darum bitten musste, ihn wieder bei sich aufzunehmen, bis milderes Wetter es ihm erlaubte, sich hinaus auf die Landstraße zu wagen.

Marius schnürte sein Bündel und holte die Sachen, die Vinzent ihm hinterlassen hatte, aus dessen Kammer. Als Erstes knotete er den rauen Strick auf, den er sich um die Hüften gebunden hatte, und legte stattdessen den breiten Pilgergürtel an. Das Wissen um das geheime Reliquiar aus kunstvoll verziertem Silber in der Schnalle und die eine Hälfte der Sonnenuhr, die darin in Werg gebettet ruhte, gab ihm ein wenig Selbstvertrauen zurück. Besonders mit dem kupfernen Reif der winzigen Sonnenuhr verband er große Hoffnungen. Denn nach Vinzents Worten stellte dieses Stück ja eine gewisse Art von Unterpfand dar, das ihm in Mainz bei dem einstigen Reisegefährten und jetzigen Okkultisten namens Bartholo von großem Nutzen sein dürfte.

Er warf sich den alten Umhang des Pilgers um, steckte sich dessen Messer in den Gürtel und nahm das sattelähnliche Holzgestell, das Homer so lange Jahre getragen hatte, auf die Schulter. Das alte, aber gepflegte Ledergeschirr des Esels hängte er ebenso darüber wie seine Felldecke und den Sack, der die restlichen Habseligkeiten enthielt, die Vinzent ihm vermacht hatte. So beladen machte er sich auf den Weg hinunter ins Dorf. Und kaum war er aus den dunklen Schatten der Burgmauer getreten, als Schneeregen einsetzte.

Wie der Zufall es wollte, stand Burchard gerade in der Tür seiner Hütte, als Marius durch den Matsch auf seine Unterkunft zustapfte. Der Bauer ließ sich nicht anmerken, ob er schon mit seiner Rückkehr gerechnet hatte oder nicht.

»Wo willst du denn so schwer beladen hin?«, fragte Burchard scheinbar ahnungslos.

Marius stellte seine Last auf der Viehtränke ab, die vor der Hütte stand, klemmte sich den Sack und die Fellrolle jedoch sofort wieder unter den Arm. Denn nichts sollte den Blick des Bauern auf das massive Gestell und die geflochtenen Lederriemen behindern.

»Ich will nach Mainz und mich dort den Kreuzfahrern anschließen. Mit ein bisschen Glück nimmt mich vielleicht ein Ritter als Knappe in seine Dienste oder ich verdinge mich als einfacher Trossknecht«, antwortete Marius. Und in Gedanken fügte er noch hinzu: Hauptsache, ich komme endlich von hier weg, kann mit den Kreuzfahrern ins Morgenland ziehen und stehe bald vor den Toren von Jerusalem!

Der Bauer hob die Augenbrauen und verschränkte die Arme vor der Brust. »Sieh an, du bist also auf dem Weg ins

Heilige Land«, stellte Burchard mit nun unverhohlen spöttischem Ton fest, während hinter ihm seine Frau auftauchte. »Du brennst wohl schon wie dieser asketische Wanderprediger so sehr vor heiligem Eifer, dass dich nicht mal die garstigen Launen des Winters zurückhalten können, was? Na, da bleibt uns ja nichts anderes, als dir Gottes Segen und eine gute Reise zu wünschen – und dass sich das Wetter bald zum Besseren für dich wendet. Denn bei diesem Sauwetter sind die einsamen Landstraßen des Hunsrück gewiss kein Vergnügen.«

Verlegen senkte Marius den Blick. Dass Burchard die Situation auskostete, stand außer Frage, denn sonst machte er nie so viele Worte. »Nein, für diese Wünsche ist es noch zu früh. Ich werde mit dem Aufbruch noch ein paar Wochen warten müssen, bis ich einigermaßen sicher sein kann, dass ich unterwegs nicht von Schneestürmen überrascht werde.«

Burchard nickte bedächtig und mit gespieltem Verständnis. »Sehr vernünftig, noch ein paar Wochen auf der Burg zu bleiben und Kraft für dein mutiges Unternehmen zu schöpfen«, sagte er, während der Schneeregen an Heftigkeit zunahm.

Marius schüttelte den Kopf. »Auf der Burg kann ich nicht mehr bleiben. Das ist vorbei ... endgültig«, murmelte er und wagte nicht aufzublicken.

»So, du kannst also wieder mal nicht länger auf der Burg bleiben?« Burchard gab sich überrascht und fragte scheinbar besorgt: »Wo willst du denn bloß unterkommen?«

Marius schluckte schwer. Die Scham, den Bauern nun wieder um Aufnahme bitten zu müssen, brannte ihm im Gesicht und es kostete ihn große Überwindung, den Kopf zu heben. »Vinzent der Pilger hat mir sein bescheidenes

Hab und Gut hinterlassen. Aber für dieses Lastengestell und das Geschirr habt Ihr bestimmt bessere Verwendung als ich. Deshalb möchte ich es Euch gerne geben.«

»Einfach so?«, spottete Burchard.

»Herr im Himmel, nun mach es ihm doch nicht noch schwerer, als es ohnehin schon ist!«, platzte da die Bäuerin heraus, die bis dahin schweigend hinter ihrem Mann gestanden und zugehört hatte. »Siehst du denn nicht, wie er sich quält? Er möchte natürlich, dass wir ihn wieder bei uns aufnehmen. Wo sollte er sonst auch hin? Das weißt du doch so gut wie ich! Also mach diesem grausamen Spiel ein Ende!«

Burchard fuhr sich über den nassen Bart, als käme ihm plötzlich die Erleuchtung. »Du willst also wieder bei uns unterkriechen?«

Marius nickte. »Ja, aber es wird nur für ein paar Wochen sein, bis das Wetter besser geworden ist. Ich weiß sonst nicht, wohin ich mich wenden sollte«, sagte er leise.

»Und warum hast du das nicht gleich geradeheraus gesagt, statt wie ein geschwätziger Kesselflicker um den heißen Brei herumzureden?«, wies der Bauer ihn zurecht und versetzte ihm einen derben Schlag auf den Rücken. »Aber gut, ich weise dich nicht von meiner Tür. Wir werden dich auch noch die letzten Wochen des Winters durchfüttern. So, und jetzt nimm deine Sachen, bevor dich der verdammte Regen völlig durchnässt hat.« Er lachte kurz und grimmig auf, dann griff er nach dem Packgestell und dem Ledergeschirr und verschwand damit in der Hütte.

Marius ordnete sich also wieder in die Hausgemeinschaft des Zinsbauern ein und verrichtete gewissenhaft die ihm zugewiesenen Arbeiten. Dennoch konnte er nicht an jene alte Vertrautheit mit den Menschen unter Burchards Dach anknüpfen, die er in den ersten Monaten seines Aufenthaltes bei ihnen aufgebaut hatte. Er blieb viel für sich allein. Sogar Germo, der schieläugige Knecht, der früher eigentlich immer recht gern seine Gesellschaft gesucht hatte, schenkte ihm kaum noch Aufmerksamkeit. Marius konnte es ihnen nicht einmal verübeln, wartete er im Grunde doch nur darauf, dass sich die eisige Strenge des Winters unter dem warmen Hauch des einkehrenden Frühlings beugte.

Nicht nur Marius, sondern jeder sehnte den Frühling herbei. Doch der Winter zeigte bis weit in den März hinein keine Anzeichen von Schwäche. Als das neue Erwachen der Natur endlich zaghaft begann, brachte es erst einmal viele bedrückend graue Tage mit sich. Oft genug lag das Tal nebelverhangen oder in Regenschleier gehüllt da. Und dann gab es auch wieder Tage, wo der Winter sich noch einmal aufbäumte und wütend mit Schnee und klirrendem Frost über das Land herfiel, als wollte er es strafen, weil es sich gar zu willig der Lebenskraft des Frühlings hingab. Auch das Eis, das den Teich bedeckte, wollte noch immer nicht weichen.

Am letzten Sonntag im März hörte Marius nach der Messe zufällig, wie der Burghauptmann mit dem Dorfpfarrer über Ekkeberts baldigen Aufbruch nach Trier sprach. Dort würde er sich mit seinen beiden Trossknechten Ludger und Hildger einer größeren Gruppe Kreuzfahrer anschließen. Gemeinsam wollten sie dann auf der Mosel flussabwärts reisen, um zu einem der Kreuzfahrerheere zu stoßen, die sich im Rheinland zu bilden begannen.

»Ihr wisst, was der Graf am Ostersonntag von Euch erwartet«, ermahnte Wolfhard den Pfarrer. »Er will zum Abschied seines Sohnes eine besonders prächtige und feierliche Zeremonie. Ekkebert wird sofort nach der Messe, die Ihr im Burghof zelebrieren sollt, auf sein Pferd steigen und mit den Stallwartssöhnen nach Trier aufbrechen.«

»Die Wünsche des Grafen sind mir bekannt und ich komme ihnen gerne nach«, antwortete der Priester. »Nur muss er mir dann auch die entsprechenden Mittel für eine solch prächtige Zeremonie bereitstellen. Ich stehe nun mal nur einer armen Dorfpfarre vor und nicht einer reichen Abtei.«

Marius hatte genug von diesem Gespräch, das nun in ein Gefeilsche überging, und schlich sich davon. Ekkebert würde sich also am Ostersonntag den Umhang mit dem roten Kreuz umhängen und mit großem Trara verabschieden lassen. Gut, dass er das wusste! Er hatte nämlich auch vorgehabt, noch an der heiligen Osterfeier teilzunehmen und sich danach auf den Weg zu machen. Aber wenn nun sein Vetter bei dieser Feier im Mittelpunkt stehen würde, musste er seine Pläne ändern und früher aufbrechen. Er wollte auf keinen Fall bei dieser Zeremonie zugegen sein und sich im Burghof niederknien müssen, während sein Vetter in schimmernder Rüstung und mit arroganter, selbstgefälliger Miene an ihm vorbeiritt!

Nein, diese Genugtuung würde er ihm verweigern!

Vierzehntes Kapitel

Marius beschloss, sich schon am Morgen nach Palmsonntag auf den Weg nach Mainz zu machen. Mit etwas Glück konnte er zu Ostern in der Stadt sein und die Auferstehung des Herrn zum ersten Mal in seinem Leben in einem Dom feiern. Dass nach mehreren frühlingswarmen Tagen das Wetter ausgerechnet jetzt wieder umgeschlagen war, musste er notgedrungen hinnehmen. Er hoffte, dass dies nur ein letztes und kurzes Aufbäumen des Winters war.

Magdala versorgte ihn mit Proviant, der hauptsächlich aus gerösteten Hirsefladen, getrockneten Hülsenfrüchten und mehreren fingerbreiten Streifen Schweinespeck bestand. Geschenkt bekam er die Vorräte jedoch nicht. Marius bezahlte den Bauern mit einem weiteren Teil von Vinzents Hinterlassenschaft. Er selbst behielt neben dem Gürtel mit dem Schnallenreliquiar letztlich nur noch den warmen Umhang des Pilgers, sein Messer, zwei Decken, eine Holzschüssel, mehrere dünne Lederriemen, die bauchige Wasserflasche und den blank geriebenen Wanderstab aus Esche. Den Hut mit der breiten Krempe hätte er gern behalten, doch leider war er ihm um einiges zu groß. So tauschte er ihn gegen einen anderen ein, der ihm zwar gut auf dem Kopf saß, aber bei Weitem nicht denselben Schutz bot.

Er schlief kaum in der Nacht vor seinem Aufbruch. Die Angst vor dem eigenen Mut und dem Ungewissen hielt ihn wach, doch ebenso die freudige Erregung, dass es nun endlich so weit war. Morgen würde er nicht nur dieses Tal, sondern sein ganzes bisheriges Leben hinter sich lassen und sich in ein großartiges Abenteuer stürzen, das ihn erst einmal nach Mainz und dann ins Heilige Land führen würde!

Er grübelte aber auch über das Schicksal nach, das ihm bislang verwehrt hatte, mehr über seine genaue Herkunft, seinen Vater und dessen Verbleib zu erfahren. Und er fragte sich bedrückt, ob jetzt wohl auch die letzten Brücken, die ihn bislang noch mit dem rätselhaft dunklen Land seiner Vergangenheit verbunden hatten, hinter ihm einbrechen würden, wenn er nun von dannen zog. Aber blieb ihm denn eine andere Wahl? Auch wenn Vinzent ihn in seiner Sterbestunde nicht aufgefordert hätte, dem Morgenstern zu folgen, bis dieser an einem finsteren Ort aufging, wäre er doch gezwungen gewesen, sein armseliges Hab und Gut zu packen und von hier zu verschwinden. Denn Graf Frodebert stieß keine leeren Drohungen aus!

»Ach, könntest du doch noch bei mir sein, Vinzent!«, flüsterte Marius in die Dunkelheit, als sich die Beklemmung wie eine kalte Klammer um sein Herz legte. »An deiner Seite hätte ich mich jeder Herausforderung gewachsen gefühlt!«

Der Abschied am frühen Morgen fiel wohlwollend, aber knapp aus. »Dann mach es mal gut, wohin es dich auch immer treiben mag«, sagte Burchard.

»Gottes Segen, Marius! Und pass auf dich auf!«, ermahnte ihn die Bäuerin und umarmte ihn herzlich, was Marius guttat. Die beiden Mädchen Mechthild und Maria folgten dem Beispiel ihrer Mutter, gaben ihn aber schnell wieder frei und kehrten an die Feuerstelle zurück, um sich aufzuwärmen.

Dagegen blickte Germo ihn nicht einmal an, sondern brummte nur einen recht verdrossen klingenden Gruß, während er sich im hintersten Winkel der Hütte zu schaffen machte. Die hasenschartige Bärwel begnügte sich damit, ihm nur kurz zuzunicken, und wandte sich dann ihrer blinden alten Mutter zu, die ungeduldig nach ihr rief.

Marius schulterte sein Bündel, packte den Wanderstab und trat hinaus in den kalten, windigen Morgen. Zuerst begab er sich zur Kirche, wo er ein eindringliches Gebet an den Erzengel Michael richtete und dessen Fürsprache erbat. Dieser Erzengel hatte ja außergewöhnlichen Mut und Tapferkeit gezeigt, als er den Drachen getötet hatte, und galt daher allen, die sich auf weite Reisen begaben und mit großen Gefahren rechnen mussten, als ein ganz besonders wirkmächtiger Beistand.

Die dunkle Schieferplatte des Himmels brach im Osten über den Höhenzügen auf und ließ das graue Licht des neuen Tages ins Tal hinunterfallen, als Marius aus der Kirche kam und nun zügigen Schrittes der Brücke zustrebte, die auf die andere Seite des Teiches führte, wo die Landstraße verlief.

Er befand sich vielleicht noch zwanzig Schritte von der Bohlenbrücke entfernt, als dort zu seinem großen Erschrecken plötzlich zwei Gestalten aus dem Schatten der Bäume sprangen. Es waren Ekkebert und Ludger.

»Wie nett von dir, uns bei diesem Wind nicht über Gebühr warten zu lassen!«, rief sein Vetter ihm höhnisch zu und wedelte dabei mit der dreischwänzigen Peitsche, die er in der Hand hielt. »Deshalb werden wir dir auch nur das räudige Lombardenfell gerben und für alle Zeiten mit einem hübschen Streifenmuster versehen, statt dir Ohren und Nase abzuschneiden und dich dann aufzuknüpfen, wie ich es erst vorgehabt habe!«

Marius starrte sie entsetzt an. Woher hatten sie bloß

gewusst, dass er an diesem Morgen aufbrechen wollte? Germo! Der schieläugige Kerl hatte ihn für eine armselige Belohnung an seinen verhassten Vetter verraten! Deshalb hatte er ihm vorhin beim Abschied auch nicht ins Gesicht blicken können. Verflucht sollte dieser Judas sein!

»Wieso machst du denn so ein überraschtes Gesicht, du Möchtegernknappe?«, rief Ludger und grinste ihn dabei mit bösartigem Spott an. »Oder hast du vielleicht geglaubt, wir würden dich ziehen lassen, ohne uns von dir zu verabschieden?«

»Du wolltest dich also einfach davonstehlen, ja?« Ekkebert schüttelte vorwurfsvoll den Kopf. »Das nehme ich dir wirklich übel, Bursche.«

»Lasst mich in Ruhe!«, stieß Marius hervor, obwohl er wusste, wie lächerlich diese Aufforderung klang. Ekkebert und Ludger hatten sich nicht hier an der Brücke auf die Lauer gelegt, nur um ihm ein paar wüste Beschimpfungen und Drohungen nachzurufen. Die Peitsche in der Hand seines Vetters und der Strick, den Ludger um die Schulter hängen hatte, ließen erahnen, was sie mit ihm zu tun gedachten – nämlich irgendwo in den Wald zu schleppen und dort bis aufs Blut, ja wenn nicht gar bis zum Tod auszupeitschen.

Wo ist eigentlich Hildger?, schoss es ihm durch den Kopf, während er vor Ekkebert und Ludger zurückwich. Die drei stecken doch immer zusammen! Also wo ist er?

Im nächsten Moment vernahm er in seinem Rücken die hämische Stimme des anderen Stallwartssohnes: »Ja, so ist es recht, komm nur zu mir!«

Marius wirbelte herum. Hildger stand drüben am Waldrand, der wie ein Keil in die gemeine Mark hineinreichte und von der Brücke aus den Blick auf die Burg verwehrte, und trat nun auf das freie Gelände hinaus. Die Entfernung zwischen ihnen beiden betrug mehr als fünfzig Schritt. Aber das machte seine Lage nicht weniger aussichtslos. Denn auch wenn er, Marius, zweifellos der beste Läufer von ihnen allen war, so vermochte ihn seine Schnelligkeit doch nicht aus dieser Falle zu retten. Hildger konnte ihm leicht den Weg zurück ins Dorf abschneiden.

»Ja, diesmal gibt es kein Entkommen!«, rief Ekkebert triumphierend.

Kalter Angstschweiß brach Marius aus allen Poren. Verzweifelt blickte er um sich, suchte einen rettenden Ausweg, wartete auf ein Wunder, das ihn noch ein letztes Mal vor der blutrünstigen Rachsucht seines Vetters bewahrte. Doch kein ehrenhafter Burghauptmann und kein Respekt gebietender Pilger tauchte unverhofft auf, um ihm beizustehen.

Seine Lage war aussichtslos. Sie hatten ihre Falle gut durchdacht und ihm alle Fluchtwege abgeschnitten ...

Wirklich alle?, meldete sich da plötzlich eine aufbegehrende Stimme in seinem Kopf, die sich mit dem scheinbar Unabwendbaren nicht abfinden wollte. Was ist mit dem Teich?

Das ist reinster Selbstmord!, antwortete darauf die Stimme seiner Vernunft. Der Anblick der weißen Fläche trügt!

Das Eis ist längst brüchig geworden und wird dich nicht mehr tragen! Du wirst einbrechen und elendig sterben!

Und wennschon? Was hast du denn zu verlieren?, erwiderte die erste Stimme trotzig. Wenn du es nicht über den Teich schaffst, kommt der Tod in dem eisigen Wasser wenigstens schnell und ohne die großen Qualen, die Ekkebert dir ganz sicherlich bereiten wird! Du hast gar keine andere Wahl!

»Oh Gott, steh mir bei!«, stieß Marius hervor, fuhr herum und lief auf das Eis hinaus.

»Verdammt, er haut uns ab! Der Schwachkopf will über das Eis!«, brüllte Ludger.

»Los, haltet ihn auf! Ihm nach!«, schrie Ekkebert und wagte sich ebenfalls auf das Eis hinaus, was Ludger und Hildger zwang ihm zu folgen.

Doch sie kamen nicht weit. Marius hatte das brüchige Eis mit seinem Gewicht schon so stark belastet und beschädigt, dass es unter den Stiefeln seines Vetters endgültig splitterte und aufriss.

Ekkebert brach durch das Eis und stand im nächsten Moment bis zur Hüfte im eisigen Wasser. Mit wütendem Geschrei schlug er um sich und versuchte vergeblich, bäuchlings aus dem Loch zu rutschen.

Das war das Ende der Verfolgung. Hildger und Ludger brachten sich sofort in Sicherheit, indem sie ans Ufer zurückkehrten. Von dort aus warf Hildger seinem jungen Herrn den Strick zu.

Marius bekam davon nichts mit. Er hörte nur gellendes, wütendes Geschrei hinter sich, blickte sich jedoch nicht um. Er wusste, dass er nicht stehen bleiben durfte, wenn der Teich nicht zu seinem Verderben werden sollte. Allein seine Schnelligkeit konnte ihn retten. Und so rannte er, von Todesangst getrieben und so schnell er konnte, schräg über das Eis auf das jenseitige Ufer zu.

Ihm war, als liefe er über ein weißes Ungeheuer, das unter ihm aus langem Winterschlaf zum Leben erwachte und ihn jeden Augenblick verschlingen konnte. Der gefrorene Boden bewegte sich, gab nach, ächzte unter seinen Schritten wie eine gequälte Geisterseele, splitterte und brach teilweise unter ihm weg. Große Risse schnitten durch die Eisdecke, begleitet von einem hässlichen Geräusch, das wie der markerschütternde Todesschrei eines Baumes klang, dessen letzte Fasern beim Fällen barsten und der sich zur Seite neigte, um im nächsten Augenblick donnernd zu Boden zu stürzen.

Marius rannte um sein Leben. Jeden Moment konnte er einbrechen und stürzen – und dann war sein Schicksal besiegelt. Die Angst versetzte ihn in einen Zustand, in dem sein Blickfeld eng wie ein Tunnel wurde und alle Geräusche dieser Welt verstummten, bis nur noch ein dumpfes Dröhnen in seinen Ohren blieb. Und irgendwann erreichte die Angst in ihm eine solche Stärke, dass sie sich selbst tötete und er nur noch rannte – ohne etwas zu denken, zu hören und zu fühlen.

Er rannte noch, als er schon längst wieder festen Boden unter den Füßen hatte, und es dauerte noch Stunden, bis er daran zu glauben wagte, dass er ihnen entkommen war.

Sicher jedoch wähnte er sich nicht.

Fünfzehntes Kapitel

Marius traute Ekkebert nicht nur jede Bösartigkeit zu, sondern er wusste auch von dessen Verbissenheit. Deshalb musste er damit rechnen, dass sein Vetter in seiner Wut beschlossen hatte, ihn zusammen mit seinen Knechten zu Pferd zu verfolgen. Aus diesem Grund mied er am ersten Tag seiner Wanderung die offene Landstraße völlig und schlug sich in die Wälder. Dabei behielt er die Landstraße immer in Sichtweite, achtete jedoch darauf, dass man ihn von dort aus nicht entdecken konnte. Zudem wich er vorsichtshalber vom geraden Weg ab, da sein Ziel seinem Vetter bestimmt bekannt war, wenn Germo ihn verraten hatte. Statt geradewegs nach Nordosten zu marschieren, schlug er jenseits des Tals an der ersten Wegkreuzung einen weiten Bogen nach Nordwesten und wandte sich gegen Einbruch der Dunkelheit schließlich nach Norden. Lieber wollte er einige Tage länger unterwegs sein und mehrmals Haken schlagen, aber dafür sicher nach Mainz gelangen, als sich der Gefahr auszusetzen, von Ekkebert und seinen willigen Handlangern aufgegriffen zu werden. Denn wenn er seinem Vetter jetzt in die Hände fiel, bedeutete das wohl seinen sicheren Tod.

Die erste Nacht verbrachte er im Wald unter einem schützenden, höhlenartigen Felsvorsprung, wo auch eine kleine Quelle sprudelte. Schweren Herzens verzichtete er trotz der Kälte darauf, ein Feuer zu entzünden, an dem er sich hätte aufwärmen können. So wickelte er sich in seine Decken, rollte sich zusammen und fiel fast augenblicklich in einen tiefen Schlaf.

Im Morgengrauen und bei ungemütlich kühlem Wetter zog er weiter. Nun wagte er sich streckenweise auf die Landstraße, doch sowie er in der Ferne eine Menschenseele erblickte, Hufschlag oder das Knarren eines sich nahenden Fuhrwerks hörte, verließ er sofort die Straße und verbarg sich im Schutz von Bäumen oder Büschen. Denn wenn Ekkebert ihm auf den Fersen war, würde er in jedem Dorf Erkundigungen einziehen und von jedem, der ihm auf der Landstraße begegnete, wissen wollen, ob er ihn zu Gesicht bekommen hatte.

Marius mied deshalb nicht nur jede Begegnung auf der Landstraße, sondern machte auch um jedes einsame Bauerngehöft und jedes Dorf einen großen Bogen, damit ihn bloß keiner sah und seinen Verfolgern Hinweise geben konnte.

Auch die zweite Nacht verbrachte er unter freiem Himmel im Wald, wo er sich aus Zweigen einen leidlichen Windschutz baute. Denn noch immer hatte der Frühling seinen endgültigen Durchbruch nicht geschafft und die bei Nacht einsetzenden frostigen Nordostwinde ließen ihn empfindlich frieren.

Schon am frühen Morgen des dritten Tages standen die Zeichen am Himmel auf Sturm. Und kaum hatte sich Marius auf den Weg gemacht, als es auch schon zu schneien anfing. Dazu gesellte sich ein böiger, schneidender Wind, der jeden, der sich nicht unbedingt im Freien aufhalten musste, im Handumdrehen in den Schutz einer soliden Unterkunft trieb. Der Winter schien noch einmal zurückkehren zu wollen. Das schlechte Wetter hielt sich bis in den späten Nachmittag hinein.

Sosehr Marius an diesem Tag auch unter dem beißenden Wind und dem gelegentlichen Schneegestöber litt, der

Wetterumschwung war ihm doch sehr willkommen. Er hoffte, dass Ekkebert allmählich die Nase voll hatte und die Suche nach ihm endlich aufgab. In zwei Tagen war Karfreitag und da erwartete ihn der Graf bestimmt auf der Burg zurück.

Diese Überlegung stärkte Marius' Hoffnung und ließ ihn die Strapazen dieses bitterkalten Tages leichter ertragen. Denn anstatt sich zu schonen und irgendwo Schutz zu suchen, wenn der Wind zu arg wütete, stemmte er sich trotzig dagegen und stapfte mit grimmiger Entschlossenheit weiter. An diesem Tag schlug er wieder einen Haken, indem er sich nach Südosten wandte und damit in die Nähe jenes Gebietes zurückkehrte, aus dem er am Montagmorgen aufgebrochen war. Als er in der Ferne die Bauernhöfe und Hütten einer Ortschaft ausmachte, bei der es sich nur um Kirchberg handeln konnte, widerstand er der starken Versuchung, sich in den Ort zu begeben und dort ein Nachtquartier in irgendeinem Stall oder Schuppen zu erbetteln. Stattdessen umging er das Dorf mit großem Abstand, hielt sich auch von der vertrauten Abtei Ravengiersburg fern und wagte sich in den Soonwald, der sich viele Meilen weit wie ein dunkles Meer aus Bäumen erstreckte.

Als die Sonne fahl und erschöpft im Dunst verschwand, jagten noch immer letzte Sturmfetzen über den Abendhimmel. Der Schneefall hatte jedoch schon bei Einbruch der Dämmerung aufgehört. Und kurz bevor die Dunkelheit über das Land fiel, stieß Marius zu seiner großen Freude im Wald auf eine kleine, verlassene Hütte, die sich in einem üblen Zustand befand. Mehr als die Hälfte des Daches fehlte, und da an der hinteren Wand Pfosten und Bretter offenbar von Fäulnis zerfressen und teilweise weggebrochen waren, hatte sich die Hütte stark auf diese Seite geneigt.

Aber all das machte Marius nichts aus. Im Gegenteil, er verspürte ein regelrechtes Glücksgefühl, weil er die Nacht nun nicht im Freien verbringen musste. Gern wollte er daran glauben, dass Fortuna ihn für seine Ausdauer und Tapferkeit mit diesem vergleichsweise angenehmen Nachtquartier belohnte.

Er nutzte das letzte Licht des schwindenden Tages, um mehrere Arme voll Feuerholz zu sammeln und in die Hütte zu tragen. Wenig später hatte er ein Feuer entfacht, das erste in drei kalten Nächten. Wie herrlich die Hitze auf seinem Gesicht brannte und allmählich die Kälte aus seinem Körper vertrieb! Was für ein großer Segen doch das klare, kühle Wasser einer Quelle in der Stunde größten Durstes und ein munteres Feuer in einer ungemütlich kalten Nacht waren! Jetzt fehlte ihm nur noch Vinzent an seiner Seite, dann wäre sein Glück vollkommen gewesen.

Zumindest fast vollkommen. Denn er wusste, dass er innerlich nie zur Ruhe kommen würde, solange er nicht herausfand, wer er war, woher er kam und was er seinen Eltern bedeutet hatte. Diese Fragen folgten ihm als Schatten, wohin er auch ging. Keine Reise, mochte sie auch noch so lang sein und ihn in noch so ferne Länder führen, vermochte ihn davon zu befreien. Diese Freiheit konnte ihm allein die Wahrheit schenken.

Marius hatte in den Tagen zuvor mit seinem Proviant gegeizt und sich nur karge Rationen zugestanden. An diesem Abend gönnte er sich jedoch ausnahmsweise einen halben Hirsefladen und eine dicke Scheibe Speck, die er auf einem angespitzten Ast über den Flammen drehte, bis sie knusprig braun war. Er konnte sich nicht erinnern, wann es ihm einmal besser geschmeckt hatte. Gerade wollte er sich schlafen legen, als er aus der Ferne das

Geheul wilder Tiere vernahm. Er wusste dieses Geheul sofort zu deuten: Wölfe!

Eine Gänsehaut überlief ihn.

Wölfe gehörten so selbstverständlich zu den wilden Tieren der dichten Hunsrücker Wälder wie Füchse, Marder, Wildschweine und vielerlei Rotwild. Sie stellten für jeden Reisenden eine ernste Gefahr dar, insbesondere wenn er allein unterwegs war und sich fern einer Siedlung befand. Marius hatte den Gedanken an die wilden Raubtiere des Waldes bisher erfolgreich unterdrückt, was ihm aber nur gelungen war, weil er auf seinem Marsch bislang weder einen Wolf zu Gesicht bekommen noch nachts in seiner Nähe gehört hatte. Nun jedoch brachten sich diese Raubtiere mit ihrem Geheul umso nachdrücklicher in Erinnerung.

Angestrengt lauschte er in die Nacht. Ja, es bestand kein Zweifel, dass die Wölfe näher kamen, auch wenn sie noch ein gutes Stück von ihm entfernt waren.

Schnell warf Marius Holz nach, auf dass die Flammen wieder hell aufloderten, und er versuchte, sich damit zu beruhigen, dass er in dieser Hütte, so verfallen sie auch sein mochte, recht gut vor den blutrünstigen Bestien geschützt war. Aber trotzdem war es ratsam, für alle Fälle gerüstet zu sein!

Er griff zu seinem Messer und überlegte mit klopfendem Herzen, was er noch tun konnte. Gegen ein ganzes Rudel hatte er, nur mit einem solchen Messer bewaffnet, wenig Aussicht, sich die Wölfe auf Dauer vom Leib zu halten.

Sein Blick fiel auf den langen Wanderstock und augenblicklich kam ihm die Idee, das Messer an das Ende des harten Eschenstabs zu binden und so eine primitive Lanze zu fertigen, mit der er sich besser gegen die Wölfe verteidigen konnte, sollten sie ihn wirklich angreifen.

Schnell holte er das Bündel Lederriemen aus seinem Sack und machte sich daran, den breiten Messergriff und das Stockende so fest miteinander zu verbinden, dass sich das Messer auch bei einem wuchtigen Stoß nicht lockerte.

Immer wieder hielt Marius kurz in der Arbeit inne, um mit wild jagendem Herzen den schauerlichen Lauten der Wölfe zu lauschen, die in der kalten Nachtluft immer klarer zu ihm drangen. Und es war nicht etwa das Geheul einiger ziellos umherstreifender Wölfe, sondern ohne jeden Zweifel das scharfe Bellen von Tieren, die ihre Beute schon ausgemacht hatten.

Und die Wölfe rückten immer näher!

Marius stieß einen lauten Seufzer der Erleichterung aus, als das Messer endlich am Ende des Eschenstabes befestigt war und er sich damit besser gegen einen Angriff gerüstet wusste. Er wollte frisches Brennholz in das Feuer werfen, überlegte es sich jedoch anders. Die Nacht war noch lang, und wenn er jetzt schon den Rest seines Feuerholzes verbrannte, hatte er nachher nichts mehr, wenn die Raubtiere die Hütte umkreisten und auf einen günstigen Moment warteten, um ihm an die Kehle zu springen. Und gerade dann brauchte er hell lodernde Flammen, denn davor fürchteten sie sich wie der Teufel vor dem Weihwasser.

Die Lanze stoßbereit in den Händen, kauerte Marius hinter dem Feuer in der Ecke der Hütte, wo Dach und Wände noch einigermaßen geschlossen waren und ihm zuverlässigen Schutz im Rücken boten. Das restliche Feuerholz hatte er links von sich aufgeschichtet, sodass er notfalls mit der linken Hand nachlegen oder nach einem der dicken Knüppel greifen konnte.

Er lenkte seine Aufmerksamkeit ganz auf sein Gehör, um den langsamen, aber stetigen Vormarsch der Wölfe nachvollziehen zu können. Dabei rief er sich auch das Gelände rund um die Hütte in Erinnerung. Das Land etwa zwei bis drei Dutzend Schritt um die verfallene Behausung herum war früher wohl einmal gerodet gewesen, doch die Wildnis hatte das Gelände längst wieder zurückerobert und zu einem großen Teil mit wildem Gesträuch bedeckt, das an den Rändern in das Unterholz des Waldes überging. Er erinnerte sich auch noch, vorhin im schwindenden Licht des Tages gesehen zu haben, dass der Waldboden im Rücken der Hütte erst gemächlich anstieg, um schließlich in einen recht steilen Hang überzugehen, der zu einer bewaldeten Anhöhe hochführte.

Und von jenseits dieses waldbedeckten Höhenrückens kam das Geheul und Geschrei der Wölfe! So nahe waren sie ihm schon gekommen! Jeden Moment musste die blutrünstige Meute dort oben auftauchen und dann würden die graubraunen Raubtiere, deren Körper nur aus geballter Muskelkraft bestanden, mit vor Hunger seibernden Lefzen abwärts schleichen und ...

Ein Schrei ließ ihn zusammenfahren. Ein Schrei, der nicht von einem beutehungrigen Tier kam, sondern von einem Menschen in Todesangst!

Er war nicht allein in diesem abgeschiedenen Waldstück. Irgendwo dort draußen in der Dunkelheit befand sich eine einsame Seele in höchster Not, sah sich umstellt von einem Rudel Wölfe, das jeden Moment über diesen Menschen herfallen würde!

Sechzehntes Kapitel

Da war er wieder, dieser schauderhaft durchdringende Schrei, der durch die kalte Nacht schallte, als sollte er auch noch die entferntesten Walddämonen in ihren finsteren Verstecken erreichen!

Jetzt hörte Marius ganz deutlich heraus, dass es die kreischende Stimme eines Mannes war, der den Wölfen in seiner panischen Angst und Hilflosigkeit irgendeine wüste Verwünschung zuschrie, worauf die Bestien ihm lautstark antworteten. Das heisere und vielstimmige Kläffen der Meute klang wie Hohn.

Marius hielt es nicht länger in der Ecke. Er sprang auf und biss sich unschlüssig auf die Lippen, während er seine armselige Lanze aufgeregt von einer Hand in die andere wechselte. Was sollte er jetzt bloß tun? Sich besser nicht von der Stelle rühren, in seiner Hütte ausharren, sich die Ohren zuhalten und den unglücklichen Fremden seinem grausamen Schicksal überlassen – in der Hoffnung, dadurch selbst verschont zu werden?

Oder sollte er es wagen, dem Mann zu Hilfe zu eilen und damit sein eigenes Leben zu gefährden? Gar vielleicht für einen dieser Schurken, die überall das Land unsicher machten und mit Vorliebe Reisende überfielen, ausplünderten und mit durchgeschnittener Kehle im Wald liegen ließen?

Wieder mischte sich ein gellender Schrei, der die ganze Einsamkeit und Verzweiflung eines Menschen in hoffnungsloser Lage in sich trug, in das Geheul der Wölfe von jenseits der Anhöhe.

Der Schrei bohrte sich wie ein Messer in sein Gewissen.

Wie konnte er hier in der Hütte untätig im Schutz des Feuers bleiben und die verzweifelten Schreie ignorieren, während in seiner unmittelbaren Nähe ein Mann mit wilden Tieren um sein Leben kämpfte? Ganz gleich, wie er sich auch wand und wie groß seine eigene Angst vor den Wölfen auch sein mochte, er würde doch nicht tatenlos zuhören können, wie die Bestien diesen Mann dort anfielen und zerfleischten. Wenn er das zuließ, würde er jede Selbstachtung verlieren! Also sollte er ihm besser jetzt zu Hilfe eilen, bevor es dafür zu spät war!

Marius stieß einen unterdrückten Fluch aus, weil sein Gewissen ihn zum Eingreifen zwang. Er riss mit der Linken einen der dicken brennenden Äste aus dem Feuer und stürzte mit der selbst gefertigten Lanze in der Rechten aus der Hütte. Funken umstoben ihn wie Feuerregen, als er den Hang hinauflief und dabei mit dem lodernden Ast einen Baumstamm streifte.

»Heiliger Erzengel Michael, sei mit mir!«, keuchte Marius von Angst erfüllt. Angst vor den Wölfen, aber auch davor, im letzten Moment vielleicht doch noch von Feigheit übermannt zu werden und den Mann dort im Stich zu lassen. »Und Ihr auch, Vinzent! Helft mir!«

Seine Angst wuchs sogar noch. Je näher er der Kuppe und dem Geheul kam, desto langsamer wurde er. Zweifel, ob diesem Mann überhaupt noch zu helfen war, befielen ihn und hingen wie felsschwere Gewichte an ihm. Vielleicht würden sie ja sogar zu zweit nichts gegen die reißenden Wölfe ausrichten können. Hatte er deshalb nicht das gute Recht, zuerst an seine eigene Sicherheit zu denken? Wem war denn damit gedient, wenn auch er noch den Raubtieren zum Opfer fiel?

Marius ertappte sich plötzlich dabei, dass er hoffte, im

nächsten Moment den Todesschrei des Mannes hinter der Anhöhe zu hören. Denn wenn jede Hilfe zu spät kam, konnte er augenblicklich und reinen Gewissens umkehren und sich wieder in seiner Hütte verschanzen, die sich gut gegen die Wölfe verteidigen ließ – sofern sie danach überhaupt noch das Verlangen hatten, in dieser Nacht weitere Beute zu machen.

Als ihm bewusst wurde, was ihm da durch den Sinn ging, überkam ihn Scham. Wie bittere Galle stieß sie ihm auf. Wie konnte ihm nur solch ein abscheulicher Gedanke kommen?

Wie um sich selbst dafür zu strafen, aber auch um sich zu beweisen, dass er nicht von Angst und Feigheit sein Handeln diktieren ließ, beschleunigte er seine Schritte.

»Halte aus!«, schrie er mit voller Lungenkraft, als er über die Höhe und zwischen den Bäumen hindurch auf die dahinter liegende kleine Lichtung stürmte, wo ein Rudel Wölfe eine einsame, hagere Gestalt mit einer Flickenmütze auf dem Kopf umkreiste. »Hier kommt Hilfe!«

»Oh Gott!«, stieß der Mann fast schluchzend hervor.

Marius schwenkte den brennenden Ast wild hin und her, während er auf den Mann zulief. Knurrend und fauchend zogen sich die Wölfe ein wenig zurück.

»Dich hat der Allmächtige geschickt!«, rief der Hagere mit bebender, angsterstickter Stimme.

»Hier, nimm den brennenden Ast! Damit kannst du sie dir vom Leib halten. Vor Feuer fürchten sich die Biester!«, sagte Marius und drückte ihm die Fackel in die Hand.

Der Mann ließ den Knüppel fallen, mit dem er sich bislang verteidigt hatte, und griff mit beiden Händen zu.

Dabei bemerkte Marius, dass die rechte Hand des Fremden irgendwie verkrüppelt und seine Kleidung schrecklich zerlumpt war. Genaueres konnte er in der Dunkelheit jedoch nicht feststellen. Auch fehlte die Zeit, um ihn näher in Augenschein nehmen zu können.

»Auf Dauer rettet uns das auch nicht. Es sind zu viele ... und sie sind fast verrückt vor Hunger!«, keuchte der Fremde und blickte gehetzt um sich. »Irgendwann fallen sie uns an und dann kriegen sie uns ...«

»Nein, sie werden uns nicht kriegen! Niemals!«, widersprach Marius heftig, und während er in die Richtung deutete, aus der er gekommen war, fuhr er hastig fort: »Es gibt da unten eine verfallene Hütte, wo ich mein Nachtlager aufgeschlagen und ein Feuer entzündet habe. Da sind wir sicher vor ihnen. Es ist nicht weit. Wir müssen uns die Meute nur lange genug vom Hals halten, um uns dahin flüchten zu können!«

»Nur ist gut! Sie werden uns nicht so einfach davonlaufen lassen!«, stieß der Hagere hervor. »Wölfe sind heimtückisch und stehen mit dem Satan im Bunde. Sie werden uns den Weg zu dieser Hütte abschneiden und dann springen sie uns an die Kehle und saufen unser Blut!«

Die Mutlosigkeit in der Stimme des fremden Mannes, der bestimmt ein halbes Dutzend Jahre älter war, machte Marius wütend, weil sie seiner eigenen Angst Nahrung gab. Er begriff, dass er in dieser lebensgefährlichen Lage die Führung übernehmen musste, obwohl er der Jüngere und ohne jede Erfahrung war.

»Dummes Zeug! Sag mir lieber, wie du heißt«, forderte Marius ihn barsch auf, ohne die Wölfe aus den Augen zu lassen, die nun wieder ausschwärmten, um sie einzukreisen. »Mein Name ist Marius.«

»Arnulf.«

»Hör zu, Arnulf. Ich erkläre dir, was wir tun! Wir gehen

jetzt los, aber schön langsam, verstanden? Wenn sie uns zu nahe kommen, bleiben wir Rücken an Rücken stehen und jagen sie mit Geschrei und unseren Waffen davon.«

»Waffen?« Arnulf gab ein schrilles, höhnisches Lachen von sich, als würde er jeden Moment vor Angst den Verstand verlieren.

Marius, selbst bis aufs Äußerste angespannt, explodierte nun. »Ja, das sind Waffen, die wir da in den Händen halten – und zwar verdammt wirksame, zum Teufel noch mal!«, schrie er ihn an. »Vor deiner Fackel werden sie einen Heidenrespekt haben und zurückweichen. Und wer mir zu nahe kommt, den steche ich mit der Lanze ab, sowie er sich in meine Reichweite wagt!«

»Hast du denn so was schon mal gemacht?«, wollte Arnulf wissen. Es klang, als schöpfte er neue Hoffnung.

»Oh ja, und zwar mehr als einmal!«, log Marius, ohne zu zögern. »Ich kenne mich mit Wölfen bestens aus. Oder glaubst du vielleicht, ich hätte mich aus der Sicherheit meiner Hütte gewagt und wäre dir zu Hilfe geeilt, wenn ich mir meiner Sache nicht völlig sicher gewesen wäre?«

Das leuchtete Arnulf ein und sein schmales, angstverzerrtes Gesicht unter der bauschigen Flickenkappe zeigte plötzlich ein zaghaftes Grinsen. »Also gut, machen wir es so, wie du gesagt hast.«

»Aber verliere bloß nicht die Nerven und renne los! Wenn du das tust, werden sie sofort angreifen und dann sind wir wirklich verloren!«, warnte Marius eindringlich. »Wenn es hart auf hart kommt, bleiben wir Rücken an Rücken stehen und zeigen diesen Bestien, wie schnell man sich eine verbrannte Schnauze und einen tödlichen Stich in den Leib einhandeln kann, wenn man Jagd auf die falsche Beute macht!«

Arnulf lachte daraufhin sogar auf, wenn auch reichlich nervös. »Ja, du hast recht! Noch sind wir nicht erledigt. Wir werden es ihnen zeigen!«

»Dann komm!«

Langsam bewegten sie sich auf die Bäume zu, hinter denen das Gelände erst steil und dann in sanfter Neigung zum tiefer gelegenen Waldboden abfiel, wo sich die verfallene Hütte befand. Die Wölfe, mindestens sieben an der Zahl, setzten ihnen in einer weit auseinandergezogenen Linie nach, die sich schnell in einen weiten Halbkreis verwandelte. Das Geheul hatte völlig aufgehört, als spürten sie, dass es nun um Erfolg oder Misserfolg ihrer Jagd ging. Lautlos bis auf wenige Rufe, die wohl der Verständigung der vierbeinigen Jäger untereinander galten, nahmen sie die Verfolgung auf und wurden zwischen den Bäumen und im dichten Unterholz zu vagen Schatten. Nur hier und da leuchtete kurz ein kaltes Augenpaar auf, das sie belauerte.

Marius glaubte, sein Herz wolle ihm die Brust sprengen, so hart und schnell hämmerte es vor Angst gegen seine Rippen. Seine Hände schmerzten ihm schon von der Kraft, mit der er krampfhaft seine Lanze umklammerte. Er schwenkte sie hin und her und versuchte vergeblich, die nächtliche Finsternis mit seinen Blicken zu durchdringen. In seinem Rücken hörte er Arnulfs schnelles, stoßartiges Atmen und meinte, die blutgierige Erregung der hungrigen Wolfsmeute förmlich riechen zu können. Jeden Moment konnten sie ihn und Arnulf aus der Dunkelheit heraus anspringen. Wenn sie im Rudel angriffen, würden sie den Kampf im Handumdrehen für sich entscheiden.

Die Anspannung war schier unerträglich.

Der Angriff erfolgte, als sie gerade den Hang hinuntersteigen wollten. Als hätten sie sich abgesprochen, fielen zwei Wölfe von beiden Seiten gleichzeitig über sie her.

Marius riss die Lanze hoch und stieß nach dem Tier, das hinter einem Dickicht hervorsprang. Geschickt wich es der Waffe aus, doch ganz vermochte der Wolf der Klinge nicht zu entkommen. Denn Marius setzte mit einem Ausfallschritt nach und das Messer ritzte das Fell des Tieres über den rechten Rippenbögen tief genug auf, dass der Wolf mit einem schmerzhaften Jaulen davonsprang.

Zur selben Zeit hatte Arnulf auf seiner Seite mit der Fackel den anderen Wolf abgewehrt. Doch beim Zurückweichen stolperte er über einen Stein oder eine aus dem Erdreich ragende Baumwurzel. Jedenfalls verlor er das Gleichgewicht und stürzte mit einem gellenden Schrei.

Die Fackel flog durch die Luft und traf Marius am rechten Oberschenkel. Die Glut brannte augenblicklich ein Loch in den zerschlissenen Wollstoff und versengte die Haut. Doch Marius in seiner ungeheuren, angsterfüllten Erregung spürte es fast gar nicht.

Kaum war Arnulf rücklings in das Unterholz gestürzt, als der Wolf, den er gerade erst abgewehrt hatte, augenblicklich wieder auf ihn zuschoss. Es war ein besonders kräftiges Tier, bei dem es sich vermutlich um den Anführer des Rudels handelte. Sein fast gänzlich graues Fell leuchtete im Schein der Fackel wie ein silbriges Vlies, über das flüssiges Gold floss.

Marius sah aus den Augenwinkeln, wie der Wolf zum Sprung ansetzte, und fuhr geistesgegenwärtig herum. Er wusste im Bruchteil eines Wimpernschlages, dass auch sein Leben unter den Fängen der Meute enden würde, wenn es dem Wolf gelang, Arnulf auf die Brust zu springen und sich in ihm zu verbeißen. Sowie die anderen das sahen und das Blut rochen, würde der Rest des Rudels geschlossen über sie beide herfallen.

Mit einem wilden Schrei stürzte er dem angreifenden Wolf entgegen – und rammte ihm noch im Sprung die Lanze von schräg unten mitten durch die linke Brustseite.

Der Wolf heulte tödlich getroffen auf. Ein jäh abbrechender Schrei, der seine Artgenossen wie unter einem Peitschenschlag zurückspringen ließ. Marius lockerte den Griff seiner Hände um den Lanzenschaft, um nicht vom Gewicht des herabstürzenden Tieres mitgerissen zu werden. Doch kaum schlug der Wolf leblos zu seinen Füßen auf, da riss er die Lanze heraus, packte den Kadaver an den Hinterbeinen und schleuderte ihn mit aller Kraft, zu der er fähig war, von sich – den anderen Tieren entgegen.

»Da habt ihr eure Beute! Jetzt fresst euch satt!«, schrie er den Wölfen zu, die sich auch sofort mitleidlos auf ihren toten Anführer stürzten, um ihren unbändigen Hunger zu stillen.

Arnulf kam auf die Beine und bückte sich hastig nach der Fackel. »Heiliger Vitus, du hast vorhin wirklich nicht übertrieben! Wenn ich es nicht mit meinen eigenen Augen gesehen hätte, ich würde es nicht glauben, wie kaltblütig du geblieben bist und die Bestie abgestochen hast!«, stieß er mit ungläubigem Staunen hervor.

Marius hatte Mühe, das Zittern zu verbergen, das seinen ganzen Körper befallen hatte. Und für einen Moment war er wie betäubt von dem, was er getan hatte. Dass er einen ausgewachsenen Wolf mit seiner primitiven Lanze erstochen hatte, kam ihm unwirklich vor.

Dann jedoch brach der Bann. »Komm, nichts wie weg von hier!«, stieß er mit kippender Stimme hervor. »Solange sie ihren Anführer zerfleischen, sind wir vor ihnen sicher!«

Keiner der Wölfe folgte ihnen, als sie den Hang hinunterstolperten und auf die Hütte zuliefen. Marius hielt Arnulf jedoch davor zurück, sich sofort in der baufälligen Behausung zu verschanzen, obwohl auch er nichts lieber getan hätte.

»Warte! Im Augenblick haben wir nichts von ihnen zu befürchten. Deshalb sollten wir die Zeit nutzen und schnell noch einige Arm voll Brennholz sammeln, damit es uns nachher nicht ausgeht, falls wir das Feuer die ganze Nacht hindurch brennen lassen müssen!«

Arnulf murmelte irgendeinen Widerspruch, aber als Marius die Lanze in die Linke nahm und sich nach Bruchholz bückte, folgte auch er dem Beispiel seines Lebensretters.

»Du hast verdammt viel Mut, Marius«, brummte er.

»Mag sein, aber lange hält der nicht mehr an«, erwiderte Marius ehrlich und mit belegter Stimme, denn er musste alle Willenskraft aufwenden, um seine Angst zu unterdrücken.

Beiden kamen die wenigen Minuten, während denen sie rund um die Hütte Feuerholz zusammenrafften, wie eine entsetzlich lange Zeit vor. »Das reicht!«, rief Marius schließlich, als er spürte, dass seine Nerven nicht viel länger durchhalten würden.

In der Hütte kauerten sie sich in die hinterste Ecke, wo ihnen die Wände einen sicheren Rückenschutz boten, und ihre Angst sank auf ein erträgliches Maß, als sie mehrere Zweige in die Glut warfen und das Feuer vor ihnen hell aufloderte.

Erst jetzt wurde sich Marius der Brandwunde an seinem rechten Oberschenkel bewusst. »Das gibt bestimmt eine hübsche Narbe!«, brummte er.

»Schmerzt es sehr?«, fragte Arnulf mit schuldbewusster Miene.

»Es brennt schon ganz ordentlich«, räumte Marius ein. »Aber wenn das alles ist, was ich diese Nacht ertragen muss, dann will ich mich nicht beklagen. Es hätte schlimmer kommen können.«

»Sag mal, hast du vielleicht was zu essen für mich übrig?«, fragte Arnulf mit einem Seitenblick auf den Proviantsack, der neben den Decken lag. »Ich habe schon seit ein paar Tagen außer Baumrinde und anderem Dreckzeug nichts Richtiges mehr zu essen gehabt.«

Marius war versucht, nichts weiter als einen halben Hirsefladen herauszurücken, brachte es dann aber doch nicht übers Herz. Er wäre sich angesichts seines recht gut gefüllten Proviantsacks sehr schäbig vorgekommen, da er doch wusste, dass Arnulf tagelang Hunger gelitten und aus Verzweiflung Baumrinde gekaut hatte. Und dass Arnulf ihn nicht anlog, sah er dessen ausgezehrtem Gesicht nur zu deutlich an.

»Mein Reiseproviant muss zwar noch lange vorhalten, aber ich will nicht so geizig sein. Du kannst ein Stück Hirsefladen und ein paar getrocknete Früchte haben ...«, brummte Marius und fügte nach einem kurzen Zögern noch schweren Herzens hinzu: »... und eine Scheibe fetten Speck.«

»Oh Mann, das ist ja ein Festessen!«, stieß Arnulf freudig hervor, während ihm sichtlich das Wasser im Mund zusammenlief. »Gott vergelt's dir!«

Marius musste sehr an sich halten, um nicht eine verdrossene Miene zu machen, als er ihm einen seiner kostbaren Hirsefladen und eine Handvoll Trockenfrüchte reichte und dann zum Speck griff. Drei Tage lang hatte er sich selbst wenig gegönnt, um seinen Proviant möglichst gut zu strecken, wusste er doch nicht, wie lange er noch unterwegs sein würde und was ihn in der Stadt erwartete. Und nun musste er mehr als eine ganze Tagesration an einen Wildfremden abgeben, der ihm zudem auch noch ein hübsches Loch in seine Hose gebrannt hatte! Reichte es denn nicht, dass er sein Leben aufs Spiel gesetzt hatte, um ihn vor den Wölfen zu retten?

Gierig biss Arnulf in den Hirsefladen und stöhnte lustvoll auf, während er kaute. Sein Schmatzen und der verklärte Gesichtsausdruck verrieten, wie sehr er jeden Bissen genoss.

Marius hatte nun Gelegenheit, Arnulf einer eingehenden Musterung zu unterziehen. Er stellte fest, dass dem hageren Mann drei Finger der rechten Hand fehlten. Nur Zeigefinger und Daumen ragten über den hässlichen Stümpfen auf, die frisch vernarbt aussahen. Und als Arnulf ein wenig näher ans Feuer rückte und sich vorbeugte, um den Speck über die Flammen zu halten, fiel Marius plötzlich auf, dass die schmutzstarrende Flickenmütze, die er trug, seltsam schräg auf seinem Kopf saß, sodass sie das rechte Ohr verbarg – aber doch nicht vollständig. Dort, wo eigentlich ein Ohrläppchen unter der ballonartigen Flickenmütze herragen sollte, bemerkte er verräterisches weißliches Narbengeflecht.

Sofort keimte ein schlimmer Verdacht in Marius auf, der ihn plötzlich erstarren ließ.

Arnulf sah es ihm an, zog den Stecken mit der Speckscheibe aus dem Feuer und schluckte schwer. »Du hast es bemerkt, ja? Aber es ist nicht so, wie du denkst«, sagte er mit rauer Stimme.

»Nein?«, fragte Marius knapp. Diebe, Betrüger und Gesindel aller Art, die gegen das Gesetz verstoßen hatten, aber gnädigerweise noch mal dem Galgen entkommen waren, wurden zur Strafe und Abschreckung öffentlich verstümmelt. Zu den noch vergleichsweise milden Strafen wie dem Auspeitschen und dem Brandmarken gehörten auch das Abhacken der Diebeshand sowie das Abschneiden von Ohren und Nase. Gelegentlich lautete das Urteil auch auf Blendung oder Augenausstechen mit dem Glüheisen, was jedoch schon schwerer wog und meist einem Todesurteil auf Raten gleichkam, war der Verurteilte danach doch zu einem Leben als Bettler verdammt. Ein Leben, das die wenigsten unter diesen Unglücklichen länger als ein paar Jahre durchhielten.

Die verstümmelte Hand und das fehlende Ohr bedurften daher eigentlich keiner Erklärung.

»Nein«, antwortete Arnulf und hielt seinem Blick stand. »Es ist anders, als du denkst.«

Marius glaubte ihm nicht und lachte spöttisch auf. »Dann erzähl mir doch mal, wie du deine Finger verloren hast – und das Ohr da!« Er deutete auf die rechte Seite, wo die schmutzstarrende Mütze über der fehlenden Ohrmuschel saß.

»Ja, du hast schon recht mit deiner Vermutung, dass man mich für ein Verbrechen verurteilt und mir das Ohr und die Finger abgeschlagen hat«, gestand Arnulf. »Aber willst du auch wissen, wofür ich bestraft worden bin?«

Marius zuckte die Achseln. »Vermutlich hast du gewildert oder jemanden bestohlen, das Übliche eben.«

Arnulf schüttelte den Kopf. »Nein, ich habe den Verwalter eines Fronhofes geschlagen.«

Marius hob überrascht die Brauen. »So? Dann scheinst du ja ein ebenso aufsässiger wie einfältiger Bursche zu sein. Niemand sonst wagt es, die Faust gegen den Verwalter seines Herrn zu erheben.«

»Ich bin weder das eine noch das andere«, erwiderte Arnulf ernst. »Und es war auch nicht der Verwalter meines Herrn, sondern der Fronhofbauer des benachbarten Lehnsherrn.«

»Was hattest du denn mit dem zu schaffen?«, wunderte sich Marius. »Und wo ist das überhaupt geschehen?«

»Drüben im Wittlicher und Prümer Land!« Das Gebiet, von dem Arnulf sprach, lag auf der anderen Seite der Mosel.

»Und warum hast du ihn geschlagen?«

»Weil er meine Frau und mein Kind umgebracht hat«, antwortete Arnulf.

Marius sah ihn betroffen an.

»Mein großes Verbrechen war, dass ich das Verbot der sogenannten Ausheirat verletzt hatte«, fuhr Arnulf fort, ohne dass Marius ihn auffordern musste, ihm seine entsetzliche Geschichte zu erzählen. »Natürlich habe ich gewusst, dass es Unfreien verschiedener Herren verboten ist, eine Ehe einzugehen … und dass die Kinder aus solch einer Ehe häufig unter beiden Leibherren aufgeteilt werden. Aber ich vertraute darauf, dass man mir meine Martha lassen würde, wo sie doch so gut wie blind war und nach dem Tod ihrer Familie den andern im Dorf nur eine Last. Mir jedoch hat sie …« Er stockte kurz, um mit leiser Stimme fortzufahren: »… mir hat sie alles bedeutet, mehr, als ich mit Worten ausdrücken kann. Und so habe ich sie zu mir genommen. Fast zwei Jahre hat sich keiner von den Herrn darum gekümmert, dass sie meine Frau war – bis sie dann schwanger wurde. Vor jetzt zwei Wochen, als es bis zu ihrer Niederkunft wohl nur noch anderthalb Monate hin war, kam der Fronhofbauer mit seinen

Knechten und hat sie geholt. Er wandte sich ab, biss sich auf die Lippe und starrte ins Feuer.

Marius saß in stummer Betroffenheit da. Eine Weile begleitete nur das Knacken der Äste und das Zischeln der Flammen ihre Gedanken.

Als Arnulf schließlich nach einer langen Pause berichtete, was danach geschehen war, klang seine Stimme so kraftlos und brüchig, dass Marius fürchtete, sie könnte jeden Augenblick in ein verzweifeltes Schluchzen übergehen.

»Martha ... sie hat den Fronhofbauern auf den Knien um Gnade angefleht. Auch ich habe mich vor ihm gedemütigt und bin ihm vor die Füße gefallen. Ich war bereit alles zu tun, wenn er mir nur meine Martha und das Kind ließ, das bald zur Welt kommen musste ... Aber all unser Bitten und Flehen stieß bei ihm auf taube Ohren. Auf seinen Befehl hin griffen die Knechte nach Martha, die sich in ihrer Verzweiflung mit aller Kraft an mich klammerte, entrissen sie meinen Armen, schlugen mich zu Boden und zerrten sie auf das klobige Fuhrwerk. Da stürzte ich mich auf den Fronhofbauern und schlug ihm ins Gesicht ... Wenn Martha während der Fahrt auf dem Fuhrwerk nicht vorzeitig niedergekommen wäre, hätten sie mich bestimmt aufgehängt. Aber da Martha dabei verblutet und das Kind gleich mit ihr gestorben ist, haben sie Milde walten lassen und mir nur drei Finger und ein Ohr abgeschlagen und mich mit nichts als meinen Kleidern am Leib von meinem Land gejagt.« Er starrte wieder in die Flammen und murmelte: »Ich wünschte, sie hätten mich an den Galgen gehängt. Das wäre barmherziger gewesen. Dann hätte ich es hinter mir gehabt.«

Marius wusste in seiner Bestürzung nicht, was er darauf sagen sollte, und so schwieg er lieber. Sein eigenes Schicksal war ihm überaus ungerecht und bitter vorgekommen, aber verglichen mit dem, was Arnulf an Entsetzlichem widerfahren war, hatte er es bisher noch ausgesprochen gut gehabt.

»Iss deinen Hirsefladen und den Speck, damit du schnell wieder zu Kräften kommst«, sagte Marius nach einer geraumen Weile und wünschte, er hätte etwas wirklich Tröstliches zu sagen gewusst. Und weil er die bedrückende Stille nicht ertrug, redete er hastig weiter: »Und wenn du Durst hast, meine Wasserflasche ist noch gut gefüllt. Komm her, ich röste dir indessen den Speck. Und dann legst du dich hin und versuchst zu schlafen. Ich übernehme die erste Wache und wecke dich schon, wenn ich die Augen nicht mehr aufhalten kann und du mich ablösen musst.«

Arnulf nickte wortlos und aß nun weiter, doch sein Blick blieb abwesend in eine Welt gerichtet, in die Marius ihm nicht zu folgen vermochte.

Nachdem er seinen Hunger und Durst gestillt hatte, rollte Arnulf sich in eine Decke ein, die Marius ihm für die Nacht überlassen hatte, und schlief fast augenblicklich ein.

Marius hielt bis weit nach Mitternacht Wache und sorgte dafür, dass ihr Feuer immer genügend Nahrung erhielt, damit die Flammen nicht in sich zusammenfielen. Die Angst vor den Wölfen hielt ihn lange wach. Bei jedem Rascheln und Knacken draußen vor der Hütte sprang sie ihn an und verjagte alle anderen Gedanken und Grübeleien aus seinem Bewusstsein. Dann lauschte er jedes Mal mit wild jagendem Herzen angestrengt in die Dunkelheit, ob die Wölfe wohl über die Anhöhe gekommen waren und mit noch immer ungestillter Blutgier die Hütte umschlichen. Doch nichts dergleichen geschah. Ob das Feuer sie abhielt oder sie gesättigt genug waren, wusste er nicht zu sagen. Es war ihm auch gleichgültig, aus welchem Grund die Wölfe sie in Ruhe ließen.

Der Mond befand sich schon wieder auf sinkender Himmelsbahn, als Marius merkte, dass er nicht länger gegen die Müdigkeit ankämpfen konnte. Er holte Arnulf aus dem Schlaf, und bevor ihm die Augen zufielen, schärfte er ihm noch einmal nachdrücklich ein, auf das Feuer zu achten und sparsam, aber regelmäßig Brennholz nachzulegen.

»Ich weiß schon, was ich tun muss«, versicherte Arnulf.

Als Marius am helllichten Morgen erwachte, bedeckte Asche einen kleinen Rest Glut – und von Arnulf war weit und breit nichts mehr zu sehen. Und er hatte sich nicht mit leeren Taschen aus dem Staub gemacht, sondern ihn auch noch bestohlen. Es fehlte nicht nur gut die Hälfte seines Proviants, sondern auch noch eine alte Decke sowie ein Paar Langhosen und ein Überrock. Also das war der Dank dafür, dass er ihn davor bewahrt hatte, von den Wölfen zerfleischt zu werden!

Marius fluchte über seine Gutgläubigkeit und Großherzigkeit und schwor sich bittere Vergeltung zu nehmen, sollte Arnulf je wieder seinen Weg kreuzen!

Er ahnte nicht, dass er keine zwei Tage zu warten brauchte, um seinen Schwur in die Tat umzusetzen, denn schon am Karfreitag sollte er den Verstümmelten in Stromberg wiedersehen.

Siebzehntes Kapitel

Die hoch über dem Ort gelegene Stromburg wies ihm am Morgen des Karfreitags schon von Weitem den Weg.

Marius wagte sich an diesem Tag zum ersten Mal auf die Landstraße, ohne dabei anderen Reisenden oder Bauernhöfen entlang des Weges auszuweichen. Er vertraute mittlerweile darauf, dass sein Vetter ihm nicht länger im Nacken saß. Ekkebert hatte inzwischen bestimmt aufgegeben oder seine Spur längst verloren. Deshalb konnte Marius sich nun auch getrauen, gesehen zu werden und diese Ortschaft am Fuße der trutzigen Burganlage aufzusuchen, um dort in der Kirche an der heiligen Passionsmesse teilzunehmen.

Stromberg erwies sich als eine bedeutend größere Siedlung, als Marius angenommen hatte. Es gab dort nicht nur wie üblich eine einzige breite Straße und einen Dorfplatz, um die herum sich die Häuser und Werkstätten gruppierten, sondern eine ganze Reihe von Gassen durchzog noch zusätzlich den Ort, in dem es zudem überaus geschäftig zuging, wie die aus allen Himmelsrichtungen zusammenströmenden Menschen verrieten.

Der Ostermarkt von Stromberg erfreute sich weithin großer Beliebtheit und fand im Umkreis von vielen Meilen nichts Vergleichbares, wie Marius dem Gespräch zweier Männer entnahm, die vor ihm gingen. Sogar von fern gelegenen Heimstätten und Bauernhöfen, aus den Tälern des Binger Waldes und des Gräfenbachs, kamen die Menschen nach Stromberg, um an den Gottesdiensten und Prozessionen teilzunehmen – und den Ostermarkt mit seinen vielfältigen Verkaufsständen und Attraktionen zu genießen.

Marius gelangte auf den Dorfplatz, strebte eiligen Schrittes der Kirche zu und hätte in seiner Eile und wegen der schon aufgestellten Stände beinahe den Pranger in seiner Mitte übersehen – und damit den Mann, der dort gekrümmt im Stock eingeschlossen stand.

Ruckartig blieb Marius stehen und blickte zu ihm hinüber. Im ersten Moment glaubte er noch, sich getäuscht zu haben. Doch als er näher trat, sah er, dass es sich bei dieser jämmerlichen Gestalt, deren Kopf und Arme aus den Öffnungen des Prangers ragten, tatsächlich um den Mann handelte, den er vor zwei Nächten vor den Fängen des Wolfsrudels gerettet und der ihn zum Dank dafür im Schlaf bestohlen hatte!

Wie eine heiße Fontäne stiegen augenblicklich Wut und Rachsucht in ihm hoch. Jetzt würde er ihm seinen Undank und gemeinen Diebstahl gebührend vergelten, so wie er es sich geschworen hatte!

Marius wollte schon auf ihn zustürzen, besann sich jedoch eines anderen. Erst wollte er in Erfahrung bringen, mit welcher Untat Arnulf sich die Strafe am Pranger eingehandelt hatte, wo jeder ihn beschimpfen, bespucken sowie mit Dreck und Kot bewerfen durfte.

Er sprach einen Dorfbewohner an, der gerade aus einem der Häuser hinter ihm kam. »Könnt Ihr mir sagen, wofür dieser Mann dort am Pranger steht?«

Der ältere Mann bedachte ihn mit einem wenig freundlichen, abschätzigen Blick, als überlegte er, ob Marius vielleicht zum selben Gesindel gehörte wie der Verstümmelte im Stock. Aber dann ließ er sich doch zu einer Antwort herab. »Der Kerl hat gestern den Johann betrogen.

Um zwei Krüge Wein hat dieser Vagant ihn im Schankhaus geprellt!«, blaffte er. »Dafür bleibt er bis zum Abend im Stock. Dann wird er aus dem Ort gepeitscht. Und lässt er sich noch einmal hier blicken, verliert dieser Betrüger Hand und Zunge, bevor er auch nur einmal Amen sagen kann, das darfst du glauben! Wir dulden dieses dreckige Gelichter nicht bei uns!«

Marius schluckte, weil er sich durch Blick und Ton angesprochen fühlte. Dann sagte er nachdrücklich: »Recht tut Ihr daran!«

Der Bauer schnaubte geringschätzig, als wollte er ihm mitteilen, dass er ihn durchschaut hatte und ihn wie den Mann am Pranger zu ebendiesem Gelichter aus Landstreichern, Gassenbettlern und Lumpenpack zählte, und ohne ein weiteres Wort ließ er ihn stehen.

Wütend blickte Marius ihm nach. Kurz blitzte in ihm die Erinnerung an das auf, was Vinzent ihm einst über das Pilgern, den Argwohn und die Abwehr der Einheimischen gegenüber Fremden gesagt hatte. Aber jetzt war nicht der rechte Zeitpunkt, um sich darüber den Kopf zu zerbrechen!

Entschlossen, seine Rache genüsslich auszukosten, ging er zu Arnulf an den Pranger hinüber. Als dieser sah, wer da auf ihn zukam, trat Erschrecken auf sein eingefallenes Gesicht, das von mehreren blutigen Striemen gezeichnet und kotverschmiert war.

»Es tut mir leid!«, stieß Arnulf hastig hervor, bevor Marius etwas sagen konnte. »Ich weiß genau, was du jetzt von mir hältst. Aber ich konnte nicht anders!«

»Wie bitte, du konntest nicht anders?«, fuhr Marius ihn an. »Du konntest nicht anders, als mich im Schlaf zu bestehlen, nachdem ich für dich mein Leben aufs Spiel gesetzt und dich davor bewahrt hatte, dort auf der Lichtung von den Wölfen zerfetzt zu werden? Was für ein verdorbenes, undankbares Dreckstück bist du, dass du mir das so vergolten hast?«

Unverhohlene Scham trat in Arnulfs Augen. »Ich weiß, dass ich mich schändlichst benommen habe, und ich schäme mich dafür, mehr, als ich dir mit Worten sagen kann. Aber ich konnte nicht anders. Es ist einfach über mich gekommen.«

»Was ist über dich gekommen?«

Gequält blickte er zu ihm hoch. »Die Angst, wieder hungern zu müssen, und du hattest doch so viel in deinem Proviantsack. Ich habe dir nur das gestohlen, was ich dringend brauchte. Nur ein paar Hirsebrote und Speckstreifen und eine Decke!«

»Was du nicht sagst! Du hast die Hose und den Überrock vergessen!«, erinnerte Marius ihn grimmig.

»Meine Sachen hingen doch schon in Fetzen an mir«, sagte Arnulf leise und mit gebrochener Stimme. »In den Sachen hätte man mich überall wie einen räudigen Hund verjagt.«

»Und du meinst, all das ist Grund genug gewesen, mich zu bestehlen, ja? Und das, während ich für dich noch bis weit nach Mitternacht Wache gehalten habe! Ich habe darauf vertraut, dass auch du für mich Wache halten würdest!«, warf er ihm aufgebracht vor.

»Das habe ich doch auch!«, beteuerte Arnulf. »Erst als es hell wurde und keine Gefahr mehr bestand, habe ich mich davongemacht. Das ist die Wahrheit, Marius! Im Stich gelassen habe ich dich nicht. Das schwöre ich, bei allem, was mir heilig ist!«

Marius spuckte verächtlich vor ihm aus. »Was kann denn

dir noch heilig sein, wenn du denjenigen hinterrücks bestiehlst, der dir gerade erst das Leben gerettet hat?«

»Ich hatte einfach Angst ...«

»Komm mir nicht wieder damit! Du hättest mich ja fragen und um Proviant bitten können!«, fiel Marius ihm wütend ins Wort. »Ich hätte dir von meinen Sachen gewiss etwas abgegeben.«

»Ja, wirklich?«, fragte Arnulf mit bitterer Skepsis. »Ich glaube nicht, dass du das getan hättest. Oder meinst du, ich hätte nicht bemerkt, wie sehr du gezögert hast, ob du mir den ganzen Hirsefladen geben solltest oder nicht? Oh ja, es ist dir verdammt schwergefallen, mir den Fladen und dann auch noch eine Handvoll Trockenfrüchte und einen Streifen Speck zu geben. Und da sollte ich darauf vertrauen, dass du mir am Morgen noch mehr von deinem Proviant geben würdest? Wo du doch so sehr betont hast, dass er noch lange halten muss?«

Marius sah ihn erst verdutzt an, dann schoss ihm das Blut ins Gesicht. In seiner Verlegenheit flüchtete er sich in den Angriff. »Und wenn es so gewesen wäre! Das hat dir noch längst nicht das Recht gegeben, mich zu bestehlen!«

Arnulf lachte freudlos auf. »Ja, ich weiß. ›Bevor du dich um den Frost auf dem Dach deines Nachbarn kümmerst, kehre erst einmal den Schnee vor deiner Haustür weg!‹ So heißt es doch, nicht wahr? Meine Martha hat das immer gesagt, wenn ich mich über jemanden aufgeregt habe.«

Marius starrte ihn mit grimmiger Miene an. Das Sprichwort traf auf sie beide zu, wie er widerwillig erkannte.

»Na, geh schon und sag den Leuten, dass ich dich bestohlen habe, damit sie mich an den Galgen hängen!«, forderte Arnulf ihn dann auf. »Sie werden dir Glauben schenken, denn du brauchst ihnen ja bloß die Decke zu beschreiben, die ich dir abgenommen habe. Und mir trauen sie sowieso jede Schlechtigkeit zu, nachdem sie mich an den Pranger gestellt haben. Du wirst leichtes Spiel haben.«

Marius funkelte ihn wütend an. »Was erwartest du denn, nachdem du diesen Johann im Schankhaus um zwei Krüge Wein betrogen hast?«

»Das war ein Missverständnis.«

»Natürlich war es das!«, höhnte Marius.

»Du brauchst es mir ja nicht zu glauben, aber es war wirklich ein Missverständnis«, wiederholte Arnulf. »Ich wollte mich nicht aus dem Staub machen, sondern nur irgendwo hinter dem Haus mein Wasser abschlagen. Bezahlen wollte ich mit dem Speck, aber weil ich ein Fremder und durch meine Verstümmelungen schon gezeichnet bin, hat man mir kein Wort geglaubt, sondern sofort kurzen Prozess mit mir gemacht.«

»Wundern tut es mich nicht«, sagte Marius missmutig.

»Also, worauf wartest du noch? Ich wette, du hast gehofft, mir noch mal irgendwo zu begegnen, um dich für den Diebstahl rächen zu können. Jetzt hast du die Gelegenheit, Marius! Nur zu, sag es ihnen und sieh zu, wie sie mich aufhängen!«, forderte Arnulf ihn auf, das Gesicht verzerrt und Tränen der Verzweiflung in den Augen. »Dann ist es endlich vorbei! Vielleicht soll es ja mein Schicksal sein!«

Marius ertrug den gequälten Gesichtsausdruck des Mannes nicht länger. Seine Wut auf ihn war längst verraucht. Und sein billiger Wunsch nach Vergeltung war verdrängt worden von Beschämung und der dunklen Ahnung, dass er selbst nicht viel besser war, sondern bisher wohl nur mehr Glück als Arnulf gehabt hatte. Wusste er denn, wie er an seiner Stelle gehandelt hätte? Und wollte er Arnulf wirklich wegen ein paar Hirsefladen, ein wenig Speck und

Trockenfrüchten sowie zwei Kleidungsstücken und einer alten Decke an den Galgen bringen? Natürlich nicht! Allein schon die Vorstellung entsetzte ihn. Gleichzeitig machte ihn jedoch der Gedanke wütend, dass Arnulf für seinen Diebstahl ungestraft davonkam.

»Nun mach schon, die Leute werden ihren Spaß haben und es dir danken. Hinrichtungen sind doch noch besser als jedes Volksfest, und wenn man mir den Strick …«

»Halt endlich den Mund!«, herrschte Marius ihn an, verärgert über sein moralisches Dilemma, das ihm nur diese eine, gänzlich unbefriedigende Wahl ließ. »Ich denke nicht daran, mir an dir die Hände schmutzig zu machen! Es genügt mir zu wissen, dass sie dich aus dem Ort peitschen werden. Ich hoffe, sie gerben dir recht ordentlich das Fell!« Damit wandte er sich um und entfernte sich mit schnellen Schritten in Richtung Kirche.

»Es tut mir leid, Marius. Du bist wirklich ein anständiger Bursche, ich habe es ja gleich gewusst. Möge der Herrgott es dir vergelten!«, rief Arnulf ihm dankbar und mit erstickter Stimme nach.

Marius ballte die Fäuste. Der Mistkerl hatte vom ersten Moment an gewusst, dass er ihn mit seinem Gejammer und seiner gequälten Miene weichkriegen würde. Und er Tölpel war ihm auch glatt auf den Leim gegangen!

Am liebsten wäre er auf der Stelle umgekehrt und hätte ihn dafür ins Gesicht geschlagen. So saß er mit dumpfem Groll in der Kirche und bekam vom Passionsgottesdienst kaum etwas mit. Er schalt sich einen Kindskopf und Narren, dass er sich von Arnulf so leicht um den Finger hatte wickeln lassen. Ein mitleiderregender Blick Arnulfs und ein paar verlogene Worte, und schon vergaß er, was er sich am Morgen nach dem schändlichen Diebstahl geschworen hatte. Wie ein Schilfrohr im Wind hatte er sich benommen, ohne Rückgrat und fest gegründete Überzeugungen – und ohne den Mut, einen Entschluss auch auszuführen! Ein Hasenfuß war er! Arnulf hatte sein Mitgefühl skrupellos ausgenutzt. Und wer weiß, ob die Geschichte auch wirklich stimmte, die er ihm von seiner Frau erzählt hatte? Einem Lumpen wie ihm war jede Hinterhältigkeit und jede Lügengeschichte zuzutrauen! Und er, Marius der Gutgläubige, war natürlich darauf hereingefallen.

Und warum tust du dann nichts? Noch ist es ja nicht zu spät, Arnulf des Diebstahls anzuklagen und dafür zu sorgen, dass sie ihn aufhängen!, erinnerte ihn eine bissige Stimme in seinem Innern. Oder hast du bloß solch eine Heidenwut im Bauch, weil Arnulf dir offenbart hat, dass dein eigener Charakter nicht ganz so fleckenlos ist, wie du gerne glauben möchtest?

Marius wollte diese sarkastische Stimme in seinem Hinterkopf zum Schweigen bringen, indem er seine Aufmerksamkeit auf die Passionsliturgie zu richten versuchte. Viel Erfolg war ihm jedoch nicht beschieden.

Er befand sich noch immer in dieser aufgeladenen, grimmigen Stimmung, als er aus der Kirche kam – und lief geradewegs in eine Gruppe aufgeregt gestikulierender und schreiender Menschen hinein, die einen plumpen Kastenwagen umstellt hatten. Zwei kräftige Braune standen im Geschirr und auf dem Kutschbock saß ein älterer, untersetzter Mann mit Bart und in einen schwarzen Wollumhang gehüllt.

Die Menschen, die ihn umringten und an der Weiterfahrt hinderten, riefen ihm üble Beschimpfungen zu.

»Verfluchter Wucherhannes!«

»Christusmörder!«

»Schamloser Jude!«

»Jüdische Schlangenbrut!«

Marius trat näher und seine Miene verfinsterte sich, als er begriff, dass dieser Mann dort auf dem Wagen offenbar ein jüdischer Händler war; und wie pulvertrockene Kienspäne, die auf glühende Kohlen fallen, loderte die Empörung in ihm auf. Wie konnte so einer sich bloß die Frechheit herausnehmen, sich ausgerechnet am Karfreitag auf der Straße blicken zu lassen? Hatte dieser Jude denn vergessen, dass seinesgleichen den Messias an diesem Tag durch die Straßen Jerusalems gegeißelt und auf Golgatha ans Kreuz genagelt hatte?

Aus der Menge, die rasch anwuchs, kamen ähnlich empörte Anklagen, jedoch laut und voller Hass hinausgeschrien.

»Du wagst es, an diesem Tag prahlend durch unseren Ort zu kutschieren? Zur Hölle mit dir und deinesgleichen, du elender Gotteslästerer!«, schrie jemand außer sich vor Wut.

Und ein anderer fiel sofort ein: »Du und dein auf ewig verfluchtes Judenvolk, ihr habt das Blut unseres Heilands an euren Händen!«

»So sind sie, die Juden!«, brüllte wieder eine andere schrille Stimme. »Leugnen nicht nur, dass Jesus Gottes Sohn ist, sondern treten auch noch alles mit Füßen, was uns heilig ist!«

Der jüdische Händler hob die Arme. »Ihr tut mir Unrecht, gute Leute!«, rief er beschwörend und mit blassem Gesicht. »Nichts liegt mir ferner, als euren Glauben zu verhöhnen und eure Gefühle zu verletzen.«

»Wer glaubt schon einem dreckigen Juden?«, brüllte jemand und erntete bösartiges, nach Gewalt gierendes Gelächter.

»Um des Namens des Einzigen willen, den auch ihr anbetet, schenkt mir einen Augenblick Gehör und lasst mich dann meines Weges ziehen! Ihr kennt mich doch, ich bin Baruch ben Isaak!«, rief der Jude beschwichtigend der aufgebrachten Menge zu. »Es tut mir leid, dass ich mich so verschätzt habe und glaubte, euer Gottesdienst würde noch länger dauern und dass ich bei seinem Ende längst von hier fort wäre. Verzeiht mir diesen Fehler. Und hätte ich nicht den schweren Achs- und Radbruch gehabt, wäre ich erst gar nicht gezwungen gewesen, in eurer Ortschaft eine so lange Rast einzulegen! Wenn ich ...«

»Das ändert nichts daran, dass du ein dreckiger Jude und Christusmörder bist!«, brüllte ihn jemand nieder und nun setzte ein wildes Geschrei ein. Die Leute schienen einander an Wut und Hass übertrumpfen zu wollen.

»Seht doch nur, wie er sich in die Brust wirft! Ich sage euch, schon sein Anblick verhöhnt die Passion des Herrn und unseren einzig wahren Glauben!«

»Juden sind zu allem fähig. Es heißt, sie vergiften Messwein und entweihen heimlich Hostien!«

»Ja, dieses jüdische Pack ist wie Ungeziefer, das es auszutilgen gilt, wo immer man kann! Wie Heuschrecken vermehren sie sich, wenn man sie lässt, nur dass sie noch eine viel schlimmere Plage sind!«

»Lasst uns das Blut des Gekreuzigten rächen!«

Zuerst bewarf die Menge den fahrenden Händler mit Dreck und Pferdeäpfeln, doch schon Augenblicke später bückten sich die Ersten nach Steinen, denn sie wollten Blut fließen sehen. Im Handumdrehen ging ein wahrer Hagel von allen Seiten auf Baruch ben Isaak nieder, der die Arme schützend vor das Gesicht hob. Ein Stein riss ihm den Hut vom Kopf. Als das erste Blut aus einer Platzwunde auf der

Stirn floss, ging ein triumphierender, jubelnder Schrei durch die Menge.

»Holt ihn vom Wagen!«

»Schlagt ihn tot!«

»Steinigt ihn!«

Der Blutrausch packte die Menschen. Wieder schleuderten sie Steine auf den Wehrlosen. Und noch bevor Marius wusste, was er da tat, bückte auch er sich nach einem Kieselstein, schleuderte ihn mit aller Kraft auf den jüdischen Händler – und traf ihn rechts am Kinn.

Ob es allein sein Geschoss war, das Baruch ben Isaak auf dem Kutschbock wanken ließ, oder ob ihn der Hagel der anderen Steine und Knüppelschläge, die ihn zur selben Zeit überall am Körper trafen, zermürbt hatte, Marius sollte es nie erfahren. Auf jeden Fall stürzte der Händler rücklings auf die Bank.

Schon wollten ihn schwielige Hände vom Kutschbock ziehen, um ihm im Staub der Straße den Rest zu geben, als sich eine füllige, stämmige Frau mit schmerzhaften Ellbogenstößen und durchdringender Stimme Platz und Gehör verschaffte.

»Habt ihr den Verstand verloren? Werdet ihr wohl damit aufhören?«, schrie sie den Leuten zu und kletterte mit überraschender Behändigkeit zu dem blutenden jüdischen Händler auf den Kutschbock. »Seid ihr von allen guten Geistern verlassen, dass ihr wie tollwütige Bestien über Baruch herfallt?«

»Verschwinde bloß, bevor auch du noch was abkriegst, Sophie!«, warnte ein Bauer mit dicker Knollennase.

Sophie wandte sich ihm augenblicklich zu, stemmte die Fäuste in die Hüfte und blickte ihn scharf an. »So, du willst Baruch also umbringen, ja? Das ist also der Dank dafür, dass der gute Mann dir letztes Jahr, als du nicht zahlen konntest, großzügig Aufschub gewährt hat. Und hat er dir nicht immer einen guten Preis gemacht, Michel?«

Der Bauer starrte sie wütend an, erwiderte jedoch nichts.

»Und was ist plötzlich in dich gefahren, Josef?«, wandte sich die matronenhafte Frau sofort an den Nächsten. »Kannst du mir sagen, welche Rechnung du mit Baruch begleichen willst? Warum schwingst du den Knüppel gegen den Juden? Sag mir, warum du sein Blut fließen sehen willst? Vielleicht weil er dir die Medizin aus der Stadt mitgebracht hat, die deinen Sohn, dem hier weit und breit keiner helfen konnte, in Wochenfrist so wundersam kuriert hat? Nun, das nenne ich fürwahr christliche Dankbarkeit!«, höhnte sie. »Von der Kirche gleich auf die Straße, um einen Mann zu steinigen, dessen treue Dienste wir alle schon so viele Jahre gern in Anspruch genommen haben – schämen solltet ihr euch! Geht zurück in die Kirche, werft euch nieder und bestreut euch noch einmal mit Asche, bevor ihr euch wieder hier draußen blicken lasst! Am besten gleich von Kopf bis Fuß!«

Marius sah, wie dem Mann das Blut ins Gesicht schoss und er den Knüppel fallen ließ, mit dem er eben noch den Händler geschlagen hatte. Und dieselbe Beschämung befiel auch ihn. Er erschrak vor sich selbst. Als hätte ihn ein Guss kalten Wassers getroffen, fuhr ihm die Ernüchterung in die Glieder. Wozu hatte er sich da bloß hinreißen lassen? Was war nur über ihn gekommen, dass er diesem Mann dort, dem er nichts vorzuwerfen hatte und dem er noch nie zuvor begegnet war, einen Stein an den Kopf geworfen hatte – und willens gewesen war, ihn zu steinigen? Wie hatte ihn der Blutrausch der tobenden Menge bloß so mitreißen können?

»Lasst Baruch gefälligst seiner Wege ziehen! Ihr wisst doch so gut wie ich, dass er uns nichts Böses will und dass ihn der schwere Achsenbruch tagelang hier festgehalten hat! Wen wollt ihr denn täuschen? Nicht mal euch selber könnt ihr hinters Licht führen. Wer seine Hand gegen diesen Mann erhebt, versündigt sich – und muss zuerst mir ins Auge blicken, wenn er den nächsten Stein wirft oder den nächsten Schlag führt! Denn ich werde nicht von seiner Seite weichen, bis ich ihn sicher aus dem Ort weiß!«, rief Sophie und ergriff mutig die Zügel, während Baruch ben Isaak sich mühsam auf der Bank aufrichtete und sich mit einem Tuch das Blut vom Gesicht wischte. »Aus dem Weg!«

Die Leute murrten, wichen aber langsam zurück und gaben die Straße schließlich frei. Sie schickten Sophie noch einige Drohungen und deftige Verwünschungen hinterher. Diese waren jedoch nicht mehr von unversöhnlichem Hass und Blutdurst durchdrungen, sondern klangen mehr nach jenem großspurig leeren Gerede, mit dem man gern seine Verlegenheit nach einer beschämenden Niederlage zu verschleiern sucht.

Marius nahm sein Bündel und machte sich aus dem Staub. Als Sophie ihm vor dem Ort auf der Landstraße entgegenkam, wich er ihrem grimmigen Blick aus und senkte den Kopf. Er musste plötzlich an das denken, was Vinzent über Jesus und die Apostel und viele seiner Anhänger gesagt hatte. Nämlich dass auch sie Juden gewesen waren und dass die Christen mehr mit dem Judentum gemein hatten, als sie wussten oder zumindest wissen wollten. Und als er an seinen Steinwurf dachte, der dem Juden die Haut am Kinn aufgerissen hatte, ekelte er sich vor sich selbst.

Aber wenn Arnulf ihn vorher nicht mit seiner jammervollen, Mitleid heischenden Geschichte übertölpelt und ihn dadurch nicht in eine solch ohnmächtige Wut versetzt gehabt hätte, dann hätte er diesen Stein nie und nimmer aufgehoben, geschweige denn auf den Juden geschmissen! Ja, was seine Rolle an diesem hässlichen Zwischenfall betraf, so war allein dieser gemeine Dieb Arnulf daran schuld!

Denn er, Marius, er war nicht so wie die anderen!

Er persönlich hatte doch nichts gegen die Hebräer, wie diese Juden im Volksmund auch genannt wurden. Dass sie blind gegenüber Gottes Offenbarung waren, Jesus all die Jahrhunderte trotzig verleugneten, abscheulichen heidnischen Bräuchen verfallen waren und durch ihren Verrat in Jerusalem großes Unglück über die Welt gebracht hatten, all diese schweren Verfehlungen würden sie eines Tages vor Gottes Angesicht zu verantworten haben. Er jedenfalls wollte nicht über sie richten, auch wenn er ganz gut verstehen konnte, dass andere weniger nachsichtig waren und sich zu solchen Exzessen hinreißen ließen.

Nein, er war nicht so!

Das sagte sich Marius an diesem Karfreitag wie eine Litanei immer und immer wieder aufs Neue, als fürchtete er, eine dämonisch hämische Stimme tief in seinem Innern könnte jeden Moment erwachen und Widerworte geben.

Nein, er war nicht so wie die anderen!

Achtzehntes Kapitel

Das Unglück kam am frühen Mittag des Ostersonntags über ihn, als der Lerchenberger Wald endlich hinter ihm lag und er nur noch wenige Stunden Fußmarsch bis zu den Toren von Mainz vor sich wusste.

Sein Magen knurrte und er dürstete nach einem kühlen Schluck aus seiner Wasserflasche, die jedoch dringend wieder aufgefüllt werden musste. Er erinnerte sich an den kleinen Bachlauf, den er vorhin im Wald zu seiner Rechten gesehen hatte. Das kleine Gewässer musste irgendwo dort drüben in dem hügeligen und von blühenden Büschen bestandenen Gelände dahinfließen.

Er hatte es schnell gefunden und so legte Marius an diesem leise dahinplätschernden Bach, ein gutes Stück abseits der staubigen Landstraße und in unmittelbarer Nähe des Waldsaums, eine Rast ein, die er sich wohl verdient hatte, wie er meinte. Immerhin war er an diesem herrlichen Apriltag schon vor dem Morgengrauen aufgebrochen, weil er auf keinen Fall die heilige Ostermesse im nächsten Dorf hatte verpassen wollen. Ein kleiner, aber munter dahinschießender Wasserlauf namens Selz, dem er gefolgt war, hatte ihn in diese Ortschaft geführt. Und nach der wunderbar feierlichen Osterliturgie hatte er sich dermaßen beschwingt gefühlt, dass er trotz der Blasen an seinen Füßen strammen Schrittes Stunde um Stunde marschiert war, um den Lerchenberger Wald so rasch wie möglich hinter sich zu bringen. Nun war es an der Zeit, sich selbst zu belohnen, eine Weile in der warmen Frühlingssonne zu sitzen, die das nasskalte Wetter am Vortag überraschend abgelöst hatte, sich zu stärken und zu erfrischen – und sich an dem aufregenden Gedanken zu erfreuen, dass er es bald geschafft haben und am Nachmittag in der großen erzbischöflichen Stadt am Rhein eintreffen würde.

Eine volle Woche hatte er von der Burg seines Onkels bis hierher gebraucht, was keine so schlechte Leistung war, wenn er das winterliche Wetter und die großen Umwege der ersten Tage bedachte. Ja, er konnte wohl stolz auf sich sein, dass er diesen weiten Weg mit all seinen Gefahren und ganz allein auf sich gestellt so gut gemeistert hatte.

Das bedrückende Erlebnis in Stromberg kam ihm sofort wieder in den Sinn, als er über die hinter ihm liegenden Tage nachdachte. Diese Erinnerung trübte seine Freude und seine Selbstachtung wie der bittere Sud der Wermutpflanze. Warum nur ließ ihm das keine Ruhe? War er denn nicht zu dem Schluss gekommen, dass er sich eigentlich nichts vorzuwerfen hatte, da er doch nur einen einzigen Stein geworfen und dieser Wurf gar nicht dem fahrenden Händler und Hebräer, sondern vielmehr dem Lumpen Arnulf gegolten hatte? Also warum nagte dann dieses unterschwellige Schuldgefühl immer wieder an seinem Gewissen? Irgendwann musste man doch einmal Ruhe vor derartigen Erinnerungen haben!

Marius spülte den schalen Geschmack mit einem Schluck aus seiner Wasserflasche hinunter. Es gab doch wahrlich genug andere Begebenheiten, an die er zurückdenken konnte – und zwar mit berechtigtem Stolz auf seinen Mut, seine Ausdauer und seine Aufgewecktheit. Letztere hatte er erst am Morgen des vergangenen Tages unter Beweis gestellt, als er am Ufer der Nahe mit dem Fährmann um den Preis für das Übersetzen im Kahn gefeilscht hatte. Der hakennasige Bursche, der ganz offensichtlich eine große Schwäche für das Glücksspiel besaß, hatte ihn übers Ohr hauen wollen, aber am Schluss den Kürzeren gezogen.

»Ich mache dir einen Vorschlag!«, hatte der Fährmann gesagt, als Marius darauf beharrt hatte, ihm nicht zwei, sondern nur einen fingerbreiten Streifen seines köstlichen Speckes als Fährlohn zu überlassen. »Jeder lässt einen flachen Kiesel über das Wasser flitzen. Wenn deiner öfter als meiner über die Oberfläche springt, setze ich dich kostenlos über. Wenn jedoch ich gewinne, kriege ich den ganzen Speck, den du da in deinem Sack hast. Aber ich wette, so ein Schmächtling wie du traut sich so eine mannhafte Wette nicht zu!«

Und ob er sich das zugetraut hatte! Er hatte die Wette sofort angenommen, denn er hatte in den letzten Jahren viele einsame Stunden allein am Teich verbracht und unzählige flache Steine über den Teich springen lassen. Ja, seiner Geschicklichkeit im zielgenauen Werfen von Steinen hatten sogar die anderen Klosterschüler in der Abtei von Ravengiersburg Bewunderung gezollt. Mit Recht, hatte Marius gedacht, als sein Kiesel neunmal über das Wasser gehüpft war und damit zweimal öfter als der Stein des Schiffers.

Marius lachte plötzlich laut auf, denn er hatte das grimmige Gesicht noch gut vor Augen, das der Fährmann gemacht hatte, als er zu den Riemen gegriffen und ihn kostenlos über die Nahe gesetzt hatte.

»Wenn das ein Witz ist, über den du eben gelacht hast, musst du ihn uns erzählen, Bürschchen! Wir möchten nämlich gerne mitlachen!«, sagte da eine fremde Stimme hinter ihm, begleitet vom Rascheln der Sträucher in seinem Rücken.

»Aber wir sind auch für jeden anderen Schwank zu haben, nicht wahr, Freihart?«

»Keine Sorge, dieser Furz auf zwei Beinen macht mir ganz den Eindruck, als würden wir schon unseren Spaß mit ihm haben!«, antwortete eine dritte Stimme.

Marius ließ vor Schreck die Wasserflasche fallen, sprang auf und sah sich drei abgerissenen Gestalten gegenüber, die lange Messer im Gürtel stecken hatten und mit eisenbeschlagenen, keulenartigen Knüppeln bewaffnet waren. Sie sahen zum Fürchten aus.

Der eine hatte dort, wo einst der rechte Augapfel gesessen hatte, nur noch eine schauderhaft leere Höhle; dicke schwarzblaue Warzen entstellten das Gesicht des zweiten Mannes und der dritte war mit einem Buckel geschlagen.

»Was ist, vergeht dir das Lachen vielleicht bei unserem Anblick?«, spottete Warzengesicht und stieß ihm seinen Prügel vor die Brust.

Marius taumelte einen Schritt rückwärts. »N... n... nein«, stammelte er, schluckte heftig und bemühte sich, seine aufsteigende Angst unter Kontrolle zu halten. Er begriff schlagartig, dass er es mit gefährlichem Gesindel zu tun hatte, vermutlich sogar mit Vogelfreien*, und dass er auf keinen Fall die Nerven verlieren durfte. »Ich ... ich habe mich nur erschrocken, weil ich euch nicht kommen hörte.«

»Oh, das tut uns aber leid, dass wir dir so einen Schrecken eingejagt haben!«, höhnte Einauge. »Das Schleichen hat allerdings auch seine Vorteile.«

Der Bucklige nahm ihn von der anderen Seite in die Zange. »Was ist nun, Jüngelchen? Willst du uns nicht einladen deinen Proviant mit uns zu teilen? Oder sind wir dir vielleicht nicht fein genug?«

»Nehmt, was ihr wollt!«, stieß Marius hervor und dachte

fieberhaft nach, wie er bloß seine Haut vor diesen gefährlichen Wegelagerern retten konnte. Hatte er wohl bessere Aussichten, sie im Wald abzuschütteln, oder sollte er zurück auf die Landstraße flüchten? »Es ist genug für alle da.«

Warzengesicht lachte meckernd wie eine Ziege und zeigte dabei einen Mund voller fauliger Zähne. »Wenn das nicht ein Wort ist! Das war doch eben eine Einladung, nicht wahr, Freihart?«

Freihart, der Kerl mit dem fehlenden Auge und offensichtlich der Anführer dieses schauerlichen Trios, versetzte Marius' Proviantsack einen Fußtritt und trug dem Buckligen mit befehlsgewohnter Stimme auf: »Sieh nach, was er dadrin hat, Diettel!«

Diettel kippte den Sack einfach aus und wühlte kurz in den Sachen herum. »Er hat gut was zu beißen dabei, aber sonst nichts, was uns auch nur einen halben Krug vom billigsten Wein einbringt!«, stellte er enttäuscht fest.

»Wir können ja die Decken versetzen und den schweren Umhang, den er trägt«, schlug Warzengesicht vor, woraufhin Marius der kalte Schweiß ausbrach. Für dieses Gesindel schien es eine ausgemachte Sache zu sein, dass sie ihm alles nehmen würden, was er besaß, wahrscheinlich auch noch das Leben!

»Was bringen diese räudigen Decken denn schon, Ermel?«, erwiderte Diettel, der Bucklige. »Nein, die behalten wir besser. Da haben wir mehr von. Und um den Umhang würfeln wir, nicht wahr, Freihart? Aber wer weiß, ob das hier wirklich alles ist, was dieser zarte Jüngling so mit sich herumschleppt.«

Freihart nickte, als wäre ihm dieser Gedanke auch schon gekommen, und richtete sein Auge mit argwöhnischem

Blick auf Marius. »Du siehst mir nicht nach einem Einheimischen aus. Und Leute aus der Fremde führen doch fast immer ein paar hübsch klingende Münzen mit sich. Also spuck es schon aus: Wo hast du deine Geldbörse versteckt, Bursche?«

»Ich komme aus einem kleinen Dorf im Hunsrück und ich habe keine Geldbörse, habe noch nie eine besessen, geschweige denn je ein Geldstück in der Hand gehabt. Das da ist alles, was ich besitze!«, beteuerte Marius und wies auf den Proviantsack und seine Deckenrolle. »Und hier ist der Umhang. Ihr könnt ihn gerne haben!«

»Wie großzügig von dir, aber wir hätten ihn uns sowieso genommen«, sagte der Bucklige mit einem bösartigen Grinsen. »Wir nehmen alles, was uns gefällt. Das ist so unsere Art. Oder hast du daran vielleicht etwas auszusetzen?«

»Nein«, murmelte Marius verängstigt.

»Das hören wir gerne, Kleiner. Du verstehst es, dir Freunde zu machen. So, und jetzt zieh dich aus!«, forderte Freihart ihn auf. »Runter mit den Kleidern – und zwar alle!«

Ermel, das Warzengesicht, nickte bekräftigend, leckte sich über die rissigen Lippen und sagte zum Einäugigen. »Ich mach dir einen Vorschlag, Freihart: Wenn du ihn mir zuerst überlässt, könnt ihr unter euch teilen, was immer er noch bei sich trägt. Ich verzichte auf meinen Anteil.«

Freihart lachte. »In Ordnung!«

Warzengesicht bedachte Marius mit einem unverhohlen wollüstigen Blick. »Ich wette, ein so junger, glatthäutiger Bursche wie du übertrifft alle meine Erwartungen! Und nun mach schon, lass mich anschauen, was ich mir da eingehandelt habe!«

»Nein! Das könnt ihr mit mir nicht machen!«, stieß Marius entsetzt hervor, als er begriff, was sie mit ihm vorhatten.

»Ihr könnt alles haben, aber wagt es nicht, mich anzufassen!«

Warzengesicht lachte belustigt auf. »Zierst du dich nur, Kleiner?«, fragte er mit höhnischer Gelassenheit. »Oder willst du mich tatsächlich reizen? Ich rate es dir nicht – es sei denn, du bist versessen darauf, die raue Gangart kennenzulernen. Darauf verstehe ich mich bestens, das kannst du mir glauben. Also, wenn du nicht möchtest, dass ich dich hart anfasse, tust du jetzt lieber, was ich dir sage, verstanden?« Er streckte die Hand aus und wollte ihn an der Wange tätscheln.

Marius zog den Kopf zurück und wusste nun mit erschreckender Gewissheit, dass er nichts zu verlieren hatte. Die einzige Möglichkeit, vielleicht doch noch mit dem Leben davonzukommen, lag in einem überraschenden Angriff. Und dieser Angriff musste sofort erfolgen!

Seine Hand fuhr unter den weiten Überrock, der einst Vinzent dem Pilger gehört und bislang Gürtel und Messer vor den Blicken der Wegelagerer verborgen hatte.

Diettel, der Bucklige, bemerkte es zuerst und stieß fast im selben Moment einen Warnschrei aus. »Pass auf! Er hat ein Messer!«

Marius riss die Waffe hervor und stach nach der Kehle von Warzengesicht. Dieser wich jedoch blitzschnell zur Seite aus, sodass die Klinge seine Kehle verfehlte.

Von panischer Todesangst erfüllt, setzte Marius augenblicklich nach. Er musste mindestens einen, besser noch zwei von ihnen außer Gefecht setzen, wenn er den Schimmer einer Hoffnung auf eine rettende Flucht bewahren wollte.

Diesmal traf er, wenn auch nicht tödlich. Er stieß dem Wegelagerer die Messerklinge in die rechte Schulter. Warzengesicht brüllte vor Schmerz auf, ließ den Prügel fallen und machte zwei wankende Schritte rückwärts. »Dafür ziehe ich dir die Haut bei lebendigem Leib ab!«, gellte er mit kreischender Stimme, das Gesicht vor Schmerz und Hass verzerrt.

»Das hättest du besser nicht getan!«, schrie Freihart.

Marius bemerkte aus den Augenwinkeln die Bewegung zu seiner Linken und wirbelte herum, doch nicht schnell genug, um dem eisenbeschlagenen Prügel, den Freihart auf ihn niedersausen ließ, noch rechtzeitig ausweichen zu können. Er konnte sich jedoch noch so weit unter dem Schlag wegducken, dass die Keule seinen Schädel nicht wie einen Kürbis zertrümmerte, sondern nur zwischen seine Schulterblätter krachte.

Dieser gewaltige Hieb schleuderte ihn vornüber ins Gras. Mit der unglaublichen Willenskraft, zu der Menschen im Angesicht des drohenden Todes fähig sind, kämpfte Marius gegen die Schmerzen an, die ihm das Bewusstsein zu rauben drohten.

Du darfst nicht aufgeben! Du musst kämpfen! Jetzt geht es um Leben und Tod!, schrie es in ihm. Wenn du liegen bleibst, bist du tot!

Mit fast übermenschlicher Anstrengung richtete er sich wieder auf und stellte dabei fest, dass er noch immer das Messer umklammert hielt. Er torkelte wie betrunken und irgendetwas war mit seinen Augen geschehen. Eine Art von Schleier schien sich über seine Pupillen gelegt zu haben. Er konnte die drei Wegelagerer nur noch sehr verschwommen wahrnehmen. Büsche und Wald, die irgendwo im Hintergrund sein mussten, sah er überhaupt nicht mehr. Dort befand sich nur eine milchige Wand mit roten und schwarzen Flecken. Sein Gehör war ebenfalls schwer gestört. Die Geräusche drangen nicht mehr klar und deutlich an sein Ohr, sondern erreichten ihn eigenartig matt und wie von einer dicken Lage Stroh erstickt. Und übertönt wurde alles von einem dunklen, dumpfen Wummern in seinem Schädel, im selben wilden Rhythmus wie die glühenden Schmerzwellen, die ihm gleich flüssigem Feuer durch Brust und Rücken schossen.

»Lebend kriegt ihr mich nicht!«, schrie Marius und stach mit dem Messer wild um sich, ohne jedoch einem der Männer auch nur nahe zu kommen.

Er hörte ein gemeines Lachen, das wie aus weiter Ferne kam – und im nächsten Moment traf ihn etwas in den Magen. Er wusste noch nicht einmal, ob es ein Fuß, eine Faust oder ein Knüppel war. Mit einem erstickten Aufschrei krümmte er sich nach vorn und erhielt sogleich einen Schlag an den Kopf, der ihn erneut zu Boden warf. Jemand trat gegen seine Hand, die das Messer hielt. Er öffnete schreiend die Hand und spürte, dass etwas Warmes über sein Gesicht floss. Es war sein eigenes Blut.

Steh auf! Steh auf!, forderte die Stimme in seinem Innern. Du musst hochkommen! Sonst ist alles vorbei!

Blind vom Blut, das über sein Gesicht strömte, und am Rande der Bewusstlosigkeit, kam Marius noch einmal auf die Beine. Schützend streckte er die Arme aus, kreuzte sie vor seinem Gesicht und torkelte durch den roten Nebel, der vor seinen Augen waberte.

Mit mörderischer Wut prasselten die Schläge von mehreren Seiten auf ihn nieder. Ein Keulenhieb riss seinen Kopf nach hinten. Zum dritten Mal brach Marius zusammen und stürzte rücklings ins Gras. Ein Arm flog klatschend ins Wasser und ein scharfer Stein bohrte sich in seinen rechten Oberschenkel.

Diesmal blieb er liegen. Aus und vorbei. Er konnte nicht mehr, er war erledigt. Stimmen trieben über ihn hinweg, doch von dem, was sie sich zuriefen, bekam er nur Wortfetzen mit.

»... Reiter!«

»Verdammt, das hat ... nehmt Sachen ... verschwinden ...«

»... soll verrecken! ... den Rest!«

Jemand beugte sich zu ihm herunter. In seiner Todesangst bäumte sich Marius ein letztes Mal auf, schlug blind um sich und spürte im nächsten Moment, wie ein Messer über seinen linken Unterarm schnitt und sich dann in seine Brust bohrte. Er sackte wieder in sich zusammen und verlor das Bewusstsein.

Als er wieder zu sich kam, glaubte er, vor Schmerzen den Verstand verlieren zu müssen. Doch er lebte noch. Es war still um ihn. Er versuchte zu schreien, doch aus seiner Kehle drang nur ein ersticktes Röcheln.

Er musste zur Landstraße! Nur wenn man ihn dort fand, konnte er vielleicht noch gerettet werden. Er musste dorthin kriechen, auch wenn ihn die Schmerzen fast wahnsinnig machten und er keine Kraft mehr zu haben glaubte. Er musste es versuchen, bevor er langsam verblutete! Noch durfte er nicht aufgeben und liegen bleiben. Das war er Vinzent schuldig!

Du kannst es schaffen, Marius!

War das nicht der alte Pilger, der da gerade zu ihm gesprochen hatte? Das war doch Vinzents Stimme!

Ja, ich bin es, Marius! Und ich stehe dir bei. Aber schaffen musst du es aus eigener Kraft. Vertraue auf deine Stärke. Und hast du den Morgenstern vergessen? Bist du nicht ausgezogen, um ihn im finsteren Land zu suchen? Wie kannst du jetzt aufgeben?

»Ich gebe nicht auf, Vinzent. Ich gebe nicht auf!«, flüsterte Marius und kroch los. Seine Finger krallten sich in den Boden. Er war nicht einmal fähig den Kopf zu heben, doch er gab nicht auf. Stück um Stück bewegte er sich in die Richtung, wo er die Landstraße vermutete. Auch wenn ihn die Schmerzen quälten und wie tausend Messer zu zerschneiden schienen, der Überlebenswille trieb ihn vorwärts – und die Stimme des Pilgers, die zu ihm sprach.

Und endlich sah er es vor sich, das staubige und von Spurrillen zerfurchte Band der Landstraße. Irgendwann hörte er Hufschlag, der sich ihm näherte. Eine Gruppe Reiter! Das Scheppern von Metall. Waffen und Panzer? Ritter?

Egal, wer. Rettung!

Marius wollte rufen, doch ihm fehlte jegliche Kraft. Er lag mit dem Gesicht im Dreck und konnte nicht einmal die Hand heben. Da, ein Ruf! Der trommelnde Hufschlag ebbte ab, ganz in der Nähe. Jemand sprang vom Pferd, trat zu ihm, schob ihm grob seinen Stiefel unter die Brust und drehte ihn mit einem Stoß, der ihm fast die Besinnung raubte, auf den Rücken.

»Abgestochen wie ein Schwein. Dem ist nicht mehr zu helfen!«, hörte er die schattenhafte Gestalt sagen.

Nein, ich lebe noch! Helft mir, um Gottes willen!, wollte Marius schreien, doch sein verzweifeltes Krächzen ging im Schnauben der Pferde und den Stimmen der Reiter unter und Augenblicke später preschten sie auch schon wieder davon.

Er verlor das Bewusstsein. Als er wieder zu sich kam, hörte er das Knirschen schwerer Räder über Steine und kurz darauf ein Geräusch, das ihn an das Knarren einer Tür oder eines Fensterladens erinnerte. Ein Schatten fiel über ihn, und als er mit Mühe das Auge einen Spalt öffnete, war ihm, als bewegte sich über ihm der schwarze Rock eines Geistlichen. Der Geruch von Weihrauch stieg ihm in die Nase. Wer waren diese Stimmen? Und was redeten sie da?

»... atmet noch ...«

»... gefährlich ... können noch in der Nähe sein und es auf uns ... müssen uns beeilen ...«

»Ja, aber vielleicht ...«

»Nein, völlig unmöglich ... all das Blut ... teure Polster versauen für nichts ... sind schon spät genug ... nicht mehr rechtzeitig ... wichtige Unterredung ...«

»Aber wenn Hochwürden erlauben ...«

»Nein! ... nicht noch länger ... genug Zeit vertrödelt ...«

»Heil seiner Seele ... stirb in Frieden ...«

»Kannst du nicht hören? ... Komm endlich!«

Marius trieb in einem Meer der Agonie, in dem sich bewusste Wahrnehmungen mit Halluzinationen und Erinnerungen vermischten.

Wer redete da vom Sterben? So etwas Dummes! Er konnte noch gar nicht sterben. Erst musste er doch den Morgenstern finden. Aber war das da nicht ein Fuhrwerk, das sich da rumpelnd entfernte? Sie ließen ihn liegen. Alle ließen sie ihn liegen. Nun ja, das kam davon, wenn man nicht der Erstgeborene war! Zumindest das hatte er mit Ekkebert gemein. Nein, kein Hirsebrei mehr, Gisla. Erst musste er die Alraune aus dem Waldboden ziehen. Wo Vinzent nur blieb? Keine Sorge, Hinkebein kommt schon wieder zurück. Ein Licht an einem finsteren Ort. Suchen, bis der Tag anbricht! Mit seinem Vetter würde er schon noch abrechnen. Aber erst musste er seinem Vater von Vinzent erzählen. Oder kannten sie sich schon? Natürlich, sie waren doch zusammen in Alexandria gewesen und warteten jetzt in Mainz auf ihn, um mit ihm nach Jerusalem zu ziehen ...

Plötzlich durchdrang eine fremde Stimme sein Delirium und erreichte sein Bewusstsein, das jedoch wie eine dünne Eisdecke jeden Moment brechen und wieder von Wahngebilden überflutet werden konnte. Da war jemand, der eindringlich zu ihm sprach. Jemand, der ihm tatsächlich helfen wollte und ihn nicht wie einen Hundekadaver mit dem Stiefel anstieß und auf die Seite drehte.

»Wasser!«, röchelte Marius mit letzter Kraft. »Wasser!«

Im nächsten Moment spülte herrlich kaltes Wasser über sein Gesicht und rann in seinen ausgedörrten Mund. Gierig trank er das kühle Nass, während eine starke Hand in seinem Nacken lag und seinen Kopf anhob, damit er sich nicht verschluckte. Bevor ihn die Schmerzen wieder übermannten und sein Körper sich in den barmherzigen Schutz der Bewusstlosigkeit flüchtete, gelang es ihm noch, kurz die Augen zu öffnen. Er lächelte erlöst, als er in das Gesicht des alten Pilgers blickte. »Ich wusste doch, dass du mich nicht im Stich lassen würdest, Vinzent!«, flüsterte er. »Ich wusste, dass du kommen würdest.«

Und dann wurde es Nacht um Marius.

Neunzehntes Kapitel

Die ersten drei Tage nach dem Überfall der Wegelagerer ließen nicht die geringste Spur in Marius' Erinnerung zurück. Während sein Leben an einem dünnen Faden hing, den die Glut seines fieberheißen Körpers immer wieder zu verzehren drohte, zog sich sein Bewusstsein in jenes geheimnisvolle Schattenreich der Seele zurück, in dem weder Zeit noch Schmerzen Einlass finden.

Am vierten Tag gewannen Lebenskraft und Lebenswillen in diesem verzweifelten Ringen die Oberhand. Widerwillig gab der Tod die Schlacht geschlagen. Er räumte jedoch nur sehr zögerlich das Feld, denn er hoffte bis zuletzt auf einen schweren Rückfall, auf dass Marius ihm doch noch wie Gras unter der Sense des Schnitters in die Hände fiel.

Der tödliche Rückfall blieb aus und mit sinkendem Fieber nahm Marius erstmals fremde Stimmen und Gesichter um sich herum wahr, ohne dass sie ihm jedoch auch nur einen Schimmer von Erkenntnis verschafften, wo er sich befand und wer sich seiner angenommen hatte. Die Eindrücke entglitten ihm sofort wieder und trugen nur dazu bei, noch mehr Verwirrung in seine wilden Träume zu bringen.

Schließlich aber kam der Moment, als sein Bewusstsein mit ganzer Kraft zurückkehrte und mit ihm das Wissen, was ihm am Lerchenberger Wald abseits der Landstraße Entsetzliches widerfahren war. Die mörderischen Schläge mit den eisenbeschlagenen Prügeln und dann der Messerstich – wie durch ein Wunder hatte er all das überlebt! Und nach dieser Erkenntnis, die ihn mit Dankbarkeit und Staunen erfüllte, beschäftigte ihn sofort die Frage, was denn bloß mit ihm geschehen war, nachdem die drei Verbrecher ihn halb tot zwischen den Sträuchern liegen lassen hatten.

Marius erinnerte sich mit Schaudern, wie er halb wahnsinnig vor Schmerzen zur Landstraße gekrochen war. Dabei wurde ihm bewusst, dass er auch jetzt unter Schmerzen litt. Aber dieses dumpfe Stechen und Ziehen war doch nichts im Vergleich zu den entsetzlichen Qualen, die er auf der endlos langen Strecke zwischen seinem abgeschiedenen Rastplatz bei den blühenden Holunderbüschen am Bach und der Landstraße durchgestanden hatte.

Es öffneten sich weitere Tore seiner Erinnerung. Was war mit den berittenen Männern, den Rittern, und diesem Kleriker mit seinem Begleiter, die ihn dort in seinem Blut hatten liegen sehen, aber unbekümmert weitergezogen waren, weil sie ihn schon für so gut wie tot gehalten hatten? Hatte er all das nur geträumt oder war es tatsächlich so geschehen? Nein, das konnte er sich nicht eingebildet haben! Dafür hatte sich der Stiefel, der sich grob unter seinen schmerzenden Leib geschoben und ihn mit einem kräftigen Stoß auf den Rücken geworfen hatte, zu deutlich in seinem Gedächtnis eingebrannt – wie auch die Erinnerung an jenen unverwechselbaren Geruch, den der nach Weihrauch duftende Rock des Geistlichen verströmt hatte.

Was Marius aber noch viel mehr beschäftigte, war die Frage, wer sich seiner dort am Straßenrand denn nun erbarmt hatte und wo er sich mittlerweile befand.

Er schlug die Augen auf und sah über sich dunkles Deckengebälk, das ihn im ersten Moment an die gräflichen Gemächer seines Onkels erinnerte, auch wenn diese eichenen Balken hier es an Stärke nicht mit denen der Burggemächer aufnehmen konnten. Helles Tageslicht fiel von links in den

Raum. Als er den Kopf wandte, sah er dort in der glatten Fachwerkwand eine kleine Fensteröffnung, deren Holzladen nach außen halb aufgeschoben war. Eine verwirrende Vielfalt von Geräuschen, ähnlich dem Summen eines Bienenschwarms, drang durch das Fenster zu ihm. Er hörte hier und da einzelne Stimmen heraus, Zurufe und Lachen, das Klappern von Gerätschaften und das Gegacker einer aufgeregten Hühnerschar. Von irgendwoher kam rhythmischer Hammerschlag, ein Pferd wieherte und eine Säge fraß sich gleichmäßig durch ein Holz. Ja, sogar den verklingenden Ton einer Glocke glaubte er, noch hören zu können!

Er hatte noch nie zuvor so viele verschiedene Geräusche auf einmal gehört und das konnte nur eines bedeuten: Er musste sich in einer Stadt befinden, wahrscheinlich in Mainz!

Marius richtete sich unter Schmerzen auf und stellte verwundert fest, dass er nicht mehr seine eigene Kleidung trug, sondern ein weites Nachtgewand aus einem Stoff, der sich herrlich weich und glatt anfühlte. Auch die Decken, unter denen er lag, bestanden nicht aus kratziger Wolle, wie er es gewohnt war, sondern aus einem viel edleren Material. Zudem wiesen die Ränder kunstvolle Stickereien auf.

Das Pochen in seinem Kopf und das schmerzhafte Stechen in seiner linken Brust erinnerten ihn an seine Verletzungen. Als er den linken Arm unter der Decke hervorzog, sah er, dass sein Unterarm in einem Verband steckte. Er stellte fest, dass er auch um den Kopf, die Brust und den rechten Oberschenkel einen Verband trug. Kein Wunder, dass er sich wie gerädert fühlte. Dieses verdammte Lumpenpack hatte ihn wahrlich übel zugerichtet!

Marius blickte sich in der kleinen Kammer um, die mit

ihren sorgfältig gearbeiteten Fachwerkwänden und dem blank polierten Dielenboden zehnmal freundlicher und einladender auf ihn wirkte als der eiskalte Verschlag auf der Burg, mit dem Vinzent sich bis zu seinem Tod als Winterquartier hatte zufriedengeben müssen. An der gegenüberliegenden Wand bemerkte er einen Stuhl mit geschnitzter Rückenlehne sowie zwei schwere, kantige Truhen, die mit Eisenbeschlägen und Schlössern versehen waren.

Links neben seinem Bett stand ein dreibeiniger Schemel, auf dem mehrere zusammengefaltete Kleidungsstücke lagen. Es waren nicht seine Sachen, wie ihm der sandbraune Farbton und die gute Beschaffenheit des Stoffes sofort verrieten. Aber oben auf den Kleidern lag sein Gürtel mit dem kostbaren Schnallenreliquiar!

Vor dem Schemel standen ein gefüllter Wasserkrug und ein Becher in einer breiten Schüssel. Dabei handelte es sich jedoch nicht bloß um einfache Tonwaren, sondern die Gefäße trugen feine Blumenmotive und schimmerten in einer wunderbaren grünblauen Glasur!

Wohin hat es mich bloß verschlagen?, fuhr es Marius durch den Kopf. Auf jeden Fall befand er sich nicht im Haus einfacher Leute, so viel wusste er jetzt schon. Denn das einfache Volk konnte sich solch prächtig bemalte und glasierte Tonwaren nicht leisten, von den feinen Nachtgewändern und Decken ganz zu schweigen. Er hatte überhaupt noch nie in seinem Leben ein Kleidungsstück besessen, das ausschließlich dazu geschaffen war, nachts im Bett getragen zu werden! Und er kannte auch keinen, der ein solches jemals sein Eigen genannt hätte – die gräfliche Herrschaft einmal ausgenommen. Schon wer ein zweites Paar Hosen und einen zweiten Überrock besaß, durfte sich glücklich schätzen.

Plötzlich hörte Marius Stimmen, die ganz nahe klangen. Sie mussten aus einem Nebenraum kommen. Verstehen konnte er dieses rhythmische, fast melodische Gemurmel nicht. Es erinnerte ihn jedoch an die Sprechgesänge der Mönche von Ravengiersburg. Aber dass er in einem Kloster in der Stadt untergekommen sein sollte, erschien ihm äußerst unwahrscheinlich. Dagegen sprach einfach alles: das teure Nachtgewand, die weichen Decken, die kostbar glasierten Tonwaren und die Kleidungsstücke auf dem Schemel. Nichts davon konnte man bei einfachen Mönchen finden. Es sei denn ...

Marius stutzte. Ja, es sei denn, er war im Haus eines Klerikers von Rang und Namen! In diesem Fall würde ein solcher Wohlstand durchaus zum normalen Hausstand gehören.

Sofort erinnerte er sich wieder an den Geistlichen, der sich die edlen Polster seines Gefährts oder seiner Sänfte, was immer es auch gewesen sein mochte, nicht vom Blut eines schwer verletzten Vaganten hatte verschandeln lassen wollen. War Hochwürden vielleicht von Gewissensbissen geplagt zurückgekommen und hatte sich seiner doch noch erbarmt? Das würde so manches erklären!

Die Neugier trieb Marius nun vom Krankenlager. Er schlug die Decken zurück, schwang die Beine aus dem Bett, blieb einen Augenblick auf der Kante sitzen und stand dann vorsichtig auf. Er presste die Lippen zusammen, als sich das Ziehen in seiner Brust augenblicklich in stechende Schmerzen verwandelte. Auch befiel ihn ein leichtes Schwindelgefühl. Aber davon wollte er sich nicht beirren lassen.

Langsam tastete er sich an der Wand entlang auf den Durchgang zu, der aus der Kammer führte. Ein dicker

Vorhang aus erdfarbenem Stoff hing in der Türöffnung und verwehrte ihm den Blick in den dahinter liegenden Raum.

Das Schwindelgefühl nahm zu und er spürte, wie kraftlos seine Beine waren. Er bewegte sich ja wie ein alter, zittriger Mann! Die wenigen Schritte bis zu den Truhen hatten ihn mehr angestrengt als sonst ein ganzer Tagesmarsch! Das forderte seinen Trotz heraus. Unverrichteter Dinge wieder zurück zum Bett zu wanken, das konnte er nicht zulassen. So schlecht konnte es doch nicht um ihn bestellt sein. Und auf seine Zähigkeit hatte er sich bisher noch immer verlassen können!

Also zwang er sich weiter, während er gegen den Schwindel und die Ermattung ankämpfte, die immer stärker nach ihm griffen. Aber es waren ja bloß noch ein halbes Dutzend Schritte bis zum Vorhang. Jetzt nur noch drei. Gleich hatte er es geschafft.

Marius keuchte kurzatmig, als er den Durchgang endlich erreicht hatte, und jeder Atemzug sandte scharfe Schmerzen durch seine Brust. Zitternd lehnte er sich gegen den Türpfosten und spürte, wie ihm kalter Schweiß aus allen Poren brach. Es war ihm unverständlich, dass ihm nach dieser lächerlichen Anstrengung so elend zumute sein konnte.

Er schlug die Warnungen seines Körpers in den Wind und sagte sich, dass es ihm schon gleich wieder besser gehen werde. Jetzt wollte er wissen, wie der Raum hinter dem Vorhang aussah und was es mit diesen Männerstimmen auf sich hatte. Ihr Gleichklang bestärkte ihn in der Vermutung, dass es sich bei ihrem Vortrag eindeutig um ein Gebet handelte. Nur, in welcher Sprache brachten sie ihre Gebete dar? Auf Latein jedenfalls nicht, denn das hätte er nach den vielen Jahren Unterricht in der Klosterschule sofort erkannt.

Marius fuhr nun mit der rechten Hand hinter den Vorhang und schob ihn vorsichtig zur Seite. Da er selbst unbemerkt bleiben wollte, öffnete er ihn nur eine Handbreit, gerade weit genug, um durch den Spalt einen guten Blick ins angrenzende Zimmer zu haben. Und was er dort am anderen Ende des Raumes bei den Fenstern sah, jenseits eines langen Holztisches, auf dem ein merkwürdiger siebenarmiger Kerzenständer stand, war nicht das, was er erwartet hatte.

Neben zwei älteren Männern und einem Mann mittleren Alters standen vier Jungen, von denen der jüngste vielleicht zwölf oder dreizehn Jahre alt sein mochte. Dichte ungeschnittene Vollbärte umschlossen die Gesichter der drei Männer, von denen einer vollkommen ergraut war, sodass sein Bart und sein noch recht volles Haupthaar gesponnenem Silber glichen. Er war von hochgewachsener Gestalt, überragte die beiden anderen Männer um Kopfeslänge und besaß auffallend ausdrucksstarke Gesichtszüge, die Marius an eine griechische Heldengestalt denken ließen. So ähnlich hatte er sich immer den sagenumwobenen und listenreichen König Odysseus aus dem gewaltigen Epos der Odyssee von Homer vorgestellt.

Die Männer und die Jungen, sie alle trugen kleine Kappen auf dem Hinterkopf und von ihren Schultern hingen seltsame Tücher mit weißen sowie purpurblauen Fäden an den Kanten. Zudem hatten sie sich je ein kleines, würfelähnliches Kästchen mit einem schwarzen Lederriemen auf die Stirn und ein weiteres um den linken Arm gebunden.

Mit wachsender Verstörung starrte Marius zu diesen äußerst befremdlich anzusehenden Gestalten hinüber, die in einer ihm unbekannten Sprache beteten und alle den Blick auf einen Gegenstand gerichtet hielten, der einige Schritt von ihnen entfernt auf einem Wandbrett stand. Was dort ihre Aufmerksamkeit anzog, vermochte er nicht zu sagen, denn einer der senkrechten Stützbalken im Raum verwehrte ihm die Sicht.

Eine erschreckende Ahnung überfiel ihn plötzlich.

Im selben Augenblick wurde ihm speiübel und das Zimmer begann, sich vor seinen Augen zu drehen. Der heftige Schwindelanfall ließ ihn nach vorn taumeln, hinein in den schweren Vorhang. Entsetzt merkte er, dass ihm die Beine den Dienst versagten. Sie brachen einfach unter ihm weg. Erst das rechte, dann auch das linke. Er drehte sich halb um seine eigene Achse. Hilflos ruderte er mit den Armen durch die Luft, bekam den Vorhang zu fassen und hielt sich daran fest.

Doch der Holzstab, an dem der Vorhang hing, war seinem Gewicht im Fallen nicht gewachsen. Das Holz splitterte und mit einem Aufschrei stürzte Marius zu Boden. Dabei riss er den Vorhang mit sich.

Marius kämpfte gegen die drohende Bewusstlosigkeit an, als über ihm das erschrockene Gesicht einer jungen Frau ... nein, eines Mädchens auftauchte, das sich zu ihm herunterbeugte. Und dieses Gesicht, eingerahmt von einer zierlichen Haube, drehte sich mit der Balkendecke, schneller und schneller. War das nicht Margarethe, die Tochter des Burghauptmanns?

»Margarethe?«, fragte er verstört, während nun Männergesichter mit Hörnern auf der Stirn hinter dem Mädchenkopf auftauchten und sich in diesen schwindelerregenden Kreisel einreihten.

»Nein, ich bin Sarah, das Ziehkind von Rabbi* Kalonymos

ben Meschullam«, antwortete das Mädchen und beschwor ihn, bloß ruhig liegen zu bleiben.

Hebräer!, schoss es Marius bestürzt durch den Kopf, bevor sich die Stimme irgendwo in dem Wirbel aus Gesichtern über ihm verlor und es ihm schwarz vor Augen wurde. Ich bin unter die Hebräer, die Juden, geraten!

Zwanzigstes Kapitel

Als Marius die Augen aufschlug, stand der jüngere der drei Männer, die er beim Gebet beobachtet hatte, neben seinem Bett. Er blickte mit grimmiger Miene auf ihn herab, während er sich das lederne Band mit dem kleinen Kästchen, das ebenfalls aus Leder gearbeitet war, vom linken Arm wickelte.

»Was hast du dir bloß dabei gedacht, in deinem Zustand aus dem Bett zu steigen und herumzuspazieren?«, schimpfte er erbost. »Als hätten wir nicht unsere liebe Mühe und Not gehabt, dich vor der Grube auf dem Leichhof zu bewahren! Und kaum haben wir dich über den Berg gebracht, da versuchst du auch schon, wieder alles zunichte zu machen!«

»Es tut mir leid«, murmelte Marius. »Ich wusste nicht, dass es mir noch so schlecht geht.« Er wusste wirklich nicht, was er von diesem Schwächeanfall halten sollte. Denn eigentlich fühlte er sich jetzt, da er wieder ruhig im Bett lag, doch ganz leidlich.

»Dann scheinst du ja ein Talent dafür zu haben, das Offensichtliche zu übersehen!«, erwiderte der Mann bissig.

»Nun geh mal nicht so hart mit ihm ins Gericht, Schemarja. Zu den Privilegien der Jugend gehört nun mal auch ihr unerschütterlicher Glaube an die eigene Unbesiegbarkeit«, mischte sich da eine dunkle, wohlklingende Stimme ein und im nächsten Moment trat der hochgewachsene Mann mit dem silbrig weißen Haar und den markanten Gesichtszügen einer griechischen Heldengestalt in Marius' Blickfeld.

Der jüngere Mann namens Schemarja ließ sich jedoch nicht so leicht beschwichtigen und setzte zu einem weiteren scharfzüngigen Vorwurf an. »Selbst ein junger Vagant wie er sollte doch zumindest so viel Verstand besitzen ...«

Erbost über das Wort »Vagant«, funkelte Marius ihn an, doch er kam nicht dazu, diesem Juden darauf eine passende Antwort zu erteilen.

»Was den Tag von der Nacht unterscheidet, ist genau genommen nur eine winzige Abstufung, mein Sohn«, sagte da nämlich der Grauhaarige zurechtweisend. »Damit wollen wir es jetzt gut sein lassen. Und wenn du etwas Sinnvolles tun möchtest, dann kannst du zu Jehuda hinübergehen und unserem fähigen Medikus Bescheid geben, dass unser Gast bei Bewusstsein ist. Er wird ihn bestimmt untersuchen und die Verbände erneuern wollen.«

»Das kann Sarah übernehmen. Ich muss mich unten um den Laden kümmern!«, antwortete Schemarja verdrossen, warf Marius noch einen erzürnten Blick zu und verließ die Kammer.

»*Schalom**, junger Mann«, sagte der Grauhaarige nun mit einem freundlichen Lächeln zu Marius gewandt und zog sich den Stuhl aus der Ecke heran. »Wie schön, dass du wieder ansprechbar bist! Wir haben tagelang um dein Leben gebangt, denn du hattest böse Verletzungen und hohes Fieber. Aber halt, ich rede und rede, während du dich wahrscheinlich fragst, in wessen Haus du dich überhaupt befindest und wer ich wohl sein mag. Nun denn, du bist in Mainz und ich bin Rabbi Kalonymos ben Meschullam, Vorsteher der hiesigen jüdischen Gemeinde. Und ein solcher Vorsteher trägt bei uns den Titel Rabbiner*. Das klingt zwar fast so wie Rabbi, ist aber nicht dasselbe – so wie ein Mönch nicht unbedingt auch Abt ist.«

»Und ich heiße Marius!«, antwortete Marius. Und noch immer wütend über Schemarjas herabsetzende Bemerkung, fügte er hitzig hinzu: »Aber ich bin kein herumstrolchender Vagant, sondern ein Freier aus dem Hunsrück.«

Rabbi Kalonymos ben Meschullam machte ein erstauntes Gesicht. »Oh, entschuldige. Da hat Schemarja dir wohl Unrecht getan, ja?« Er zwinkerte ihm zu, als wären sie einer Meinung, dass dieses Missverständnis eher ein Grund zur Belustigung als zur Verärgerung sei.

Marius fand daran jedoch ganz und gar nichts Belustigendes, im Gegenteil. In ihm gärte und nagte aus einem unerfindlichen Grund ein bitterer Groll, dem er keinen genauen Namen zu geben vermochte. Ein Groll, von dem er noch nicht einmal wusste, gegen wen oder was er sich eigentlich richtete.

»Ich habe sogar viele Jahre lang die Klosterschule besucht und bin auf der Burg meines Onkels Frodebert aufgewachsen!«, prahlte er. »Und jetzt will ich mich den Kreuzfahrern auf ihrem Zug ins Heilige Land anschließen, um Jerusalem von den Ungläubigen zu befreien!«

Was immer dieser Rabbi Kalonymos ben Meschullam auch darstellen mochte, er sollte bloß nicht glauben, es mit einem dahergelaufenen Strolch der Landstraße zu tun zu haben!

Ein Schatten fiel über das Gesicht von Rabbi Kalonymos. »So, dein Name ist also Marius und du hast deine Heimat im Hunsrück verlassen, weil du dich den Kreuzfahrern anschließen willst, die sich zurzeit überall im Land zusammenrotten«, sagte er mit einem schweren Seufzen.

»Habt Ihr vielleicht etwas dagegen einzuwenden?«, fragte Marius herausfordernd und wollte sich in einer Gebärde von Trotz und Stolz im Bett aufrichten. Die stechenden

Schmerzen in der linken Brust, die sich augenblicklich einstellten, ließen ihn jedoch schnell wieder in die Kissen zurücksinken.

»Als Jude habe ich gute Gründe, besorgt zu sein über das, was sich da zusammenbraut«, antwortete Rabbi Kalonymos. »Aber darüber können wir gern ein andermal reden, wenn es dir besser geht und falls du überhaupt den Wunsch hast, diese Gründe zu erfahren.«

Marius bezweifelte es. Was konnte ihm schon ein Jude erzählen, das für ihn von Interesse sein sollte? Er hatte zwar nichts gegen diese Leute, die so verstockt an ihren Irrlehren festhielten, aber viel zu schaffen haben wollte er mit ihnen auch nicht.

»Ihr werdet schon wissen, was für Euch Juden gut ist und was nicht und warum Ihr gegen den Kreuzzug seid«, antwortete er missmutig.

»Gewiss, und gottlob treffen ja nicht immer alle Befürchtungen ein, die einem auf der Seele lasten«, sagte Rabbi Kalonymos versöhnlich und fügte humorvoll hinzu: »Aber sich Gedanken zu machen, liegt nun mal im Wesen eines Rabbi.«

»Und was ist ein Rabbi?«, murmelte Marius und ärgerte sich, weil er sich so entsetzlich kraftlos fühlte und auf fremde Hilfe angewiesen war. Er war noch nie so krank gewesen, dass er gezwungen war, das Bett zu hüten. Und als sei das nicht schon schlimm genug, war er jetzt auch noch einem Juden Dank schuldig, weil der sich seiner erbarmt hatte!

»Rabbi heißt übersetzt ›mein Meister, mein Lehrer‹. So nennen wir Juden einen Gelehrten, der die Vorschriften der Thora auslegt und in der Lehre des Talmud* bewandert ist. Die Thora ist unsere Heilige Schrift und besteht aus den ersten fünf Büchern der Bibel ...«

»Also Genesis, Exodus, Leviticus, Numeri und Deuteronomium«, zählte Marius schnell auf, um zu zeigen, dass er vorhin nicht aufgeschnitten, sondern wirklich eine Klosterschule besucht und dort lesen und schreiben gelernt hatte und sich so leicht nichts vormachen ließ. Doch schon im nächsten Moment ärgerte es ihn, dass er meinte, sich vor diesem fremden Juden ins rechte Licht rücken zu müssen. Das hatte er doch überhaupt nicht nötig!

Rabbi Kalonymos nickte. »Richtig, wir nennen diesen Teil der Bibel die *Fünf Bücher des Moses,* weil Gott sie Moses am Berg Sinai offenbart hat. Und diese fünf Bücher stehen auf dem Pergament der Thora-Rolle, die wir für unseren Gottesdienst in der Synagoge* verwenden. Und was den Talmud betrifft, so handelt es sich dabei um ein gewaltiges Sammelwerk rabbinischer Lehren und Kommentare, das aus den beiden Teilen Mischna und Gemara besteht. Dieses gewaltige Sammelwerk ist aus der mündlichen Überlieferung entstanden und dient der gesetzestreuen Auslegung unserer Glaubenslehre.«

»Dann seid Ihr also ein Schriftgelehrter, ein Pharisäer!«, kam es Marius mit bissigem Unterton über die Lippen.

»Ja, so könnte man sagen«, räumte Rabbi Kalonymus ein. »Nur verbindest du offenbar etwas Falsches mit dem Wort Pharisäer, wahrscheinlich weil im Neuen Testament oft schlecht über sie geredet wird. Dort werden sie als Heuchler dargestellt, die mit fanatischem Eifer und wie mit Blindheit geschlagen am toten Buchstaben des Gesetzes festhalten. Aber das stimmt so nicht.«

»Bezweifelt Ihr die Wahrheit der Heiligen Schrift?« Marius war voller Empörung.

Rabbi Kalonymos blieb gelassen. »Nach unserer geschichtlichen Überlieferung waren die Pharisäer eine kleine Gruppe von frommen Juden, die Gott nicht nur beim Tempelgottesdienst ehren, sondern auch im Alltag ein heiliges Leben führen wollten«, erklärte er. »Und gerade weil sie so sehr auf der Einhaltung hoher moralischer Werte im Alltagsleben beharrten und sich nicht von irgendwelchem frommen Eifer blenden ließen, machten sie sich große Feinde unter den Sadduzäern, die sich als Angehörige der Tempelaristokratie vieler Privilegien erfreuten.«

»Davon steht aber nichts im Evangelium!«, widersprach Marius. »Und deshalb kann es auch nicht so gewesen sein, wie Ihr mir weismachen wollt!«

»Ich will dir nichts weismachen, Marius«, sagte der Rabbi mit einem nachsichtigen Lächeln. »Ich möchte dir nur ans Herz legen, auf der Suche nach der Wahrheit vorsichtig im Urteil zu sein. *Denn wenn du die Wörter mit der Wirklichkeit verwechselst, verbannst du dich aus der Wirklichkeit. Andere könnten dir folgen und das Gift deiner Verwirrung trinken; sie werden sterben und die Wahrheit wird entweiht.* So steht es in den Quellen des *Pirke Avot,* den Worten der Väter.«

»Was redet Ihr da von Gift und Verwirrung?«, entrüstete sich Marius. »Ich kenne die Wahrheit!«

»Was sich als Wahrheit ausgibt, ist oft nur geheiligte Meinung«, warnte ihn Rabbi Kalonymos. »Ein viel weiserer Rabbi als ich hat einmal gesagt: *Die Wahrheiten, die wir uns wünschen, bestätigen immer nur das, was wir schon wissen. So täuschen wir uns mit unseren eigenen Ansichten und Meinungen.«*

»Ich täusche mich nicht, dazu kenne ich das Evangelium viel zu gut!«, brüstete sich Marius mit seinem Bibelstudium.

Rabbi Kalonymos hob die Augenbrauen, neigte den Kopf ein wenig und fasste mit der rechten Hand seinen Bart unter dem Kinn zusammen. »Wirklich?«, fragte er gedehnt. »Nun, dann wirst du ja auch wissen, dass nicht nur der Apostel Paulus, sondern auch Jesus ein pharisäischer Schriftgelehrter war. Und da du deine Heilige Schrift so gut zu kennen vorgibst, wirst du dich auch bestimmt an die Stellen in den Briefen des Paulus entsinnen, wo er ein ums andere Mal betont, Pharisäer gewesen zu sein – und zwar ein guter!«

Darauf wusste Marius nichts zu erwidern. Es wurmte ihn, keinen Widerspruch einlegen zu können, denn dazu fehlte ihm die Kenntnis entsprechender Bibelstellen.

Doch statt Genugtuung darüber zu zeigen, dass Marius keine Einwände vorbringen konnte, machte Rabbi Kalonymos sich plötzlich Selbstvorwürfe: »Was fällt mir nur ein, hier an deinem Krankenbett zu sitzen und dich in ein solch anstrengendes Gespräch zu verwickeln, als wüsste ich nicht, wie schwach du dich fühlst? Ich wäre an deiner Stelle sicherlich kaum eines klaren Gedankens fähig gewesen. Ja, ich muss mich wirklich schämen, dass ich so wenig Rücksicht gezeigt habe. Ich hoffe, du verzeihst es mir.«

»Da gibt es nichts zu verzeihen«, murmelte Marius.

Rabbi Kalonymos lächelte erleichtert. »Es ehrt dich, dass du so nachsichtig mit mir bist, wo ich doch eigentlich eine Zurechtweisung verdient hätte. So, und dabei wollen wir es jetzt auch belassen, Marius«, sagte er. »Wenn du dich besser fühlst, können wir unser Gespräch gerne weiterführen, sofern dir der Sinn danach steht. Aber zuerst sieh zu, dass du wieder zu Kräften kommst. Alles andere ergibt sich dann schon.« Damit erhob er sich und ging hinaus.

Wenig später traf der Arzt Jehuda ben Nathan ein. Der kleine, feingliedrige Mann untersuchte Marius ohne viele Worte, erneuerte behutsam die Verbände und ermahnte ihn zum Schluss, seine Verletzungen bloß nicht auf die leichte Schulter zu nehmen. Es würde die Heilung ernsthaft gefährden, wenn er zu früh aufstand und seinem geschwächten Körper Belastungen zumutete, die dieser noch nicht verkraften konnte.

»Wenn die Messerklinge auch glücklicherweise von der Rippe abgerutscht ist, so hat sie dein Herz doch nur knapp verfehlt! Dass du diesen Stich überlebt hast, ist ein kleines Wunder. Verlass dich lieber nicht darauf, dass dieses Wunder noch einmal geschieht, falls du dich überanstrengst und die Wunde sich entzündet!«, warnte ihn Jehuda ben Nathan. »Du hast zudem mehrere angebrochene Rippen. Und die großen Platzwunden an Stirn und Hinterkopf, die ich mit vielen Stichen nähen musste, weisen auf brutale Schläge hin, die dein Gehirn heftig erschüttert haben müssen. Du tust also gut daran, das Bett zu hüten und dir möglichst wenig körperliche Anstrengung zuzumuten!«

Marius versprach es und dankte ihm.

Jehuda wehrte den Dank jedoch ab. »Ich gewähre jedem meine Heilkunst, der mich darum bittet, und ich behandle jeden gleich, junger Mann«, belehrte er ihn trocken. »Wer ein besonderes Talent, das Gott ihm geschenkt hat, nicht mit allen teilt, die dieser besonderen Fähigkeiten bedürfen, versündigt sich und ist dieses Gottesgeschenkes nicht würdig. Zudem werde ich von Rabbi Kalonymos großzügig entlohnt. Wenn du also jemandem danken willst, dann bedanke dich bei ihm. Immerhin hat er sich deiner angenommen.«

Marius sah ihm mit betroffener Miene nach. Denn es stimmte: Statt sich bei dem Mann, der ihn gerettet und in sein Haus aufgenommen hatte, für seine Barmherzigkeit gebührend zu bedanken, war er ihm voller Groll begegnet –

ja, und zum Schluss hatte er ihn auch noch zu beleidigen versucht, indem er ihn einen Pharisäer nannte. Wie hatte ihm nur so etwas Undankbares und Beschämendes passieren können?

Das sonnige Morgenlicht, das durch die Fensterluke fiel, verlor auf einmal seine strahlende Helligkeit, als sich dunkle Wolken über der Stadt zusammenzogen und es wenig später zu regnen begann.

Der Wetterumschwung passte gut zu Marius' niedergeschlagener Stimmung. Es bedrückte ihn, dass er aus seinen eigenen Empfindungen, die mit sich selbst im Widerstreit lagen, nicht schlau wurde. Und so versank er in trübseliges Grübeln, während der Regen heftig auf die hölzernen Dachschindeln trommelte.

Einundzwanzigstes Kapitel

Marius döste vor sich hin, als das Mädchen Sarah in sein Zimmer trat. Sie balancierte eine Tonschale mit Fleischbrühe in den Händen. »Du wirst bestimmt Hunger haben«, sagte sie und kam vorsichtig näher. Dabei nahm sie ihren Blick keinen Moment lang vom Teller, wohl weil sie fürchtete, dass sonst die Brühe über den Rand schwappte.

»Nein, habe ich nicht«, widersprach Marius verdrossen.

Sarah blieb vor seinem Bett stehen. »Trotzdem musst du das essen, wenn du wieder zu Kräften kommen willst«, antwortete sie und hielt ihm die Schüssel hin. »Außerdem schmeckt die Fleischbrühe köstlich. Bela, meine Ziehmutter, ist die beste Köchin vom ganzen Viertel!«

Marius verzog das Gesicht. Dann nahm er ihr den Teller ab.

Sarah holte einen Holzlöffel unter ihrer Schürze hervor, die mit hübschen Stickereien versehen war und die sie über einem recht schlichten Kleid aus rauchblauem Stoff trug. »Hier, damit geht es einfacher als mit bloßen Fingern«, scherzte sie und fragte: »Soll ich dir ein bisschen Gesellschaft leisten?«

Marius zuckte mürrisch mit den Achseln, griff zum Löffel und machte sich erst lustlos, dann aber mit wachsendem Appetit über die Brühe her. Sie schmeckte tatsächlich ganz wunderbar, und obwohl er es kaum glauben wollte, es schwammen darin doch wahrhaftig dicke Fleischstücke!

»Hörst du? Der Regen hat aufgehört. Gut, dass es nur ein kurzer Schauer war«, sagte Sarah nach einer Weile in dem Versuch, ein Gespräch mit ihm anzuknüpfen.

Er löffelte jedoch weiter wortlos die Brühe in sich hinein.

Sarah trat ans Fenster, schob den Fensterladen weiter auf und blickte hinaus. »Da! Ein Regenbogen! Über dem Dach der Synagoge!«, rief sie fröhlich. »Weißt du, was das zu bedeuten hat? Wann immer ein Regenbogen in den Wolken erscheint, soll er uns daran erinnern, dass die Katastrophe vorbei ist.«

Marius hob kurz den Kopf, verkniff sich aber die Frage, welche Katastrophe sie denn meinte. Er schlürfte den Rest Brühe aus der Schüssel und leckte den Löffel ab. Er hätte noch einen Teller essen können, wagte jedoch nicht, darum zu bitten.

Sie kam zu ihm ans Bett zurück und setzte sich auf den Stuhl.

»Du heißt Marius, nicht wahr?«

»Ja«, antwortete er einsilbig und stellte fest, dass sie moosgrüne Augen, klare Gesichtszüge und einen hübschen vollen Mund besaß. Und ihre Nase bog sich ein klein wenig himmelwärts. Er entdeckte sogar einige Sommersprossen auf Wangen und Nase. Kräftiges schwarzes Haar, das einen bläulichen Schimmer hatte, drängte unter ihrer bestickten Haube hervor und fiel in sanften Wellen auf ihre Schultern. Im Nacken wurde es von einem Band zusammengehalten, das im Farbton ihrer Augen schimmerte. Eigentlich sah sie ja recht ansprechend aus und irgendwie gar nicht jüdisch …

»Ich heiße Sarah.«

»Ich weiß, das habe ich noch behalten«, brummte er und blickte schnell weg, als fürchtete er, sie könnte seine Gedanken lesen.

»Willst du dich ein wenig unterhalten?«

Marius zuckte vage die Achseln. »Ich wüsste nicht, worüber.«

Er fühlte sich seltsam unwohl, verlegen, der Situation irgendwie nicht gewachsen, ohne jedoch sagen zu können, was genau ihn so unsicher machte. Vielleicht hatte es damit zu tun, dass er nicht in einem christlichen Heim so barmherzige Aufnahme gefunden hatte, sondern unter dem Dach von Juden.

Sarah lächelte ihn aufmunternd an. »Du könntest mir erzählen, woher du kommst, was dir so Schreckliches widerfahren ist, und ich ...«

»Ich komme aus einem Dorf im Hunsrück, wie es ihrer unzählige gibt, das habe ich deinem Ziehvater doch schon gesagt!«, fiel er ihr barsch ins Wort. »Mehr gibt es darüber nicht zu erzählen! Und es war eine Bande von Wegelagerern, die mich am Lerchenberger Wald überfallen, völlig ausgeraubt und halb tot liegen lassen hat. So, das ist alles!«

Trotz seiner unfreundlichen Antwort zeigte sie sich nicht beleidigt. Sie sah ihn nur an und seufzte dann. »Na ja, vielleicht schläfst du jetzt besser ein wenig«, sagte sie, nahm ihm die Schüssel ab und ließ ihn allein.

Marius ärgerte sich über ihre Neugier und ihre unbekümmerte Art, ihn einfach so zum Reden bringen zu wollen. Wer war sie denn, dass sie meinte, er müsse ihr über seine Herkunft Auskunft geben, kaum dass sie ihm ihren Namen genannt hatte?

Aber je länger er allein in der Kammer lag und vor sich hin grübelte, desto mehr ärgerte er sich darüber, dass er so mundfaul und schroff zu ihr gewesen war. Er hätte ruhig mit ihr reden können, und wenn er es recht überlegte, hätte er sich damit bestimmt einen größeren Gefallen getan als durch sein abweisendes Verhalten. Immerhin würde er wohl noch eine ganze Weile hier im Haus des Juden Kalonymos ben Meschullam ans Krankenbett gefesselt sein. Und da war es weder ein Zeichen von Dankbarkeit noch von besonderer Klugheit, jeden vor den Kopf zu stoßen, der gut zu ihm sein wollte.

Marius döste schließlich ein. Als er Stunden später aufwachte, saß der Rabbi an seinem Bett. »Habe ich dich vielleicht geweckt, mein Sohn?«, fragte er besorgt, und als Marius den Kopf schüttelte, sagte er: »Schlaf ist die beste Medizin. Aber die Stunden dazwischen dürften dir während der nächsten Tage, die du noch im Bett bleiben musst, gewiss sehr lang werden. Deshalb habe ich dir das hier gebracht.«

Marius richtete sich im Bett auf und schob sich die Kissen in den Rücken. Er sah, dass Rabbi Kalonymos auf die Kante seines Bettes einen hölzernen Kasten gestellt hatte, dessen Oberfläche abwechselnd in helle und dunkle Flächen unterteilt war. Er bezähmte jedoch seine Neugier, denn zuerst einmal musste er sich für sein unmögliches Verhalten von vorhin entschuldigen.

»Wartet!«, bat Marius, als der Rabbi zu einer Erklärung ansetzen wollte. »Ich habe Euch erst etwas zu sagen.«

»So?«, fragte der Rabbi milde überrascht. »Was hast du denn auf dem Herzen?«

Marius schluckte seinen Stolz hinunter. »Es tut mir leid, dass ich mich vorhin so ... so ungebührlich, ja rüde benommen habe«, murmelte er beschämt. »Ich weiß nicht, was in mich gefahren ist, wo ich Euch doch so viel Dank für Eure Hilfe und barmherzige Aufnahme schulde.«

Ein feinsinniges Lächeln umspielte die Mundwinkel des Rabbi. »Du schuldest mir gar nichts, Marius«, antwortete er und fuhr scheinbar ohne jeden Zusammenhang fort: »Vor über elfhundert Jahren, also noch vor der christlichen Zeitrechnung, lebte ein Rabbi namens Hillel im Land unserer Stammväter. Er galt schon in seiner Zeit als ein Gelehrter von außergewöhnlichem Rang. Sein Name wird noch heute mit größter Hochachtung ausgesprochen und diese Bewunderung und Verehrung wird auch in noch einmal tausend Jahren nicht nachlassen. Es ranken sich viele wunderbare Geschichten um ihn und seine Gelehrsamkeit. Eine davon will ich dir erzählen, nämlich wie dieser weise Mann die goldene Regel der Moral in unübertrefflicher Einfachheit und Klarheit formuliert hat. Es heißt, ein heidnischer Grieche habe den Gelehrten verspottet und ihn aufgefordert, ihm das Wesen der Thora zu erläutern – und zwar in der kurzen Zeit, die er, der Rabbi, auf nur einem Bein zu stehen vermöge. Denn ein Glaube, der sich nicht zu einer knappen Botschaft zusammenfassen lasse, sei es auch nicht wert, länger erörtert zu werden. Und da soll Rabbi Hillel ihm auf einem Bein stehend die Antwort gegeben haben: ›Was du nicht willst, dass man dir tun soll, das füge keinem anderen zu. Das ist die ganze Thora, der Rest ist Kommentar. Geh nach Hause und lerne.‹ Das ist es, was Rabbi Hillel seinen Schülern beigebracht hat. Nämlich dass man Gott nicht mit Furcht, sondern mit Liebe verehren soll – mit einer Liebe, die jedem Nächsten zu gelten hat. Du siehst also, ich versuche nur, meinem Gott treu zu sein und ihm so zu dienen, wie er es sich von uns wünscht.«

»Ja, aber was dieser Rabbi Hillel da als Gebot der Thora ausgegeben hat, das stammt doch …«, begann Marius verwirrt und brach ab.

»… aus dem Neuen Testament, meinst du?«, beendete der Rabbi den Satz für ihn. »Da muss ich dich leider enttäuschen, Marius. Das Gebot der Nächstenliebe, ja sogar der Feindesliebe, ist keine Erfindung des Christentums, auch wenn dieser Anspruch stets erhoben wird, sondern ein jüdisches Gebot aus der Thora und damit schon einige tausend Jahre älter als das Evangelium. So steht es in der Thora geschrieben: *Wenn du deines Feindes Ochsen oder Esel begegnest, dass er irrt, so sollst du ihm denselben wieder zuführen.* Und die Sprüche Salomos ergänzen: *Hungert dein Feind, so gib ihm Brot zu essen; dürstet ihn, so gib ihm Wasser zu trinken.*

Die von Jesus wiederholt geäußerte Mahnung zur Nächstenliebe und zur Feindesliebe ist somit kein neues Gedankengut, sondern Jesus hat sich damit nur einmal mehr als frommer und schriftkundiger Jude ausgewiesen.«

Marius hätte Rabbi Kalonymos' Worte nur allzu gern in Zweifel gezogen, doch er spürte, dass dieser Mann ihn nicht belog, sondern die Wahrheit sprach – eine Wahrheit, die für ihn, Marius, sehr unbequem war. Und was sollte er ihm darauf bloß antworten?

Doch der Rabbi erlöste ihn aus seiner Verlegenheit und wechselte geschickt das Thema. »Weißt du, was meine beiden größten Schwächen sind?«, fragte er. »Der gelehrte Disput – und das hier!« Dabei hob er den Kasten hoch.

Was ist das?«

»Ein Brettspiel, das jegliche Langeweile vertreibt, wenn man sich erst einmal darein vertieft hat«, versicherte Rabbi Kalonymos, klappte den Kasten auf und entnahm ihm ein Säckchen aus schwarzem Samt. »Die einen sagen, die Chinesen hätten es erfunden, die anderen schreiben es den Indern zu. Und wieder andere halten einen Wesir in Persien für den Erfinder dieses außergewöhnlichen Brettspiels.«

»Und wie heißt dieses Spiel?«

Tschaturanga in Indien, *Tschatransch* in Arabien, *Axedres* in Spanien, *Chess* auf der Insel der Engländer, *Schatrang* in Persien und daraus ist dann unser Schach geworden. Das

Wort kommt von *Schah,* wie dort der König genannt wird. Denn bei diesem Spiel geht es darum, den König des Gegners zu stellen«, erklärte Rabbi Kalonymos und ließ daumengroße, wunderschön geschnitzte Figuren aus dem Samtbeutel auf das Brett mit seinen acht mal acht Feldern purzeln.

Marius bewunderte die Figuren, vermochte sich jedoch nicht vorzustellen, was an diesem Spiel so faszinierend sein sollte. »Auf diesen paar Feldern kann man mit den Figuren doch gar nicht viel anstellen«, wandte er ein.

Der Rabbi schmunzelte. »Von wegen! Die Vielfalt dieses wahrhaft königlichen Spiels grenzt ans Unendliche, Marius. Diese acht mal acht Felder bilden ein magisches Quadrat – im wahrsten Sinne des Wortes. Ich will einmal die Zahlenmagie außer Acht lassen, obwohl diese nicht weniger beeindruckend ist, denn dich interessiert das Spiel. Nun, die Zahl der möglichen Varianten bei den Spielzügen mit diesen zweiunddreißig Figuren auf vierundsechzig Feldern übertrifft die Zahl der Sterne im Kosmos – so unvorstellbar groß sind die Kombinationsmöglichkeiten.«

Marius machte ein ungläubiges Gesicht. »Das glaube ich Euch nicht!«, entfuhr es ihm.

»Es ist aber so«, bekräftigte der Rabbi. »Diesen vierundsechzig Feldern wohnt eine unglaubliche Zahlenmacht inne, die sogar das Vorstellungsvermögen des klügsten Mathematikers überfordert. Ich glaube, am besten kann ich dir das mit der Legende von den Weizenkörnern verdeutlichen. Diese Legende aus dem Orient erzählt von einem ebenso weisen wie schlitzohrigen Wesir in Bagdad, der seinen König für dieses Spiel begeistern konnte. Der König gab dem Wesir als Zeichen seiner Dankbarkeit einen Wunsch frei. Daraufhin wünschte sich der Wesir scheinbar ganz bescheiden ein paar Weizenkörner. ›Mein König‹, so sagte er demütig, ›gebt mir ein Korn für das erste Feld auf dem Brett, zwei für das zweite, vier für das dritte, acht für das vierte und immer so weiter ...‹«, begann Rabbi Kalonymos zu erzählen.

Marius lachte spöttisch auf. »Sehr weise kann dieser Wesir aber nicht gewesen sein, wenn er so dumm war, sich mit einer armseligen Hand voll Weizen abspeisen zu lassen, wo er sich doch alles hätte wünschen können, wie Ihr sagt!«

»Warte!« Der Rabbi hob mit einem hintergründigen Lächeln die Hand. »Die Geschichte ist noch nicht zu Ende. Der König dachte anfangs genau wie du und lachte seinen Wesir aus. Doch das Lachen verging ihm schnell, als er die Menge der Körner bei jedem Feld verdoppeln sollte, denn erst nun begriff er die Dimensionen dieses Spiels. Die Zahl der benötigten Körner übertraf nämlich schon bald nicht nur die gesamten Vorräte des Landes, sondern die der ganzen Erde**.«

Marius war sprachlos.

»Ja. so ist es! Der Wesir war alles andere als bescheiden, er war vielmehr maßlos!«, sagte der Rabbi amüsiert. »Bei Gelegenheit kannst du ja mal versuchen, die Zahlen von Feld zu Feld zu verdoppeln, dann wirst du verstehen, wenn ich von einer unvorstellbar großen Zahl spreche. Aber jetzt lass mich dir die Spielregeln erklären. Sie sind sehr einfach – und erlauben dennoch eine unglaubliche Vielfalt von Spielzügen.«

** Die genaue Zahl der geforderten Weizenkörner lautet: 18 446 744 073 709 551 615, mathematisch durch $2^{64}-1$ ausgedrückt.

Aufmerksam hörte Marius zu, als Rabbi Kalonymos ihm nun erklärte, wie die Figuren aufzustellen waren und welche Spielregeln galten.

Gerade wollten sie ihr erstes Spiel beginnen, als Schemarja erschien und aufgeregt rief: »Es ist Nachricht vom Kaiser eingetroffen – und aus Köln, Rabbi! Der Rat der Ältesten will umgehend mit Euch über die neuesten Berichte reden und darüber, was weiterhin zu tun ist!«

»Das verträgt natürlich keinen Aufschub! Sag ihnen, ich komme sofort in die Synagoge, Schemarja!«, antwortete Rabbi Kalonymos und sagte entschuldigend zu Marius, als er dessen enttäuschtes Gesicht sah: »Tut mir leid, dass ich so plötzlich wegmuss, aber uns drücken große Sorgen. Ich schicke Sarah zu dir.«

»Sarah? Habt Ihr denn vorhin nicht gesagt, dass dieses Spiel die allerhöchsten Anforderungen an Intelligenz und Kombinationsgabe stellt?«, wandte Marius skeptisch ein.

Der Rabbi lachte. »Keine Sorge, Sarah wird dich bestimmt nicht langweilen, Marius!«, versicherte er. »Ich habe ihr das Schachspiel schon vor vielen Jahren beigebracht. Manchmal denke ich, ich hätte es besser nicht getan. Denn wenn ich heute gegen sie gewinnen will, muss ich mich schon sehr anstrengen. Ich werde ihr sagen, dass sie dir Zeit zum Lernen lassen und dich nicht schon nach ein paar Zügen schachmatt setzen soll.«

»Na, das werden wir ja sehen«, murmelte Marius leise vor sich hin, als die beiden Männer aus dem Zimmer eilten. »Wenn ich erst die Regeln richtig begriffen habe, wird mich ein Mädchen bestimmt nicht schlagen!«

Wenig später saß Sarah ihm gegenüber. Es schien sie sichtlich zu freuen, dass er das Schachspielen erlernen wollte. »Du wirst sehen, es ist ein großartiges Spiel, über das man alles andere vergessen kann!«, schwärmte sie. »Es kann sogar zu einer regelrechten Sucht werden.«

Die erste Partie begann und Sarah versuchte, ihm zu helfen, ein Gefühl für die Vielfalt der möglichen Spielzüge zu bekommen. Immer wieder erinnerte sie ihn, welche Fähigkeiten Läufer, Turm, Pferd und Bauer besaßen – und dass er nicht nur die eigenen Züge vorausplanen, sondern auch versuchen musste, die Pläne seines Gegners zu erahnen und sie möglichst frühzeitig zu vereiteln.

Das Spiel schlug Marius vom ersten Moment an in seinen Bann, doch dass Sarah ihm ins Spiel pfuschte, wie er meinte, und unablässig Ratschläge erteilte, gefiel ihm gar nicht. Seit wann ließ sich ein Mann von einem Mädchen belehren?

Eine Weile hielt er sich zurück, dann jedoch wurde es ihm zu viel. Ärgerlich platzte er heraus: »Kannst du nicht endlich aufhören, mir bei jedem Zug, den ich machen will, dreinzureden? Du kannst dir deine guten Ratschläge sparen.«

»Aber ich will dir doch bloß helfen!«, wandte sie ein.

»Darauf kann ich verzichten! Ich weiß mir schon selbst zu helfen!«, erwiderte er gereizt. »Ich bin doch nicht dämlich. Die Regeln habe ich längst begriffen. Jetzt lass uns endlich ein paar Spiele machen, ohne dass du ständig dazwischenquatschst, und dann habe ich den Bogen schon raus!«

»Ich soll also nichts mehr sagen, sondern dich so spielen lassen, wie du willst?«

»Ja!«

»Und ich soll dich auch nicht schonen?«

»Jetzt hast du es endlich begriffen!«

Sarah warf ihm ein Lächeln zu, zuckte die Achseln und

sagte trocken: »Also gut, wenn du das so haben willst, werde ich eben nichts mehr sagen, sondern dich in dein Verderben laufen lassen.«

»Ha, das werden wir ja sehen!«

Es dauerte tatsächlich nicht lange, bis Marius begriff, wie weit er ohne ihre Hilfestellung kam. Sarah setzte ihn ein ums andere Mal im Handumdrehen schachmatt. Sie spielten fast ein Dutzend Partien, die alle jedoch nur wenige Minuten dauerten. Denn er verlor jedes Mal seinen König, noch bevor er sich einen Angriffsplan überlegt hatte. Er wusste überhaupt nicht, wie ihm geschah. Stumm, aber gnadenlos fiel sie über ihn her, schlug mit zwei, drei Zügen verheerende Schneisen durch seine Abwehr und sagte dann fast gelangweilt das vernichtende Wort: »Schachmatt!«

Marius dämmerte allmählich, wie lächerlich er sich in seiner Selbstüberschätzung aufgeführt hatte. Sarah besiegte ihn ohne jede Anstrengung. Und er hatte geglaubt, ihr schon nach ein paar Spielen überlegenen Widerstand entgegensetzen zu können. Und nun musste er erkennen, dass er für sie alles andere als ein ernst zu nehmender Gegner war. Er kam sich vor wie ein wehrloser Bauer gegenüber einem gepanzerten Ritter mit blankem Schwert in der Faust! Was für eine Blamage!

Wütend fegte er die Figuren vom Schachbrett, als Sarah wieder einmal mit Läufer, Turm und Pferd mühelos durch seine Reihen brach und ihm eine weitere blitzschnelle Niederlage bereitete. Sarah hob die Augenbrauen und sah ihn an, sagte jedoch nichts.

Marius starrte mit verkniffener Miene zurück – bereit, jeden Moment aus der Haut zu fahren.

Sarah zog die Unterlippe zwischen die Zähne, als

überlegte sie, wie sie wohl auf seine wutgeladene Geste antworten sollte. Dann sagte sie scheinbar beiläufig: »Als ich noch ein kleines Kind war, hatte ich es mir eines Tages in den Kopf gesetzt, ganz allein und ohne jede Hilfe ein schwieriges Muster in ein Tuch zu sticken. Du glaubst gar nicht, wie aufgebracht ich war, als meine ältere Ziehschwester mir klarmachen wollte, dass ich dazu einfach noch nicht in der Lage war. Ich wusste es besser – und trotzig, wie ich war, habe ich alle guten Ratschläge in den Wind geschlagen. Tja, das ist dann die scheußlichste Handarbeit geworden, die ich jemals gemacht habe.« Sie schwieg einen Moment und fuhr dann fort: »Mein Ziehvater sagt immer: ›Lernen ist wie Rudern gegen den Strom. Sobald man aufhört, treibt man zurück.‹ Was meinst du, willst du dich weiter treiben lassen oder lieber wieder rudern?«

Eigentlich wollte Marius ärgerlich auf sie sein, doch als er ihren verschmitzten Blick sah, wich plötzlich alle Wut von ihm und er musste lachen. »Ja, du hast recht, ich bin ein Dummkopf gewesen. Also gut, treib mich wieder auf die Galeere und zurück ans Ruder! Aber irgendwann schlage ich dich, das verspreche ich dir!«

Zweiundzwanzigstes Kapitel

Die strenge Bettruhe einzuhalten, die der Medikus Jehuda seinem geschundenen Körper verordnet hatte, hätte Marius ohne das Schachspiel kaum durchgehalten. Seine Begeisterung für das Brettspiel, das ihn stundenlang alles um sich herum vergessen ließ, machte die erzwungene Ruhe und das Eingeschlossensein in der kleinen Kammer jedoch erträglich. Rabbi Kalonymos hatte Sarah von ihren Pflichten in seiner Tuchhandlung und im Haushalt weitgehend entbunden, damit sie mehrmals am Tag Zeit für Marius hatte und ihm am Schachbrett die einsamen Stunden verkürzen konnte.

»Dein Ziehvater hat wirklich nicht übertrieben, dieses Spiel übertrifft alles!«, schwärmte Marius, als sie wieder einmal die Figuren für eine neue Partie aufstellten. »Es ist faszinierend, welche Möglichkeiten in den Figuren stecken. Was bei einem Zug ihre Stärke ist, kann sich schon beim nächsten als Schwäche herausstellen. Denn oft genug behindern ja die eigenen Figuren ihre Mitstreiter mehr als die gegnerischen Truppen.«

Sarah schmunzelte und richtete ihre Bauern aus. »Das hast du gut beobachtet. Mein Ziehvater nennt das ›ihre negative Kraft‹. Dass du gerade durch mein Springerschach verloren hast, ist dafür ein gutes Beispiel.«

Marius verzog das Gesicht. »Das habe ich wohl gesehen! Mein König konnte nicht mehr entfliehen, weil ich ihn mit seinen eigenen Wächtern umstellt und festgenagelt hatte.«

»Aber du lernst schnell und entwickelst deine Züge schon viel geschickter«, sagte Sarah anerkennend.

»Ins Schwitzen gebracht habe ich dich aber noch nicht«, räumte Marius ein.

»Na, wenn du weiterhin so rasche Fortschritte machst wie in den vergangenen drei Tagen, dann werde ich mir bald ein paar neue Züge einfallen lassen müssen.«

Marius freute sich über dieses Lob, glaubte jedoch nicht daran, ihrem König schon in naher Zukunft das Überleben wirklich schwer machen zu können. Ein klein wenig wurmte es ihn zwar immer noch, dass dieses jüdische Mädchen, das zudem noch ein Jahr jünger war als er, jede Partie gewann, wie sehr er sich auch anstrengte. Ihre selbstbewusste und zugleich doch ruhige Art nötigte ihm aber auch Respekt ab. Und an Humor fehlte es ihr ebenso wenig wie an der Fähigkeit, im rechten Moment zu schweigen.

»Sag mal, wie kommt es eigentlich, dass Rabbi Kalonymos dein Ziehvater ist?«, fragte Marius, als sie später am Tag eine Pause einlegen mussten, weil ihn Kopfschmerzen plagten. »Hast du keine Eltern mehr?«

»Nein, meine Eltern sind tot, schon seit vielen Jahren«, antwortete Sarah und schaute weg.

Er spürte sofort, dass sie so wenig über ihre Vergangenheit reden wollte wie er über seine zweifelhafte Herkunft, und so wechselte er schnell das Thema. »Sag, hast du schon mal von einem Mann namens Bartholo der Okkultist gehört? Er soll seit einigen Jahren hier in Mainz wohnen.«

Sarah runzelte die Stirn und schüttelte dann den Kopf. »Nein, den Namen habe ich noch nie gehört. Aber das hat nichts zu bedeuten. Mainz ist eine große Stadt, Marius. Nicht von ungefähr wird sie auch das ›Diadem des Reiches‹ genannt. Mainz ist der Knotenpunkt der wichtigsten Handelsstraßen nach Ungarn, Konstantinopel und in den Orient! Von hier aus wird der Fernhandel betrieben, und wer

Geschäfte mit Waren aus aller Herren Länder machen will, der kommt in diese Stadt!«, erklärte sie voller Stolz. »Allein schon in unserem Viertel, wo wir Juden wohnen, leben fast vierhundert Familien. Das sind weit über tausend Personen.«

»Na ja, ist nicht so wichtig«, sagte Marius. In Wirklichkeit verbrachte er ein gut Teil seiner einsamen Stunden in der Kammer mit den immer wiederkehrenden Fragen, wer dieser Bartholo wohl sein mochte, mit dem Vinzent nach Ägypten gezogen war, ob er überhaupt noch in Mainz lebte und was er von ihm erwarten durfte, wenn er ihn denn finden sollte. Würde ihm jener Mann wohl dabei helfen können, Knappe eines Ritters zu werden, damit er mit den Kreuzfahrern ins Heilige Land ziehen und dabei vielleicht dem Verbleib seines Vaters auf die Spur kommen konnte? Denn er zweifelte nicht daran, dass auch sein Vater, wenn er denn noch lebte, das Kreuz genommen und sich als Ritter Christi auf den Weg nach Jerusalem gemacht hatte.

»Ich kann mich aber gern nach diesem Okkultisten Bartholo erkundigen, wenn du möchtest«, sagte Sarah.

»Ja, denn ich wüsste gern, ob er überhaupt noch in der Stadt lebt«, antwortete er und dachte dabei an den kleinen Kupferring der winzigen Sonnenuhr, die sich im Schnallenreliquiar verbarg. Gottlob hatten Einauge und seine Mordgesellen keine Zeit mehr gehabt, ihn auch noch seines Gürtels zu berauben!

Sarah schien eine Frage auf der Zunge zu liegen, sie sprach diese jedoch nicht aus, sondern nickte nur. »Ich werde mich umhören, ob ihn jemand kennt. Und dann gebe ich dir Bescheid. So, und jetzt muss ich gehen. Schemarja, der Schwiegersohn meines Ziehvaters, erwartet, dass ich ihm abends beim Aufräumen unten im Laden zur Hand gehe.«

Marius hatte Mühe, sich seine Enttäuschung nicht anmerken zu lassen. Ohne ihre Gesellschaft würde ihm der Rest des Tages wieder entsetzlich lang werden. »Kommst du morgen gleich wieder nach dem Morgengebet?«

Sarah nickte.

Plötzlich fiel Marius etwas ein, was er sie schon länger hatte fragen wollen. »Sag mal, was haben die Umhänge mit den Quasten und vor allem diese merkwürdigen Riemen und Kästchen zu bedeuten, die sich die Männer morgens immer um die Stirn und den linken Arm binden?«

»Der Umhang ist ein Gebetsmantel, *Tallit** genannt. Und das andere sind *Tefillin,* lederne Gebetsriemen. Beides muss jeder erwachsene Jude zum Morgengebet anlegen«, antwortete Sarah. »Die ledernen Kapseln enthalten kleine Pergamentstreifen, auf die ein Thoraschreiber vier bestimmte Bibelstellen geschrieben hat.«

»Und was für einen Zweck erfüllen sie?«

»Sie sollen an das heilige Gesetz des Herrn erinnern und daran, dass er sein Volk von der ägyptischen Knechtschaft befreit hat«, erklärte sie. »Gemäß dem Gebot, wie es im zweiten Buch Mose geschrieben steht: *Es sei dir ein Zeichen an der Hand und ein Erinnerungsmal an der Stirn, damit das Gesetz des Herrn in deinem Munde sei. Denn mit starker Hand hat dich der Herr aus Ägypten herausgeführt.«* Sie lächelte. »Der Auszug aus Ägypten, die Flucht durch das Rote Meer und später die Offenbarung der Zehn Gebote am Berg Sinai sind meine Lieblingsstellen. Die lese ich immer wieder gern.«

Verblüfft sah er sie an. »Du kannst lesen?«

»Natürlich!«, erwiderte sie, nun ihrerseits erstaunt über seine Frage. »Jeder Jude kann lesen und schreiben!«

Der verblüffte Ausdruck auf seinem Gesicht verwandelte sich in unverhohlenem Unglauben. Alle Juden sollten lesen und schreiben können? Das konnte gar nicht sein! Sogar unter der christlichen Bevölkerung gab es doch nur ganz wenige, die diese Kunst beherrschten. Nicht einmal alle Mönche waren gebildet genug, um die Heilige Schrift lesen zu können, wie er aus eigener Erfahrung wusste, von den weltlichen Geistlichen auf den Dörfern ganz zu schweigen. Gut, es gab viele Gelehrte und alle Kleriker höheren Ranges wussten mit Büchern und Schreibfeder bestens umzugehen. Aber das war doch nur eine verschwindend kleine Gruppe von Privilegierten, die eine gute Ausbildung genossen hatten.

Selbst unter den Rittern war die Mehrzahl des Schreibens und Lesens unkundig. Ja, auch Könige machten da keine Ausnahme. Selbst ein so mächtiger Mann wie Karl der Große war nicht einmal in der Lage gewesen, seine eigene Unterschrift zustande zu bringen. Dagegen sollten nun alle Juden, sogar die Frauen, lesen und schreiben können? Das konnte doch nur eine maßlose Aufschneiderei sein!

»Unmöglich!«, platzte es aus ihm heraus. »Du willst mich doch nur auf den Arm nehmen!«

Sarah lachte. »Überhaupt nicht! Unterricht gehört bei uns Juden von jeher zu den heiligsten Aufgaben. Weißt du denn nicht, dass wir als das ›Volk des Buches‹ gelten?«

Marius schüttelte nur den Kopf.

»Sowie bei uns ein Kind sprechen kann, erhält es schon religiösen Unterricht«, fuhr Sarah fort. »Es gehört zu unserer Tradition, einem Jungen schon mit fünf Jahren von einem *melammed,* einem besonderen Kinderlehrer, Bibelunterricht erteilen und das Lesen beibringen zu lassen.

Auch arme und verwaiste Kinder erhalten diesen Unterricht. Für sie kommt die Gemeinde durch Spenden auf.«

»Das kann ich kaum glauben!«, erwiderte Marius trotzig, obwohl ihm sein Verstand sagte, dass Sarah ihn nicht anlog.

»Es ist aber so«, beteuerte sie. »Fünf Jahre lang beschränkt sich der Unterricht, der täglich mehrere Stunden dauert, auf die Bibel. Vom zehnten Lebensjahr an wird das Kind dann in das Studium der *mischna,* der älteren mündlichen Lehre, eingeführt und darauf folgt die Einweisung in den Talmud. Nach der *bar mizwa* ist dann ...«

»Was ist eine *bar mizwa?«,* fiel Marius ihr ungnädig ins Wort. Ihm fiel es schwer, zu akzeptieren, dass die jüdische Bevölkerung offenbar nicht die augenfällige Ungebildetheit der Christen teilte.

»Bar mizwa heißt übersetzt ›Sohn des Gebotes‹. Es ist der Tag, an dem jeder Junge seinen dreizehnten Geburtstag und damit den Beginn seines Lebens als Erwachsener feiert. Vom Tag seiner *bar mizwa* an ist er zur Erfüllung aller religiösen Gebote verpflichtet, muss zum Gebet Tallit und Tefillin anlegen und darf in der Synagoge aus der Thora vorlesen. Und von nun an gehört seine weitere Ausbildung zu den Aufgaben des Rabbiners. Bei uns ist das Rabbi Kalonymos.«

»Aber das alles gilt scheinbar nur für Jungen!«, wandte Marius ein.

»Ja«, gab Sarah zu. »Doch auch Mädchen erhalten bei uns Unterricht und lernen genauso lesen und schreiben wie die Jungen, wenn auch nicht durch einen Melammed, sondern im Familienkreis.«

»Also, das ... das habe ich nicht gewusst ... und nicht ... nicht für möglich gehalten«, stammelte Marius voller Staunen. Er empfand Bewunderung, konnte sich jedoch eines leichten Neides nicht erwehren.

»Die meisten wollen so etwas auch gar nicht wissen, denn dann könnten sie ja nicht mehr so hochmütig auf uns herabsehen und uns verächtlich machen«, erwiderte Sarah mit einem Lächeln, das ihren Worten ein wenig die Schärfe und Bitterkeit nahm. »So, jetzt muss ich mich aber wirklich sputen! Die andern schauen mich sowieso schon ganz schief an, weil ich so viel Zeit bei dir verbringe.«

Die anderen Personen in Rabbi Kalonymos' Haus, zu denen auch die Familie seines Schwiegersohns Schemarja gehörte, hatte Marius bisher nicht zu Gesicht bekommen – abgesehen von Bela und Frummet. Bela, die freundliche, aber sehr stille Frau des Rabbi, brachte ihm zumeist das Essen und hatte dann auch stets ein paar aufmunternde Worte für ihn. Aber sie hielt sich nie lange bei ihm auf.

Dagegen schien Frummet, das nicht mehr ganz junge, spindeldürre Dienstmädchen mit den ungewöhnlich großen Augen, alle Zeit der Welt zu haben, so wie sie in seiner Kammer immer herumtrödelte. Manchmal hatte Marius den Eindruck, als kostete sie seine Verlegenheit regelrecht aus. Denn Bela hatte ihr die Aufgabe übertragen, ihm morgens einen Krug mit frischem Wasser zu bringen – denn zu den erstaunlichen Sitten der Juden gehörte es auch, sich jeden Morgen zu waschen! – sowie morgens und abends seinen Nachttopf zu leeren, da er ja nicht den Abort im Hof aufsuchen konnte. Frummet begnügte sich jedoch nicht damit, den Nachttopf hinauszutragen und wieder zurückzubringen, sondern jedes Mal hob sie in seiner Gegenwart den Deckel an und machte eine trockene Bemerkung zur Beschaffenheit seiner Ausscheidungen.

»Frummet ist ein wenig einfach im Geiste«, sagte Sarah nachsichtig, als Marius ihr gegenüber eingestand, dass ihn das Benehmen des Dienstmädchens manchmal schon sehr befremdete. »Du musst dir nichts dabei denken.«

Marius fand das leichter gesagt als getan. Und mit wachsender Ungeduld wartete er darauf, dass Jehuda ihm die Erlaubnis erteilte, das Bett zu verlassen – zumindest für kurze Gänge zum Abort.

Als dieser Tag endlich gekommen war, ließ es sich Rabbi Kalonymos nicht nehmen, ihm persönlich den Weg zu zeigen und ihn zu stützen. Er führte ihn durch das große Zimmer mit dem langen Tisch, zu dem gepolsterte Bänke und mehrere Stühle mit geflochtenen Rückenlehnen gehörten.

Marius bewunderte den siebenarmigen Leuchter aus Silber, der *menora** hieß, wie der Rabbi ihm mitteilte, und erhaschte einen Blick in den dahinter liegenden Raum, wo sich der Küchenbereich mit der offenen Feuerstelle und der Abzugsöffnung im Dachgebälk befand.

Augenblicke später blieb Rabbi Kalonymos in der Tür stehen, durch die man auf die schwere Bohlentreppe gelangte, die außen am Haus nach unten in den Hof führte.

Verwundert bemerkte Marius, dass der Rabbi eine kleine Kapsel berührte, die am oberen Drittel des rechten Türpfostens befestigt war, und die Fingerspitzen derselben Hand dann kurz auf die Lippen legte. »Warum tut Ihr das? Und was hat dieses Schächtelchen zu bedeuten?«

»Das ist eine *mesusa*. Es ist bei uns Juden üblich, beim Betreten und Verlassen eines Hauses diese Mesusa zu berühren und die Hand dann an die Lippen zu führen. Auf diese Weise soll man sich des Inhaltes der Mesusa erinnern.«

»Dann enthält sie wohl ebenso einen mit Thorastellen beschriebenen Pergamentstreifen wie die Kapseln Eurer Gebetsriemen, der Tefillin?«

Der Rabbi nickte. »Ja, sie enthält zwei wichtige Bibelstellen. Und ihren Ursprung hat diese Kapsel, wie auch die Tefillin, im fünften Buch Mose, das dir ja besser als Deuteronomium vertraut ist. Denn dort steht das göttliche Gebot: *Diese Worte, auf die ich dich heute verpflichte ... Du sollst sie auf die Türpfosten deines Hauses und in deine Tore schreiben!*«

»Ihr scheint es mit den Geboten und Verboten der Bibel ja sehr genau zu nehmen«, sagte Marius und wusste nicht, ob er befremdet oder beeindruckt sein sollte.

»Rabbi Hillel sagte einmal: ›Unsere Taten bilden unser Schicksal. Himmel und Hölle sind in unserer Hand.‹« Rabbi Kalonymos sah den fragenden Blick, den Marius ihm zuwarf, und lachte kurz auf. »Ich weiß, du siehst da keinen Zusammenhang, nicht wahr?«

»Nein, nicht den geringsten«, gestand Marius. »Manchmal ist es wirklich nicht leicht, Euren Gedankensprüngen zu folgen.«

»So leicht ist der Zusammenhang auch nicht zu erklären, mein junger Freund, aber ich will es versuchen.« Er machte eine kurze Pause. »Stell dir die Bibel mit ihren Geboten und Verboten als ein gewaltiges Mosaik vor, in dem jedes einzelne Teil seinen bestimmten Platz hat, den kein anderes Teil einnehmen kann. Kein einzelnes Teil macht für sich allein Sinn, richtig?«

Marius nickte.

»Auch diese Kapsel mit dem Pergamentstreifen am Türpfosten macht für sich allein keinen Sinn«, fuhr Rabbi Kalonymos fort. »Man kann darüber lachen oder Schmähungen aussprechen und es gibt ja auch viele, die das tun, weil sie alles zu wissen meinen, in Wirklichkeit aber in ihren Vorurteilen gefangen sind und das Ganze nicht sehen – oder nicht sehen wollen. Denn alle Teile sind darauf angewiesen, dass sie zu einem Ganzen zusammengesetzt werden, damit sich ihre Bestimmung erfüllt und sich ihr tiefer Sinn offenbart.«

Marius fühlte sich unwillkürlich an so manches erinnert, was Vinzent ihm gesagt hatte. Die beiden Männer hätten sich gewiss gut verstanden.

»Und wie mit diesem Mosaik, so verhält es sich auch mit dem Glauben. Wer sich nur mit einigen Teilen begnügt, dem wird sich niemals das Ganze offenbaren – und der wird auch nie verstehen können, was andere sehen. Er ist wie ein Blinder, der nie den Sonnenschein und die Farben dieser Welt gesehen hat, der die Finsternis für den naturgegebenen Zustand hält und der diejenigen als Narren verlacht, die ihm vom Licht und von den Farben des Regenbogens erzählen wollen. Es ist uns in die Hand gegeben, ob wir uns immer wieder der Mühe unterziehen, die Teile an ihren richtigen Platz zu setzen und jeden solchen Mosaikstein als unersetzlich und unentbehrlich für das Gesamtbild zu würdigen. Ja, ob wir dem Himmel oder der Hölle zuarbeiten, das Schicksal unseres Lebens und dieser Welt liegt wahrlich in unserer eigenen Hand – und zwar in unseren täglichen Taten. Und was wir heute tun, entscheidet, wie die Welt von morgen aussieht«, schloss Rabbi Kalonymos seine Ausführungen und fragte dann plötzlich: »Aber sag mal, habe ich dir nicht eigentlich den Abtritt zeigen wollen?«

Marius musste von Herzen lachen. Und während er die Treppe hinunterging und sich dabei vorsichtshalber auf seinen ebenso gelehrten wie humorvollen Begleiter stützte, dachte er, wie froh und dankbar er doch sein konnte, dass ihn das Schicksal in das Haus von Rabbi Kalonymos ben Meschullam geführt hatte.

Zwei Tage später, am Sabbatabend*, dachte er nicht mehr so. Da wünschte er sich nichts sehnlicher, als nie einem Juden begegnet zu sein.

Dreiundzwanzigstes Kapitel

Dieser letzte Freitag im April begann so viel versprechend! Es herrschte wunderbar mildes Frühlingswetter, Marius spürte, dass seine Kräfte zurückkehrten, und Sarah brachte ihm zudem auch noch eine gute Nachricht.

»Ich habe mich nach deinem Bartholo erkundigt.«

»Und?«, fragte Marius gespannt.

»Ich habe jemanden gefunden, der ihn kennt. Mordechai, der Kräuter- und Gewürzhändler am Ende der Straße, kennt ihn sogar recht gut. Bartholo der Okkultist gehört zu seinen Stammkunden«, berichtete Sarah, »und er ist erst letzte Woche in seinem Geschäft gewesen. Mordechai hat mir erzählt, dass sie sich sehr angeregt über die besonderen Eigenschaften bestimmter Kräuter unterhalten hätten ...«

»Dann lebt Bartholo der Okkultist also noch in der Stadt!«, stieß Marius aufgeregt hervor.

»Das nenne ich eine wirklich kühne Schlussfolgerung«, neckte Sarah ihn.

»Hat dir dieser Mordechai auch gesagt, wo ich Bartholo finden kann?«

»Ja und nein. Was er mit Sicherheit sagen konnte, war, dass dieser Bartholo im Süden der Stadt lebt, und zwar jenseits des Dietmarktes. Das ist ein großer freier Platz unterhalb der Weinberge vom Kästrich. Die Bauern und Viehverkäufer, die aus dem Gau* vom Südwesten her am Fuß des Jakobsbergs in die Stadt kommen, nutzen den Dietmarkt, um ihre Gespanne abzustellen und Vieh zu verkaufen. Und irgendwo dahinter zwischen dem Gautor und der Stiftskirche St. Stephan muss dein Bartholo leben.«

»Wenn ich weiß, wo er ungefähr wohnt, werde ich ihn schon finden! Bestimmt kennt man ihn dort im Viertel«, meinte Marius zuversichtlich und er bedankte sich bei Sarah für die Mühe, die sie sich gemacht hatte. »So, und jetzt lass uns die Partie von gestern Abend fortsetzen! Ich glaube, diesmal wirst du endlich mal ins Schwitzen geraten.«

Sarah schmunzelte. »Gut, aber wir können heute nur diese eine Partie spielen.«

»Nur eine Partie heute?«, fragte Marius enttäuscht und verwundert. »Warum denn das? Hat es vielleicht Ärger gegeben, weil du so viel Zeit mit mir verbringst? Ich wette, dieser Schemarja, der Schwiegersohn des Rabbi, steckt dahinter. Er hat mich ja schon vom ersten Tag an nicht leiden können!«

»Nein, ich habe keinen Ärger bekommen«, beruhigte Sarah ihn. »Und du tust Schemarja unrecht, Marius. Er ist ein guter, aufrechter Mann, der dir wirklich nichts Böses will. Aber anders als Rabbi Kalonymos sieht er große Gefahren für uns Juden heraufziehen, und das macht ihn in letzter Zeit ein wenig gereizt.«

Marius tat die Gefahren, die Schemarja für sein Volk heraufziehen sah, in Gedanken als gegenstandslos ab. Er fragte nicht einmal nach, sondern wollte nur wissen: »Und warum hast du dann heute so wenig Zeit für unser Schachspiel?«

»Weil heute Abend der Sabbat beginnt«, antwortete Sarah. »Und da gibt es immer besonders viel Arbeit. Wir Frauen müssen das Haus gründlich putzen, die Kleider reinigen und die drei umfangreichen Mahlzeiten für heute

Abend und für morgen zubereiten. Am Sabbat soll es ja die besten Speisen geben, die man sich leisten kann. Denn bei Jesaja steht das Gebot: *Und du sollst den Sabbat ein Vergnügen nennen.*«

»Ihr müsst für morgen vorkochen?«

Sarah nickte. »Am Sabbat ist jegliche Arbeit verboten. Sowie die Sabbatkerzen kurz vor Einbruch der Dunkelheit entzündet sind, hat alles Tun, was gemeinhin einen gewöhnlichen Wochentag ausfüllt, zu unterbleiben. Es ist nicht einmal erlaubt, ein Kochfeuer anzuzünden, geschweige denn Essen zuzubereiten oder irgendeinem Geschäft nachzugehen.«

»Und welchen Sinn sollen all diese Verbote haben?«, fragte Marius.

»Wer den Sabbat heiligt, bezeugt damit die Erschaffung der Welt durch Gott. An diesem Tag soll man vor aller Welt bezeugen, dass man Gottes Beispiel folgt, wie es im ersten Buch Mose steht: *Und er ruhte am siebten Tag, nachdem er sein ganzes Werk vollbracht hatte.* Im Gedenken daran soll auch der Mensch an jedem siebten Tag sein tägliches Tun unterbrechen und einen Tag völliger Ruhe einlegen. Nur die Versorgung des Viehs ist erlaubt.«

Marius fand das reichlich wundersam, wenn nicht gar übertrieben. Christen legten zwar auch am Sonntag einen Ruhetag ein und heiligten ihn durch den Gottesdienst. Aber dass jegliche Handlungen und Anstrengungen verboten waren, wie das Thora und Talmud den Juden vorschrieben, hielt er für reichlich überspannt. Wie Sarah ihm erzählte, durfte man am Sabbat auch keine längeren Strecken zurücklegen. Sogar einfachste Handreichungen wie das Kerzenanzünden oder Nachlegen von Holz waren untersagt. Im Winter waren Juden wegen dieser strengen

Vorschriften auf christliche Bedienstete angewiesen, die ins Haus kamen und für sie ein Feuer, das ausgegangen war, wieder entzündeten und mit Brennholz versorgten.

»Ihr habt einen wirklich strengen Gott, der Euch offenbar tausend Vorschriften macht und Euch so gut wie nichts erlaubt«, sagte Marius ein wenig spöttisch zu Rabbi Kalonymos, als der ihn am frühen Nachmittag besuchte.

»Du siehst nur die halbe Wahrheit, weil du deinen Blick allein auf die Beschränkungen richtest, die uns die Verbote auferlegen«, erwiderte er. »Der Sabbat ist nämlich dank dieser Verbote für jeden, der an Gott glaubt, ein einzigartiger Segen. Wie sah das Leben denn für die Menschen aus, bevor Gott sein erwähltes Volk aus Ägypten führte und sich Moses am Sinai offenbarte?«

Marius zuckte die Achseln.

»Ich will dir sagen, wie die Welt vor der Verkündigung der Zehn Gebote aussah: Du warst entweder Herr oder Knecht, ein Freier oder ein Sklave. Und wenn du nicht Herr warst, dann war dein Leben nichts als eine ununterbrochene Plackerei – und zwar ›ununterbrochen‹ im wahrsten Sinne des Wortes!«, betonte Rabbi Kalonymos. »Dem hat der Sabbat ein Ende bereitet. Nun setzt der siebte Tag, der uns viermal in jedem Monat, zweiundfünfzigmal im Jahr geschenkt wird, der Willkür der Mächtigen eine Schranke und macht Herren wie Knechte, Freie und Sklaven, Männer und Frauen, Israeliten und Fremdlinge gleich. Keiner ist mehr als der andere. Und das, mein junger Freund, ist eine der größten Errungenschaften der Menschheit: der Gedanke der Gleichheit. Diesen Samen hat der Gott der Bibel, der Gott der Zehn Gebote ausgesät – und keine menschliche Gewalt, kein noch so mächtiger Herrscher, und mögen noch so viele Soldaten in seinem Sold stehen, wird das, was aus diesem wunderbaren Samen erwächst, je wieder aus der Welt schaffen können. Man könnte es fast eine unblutige, dafür aber umso wirksamere Revolution nennen, was der Gott Israels mit dem Sabbat erreicht hat. Denn wenn wir am siebten Tag der Woche in unserer Mühsal, unseren tagtäglichen Verpflichtungen für uns und für andere innehalten und befreit sind vom Joch unserer weltlichen Herren, dann wird den Menschen bewusst, dass Gott, der ein Gott der Befreiung ist, sie nach Seinem Ebenbild geschaffen hat – und dass sie *heilig und frei* sind! Ein jeder von uns, nicht nur die Fürsten und Könige!«

»Schön und gut«, sagte Marius, nicht unbeeindruckt von den Worten des Rabbi. »Aber müssen deshalb so viele kleinliche Verbote sein?«

»Ich fürchte, sie sind nötig, weil der Mensch ohne Führung immer wieder vom rechten Weg abkommt und das rechte Augenmaß verliert«, antwortete Rabbi Kalonymos. »Der Mensch soll alle sieben Tage mit den Anstrengungen von Geist und Händen aufhören und bedenken, dass er Gottes Geschöpf und damit Hüter und Mitarbeiter Seiner Schöpfung ist, nicht jedoch Herr der Welt. Alles Streben und Ringen soll am Sabbat für einen Tag unterbrochen und einzig und allein darauf gerichtet sein, sich seiner einzigartigen Freiheit bewusst zu werden. Der Mensch soll körperlich wie geistig Atem schöpfen, sich völlig unbelastet von jeglichen Arbeiten seiner Familie und seinen Freunden widmen und durch Gebete und gemeinsames Studium der heiligen Schriften seine Verbundenheit mit Gott stärken. Er soll diesen freien Tag jedoch nicht dazu missbrauchen, sich in irgendwelche profanen Vergnügungen und Ablenkungen zu stürzen. Und um dieser menschlichen Schwäche vorzubeugen, die aus einem heiligen Ruhetag leicht einen Tag geistloser Ausschweifungen und rastloser Vergnügungssucht machen könnte, bedarf es dieser strengen Vorschriften. Und glaube mir: Sie sind viel mehr Segen als Belastung, wenn man ...«

Marius ahnte plötzlich, worauf der Rabbi hinauswollte, und kam ihm zuvor: »... wenn man nicht nur die einzelnen Teile, sondern das Mosaik als Ganzes sieht.«

Der Rabbi lachte. »So ist es, Marius. Das hast du gut behalten.«

»Was ich nur nicht verstehe, ist, dass euer Sabbat am Freitagabend beginnt.«

»Wir haben nun mal eine andere Zeitrechnung. So schreiben wir ja auch nicht das Jahr 1096 wie ihr Christen, sondern das Jahr 4856. Ein jüdischer Chronist würde noch weitere Daten hinzufügen: nämlich dass wir uns im 1028. Jahr nach der Zerstörung des zweiten Tempels in Jerusalem und im elften Jahr des 256. Mondzyklus befinden«, erklärte er zu Marius' Verblüffung. »Und was den Tagesanfang betrifft, so beginnt für uns Juden ein neuer Tag nicht um Mitternacht, wie bei euch, sondern schon mit der Abenddämmerung, wenn die ersten drei Sterne am Himmel zu sehen sind.«

»Aber warum beginnt bei euch der neue Tag mit Einbruch der Dunkelheit?«, wollte Marius wissen.

»Weil es so im ersten Buch Mose steht: *Es wurde Abend, und es wurde Morgen: zweiter Tag.* Und weil das Schicksal unseres jüdischen Volkes dem eines Tagesablaufes gleicht«, antwortete Rabbi Kalonymos. »Unser Schicksal begann, bildlich gesprochen, nämlich bei Sonnenuntergang. Es war ein Irren und Tasten in der Dunkelheit, ein Leiden in der Fremde, wofür in der Bibel oft das Symbol der Nacht steht. Und dann erfolgte die Befreiung aus der

Knechtschaft, das heißt, die Morgenröte zeigte sich am Himmel und das Sonnenlicht fiel hell und belebend auf unser Volk, auf dass dieses blühe und gedeihe und sich entfalte – ganz im Gegensatz zu vielen anderen Völkern, die längst vom Antlitz der Erde verschwunden sind und deren Schicksal einst im hellen Schein des Lichts begann, bis dann plötzlich die Nacht über sie herfiel und sie für immer ins Dunkel des Vergessens stürzen ließ.«

»Ob der Tag nun mit dem Morgen oder mit dem Abend beginnt, ist vermutlich wirklich nur eine Frage dessen, was man gewohnt ist und für richtig hält«, räumte Marius nachdenklich ein.

Der Rabbi lächelte. »Ja, man muss nur die andere Lebens- und Denkweise verstehen *wollen,* dann macht auf einmal so vieles Sinn, was man bis dahin abgelehnt und verteufelt hat«, pflichtete er ihm bei. »So, und jetzt muss ich zurück zu meinen Schülern in die *Jeschiwa**. Wir sehen uns ja heute Abend bei der Sabbatmahlzeit.«

»Ihr wollt, dass ich mit Euch und Eurer Familie am Tisch sitze, wenn Ihr Euren Sabbat feiert?«, fragte Marius überrascht.

Rabbi Kalonymos nickte. »Gäste am Sabbat bei Tisch zu haben, ist ein alter und schöner jüdischer Brauch. Und ich denke, du bist mittlerweile wieder so gut bei Kräften, dass es dich nicht über Gebühr ermüden wird. Aber natürlich musst du nicht, wenn du nicht möchtest.«

»Doch, gern!«, versicherte Marius.

Vor dem Festmahl begab sich Rabbi Kalonymos' Familie in die Synagoge.

Die Speisen standen schon auf dem festlich gedeckten Tisch und in den Leuchtern brannten richtige Wachskerzen, als Marius sich bei ihrer Rückkehr zu ihnen in den großen Raum gesellte. Er zählte mehr als ein Dutzend Erwachsene und Kinder, die sich nun um den langen Tisch versammelten.

»Schabbat Schalom!«, begrüßten sie ihn. Sogar Schemarja, den er zum ersten Mal zusammen mit seiner ausnehmend hübschen Frau Rebekka sah, hieß ihn mit diesem Friedensgruß am Tisch willkommen.

Vor dem Essen sprach Bela, die Frau des Rabbi, einen Segensspruch über die entzündeten Lichter. Sie tat dies im Gedenken an das Licht, mit dem Gott sein Schöpferwerk begonnen hatte, wie Sarah ihm leise zuflüsterte.

Anschließend segnete Rabbi Kalonymos all seine Kinder mit Handauflegen, auch seine verheiratete Tochter Rebekka und seinen erwachsenen Sohn Mar Joseph. Dann sang er das *Lob auf die Frau*[**] und dankte Bela für die Mühe der Woche.

Marius berührte das alles zutiefst. Dass ein Vater seine Kinder, ganz gleich welchen Alters, am Ende einer jeden Woche segnete und seine Frau so pries, das hielt er für einen wunderbaren Brauch. Jeglicher Zwist und Groll, den man die Woche über vielleicht gegenseitig gehegt haben mochte, musste damit doch ein Ende haben oder sogar zu einer Versöhnung geführt werden. Ein solcher Segen würde seinem Onkel Frodebert nie in den Sinn kommen. Und sogar am Tisch des Bauern Burchard, der doch ein wahrhaft frommer und rechtschaffener Mann war, gab es sonntags bei Tisch nichts Vergleichbares.

In der Mitte des Tisches lagen, zwischen allerlei Schüsseln und Schalen, zwei geflochtene Fladen, bedeckt von

---

[**] Das Lob der tüchtigen Frau steht in der Bibel im Buch der Sprichwörter, Kapitel 31, Vers 10–31.

einem Tuch. »Das sind die *challot«,* raunte Sarah ihm zu. »Die Sabbatzöpfe, die bei jeder Sabbatmahlzeit vorgeschrieben sind. Sie sollen an die doppelte Wegzehrung Manna erinnern, die Gott für die Kinder Israels in der Wüste vom Himmel regnen ließ.«

Rabbi Kalonymos hob nun einen mit Wein gefüllten Becher, sprach darüber den *Kiddusch,* den Segensspruch, und trank vom Wein. Danach nahm jeder bei Tisch einen Schluck Wein aus seinem Becher. Als Nächstes nahm das Familienoberhaupt das fein bestickte Tuch von den Challot, kennzeichnete mit dem Messer die Stelle, wo er den Zopf anschneiden wollte, sprach einen weiteren Segensspruch und schnitt danach kleine Scheiben ab. Er streute Salz darauf, aß selbst ein Stück und reichte jedem Anwesenden eine Scheibe. Und dann begann das ebenso köstliche wie üppige Festmahl.

Es dauerte nicht lange und das Gespräch wandte sich der Politik zu. Mar Joseph, der älteste Sohn des Rabbi, fing damit an, als er mit besorgter Miene sagte: »Habt ihr gehört, dass Peter der Einsiedler Köln am 20. April mit einem Heerhaufen von mehr als zwanzigtausend Mann verlassen hat? Zwanzigtausend Männer und Frauen folgten ihm, stellt euch das mal vor! Und wie hat man sich anfangs über diesen Mann lustig gemacht!«

Rabbi Kalonymos wandte sich an Marius: »Hast du schon von Peter dem Einsiedler gehört?«

Marius schüttelte den Kopf.

»Dieser umherziehende Mönch soll irgendwo aus der Gegend von Amiens kommen und wird wegen der Eremiten-Kutte, die er trägt, Peter der Einsiedler genannt. Die Leute beschreiben ihn als klein und untersetzt und mit einem langen, hageren Gesicht ...«

»... das auf abstoßende Weise dem Esel ähnlich sein soll, den er reitet und der angeblich schon genauso viel Verehrung genießt wie er selbst«, warf Schemarja bissig ein. »Auch soll seine Kleidung vor Dreck starren. Er isst weder Brot noch Fleisch, wohl aber Fisch, und dem Wein ist er auch sehr zugetan.«

»Und trotz seines Aussehens scheint Peter der Einsiedler eine erstaunliche Macht über die Menschen zu besitzen«, merkte Mar Joseph an, der seinem Vater wie aus dem Gesicht geschnitten war.

»Ich würde es eher eine erschreckende Macht nennen«, sagte Schemarja. »Mit seinem feurigen Eifer gelingt es ihm, die Massen in Aufruhr zu versetzen und für den Kreuzzug zu begeistern.«

Marius fühlte sich sofort angegriffen. Denn der Schwiegersohn des Rabbi wusste ja, dass auch er sich den Kreuzfahrern anschließen wollte. »Ich wüsste nicht, was daran erschreckend sein soll!«, entgegnete er herausfordernd.

»Das will ich dir sagen!«, antwortete Schemarja grimmig. »Diese frommen Leute, die bei jedem zweiten Wort Gott im Mund führen und das Kreuz auf ihren Umhängen tragen, können es nicht erwarten, ihre Schwerter und Lanzen in Blut zu tauchen. Und lange bevor sie den Muslimen im Heiligen Land die Köpfe einschlagen können, werden sie über uns Juden herfallen.«

»Das ist nicht wahr!«, sagte Marius entrüstet. »Das ist eine bösartige Unterstellung!«

»Muss das sein?«, fragte Bela unangenehm berührt.

»Du hast doch sonst nichts gegen eine angeregte Debatte einzuwenden?«, hielt ihr Mann ihr vor. »Und mach dir um Marius mal keine Sorgen. Der weiß sich schon zu behaupten, nicht wahr?«

Marius nickte.

»Was Schemarja gerade gesagt hat, ist leider keine Unterstellung«, sagte nun Mar Joseph. »Zum Beispiel hat Gottfried von Bouillon, der Herzog von Niederlothringen, gelobt, auf dem Weg nach Jerusalem den Tod Christi mit dem Blut der Juden zu sühnen.«

»Das ist leider nur zu wahr«, bestätigte Rabbi Kalonymos. »Ich habe deshalb als Oberrabbiner im Auftrag der rheinischen Gemeinden an den obersten Lehnsherrn des Herzogs, Kaiser Heinrich IV., geschrieben, da dieser uns Juden stets Schutz gewährt hat. Eindringlich habe ich ihn darum gebeten, die Verfolgung von Juden zu verbieten. Worauf der Kaiser aus Italien auch all seinen weltlichen wie geistlichen Lehnsleuten ein Schreiben hat zukommen lassen, in dem sie aufgefordert wurden, Übergriffe zu verbieten und unsere Sicherheit zu gewährleisten.«

»Aber weil der Kaiser wegen seines andauernden Streits mit dem Papst mit seinem Heer in Italien festgehalten wird, haben die beiden jüdischen Gemeinden von Mainz und Köln diesem blutrünstigen Herzog jeweils fünfhundert Silberstücke gegeben, um ganz sicherzugehen. Regelrecht erkauft haben wir uns also den Frieden!«, fügte Schemarja ärgerlich hinzu. »Und jener Gottfried von Bouillon, der erst nach diesen enormen Geldgeschenken sein blutrünstiges Vorhaben widerrufen hat, ist ja nicht der Einzige, der Anhänger um sich schart und mit einem wüsten Haufen von Mordbrennern und Plünderern durchs Land zieht! Die Gefahr ist also noch längst nicht gebannt. Denn diese Scharen, die sich zum Kreuzzug berufen fühlen, bestehen doch zumeist aus Leuten, die nichts zu hoffen und nichts zu fürchten haben, eben Pöbel der schlimmsten Art!«

»Es heißt, ein gewisser Graf Emicho von Leiningen zieht

einen noch größeren und furchtgebietenderen Haufen von selbst ernannten Gottesstreitern unter seinem Banner zusammen, als der Herzog oder Peter der Einsiedler aufbieten kann«, sagte Mar Joseph bedrückt. »Und wie zu hören ist, hat sich dieser kleine rheinische Edelmann schon durch andere Raubzüge und Ausschreitungen den Ruf eines skrupellosen Kriegsmannes erworben. Der Mann behauptet, Gott habe ihm höchstpersönlich ein Kreuz ins Fleisch eingebrannt. Zurzeit rückt er gegen Speyer vor.«

»Wir werden beten und strenge Fastentage einlegen und den Heerführern notfalls weitere großzügige Geldgeschenke machen«, sagte Rabbi Kalonymos nüchtern. »Und dann werden sich die erregten Wogen hoffentlich bald wieder glätten.«

»Daran glaube ich nicht!«, widersprach Schemarja. »Die Kreuzfahrer wollen unser Blut fließen sehen, weil sie uns für den Tod ihres Messias verantwortlich machen und einfach nicht anerkennen wollen, dass wir einen anderen Glauben haben, den wir für so wahr halten wie sie den ihren: Diese Christen wollen ihre Angst in unserem Blut ertränken.«

»Welche Angst?«, fragte Marius sofort.

Und Sarah flüsterte ihm voller Verlegenheit zu: »Nimm dir nicht so sehr zu Herzen, was er sagt. Schemarja übertreibt gern und ist immer leicht erregt.«

»Die Angst, dass wir Juden vielleicht doch recht haben könnten«, antwortete Schemarja. »Nämlich mit unserer Ansicht, dass mit Jesus noch nicht die große Erlösung gekommen ist. Oder ist etwa in der Welt des Christentums schon der große Friede und die Nächstenliebe unter den Menschen eingekehrt und wir mit Blindheit geschlagenen Juden können es nur nicht sehen?«

Marius senkte ärgerlich und zugleich beschämt den Blick. »Nein, nichts davon ist bisher eingekehrt«, gab er zu, dachte jedoch nicht daran, einfach so die Waffen zu strecken. Auch er war bereit, für seinen Glauben einzustehen. »Aber das liegt nicht an der Botschaft unseres Heilands und nicht am Christentum, sondern an jedem einzelnen Menschen, der nur Lippenbekenntnisse von sich gibt und dann doch seinen niederen Instinkten folgt!«

Rabbi Kalonymos nickte ihm zustimmend und aufmunternd zu. »Eine vortreffliche Antwort, Marius! Kein Volk ist besser als das andere, wie auserwählt es sich auch fühlen mag. Letztlich zählt immer nur das, was der Einzelne tut, nicht was die Lehre an wunderbaren Dingen sagt. Wo die Lehre nicht gelebter Alltag ist, verblasst sie zu reiner Theorie. Dazu gibt es bei uns einen weisen Spruch, der da heißt: ›Studiere die Thora voller Aufmerksamkeit: Die Schriftrollen sind ererbt; ihre Weisheit musst du dir verdienen.‹ Also vertritt nur deinen Glauben ohne Scheu! Und verzeih, wenn dir mein Schwiegersohn derart harsch zusetzt, aber an meinem Tisch habe ich das offene, ehrliche Wort stets hochgehalten. Daher widerstrebt es mir, ihm ausgerechnet heute Beschränkungen aufzuerlegen.«

»Ich meine es nicht persönlich«, versicherte Schemarja.

»Er kann meinetwegen sagen, was er will. Ich brauche keinen, der mich in Schutz nimmt!«, erklärte Marius tapfer und blickte Schemarja mit trotzig gerecktem Kinn ins Gesicht. »Ihr könnt ruhig sagen, was Ihr von uns Christen denkt. Also, nur zu!«

Schemarja schenkte ihm ein kurzes, anerkennendes Lächeln, um dann aber sofort wieder ernst zu werden. »Kurz gesagt: Für uns Juden bedeutet das Christentum nicht das Reich Gottes, sondern Lebensgefahr.«

Empört über diese Maßlosigkeit, funkelte Marius ihn über den Tisch hinweg an. Doch bevor ihm noch eine passende Erwiderung einfiel, fuhr Schemarja auch schon fort: »Aber damit belassen es die Christen noch nicht einmal. Nein, die christlichen Kleriker stehlen uns auch unsere Bibel und tun so, als ob es vor Jesus keine Heilige Schrift gegeben hätte.«

»Ich wüsste nichts, was Christen euch Juden stehlen!«, widersprach Marius.

»Ihr betet doch im Vaterunser stets *Denn dein ist das Reich und die Kraft und die Herrlichkeit,* nicht wahr?«

»Ja, schon. Aber ...«

»Das ist ein altes jüdisches Gebet!«, schnitt Schemarja ihm das Wort ab. »Und wie steht es mit dem Gebet: *Der Herr segne dich und bewahre dich. Der Herr lasse Sein Angesicht aufleuchten zu dir hin und sei dir gnädig. Der Herr wende Sein Angesicht dir zu und schenke dir Heil?* Das ist ein Gebet aus dem vierten Buch Mose. Dies und vieles andere habt ihr einfach übernommen, ohne dabei zu bekennen, dass ihr eure christliche Lehre und eure Gebete auf jüdischen Glauben gründet. Ja, so ist es: Die Christen schmücken sich mit dem Schmuck, den Gott Seinem auserwählten Volk geschenkt hat!«

Marius schluckte, vermochte er dem doch nichts entgegenzusetzen. Er wünschte, er hätte mehr darüber gelernt. Warum hatten seine Lehrer in der Klosterschule nur nie mit ihnen über diese Dinge gesprochen?

Er sah, wie Rebekka einen besorgten Blick mit ihrer Mutter tauschte, dann zu ihm herüberschaute und entschuldigend mit den Achseln zuckte, als wollte sie sagen: »Es tut mir leid, aber ich kann nichts dafür, dass mein Mann alle Höflichkeit vergisst und all seinen Unmut an dir ablässt!« Die Kinder dagegen nahmen den erregten Wortwechsel nur mit halbem Ohr wahr. Sie genossen zu sehr das Essen und ihre eigenen geflüsterten Scherze und Sticheleien.

Rabbi Kalonymos griff nun begütigend ein. »Es ist schon wahr: Gottes Segen ist durch das jüdische Volk zu allen anderen Menschen gekommen, die bereit sind, Gottes Wort anzunehmen«, stimmte er seinem Schwiegersohn zu. »Aber wir alle, Christen wie Juden, müssen begreifen, dass ein Segen niemals Besitz, sondern immer Auftrag ist, den Segen an andere weiterzugeben. Der Segen ist etwas, das wir nur haben können, wenn wir es mit allen anderen teilen. Und vergessen wir eines nicht: Es war Aaron der Gestrauchelte, dem Gott auftrug, das Volk zu segnen und seinen Segen weiterzugeben. Genau jener Aaron, der sich so entsetzlich versündigt hatte, als er während der Abwesenheit des Moses im Lager das Goldene Kalb gießen ließ und sein Volk zum Götzendienst verführte! Ausgerechnet diesem Priester, der so schändlichst versagt hatte, trägt Gott auf, das Volk zu segnen. Das sollte uns sehr zu denken geben! Seien wir also überaus vorsichtig, wenn wir darüber sprechen, wer würdig ist, Gottes Wort und Segen zu empfangen und weiterzugeben. Wir alle sind letztlich schwach, sündig und von Zweifeln geplagt. Möge daher niemand den ersten Stein auf den anderen werfen!«

Schemarja lachte bitter auf. »Ja, aber das hindert die Christen nicht daran, uns zu verachten, weil wir Juden angeblich die Erlösung nicht gefunden und auch nicht verdient haben. Und weil wir noch immer auf den Messias warten, sind wir ihnen ein Ärgernis und werden mit Schmach und Schande bedacht!«

»Und stellt sich denn bei den Christen keiner die Frage,

ob Gott etwa so kleinlich sein kann, dass Er nur den Christen die Erlösung bringt?«, fügte Mar Joseph hinzu. »Kein Jude will, dass Christen aufhören sollen, Christen zu sein. Ganz im Gegenteil, wir wünschen uns nichts so sehr wie Christen, die ihren Glauben wirklich ernst nehmen und nach ihrer Lehre leben. Denn dann brauchen wir nicht länger Angst um unser Leben und unser Hab und Gut zu haben!«

»Ja, auch ich glaube nicht, dass Gott in Seiner unermesslichen Größe, die alles menschliche Denken überschreitet, nur an einer bestimmten Form der Frömmigkeit Freude hat«, sagte Rabbi Kalonymos. »Aber ebenso wenig glaube ich, dass es ein Zeichen jüdischer Gastfreundschaft ist, einen jungen Mann wie Marius hier zur Klagemauer für alle Ungerechtigkeiten zu machen, die unser Volk erlitten hat.«

Schemarja und Mar Joseph erröteten leicht unter der Rüge und hastig versicherte Schemarja: »Ich habe nicht dich persönlich angreifen wollen, Marius! Ich wollte dir nur ein wenig die Augen für die Welt öffnen, wie wir sie sehen und erleben! Es geschieht nun mal nicht alle Tage, dass ein Christ einem so geduldig zuhört wie du und vielleicht sogar versucht, unsere Sorgen und unsere Welt mit unseren Augen zu sehen.«

»Ich nehme es Euch auch nicht übel. In vielem habt Ihr bestimmt recht und ich gestehe, dass ich zu unerfahren bin, um zu all diesen Dingen eine gut begründete Meinung zu haben«, erwiderte Marius ehrlich und nach außen hin gefasst, innerlich jedoch sehr aufgewühlt. »Aber Ihr könnt sicher sein, dass ich darüber nachdenken werde.«

Auf der Außentreppe wurden schwere Stiefelschritte laut. »Das wird mein Schwager sein! Wie schön, dass er es noch geschafft hat, rechtzeitig zum Sabbat zurück in der

Stadt zu sein!«, rief Rabbi Kalonymos freudestrahlend und erhob sich vom Tisch. Die angespannte Atmosphäre löste sich augenblicklich in einem fröhlichen Stimmengewirr auf.

Marius war dem späten Gast unsagbar dankbar für sein Erscheinen, bereitete er diesem unerfreulichen Thema und Schemarjas verbitterten Vorwürfen gegen die Christenheit doch ein Ende. Erleichtert griff er zu seinem Trinkbecher. Dabei begegnete er Sarahs Blick. Sie lächelte ihn mit unverhohlenem Stolz an. »Du hast dich wirklich tapfer geschlagen!«, flüsterte sie ihm zu.

Ihre Worte taten ihm gut, auch wenn er fühlte, dass sie Schemarja gewiss in vielem zustimmte. Aber bei ihr war das etwas anderes.

Und dann hörte er Rabbi Kalonymos, der ihm von der Tür her zurief: »Marius, jetzt lernst du endlich deinen Lebensretter kennen!«

Marius stutzte und machte ein verständnisloses Gesicht, hatte er bisher doch den Rabbi für den Mann gehalten, der ihn halb tot von der Landstraße aufgelesen und in sein Haus gebracht hatte. So stand er verwirrt auf, drehte sich um – und wankte im nächsten Moment wie unter einem unsichtbaren Hieb, als er den Mann erblickte, der an Rabbi Kalonymos' Seite in den Raum trat.

Es war der fahrende Händler Baruch ben Isaak! Der Jude von Stromberg, der dort am Karfreitag von der aufgebrachten Menge beinahe gesteinigt worden wäre – und dem auch er, Marius, einen Stein an den Kopf geworfen hatte!

Ihm wich das Blut aus dem Gesicht.

Baruch ben Isaak kam mit einem freundlichen, ahnungslosen Lächeln auf ihn zu. »Wie schön, dass du wieder auf den Beinen bist, junger Mann!«, begrüßte er ihn. »Um ehrlich zu sein, ich hatte wenig Hoffnung, dass du es hinten in meinem Wagen überhaupt bis zu den Toren von Mainz schaffen würdest, so entsetzlich hatte man dich zugerichtet! Umso größer ist meine Freude, dass du offenbar wieder genesen bist!«

Die Scham, die Marius erfüllte, grenzte an würgendes Entsetzen. Ein Schwächegefühl überkam ihn und er suchte Halt am Stuhl, weil er zu stürzen fürchtete.

Der fahrende Händler furchte die Stirn und fragte beunruhigt: »Mein Gott, was hast du? Du bist ja leichenblass geworden!«

»Ich habe es doch geahnt!«, rief Bela bestürzt und warf ihrem Schwiegersohn einen vorwurfsvollen Blick zu, während sie von ihrem Stuhl aufsprang. »Das musste ja so kommen! Statt auf seine angegriffene Gesundheit Rücksicht zu nehmen und ihn zu schonen, haben wir ihm zu viel zugemutet!« Dabei meinte sie zweifellos mehr die hitzige Debatte, die Schemarja angezettelt und ihr Mann zugelassen hatte, als das üppige Sabbatmahl.

Dankbar nahm Marius Zuflucht zu dieser Lüge. Er sank mit zittrigen Beinen auf den Stuhl und stammelte: »Ich ... ich weiß nicht, was plötzlich mit mir los ist ... und warum ich mich ... so schwach fühle. Irgendetwas ist mir wohl nicht bekommen. Bestimmt habe ich zu viel gegessen ... oder der Wein ...«

Rabbi Kalonymos eilte an seine Seite. »Komm, ich führe dich in deine Kammer, damit du dich auf dem Bett ausstrecken kannst. Sarah, bring einen Krug kaltes Wasser und frische Tücher!«

Marius versicherte, dass es so schlimm nicht sei und er einfach nur etwas Ruhe brauche. Und ohne Baruch ben Isaak anzusehen, sagte er mit belegter Stimme: »Ich danke

Euch, dass Ihr mich gerettet habt, und verzeiht mir, dass ich nicht länger mit Euch reden kann.«

»Oh, du wirst noch Zeit genug haben, mit meinem Schwager zu reden!«, sagte Rabbi Kalonymos. »Baruch wird wie üblich eine Weile bei uns wohnen, bis er wieder zu seiner nächsten Fahrt über die Dörfer aufbricht.«

In diesem Moment wusste Marius, dass er nicht einen Tag länger im Haus des Rabbi bleiben konnte. Er würde es nicht ertragen, Baruch ben Isaak noch einmal ins Gesicht zu schauen. Nein, er hatte nicht die Kraft, ihm auch nur für wenige Minuten gegenüberzutreten und vor ihm zu verbergen, wie es in ihm aussah. Er musste weg von hier, fort von den Juden, deren Anblick ihn ständig daran erinnern würde, was er getan hatte!

Es wurde allerhöchste Zeit, dass er Bartholo den Okkultisten fand. Noch in derselben Nacht fasste Marius den Entschluss, sich morgen in aller Frühe auf die Suche nach diesem Mann zu begeben, mit dessen Namen er so große Hoffnungen verband.

Vierundzwanzigstes Kapitel

Angespannt wartete Marius am nächsten Morgen hinter dem Vorhang seiner Kammer darauf, dass sich Rabbi Kalonymos mit seiner Familie und Baruch ben Isaak auf den Weg in die Synagoge machten und dass die Stimmen und das Fußgetrappel auf der Außentreppe verklangen. Endlich hörte er unten die Tür im Bohlentor zufallen, das von der Straße in den Hof des Anwesens führte. Nun konnte er sicher sein, keinem von ihnen zu begegnen, wenn er sich aus dem Haus schlich.

Marius fühlte sich elend. Er kam sich schäbig vor, weil er sich wie ein Dieb davonstahl. Er hatte in diesem Haus so viel Güte und Gastfreundschaft erfahren wie noch nie zuvor in seinem Leben. Was würden der Rabbi und Sarah nur von ihm denken, wenn sie vom Gottesdienst zurückkehrten und feststellten, dass er sich ohne ein Wort des Dankes und des Abschieds davongemacht hatte? Wie enttäuscht mussten sie von ihm sein, nachdem sie ihm das Leben gerettet und ihn mit so viel Herzlichkeit in ihrem Haus aufgenommen hatten!

Er wollte schon zur Tür, als sein Blick noch einmal durch den großen Raum ging und auf den Tisch fiel, der für das zweite Sabbatmahl gerichtet war. Plötzlich kam ihm eine Idee.

Schnell trat Marius an den langen Tisch, griff zum Tongefäß mit dem Salz und schüttete die kostbare Würze auf den flachen Teller am Kopfende, wo Rabbi Kalonymos seinen angestammten Sitzplatz hatte. Vorsichtig strich er das Salz auseinander, bis es den Teller mit einer dünnen

Schicht bedeckte. Dann nahm er das daneben liegende Messer und schrieb mit der Spitze eine Botschaft in das Salz. Sie lautete: »Danke für alles! Verzeiht mir!«

Gern hätte er auch Sarah noch eine Botschaft hinterlassen, denn er wusste schon jetzt, dass er sie und ihre gemeinsamen Schachspiele sehr vermissen würde. Aber dafür fehlte ihm nicht nur das Salz, sondern auch der Mut.

Mit dem bitteren Geschmack der Selbstverachtung im Mund verließ er nun das Haus. Draußen vor der Tür verharrte er für einen Moment und berührte nach kurzem Zögern die Mesusa. »Schalom euch allen!«, murmelte er und führte die Hand zu den Lippen. Damit wollte er Rabbi Kalonymos ben Meschullam seinen Dank und Respekt bezeugen, auch wenn ihn niemand dabei sah.

Marius ging die Treppe hinunter, durchquerte den Hof und trat wenig später durch die schmale Tür im Bohlentor hinaus auf die Judengasse, die wie ausgestorben vor ihm lag. Im Judenviertel waren am Sabbat alle Geschäfte, die sich im ebenerdigen Teil der Häuser befanden, geschlossen. Doch für alle anderen Bewohner von Mainz war dieser Samstag ein ganz gewöhnlicher Arbeitstag, wie Marius schnell feststellte, sowie er die von den Juden bewohnten Gassen hinter sich ließ. Er musste auch nicht lange suchen, um aus dem Viertel der Hebräer hinauszufinden. Der Lärm aus den angrenzenden Gassen wies ihm den Weg.

Mit vor Staunen offenem Mund streifte Marius, der noch nie einen größeren Ort als die bäuerliche Siedlung Stromberg zu sehen bekommen hatte, durch die Stadt. Er vergaß völlig, was ihn bedrückte und wohin er wollte. Er ließ sich einfach treiben, weil er sich an dem bunten Leben, dem Menschengewirr und dem Häusermeer nicht sattsehen konnte. Auf Schritt und Tritt drängte sich ihm so viel Neues und Bestaunenswertes auf, dass er kaum wusste, wohin er zuerst blicken sollte.

Als er auf einen kleinen freien Platz gelangte, entdeckte er zu seiner Rechten am Ende eines langen Straßenzuges ein Stück von der zinnenbewehrten Stadtmauer sowie einen Wachturm, und als er sich nach links wandte, fielen ihm die majestätischen Kirchenschiffe einer Kathedrale ins Auge, die auf dem wogenden Meer der mit Stroh und Holzschindeln gedeckten Häuser zu schwimmen schienen. Fast stockte ihm der Atem, denn noch nie hatte er etwas Prächtigeres und Atemberaubenderes gesehen. Das musste der erzbischöfliche Dom sein, von dem Sarah gesprochen hatte! Was für ein unglaubliches Meisterwerk, ja geradezu Wunder menschlicher Baukunst!

Marius schlug die Richtung zum Dom ein, als er wieder in das Labyrinth der verwinkelten Straßen und Gassen eintauchte. Was gab es da nicht alles zu sehen! Fast alle der zumeist aus Fachwerk errichteten Häuser standen mit ihrer Querseite zur Straße, um möglichst vielen Bewohnern Zugang zu den Gassen und Straßen zu gewähren. Sie sprangen mit ihrem Obergeschoss ein Stück über die untere Mauer hinaus und in die Straße hinein, sodass auf beiden Seiten der Straße ein Überhang entstand. Das Erdgeschoss nahmen die Werkstätten, Geschäfte und Lagerräume ein.

Der obere Teil der schweren hölzernen Fensterläden, die im Gegensatz zu gewöhnlichen Fensterluken nicht senkrecht, sondern waagerecht an den Balken angebracht waren, diente hochgeklappt als schützendes Vordach, während der untere Teil heruntergeklappt wurde und als Ladentisch Verwendung fand. Und diese Tische waren voll besetzt mit Handelsgütern, die Marius noch nie zuvor zu

Gesicht bekommen hatte, wie etwa Gewürze aus dem fernen Orient, Stoffe aus Flandern wie aus Afrika, farbige Glaswaren aus Italien, Waffen aus Lüttich, feines Silbergerät aus England sowie Kopfputz für Frauen aus Köln, Pelzwaren aus dem Slawischen, bunte Bänder, Schmucksachen und vieles andere mehr. Aber auch ganz gewöhnliche Waren aus Ton, Holz und Leder, mit denen er vertraut war, hatte er noch nie auch nur annähernd in solcher Fülle angeboten gesehen.

Ein Verkäufer pries wortgewandt Badorfer Keramiken an, deren rot bemalte Kugeltöpfe und -kannen sowie die eiförmigen Vorratsgefäße aus hellgelbem Ton einen ganzen Raum füllten. Ein anderer Händler schräg gegenüber lobte nicht weniger lautstark die Vorzüge seiner helltonigen Pingsdorfer Keramiken, die mit roter oder rotbrauner Bemalung verziert waren. »Härter gebrannt als alle anderen Tonwaren und mit solidem Standboden! Pingsdorfer – unübertroffen in Preis und Güte!«

Ob Schildmacher oder Gerber, Fassbinder oder Schreiner, Sattler oder Drechsler, die Handwerker gingen vielerorts auf der Straße ihrer Arbeit nach, weil in den Häusern, wo Material und fertige Waren gelagert werden mussten, nicht genug Platz vorhanden war. Marius beobachtete einen Steinmetz, der im Dreck der Gasse einen Grabstein bearbeitete. Er blieb stehen und las, was der Mann auf Latein in den Stein gemeißelt hatte: *Quis sim lecturi quod sum quandoque futuri.* Unwillkürlich übersetzte er laut: »Wer ich bin, lest ihr hier, was ich bin, werdet auch ihr.«

Der bullige Steinmetz sah kurz von seiner Arbeit auf, wischte sich über das verschwitzte, von feinem Steinstaub bedeckte Gesicht und brummte ungehalten: »Ja, das gilt auch für dich, Klugscheißer! Und jetzt geh mir aus dem Licht!«

Marius murmelte eine Entschuldigung und trat hastig zur Seite. Dabei wäre er um ein Haar mit einem Mann zusammengestoßen, der ein Fass auf der Schulter trug. Der Mann rempelte nun seinerseits eine Frau mit einem Korb voll gesalzener Fische an, als er Marius auswich.

»Pass gefälligst auf, wo du hintrittst, du Tölpel!«, zischte der Träger und versetzte ihm im Vorbeigehen mit dem Ellbogen einen wütenden Stoß in die Rippen.

Auch die Fischfrau warf ihm einen bösen Blick zu und Marius machte, dass er schnell weiterkam. Ihm fiel auf, dass man überall auf kleine Garküchen stieß, wo über offenem Feuer Bratspieße mit Innereien und minderwertigem Fleisch bruzelten oder schwere Kessel mit Suppen und Hirsebrei über einem Becken voll Glut hingen. Zu den Kunden der Garköche zählten auffallend viele ärmlich gekleidete Leute, woraus Marius zweierlei folgerte, nämlich dass dieses Essen sehr preiswert sein musste und dass viele Bewohner von Mainz auf diese Garküchen auf der Straße angewiesen waren, weil sie keine eigene Kochstelle besaßen.

Die Betriebsamkeit und die Vielfalt der handwerklichen Arbeiten, die er in den Straßen im Vorübergehen beobachten konnte, faszinierten ihn mehr als alles andere. Sogar Reste und Abfälle fanden bei den Handwerkern noch irgendwie Verwendung. Der Weinhändler überließ den Weinstein aus den Fässern den Färbern, die ihn als Grundstoff für Färbemittel verwendeten. Andere fertigten aus Knochen Geräte. Aus Schweinsblasen machte man Bälle und sogar die kleinen Fußwurzelknochen von Rind und Schaf landeten nicht auf dem Abfall, sondern daraus wurden Würfel fürs Glücksspiel geschnitzt.

Marius stieß auch hier und da auf sogenannte Wasserfahrer, die mit Unrat oder Schweinemist gefüllte Wagen aus der Stadt fuhren, um ihre stinkende Fuhre vor den Toren in den Fluss zu kippen. Sogar eine Gruppe von Nachtmeistern, die auch Pappenheimer, Bachstecher, Goldgräber oder in unmissverständlicher Deutlichkeit Scheißhausfeger genannt wurden, begegnete ihm.

Nachtmeister wurden diese armen und verachteten Abortreiniger genannt, weil sie die Gruben gewöhnlich bei Nacht entleerten, damit die Bewohner des Viertels nicht durch den üblen Gestank belästigt wurden. Abortgruben wurden nur alle zehn, fünfzehn Jahre ausgeräumt, was dann stets eine Arbeit von mehreren Tagen mit sich brachte – mit der entsprechenden Geruchsbelästigung.

Dass diese Nachtmeister, auf die Marius zufällig stieß, um diese Morgenstunde noch nicht mit ihrer Arbeit fertig waren, rief den geballten Zorn der Anwohner hervor. Die erregten Stimmen, Verwünschungen und Drohungen, die hin und her flogen und von erhobenen Fäusten begleitet wurden, ließen ihn fürchten, es könnte jeden Augenblick zu Handgreiflichkeiten kommen. Marius hielt sich die Nase zu und beschleunigte seine Schritte, um so schnell wie möglich den Gestank und die aufgebrachten Leute hinter sich zu lassen.

Je näher er dem erzbischöflichen Dom St. Martin und dem ihm vorgelagerten großen Marktplatz mit seinen zahlreichen Verkaufsständen kam, desto geschäftiger ging es auf den Straßen zu. Auf ihn, der die Ruhe und Überschaubarkeit eines Dorfes gewohnt war, machte dieses Treiben den Eindruck eines Gewimmels, wie es entsteht, wenn man mit einem Stock in einem Ameisenhaufen stochert.

Was war da nicht alles an Volk unterwegs! Sein Blick fiel auf Wasserträger und Karrenschieber, Dielenträger und Salzwälzer, Sand- und Kalkfahrer, Schweineschneider und Brunnenfeger, Tagelöhner und Wäscherinnen, Knechte und Mägde jeden Alters, gut gekleidete Kaufleute, Ordensleute in einfacher Kutte und herausgeputzte Kleriker sowie Krüppel, Kinderbettel und Gelichter aller Art. Durch dieses Gewimmel drängten sich zudem noch Reiter und Sänftenträger, Pferdewagen und Packesel. Und er war sicher, dass ihm noch vieles entging, auch wenn er sich noch so aufmerksam umsah.

Als er schließlich zum Marktplatz gelangte und der mächtige Dombau von St. Martin sein ganzes Blickfeld bis hoch in den Himmel ausfüllte, da öffnete er überwältigt Mund und Augen in ehrfürchtigem Staunen. Er hatte zeit seines Lebens nichts gesehen, was ihn auf diesen Anblick hätte vorbereiten können. Wie winzig und unscheinbar sich dagegen die Kirche in seinem Dorf ausnahm, die er vor wenigen Wochen noch für ein eindrucksvolles Gebäude gehalten hatte. Und wie klein sich doch der Mensch angesichts dieses gewaltigen Gotteshauses vorkommen musste! Er jedenfalls glaubte auf einmal, unter der Last seiner eigenen Sündhaftigkeit und Unzulänglichkeit zu einem Nichts zusammenzuschrumpfen.

Zögernd, ob er sich diesem Prachtbau überhaupt nähern durfte, ging er auf das imposante Portal zu und glaubte plötzlich, seinen Augen nicht trauen zu dürfen. Denn die Doppelflügel, die gut zwei Manneslängen hoch aufragten, bestanden wahrhaftig aus Metall! So unglaublich es ihm erst auch erschien, aber er täuschte sich nicht: Sie waren in einem Stück aus Bronze gegossen, einem Metall, das noch um ein Vielfaches kostbarer als Eisen war! Die Kostbarkeit eines solch metallenen Kirchenportals überstieg seine Vorstellungskraft. Bestimmt hätte man für den Gegenwert eine Burg bauen oder ein ansehnliches Lehen kaufen können. Und wie schwer diese Türen sein mussten! Hätte er es nicht mit eigenen Augen gesehen, er hätte nicht geglaubt, dass Menschen solch ein gewaltiges Kunstwerk wirklich in einem Guss herstellen konnten. Und er fragte sich unwillkürlich, wer wohl der geniale Künstler und Bronzegießer gewesen sein mochte, der dieses unglaubliche Meisterwerk geschaffen hatte.

Die Antwort darauf erhielt Marius schon im nächsten Moment, als er den lateinischen Schriftzug las, der auf Querleisten über den beiden Bronzetoren geschrieben stand: *Postquam magnus imperator Karalus/Suum esse iuri dedit naturae/Willigisus archiepiscopus ex metalli specie/ Valvas effecerat primus./Berengerus huius operis artifex, lector,/ Ut pro eo Deum roges postulat supplex.* Was übersetzt bedeutete: *Nachdem der große Kaiser Karl sein Leben der Natur zurückgegeben hatte, war Erzbischof Willigis der Erste, der aus Metall hat Türflügel machen lassen. Berenger, der Künstler dieses Werkes, bittet inständig, oh Leser, du mögest zu Gott für ihn beten.*

Und das tat Marius, nicht nur für Berenger, sondern auch für sein eigenes Seelenheil. Er wagte jedoch nicht, den Dom zu betreten, sondern begab sich in die Kirche St. Marien zu den Staffeln, die östlich vom Dom lag und mit diesem durch ein Atrium* verbunden war. Und wenn diese Kirche auch bedeutend kleiner als der Bischofsdom war, so wirkte sie immer noch überaus beeindruckend und einschüchternd auf Marius. Allein die Gemälde an den Wänden, die Stationen aus Jesu Leben und Passion zeigten, sowie die prächtigen Altäre raubten ihm den Atem, hatte er doch noch nie zuvor auch nur einen Hauch solcher Pracht gesehen, wie sie ihm hier begegnete. Er musste die Augen schließen, um sich auf seine Gebete konzentrieren zu können.

Als er aus der Kirche kam, fragte er eine Gemüsehändlerin nach dem Weg zum Dietmarkt und Gautor. Die Frau wies nach Westen. »Geh dort um den Bischofshof herum und sieh zu, dass du die Sonne im Rücken behältst. Wenn du merkst, dass der Boden ansteigt, bist du richtig und das Gautor ist nicht mehr weit.«

Marius ging um die erzbischöfliche Residenz herum, die sich an die Domanlage anschloss und von einer hohen Mauer umgeben war, und folgte den Gassen in westlicher Richtung.

Den Dietmarkt hatte er schnell erreicht. Auf dem großen staubigen Platz erblickte er eine große Anzahl von schweren Fuhrwerken und eine Menge Vieh, das in behelfsmäßigen Pferchen untergebracht war. Hier standen Schweine, Schafe, Ziegen, Rinder, Pferde und eine Vielzahl von Geflügel zum Verkauf. Dahinter, zu seiner Rechten, erblickte er einige gedrungene Gebäude, die von einer Mauer umschlossen waren und bei denen es sich um ein Kloster handeln musste.

Jenseits des Dietmarktes lockerte sich die Bebauung auf. Zwischen den einzelnen Häuserzeilen klaffte hier und da noch viel freies Gelände, das als Obsthain, Garten, Weide oder Acker genutzt wurde. Er sah nun die Weinberge des Kästrich, die innerhalb der Stadtmauer mehrere sanfte Hügel bedeckten und fast bis an den Dietmarkt herunterreichten.

Die Stiftskirche St. Stephan zu finden, war von hier aus ein Kinderspiel, denn ihr Kirchturm war weithin zu sehen.

Wenig später bog er kurz vor dem Gautor rechter Hand in eine Gasse ein, in der sich mehrere Handwerker niedergelassen hatten. Er kam an einer Töpferei und dem Schuppen eines Fassbinders vorbei und hörte schon von Weitem den dröhnenden Klang eines Schmiedehammers, der kraftvoll und rhythmisch auf einen Amboss niederging. Dort bei der Schmiede sollte Bartholo wohnen!

Marius holte einen etwa gleichaltrigen jungen Burschen ein, der sich fluchend mit einem Karren voll Holzkohle abmühte.

»Kann ich dir helfen?«, fragte er.

Der Junge blieb stehen, fuhr sich mit der Hand durch sein verschwitztes, strähniges Haar und musterte ihn misstrauisch. »Wenn du glaubst, dir was verdienen zu können, dann haste dich geschnitten!«, sagte er abweisend. Dabei zeigte er, dass ihm eine ganze Reihe von Zähnen fehlte. So klafften oben zu beiden Seiten der Schneidezähne, die sehr breit wirkten, hässliche Lücken. »Ich krieg ja selbst nicht mal 'nen lausigen Pfennig dafür, dass ich mich Tag für Tag für meinen Alten abrackere.« Dabei deutete er mit dem Kopf zur Schmiede hinüber.

»Du bist der Sohn des Schmieds?«

»Ja, ich bin Friedebert. Und Hildebert, der Schmied vom Gautor, is' mein Vater«, sagte der Junge. »Und wer bist du? Du sprichst nich' wie einer von hier!«

Marius lachte auf. »Ja, das hört man wohl, sowie ich den Mund aufmache, nicht wahr?«

Friedebert bedachte ihn mit einem abschätzigen Blick. »Du siehst auch nich' wie 'n ordentlicher Mainzer aus«, bemerkte Friedebert trocken. »Eher wie so 'n Fremder irgendwo ausm Süden.«

»Ich heiße Marius und komme aus dem Hunsrück.«

»Und was willste hier?«

»Ich suche Bartholo den Okkultisten, der hier in der Straße leben soll. Er war einst ein guter Freund und treuer Wegbegleiter eines Mannes, der mir in meinem Dorf zum Freund geworden, aber im Winter verstorben ist.«

»Na, das muss ja 'n schöner Freund gewesen sein, wenn er mit Bartholo dicke gewesen ist«, meinte Friedebert abfällig.

Marius zog es vor, diese Geringschätzung geflissentlich zu überhören. »Dann wohnt er also wirklich hier, ja?«

»Ja, er haust gleich da drüben an der Ecke!«, sagte Friedebert und wies auf ein gedrungenes Fachwerkhaus, das schräg gegenüber der Schmiede ein Eckgrundstück einnahm. Das Haus sah nach einem Stall mit später aufgesetztem Obergeschoss aus und machte einen recht baufälligen Eindruck. »Aber er ist nich' in seiner stinkenden Bude. Hab ihn vorhin davonwatscheln sehen, die fette Fledermaus.«

Stinkende Bude? Fette Fledermaus? Marius fragte sich mit wachsender Beklommenheit, was ihn dort bei Bartholo wohl erwartete – und ob er überhaupt Aufnahme bei ihm finden würde. Er verdrängte diesen beunruhigenden Gedanken schnell, denn er wusste nicht, wohin er sich dann wenden sollte.

Indessen hatte Friedebert sich umgedreht, um die Deichsel seines Karrens wieder aufzunehmen. »Ah, da haste aber Glück, denn da kommt ja dein Schwarzkünstler schon zurück!«

Marius wandte den Kopf und richtete seinen Blick auf den korpulenten Mann, der die Gasse entlangkam. Er hatte einen Weidenkorb, der für seine große und füllige Gestalt viel zu zierlich war, in der linken Armbeuge hängen und hielt einen Steinkrug in der rechten Hand. Ein weiter, faltenreicher schwarzer Umhang, der mit seltsamen geometrischen Zeichen und Mustern übersät war und vor der Brust von einer Spange zusammengehalten wurde, umwehte seinen recht massigen Körper. Auf dem Kopf saß ein fast wagenradgroßer Hut aus schwarzem Filz mit breiter Krempe, der auf der rechten Seite mit einer Handvoll farbiger Federn geschmückt war. Darunter kam ein rundliches Gesicht zum Vorschein, das von einem feuerroten Vollbart umrahmt wurde.

»Ist das Bartholo der Okkultist?«

»Ja, das isser. Riechst du denn nicht den scharfen Schwefelgeruch, der von ihm ausgeht?«, spottete Friedebert. Und ohne Rücksicht darauf, dass der Mann sich nun schon in Hörweite befand, fuhr er frech und unbekümmert fort: »Das ist Bartholo, der große Meister der magischen Künste, der noch nich' mal 'n Zaubertrank zusammenmischen konnte, um sein Liebchen Adele davon abzuhalten, ihm Hörner aufzusetzen und mit dem nächstbesten Schiffer auf und davon zu gehen!«

Bartholo hatte jedes Wort mitbekommen. »Scher dich bloß zum Teufel, bevor ich dir Beine mache, Rattenzahn!«, rief er Friedebert zu und drohte ihm mit dem erhobenen Krug.

Friedebert lachte höhnisch auf, drehte ihm sein Hinterteil zu und ließ donnernd einen Furz fahren. Dann zog er lachend den Karren an und hielt auf die väterliche Schmiede zu.

Bartholo kam mit nicht eben freundlicher Miene auf Marius zu, der stehen geblieben war und sich nun wünschte, diesen ungehobelten Burschen Friedebert nicht angesprochen zu haben.

»Seid Ihr Bartholo der ...« Weiter kam er nicht.

»Verschwinde besser, bevor mir der Geduldsfaden reißt, Bursche!«, fiel ihm Bartholo grimmig ins Wort. »Ich bin heute nicht in der rechten Stimmung, um eure strohköpfige Dreistigkeit gelassen zu ertragen!«

»Entschuldigt, aber ich habe mit diesem Jungen, der sich so ungehörig benommen hat, nichts zu tun, mein Herr! Ich bin fremd in der Stadt und habe ihn nur gefragt, wo ich Euch finden kann«, erklärte Marius hastig.

Das Gesicht unter dem krausen feuerroten Bart nahm einen etwas freundlicheren Ausdruck an. »So? Du bist fremd hier? Und was willst du von mir?«

»Mein Name ist Marius, ich komme aus einem Dorf im Hunsrück und möchte Euch Grüße von Vinzent dem Pilger ausrichten, mit dem ich viele Tage verbracht habe und der mir auch viel von Euch erzählt hat.«

»Vinzent?«, stieß Bartholo ungläubig hervor und sein Gesicht leuchtete im selben Moment auf, als wäre ein Sonnenstrahl darauf gefallen. Er klemmte sich den Steinkrug unter den linken Arm und packte Marius an der Schulter, als fürchtete er, sich zu früh zu freuen. »Halte mich bloß nicht zum Narren! Sag, hast du wirklich Nachricht von jenem Vinzent, der mich einst in Jerusalem unter seine Fittiche genommen hat? Sprichst du von *diesem* Vinzent?«

»Ja, von Vinzent dem Pilger, der mit Euch nach Ägypten gezogen ist und der Euch in jener Oase das Leben gerettet hat, als Ihr Eure Blicke wohl ein wenig zu lange auf der falschen Person habt ruhen lassen!«, bestätigte Marius.

»Heiliger Christopherus, ich mag es kaum glauben! Nachricht von Vinzent! Endlich höre ich von ihm! Nach so vielen Jahren!«, rief Bartholo freudestrahlend. Er drückte Marius kurz an seine breite Brust und überschüttete ihn im nächsten Moment aufgeregt und erwartungsvoll mit

Fragen: »Du hast mir sicher viel von ihm zu erzählen, nicht wahr? Woher kennst du ihn? Wo hast du ihn kennengelernt? Bist du vielleicht mit ihm gepilgert? Wie geht es dem unermüdlichen Wallfahrer? Treibt ihn die Pilgerlust noch immer rastlos durch die Welt?«

Marius setzte zu einer Antwort an, doch Bartholo kam ihm zuvor. Abwehrend hob er die Hand. »Nein, sag nichts, Marius! Ich habe Jahre auf ein Lebenszeichen von Vinzent gewartet, da kann ich mich wohl noch ein paar Minuten gedulden. Zwar brenne ich darauf zu hören, was du mir von ihm zu berichten hast, aber dafür ist die Straße nicht der angemessene Ort. Komm, lass uns hinauf in meine Unterkunft gehen!«, forderte er Marius auf. »Wie gut es sich trifft, dass ich gerade vom Markt zurückkomme, wo ich ein paar köstliche Fladen, ein paar Spezereien und einen Krug süffigen Gewürzwein gekauft habe. Das muss doch gefeiert werden!« Lachend schüttelte er den Kopf. »Mein Gott, du bringst Nachricht von Vinzent dem Pilger!«

Aber leider keine gute!, dachte Marius bekümmert.

Bartholo führte ihn eine knarrende und bedrohlich morsche Stiege hoch, entriegelte eine klobige Tür, stieß sie auf und machte eine einladende Geste. »So, da wären wir! Nur hereinspaziert! Das hier ist mein Reich!«

Ein strenger Geruch stieg Marius in die Nase, kaum dass er über die Schwelle trat. Es roch nach Schimmel, Kräutern, Salben, sauren Tinkturen, Pulvern und fremdartigen Substanzen.

Zögernd ging Marius weiter. Er sah vor sich einen großen, lang gestreckten Raum, den er auf mindestens zwanzig Schritte in der Länge und gut sechs bis sieben Schritt in der Breite schätzte. Sein Blick traf auf ein Dutzend Stützbalken, die das Dachgebälk trugen, das im hinteren Teil rauchgeschwärzt war.

Vor den drei Fensterluken in der hofseitigen Längswand hing an Stelle solider Schlagläden nur ölgetränkte Leinwand, die auf Holzrahmen gespannt war und durch die nur schummeriges Tageslicht ins Innere fiel. Bartholo trat an eine der Öffnungen und stieß das Leinwandfenster weit auf, sodass frische Luft und helles Sonnenlicht hereinströmten.

Staunend sah Marius sich um. Er kam an einem Lager aus muffig riechenden Strohsäcken vorbei, das durch einen grün bemalten, dreiteiligen Bretterschirm mehr schlecht als recht vom Rest des Raumes abgetrennt war.

Hölzerne Gestelle und Ständer jeder Art sowie Kohlenbecken, Kisten und lange Tische, die auf einfachste Art gezimmert und von zahlreichen Brandspuren gezeichnet waren, nahmen einen Großteil des Raumes ein. Gestelle, Kisten und Tische waren mit einer Fülle von Tiegeln, Töpfen, Schalen, Holzschatullen, Reiben, Mörsern und allerlei Gerätschaften vollgestellt, von denen Marius die meisten noch nie zuvor zu Gesicht bekommen hatte. Dazu kam eine Vielzahl von zusammengebundenen Kräutern und kleinen Säckchen, die wie Würste und Schinken in einem Räucherhaus überall von den Dachbalken herabhingen, sodass man sich ständig ducken oder ihnen seitlich ausweichen musste.

Die Feuerstelle befand sich an der hinteren Giebelwand.

Dort standen auch zwei Armstühle, deren Sitzflächen und Rückenteile mit breiten Lederstreifen bespannt waren, sowie ein weiterer schwerer Tisch, der einen Regalaufsatz trug. Und in den Fächern dieses Aufsatzes lagen nicht nur eine ganze Reihe von Pergamentrollen, sondern dort standen auch mindestens anderthalb Dutzend dicke, in Leder gebundene Bücher!

Marius' Erstaunen hätte kaum größer sein können. Denn niemals hätte er damit gerechnet, in dieser Behausung auf Bücher zu stoßen, die auf ihre Art doch ebenso kostbar und selten waren wie bronzene Kirchentüren! Voller Ehrfurcht starrte er auf die Pergamentrollen und Folianten, die den dickleibigen Mann mit dem feuerroten Bart ein Vermögen gekostet haben mussten. Auf der Burg seines Onkels hatte es nicht ein einziges Buch gegeben. Noch nicht einmal ein Rechnungsbuch nannte Frodebert sein Eigen. Über die jährlichen Abgaben und die Verrichtung der gewöhnlichen Hand- und Spanndienste wurde mit Hilfe von Strichlisten auf Schiefertafeln Buch geführt. Und Kerben in gewissen Zählbalken dienten der gräflichen Herrschaft wie den Bauern als ein für jeden lesbares Verzeichnis für die Ableistung besonderer Frondienste und Scharwerke.

Bartholo zog den übergroßen Hut mit den bunten Fasanenfedern schwungvoll vom Kopf und entblößte dabei eine schon recht fortgeschrittene Glatze, um die sich ein sichelförmiger Haarkranz wand. Hut und Umhang warf er nachlässig zwischen die Töpfe und Tiegel auf einem der Tische und lachte über das fassungslose Gesicht, das Marius angesichts der Bücher und Pergamentrollen machte. »Ja, auf meine kleine Bibliothek bin ich recht stolz. Es ist sogar eine Bibel darunter, die aus dem Skriptorium des Klosters St. Gallen kommt. Aber ganz besonders stolz bin ich auf meine arabischen Lehrbücher, die ich in Damaskus und Bagdad erstanden habe. Ich studiere sie noch heute mit wachsendem Gewinn.«

»Ihr versteht Euch auf die Sprache der Muselmanen?«

Bartholo nickte. »Immerhin habe ich fast sieben Jahre unter ihnen gelebt und Studien betrieben. Da sollte man dann wohl fähig sein die Sprache des Landes, dessen Gast man ist, angemessen zu meistern«, sagte er leichthin, als spräche er von einem Aufenthalt in Köln oder Speyer. »Ach, manchmal wünschte ich, ich wäre gar nicht zurückgekehrt, wo meine Talente doch hier auf so wenig Anerkennung stoßen.« Dann begab er sich zur Feuerstelle, wo er die Glut unter der Asche freilegte und ein kleines Feuer gegen die doch noch recht klamme Frische des Morgens entfachte.

Während Bartholo mit Kienspänen und Holzscheiten hantierte, öffnete Marius rasch das Schnallenreliquiar und holte die kupferne Scheibe der winzigen Sonnenuhr hervor.

»So, und jetzt wollen wir es uns gemütlich machen!«, rief Bartholo, als die Flammen munter loderten, und klatschte in die Hände. Er rückte die beiden mit Lederstreifen bespannten Armstühle ans Feuer heran, legte eine kleine Holzplatte über zwei Schemel und stellte darauf zwei derbe Tonbecher, den Weinkrug und den Korb mit den Fladen. Er füllte beide Becher und hob den seinen. »Auf Vinzent, wo immer er sich jetzt herumtreiben mag, der aufrechte Vagant zu Gottes Ehren!«, rief er und wartete, dass Marius es ihm gleichtat.

Doch Marius rührte seinen Becher nicht an.

Bartholo stutzte. »Was ist? Machst du dir nichts aus Wein?«

»Nein, das ist es nicht.«

»Was ist es dann?«, fragte Bartholo verwundert.

Marius beugte sich vor und legte den Sonnenuhrring wortlos vor ihn auf die Platte des kleinen Tisches.

Der muntere Ausdruck verschwand augenblicklich von

Bartholos fülligem Gesicht. Er ließ seinen Becher sinken, stellte ihn langsam wieder auf den Tisch zurück und nahm den kupfernen Ring auf.

»Vinzents Teil der Sonnenuhr! Wir haben uns damals geschworen uns niemals davon zu trennen, es sei denn in großer Not«, murmelte er ahnungsvoll. »Dann sollte es den Boten ausweisen und ein Zeichen dafür sein, dass der andere dringend auf Hilfe angewiesen ist.«

»Ja, so hat es auch Vinzent mir erzählt«, sagte Marius. »Und er hat sich zeit seines Lebens nicht davon getrennt. Aber dann hat er mir seinen Teil der Sonnenuhr mit dem Schnallenreliquiar vermacht. Eigentlich hätte mir auch noch sein Esel Homer zugestanden, aber auf den hat der Graf Anspruch als Besthaupt erhoben.«

Bartholo der Okkultist sah ihn betroffen an. »Vinzent ist tot?«, stieß er leise hervor.

Marius nickte. »Er ist im Februar gestorben. Ich bin bis zuletzt bei ihm gewesen.«

Bartholo sank wie kraftlos in seinem Stuhl zurück und schloss kurz die Augen. Dann atmete er tief durch, griff erneut zu seinem Becher, hob ihn gen Himmel und sagte mit belegter Stimme: »Mögest du in Frieden ruhen und die ewige Seligkeit erlangen, mein Freund!«

Marius schloss sich ihm nun an und sie tranken auf den Toten, dessen Freundschaft auf ihr beider Leben einen so nachhaltigen Einfluss ausgeübt hatte, wenn auch über zwei Jahrzehnte zwischen den beiden entscheidenden Begegnungen lagen.

»Vinzent ist tot und seit unserer Reise nach Ägypten ist fast ein Vierteljahrhundert vergangen!« Bartholo schüttelte ungläubig den Kopf. »Dabei kommt es mir manchmal so vor, als wäre ich erst gestern als junger Mann, voll Abenteuer- und Entdeckerlust und recht sorglos dank einer beachtlichen Erbschaft, in der Heiligen Stadt auf Vinzent getroffen! Und nun ist all das ferne Vergangenheit, Jugend-erinnerung eines alten Mannes, der von so vielen ehrgeizigen Träumen hat Abschied nehmen müssen und manchmal an sich selbst und der Ignoranz seiner Mitmenschen zu verzweifeln droht.«

»Ihr seht mir aber nicht wie ein alter Mann aus!«, widersprach Marius, obwohl Bartholo, der einige Jahre über die vierzig sein musste, natürlich längst die beste Zeit seines Lebens hinter sich hatte.

Bartholos Gesicht hellte sich ein wenig auf und seine Lippen verzogen sich unter dem feuerroten Bart zu einem Schmunzeln. »Du verstehst es wirklich, einem zu schmeicheln. Aber lassen wir das, Marius. Erzähl mir, wie du Vinzent kennengelernt hast und wie er gestorben ist.«

Marius kam dieser Aufforderung bereitwillig nach und begann zu erzählen. Anfangs versuchte er, seine persönlichen Schwierigkeiten mit Ekkebert und dem Grafen Frodebert sowie die Ungewissheit seiner Herkunft aus seinem Bericht herauszuhalten. Aber schon bald musste er merken, dass seine Geschichte ohne diesen Teil wenig Sinn machte. Und so überwand er seine Scham und berichtete Bartholo ohne jede Beschönigung, wer er war oder zumindest doch zu sein glaubte, wie es ihm auf der Burg und im Dorf ergangen war und welche Pläne er mit Vinzent geschmiedet hatte, bevor der Tod all seine Hoffnungen zunichte gemacht hatte.

Für Bartholo den Okkultisten war die Geschichte mit Vinzents Tod jedoch noch nicht zu Ende, er wollte auch wissen, wie Marius nach Mainz gekommen war – und so erzählte Marius ihm schließlich auch vom Überfall der Wegelagerer, von seiner Rettung durch den fahrenden Händler Baruch ben Isaak und von seinem Aufenthalt im Haus von Rabbi Kalonymos ben Meschullam. Nur den Vorfall in Stromberg, wo er sich an der Beinahe-Steinigung seines späteren Lebensretters beteiligt hatte, verschwieg er. Diese beschämende Episode brachte er nicht über die Lippen.

»Na, da ist dir das Glück ja wirklich hold gewesen, dass du mit deinen schweren Verletzungen ausgerechnet im Haus des Rabbiners gelandet bist!«, sagte Bartholo. »Kalonymos ben Meschullam ist einer der klügsten Köpfe weit und breit, auch wenn viele das nicht gern zugeben, weil er ja ein Jude ist. Aber weil er ein so kluger Kopf ist, hat er auch Jehuda ben Nathan an dein Krankenbett gerufen, was wohl dein zweites großes Glück gewesen ist. Denn dieser Jehuda ist einer von den ganz wenigen Ärzten, die den Aderlass nicht für ein Allheilmittel halten und den medizinischen Erkenntnissen der arabischen *hakim,* der kundigen Heiler, recht aufgeschlossen gegenüberstehen.«

»Ja, ich bin ihnen auch überaus dankbar für alles, was sie für mich getan haben«, gestand Marius. »Aber ich konnte einfach nicht länger bei Rabbi Kalonymos bleiben.«

»Und warum nicht? Ist dir die Vorstellung, unter Juden zu sein und ihnen Dank zu schulden, vielleicht zuwider?«

»Nein, das ist es nicht!«, beteuerte Marius sofort und bekam rote Ohren.

»Was ist es dann?«

Marius wich dem Blick seines Gegenübers aus und suchte nach einer glaubwürdigen Erklärung, mit der er sich jedoch nicht einer Lüge schuldig machen würde. »Ich ... ich habe einfach schon zu lange ihre Gastfreundschaft in Anspruch genommen. Der Rabbi hat mir sogar neue Kleidung und richtig festes Schuhwerk geschenkt.

Mehr kann ich nicht von ihnen annehmen. Es ist einfach an der Zeit, dass ich woanders unterkomme, mich nützlich mache und mir vielleicht etwas verdiene, um meine Schulden bei ihnen abzutragen.«

Bartholo hob die Augenbrauen. »Schulden? Ich glaube nicht, dass Rabbi Kalonymos auch nur einen Augenblick daran denkt, du könntest bei ihm Schulden haben.«

Marius zuckte die Achseln. »Mag sein, aber ich möchte dennoch keinem etwas schuldig bleiben!«, erwiderte er trotzig.

»Und du möchtest zu den Kreuzfahrern.«

»Ja, und ich ... also, ich habe gehofft, dass Ihr mir vielleicht dabei helfen könnt, als Knappe oder meinetwegen sogar als Page irgendeines Herrn mit dem Heer nach Jerusalem zu ziehen!«, gestand Marius. »Denn ins Morgenland muss ich, so hat es mir Vinzent auf seinem Sterbelager aufgetragen. Das ist sein Vermächtnis gewesen.«

Bartholo gab ein freudloses Lachen von sich. »Ja, das hast du mir erzählt. Aber das soll sein Vermächtnis gewesen sein?« Er schüttelte den Kopf. »Irgendwie kann ich das schlecht mit dem Vinzent in Einklang bringen, mit dem ich gereist bin, und ich glaube, den frommen Wallfahrer doch recht gut gekannt zu haben.«

»Er hat es mir aber so und nicht anders aufgetragen!«, beharrte Marius. »Ich soll den Morgenstern suchen, und zwar in einem finsteren Land, wo ein Licht aufgeht. Und was das bedeutet, liegt ja wohl klar auf der Hand.«

Bartholo neigte abwägend den Kopf hin und her und wickelte sich eine Strähne seines Bartes um den Finger. »Ja, so will es scheinen, doch es kann nicht sein. Es widerspricht allem, woran Vinzent geglaubt hat. Du musst irgendetwas Wichtiges missverstanden oder überhört haben.«

»Ich habe ihn nicht missverstanden! Ich habe ihn sehr gut verstanden!«, erklärte Marius nachdrücklich und machte eine Miene, als hätte man ihn in seiner Ehre gekränkt.

»Mir ist, als wäre ich diesen Worten von dem Morgenstern und dem Licht in einem finsteren Land schon mal begegnet«, grübelte Bartholo. »Aber ganz sicher nicht mit der Bedeutung, die du in sie hineinlegst. Wenn ich mich bloß daran erinnern könnte, dann würde sich der Irrtum bestimmt schnell aufklären.«

»Das kann kein Irrtum sein! Eine andere Bedeutung gibt es gar nicht! Alles passt zusammen!«, beharrte Marius und wollte damit nicht nur Bartholos Bedenken abwehren, sondern auch seine eigenen nagenden Zweifel zum Schweigen bringen. Denn in letzter Zeit beschäftigte auch ihn die Frage, ob Vinzent wirklich noch so kurz vor seinem Tod seine Meinung über den Kreuzzug geändert hatte oder ob er, Marius, ihn falsch verstanden hatte.

Bartholo winkte ab. »Wie dem auch sei, von mir kannst du jedenfalls diesbezüglich keine Hilfe erwarten. Denn ich hege weder den geringsten Funken Sympathie für den geplanten Eroberungszug im Zeichen des Kreuzes noch verfüge ich über die nötigen Beziehungen zu irgendwelchen Rittern und Adligen, bei denen du dich als Knappe oder Page verdingen könntest.«

Marius senkte enttäuscht den Kopf.

»Was ich dir jedoch anbieten kann«, fuhr Bartholo aufmunternd fort, »ist ein einigermaßen trockenes Dach über dem Kopf, ein einfaches Strohlager dort hinten bei der Fensterluke und vielleicht sogar die Möglichkeit, dir bei mir ein wenig Geld zu verdienen. Aber Letzteres kann ich dir nicht versprechen.«

»Und was muss ich dafür tun?«, wollte Marius wissen.

»Botengänge, Handreichungen, Putzdienste und mir meine Einsamkeit erträglicher machen, indem du mir von Vinzent erzählst und dir meine Geschichten anhörst, die hier keiner mehr hören will – eben alles, was bei einem erfolgreichen *hakim* und Okkultisten wie mir so anfällt«, antwortete Bartholo selbstironisch. »Was meinst du, ist das eine Herausforderung, der du dich gewachsen fühlst?«

Marius lachte ihn an. »Leicht klingt es ja nicht, was Ihr da von mir erwartet, aber ich will es gern versuchen und werde mein Bestes geben!«, versicherte er.

»Dann ist es abgemacht. Schlag ein, Marius!«, forderte Bartholo ihn fröhlich auf und streckte ihm die Hand hin. Und nachdem sie ihre Absprache mit einem Handschlag besiegelt hatten, griff Bartholo wieder zum Weinkrug. Er füllte ihre Becher auf, riss sich ein Stück vom Fladen ab, lehnte sich im Lederstuhl zurück und begann nun seinerseits, von seinen Erlebnissen mit Vinzent zu erzählen.

Marius hing schon nach den ersten Sätzen voller Spannung und Wissbegier an seinen Lippen. Doch mehr als einmal ertappte er sich dabei, dass er sich wünschte, Sarah säße in ihrer Runde und würde mit ihm Bartholos wunderbaren Geschichten aus dem Orient lauschen, die von aufregenden und fast märchenhaften Begebenheiten nur so strotzten.

Und als er am Abend seines ersten Tages bei Bartholo auf den muffigen Strohsäcken unter seine Decken kroch, da konnte er lange nicht einschlafen, weil die Schuld ihn quälte – und die Gedanken an Sarah.

Fünfundzwanzigstes Kapitel

Auf Bartholos Wutausbruch am nächsten Vormittag war Marius nicht im Mindesten vorbereitet.

Er hatte im Hof Holz gehackt und kam gerade mit einem Korb voller Scheite die Treppe hoch, als er einen wüsten Schrei vernahm. Erschrocken und von Sorge erfüllt, dass Bartholo etwas Schlimmes zugestoßen sein könnte, hastete er die letzten Stufen hoch und stieß die Tür auf. Dabei entglitt ihm der Korb und die Holzscheite polterten auf die Dielenbretter.

Fast im selben Augenblick zersprang an der Wand neben der Tür ein Tongefäß in tausend Scherben, die nach allen Seiten wegflogen. Sofort riss Marius die Arme vors Gesicht, um sich vor dem Scherbenhagel zu schützen.

»Elende Ignoranten! ... Abergläubische Tölpel! ... Unbelehrbare Simpel!«, brüllte Bartholo außer sich vor Wut, griff nach einem großen Tontiegel und schleuderte ihn mit aller Kraft gegen den nächstbesten Stützbalken, wo das Gefäß krachend auseinanderbarst. »Wofür halten die mich denn? Für einen dieser Pfuscher und Afterärzte? Dann sollen sie doch zu denen gehen, zu diesen Nichtskönnern!«

Marius brachte sich schnell in Deckung, denn schon wieder flog ein Tongefäß durch den Raum. Es verfehlte haarscharf den Balken, den Bartholo sich als Ziel ausgesucht hatte, und zerschellte am Boden.

»Jawohl, fahrende Starstecher und Maulärzte, das ist es, was diese Ignoranten verdient haben!«, rief Bartholo wutentbrannt, um im nächsten Moment Beutel mit getrockneten Kräutern von der Decke zu reißen und auf ihnen herumzutrampeln. »Wofür habe ich so viele Jahre an den Gelehrtenschulen in Alexandria und Bagdad, in Damaskus und Kairo studiert? Um nun Salben aus Fledermausblut anzurühren, weil diese Tölpel hier darauf beharren, dass dieser Unfug gegen alle möglichen Augenkrankheiten hilft?«

Marius ahnte nun, dass Bartholos Wutanfall etwas mit dem stiernackigen Besucher zu tun haben musste, der mit hochrotem Gesicht und grimmiger Miene die Stiege heruntergekommen war, kurz bevor er sich den Korb voll Feuerholz auf die Schulter gewuchtet hatte.

Vorsichtig wagte er sich hinter seiner Deckung hervor. »Hat Euch vielleicht der Mann, der Euch vorhin aufgesucht hat, dermaßen in Wut versetzt?«, fragte er und war darauf gefasst, seinen Kopf schnell wieder einzuziehen, sollte Bartholo mit weiteren Tongefäßen um sich schmeißen.

Bartholo jedoch sah ihn verdutzt an, als hätte er ihn in seiner blinden Wut bisher gar nicht wahrgenommen, und fragte dann: »Was versteckst du dich da hinter dem Balken?«

»Entschuldigt, aber mir stand nicht der Sinn danach, von herumfliegenden Töpfen und Tiegeln getroffen zu werden«, antwortete Marius mit einem Anflug von Sarkasmus.

»Oh!«, entfuhr es Bartholo, als er begriff, dass Marius vor ihm und seinen Wurfgeschossen Zuflucht hinter dem schweren Stützbalken gesucht hatte. Dann sagte er trocken: »Du kannst wieder hervorkommen. Mehr Scherben sind Hohlköpfe wie er nicht wert!« Und mit einem ärgerlichen Fußtritt schickte er eines der zertrampelten Säckchen quer durch den Raum.

»Was ist bloß in Euch gefahren?«, wollte Marius nun wissen.

Bartholo verzog das Gesicht. »Je älter ich werde, desto schwerer fällt es mir, mich damit abzufinden, was der gelehrte Derwisch Mohammed Gazzali einst so trefflich formuliert hat.«

»Was ist ein Derwisch?«

»Ein Mitglied eines islamischen Ordens, also so etwas wie ein arabischer Mönch, der statt der Bibel den Koran* als Heilige Schrift verehrt«, erklärte Bartholo. »Sein ganzer Name lautet Abu Hamid Mohammed ben Mohammed al-Gazzali, was übersetzt ›der Spinner‹ bedeutet.«

Marius lachte.

»Dabei ist Gazzali alles andere als ein Spinner!«, stellte Bartholo schnell klar. »Ich hatte das große Privileg, in meinen arabischen Lehrjahren mit ihm zusammenzukommen. Und ich vergesse nie, was er einst über die Heilkunst gesagt hat.«

»Und was war das?«

»Dass auch der vollkommene Arzt nicht jeden Kranken heilen könne, sondern nur den, der die Arznei und den ärztlichen Rat auch wirklich annehme. Und dass es eine Krankheit gebe, die unheilbar ist – nämlich die Dummheit. Al-Gazzali kannte sich gut genug mit unserer Heiligen Schrift aus, um Jesus zitieren zu können, der dazu gesagt hat: *Ich bin nicht zu schwach, Tote zum Leben zu erwecken, aber ich bin zu schwach, einen Dummkopf zu heilen.* Ja, daran denke ich häufiger denn je!«

»War Euer Besucher denn solch ein Dummkopf?«, fragte Marius nach und sammelte die Holzscheite ein.

»Ach, er war wohl nur der Tropfen, der das Fass zum Überlaufen gebracht hat«, räumte Bartholo verdrossen ein. »Aber ein Einfaltspinsel der übelsten Sorte war er schon. Er wollte unbedingt, dass ich ihm einen Liebestrank anrühre! Er kannte sogar die meisten Zutaten dieses angeblichen Wundertranks: Taubenherz, Sperlingsleber, die Niere eines Hasen sowie die Geschlechtsteile einer Schwalbe, das alles getrocknet und zerstoßen und zu einem Liebestrank gebraut. Was der Kerl nicht wusste, war, wie viele Anteile jeweils gebraucht werden und welche Kräuter noch beigerührt werden müssen.«

Marius runzelte die Stirn, denn er verstand nicht, was Bartholo an dem Anliegen des Mannes so aufgeregt hatte, war doch ein Liebestrank nichts Ungewöhnliches. Sogar Rotrud, die Tochter der alten Seherin, hatte sich darauf verstanden, solch ein Gebräu anzurühren. »Und? Habt Ihr ihm den Trank zubereitet?«

Bartholo warf ihm einen ungehaltenen Blick zu. »Nein, natürlich nicht, denn das ist keine Arznei, sondern abergläubischer Unfug!«, sagte er erregt. »Genau wie der Glaube, dass Dreck aus einer Wagenspur gegen den Biss einer Maus hilft oder dass getrocknete und zerriebene Würmer, mit Immergrün und Hauslauch vermischt und in Honigwasser aufgelöst, die eheliche Liebe festigen. All das ist nichts als dumpfer Aberglauben, Scharlatanerie und Beutelschneiderei!«

»Seid Ihr Euch da so sicher?«, fragte Marius mit skeptischer Miene.

»Oh ja, und ob ich mir da sicher bin!«

»Aber Ihr nennt Euch doch Bartholo der Okkultist!«, wandte Marius ein. »Ihr seid demnach ein Mann der Geheimwissenschaften. Jemand, der sich mit den verborgenen Kräften der Natur auskennt, sich gewiss auch auf die Schwarze Kunst versteht und mit magischen Kreisen und Potenzen ...«

Bartholo ließ ihn nicht ausreden. »Nichts davon ist wahr!

Gewiss, man nennt mich einen Okkultisten, einen Geheimwissenschaftler, aber nichts von dem, was ich studiere und auszuüben versuche, ist geheim. Wie ich auch nicht mit magischen Kräften im Bunde stehe.«

»Aber wie seid Ihr dann zu Eurem Namen gekommen?«

»Was die Menschen nicht verstehen oder nicht verstehen wollen, ist ihnen unheimlich«, antwortete Bartholo. »Ich beschäftige mich mit vielen Dingen, vor denen sich die meisten ängstigen, die sich aus der dunklen Höhle ihres Aberglaubens nicht hinauswagen. Es sind aber wohl vor allem meine arabischen Bücher mit ihren scheinbar geheimnisvollen Schriftzeichen und die Pergamentrollen, die mir den Beinamen ›der Okkultist‹ eingetragen haben. Dabei will ich doch nur die großartigen Erkenntnisse und Lehren der arabischen *hakim* weitergeben. Denn gegen die Heilkunst des Orients ist die des Abendlandes nichts als eine jämmerliche, erbärmliche Pfuscherei.«

»Was?«, entfuhr es Marius entrüstet. »Ich wüsste nicht, was uns die Muselmanen*, diese heidnischen Irrgläubigen, voraushaben könnten!«

Bartholo lachte bitter auf. »Ja, so reden sie alle, die das primitive Nest, aus dem sie noch nie herausgekommen sind, für die prächtigste Behausung und den Nabel der Welt halten«, sagte er bissig, um beschwichtigend fortzufahren: »Nun, daran ist eigentlich noch nichts Verwerfliches. Denn dem Wurm, der nur die Dunkelheit seines kleinen Stückchens Erdreich kennt, kann man keinen Vorwurf machen, dass er dies für die ganze Wirklichkeit hält. Er kann ja nicht wissen, wie es ist, hoch am Himmel über das Land zu fliegen. Aber wir Menschen können lernen und die engen Grenzen unserer Vorurteile überschreiten, wenn wir nur ein offenes Herz und den Willen dazu haben.

Vorurteile sind nämlich die ärgsten Feinde des Wissens und des Friedens.« Er machte eine kurze Pause und fragte dann: »Wie schaut es mit dir aus, Marius? Gehörst du zu denjenigen, die sich im Besitz der einen absoluten Wahrheit wähnen – oder bist du offen für die wunderbare Vielfalt dieser Welt?«

Marius zuckte die Achseln und murmelte ausweichend: »Mir ist, als ob ich Vinzent den Pilger reden höre!«

»Und ihm hast du vertraut, nicht wahr?«

Marius nickte.

Bartholo lächelte. »Dann solltest du auch mir dein Vertrauen schenken, Marius. Denn wenn Vinzent und mich auch viele Jahre trennten und wir in unseren Temperamenten kaum unterschiedlicher hätten sein können, so verband uns doch ein einzigartiger Gleichklang der Seelen.«

»Ich will Euch ja gerne glauben«, sagte Marius. »Aber meint Ihr nicht, dass Ihr mächtig übertreibt, wenn Ihr die Heilkunst der Muslime* in solch höchsten Tönen lobt und die unsrige jämmerlich und erbärmlich nennt?«

»Ich wünschte selbst, der Unterschied wäre nicht so drastisch«, antwortete Bartholo. »Aber lass mich dir einiges erklären, damit du nicht länger an meinen Worten zweifelst. Komm, machen wir es uns dazu bequem.«

Sie gingen zur Feuerstelle hinüber und nahmen auf den klobigen Stühlen Platz.

»In der arabischen Welt hat der *hakim* den gleichen Rang und genießt dasselbe hohe Ansehen wie der *qadi,* der Richter, der *imam,* der Vorbeter, und der Heerführer, *amir* genannt«, begann Bartholo zu erzählen. »Der Prophet Mohammed* hat im Koran festgehalten: *Wer einen Kranken besucht, der erhält einen Platz im Himmelreich.«*

»Das steht auch in der Bibel!«, merkte Marius sofort an.

Bartholo nickte. »Richtig, aber welcher Fürst kümmert sich denn bei uns um die Kranken und Notleidenden seines Landes? Ich jedenfalls kenne nicht einen, der dafür in seine Münztruhe greift. All die gesalbten Häupter besinnen sich erst dann auf Mildtätigkeit, wenn es ans Sterben geht und sie auf einmal Angst um ihr Seelenheil bekommen.«

»So ähnlich hat das auch Vinzent gesagt«, bemerkte Marius.

»Und wo gibt es Spitäler, die sich der Kranken annehmen?«, fuhr Bartholo fort. »So gut wie nirgendwo. Und die wenigen, die es gibt, sind kaum mehr als Sterbehäuser, in denen die Zustände zum Himmel schreien! Dagegen wird im Orient immer auch dort ein Spital errichtet, wo eine neue Moschee, das Gotteshaus der Muslime, gebaut wird. Das hat schon der legendäre Kalif Harun al-Raschid vor dreihundert Jahren verfügt.«

»Und was ist an diesen arabischen Häusern für Kranke so Besonderes?«

»Zuerst einmal sind es ausnahmslos geräumige, lichte Gebäude mit einer ganzen Flucht von Krankensälen, wie ich sie in Bagdad, Damaskus und Kairo besucht habe. In Bagdad zum Beispiel gibt es am Ufer des Tigris ein Spital, das *Birmaristan Adudi* heißt. Dort arbeiten vierundzwanzig Ärzte unter der Leitung eines Oberarztes. Es gibt dort pavillonartige Stationen mit Spezialabteilungen, sodass Augenkranke nicht mit Schwindsüchtigen und Fieberkranke nicht mit Patienten mit einfachen Knochenbrüchen in einem Raum liegen müssen. Und zum Spital gehört auch eine Apotheke, die stattlich beliefert und regelmäßig von den Gehilfen des *muhtasib,* des offiziellen Aufsehers, kontrolliert wird. Das gilt auch für die verschiedenen Schlachthäuser und Küchen.«

Marius furchte verwundert die Stirn. »Was für Schlachthäuser und Küchen?«

»Auch sie gehören zu diesem Spital. Denn auf die richtige Ernährung der Kranken legen die arabischen Ärzte großen Wert. Es wird nicht allen dasselbe aufgetischt, sondern jeder bekommt die Speisen, die seiner Krankheit angemessen und für seine Genesung am besten bekömmlich sind.«

»Das klingt ja wie ein Märchen«, sagte Marius.

»Es ist die Wahrheit, das schwöre ich dir!«, versicherte Bartholo und fuhr voller Begeisterung fort: »Aber das ist noch längst nicht alles. Der ranghöchste Medikus ist fast immer auch ein hochgebildeter Mann, der Persisch und Griechisch zumeist ebenso gut wie sein Arabisch spricht und der sich auch in den Künsten der Literatur und Musik auskennt. Ihm obliegt nicht nur die Leitung des Spitals, sondern auch die Ausbildung der jungen Ärzte. So macht er mit ihnen nicht nur täglich die Runde durch die verschiedenen Krankensäle, um sie mit den Krankenverläufen und der Behandlung vertraut zu machen, sondern seine Kollegen haben bei ihren Operationen auch immer zwei, drei Studierende an ihrer Seite und geben in eigens dafür geschaffenen Räumen Unterricht. Bei diesen Lesungen assistiert oft ein geschulter Grammatiker, der peinlichst genau darauf achtet, dass die Aussprache der Studierenden fehlerfrei ist. Denn den Arabern gilt die Grammatik als ›das Salz der Wissenschaften‹. Heilung ist für sie ein Prozess, der den ganzen Menschen umfasst, also Leib und Seele.«

Fasziniert hörte Marius zu, als Bartholo ihm nun von der hohen Operationskunst der arabischen Chirurgen berichtete. Mit metallischen Hohlnadeln saugten sie den Star aus den Augen der daran Erkrankten, vermochten schwere

Brustwunden und komplizierte Brüche zu heilen und wagten sich sogar erfolgreich an Darmoperationen.

»... und weißt du, auf welch geniale Weise arabische Ärzte eine Darmwunde schließen?«

Marius schüttelte den Kopf.

»Dann hör gut zu! Sie setzen schwarze Ameisen, die besonders große Köpfe besitzen, mit offenem Mund an ...«

»Ameisen?«, rief Marius ungläubig. »Ihr wollt mich wohl auf den Arm nehmen!«

»Nein, es ist die Wahrheit, das schwöre ich dir bei allem, was mir heilig ist!«, beteuerte Bartholo. »Die Ameisen beißen sich sofort an den Wundrändern fest. Sowie das geschehen ist, köpft man sie. Die Zangen, die sich im Todeskrampf noch fester um die Wundnaht krallen, bleiben in den Eingeweiden zurück und lösen sich irgendwann auf natürliche Weise auf. Die Eingeweide werden in die Bauchhöhle zurückgelegt und der Einschnitt wird mit einer Nadel und Fäden, die aus Tierdärmen gewonnen werden, vernäht.«

Marius kam aus dem Staunen nicht heraus, als Bartholo ihm gestenreich und voller Begeisterung noch von anderen Operations- und Behandlungsmethoden berichtete, mit welchen die arabischen *hakim* großartige Heilungserfolge bei Verwundungen und Krankheiten erzielten, denen die Ärzte des Abendlandes zumeist hilflos gegenüberstanden.

»Wenn das alles stimmt, was Ihr da erzählt, dann wirft das natürlich ein ganz anderes Licht auf die Fähigkeiten der Muselmanen«, räumte Marius ein.

»Und ob alles stimmt! Ich könnte dir noch stundenlang über die Gelehrsamkeit der arabischen Scholaren* erzählen, die an richtigen Gelehrtenschulen unterrichten!«, schwärmte Bartholo.

»Aber wenn das alles so ist, wie Ihr mir geschildert habt, warum erfährt man davon nichts bei uns?«, fragte Marius nachdenklich. »Warum malt man so ein finsteres, abstoßendes Bild von diesen Menschen und ihrer Kultur?«

Bartholo lachte trocken auf. »Wissen ist Macht, Marius. Und die Mächtigen, ob im Rock der heiligen Kirche oder im Gewand weltlicher Herrschaft, ziehen es nun mal vor, die Macht nicht mit dem gemeinen Volk zu teilen. Denn wenn die einfachen Leute mehr wüssten, würden sie ja die Machenschaften der Fürsten und Kirchenoberen besser durchschauen und sich nicht wie dumme Schafe willig zur Schlachtbank führen lassen«, sagte er grimmig. »Und wer sich schon im Besitz der allein selig machenden Wahrheit glaubt, der wird nicht nur blind für alles andere, was nicht in seine Kultur und sein Weltbild passt, sondern der zieht auch mit Wort und Schwert gegen alles Fremde zu Felde, was sich mit seinen vermeintlich absoluten Wahrheiten nicht vereinbaren lässt. Gewiss, die Menschen im Orient sind keine Christen, sondern beten zu Allah und berufen sich auf den Koran. Aber ist denn nur der ein guter Mensch, der Christ ist? Es gibt zweifellos viele Christen, die ein Leben nach der Art der Heiligen führen. Aber gibt es nicht auch Christen, die ein lebender Beweis dafür sind, dass Unterdrückung, Mordlust und Unbarmherzigkeit in jedem scheinbar noch so edlen Gewand daherkommen können?«

Marius verstand sehr gut, was Bartholo meinte. Unwillkürlich musste er an die Juden denken. Die bösartigen Verleumdungen, die über sie in Umlauf waren und gedankenlos nachgeplappert und für wahr gehalten wurden, diese böse Saat hatte einst doch auch seine Seele vergiftet.

Und wie schwer es war, sich davon zu befreien, hatte er am eigenen Leib erfahren.

Sofort kamen ihm Baruch und die entsetzliche Szene in Stromberg in den Sinn und gleich stellten sich auch wieder quälende Gewissensbisse ein. »Manchmal wünsche ich mir, das eine oder andere in meinem Leben ungeschehen machen zu können«, murmelte er. Und er fragte sich, wie wohl sein Vater an seiner Stelle gehandelt hätte.

Bartholo war zu sehr mit seinen eigenen Gedanken beschäftigt, um Marius zu fragen, was er denn ungeschehen machen würde, wenn er die Möglichkeit dazu hätte. »Ich bin wirklich ein ausgemachter Narr gewesen! Wie habe ich bloß glauben können, ein Mann wie ich, der weder einen großen Namen noch irgendwelchen Einfluss besitzt, könnte die arabische Lehre in meiner Heimat verbreiten! Mit welch großen Hoffnungen und gelehrtem Eifer ich doch von Stadt zu Stadt gezogen bin! Und was habe ich in all den Jahren erreicht? Nichts als Misstrauen, Ablehnung und den in meinen Augen wenig schmeichelhaften Namen ›Bartholo der Okkultist‹!«, sagte er voll Bitterkeit. »Wenn ich nicht ungeheuer sparsam mit meinem Erbe umgegangen wäre, würde ich schon längst am Hungertuche nagen. Aber wofür diese Entbehrungen? Ich hätte in Bagdad bleiben sollen – oder zumindest doch in Konstantinopel, wo man den Lehren des Orients schon bedeutend aufgeschlossener gegenübersteht als hier.«

»Vielleicht müsst Ihr noch mehr Geduld haben. Die verdiente Anerkennung wird Euch bestimmt nicht versagt bleiben«, meinte Marius und wusste selbst, wie lahm sein Trost klang.

Bartholo schüttelte den Kopf. »Nicht zu meinen Lebzeiten!«, sagte er niedergeschlagen. »Ich hätte mir besser die

Warnung von at-Tabari zu Herzen nehmen sollen, an die ich in letzter Zeit oft denken muss. Dieser arabische Arzt sprach nämlich in seiner gelehrten Abhandlung *Paradies der Weisheit* den klugen Rat aus: *Man soll in keinem Land wohnen, in dem es vier Dinge nicht gibt: eine gerechte Regierung, brauchbare Hilfsmittel, fließendes Wasser und einen gebildeten Arzt.* In diesem Land hier mangelt es an mehr als nur einem dieser vier Dinge! Ja, darauf hätte ich hören sollen, statt hier meine kostbare Lebenszeit zu vergeuden und mit jedem Jahr meine Ideale ein Stückchen mehr zu verraten!«

»Aber wieso verratet Ihr denn Eure Ideale?«, wollte Marius wissen.

»Was von meinem Erbe noch übrig ist, wird bald aufgebraucht sein«, gestand Bartholo bedrückt. »Wovon soll ich dann leben? Deshalb bin ich in letzter Zeit immer öfter versucht, den Wünschen der abergläubischen Leute nachzukommen und ihnen irgendwelche Heilmittel zu verkaufen, die zwar nicht schaden, aber auch nicht nutzen. Vorhin stand ich kurz davor, das Geld dieses liebestollen Kerls anzunehmen und ihm den gewünschten Liebestrank zusammenzurühren. Mein Gott, was habe ich mich vor mir selbst erschrocken, als er mit den Münzen klimperte und ich schon zum ersten Tiegel griff. Der gute Vinzent hat es schon recht gemacht. Er ist sich zeit seines Lebens treu geblieben.« Bartholo seufzte, schüttelte den Kopf und sagte dann mit müder Stimme: »Nein, so kann es nicht mehr weitergehen. Mein Leben muss sich ändern.«

»Und was genau wollt Ihr ändern?«, fragte Marius mit einer Mischung aus Neugier und Unruhe.

»Ich weiß es noch nicht, aber es ist Zeit, dass ich mir darüber Gedanken mache«, antwortete Bartholo und versank in grüblerischem Schweigen.

Marius beschlich auf einmal die unangenehme Ahnung, dass er bei Bartholo wohl doch nicht die erwartete Unterstützung für seinen weiteren Lebensweg finden würde, der noch immer im dichten Nebel der Ungewissheit lag. Er musste sich wohl darauf gefasst machen, schon bald wieder auf sich allein gestellt zu sein.

Sechsundzwanzigstes Kapitel

Bartholo versank von Stund an in schwermütiges Grübeln. Tagelang ging er weder vor die Tür, noch ließ er jemanden zu sich. Alle, die bei ihm Rat und Heilmittel suchten, mussten die Stiege unverrichteter Dinge wieder hinuntersteigen, denn er überhörte jedes Klopfen und jede Bitte um Einlass.

»Bartholo der Okkultist ist nicht mehr zu sprechen – für niemanden! Denn es gibt ihn nicht mehr; ich habe ihn zu Grabe getragen! Also hört gefälligst mit dem Radau auf und verschwindet! Sucht euch einen anderen Pfuscher, der euch Fledermaussalbe anrührt und magische Pulver verkauft!«, rief er einmal unbeherrscht, als jemand draußen vor der Tür einfach keine Ruhe gab.

Und ein andermal sagte er zu Marius: »Mach dich nach Belieben nützlich, wenn du das Stillsitzen nicht verträgst, aber störe mich nicht in meinen Gedanken. Es gibt vieles zu durchdenken und ich muss Zwiesprache mit mir halten, wie es weitergehen soll.«

Diese stumme Zwiesprache nahm ihn sichtlich mit. Zustände höchster Erregtheit, in denen er, angespannt und gehetzt wie ein gefangenes Tier, zwischen den Stützbalken auf und ab ging, wobei er wild gestikulierte und Grimassen schnitt, wechselten sich mit Zeiten völliger Apathie ab. Dann saß er beinahe reglos an seinem Studiertisch vor einem seiner arabischen Lehrbücher, ohne jedoch darin zu lesen oder wenigstens darin zu blättern. Er starrte auf die Schriftzeichen des aufgeschlagenen Buches, als erhoffte er sich von ihnen eine Offenbarung. Und wenn

Marius ihn anzusprechen versuchte, dann scheuchte er ihn wie eine lästige Fliege mit einer ungeduldigen Handbewegung weg.

Mit Einbruch der Nacht löste sich der beängstigende Bann, der tagsüber auf Bartholo zu liegen schien. Dann brach wieder seine gesellige und unterhaltsame Natur durch. Bis tief in die Nacht saß er mit Marius am Feuer, erzählte ihm von seinen Erlebnissen mit Vinzent und schilderte ihm wortreich das Leben, wie er es im Orient kennen- und schätzen gelernt hatte. Eine richtige Unterhaltung, bei der mal der eine, mal der andere das Wort ergriff, konnte man ihr Zusammensein am Feuer jedoch nicht nennen, denn Marius trug so gut wie nichts dazu bei. Bartholo brauchte ihn offenbar nur als Zuhörer. Seine Erinnerungen brachen in einem schier endlosen Wortstrom aus ihm hervor. Es war, als wollte er dadurch die Vergangenheit zurück in die Gegenwart zwingen. Dabei sprach er kräftig dem Wein zu, den Marius bereitzuhalten hatte, sodass er an manchem Morgen einen ausgewachsenen Rausch ausschlafen musste.

Die Tage verliefen für Marius in bedrückender Ereignislosigkeit. Es gab für ihn kaum etwas zu tun. Die wenigen Handreichungen und Besorgungen, die er zu erledigen hatte, nahmen nur wenig Zeit in Anspruch. Dabei hätte er sich nur zu gern von morgens bis abends in irgendeine ermüdende Arbeit gestürzt, die alles von ihm abgefordert und keine Zeit für eigene Grübeleien gelassen hätte. So jedoch schützte ihn keine Geschäftigkeit vor seinen Gedanken – und Gewissensbissen.

Ganz gleich, was er auch versuchte, um sich abzulenken, seine Gedanken kehrten doch immer wieder zu Sarah, Rabbi Kalonymos und Baruch ben Isaak zurück. Und je öfter er über die Menschen nachsann, bei denen er für mehr als zwei Wochen großherzige Aufnahme gefunden hatte, desto stärker bedrückte ihn, was er getan – und wie er einst gedacht hatte. Wie gern hätte er Sarah wieder gesehen! Und es war nicht etwa das anregende Schachspiel, das ihm vor allem fehlte, sondern es war ihre Gesellschaft, die er so schmerzlich vermisste. Er traute sich jedoch nicht, ihr und ihrer Familie wieder unter die Augen zu treten.

Marius bekämpfte die Schwermut, die nach ihm griff, so gut er konnte. Er unternahm zur Ablenkung lange Streifzüge durch die Stadt, wo es immer etwas zu sehen und zu bestaunen gab, schlug dabei jedoch stets einen großen Bogen um das Judenviertel. Ihm schien, als ginge es in den Straßen mit jedem Tag geschäftiger zu. Nun, da sich das Land im hoffnungsvollen Blütenkleid des Frühlings zeigte und die Sonne mit jedem Tag spürbar an Kraft gewann, trafen überall aus dem Umland kleine Gruppen von Rittern, Trossknechten, Pilgern und andere mehr oder weniger fromme Abenteuerlustige ein. Sie alle, wie auch viele zwielichtige Gestalten, wurden angelockt von der Kunde, dass eines der großen Kreuzfahrerheere, die sich unter der Führung von Männern wie Peter dem Einsiedler oder Emicho von Leiningen schon im Land gebildet hatten, bald nach Mainz kommen würde. Und diesem nächsten Heer wollte man sich anschließen.

Auch Friedebert, der Sohn des Schmieds, wartete voller Ungeduld darauf, dass endlich das erste Kreuzfahrerheer vor den Toren der Stadt auftauchte. Rattenzahn, wie er nicht nur von Bartholo, sondern auch von den meisten Nachbarn gerufen wurde, übte jeden Tag im Hof mit einer langen Lanze. Er war stolz darauf, beim Schmieden der

Spitze selbst mit Hand angelegt zu haben, und konnte es nicht erwarten, die tödliche Kraft seiner Waffe unter Beweis zu stellen. Um schon mal zu üben, wie es war, wenn er seinem Gegner die Lanze in den Leib rammte, hatte er an einem Ast der Buche im Hof einen mit Erde, Stroh und Blättern gefüllten Sack aufgehängt.

»Krepier, verfluchter Muselmane!«, schrie er, während er mit der Lanze kraftvoll zustieß. »Hier, friss das und fahr zur Hölle!«

Anfangs war Marius noch geneigt gewesen, sich auf Friedebert einzulassen, zumal dieser immer ankam, wenn er ihn sah. Doch dessen lustvolle Schilderungen zukünftiger Gemetzel stießen Marius ab – und weckten bei ihm Zweifel, ob es wirklich etwas so Erstrebenswertes war, mit einem Kreuzfahrerheer gen Jerusalem zu ziehen. Denn Friedebert war nicht der Einzige, der solche Geschichten zum Besten gab. Auf den Straßen und Plätzen kamen Marius immer häufiger solche Reden zu Ohr.

Friedebert verspielte schließlich seine letzten Sympathien bei ihm, als er eines Tages wieder einen Lanzenstoß gegen den Sack führte, doch diesmal begleitet von dem Fluch: »Erstick an deinem eigenen Blut, Jude!«

Marius erschrak wie unter einem eiskalten Wasserguss. »Was soll denn das? Was hast du mit den Juden?«

»Was für 'ne blöde Frage!«, antwortete Friedebert. »Diese verfluchte Judenbrut, die sich überall breitgemacht hat, ist doch um keinen Deut besser als diese gottlosen Muselmanen! Das ganze Gesindel gehört ausgerottet!«

Marius wusste erst nicht, was er darauf sagen sollte.

»Aber die Juden haben dir doch gar nichts getan!«, wandte er dann ein.

»Weg müssen sie trotzdem!«

»Du hast sie ja nicht mehr alle!«, erwiderte Marius wütend. »Ich glaube, du hast gar nicht verstanden, was es mit dem Kreuzzug auf sich hat! Dir geht es doch bloß darum, zu morden und zu plündern!«

Rattenzahn lachte ihn aus. »Na und? Dafür ist so 'n Feldzug doch da, du Einfaltspinsel. Das weiß doch jeder. Oder meinst du vielleicht, so 'n Kreuzfahrerheer besteht aus frommen Betbrüdern? Eine Schlacht gewinnt man nicht mit Bibelsprüchen, sondern indem man dem anderen den Schädel einschlägt und ihm die Lanze durch die Brust treibt, bevor er dich in Stücke hauen kann. Und dann nimmt man sich so viel Beute, wie man greifen kann. Aber wenn du Trauerkloß keinen Spaß daran hast, dann solltest du besser zu Hause bleiben und für Bartholo auf der Mainzer Mark Kräuter sammeln gehen und ihm den Weinkrug schön gefüllt halten!«, höhnte er.

Marius antwortete nichts darauf, sondern winkte nur mit ärgerlicher Geste ab, wandte sich um und machte, dass er aus dem Hof kam. Mit Rattenzahn wollte er nichts mehr zu tun haben! Kein Wort würde er mit diesem Burschen mehr wechseln!

Er ging in die Stadt hinunter und schon nach wenigen Straßen stieg in ihm Ärger auf, gefolgt von Beschämung, weil er Friedebert nicht heftiger widersprochen hatte. Aber er hatte sich irgendwie nicht getraut, sich offen auf die Seite der Hebräer zu stellen und sie gegen die bösartige Verleumdung in Schutz zu nehmen. Warum nur fehlte ihm dazu der Mut? Wohl weil er Angst hatte, noch mehr aus der Menge hervorzustechen und es sich mit denen zu verderben, die sich in der Mehrheit befanden und bestimmten, was man zu glauben und was man zu hassen hatte?

Marius ließ den befestigten Burghof mit der fürstlichen Residenz von Erzbischof Ruthard, dem Herrn der Tore und Mauern von Mainz, links liegen, passierte den mächtigen Dom und die Marienkirche und trat wenig später durch das Fischtor auf das vor den Mauern liegende Ufergelände am Rhein. Die Breite sowie die starke Strömung des Flusses versetzten ihn immer wieder aufs Neue in Erstaunen. Und er fragte sich, wie er sich bloß das Meer vorstellen sollte, von dem Vinzent ihm mehr als einmal erzählt hatte. Der Gedanke, dass sich das Wasser so weit erstreckte, dass der Blick nirgendwo mehr auf Land stieß, wohin er sich auch richtete, hatte etwas ebenso Beunruhigendes wie Faszinierendes.

Hier auf dem Hafengelände vor der Stadt, wo sich unter dem hohen Hafenkran mit den schweren Flaschenzügen und rund um die öffentliche Waage eine Vielzahl von Schuppen, Speichern, Werkstätten und Lagerplätzen aller Art drängte, hielt Marius sich am liebsten auf. Denn an diesem Ort herrschte eine ganz besondere Betriebsamkeit, die ihn sehen, spüren und riechen ließ, wie sehr Mainz mit dem Fernhandel verbunden war.

Bei den Anlegestellen, an denen an diesem Tag neben den Booten der örtlichen Fischer mehr als ein Dutzend Flussschiffe vertäut lagen, und zwischen den Lagerschuppen ging es lärmend und geschäftig zu. An einem Kai wurde gerade ein Schiff entladen, während ein anderes zur selben Zeit neue Fracht an Bord nahm. Ballen, Säcke, Kisten und Tonnen wurden hin- und hergewuchtet. Die Kahner, die zum Platz um den Ladekran gehörten, brachten die auf der Reede aufgestapelten Waren unter den mächtigen Flaschenzug. An der Waage stritten sich zwei Salzhändler. An einer Ecke kippten Karrenfahrer Sand ab, an einer anderen Stelle stapelten Tagelöhner Balken auf, während gegenüber Tonnen in einen Lagerschuppen gerollt wurden.

Marius schlenderte flussabwärts in Richtung Mühlpforte, wo sich die Pfeiler der einstigen Rheinbrücke aus den Fluten des Rheins erhoben. Als er wenig später einer Gruppe Packer auswich, blickte er unwillkürlich zur Stadtmauer hoch – und blieb abrupt stehen.

Sarah?

Im ersten Moment glaubte Marius einer Täuschung erlegen zu sein. Aber ein zweiter Blick verschaffte Gewissheit. Die bestickte Haube und die besondere Art von Schürze, die sie über ihrem Kleid trug, sagten ihm, dass er sich nicht geirrt hatte. Es war tatsächlich Sarah, die dort oben im Gras saß und gerade ein Stück von einem kleinen Matzezopf* abbiss.

Sein erster Gedanke war, sich schnell abzuwenden und sich im Schutz der Lagerhäuser davonzumachen, bevor sie ihn entdeckte. Doch er zögerte, weil ein anderer quälender Wunsch ihn mit Macht zurückhielt – und dann war es auch schon zu spät, um sich davonzuschleichen.

Sarah hatte ihn bemerkt!

Was sollte er jetzt bloß tun?

Siebenundzwanzigstes Kapitel

Marius gab sich einen Ruck und ging langsamen Schrittes zu der leicht erhöhten Stelle hinauf, wo Sarah im Gras saß. Ihm war, als schlüge sein Herz mit jedem Schritt ein wenig schneller – vor Beklommenheit, weil er nicht wusste, was er sagen sollte und was er von ihr zu hören bekommen würde, aber auch vor Freude, sie wiederzusehen.

Sarah blickte ihn schweigend und mit einem schwer zu deutenden Ausdruck an.

»Bist du einverstanden, wenn ich mich zu dir setze?«, fragte er mit unsicherer Stimme.

Sie nickte nur.

Marius hockte sich zu ihr ins Gras und für eine ganze Weile vermieden sie es nun, sich anzublicken. Sie schauten hinaus auf den Fluss, als gäbe es da etwas, was ihre Aufmerksamkeit fesselte.

»Es tut mir leid«, brach Marius schließlich das Schweigen.

»Ich wusste, dass du kommen würdest«, antwortete Sarah. »Nein, das ist nicht wahr. Ich habe *gehofft,* dass du kommen würdest.«

Nun wagte er, sie anzusehen. Ihr Gesicht erschien ihm schmaler, als er es in Erinnerung gehabt hatte. »Es tut mir leid, dass ich mich am Sabbatmorgen einfach so davongestohlen habe.«

Sarah blickte noch immer geradeaus. »Du wirst bestimmt deine Gründe dafür gehabt haben.«

»Ja, die hatte ich.«

Sarah nickte und sagte mit trauriger Stimme: »Es war

nicht recht, dass Schemarja dir bei Tisch so heftig zugesetzt hat. Und ich bin dir noch nicht einmal zur Seite gesprungen, sondern bin so still geblieben wie Bela und Rebekka. Ich hätte mich an deiner Stelle bestimmt auch verletzt gefühlt.« Sie biss sich auf die Unterlippe und fragte dann leise: »Kannst du mir noch mal verzeihen, dass ich dir nicht beigestanden habe?«

Marius sah sie verblüfft an, als er begriff, dass sie nicht ihm, sondern sich selbst und ihrer Familie Vorwürfe machte. »Nein, ich kann dir nicht verzeihen, weil es von mir aus nämlich nichts zu verzeihen gibt. Ich habe mich nicht aus dem Haus gestohlen, weil ich beleidigt war, sondern weil ich ... weil ich mich entsetzlich geschämt habe und keinem von euch mehr in die Augen schauen konnte.«

Nun wandte Sarah sich ihm zu und auf ihrem blassen Gesicht stand ein verständnisloser Ausdruck. »Du hast dich geschämt und geglaubt, uns nicht mehr in die Augen schauen zu können? Ja, aber warum denn?«

Marius senkte den Blick und kämpfte gegen die Tränen an, die ihm plötzlich in die Augen schossen. »Wegen Baruch«, antwortete er mit erstickter Stimme.

Sarah schüttelte den Kopf. »Jetzt verstehe ich gar nichts mehr. Was hat denn Baruch damit zu tun?«

»Ich ... ich habe einen Stein auf ihn geworfen! Mit den anderen bin ich am Karfreitag in Stromberg über ihn hergefallen. Die Menge war wie von Sinnen und ich habe mich davon anstecken lassen! Ja, ich bin nicht besser als die anderen gewesen, die ihn steinigen wollten. Auch ich habe einen Stein aufgehoben und geworfen!«, sprudelte es aus ihm heraus. »Und dann hat ausgerechnet er mir das Leben gerettet, nachdem mich alle anderen, die Ritter und der Kleriker, am Straßenrand liegen lassen hatten! Ich habe mich so entsetzlich geschämt.«

»Langsam, Marius!« Sarah legte ihm ihre Hand auf den Arm. »Erzähl mir in aller Ruhe, was da in Stromberg geschehen ist.«

Mit stockender Stimme berichtete Marius nun, was Baruch ben Isaak nach der Messe am Ortsausgang widerfahren war und welche Rolle er selbst dabei gespielt hatte.

»Du siehst, ich habe allen Grund gehabt, mich zu schämen, und deshalb konnte ich nicht länger bei euch bleiben«, schloss er seinen schonungslosen Bericht. Er rechnete nun damit, dass Sarah ihren Abscheu zeigen und ihm ihre Hand entziehen würde, deren Wärme und sanfter Druck ihm so guttaten.

Doch nichts von beidem geschah. Sarah schwieg einen Augenblick. Dann sagte sie: »Was du da getan hast, ist nicht richtig gewesen ...«

»Nicht richtig? Es ist gemein gewesen!«, klagte Marius sich selbst an.

»Ja, es war gemein«, pflichtete sie ihm bei. »Aber im Gegensatz zu den meisten anderen, die mit Steinen nach uns werfen und uns verfluchen, hast du deine Tat als schlimm und gemein erkannt und schämst dich dafür. Ich glaube, das ist entscheidender als ... als deine Verfehlung. Rabbi Kalonymos sagt immer: ›Die größte Schwäche wird durch den Mut wettgemacht, sich dafür zu entschuldigen.‹«

»Dann ... dann denkst du jetzt nicht schlecht über mich?«, fragte Marius hoffnungsvoll.

Sarah schenkte ihm ein Lächeln und drückte seine Hand.

»Nein, und ich bin überzeugt, dass Baruch dir verzeihen wird, wenn du ihm erzählst, was du mir erzählt hast. Und das wirst du doch tun, nicht wahr?«

Er nickte. »Ja, auch wenn es mich mehr Mut kosten wird, als Ekkebert die Stirn zu bieten.«

»Wer ist Ekkebert?«

Marius zögerte kurz, dann zuckte er die Achseln, schnitt eine Grimasse und sagte: »Ich glaube, es ist an der Zeit, dass ich dir alles über mich erzähle: Woher ich komme und wer ich bin – oder auch nicht bin.«

»Ich würde mich freuen, wenn du mir das anvertrauen würdest«, sagte Sarah dankbar.

Marius erzählte ihr nun seine Lebensgeschichte, soweit er sie kannte. Er berichtete ihr von dem kinderlosen Ehepaar in Dill, in dessen Pflege ihn sein mutmaßlicher Vater, der Ritter Eginhard, gegeben hatte, von den Jahren in der Klosterschule des Augustinerchorherrenstifts von Ravengiersburg und dann von der schweren Zeit, die er auf der Burg und im Dorf durchgemacht hatte, widerwillig gelitten von Graf Frodebert und ständig gequält und verfolgt von seinem Vetter Ekkebert, sodass ihm schließlich nur noch die Flucht geblieben war. Er erzählte ihr auch von Vinzent dem Pilger und der großen Hoffnung, die ihn dank seiner Freundschaft mit dem Wallfahrer erfüllt hatte, und wie der Tod ihre wunderbaren Pläne in einer eisigen Winternacht zunichte gemacht hatte. Nichts ließ er aus, auch nicht die Zweifel und Fragen, die ihn seit frühester Jugend quälten.

Sarah hörte ihm aufmerksam und sichtlich bewegt zu. Als er schließlich geendet hatte, sagte sie voller Mitgefühlt: »Oh Marius, was für ein einsames Leben! Du hast es wirklich sehr schwer gehabt.«

Ihre Worte und ihr Blick taten ihm gut, machten ihn jedoch auch verlegen. Denn noch nie hatte ihn ein Mädchen so zärtlich angeschaut wie jetzt Sarah.

»Und dabei dachte ich immer, mein eigenes Schicksal

wäre schwer und bitter«, sagte Sarah. »Aber gegen das, was du durchgemacht hast, habe ich dank Rabbi Kalonymos und seiner Familie ja ein geradezu paradiesisches Leben genossen!«

Marius warf ihr einen fragenden Blick zu.

»Weißt du, dass Karl der Große* es war, der den Befehl zum Bau einer neuen Rheinbrücke gab?«, fuhr Sarah scheinbar ohne jeden Zusammenhang fort und deutete auf die steinernen Pfeiler, die standhaft den herandrängenden Fluten des Rheins trotzten.

»Nein«, sagte Marius und war gespannt, worauf sie wohl hinauswollte.

»Karl der Große hat auf den Steinpfeilern der alten Römerbrücke einen neuen Oberbau aus Holz bauen lassen«, teilte sie ihm mit. »Zehn Jahre haben die Arbeiten gedauert. Im Mai des Jahres 813 wurde die Brücke dann festlich eingeweiht – und am Tag darauf brannte sie nieder. Das Feuer tobte von Ufer zu Ufer, so wird erzählt, und ließ nichts von dem hölzernen Brückenaufbau übrig. Karl der Große hat sofort einen weiteren Neubau angeordnet, der diesmal jedoch aus Stein gearbeitet sein sollte. Aber als er dann 814 starb, hat sich niemand mehr darum gekümmert. Und deshalb kann man den Fluss nur mit dem Fährboot überqueren.« Sie machte eine kurze Pause. »Feuer ist etwas, was mir die größte Angst einjagt. Vielleicht ... vielleicht weil ich meine Eltern und Geschwister in einem Feuer verloren habe.«

»Deine Familie ist in einem Feuer umgekommen?«, stieß Marius bestürzt hervor.

Sarah nickte. »Ich hatte noch drei Geschwister, zwei jüngere Brüder und eine ältere Schwester. Sie sind zusammen mit meinen Eltern in den Flammen umgekommen, als vor zwölf Jahren, also 1084, nachts ein Brand in unserem Viertel ausgebrochen ist. Ich war damals erst drei Jahre alt und bin dem Feuer nur durch einen glücklichen Zufall entkommen. Die Brandkatastrophe hat den größten Teil des Judenviertels und auch viele Häuser der Nachbarschaft zerstört. Niemand weiß genau, wie das Feuer entstanden ist. Es gibt Gerüchte, wonach es Brandstiftung gewesen sein soll. Es hat danach auch Ausschreitungen der Mainzer Bevölkerung gegen uns Juden gegeben, sodass sich viele nach Speyer geflüchtet haben, später sind sie aber wieder zurückgekehrt.«

»Das tut mir leid«, sagte Marius und wünschte, er könnte etwas Trostvolleres sagen oder tun.

Sarah lächelte mühsam. »Es liegt ja schon so lange zurück und ich kann mich nur noch an das Lodern und Prasseln des Feuers und an meine eigene Angst erinnern. Und weißt du, was mich mehr als alles andere bedrückt und traurig macht?«

Er schüttelte den Kopf.

»Dass ich mich nicht erinnern kann, wie meine Mutter und mein Vater und meine Geschwister ausgesehen haben. Wie oft habe ich versucht, mir ihre Gesichter und ihr Aussehen ins Gedächtnis zurückzurufen, doch es gelingt mir nicht. Auch wenn ich versuche, sie mir nach den Beschreibungen vorzustellen, die ich von Bela und Rabbi Kalonymos erhalten habe, ich schaffe es doch nicht, sie vor meinem inneren Auge lebendig werden zu lassen. Immer drängen sich meine Zieheltern ins Bild. Und dann komme ich mir vor, als hätte ich meine leiblichen Eltern verraten.«

»Das ist doch unsinnig, Sarah, denn verraten hast du sie ganz bestimmt nicht«, versicherte Marius, obwohl doch auch er sich immer wieder mit denselben Gedanken quälte. An seinen Vater konnte er sich ja noch recht gut erinnern, aber von seiner Mutter wusste er so gut wie nichts. Was würde er dafür geben zu wissen, wie sie aussah! Allein schon die Gewissheit, dass ihr Name wirklich Mariella lautete, würde ihm unendlich viel bedeuten. »Du bist damals einfach zu klein gewesen, um dich heute an sie erinnern zu können. Und dass dir Bela und der Rabbi immer in den Sinn kommen, wenn du an deine Eltern denkst, ist nur zu verständlich. Denn bei ihnen bist du doch aufgewachsen und hast es gut gehabt, nicht wahr?«

Sarah nickte. »Ja, und ihre Vorfahren kamen aus derselben italienischen Stadt wie meine Eltern. Sie waren sogar weitläufig miteinander verwandt.«

Marius machte große Augen. »Deine Familie kommt aus Italien so wie ich?«, fragte er überrascht.

»Ja, aus Lucca, einer Stadt westlich von Florenz«, bestätigte Sarah. »Ich glaube, sie gehört zur Lombardei.«

»Das ist ja verrückt!«, sagte Marius und lachte. »Du kommst aus derselben Gegend wie ich?«

Sarah nickte. »Aus Lucca kommen übrigens alle Mainzer Vorfahren von Rabbi Kalonymos ben Meschullam«, fuhr sie mit wieder gefestigter Stimme fort. »Die ersten Träger des Namens Kalonymos sollen schon vor über hundert Jahren nach Mainz gekommen sein.«

»Weißt du vielleicht auch, weshalb es deine Vorfahren und die des Rabbi ausgerechnet nach Mainz verschlagen hat?«

»Es heißt, Moses ben Kalonymos der Alte habe im Jahre 982 Kaiser Otto II. auf der Flucht nach der verlorenen Schlacht gegen Byzantiner und Sarazenen bei Cotrone das Leben gerettet«, sagte Sarah. »Aus Dankbarkeit hat ihm der

Kaiser besondere Privilegien versprochen und ihn bewogen mit seiner Sippe nach Mainz zu ziehen. Seitdem gibt es die Kalonymiden in Mainz. Und mit ihnen stieg die Gemeinde *Magenza,* wie sie im Hebräischen genannt wird, ob ihrer bedeutenden Gelehrten und *paitanim* ...«

»Was sind *paitanim?«,* fiel er ihr ins Wort.

»Oh, entschuldige! Manchmal vergesse ich völlig, dass du kein Jude bist.«

Er lächelte. »Danke.«

Eine leichte Röte stieg Sarah in die Wangen. *»Paitanim* ist die Mehrzahl von *paitan,* das ist ein religiöser Dichter, der besondere Texte schreibt, die wir *pijutim* nennen. Die Einzahl davon heißt übrigens *pijut.«*

»Und was sind das für besondere Dichtungen?«, fragte Marius.

»Pijutim handeln von Gottes Ruhm, Seiner Gnade und Gerechtigkeit, von der Sündhaftigkeit des Menschen, vor allem aber von Israels Leiden und der Hoffnung auf Erlösung. Und mit diesen *pijutim* werden gewisse vorgeschriebene Gebete und religiöse Zeremonien dichterisch ausgeschmückt«, erklärte sie. »Aber was ich eigentlich sagen wollte: Die vielen bedeutenden Gelehrten und *paitanim* haben die jüdische Gemeinde von Mainz im ganzen Abendland zur bewunderten *magen wezina leehol hakehilot,* zum Schild und Panzer aller Gemeinden gemacht.«

»Darauf könnt ihr dann ja wirklich stolz sein«, meinte Marius.

Sarah verzog das Gesicht und blickte auf das Stück Matzezopf, das in ihrem Schoß auf ihrer bestickten Schürze lag. »Wenn das andere Christen doch auch so sehen würden«, sagte sie, plötzlich wieder niedergeschlagen. »Sag, möchtest du ein wenig vom Matzezopf haben? Du würdest mir einen großen Gefallen tun, wenn du einen Teil davon isst.«

Marius hatte sich in den Wochen bei Rabbi Kalonymos schnell an das ungesäuerte Brot der Juden gewöhnt und fand es inzwischen sogar schmackhafter als den ewigen Hirsebrei. »Ja, gern. Doch wieso tue ich dir damit einen Gefallen?«

»Weil ich eigentlich gar nichts essen dürfte, obwohl mir der Magen vor Hunger knurrt«, antwortete Sarah bedrückt.

»Aber warum darfst du denn nichts essen?«

»Mein Ziehvater hat, nach Absprache mit den Ältesten, der ganzen Gemeinde ein strenges Fastengebot auferlegt. Durch Fasten und mit vielen Stunden des Gebets hoffen sie die Gefahr, die uns durch die heranziehenden Kreuzfahrer droht, abwenden zu können«, berichtete Sarah ihm bedrückt. »Schemarja hält das für einen großen Fehler und ist sich mit Rabbi Kalonymos deshalb auch heftig in die Haare geraten.«

»Der weiß wohl immer alles besser«, meinte Marius bissig. »Was hatte er denn diesmal auszusetzen?«

»Er hat dem Rabbi und den Ältesten vorgeworfen, uns durch das Fasten nur noch mehr zu schwächen. Er sagt, wir sollten uns lieber darauf einstellen, dass es zum Kampf kommt. Und dann müssten die Männer bei Kräften sein. Ein Mann, der wochenlang streng gefastet hat, sagt er, sei kein ernst zu nehmender Gegner, auch wenn er noch so gut mit Schwert und Lanze umzugehen vermag.«

»Das stimmt natürlich«, gab Marius zu. »Doch ich kann immer noch nicht glauben, dass ihr wirklich in Gefahr sein sollt. Rabbi Kalonymos wird schon wissen, was er tut.«

»Ja, aber trotzdem haben wir Juden vorsorglich damit begonnen, möglichst unauffällig all unsere Wertsachen aus den Häusern und der Synagoge zu räumen und zu befreundeten Christen zu tragen, um sie bei ihnen sicher zu wissen«, bemerkte Sarah bitter. »Gerade erst habe ich einen Korb mit mehreren Silberbechern dort drüben zu Bernward, dem Fernhändler, gebracht.« Sie deutete auf ein massives Lagerhaus am Fluss, das dem Besitzer und seiner Familie offensichtlich auch als Wohnhaus diente, wie der niedrigere Anbau und der kleine ummauerte Hof verrieten.

»Ist das nicht ein bisschen übereilt?«, fragte Marius.

Sarah zuckte die Achseln. »Ich weiß schon längst nicht mehr, was ich glauben und was ich fürchten soll«, gestand sie ratlos. »Aber jetzt haben wir genug davon geredet. Hier, teil den Matzezopf mit mir!« Sie brach ihn in zwei Teile und reichte Marius eine Hälfte.

Sie saßen eine Weile schweigend im Gras, aßen Matze und sahen dem geschäftigen Leben und Treiben zu, während die Sonne höher stieg und sie wärmte.

»So, jetzt wird es Zeit, dass ich mich auf den Rückweg mache«, sagte Sarah schließlich, erhob sich aus dem Gras und strich ihr Kleid glatt. »Sonst glaubt der Rabbi noch, mir sei etwas zugestoßen, und schickt jemanden nach mir.«

Nur sehr widerstrebend stand Marius auf. Er wünschte, sie hätten noch länger hier sitzen bleiben können. Denn er wusste, dass nun der Moment der Wahrheit gekommen war. Jetzt würde er sich entscheiden müssen, ob er genug Mut besaß, Baruch ben Isaak unter die Augen zu treten und ihm zu gestehen, was er getan hatte.

Sarah sah ihm an, was in ihm vorging. »Kommst du mit?«

»Ist er denn da?«

Sie nickte. »Er ist den ganzen Tag mit Ausbesserungsarbeiten an seinem Wagen beschäftigt.«

Marius stöhnte gequält auf. »Ich weiß nicht, ob ich wirklich so viel Mut aufbringe!«

»Erzähl ihm, was du mir erzählt hast. Baruch wird dich verstehen«, sagte Sarah.

Sie sprachen kaum auf dem Weg zurück in die Stadt. Als sie ins Judenviertel gelangten und dann in die Straße einbogen, wo Rabbi Kalonymos mit seiner Familie wohnte, wurde es Marius immer flauer im Magen. Am liebsten wäre er einfach davongelaufen. Aber er wusste, dass er seinem Gewissen nicht entfliehen konnte. So schwer es ihm auch fiel, er musste es hinter sich bringen, wenn er je wieder mit sich ins Reine kommen wollte!

Als sie durch das Tor in den Hof traten, stießen sie sofort auf Rabbi Kalonymos. Das strenge Fasten und die Sorge hatten tiefe Linien in sein Gesicht eingegraben.

Marius rechnete damit, Vorwürfe und unangenehme Fragen zu hören zu bekommen. Doch nichts dergleichen geschah. Im Gegenteil, ein freudig überraschtes Lächeln erschien auf dem Gesicht des Rabbi. »Wen bringst du denn da mit, Sarah!«, rief er ihnen zu. »Schön, dass du dich mal wieder blicken lässt, Marius! Wir haben dich vermisst und uns schon Sorgen um dich gemacht, wo du wohl untergekommen sein magst. Geht es dir gut?«

Marius nickte, beschämt von dieser freundlichen Begrüßung.

»Gut, gut. Du siehst auch wieder besser aus«, sagte der Rabbi und schlug ihm auf die Schulter. »Ich muss jetzt leider weg. Aber du bleibst doch bestimmt länger, damit wir nachher noch zusammen reden und vielleicht sogar eine Partie Schach spielen können, nicht wahr?«

»Ich ... ich weiß nicht«, sagte Marius verlegen.

»Na, jedenfalls steht dir unser Haus immer offen. Also

lass bis zu deinem nächsten Besuch nicht wieder so viel Zeit verstreichen. Versprichst du mir das, Marius?«

»Ich verspreche es Euch.«

»Das ist ein Wort! Also bis bald!« Rabbi Kalonymos zwinkerte ihm zu, puffte ihn freundschaftlich in die Seite und hastete dann aus dem Hof.

»Komm, ich bringe dich zu Baruch«, sagte Sarah und führte ihn nach hinten zu den Stallungen, die sich Rabbi Kalonymos' Familie mit mehreren Nachbarn teilte.

Das Tor des Schuppens neben den Stallungen stand offen. Baruch ben Isaak, der sich an einer Werkbank zu schaffen machte, kehrte ihnen den Rücken zu. Sie hörten ihn ein Lied summen. Als sie näher kamen, sah Marius, dass er einen Hobel mit den gleichmäßigen Bewegungen eines geübten Zimmermanns über ein Holzbrett führte, das vor ihm in den Klemmen der Werkbank steckte.

»So, ich lasse euch jetzt besser allein. Du weißt ja, wo du mich nachher findest«, raunte Sarah. »Er wird dir bestimmt nicht den Kopf abreißen. Du wirst es schon richtig machen.« Sie drückte kurz seine Hand und entfernte sich dann rasch.

Mit einem elenden Gefühl im Magen trat Marius aus der Sonne und in den Schuppen. Baruch ben Isaak bemerkte ihn, hielt in der Arbeit inne und drehte sich zu ihm um.

»Marius?«, rief er überrascht. »Was führt dich zu mir?«

Marius schluckte heftig, während Hitze in ihm aufwallte.

»Ich ... ich ... muss mit Euch sprechen.«

»Nur zu! Sag, was du auf dem Herzen hast!«, forderte Baruch ihn auf.

»Ich weiß nicht, ob ich es über die Lippen bringe«, sagte

Marius gepresst. Ihm war, als wäre seine Kehle wie zugeschnürt.

Baruch furchte verwundert die Stirn. »Jetzt bin ich aber gespannt, was du mir sagen willst.«

Marius blickte zu Boden, denn er ertrug es nicht, ihm ins Gesicht zu schauen, und alles krampfte sich in ihm zusammen, als er mit belegter Stimme erklärte: »Ich schäme mich so ... und ich ... ich habe es nicht verdient, dass Ihr mir das Leben gerettet habt.«

»Was redest du für einen Unsinn, Marius? Warum solltest du es nicht verdienen, dass ich mich deiner angenommen habe?«, fragte Baruch verständnislos. »Deine Worte machen überhaupt keinen Sinn!«

»Oh ja, und ob sie Sinn machen!«, brach es nun aus Marius heraus. »Ihr müsst nämlich wissen, dass auch ich am Karfreitag in Stromberg war, wo die Menge Euch hat steinigen wollen. Erinnert Ihr Euch noch?«

Ein ungläubiger Ausdruck trat auf das von Wind und Wetter gegerbte Gesicht des fahrenden Händlers. »Ja, ich erinnere mich nur zu gut an die aufgebrachte Menge. Und du bist wirklich dabei gewesen? Du hast alles gesehen?«

»Ich bin nicht nur dabei gewesen, sondern ich habe auch einen Stein aufgehoben und damit nach Euch geworfen!«, stieß Marius gequält hervor. »Und mein Stein hat ... hat Euch auch getroffen! Ich habe gesehen, wie er Eure Haut ... am Kinn blutig gerissen hat und wie Ihr ... auf die Sitzbank getaumelt seid!«

»Marius!«, rief Baruch betroffen. »Halt ein!«

Marius schüttelte den Kopf. Es musste heraus, und zwar alles. Doch in der Aufwallung brachte er nur noch abgehackte Sätze zu Stande. »Ich weiß nicht, was damals in mich gefahren ist ... Es war nicht wegen Arnulf allein ...

Aber warum dann? ... Ich verstehe es nicht ... Mir war noch nie zuvor ein Jude begegnet, keiner hatte mir etwas getan ... Vinzent sprach nur voller Hochachtung von ihnen ... und doch ... Mein Gott, ich weiß nicht, warum ich plötzlich den Stein aufgehoben habe ... Ich weiß nur, dass es nicht stimmt ... Ich meine, dass ich anders war als die anderen ... Ich war genauso verblendet und gemein ... Und dann habt Ihr mir das Leben gerettet. Wie könnt Ihr mir jemals verzeihen? Das ist ...« Seine Stimme erstickte und Tränen brachen hervor. Er schlug die Hände vors Gesicht und schluchzte so heftig, dass sein ganzer Körper wie unter einem Schüttelfrost bebte.

Da tat Baruch etwas Unglaubliches: Er nahm ihn in seine Arme, drückte ihn fest an sich und redete mit sanfter Stimme auf ihn ein.

»Ich habe dir verziehen, Marius«, sagte er. »Also quäle dich nicht länger.« Er sah, dass Marius sich etwas gefangen hatte, und ließ ihn los.

»Wie könnt Ihr mir verzeihen, was ich Euch angetan habe?«, murmelte Marius und wischte sich mit dem Handrücken über die tränennassen Wangen.

»Weil wer vergibt, sich auch selber heilt.«

Verwirrt blickte Marius ihn an.

»Du hast einen großen Fehler begangen, aber du hast ihn erkannt und bereust ihn. Wie könnte ich dir da mein Verzeihen verwehren? ›Nur der ist vor Gott ohne Sünde, der nicht Großmutters Enkel ist‹«, sagte Baruch mit einem leichten Lächeln. »So heißt ein Sprichwort im Land der Slawen. Denn jeder Mensch macht sich immer wieder der Sünde schuldig. Aber leider gibt es nur allzu wenige Gottgläubige, die Gewalttaten gegen Juden als Sünde gegen Gottes Gebote begreifen. Du gehörst nicht dazu, Marius.

Du bist in die Irre gelaufen, hast jedoch auf den rechten Weg zurückgefunden. Damit bist du ein ›Gerechter unter den Völkern‹.«

»Sagt so etwas nicht!«, wehrte Marius entsetzt ab. »Ihr beschämt mich noch mehr, als ich es ohnehin schon bin!«

Baruch ben Isaak lachte verhalten. »Als *chaside'i umot ha-olam,* wie es im Hebräischen heißt, als die Gerechten unter den Völkern bezeichnen wir Israeliten alle Nichtjuden, die sich an die Zehn Gebote halten, die Moses auf dem Berg Sinai offenbart wurden. Wir Juden glauben nicht, dass das Himmelreich nur uns vorbehalten ist. Gott ist gewiss nicht so engstirnig und kleinlich, wie wir Menschen Ihn uns oft vorstellen, damit Er unseren eigensüchtigen Wünschen entspricht. Wir glauben, dass jeder Gerechte unter den Völkern wie ein frommer Jude Anteil an der künftigen Welt hat.«

»Das ist eine sehr großherzige und für uns Christen beschämende Einstellung, den Andersgläubigen nicht zu verdammen, sondern auch ihn des Himmelsreichs für würdig zu halten«, sagte Marius bewegt. »Ich schäme mich für das, was ich getan habe, und ich schäme mich für meinen Glauben.«

»Deines Glaubens brauchst du dich nicht zu schämen, Marius. Das wäre das Falscheste, was du tun könntest. Dein Glaube soll dir so kostbar sein wie der meinige mir«, erwiderte Baruch ben Isaak und legte ihm seine Hand auf die Schulter. »Wir Juden missionieren nicht. Und wir wollen auch nicht, dass Christen von ihrem Glauben abfallen. Ganz im Gegenteil, wir wünschen uns nichts sehnlicher, als dass ihr euren Glauben ernst nehmt und gute Christen seid. Dass ihr euch aufrichtig am Leben und an dem Wort Jesu orientiert, der doch ein Jude war – und dass ihr somit aufhört, uns zu verfluchen und zu verfolgen.« Er machte eine kurze Pause. »Und verbindet uns denn nicht viel mehr, als uns trennt? Die Bibel ist uns so heilig wie euch, und glauben wir nicht alle an den einen Gott?«

»Ja, das tun wir«, pflichtete Marius ihm bei. »Aber wir führen Gottes Wort häufig nur auf den Lippen, statt es im Herzen zu tragen.«

»Wir alle brauchen manchmal einen Esel, wie Bileam ihn hatte, der uns vor Gefahr bewahrt und uns die Augen öffnet«, sagte Baruch.

Marius sah ihn verständnislos an. »Einen Esel?«

»Kennst du nicht die Geschichte vom Seher Bileam und seinem hellsichtigen Esel, genauer gesagt seiner Eselin?«

Marius schüttelte den Kopf.

»Du findest die Geschichte im vierten Buch Mose, was für euch Christen das Buch Numeri ist. Ich will sie dir erzählen«, sagte Baruch und legte den Hobel aus der Hand. »Die Geschichte trug sich zu, als die Israeliten nach vierzigjähriger Irrfahrt durch die Wüste endlich das verheißene Land erreicht hatten. Den Stämmen jedoch, die schon dort wohnten, widerstrebte es, das Land mit diesen heranziehenden Fremden teilen zu müssen, auch wenn für sie alle genug Land vorhanden war. Die Einheimischen überlegten also, wie sie die Fremden am besten von ihrem Land fernhalten konnten – und sie verfielen schließlich auf die Idee, die Israeliten verfluchen zu lassen.«

»Ich dachte, sie hätten zu den Waffen gegriffen.«

»Nein, der Fluch erschien ihnen als die wirksamste Waffe, denn das bedeutete ja, die Fremden den finsteren Mächten auszuliefern«, fuhr Baruch fort. »Aber eine solche Macht, einen fürchterlichen Fluch auszustoßen und die Gegner zu vernichten, ist nicht jedem gegeben. Dafür braucht man einen großen Meister – und der Seher Bileam, der an einem fernen Ort lebte, galt als ein solcher Mann. Und so schickten sie eine Abordnung zu ihm, damit er die Israeliten verfluchte.

Bileam zeigte sich anfangs auch geneigt, dem Wunsch zu entsprechen, zumal man ihn dafür fürstlich zu bezahlen versprach. Aber dann kamen ihm doch Zweifel und er erbat sich eine Nacht Bedenkzeit. Er wollte erst in sich gehen und herausfinden, ob Gott ihm erlaubte, ein ganzes Volk zu verfluchen. Am Morgen, so versprach er der Abordnung, werde er ihnen sagen, ob er den Auftrag übernehmen könne. Und als dann der neue Tag heraufzog, bedauerte er, den Auftrag ablehnen zu müssen. Und er sagte den Männern: ›Es tut mir leid, aber Gott hat mir offenbart, dass die Israeliten ein gesegnetes Volk sind.‹ Bitter enttäuscht kehrte die Abordnung in die Heimat zurück und berichtete dort von der Ablehnung des berühmten Sehers und Gottesmannes Bileam. Aber die Mächtigen des Landes dachten gar nicht daran, dieses Nein hinzunehmen, und sie wollten auch nicht anerkennen, dass die Israeliten ein gesegnetes Volk seien. Sie waren überzeugt, dass Bileam nur den Preis für seinen Fluch hochtreiben wollte.«

»Wie die Seherin Rotrud in unserem Dorf«, warf Marius spöttisch ein.

»So schickten sie eine zweite Abordnung zu Bileam, um ihm noch mehr Geld zu bieten. Und diesmal ging er wirklich mit ihnen mit. Er sattelte seine Eselin, wie es geschrieben steht, und zog mit den Fürsten der Moabiter. Gott erlaubte es ihm sogar, ermahnte ihn jedoch, nur das zu reden, was Er ihm sagte. Aber Bileam tat sich auf einmal schwer damit, seinen Eigensinn dem Gehorsam unterzuordnen. Damit erregte er Gottes Zorn und so trat der Engel des *HERRN* Bileam in den Weg. Aber nur die Eselin sah diesen Engel des *HERRN* mit dem bloßen Schwert in der Hand. Sie wich vom Weg ab und ging auf dem Feld. Da schlug Bileam sie, um sie wieder auf den Weg zu bringen.

Der Engel folgte ihnen und trat auf den Pfad zwischen den Weinbergen, wo auf beiden Seiten Mauern waren. Und als die Eselin den Engel des *HERRN* sah, drängte sie sich an der Mauer entlang und klemmte dabei Bileam den Fuß ein. Da schlug er sie noch mehr. Darauf ging der Engel des *HERRN* weiter und erschien an einer engen Stelle, wo gar kein Platz mehr war, um ihm auszuweichen, weder zur Rechten noch zur Linken. Als die Eselin den Engel so stehen sah, fiel sie auf die Knie. Da entbrannte der Zorn des Bileam und er schlug mit seinem Knüppel auf das Tier ein.

Nun tat der *HERR* der Eselin den Mund auf und sie sprach zu Bileam: ›Was habe ich dir getan, dass du mich nun dreimal geschlagen hast?‹ Worauf Bileam antwortete: ›Weil du mich herausforderst! Ach, wenn ich jetzt ein Schwert zur Hand hätte, ich würde dich töten!‹ Da sagte die Eselin zu ihm: ›Bin ich denn nicht deine Eselin, auf der du geritten bist von jeher bis auf diesen Tag? War es je meine Art, es so mit dir zu treiben?› Er antwortete: ›Nein.‹

Da öffnete der *HERR* dem Bileam die Augen, dass er den Engel mit dem blanken Schwert in der Hand auf dem Weg stehen sah. Und er fiel auf sein Angesicht nieder. Aber der Engel des *HERRN* sprach zu ihm: ›Warum hast du deine Eselin nun dreimal geschlagen? Siehe, ich habe mich aufgemacht, um mich dir in den Weg zu stellen. Denn dein Weg ist verkehrt. Und die Eselin hat mich gesehen; dreimal ist sie mir ausgewichen. Wäre sie nicht ausgewichen, hätte ich dich getötet, sie aber wäre am Leben geblieben.‹

Und da sprach Bileam zu dem Engel des *HERRN:* ›Ich habe gesündigt; aber ich wusste nicht, dass du mir auf dem Weg entgegenstandest. Doch nun, wenn dir dieser Weg nicht gefällt, will ich umkehren.‹ Der Engel des HERRN antwortete jedoch: ›Ziehe nur hin mit den Männern; aber nichts anderes, als was ich dir sage, sollst du reden!‹ Und so zog Bileam weiter. Als er schließlich bei den Moabitern eintraf, geschah für die Mächtigen, die ihn hatten kommen lassen, etwas Entsetzliches: Denn statt die herannahenden Fremden wie gewünscht zu verfluchen, sprach Bileam über das Volk der Israeliten einen Segensspruch nach dem anderen aus.«

Marius lächelte unwillkürlich. »Die Lehre aus dieser Geschichte ist wohl, dass jemand, der für einen Esel gehalten wird, die Dinge oftmals klarer sieht als diejenigen, die sich dazu berufen fühlen und großes Ansehen genießen.«

»In der Tat«, sagte Baruch. »Diese Geschichte von der hellsichtigen Eselin ist in vielem ein treffendes Bild für uns Juden, denn auch uns hält man für dumm und stur, weil wir an unserem Glauben festhalten und dafür auch immer wieder Prügel in Kauf nehmen, manchmal sogar Schlimmeres.«

»Warum ist es nur so schwer, Gottes Willen zu erkennen?«, rätselte Marius.

»Es gibt Hinweise, die uns helfen können Gottes Willen zu erkennen, und zu diesen Hinweisen gehören die Zehn Gebote«, antwortete Baruch. »Aber man muss auch ein offenes Herz haben, aufmerksam in sich horchen und bereit sein, seinen Weg zu ändern, wie schwer es einem auch fallen mag.«

Marius fühlte sich an Vinzent erinnert. Der alte Pilger hatte ihm genau dasselbe ans Herz gelegt. Und er fragte sich, warum es nur so schwer war, eine Wahrheit wirklich anzunehmen und auch danach zu leben, die der Verstand eigentlich längst als richtig erkannt hatte.

»So, und damit soll es genug sein!«, sagte Baruch. »Wie ist es – hast du etwas Zeit?«

»Ja, mehr als mir lieb ist.«

»Das trifft sich ja prächtig. Ich muss an meinem Wagen mehrere morsche Bretter auswechseln und da kann ich Hilfe gut gebrauchen«, sagte der fahrende Händler. »Also dann, lass uns an die Arbeit gehen!«

Für Marius war es eine Freude, nach den vielen Tagen des untätigen Herumlungerns und der läppischen Handreichungen für Bartholo endlich mal wieder eine Arbeit verrichten zu können, die seinen ganzen körperlichen Einsatz verlangte. Zudem fühlte er sich von einer quälenden Last befreit, ja beinahe wie neugeboren, nachdem er seine Schandtat in Stromberg gestanden und Baruch ihn an seine Brust gedrückt und ihm auf so großmütige Art verziehen hatte. Dieses Gefühl der Erlösung und Befreiung machte ihn so beschwingt, dass er am liebsten laut gesungen hätte.

Etwa anderthalb Stunden ging Marius dem fahrenden Händler in der Werkstatt tatkräftig zur Hand. Gerade hatten sie ein neues Seitenbrett am Wagen eingepasst, als plötzlich ein alter Mann aus dem Nachbarhaus zu ihnen in den Schuppen stürzte und mit zitternder Stimme rief: »Die Kreuzfahrer sind über die Juden in Speyer hergefallen! ... Es hat begonnen, Baruch! ... Das Morden hat begonnen!«

Achtundzwanzigstes Kapitel

Wie Maden, die verwesendes Fleisch befallen und sich im Nu zu einem Gewimmel vermehren, verbreiteten sich in der Stadt immer neue und wildere Gerüchte über das, was sich am 3. Mai in Speyer zugetragen hatte. Tage vergingen, bis wirklich verlässliche Nachrichten darüber eintrafen und den widersprüchlichen Geschichten ein Ende bereiteten. Dann zeichnete sich ein klares Bild von den blutigen Ereignissen ab, mit denen sich der grausame Graf Emicho von Leiningen zum ersten Mal in das Buch der Geschichte eingetragen hatte – und zwar als Judenschlächter im Namen Christi.

Anders als Peter der Einsiedler, dessen verlotterte Bande von einem Kreuzfahrerheer nicht die geringste militärische Erfahrung besaß, hatte der rheinische Graf Emicho überwiegend kampferprobte Männer um sich geschart. Mit ihnen fiel er am 3. Mai über die jüdische Gemeinde von Speyer her. An dem Überfall beteiligten sich auch viele Bürger aus der Stadt.

Emichos Plan, die Synagoge zur Stunde des Gottesdienstes zu umstellen, um die gesamte jüdische Bevölkerung von Speyer mit einem Handstreich niedermetzeln zu können, misslang jedoch. Die Juden waren noch rechtzeitig gewarnt worden. Sie hielten ihren Gottesdienst früher als üblich ab und dann begab sich die Mehrzahl von ihnen unter den Schutz von Bischof Johann, der seine Diözese* mit eiserner Hand regierte und keinen Angriff auf seine Autorität duldete. Mit starker Truppenmacht führte er die Juden, die sich ihm anvertrauten, in seine Burg.

Emichos Männer plünderten zusammen mit Scharen von Speyerer Bürgern indessen das jüdische Viertel und erschlugen elf Juden, die sie auf der Straße aufgegriffen hatten. Andere kamen nur deshalb mit dem Leben davon, weil sie sich auf der Stelle zwangstaufen ließen. Eine junge Jüdin, die ihrem Glauben jedoch nicht abschwören wollte, nahm sich selbst das Leben, um den Grausamkeiten der Kreuzritter zu entgehen.

Als Bischof Johann den größten Teil seiner jüdischen Bevölkerung in Sicherheit wusste, stellte er sich ohne jedes Zögern der aufgesplitterten Streitmacht der plündernden Kreuzritter entgegen. Mit der unbeugsamen Entschlossenheit des Bischofs und seiner Soldaten, die vor einer erbitterten Schlacht nicht zurückschreckten, hatte Emichos Armee nicht gerechnet. Bischof Johann zwang sie damit nicht nur aus seiner Stadt, sondern er brachte es sogar zuwege, einige der Mörder gefangen zu nehmen, und ließ ihnen zur Strafe auf der Stelle die Hände abhacken. Angesichts dieser kompromisslosen Haltung und der beachtlichen Streitmacht, die der Bischof von Speyer aufgeboten hatte, zogen Graf Emicho und seine Mörderbande es vor, von dieser Stadt abzulassen.

»Aber wir werden noch mehr von Emicho dem Schlächter hören!«, prophezeite Schemarja düster. »In Speyer hat er sich nur Appetit geholt!«

Als Marius mit Bartholo darüber sprach, hörte er von ihm fast dieselben Worte. »Der Mann hat in Speyer Blut geleckt und dürstet jetzt nach mehr. Er wird sich noch andere Städte vornehmen, in deren Mauern er große und reiche jüdische Gemeinden weiß!«, versicherte er.

»Ihr meint, er wird auch nach Mainz kommen?«, fragte Marius beunruhigt.

Bartholo lachte spöttisch auf. »Die Mainzer Judenschaft hat es nicht nur zu einer hohen geistigen Blüte gebracht, sondern auch zu einem großen Vermögen. Keine jüdische Gemeinde in Europa ist reicher als die von Magenza. Glaubst du vielleicht, dieser Raubritter Emicho wird sich eine solch fette Beute entgehen lassen?«

»Und warum machen die Bürger, die doch so lange friedlich mit den Juden zusammengelebt haben, auf einmal gemeinsame Sache mit Emichos Männern?«, fragte Marius und vermied dabei mit Absicht das Wort ›Kreuzfahrer‹. Denn er wollte noch immer nicht glauben, dass sich Ritter und Trossknechte, die sich doch als Soldaten Christi bezeichneten, an den Schlächtereien dieses Raubritters Emicho beteiligten.

»Weil der Neid auf die Tüchtigkeit der Juden und die uralten Verleumdungen stärker als alles andere sind«, antwortete Bartholo. »Und weil viele dieser aufrechten Christenbürger sich bei den Juden Geld geliehen haben. Sich für einen Kreuzzug auszurüsten, ist für jeden Ritter ein kostspieliges Unterfangen. So mancher muss dafür Land und Hof verpfänden. Besonders viele ärmere Kreuzritter sollen bei den Juden verpfändet sein. Was liegt da näher, als sich diese lästigen Schulden vom Hals zu schaffen, indem man die Juden, bei denen man in der Kreide steht, umbringt und ihre Häuser plündert?«

»Aber wie kann man so etwas vor dem eigenen Gewissen verantworten?«

»Oh, das lässt sich ganz wunderbar mit dem Gewissen dieser aufrechten Gottesstreiter vereinbaren. Man muss den Juden bloß das Lebensrecht absprechen, was ja ein Kinderspiel ist. Dazu genügt es ja schon, Rache für Christi Blut nehmen zu wollen. Mit dieser wohlfeilen Begründung lässt sich dann trefflich morden und plündern«, sagte Bartholo mit ätzendem Spott. »Wenn man die Feinde im fernen Morgenland bekämpfen soll, dann muss man doch erst einmal im eigenen Land mit den Feinden Christi aufräumen. Die Muslime wissen ja nichts vom rechten Glauben, was als Grund ausreicht, um gegen sie in den Krieg zu ziehen. Aber die Juden, die Hüter des Alten Testaments, kennen ihn und weisen ihn aus Verstocktheit ab – und das kann in den Augen der Kreuzfahrer eben nur gesühnt werden, indem man sie zur Taufe zwingt oder abschlachtet.« Er schüttelte mit angeekelter Miene den Kopf. »Ich sage dir, es wird den Juden in diesem Land noch viel Schlimmeres widerfahren als das, was in Speyer geschehen ist! Und ich gehe jede Wette ein, dass es nicht mehr lange dauert, bis es auch hier in Mainz zu Ausschreitungen gegen die Juden kommt.«

Es stand zu befürchten, dass sich Bartholos Voraussage schon bald bestätigen würde. Marius spürte bei jedem Gang durch die Stadt, wie die Stimmungsmache gegen die Juden von Tag zu Tag an Schärfe zunahm. Der Ton auf den Straßen, Plätzen und in den Schenken wurde rauer und bösartiger.

Mitte des Monats wurde Marius selbst Zeuge einer blutigen Ausschreitung gegen die Juden. Drei bewaffnete Trossknechte fielen im Judenviertel über den großen Eckladen eines Händlers von Tonwaren her. Sie zerschlugen seine Waren, traten Verkaufstische um, rissen Regale nieder und prügelten auf den Ladenbesitzer und seine Frau ein. Dabei johlten und grölten sie, dass jedem, der einen Juden umbringe, alle Sünden vergeben seien. Erst als eine Gruppe von jüdischen Männern anrückte, die selbst mit Schwertern und Knüppeln bewaffnet waren, ließen die Trossknechte von ihren Opfern ab und zogen sich zurück.

»Aber wir kommen wieder!«, schrien sie, während sie das Feld räumten. »Und dann räuchern wir euch jüdische Brut ein für alle Mal aus!«

Tags darauf beobachtete Marius, wie ein älterer Mann, der an seiner Kleidung und seinem Bart deutlich als Jude zu erkennen war, über den Flachsmarkt in Richtung Judenviertel flüchtete – verfolgt von einer Gruppe betrunkener Kreuzfahrer. Ein Hagel von Steinen ging auf den Mann nieder wie am Karfreitag auf Baruch ben Isaak in Stromberg.

Wie Marius später erfuhr, kam es im Verlauf dieser Verfolgung zu einem Handgemenge, bei dem ein Kreuzfahrer getötet wurde. Wer sich den Verfolgern des alten Juden in den Weg gestellt und durch wessen Hand einer der Kreuzfahrer dabei den Tod gefunden hatte, wusste niemand zu sagen. Der Tod des Kreuzfahrers wurde jedoch den Juden zur Last gelegt und es kam zu Tumulten in der Stadt, an denen sich überwiegend die niederen Schichten der Mainzer Bevölkerung beteiligten, wohl in der Hoffnung auf Plünderung.

»Es wird mit jedem Tag schlimmer. Wir können uns nicht mehr auf die Straße wagen«, sagte Sarah zu Marius am selben Nachmittag, als er sie und ihre Familie besuchen kam.

»Ja, es ist entsetzlich«, sagte Marius bedrückt. Unterwegs hatte er gesehen, dass im ganzen Judenviertel alle Geschäfte geschlossen und verriegelt waren.

»Na, willst du immer noch zu den Kreuzfahrern?«, fragte Schemarja bissig. »Ist dieses Mordgesindel die Gesellschaft, in der du dich wohlfühlst?«

»Lass ihn in Ruhe!«, herrschte Rabbi Kalonymos seinen Schwiegersohn an. »Oder hast du vergessen, wie viele verlässliche Freunde wir unter den Christen von Mainz haben?«

Dennoch fühlte sich Marius beschämt. Nicht so sehr, weil er noch bis vor einigen Tagen versessen darauf gewesen war, sich den Kreuzfahrern auf ihrem Zug ins Heilige Land anzuschließen, sondern weil er ein Christ war – und diese Verbrechen gegen die Juden im Namen Christi begangen wurden. Dass die Kreuzfahrer ihren christlichen Glauben durch ihr abscheuliches Tun verleugneten und Jesu Botschaft mit dem Blut Unschuldiger schändeten, erschütterte ihn jenseits aller Worte.

Marius ahnte nicht, dass der Schrecken, den das Verhalten der Mainzer ihm einjagte, nur ein laues Lüftchen im Vergleich zu dem mörderischen Sturm war, der aus Süden heranzog und den Namen Emicho von Leiningen trug.

Am 22. Mai, einem Donnerstag, kniete Marius in Barthologos Speicherwohnung vor der Feuerstelle und schaufelte gerade mit einer hölzernen Handschaufel Asche in einen Eimer, als der rotbärtige Gelehrte aus der Stadt zurückkam. Er hatte das Haus vor einer guten Stunde verlassen, um wie üblich auf dem Markt Lebensmittel und einen Krug seines bevorzugten Gewürzweins zu kaufen.

Mit einem lästerlichen Fluch auf den Lippen stieß Bartholo die Tür auf, stürmte durch den langen Raum und knallte den vollen Krug so hart auf den Tisch, dass der Wein in hohem Bogen herausschwappte.

»Was ist das nur für ein Land!«, schrie er außer sich vor Zorn und ballte die Fäuste. »Was sind das nur für Bestien von Menschen!«

»Um Gottes willen, was ist passiert?«, stieß Marius erschrocken hervor.

»Emicho und seine Mörderbande haben wieder zugeschlagen!«, antwortete Bartholo erregt. »Vor vier Tagen, am 18. Mai. In Worms. Und diesmal sind die Juden nicht so glimpflich davongekommen wie in Speyer!«

»Wisst Ihr Genaueres?«

»Oh ja, genauer sogar, als es mir lieb ist. Und die Redlichkeit des Boten aus Worms, der mir davon berichtet hat, ist über jeden Zweifel erhaben. Er ist nämlich der Bruder des Torwärters Kunibert, der hier bei uns am Gautor Dienst tut. Beide haben das Herz auf dem rechten Fleck und machen gewöhnlich nicht viel Worte. Aber wenn sie den Mund aufmachen, dann hat das, was sie sagen, auch Hand und Fuß«, murmelte Bartholo, griff zu einem Becher und füllte ihn mit einer heftigen Bewegung. Dass ein Teil dabei über den Rand floss, kümmerte ihn offensichtlich nicht. Er leerte den Becher auf einen Zug und goss sich nach.

»Emicho ist mit seinem Heer über die jüdische Gemeinde von Worms hergefallen?«

Bartholo fuhr sich mit dem Handrücken über den nassen Bart. »Ja, aber schon zuvor müssen sich in Worms abscheuliche Szenen abgespielt haben«, antwortete er und berichtete, was er vom Bruder des Torwärters erfahren hatte. »Wormser Bürger sind mit der schon stark verwesten Leiche einer jungen Frau durch die Stadt gezogen und haben behauptet, die Juden hätten die Frau erst ertränkt und die Tote anschließend in Wasser abgekocht, um die Brunnen der Christen mit diesem Wasser zu vergiften.«

»Was für eine irrwitzige Verleumdung!«, fuhr Marius erregt auf. »Wer kann denn so etwas nur glauben?«

»Es gibt genug, die so etwas glauben, weil sie es glauben *wollen* und weil in ihnen selbst jene Bösartigkeit brodelt, die sie den Juden unterstellen«, erwiderte Bartholo. »Jedenfalls befand sich das Stadtvolk von Worms schon in wildem Zorn gegen die Juden, als Graf Emicho mit seinem Gefolge nahte. Wie in Speyer, so suchten die Juden nun auch in Worms zu einem kleinen Teil bei befreundeten Christen Zuflucht, während sich die meisten dem Schutz von Bischof Albrand anvertrauten. Der ließ sich teuer dafür bezahlen, dass er sie in seinem Palast aufnahm. Dort verschanzten sie sich, während die Kreuzfahrer erst einmal im Judenviertel tobten und jeden Juden niedermachten, den sie noch vorfanden. Dann griffen sie den Palast des Bischofs an.«

»Und? Haben die Soldaten des Bischofs ihn verteidigen können?«, fragte Marius. Allerdings konnte er Bartholo schon vom Gesicht ablesen, dass die Juden von Worms wohl nicht so viel Glück gehabt hatten wie die in Speyer.

»Entweder fehlte es dem Bischof an Entschlossenheit oder an der nötigen Truppenstärke, ich weiß es nicht. Das habe ich vergessen zu fragen. Aber ob nun das eine oder das andere zutrifft, es ändert nichts daran, dass die Kreuzfahrer den Bischofssitz gestürmt haben«, fuhr Bartholo fort. »Die Juden sollen sich tapfer verteidigt haben, konnten jedoch dieser überlegenen Streitmacht nicht lange standhalten. Jeder tote Jude, ob Mann oder Frau, jung oder alt, wurde ausgeplündert, bis auf den nackten Leib ausgezogen und auf die Straße geworfen. Wer die Schlacht überlebte, hatte die Wahl, auf der Stelle hingerichtet zu werden oder sich taufen zu lassen. Die meisten zogen es vor unter den Schwertern, Lanzen und Knüppeln der Kreuzfahrer und Wormser Bürger zu sterben. Einige haben ihrem Glauben abgeschworen und sich taufen lassen, aber nur zum Schein. Sie wollten bloß ein wenig Zeit gewinnen.«

»Zeit gewinnen wofür?«, fragte Marius verstört.

»Um die nackten, misshandelten Leichen ihrer Leidensgenossen anständig begraben zu können«, antwortete Bartholo und sank mit dem Weinkrug in der linken und dem Becher in der rechten Hand in einen der breiten Lederriemenstühle. »Dann haben sie Selbstmord begangen. Insgesamt sollen an die achthundert Juden bei diesem Massaker in Worms den Tod gefunden haben.«

»Mein Gott!«, flüsterte Marius und schlug entsetzt die Hand vor den Mund. Und er versuchte gar nicht erst, sich vorzustellen, welches Entsetzen und welche Angst diese Nachricht bei Sarah, Rabbi Kalonymos und all den anderen Mainzer Juden auslösen musste.

»Ja, mein Gott!«, rief Bartholo bitter. »Im Namen meines und deines Gottes haben sie die Juden in Worms und Speyer wie Vieh niedergemetzelt! Nicht einmal die Kinder haben sie verschont. Nein, dieses abscheuliche Schauspiel sehe ich nicht länger mit an. In diesem Land kann und will ich nicht mehr leben – jedenfalls nicht einen Tag länger als unbedingt notwendig!«

Marius machte eine verwirrte Miene. »Was wollt Ihr damit sagen?«

»Dass ich lieber zu den sogenannten Irrgläubigen nach Bagdad oder Damaskus zurückkehre, als weiterhin unter diesen selbstgerechten Christen zu leben, die im Namen Jesu ein abscheuliches Blutbad nach dem anderen anrichten und sich dabei auch noch im Recht fühlen!«, erklärte Bartholo wütend. »Ich habe schon seit Jahren gewusst, dass ich mein Leben ändern muss. Nun weiß ich endlich, was ich zu tun habe!«

»Ihr wollt zurück nach Bagdad?«, fragte Marius verblüfft.

»In der Tat, und ich werde so schnell wie möglich aufbrechen!«, bekräftigte Bartholo seinen Entschluss. Jeder Tag ist kostbar. Zudem möchte ich nicht mit ansehen müssen, was geschieht, wenn Emicho mit seinem Mordhaufen über die Juden von Mainz herfällt. Zum Kämpfen bin ich nicht geschaffen und auf mein Wort hört hier keiner. Wenn der Pöbel sich in Massen erhebt, wie das jetzt der Fall ist, kann ein Mann der Lehre und der Wissenschaft nichts mehr ausrichten, Marius. Dann ist er gut beraten, sich seine Hilflosigkeit einzugestehen und sich den aufgehetzten Massen in ihrem Blutrausch nicht entgegenzustellen!« Er nahm einen Schluck Wein und sagte dann mit Nachdruck: »Mein Entschluss steht jedenfalls fest. Und wie schaut es mit dir aus? Wenn es dich noch immer danach drängt, Vinzents Vermächtnis zu erfüllen und ins Morgenland zu reisen, dann kannst du dich mir gerne anschließen.«

Marius wusste im ersten Moment vor Überraschung und Aufregung nicht, was er sagen sollte. »Ihr wollt mich wirklich auf Eure Reise mitnehmen?«

»Ich habe nicht den Eindruck, in Rätseln gesprochen zu haben«, zog Bartholo ihn auf. »Ja, ich biete dir an, mich zu begleiten. Ich glaube, wir könnten einander recht nützlich sein.«

Was Bartholo ihm da anbot, war nicht weniger als die Erfüllung seines großen Traums: die Reise ins Morgenland! Marius wollte sich jedoch nicht zu früh freuen. »Aber ich habe nicht die geringsten finanziellen Mittel, um mich an den Kosten einer so langen und weiten Reise zu beteiligen!«, gab er zu bedenken.

»Das weiß ich, Marius«, erwiderte Bartholo. »Für die Kosten komme ich auf. Dafür reichen meine Ersparnisse noch. Zudem habe ich sowohl in Konstantinopel als auch in Jerusalem, Damaskus und Bagdad begüterte Freunde, die uns mit allem Nötigen versorgen werden. Deine Aufgabe bei diesem Handel wird es sein, dich unterwegs nützlich zu machen, die Augen wachsam offen zu halten, wenn ich sie geschlossen habe, und mir ein angenehmer Reisebegleiter zu sein. Eben alles zu tun, was bei einem so erfolgreichen *hakim* und Okkultisten wie mir an herausfordernden Arbeiten so anfällt.«

Marius lachte, denn ihm war nicht entgangen, dass Bartholo ihn vor wenigen Wochen mit fast denselben Worten hier in seiner Speicherwohnung aufgenommen hatte. Und er gab ihm nun dieselbe Antwort, die er ihm damals gegeben hatte: »Leicht klingt es ja nicht, was Ihr da von mir erwartet, aber ich will es gern versuchen und werde mein Bestes geben!«

Bartholo streckte ihm die Hand hin. »Dann schlag ein, Marius!«, forderte er ihn auf.

Marius zögerte, denn plötzlich kam ihm zu Bewusstsein, welche Folgen es haben würde, wenn er Bartholos Angebot annahm und sich mit ihm auf die Reise ins Morgenland begab. Er würde seine jüdischen Freunde hier in Mainz zurücklassen, vermutlich Jahre unterwegs sein – und Sarah vielleicht nie wiedersehen. Dieser Gedanke versetzte ihm einen schmerzhaften Stich.

»Was zögerst du?«, wollte Bartholo wissen. »Denkst du vielleicht an deine jüdischen Freunde?«

Marius biss sich auf die Lippe und nickte.

Bartholo seufzte. »So bitter es klingen mag, aber du kannst nichts für sie tun, Marius. Und sie nicht für dich. Du hast in dieser Stadt nichts zu erwarten, aber ich kann dir eine Zukunft bieten, zusammen mit meinen einflussreichen arabischen Freunden. Es darf dich hier nichts halten, Marius. Manche Gelegenheiten bieten sich nur einmal im Leben«, redete er ihm zu. »Man muss für alles im Leben bezahlen. Der Schmerz des Abschiednehmenmüssens gehört nun mal dazu. Das ganze Leben ist eine unablässige Kette von Abschieden – nicht nur von geliebten Menschen, sondern auch von Standpunkten, die man einst für unerschütterlich gehalten hat, von allzu hochgesteckten Zielen, falschen Hoffnungen und sehnsüchtigen Träumen.«

Marius rang mit sich selbst und kam dann schweren Herzens zu dem Schluss, dass Bartholo wohl recht hatte. Wer war er, dass er meinte, etwas ausrichten zu können? Er war Marius Niemandskind und seinen jüdischen Freunden konnte er in ihrer Bedrängnis nicht helfen. Und sosehr ihn die Vorstellung auch schmerzte, von Sarah Abschied nehmen zu müssen, er konnte dieses einmalige Angebot doch unmöglich ausschlagen.

»Nun, was ist?«, fragte Bartholo und hielt ihm erneut die Hand hin. »Schlägst du ein und willst du die Welt sehen, wie ich sie dir zeigen kann – oder möchtest du dein weiteres Leben lieber als Tagelöhner und Handlanger verbringen? Die Wahl liegt ganz bei dir!«

Marius fühlte sich zwischen seinen widersprüchlichen Wünschen hin- und hergerissen. »Könnt Ihr mir nicht noch etwas mehr Bedenkzeit geben?«

Bartholo schüttelte den Kopf. »Ich bedaure, aber ich muss es jetzt schon wissen, ob du mit mir kommst oder nicht. Nur so kann ich beim Kauf eines Fuhrwerks und beim Zusammenstellen der Vorräte richtig disponieren.«

Konstantinopel! Die Heilige Stadt Jerusalem! Damaskus und Bagdad! Allein schon von den Namen dieser legendären Orte ging ein unwiderstehlicher Zauber aus. Und Bartholo hatte ihm zudem so viele wundersame Geschichten vom Orient erzählt, dass alle anderen Sehnsüchte hinter dem übermächtigen Wunsch zurückstanden, all dies mit eigenen Augen zu sehen.

Marius schlug ein. »Ich komme mit Euch!«

»Ausgezeichnet! Du wirst es bestimmt nicht bereuen – so wie auch ich es damals nicht bereut habe, mich Vinzent dem Pilger angeschlossen zu haben.« Bartholo tauschte einen kräftigen Händedruck mit ihm. »Da das nun beschlossene Sache ist, sollten wir keine Zeit verlieren. Du kannst schon mit dem Packen beginnen, während ich mich um den Kauf von Fuhrwerk und Proviant kümmere. Je schneller wir aus der Stadt kommen, desto besser ist es.« Er erteilte Marius eine Reihe von Anweisungen, zeigte ihm, was er mitnehmen wollte. Und was zurückbleiben musste, und eilte dann aus dem Haus.

Am nächsten Vormittag stand ein solides Fuhrwerk mit einem Gespann aus zwei robusten Schecken unten im Hof. Am Nachmittag trafen die Vorräte ein, die Bartholo jedoch nicht unten lagerte, sondern nach oben bringen ließ, wo inzwischen auch die Kisten bereitstanden, in die Marius unter großer Sorgfalt das persönliche Reisegut seines Gönners verstaut hatte.

»Wir laden alles morgen in der Früh auf«, teilte Bartholo ihm mit. »Ich traue diesem Friedebert und den Gesellen, mit denen er verkehrt, nicht über den Weg. Es dürfte auch ratsam sein, dass du die Nacht unten im Stall bei Wagen und Pferden verbringst, damit dieses Gesocks erst gar nicht auf dumme Gedanken kommt!«

Marius nickte. »Das macht mir nichts aus«, sagte er gleichgültig. »Das bin ich gewohnt.«

Ihn beschäftigte zu diesem Zeitpunkt etwas ganz anderes – nämlich der Abschied von Sarah und Rabbi Kalonymos. War er in den letzten Tagen nie schnell genug zu ihnen ins Judenviertel gekommen, so ließ er sich an diesem Spätnachmittag viel Zeit für den Weg durch die Stadt. Er achtete diesmal auch nicht auf das, was sich um ihn herum tat und was die Leute redeten. Die Gedanken, die ihn bedrückten, nahmen ihn völlig in Anspruch. Und je näher er den vertrauten Gassen kam, desto schwerer wurde ihm das Herz.

Obwohl er Sarah einerseits gern allein gesprochen hätte, war er andererseits doch recht froh, als er sie im Haus in Gegenwart ihres Ziehvaters und von dessen Schwiegersohn antraf.

»Aber du musst dich doch nicht dafür entschuldigen, dass du diese wunderbare Gelegenheit beim Schopfe packst!«, beruhigte ihn Rabbi Kalonymos, als Marius ihnen verlegen berichtete, wozu er sich entschlossen hatte. »Es freut mich, dass es nicht länger dein Ziel ist, diese Reise als bewaffneter Kreuzfahrer zu machen, sondern als ein aufgeweckter junger Mann, der offen für fremde Kulturen und ihre geistigen Reichtümer ist. Denn das, mein lieber Marius, sind die einzigen Eroberungen, die von Dauer sind und uns Ehre machen.«

»Ja, aber ich komme mir dennoch ... na ja, undankbar und auch feige vor, weil ich euch ausgerechnet jetzt im Stich lasse«, gestand Marius und wagte noch immer nicht, Sarah anzublicken, die still und mit blassem Gesicht an der Seite ihres Ziehvaters stand. »Nach den entsetzlichen Gräueltaten, die Emicho und seine Kreuzfahrer in Speyer und Worms begangen haben ...«

»Mach dir um uns mal keine Sorgen!«, fiel Rabbi Kalonymos ihm ins Wort. »Was in Worms Grauenhaftes geschehen ist, brauchen wir gottlob nicht zu fürchten. Wir sind vorbereitet und stehen unter dem Schutz von Bischof

Ruthard und des Burggrafen Gerhard – und deren Truppen wissen besser zu kämpfen als die Soldaten des Wormser Bischofs!«

»Sie mögen zu kämpfen wissen, aber ob sie auch gewillt sind, für uns Juden ihr Leben zu lassen, dafür würde ich meine Hand nicht ins Feuer halten!«, sagte Schemarja skeptisch. »Mir wäre wohler zumute, wenn wir uns mit besseren Waffen versorgt hätten. Denn immerhin besitzen wir ja das Recht, Waffen zu tragen!«

Rabbi Kalonymos wischte den Einwand mit einer ungehaltenen Handbewegung beiseite. »Unsinn, Schemarja! Ein paar Dutzend Schwerter, Äxte und Lanzen mehr machen doch keinen Unterschied, wenn wir es wirklich mit Emichos Streitmacht zu tun bekommen sollten! Oder hast du vergessen, dass wir im allerbesten Fall dreihundert kampffähige Männer aufbieten können, während das Kreuzfahrerheer mit seinem Tross inzwischen schon auf über zwölftausend Mann angewachsen sein soll? Auch wenn sich jeder von uns, Mann oder Frau, Kind oder Greis, bis an die Zähne bewaffnen würde, könnten wir gegen solch ein Heer nichts ausrichten«, hielt er ihm vor und wandte sich wieder Marius zu. »Zum Glück wird das nicht nötig sein, denn Bischof Ruthard wird Emichos Schlächter nicht in die Stadt lassen. Und Mainz ist eine gut befestigte Stadt, an der sich auch ein Emicho die Zähne ausbeißen wird.«

»Vergesst Ihr da nicht, dass es in der Stadt genügend Leute gibt, die nur zu gern mit Emicho gemeinsame Sache machen möchten?«, wandte Marius ein.

Ein Schatten fiel über das Gesicht von Rabbi Kalonymos.

»Nein, das habe ich nicht vergessen. Aber unser Burggraf Gerhard, der die städtischen Truppen kommandiert und zusammen mit dem Bischof fest entschlossen ist, Ausschreitungen gegen uns schon im Keim zu ersticken, wird das zu verhindern wissen.«

»Sie gewähren uns nicht aus eigenem Antrieb Schutz, sondern nur weil wir sie bestochen haben!«, warf Schemarja grimmig ein. »Mit vierhundert Silbermark! Und auch die einflussreichsten Mainzer Bürger haben wir mit Geldgeschenken bedacht.«

Marius tauschte mit Sarah einen Blick. Sie sah ihn mit einem Lächeln an, zu dem man sich zwingt, wenn man weiß, dass man tapfer sein muss und seine wahren Gefühle nicht zeigen darf. Doch dieses Lächeln vermochte nicht den Schmerz in ihren Augen zu verbergen.

»Was ist daran auszusetzen? Sinnvoller kann man vom schnöden Mammon doch gar nicht Gebrauch machen!«, erwiderte Rabbi Kalonymos indessen. »Der Erzbischof war schon zu seiner Inspektionsreise aufgebrochen, doch dann hat er sich von uns umstimmen lassen, nach Mainz zurückzukehren, damit seiner jüdischen Gemeinde kein Leid zugefügt wird. Das ist ein klares Zeichen, dass er es redlich meint. Und hast du vergessen, was er und der Burggraf uns geschworen haben? ›Wir werden mit euch sterben oder euch am Leben erhalten!‹«

»Erst in der Bewährung wird sich zeigen, was solch ein kühnes Wort, das der Glanz von Gold und Silber hervorgelockt hat, wirklich wert ist!«, meinte Schemarja sarkastisch.

»Du siehst wirklich zu schwarz, Schemarja«, sagte Rabbi Kalonymos fast beschwörend. »Erinnere dich doch an Gottfried von Bouillon und daran, wie entschlossen er war, auf seinem Weg ins Heilige Land alle Juden zu töten. Auch er wollte uns ans Leben, doch wir haben ihn mit einer hübschen Summe feinsten Silbers schnell davon abbringen können. Dieser Graf Emicho ist vom selben Schlag. Ihm und seinen Männern geht es in erster Linie um die Beute. Also werden wir unseren Beschluss in die Tat umsetzen und eine Abordnung mit einer Truhe voller Silbermünzen sowie sieben Pfund Gold, die wir noch zusammenbekommen haben, zu ihm schicken und uns freikaufen. Danach werden seine Männer gewiss keine große Lust mehr haben, gegen die Mauern und Tore der Stadt anzurennen und sich mit den Truppen des Erzbischofs und des Burggrafen anzulegen, weil sie ja wissen, dass bei uns nun nicht mehr viel zu holen ist.«

Schemarja schwieg dazu, doch seiner Miene war unschwer zu entnehmen, dass er die Zuversicht seines Schwiegervaters nicht teilte.

»Und jetzt lasst uns von angenehmeren Dingen reden!«, sagte Rabbi Kalonymos und brachte das Gespräch auf die lange Reise, die Marius bevorstand.

Sie sprachen noch eine ganze Weile und der Rabbi gab ihm viele wertvolle Ratschläge mit auf den Weg. Schließlich wurde es Zeit, sich von der Familie Kalonymos zu verabschieden.

Marius bedankte sich noch einmal für alles, was sie für ihn getan hatten. Dann fragte er nach Baruch ben Isaak, seinem Lebensretter.

»Baruch findest du unten im Hof«, sagte Rabbi Kalonymos, drückte ihn an sich und gab ihm einen hebräischen Segensspruch mit auf die Reise.

»Ich bringe dich hinaus«, sagte Sarah und lief schnell zur Tür, als wollte sie nicht, dass er ihr Gesicht sah.

Marius ging mit ihr hinaus und stieg die Treppe in den Hof hinunter, ohne dass sie jedoch ein Wort miteinander sprachen. Ihm war die Kehle wie zugeschnürt. Und er war ganz froh, dass er auch jetzt nicht mit ihr allein war. Denn Baruch und ein fremder Mann, bei dem es sich nicht um einen Juden handelte, wie sein bartloses Gesicht und seine Kleidung verrieten, standen unten im Hof. Sie hatten den klobigen Kastenwagen des fahrenden Händlers aus dem Schuppen geholt und die Braunen vorgespannt.

Nachdem Marius auch von Baruch ben Isaak gebührend Abschied genommen hatte, begleitete Sarah ihn zum Tor. Dort blieben sie stehen und sahen sich schweigend an.

Es gab so viel, was Marius ihr gerne gesagt hätte. Doch er wusste nicht, wie. Ihm fehlten die richtigen Worte für das, was er in diesem Moment empfand.

»Ich wünschte, du könntest mit mir kommen«, sagte er schließlich.

Sarah lächelte gequält. »Ja, ich auch. Aber das geht nicht.«

»Ich weiß«, sagte er bedrückt.

»Wirst du versuchen, deine Mutter in Ravenna ausfindig zu machen?«

»Ich weiß ja noch nicht mal, ob meine Mutter wirklich aus Ravenna kommt.«

»Aber du vermutest es.«

»Ja, ich glaube, mein Vater hat einmal von Ravenna gesprochen.«

»Dann musst du dein Glück dort auf jeden Fall versuchen. Wenn dein Vater wirklich dort gewesen ist, wird man sich an ihn erinnern.«

»Ja, das denke ich auch. Noch habe ich zwar nicht mit Bartholo darüber gesprochen, aber ich bin entschlossen, es die nächsten Tage zu tun. Ein so großer Umweg dürfte es doch nicht sein.«

»Nein, bestimmt nicht. Vielleicht führt dich dein Weg ja sogar nach Lucca. Wir Kalonymiden haben da noch viele

Verwandte. Ein Onkel von mir heißt Simeon ben Mordechai. Du musst ihn und seine Familie dann unbedingt aufsuchen. Sag ihnen, dass es mir gut geht.«

Er versprach es.

Für einen Moment kehrte wieder bedrückendes Schweigen zwischen ihnen ein, während sie angestrengt nach Worten suchten, um den Moment des endgültigen Abschieds noch ein wenig hinauszuzögern.

»Wir haben unser letztes Schachspiel noch gar nicht beendet«, sagte Sarah.

»Ja, aber so kann ich wenigstens sagen, dass du mich bei unserem letzten Spiel nicht geschlagen hast«, antwortete Marius mit einem gezwungenen Lachen.

Sie biss sich auf die Lippe, schüttelte den Kopf und flüsterte: »Ich werde mir merken, wie die Figuren stehen ... und irgendwann ... irgendwann spielen wir die Partie zu Ende, ja?«

Er sah Tränen in ihren Augen und spürte, dass auch er kurz davor stand, in Weinen auszubrechen. »Ja, das werden wir, Sarah«, gab er mit erstickter Stimme zurück. »Gott beschütze dich!«

»Und dich, Marius!«

Hastig beugte er sich vor, drückte ihr mit brennendem Gesicht einen Kuss auf die Wange. Dann riss er sich los und stürzte durch das Tor hinaus auf die Straße. Er fühlte sich plötzlich so allein und verlassen wie seit Langem nicht mehr.

Neunundzwanzigstes Kapitel

Schon Stunden vor dem Morgengrauen erwachte Marius schweißüberströmt aus einem beklemmenden Albtraum und konnte danach nicht wieder einschlafen.

Er hatte von seinen Eltern und seinem Onkel geträumt. Er war mit Sarah durch ein Spalier aus Bauern und Dienstmannen in den Rittersaal geschritten, wo sein Vater und seine Mutter ihn erwarteten, um ihnen ihren Segen zu erteilen. Doch plötzlich flog eine Seitentür auf und Frodebert stürzte mit einem blutbefleckten Schwert in der Hand herein.

Als er seinen Onkel sah, ließ er seine Eltern vor Schreck für einen kurzen Moment aus den Augen. Und als er wieder ans Ende der Tafel blickte, wo sie gerade noch gesessen hatten, fand er dort nur noch leere Stühle vor einem im Wind wehenden Wandbehang. Fast im selben Moment wurde ihm Sarah entrissen. Gellend schrie sie um Hilfe, während Frodebert sie unter höhnischem Gelächter in sein Schlafgemach zerrte. Er wollte Sarah befreien, doch da fiel Ekkebert mit seinen Komplizen hinterrücks über ihn her. Sie fesselten ihn, schleppten ihn hinaus auf den Acker und gruben ihn dort ein, um ihm mit dem Pflug die Brust aufzureißen. Doch in diesem Augenblick war Marius den Schrecken seines Albtraumes entflohen, indem er erwachte.

»Oh Gott, was soll ich nur tun?«, flüsterte Marius in der Dunkelheit und Tränen flossen ihm über das Gesicht.

Als Bartholo bei Tagesanbruch fröhlich pfeifend in den Stall kam, kniete Marius hinter dem Wagen am Boden und betete. Schnell stand er auf und machte sich mit seinen Decken zu schaffen.

»Es kann losgehen! Endlich ist der Tag gekommen!«, rief Bartholo überschwänglich, während er mit seinem breitkrempigen, federgeschmückten Hut wedelte. »Kümmere du dich um die Pferde, Marius. Ich zurre schon mal unsere Ladung fest.«

Wortlos machte sich Marius an die Arbeit. Viel gab es nicht mehr zu tun, da sie schon am Tag zuvor alle zeitaufwendigen Arbeiten erledigt hatten. So waren sie mit den letzten Vorbereitungen für den großen Aufbruch schnell fertig. Die beiden Schecken begrüßten ihn mit munterem Schnauben. Im Handumdrehen standen sie im Geschirr und schienen es wie Bartholo nicht erwarten zu können, hinaus auf die Landstraße zu kommen.

»Na, sehr gesprächig bist du heute ja nicht«, stellte Bartholo spöttisch fest, als sie wenig später im ersten Licht des jungen Morgens aus dem Hof rollten.

»Ich kann nichts dafür«, murmelte Marius und kämpfte gegen den Trübsinn an, der auf seiner Seele lastete.

»Carpe diem! Nutze den Tag!«, rief Bartholo aufgekratzt und mit strahlendem Gesicht. »Jetzt beginnt ein neues Leben für uns, Marius! Ich sage dir, du wirst Dinge sehen und erleben, die du dir nie erträumt hast!«

Marius zwang sich zu einem Lächeln und tat so, als hörte er zu, als Bartholo ihm von Konstantinopel erzählte, der unbestrittenen Finanz- und Handelshauptstadt der Welt, die sogar noch Kairo und Bagdad an Größe und Pracht übertraf. Und während Bartholo die gewaltige Ausdehnung der Stadt mit ihrem stets überfüllten Hafen beschrieb, von den labyrinthischen Basaren schwärmte, wo man alle Luxusgüter der Welt finden konnte, und die

Schönheit der Paläste und Kirchen pries, fühlte sich Marius von Moment zu Moment elender.

Das Gautor stand schon offen, als sie sich dem Mauerring näherten, und durch das Tor strömten Bauern aus der Umgebung mit hochbeladenen Fuhrwerken und Lasttieren in die Stadt herein. Andere kamen zu Fuß und trugen ihre Last auf dem Rücken. Auch Frauen, Kinder und Alte mühten sich mit schwerem Gepäck ab. Zwischen den Ochsengespannen trieben Hirten Schafe, Ziegen, Rinder und Schweine in kleinen Gruppen, aber auch in größeren Herden in den Schutz der Stadtmauer.

Bartholo lenkte das Fuhrwerk vor dem Gautor näher zum Straßenrand und brachte das Gespann vor dem Wachhaus zum Stehen. »Kunibert!«, rief er und winkte den Torwärter heran, einen breitschultrigen Mann mit einem wahren Giebel von einer Nase.

Kunibert trat zu ihnen, musterte verwundert den beladenen Wagen, bedachte Marius mit einem kurzen Blick und stellte dann trocken fest: »Das sieht mir nach einem endgültigen Aufbruch aus. Ihr wollt uns also verlassen.«

Bartholo nickte. »Wo nur Disteln wachsen und der Boden steinig ist, macht das Aussäen keinen Sinn. Ich habe schon zu viele Jahre damit vergeudet, darauf zu warten, dass meine Lehren auf fruchtbaren Boden fallen. Ich kann es mir nicht länger leisten, den Propheten im eigenen Land zu spielen, auf den niemand hören will.«

»Das kann ich Euch nicht verdenken. Aber einige sehen Euch doch sehr ungern ziehen und werden Euren kostbaren Rat bitterlich vermissen«, bedauerte der Torwärter. »Ihr wisst, dass Ihr mich und meine Familie zu diesen Menschen zählen dürft, für die Euer Weggang einen großen Verlust bedeutet.«

Bartholo lächelte. »Das schmeichelt mir und ehrt Euch.«

»Ich sehe, Ihr tretet die Reise, wohin es auch gehen mag, nicht allein an«, sagte Kunibert mit Blick auf Marius.

»Ja, Marius wird mich begleiten. Er lebt schon seit geraumer Zeit bei mir und geht mir zur Hand. Ein heller Kopf wie er wird es eines Tages noch weit bringen«, sagte Bartholo. »Nur scheint ihm der Abschied viel schwerer zu fallen als mir.«

Marius versuchte zu lächeln, doch es wurde eine Grimasse daraus.

»Seid auf der Hut und seht Euch vor, wohin Ihr Euer Gespann lenkt, Bartholo!«, warnte ihn der Torwärter besorgt. »Graf Emicho soll mit seinen Kreuzfahrern nicht mehr weit sein und ihm geht der Ruf voraus, dass er sich bei der Versorgung seines wachsenden Heeres nicht mit den freiwilligen Gaben der Bauern begnügt, sondern sich nimmt, was er braucht – oder zu brauchen meint. Ihr seht ja, wie viele Bauern sich mit ihrem Hab und Gut in unsere Stadtmauern flüchten, um nicht alles zu verlieren, wenn das Kreuzfahrerheer die Mainzer Mark erreicht.«

»Wir haben unseren Weg mit Bedacht gewählt und werden erst einen weiten Bogen nach Westen schlagen«, antwortete Bartholo und schenkte dem Torwärter zum Abschied mehrere kleine Tiegel, die Heilsalben enthielten.

Kunibert bedankte sich überschwänglich für diese kostbaren Geschenke. Bartholo machte dem rasch ein Ende, indem er wieder zu den Zügeln griff und eine Lücke im Strom der hereinkommenden Landbevölkerung nutzte, um durch das Tor zu fahren.

Marius krampfte sich der Magen zusammen, als Mainz langsam hinter ihnen zurückfiel. Immer wieder blickte er sich um, als wartete er auf ein Zeichen, das ihn zurückrief.

Er versuchte, an das zu denken, was vor ihm lag. Doch sosehr er sich auch bemühte, sich ein Leben an der Seite von Bartholo in Konstantinopel, Jerusalem, Damaskus, Kairo und Bagdad vorzustellen, es gelang ihm nicht. Die Bilder, die er heraufzubeschwören versuchte, blieben ohne Kraft und Leben. Sie zerstoben, kaum dass er sie vor sein geistiges Auge gezwungen hatte, wie Nebelgebilde im Wind.

Auf einmal fuhr Marius zusammen. Verstört stellte er fest, dass sie abseits der Straße unter einer Buche standen. Er hatte überhaupt nicht mitbekommen, dass Bartholo das Fuhrwerk von der Straße gelenkt hatte und nun – Gott weiß wie lange schon! – schweigend neben ihm saß.

Marius sah ihn an. »Ich kann nicht«, brach es schließlich aus ihm heraus. »Ich habe es versucht, aber ich kann einfach nicht. Ich kann Sarah und ihre Familie nicht im Stich lassen. Sie haben mich wie einen von ihnen bei sich aufgenommen, und wenn ich je das Gefühl gehabt habe, zu einer Familie zu gehören, dann sind sie es, die mir dieses Gefühl geschenkt haben.«

Aber das war es nicht allein. Was er nicht erwähnte, um Bartholo nicht zu verletzen, war die Stimme seines Gewissens, die einfach keine Ruhe geben wollte. Die Stimme, die ihm sagte, dass es nicht recht war, seine jüdischen Freunde im Angesicht der Gefahr im Stich zu lassen und nur an seine eigene Haut zu denken, weil Leute wie er angeblich machtlos gegen den Pöbel waren, wie Bartholo vor zwei Tagen argumentiert hatte. War denn der Pöbel nicht gerade deshalb so mächtig, weil jeder nur an sich dachte und nicht wagte, sich der Gewalt des Bösen entgegenzustellen? Eine Rute ließ sich von einer rohen Faust gewiss leicht in Stücke brechen, aber ein ganzes Bündel vermochte, starken Widerstand zu leisten.

Bartholo seufzte schwer. »Ich weiß. Und ich glaube, ich habe es schon den ganzen Morgen gewusst, es aber nicht wahrhaben wollen.«

»Vinzent hat einmal davon gesprochen, dass jeder von uns einmal am Scheideweg seines Lebens steht, wo er sich entscheiden muss, wer er sein will und ob er der sein will, der er in Gottes Augen sein soll«, sagte Marius ernst. »Ich glaube, dieser Zeitpunkt ist gekommen. Und meine innere Stimme sagt mir, dass ich zu Sarah und Rabbi Kalonymos zurückmuss ... und dass ich dort alle Antworten finde, die für mich wichtig sind.«

»Hast du denn keine Angst?«

Marius lachte kurz auf. Und ob ich Angst habe!«,gestand er. »Aber ich habe schon mein ganzes Leben lang Angst gehabt und mich von ihr beherrschen lassen. Das will ich nicht mehr. Ich will mich davon freimachen. Ob ich es schaffe, weiß ich nicht, aber ich muss es doch zumindest versuchen.«

»Du beschämst mich.« Bartholo sah ihn eine ganze Weile nachdenklich an. Schließlich sagte er: »Weißt du, was ich glaube? Du bist gerade dabei, Vinzents Vermächtnis zu erfüllen.«

»Wie kommt Ihr denn darauf?«, fragte Marius verständnislos. »Warum sollte ich durch meine Entscheidung, zu meinen jüdischen Freunden nach Mainz zurückzukehren, das Vermächtnis des alten Pilgers erfüllen?«

»Weil du dadurch den Morgenstern gefunden hast.«

Marius schüttelte in wachsender Verwunderung den Kopf. »Ich soll den Morgenstern gefunden haben? Aber das eine hat doch mit dem anderen nichts zu tun!«

»Du irrst«, sagte Bartholo. »Der Morgenstern, von dem Vinzent auf seinem Totenbett sprach, hat nichts mit dem Orient zu tun und schon gar nichts mit einem Kriegszug gegen die heidnischen Muslime.«

»Ja, aber ...«

Bartholo hob die Hand. »Warte! Lass mich es dir erklären, dann wirst du verstehen!«

»Also gut, ich höre.«

»Erinnerst du dich noch, dass ich dir sagte, ich hätte diese Sätze mit dem Morgenstern und dem Licht, das an einem finsteren Ort scheint, schon einmal gehört oder gelesen?«

Marius nickte.

»Nun, vorgestern habe ich mich erinnert, wo diese Sätze stehen«, fuhr Bartholo fort. »Und zwar im zweiten Brief des Petrus, am Ende des ersten Kapitels. Ich habe die Stelle nachgelesen. Da heißt es: *Denn es ist ein Licht, das an einem finsteren Ort scheint, bis der Tag anbricht und der Morgenstern aufgeht in eurem Herzen.* So steht es geschrieben, Marius! Vinzent hat keinen wirklichen Stern gemeint, der irgendwo am Himmel steht und seine Bahn zieht, und er hat auch nicht das Morgenland für einen finsteren Ort gehalten, das du mit dem Schwert von den Ungläubigen befreien musst. Nein, er hat dich ermahnt, dich von allem Finsteren in dir selbst zu befreien und den Morgenstern in deinem Herzen aufgehen zu lassen. Und was bedeutet das anderes, als am Scheideweg deines Lebens zu erkennen, wer du bist und wozu du geschaffen bist, und die richtige Entscheidung zu treffen? Das ist das wahre Vermächtnis des alten Pilgers gewesen!«

Marius starrte ihn verblüfft an, als er sich plötzlich daran erinnerte, wie Vinzent seine Hand umfasst und sie mehrmals gegen seine Brust gedrückt hatte – an sein Herz!

Diese Erkenntnis traf ihn wie ein Schlag. Bartholo hatte recht. Vinzent hatte ihn nie aufgefordert, mit den Kreuzfahrern ins Heilige Land zu ziehen. Das hatte er, Marius, sich nur eingeredet, weil es seinem eigenen Wunsch entsprochen hatte, verblendet, wie er damals gewesen war. Jetzt endlich wusste er, woher die Sätze stammten und was sie wirklich zu bedeuten hatten!

»Aber warum habt Ihr mir nicht eher gesagt, was es mit dem Morgenstern und dem Vermächtnis auf sich hat, wenn Ihr die Stelle doch schon vorgestern in der Bibel wiedergefunden habt?«, fragte Marius nun.

Bartholo machte eine betretene Miene und kratzte sich im Bart. »Ich gestehe, dass ich mein Wissen bewusst verschwiegen habe, weil ich fürchtete, du könntest es dir noch einmal anders überlegen. Ich wollte dich einfach nicht verlieren, Marius. Aber ich hätte es besser wissen sollen: Das, was man mit aller Gewalt festhalten will, verliert man unweigerlich. Ich hoffe, du verzeihst mir.«

Ganz kurz wallte Ärger in Marius auf, dass Bartholo ihm sein Wissen verschwiegen hatte. Aber es versöhnte ihn sofort, dass Bartholo ehrlich genug gewesen war, ohne irgendwelche Ausflüchte seine selbstsüchtigen Motive einzugestehen.

»Es ist Euch verziehen, Bartholo«, sagte Marius, griff zu Deckenrolle und Kleiderbeutel und nahm Abschied von ihm, wobei sich sogar ein wenig Wehmut in ihm regte. Denn Bartholo wäre ihm gewiss ein ebenso vortrefflicher Reisebegleiter und Führer durch ferne fremde Welten gewesen wie Vinzent der Pilger, wenn auch auf andere Art.

Bartholo wollte die Hoffnung auf ein Wiedersehen trotz

allem nicht ganz aufgeben. Deshalb erinnerte er ihn nachdrücklich daran, in welchen Orten er auf seiner Reise in den Süden Station zu machen gedachte und bei welchen Freunden er dort zu finden sein würde, sollte er, Marius, vielleicht doch noch anderen Sinnes werden und sich ihm wieder anschließen wollen.

Marius versicherte ihm, die Reiseroute, die sie mehrfach durchgesprochen hatten, noch bestens in Erinnerung zu haben. Dann, nach einem letzten Gruß und Händedruck, sprang er vom Kutschbock. Die Schecken legten sich wieder ins Geschirr und brachten den Wagen zurück auf die Landstraße.

»Frag nach mir! Man kennt mich!«, rief Bartholo ihm noch einmal großspurig über die Schulter zu, bevor er mit seinem Wagen hinter einer Hügelgruppe südwestlich vom St.-Jakobs-Berg verschwand.

Marius schulterte sein ärmliches Hab und Gut und machte sich auf den Marsch zurück in die Stadt, wo sich mittlerweile das Landvolk auf dem Dietmarkt und auf anderen freien Plätzen drängte.

Dagegen herrschte im Judenviertel, in dem es gewöhnlich geschäftig und lärmend wie nirgendwo sonst zuging, eine beklemmende Stille. Es war, als würden die Juden reglos in ihren Häusern verharren und vor Angst nicht zu atmen wagen.

Hier und da erblickte er eine einsame Gestalt, die wie ein Dieb durch eine Gasse huschte, bei seinem Auftauchen jedoch sofort im nächsten Hof oder in einem dunklen Spalt zwischen den Häusern Zuflucht suchte. Nirgendwo sah er ein Kind, das auf der Straße spielte. Weder Lachen noch Weinen drang an sein Ohr.

Als er Rabbi Kalonymos' Haus erreicht hatte, wagte er

nicht, laut gegen das Tor zu hämmern. Er pochte verhalten und bat leise um Einlass.

Es dauerte eine ganze Weile, bis er von jenseits des Tores eine ebenso leise Stimme fragen hörte: »Wer da?«

Marius erkannte die Stimme sofort. »Ich bin es, Marius! ... Lasst mich hinein, Baruch!«

Er hörte, wie zwei schwere Riegel zurückgeschoben wurden. Gleich darauf öffnete sich die schmale Tür im Torflügel. »Komm schnell!«, forderte Baruch ihn auf und winkte ihn herein. »Wer weiß, wer im nächsten Augenblick um die Ecke kommt! Es treibt sich viel unberechenbares Volk auf den Straßen herum.« Rasch schloss er die Tür hinter ihm und schob die Riegel wieder vor. Dann sah er ihn an und fragte mehr neugierig als überrascht: »Warum bist du zurückgekommen? Bei Bartholo wärst du doch in Sicherheit gewesen.«

Marius zuckte verlegen die Achseln. »Ich konnte nicht anders, Baruch. Lacht mich nicht aus, aber auch wenn ich kein Jude bin, so sagt doch alles in mir, dass ... dass mein Platz jetzt hier bei Sarah und bei Euch ist – sofern Ihr und der Rabbi mir zu bleiben erlaubt.«

Baruch war sichtlich bewegt und berührte ihn mit der Hand kurz an der Wange, als wollte er ihn streicheln wie ein Vater seinen Sohn. »Es gibt drei Kronen, nach denen Menschen streben, wie ein alte rabbinische Weisheit sagt: ›Die Krone der Thora-Gelehrsamkeit kommt mit beweglichem Geist und gutem Gedächtnis. Die Krone der Priesterschaft kommt mit der Geburt in den Stamm Levi. Die Krone des Königtums kommt mit königlicher Geburt oder Machtergreifung. Aber ein guter Name übertrifft sie alle, denn er steht allen offen.‹« Er legte eine kurze Pause ein, um dann fortzufahren: »Und auf deinen Namen, Marius, kannst du stolz sein. Wir werden ihn stets als den guten Namen eines Gerechten der Völker in Erinnerung bewahren!«

Marius errötete, weil er meinte solche Worte nicht verdient zu haben. »Ich glaube nicht, dass ich …«, setzte er an.

»Ich weiß, was du sagen willst. Aber das letzte Wort überlass bitte mir«, kam ihm Baruch zuvor. »Und nun lauf zu Sarah hinüber. Du findest sie im hinteren Teil des Hofes.«

Marius lief um das Haus herum auf die andere Seite. Alle Ängste und Zweifel waren vergessen, als er Sarah erblickte. Sie stand über den Waschtrog gebeugt. Als er ihren Namen rief, fuhr sie mit einem erstickten Schrei herum. Einen Augenblick sah sie ihn mit weit aufgerissenen, ungläubigen Augen an. Dann verklärte sich ihr Gesicht und sie flog ihm um den Hals.

»Du bist zurückgekommen!«, flüsterte sie und hielt ihn umklammert, als wolle sie ihn nie wieder freigeben. »Du bist wirklich zurückgekommen. Oh Marius!«

Nie hatte Marius ein größeres Glück empfunden als in diesem Moment, da er sie in seinen Armen hielt, ihr Gesicht in seiner Halsbeuge spürte und begriff, was Sarah ihm bedeutete und was er für sie zu tun bereit war.

Als er den Kopf hob und zur Hinterstiege hochschaute, erblickte er Rabbi Kalonymos oben auf dem Treppenabsatz. Der Rabbi lächelte und nickte ihm kaum merklich zu, doch es war kein frohes Lächeln, mit dem er auf sie herabblickte, sondern ein Lächeln, das von Trauer überschattet war.

Dreißigstes Kapitel

Am nächsten Tag, am 25. Mai nach christlicher Zeitrechnung und nach jüdischer am Neumondstag des Siwan*, tauchte das berüchtigte Kreuzfahrerheer des Grafen Emicho von Leiningen vor den Toren von Mainz auf. Berittene Boten des Erzbischofs und des Burggrafen hatten schon am Morgen das Nahen des gewaltigen Lindwurms aus Rittern, Klerikern, Trossknechten, Bauern, davongelaufenem Stadtvolk, Marketenderinnen, Dirnen und vielerlei Gesindel gemeldet, worauf unverzüglich der Befehl ergangen war, alle Tore zu verschließen und verstärkt mit Soldaten zu besetzen.

Ein Großteil der jüdischen Bevölkerung beeilte sich nun, hinter den Mauern des erzbischöflichen Palastes Schutz zu suchen oder sich in die befestigte Anlage des Burggrafen zu flüchten.

Rabbi Kalonymos gehörte mit seiner Familie zu dem kleineren Teil der Juden, die noch in ihrem Viertel ausharrten und darauf hofften, dass Graf Emicho die jüdische Gemeinde von Magenza verschonen würde, wenn er erst die sieben Pfund Gold und die Truhe mit Silber erhalten hatte. Eine erzbischöfliche Abordnung sollte dem Grafen diesen Schatz im Namen der Mainzer Juden übergeben.

Marius bekam das Lager der Kreuzfahrer am Mittag zu Gesicht – und zwar von der Mauerkrone am Gautor aus. Der Torwärter Kunibert hatte sich seiner vom Vortag erinnert und ihm erlaubt, mit ihm auf den Wehrgang zu steigen.

Und da stand er nun zwischen den Zinnen und ließ seinen Blick staunend über das gut zwölftausend Kopf starke

Heerlager der Kreuzfahrer schweifen, das sich in einem weit geschwungenen, sichelförmigen Bogen vom St.-Jakobs-Berg aus um die südliche Flanke der Stadtmauer herum und bis fast auf die Höhe des Kästrich erstreckte. Unzählige Zelte jeder Art und Größe, über denen bunte Banner wehten, schossen wie ein Meer von Pilzen nach einem warmen Regen überall aus dem Boden. Den Hunderten von Lagerfeuern, die fast auf einen Schlag entzündet wurden, fiel schon in den ersten Stunden der Belagerung ein gut Teil der Bäume und Sträucher zum Opfer, die in der näheren Umgebung wuchsen. Und wohin das Auge an diesem strahlenden Maitag auch blickte, es traf überall auf Lanzen und Schwerter, auf Ritterrüstungen und Kettenhemden, auf eisenbeschlagene Schilde und schwere Streitäxte, die im Sonnenlicht funkelten.

Der Anblick eines solch gewaltigen Heerlagers hatte etwas Erschreckendes an sich, übte jedoch zugleich auch eine eigenartige Faszination aus. Marius konnte sich des Gedankens nicht erwehren, dass es wohl ein ungeheures Abenteuer sein musste, mit solch einer Streitmacht ins Heilige Land und gegen die Muslime in die Schlacht zu ziehen.

Mein Vater hätte sich die Gelegenheit bestimmt nicht entgehen lassen!, schoss es ihm plötzlich durch den Kopf. Er hat ja keinen viel versprechenden Feldzug ausgelassen, wenn es stimmt, was man sich hinter vorgehaltener Hand über ihn auf der Burg erzählt. Ja, er könnte sogar einer von den Männern sein, die dort auf dem freien Feld lagern!

Marius erschrak über die Kühnheit seiner Gedanken. Konnte es tatsächlich sein, dass sein Vater Eginhard zu Graf Emichos Rittern gehörte? Nicht, dass er auch nur einen Moment zu glauben gewillt war, sein Vater könnte sich in

Speyer oder Worms an den abscheulichen Massakern unter der jüdischen Bevölkerung beteiligt haben. Aber war es denn nicht möglich, dass sein Vater dem Aufruf des Papstes gefolgt war, sich dem nächstbesten Kreuzfahrerheer angeschlossen hatte und nun dort unten mit all den anderen vor der Stadt lagerte?

Dieser erregende Gedanke ließ ihn nicht mehr los. Und je länger er darüber nachdachte, desto stärker wurde der Drang, sich ins Lager der Kreuzfahrer zu begeben, um dort nach seinem Vater zu suchen. So verrückt es auf den ersten Blick auch erscheinen mochte, so zweifelte er doch nicht daran, ihn zu finden, sollte Eginhard tatsächlich zu Graf Emichos Streitmacht gehören. Und was hatte er schon zu verlieren? Die einzige Frage war, wie er es nur anstellen sollte, ins Heerlager und später wieder zurück in die Stadt zu gelangen.

Es war Kunibert, der ihm unbewusst die Antwort auf diese Frage gab. Er machte ihn auf eine Kolonne von Fuhrwerken aufmerksam, die sich vom Dom her dem Tor näherte und von drei berittenen Abgesandten des Erzbischofs angeführt wurde, wie das Banner verriet, das der vorderste Reiter trug. Die Wagen waren randvoll mit Fässern und Säcken sowie mit Schweine- und Rinderhälften beladen.

»Der Erzbischof zeigt den Kreuzfahrern seinen guten Willen, indem er sie für eine kurze Lagerzeit vor seiner Stadt mit dem Nötigsten versorgt«, sagte Kunibert spöttisch. »Aber ich bezweifle, dass sie diese freundliche Geste zu schätzen wissen und morgen friedlich weiterziehen. Die Kerle da draußen lassen sich bestimmt nicht mit Wein und Proviant abspeisen!«

Aber vielleicht helfen die sieben Pfund Gold und die

Truhe mit dem Silber, die bestimmt dort unter dem Samttuch des ersten kleinen Wagens verborgen sind!, dachte Marius. Er war überzeugt, dass die erzbischöfliche Abordnung auch das Lösegeld überbrachte, mit dem sich die Mainzer Juden von der Verfolgung freizukaufen hofften. »Sie werden sich dennoch über den Wein und das Fleisch freuen und den Fuhrleuten und Knechten nichts antun, nicht wahr?«

»Selbstverständlich werden sie sich freuen, sich auf Kosten des Erzbischofs besaufen und den Wanst vollschlagen zu können«, versicherte der Torwärter grimmig. »Und warum sollten unsere Fuhrleute und Knechte etwas zu befürchten haben? Der Graf und seine Anhänger haben es ausschließlich auf die Juden abgesehen, und sie wissen, dass es hier in den Mauern von Mainz viele christliche Bürger gibt, die das Gleiche wollen.«

»Dann kann ich mich also ganz ohne Gefahr den Fuhrleuten anschließen und mich mit ihnen ins Lager der Kreuzfahrer begeben?«, rückte Marius nun mit seinem Anliegen heraus.

Der Torwärter sah ihn verblüfft an. »Was willst du denn da? Hast du vielleicht vor, die Seiten zu wechseln?«

Marius schüttelte hastig den Kopf, denn es war offensichtlich, dass Kunibert nicht die geringsten Sympathien für den Grafen und seine Kreuzfahrer hegte, die es wagten, ›seine‹ Stadt zu belagern und ›sein‹ Tor zu bedrohen. »Nein, Gott bewahre! Ich will mich dort nur ein paar Stunden umsehen und umhören. Es kann nämlich gut sein, dass ich im Lager der Kreuzfahrer meinen Vater wiederfinde. Seit Jahren warte ich vergeblich auf ein Lebenszeichen von ihm. Und wenn die Chance auch noch so gering ist, ihn in diesem Gewimmel von Menschen zu finden oder auf jemanden zu stoßen, der von ihm gehört hat, so muss ich es doch versuchen. Ich bitte Euch, helft mir!«

Kunibert musterte ihn mit einem prüfenden Blick. Doch er spürte wohl, wie ernst und wichtig es Marius war, denn schließlich sagte er: »Also gut, das lässt sich einrichten. Ich hoffe nur, du bereust es nicht. Und sieh bloß zu, dass du rechtzeitig vor Einbruch der Dunkelheit zurück bist, damit ich dafür sorgen kann, dass man dich wieder hereinlässt. Andernfalls wird man dir einen Pfeil durch die Brust jagen, wenn du dem Tor zu nahe kommst!«

Marius versprach, wachsam auf den Stand der Sonne zu achten und rechtzeitig vor Einbruch der Dämmerung zurück zu sein. Daraufhin begab sich Kunibert mit ihm hinunter vors Tor und sorgte dafür, dass er auf einem der hinteren Wagen, die mit Weinfässern beladen waren, mitfahren konnte.

Mit trockenem Mund, einem flauen Gefühl im Magen und heftig schlagendem Herzen saß Marius neben dem Fuhrmann, dem ebenso wenig der Sinn nach einer Unterhaltung stand wie Marius. Stumm teilten sie die bedrückende Ungewissheit, wie sich die Kreuzfahrer ihnen gegenüber verhalten würden.

Sowie sie die ersten Zelte des Lagers erreicht hatten, fiel die angstvolle Beklemmung jedoch von ihnen ab. Denn während die erzbischöfliche Abordnung an der Spitze der langen Wagenkolonne von einer Schar adliger Ritter in Empfang genommen und in das prunkvolle Zelt des Grafen geführt wurde, begrüßte das Kreuzfahrervolk die Fuhrleute mit fröhlichem Gejohle, umringte die Wagen und machte sich über die Ladungen her.

Marius wollte helfen, die Weinfässer vom Fuhrwerk zu wuchten, wurde jedoch lachend von kräftigen Männern zur Seite geschoben. »Aus dem Weg, du halbe Portion! Überlass das mal denen, die dabei nicht gleich in die Knie gehen!«, bekam er zu hören.

Und ein anderer rief spöttisch: »Du kannst ja das Spundloch tragen!«

Marius ließ sich nur zu gern abdrängen. Er löste sich langsam aus der Menge und entfernte sich von den Wagen. Ungehindert und unbeachtet konnte er sich im Lager bewegen. Aber wer hätte bei diesem Durcheinander auch zu sagen vermocht, dass er nicht zu dem Tross der Kreuzfahrer gehörte? Bei zwölftausend Menschen konnte das keiner!

Anfangs streifte er ziellos durch die Gassen, die von einem Meer von Zelten sowie Trosswagen, primitiven Pferdekoppeln, provisorisch errichteten Werkstätten und Waffenschmieden und unzähligen Feuerstellen gebildet wurden. Es gab so viel zu sehen, dass er sich an seinen ersten Gang durch die Straßen von Mainz erinnert fühlte. Ritter, Knappen und einfache Trossknechte beherrschten mit ihrem Kriegsgerät zwar das Bild, aber auch viele Gaukler und Händler, Zahnreißer und Bruchschneider, Buße predigende Mönche und Garköche, Bettler und Dirnen bevölkerten das Lager.

Er sah Ritter, die sich im Waffenhandwerk übten, andere besserten ihre Ausrüstung aus, saßen beim Würfelspiel zusammen oder lagen faul in der Sonne. Aus einer Richtung kam das Lärmen einer Gruppe fröhlicher Zecher, aus der anderen das Geschrei sich prügelnder Knechte – und aus wieder einer anderen die anfeuernden Rufe, die irgendeinen Wettkampf begleiteten. Geräusche aller Art vermischten sich mit dem Stimmengewirr und wurden zu einem an- und abschwellenden Wogen von Klängen.

Angesichts der gewaltigen Ausdehnung des Kreuzfahrerlagers und seiner Unüberschaubarkeit stellte sich bei Marius Ernüchterung ein. War es nicht verrückt, ja geradezu lächerlich zu glauben, hier in diesem Gewimmel auf eine Spur seines Vaters stoßen zu können? Dagegen war ja sogar die sprichwörtliche Suche nach der Nadel im Heuhaufen noch aussichtsreicher!

Allen Zweifeln zum Trotz begann Marius, nun von Zelt zu Zelt und von Feuerstelle zu Feuerstelle zu gehen und nach einem Hunsrücker Ritter namens Eginhard zu fragen. Mehrmals schien das Glück ihm hold zu sein, weil jemand einen Ritter dieses Namens unter den Kreuzfahrern kannte. Doch jedes Mal stellte sich heraus, dass es sich dabei nicht um seinen Vater, sondern um einen Fremden handelte, der zufällig denselben Namen trug.

Mit den Stunden, die vergingen, ohne dass sich seine Hoffnung auf einen brauchbaren Hinweis erfüllte, wuchs seine Enttäuschung. Aber er dachte nicht ans Aufgeben. Dabei stand die Sonne schon weit im Westen. Viel Zeit blieb ihm nicht mehr.

Er schlug einen Bogen um eine der stinkenden Latrinengruben, die man nachlässig ausgehoben hatte und die sich im Lager so häufig fanden wie Kuhfladen auf einer Sommerweide, erklomm einen Hügel und hörte plötzlich hinter einer Gruppe von Zelten das wilde, hasserfüllte Geschrei einer Menschenmenge. Marius nahm zuerst an, dass die Leute zusammengelaufen waren, weil es irgendeine wüste Prügelei oder einen Schwertkampf rivalisierender Ritter zu beobachten gab. Als er näher kam, hörte er aus dem Toben der Menge jedoch die entsetzlichen Schreie eines gequälten Menschen heraus.

»Um Gottes willen, was geschieht da?«, stieß Marius erschrocken hervor.

Ein Trossknecht mit verfilztem Haar und pockennarbigem Gesicht, der ihm entgegenkam, hörte ihn und antwortete beruhigend: »Ach, da wird nur ein Jude gepfählt, den sie irgendwo aufgegriffen haben.«

Marius starrte ihn entsetzt an, während ein eisiger Schauer durch seinen Körper lief. Der Trossknecht zuckte jedoch nur gleichgültig die Achseln: »Lange wird der Jud es nicht mehr machen, dafür geht der fette Argibad viel zu forsch vor. Ihm fehlt eben die Übung, die Graf Emichos Folterknechte haben. Die verstehen ihr Handwerk!« Und mit dieser Bemerkung, die abgrundtiefe Menschenverachtung offenbarte, ging er weiter.

Erschüttert stand Marius da. Das Grauen stieg in einer Welle von Übelkeit in ihm auf. Er begriff nicht, wie Menschen so grausam und mitleidlos sein konnten. Menschen, die sich Soldaten Christi nannten. Wie konnte jemand in Kopf und Herz bloß so verwirrt sein zu glauben, dass es eine gerechte Sache und im Sinne Jesu war, andere Menschen zu foltern und in einem Meer von Blut zu waten? Und er selbst hatte sich einst nichts sehnlicher gewünscht, als zu diesen Kreuzfahrern zu gehören und das Heilige Land von den Ungläubigen zu befreien! Wie verblendet er doch gewesen war! Nein, nicht für einen Tag ... nicht mal einen Wimpernschlag lang wollte er den Umhang der Kreuzfahrer tragen!

Von ohnmächtigem Abscheu erfüllt, wandte sich Marius um und wollte diesem schrecklichen Ort entfliehen. Doch er erstarrte augenblicklich, als er sah, wer da wenige Schritte vor ihm auf dem Weg zwischen den Zelten und Trosswagen stand, die Beine leicht gespreizt und die Arme lässig vor der Brust verschränkt.

Ekkebert!

»Schau an, du bist es tatsächlich. Ludger hat wirklich Adleraugen. Dich hat mir die Vorsehung geschickt!«, begrüßte Ekkebert ihn spöttisch. »Aber irgendwie habe ich die ganze Zeit gewusst, dass du mir früher oder später über den Weg laufen würdest.«

Nicht einmal flüchtig war Marius der Gedanke gekommen, Ekkebert und seine Freunde könnten sich im Lager des Grafen Emicho befinden. Er war stets davon ausgegangen, dass sein Vetter mit den anderen Kreuzrittern aus Trier nach Köln gezogen war und sich dort Peter dem Einsiedler oder einem anderen Kreuzfahrerheer angeschlossen hatte.

Was für ein verhängnisvoller Irrtum!

Angst bemächtigte sich seiner und ließ sein Herz rasen. Er wusste, welches Schicksal ihn erwartete, wenn er Ekkebert in die Hände fiel. Sein scheinbar harmloser Ausflug ins Lager der Kreuzfahrer war von einem Moment zum anderen zu einer Todesfalle geworden!

Marius fuhr herum, um zu flüchten. Er kam jedoch nicht weit. Denn im selben Moment sah er Ludger und Hildger hinter dem klobigen Trosswagen hervorspringen, der nur drei Schritt von ihm entfernt zwischen zwei Zelten stand. Die Stallwartssöhne, die sich unbemerkt angeschlichen hatten und ihm nun den Fluchtweg abschnitten, schwangen eisenbeschlagene Knüppel.

»Diesmal entwischst du mir nicht!« Ekkeberts Zuruf war das Letzte, was Marius noch hörte, bevor die Knüppel den lächerlichen Schutz seiner hochgerissenen Arme durchbrachen und ihn bewusstlos zu Boden stürzen ließen.

Einunddreißigstes Kapitel

Stöhnend und mit bohrenden Kopfschmerzen erwachte Marius aus der Bewusstlosigkeit. Im ersten Moment wusste er nicht, was geschehen war. Er spürte nur, dass ihm kaltes Wasser über das Gesicht lief und dass ihm die Kleidung völlig durchnässt am Körper klebte.

»Los, noch einen Eimer!«, härte er eine ärgerliche Stimme befehlen. »Und betet bloß, dass ihr ihn nicht erschlagen habt!« Diese herrische Stimme brachte ihm augenblicklich das Erinnerungsvermögen zurück – und die Angst.

Ekkebert!

Marius schlug die Augen auf, gerade als Ludger ihm erneut einen Eimer Wasser ins Gesicht schleuderte. Er verschluckte sich an dem Schwall, der ihm in den Mund drang, hustete und rang nach Atem. Als er wieder richtig Luft bekam, stellte er fest, dass er am Boden eines geräumigen Zeltes in einer Wasserlache lag – an Armen und Beinen gefesselt.

»Na, endlich!«, rief Ekkebert. »Ich habe schon befürchtet, Ludger und Hildger wären mir zuvorgekommen und hätten dich erschlagen. Das wäre wirklich schade gewesen. Wir wollen uns doch Zeit nehmen für unser Wiedersehen, nicht wahr?« Er lächelte bösartig. »Aber keine Sorge, ich werde dir genug Zeit lassen, um ganz langsam Abschied von dieser Welt zu nehmen.«

Marius versuchte, sich aufzurichten. Doch mit auf den Rücken gefesselten Armen und zusammengebundenen Beinen brachte er das nicht zuwege, jedenfalls nicht mit dem Schwindelgefühl in seinem Kopf.

Ekkebert lachte geringschätzig. »Helft ihm auf die Beine! Los, hoch mit dem Schlappschwanz!«

Ludger und Hildger packten ihn, zerrten ihn grob vom Boden hoch und stießen ihn gegen die armdicke Holzstange, die in der Mitte des Zeltes aufragte und das Dach trug.

»Hinterhältiges, ehrloses Gesindel! Ihr seid so ekelhaft feige, dass ihr euch schämen müsstet, je geboren zu sein!« Marius spuckte Ludger ins Gesicht. Er kannte seinen Vetter zu gut, um sich darüber zu täuschen, was ihn erwartete. Sein Schicksal war besiegelt. Er hatte nichts mehr zu verlieren, sondern konnte nur noch darauf hoffen, dass sie ihn schnell töteten, wenn er sie nur genug reizte.

Ludger griff auch in der Tat sofort zum Messer, doch Ekkebert fiel ihm in den Arm und herrschte ihn an: »Steck das Messer weg! Den Gefallen, ihn einfach abzustechen, werden wir ihm nicht tun!«

»Auch wir haben noch eine Rechnung mit ihm zu begleichen!«, protestierte Ludger und wischte sich den Speichel aus dem Gesicht.

»Das könnt ihr haben«, sagte Ekkebert. »Aber tut das gefälligst mit euren Fäusten und Knüppeln und lasst ihn mir leben, verstanden?«

»Das ist ein Wort!«, sagte Hildger und schlug zu.

Marius war den Schlägen der Stallwartssöhne, die nun über ihn herfielen, wehrlos ausgesetzt. Er vermochte noch nicht einmal, sein Gesicht mit den Armen zu schützen. Jeder Fausthieb traf und steigerte die Schmerzen, die rasch von seinem ganzen Körper Besitz ergriffen. Er schmeckte bald sein eigenes Blut, das ihm über das Gesicht rann, und ging wimmernd zu Boden. Doch Ludger und Hildger rissen ihn immer wieder auf die Beine, um ihr brutales Spiel mit ihm fortzusetzen.

Ekkebert schritt erst ein, als Marius erneut zusammenbrach, dabei rücklings gegen eine schwere Reisekiste stürzte und das Bewusstsein zu verlieren drohte. »Das ist genug!«, rief er.

Widerwillig ließen Ludger und Hildger von ihm ab.

»Ihr habt später noch Gelegenheit, euch mit ihm zu befassen«, versicherte Ekkebert. »Aber alles zu seiner Zeit! Lassen wir ihn ein wenig Atem holen.« Er zog einen kleinen Lederbeutel hervor und entnahm ihm eine Münze, die er Ludger zuschnippte.

Dieser fing sie geschickt in der Luft auf und machte ein verblüfftes Gesicht. »Wofür ist das?«

»Geht euch amüsieren! Das Geld sollte reichen, um drüben im Dirnenzelt bestens bewirtet zu werden und die erste Wahl zu haben!«, sagte Ekkebert. »Ich möchte eine Weile mit meinem Vetter allein sein. Wir haben Familienangelegenheiten zu besprechen.« Ein viel sagendes höhnisches Lächeln begleitete seine letzten Worte.

Die Stallwartssöhne, denen der Anblick der Silbermünze ein erregtes Leuchten in die Augen getrieben hatte, lachten gehässig auf. »Na, da wollen wir natürlich nicht stören«, spottete Ludger, versetzte Marius einen Tritt in die Seite und verließ mit seinem Bruder das Zelt.

Der Fußtritt hatte Marius an der Wand der Kiste entlangrutschen lassen. Dabei warf er zwei leere Tonkrüge um, die dort neben einem Strohlager standen. Als er sich nun mühsam aufsetzte, sodass er sich wieder gegen die schwere Truhe lehnen konnte, brachte ihm plötzlich ein scharfer Schmerz in seinem rechten Handballen zu Bewusstsein, dass er sich soeben geschnitten hatte.

Geschnitten?

Gab es an den breiten Eisenbeschlägen der Truhe vielleicht eine messerscharfe Kante, an der er seine Handfessel durchschneiden konnte, ohne dass Ekkebert etwas davon bemerkte? Hatte er vielleicht doch noch eine Chance, dem grausamen Tod zu entkommen, den sein Vetter für ihn vorgesehen hatte?

Die Schmerzen und die Atemnot, die ihn peinigten, verloren augenblicklich an Stärke, sie wurden von der wundersamen Macht der Hoffnung in den Hintergrund gedrängt. Einer Macht, die seinen erschöpften Körper auf Anhieb mit neuer Kraft erfüllte und seinen Überlebenswillen weckte.

Vorsichtig tastete er hinter sich die Truhe ab – und stieß tatsächlich gleich am unteren Beschlag auf eine messerscharfe Kante. Das Metall hatte sich dort von der Holzwand gelöst und leicht nach außen gebogen.

Marius stöhnte laut auf, doch diesmal nicht vor Schmerz, sondern vor Dankbarkeit und Freude, weil sich seine Vermutung bestätigt hatte. Aber wie sollte er jetzt die Fessel über der Schneide hin und her reiben, ohne dass Ekkebert Verdacht schöpfte?

Da kam ihm eine Idee. Er beugte sich nach vorn, brachte so die Handfessel auf die Höhe der scharfen Eisenkante und wiegte sich wie unter quälenden Schmerzen leicht vor und zurück. Dabei wimmerte er und flehte Ekkebert an, doch Gnade mit ihm zu haben und ihm mit Schwert oder Dolch ein schnelles und barmherziges Ende zu bereiten.

»So, jetzt befällt dich also das große Jammern und Zittern, ja? Aber das ist erst der gemütliche Anfang, glaube mir!«, sagte Ekkebert. Er zog sich einen Schemel heran und setzte sich ihm gegenüber. »So schnell wie dein Vater wirst du nicht sterben!«

Marius erstarrte. »Mein Vater? Woher willst du auf einmal wissen, dass mein Vater tot ist?«, stieß er hervor.

Ekkebert lächelte höhnisch. »Weil ich dabei gewesen bin, als mein Vater ihn in der Wolfsschlucht erledigt hat!«

»Das glaube ich dir nicht!«, keuchte Marius, der für einen Augenblick vergaß, in welch großer Lebensgefahr er sich befand. Jahrelang hatte er auf ein Lebenszeichen seines Vaters gewartet und gerätselt, was ihn damals bloß bewogen haben mochte, mit seinem getreuen Dienstmann Gottschalk von heute auf morgen und ohne ein Wort des Abschieds die heimatliche Burg zu verlassen. Wie viele einsame Stunden, tags wie nachts, hatte er seitdem darüber gegrübelt, warum Eginhard ihn zurückgelassen hatte und wohin er wohl gezogen war. Und all die Zeit wollte Ekkebert gewusst haben, dass sein Vater tot war, ermordet von seinem eigenen Zwillingsbruder? Nein, das konnte unmöglich die Wahrheit sein!

»Es ist aber so«, erwiderte Ekkebert mit aufreizender Gelassenheit. »Ich weiß zwar nicht, worüber sich mein Vater mit deinem mal wieder in die Haare geraten war, aber ich habe genau gesehen, wie er Eginhard und Gottschalk in der Wolfsschlucht aufgelauert und mit je einem sicheren Pfeilschuss erlegt hat. Na ja, bei deinem Vater musste er dann noch mit einem Schwerthieb nachhelfen.«

»Du lügst!«, schleuderte Marius ihm entgegen, obwohl er nicht länger daran zweifelte, dass sein Vater tot war, hinterrücks ermordet von seinem eigenen Zwillingsbruder. Aber er musste Zeit gewinnen, um die Fessel zu durchtrennen.

»Wirklich? Und woher, glaubst du, habe ich das hier?«,

fragte Ekkebert spöttisch, öffnete den Lederbeutel an seinem Gürtel und zog ein dünnes Lederband hervor, an dem ein goldenes Medaillon hing.

Marius erschrak innerlich, denn er erkannte das Medaillon mit dem eingravierten Wappen auf der Vorderseite sofort wieder. Sein Vater hatte es immer um den Hals getragen, ihm aber nie erklärt, woher er es hatte, welche Bedeutung es für ihn besaß und wessen Wappen die Gravur zeigte – und er, Marius, hatte ihn nicht danach zu fragen gewagt.

Aus einer Eingebung heraus leugnete er jedoch, das unverwechselbare Schmuckstück zu kennen. »Was soll das sein?«, stieß er mit belegter Stimme hervor und spürte im selben Moment, wie der Druck der Fessel nachließ. Der Strick musste durchtrennt sein!

»Das hat einmal dem lombardischen Liebchen deines Vaters gehört, das dich Pestbeutel zur Welt gebracht hat. Es war sein kostbarster Besitz, weil es ihn an seine vornehme Dirne aus Ravenna erinnert hat, die er dort gegen den Willen ihrer Eltern geheiratet und geschwängert hat! Es enthält im Innern eine schwarze Haarlocke von deiner Mutter. Ich wette, das war deinem Vater so heilig wie eine Reliquie«, antwortete Ekkebert höhnisch, klappte das Medaillon kurz auf, um ihm die Haarlocke zu zeigen, und hängte sich dann die Lederschnur mit dem Schmuckstück um den Hals.

»Du weißt, wer meine Mutter ist?«, fragte Marius fassungslos und vergaß darüber einen Augenblick lang sogar, seine Hände weiter vom Strick zu befreien.

»Ja, ich weiß alles, worüber du dir jahrelang vergeblich den Kopf zerbrochen hast, denn ich habe so manches Gespräch zwischen meinen Eltern wie auch zwischen meinem und deinem Vater belauscht. Jetzt kannst du es ruhig erfahren, weil es dir nichts mehr nützt. Der Name deiner Mutter ist Mariella dei Scalieri, sie ist die Tochter irgendeines kleinen Adligen aus Ravenna, mit dem dein Vater kurze Zeit verbündet war!«, prahlte Ekkebert mit seinem Wissen.

»Mariella dei Scalieri«, flüsterte Marius und bekam eine Gänsehaut. Er wusste nun, wer seine Mutter war – nach all den Jahren des Grübelns und der Sehnsucht, mehr über seine Herkunft zu erfahren. Und all das erfuhr er ausgerechnet von seinem Vetter, der schon früher jede Gelegenheit wahrgenommen hatte, um ihn zu demütigen und zu quälen – und der ihn nun töten wollte.

»Nach der Hochzeit hat sich dein Großvater aber mit deinem Vater überworfen und sich auf die gegnerische Seite geschlagen«, fuhr Ekkebert fort. »Dein Großvater wollte die Ehe seiner Tochter für nichtig erklären lassen, worauf deine Mutter heimlich mit deinem Vater zu flüchten versuchte. Aber diese Flucht wurde vereitelt. Da war deine Mutter jedoch schon schwanger. Als du dann zur Welt kamst, wollte man dich, dieses Kind der Schande, verschwinden lassen. Man brachte dich in ein Kloster und stellte deinem Vater dort eine Falle. Aber irgendwie ist es Eginhard dann doch gelungen, dich da herauszuholen. Bei dem Handgemenge hat es ein paar Tote gegeben und daraufhin ist dein Vater mit dir zurück in den Hunsrück geflüchtet, um sich bei uns erst einmal die Wunden zu lecken.«

Das Wissen, dass sein Vater sein Leben für ihn riskiert hatte, wühlte Marius zutiefst auf. Es löschte mit einem Schlag alle Demütigungen und Minderwertigkeitsgefühle aus, die ihn so viele Jahre lang gemartert hatten – und auch die quälenden Fragen, ob er wirklich ein Bastard und Niemandskind war und ob er seinem Vater wohl etwas bedeutete. Die Antworten, die er soeben auf diese Fragen erhalten hatte, erlösten seine Seele aus dem peinigenden Gefängnis der Zweifel und von dem Schuldgefühl, aus irgendeinem Grund selbst dafür verantwortlich zu sein, dass seine Eltern ihn verstoßen hatten und niemand sich seiner annehmen wollte.

»Wenn meine Mutter, diese sentimentale Kuh, nicht ihre schützende Hand über dich gehalten hätte, hättest du deinen Vater nicht lange überlebt. Aber was damals versäumt wurde, werde ich jetzt zu Ende bringen – und es wird mir ein Vergnügen sein«, sagte Ekkebert und brachte Marius damit wieder in die Gegenwart zurück.

Marius wusste, dass sein Leben noch immer an einem seidenen Faden hing. Seine Hände waren frei. Jetzt war es an der Zeit, zu handeln und alle Hoffnung auf den Überraschungsmoment zu setzen.

»Warte!«, rief Marius gehetzt. »Auch ich habe dir etwas zu erzählen, was dich, vielleicht umstimmen kann – vorausgesetzt, es interessiert dich, zu erfahren, wo du in Mainz eine ganze Menge Gold und Silber ...« Er unterbrach sich, blickte an Ekkebert vorbei auf den Vorhang, der den Vorraum des Zeltes vom Wohnbereich abtrennte, und sagte scheinbar überrascht: »Da kommen ja deine feigen Handlanger schon wieder zurück! Die schickst du besser noch mal weg.«

Ekkebert reagierte wie erwartet – er schaute sich um.

Dieser kurze Moment der Ablenkung war seine einzige Chance, wie Marius wusste, und er nutzte sie, indem er alle Kraft und Schnelligkeit aufbrachte, zu der er fähig war. Seine rechte Hand schoss hinter dem Rücken hervor und packte den Henkel einer der Tonkannen. Mit der linken Hand stützte er sich auf der Truhe auf, während er sich hochstemmte, und stieß sich dann mit gefesselten Füßen ab.

Ekkebert merkte zu spät, dass Marius ihn genarrt hatte. Er griff zu seinem Dolch und wollte aufspringen, um sich in Sicherheit zu bringen. Doch da stürzte sich Marius schon auf ihn und schlug ihm das Tongefäß an den Kopf.

Mit einem erstickten Aufschrei kippte Ekkebert seitlich vom Hocker und blieb benommen am Boden liegen.

Marius warf sich auf ihn, riss ihm den Dolch aus der Scheide, befreite sich mit einem schnellen Schnitt von seinen Fußfesseln und setzte Ekkebert die Klinge an die Kehle, bevor dieser sich von seiner Benommenheit erholen konnte.

Töte ihn!, schrie in ihm eine Stimme, die nach blutiger Vergeltung dürstete. Räche dich für alles, was er dir und deinem Vater angetan hat. Er hat den Tod verdient! Du musst es tun, schon um dich vor weiteren Mordanschlägen von ihm zu schützen. Du hast allen Grund, ihn zu töten! Tu es jetzt! Tu es jetzt, sonst wirst du eines Tages mit deinem eigenen Leben dafür bezahlen!

Doch Marius zögerte. Sein Herz hämmerte wild gegen seine Brust, das Blut rauschte in seinen Ohren und sein Atem flog, als wäre er meilenweit gerannt.

Der glasige Blick verschwand langsam aus Ekkeberts Augen. Todesangst flackerte in ihnen auf, als er sich der scharfen Klinge bewusst wurde, die auf seiner Kehle lag und die Haut über dem Kehlkopf spannte.

Marius brach der Schweiß aus und seine Hand verkrampfte sich um den Griff des Dolches. Warum zögerte er bloß? Eine rasche Bewegung, ein schneller, tiefer Schnitt – und alles war vorbei.

Ekkebert wagte nicht, sich zu rühren, doch auf sein Gesicht trat nun ein höhnisches Lächeln. »Na, komm, schneid mir schon die Kehle durch! Worauf wartest du? Aber nein, das kriegst du nicht fertig. Du kannst es nicht! Ich sehe es dir doch an!«, verspottete er ihn. »Dir fehlt sogar dazu der Mut, du elender Feigling!«

»Du ekelst mich an mit deiner Mordlust und Bösartigkeit!«, rief Marius. »Du und deinesgleichen, ihr habt Ehre und Anstand längst im Blut Unschuldiger ersäuft. Ihr seid teuflischer als der Teufel! Aber ich denke nicht daran, mich mit deinem Blut zu besudeln. Dafür bin ich mir zu schade!«

»Dann schlage ich vor, dass wir einen Waffenstillstand schließen«, sagte Ekkebert scheinheilig.

Marius bemerkte, dass Ekkebert den rechten Arm bewegte. Seinem Vetter schwebte alles andere als ein Waffenstillstand vor. Er wollte ihn nur in Sicherheit wiegen, damit er ihm den Dolch entwinden und ihn wieder überwältigen konnte. Aber das würde ihm nicht gelingen. »Lass den Arm liegen!«, fuhr er ihn scharf an. »Noch eine falsche Bewegung – und du erstickst an deinem eigenen Blut, das schwöre ich dir!«

Ekkebert erstarrte augenblicklich.

Marius griff mit der linken Hand nach der Tonkanne. »Verflucht sollt ihr sein, du und dein Vater! Möge Gott euch für eure Verbrechen strafen!«, stieß er hervor und knallte ihm die Kanne an den Kopf.

Ekkeberts kurzer Aufschrei ging im Bersten des Tongefäßes unter. Die eben noch vor Schreck weit aufgerissenen Augen rollten nach hinten, als er das Bewusstsein verlor, und sein Körper erschlaffte.

Marius riss hastig eine Decke vom nächsten Strohlager, zerschnitt sie in lange Streifen und fesselte Ekkebert damit. Er band ihm auch einen Streifen zweimal um den Mund, damit er sich nicht durch Schreie bemerkbar machen konnte, wenn er wieder zu Bewusstsein kam.

Fast hätte er in seiner Aufregung das Medaillon vergessen, das einst seiner Mutter und dann seinem Vater gehört hatte. Schnell zog er dem Besinnungslosen das Lederband mit dem kostbaren Anhänger über den Kopf, führte das Medaillon mit dem Familienwappen seiner Mutter kurz an die Lippen und hängte es sich um den Hals. Dann schlitzte er die Leinwand an der Hinterseite des Zeltes auf und spähte vorsichtig hinaus. Als er sah, dass zwei schwere Trosswagen gleich hinter dem Zelt standen und ihm Schutz gaben, schlitzte er die Plane bis zum Boden auf und schlüpfte ins Freie.

Mit gesenktem Kopf lief er durch das Lager auf die Landstraße zu, die zum Gautor führte. Die Zelte warfen lange und dunkle Schatten. Ein Blick auf die Sonne, die jeden Moment den Horizont im Westen berühren würde, sagte ihm, dass er sich sputen musste, wenn er noch rechtzeitig in die Stadt zurückkommen wollte. Aus Angst, er könnte Ludger und Hildger in die Arme laufen, mied er die breiten Zeltgassen und hell lodernden Lagerfeuer.

Erst als das Lager hinter ihm lag und er auf das Gautor zulief, wurde er sich wieder seines malträtierten Körpers und der stechenden Schmerzen bewusst. Er tastete sein Gesicht ab, das sich geschwollen anfühlte, besonders unter seinem rechten Auge und im rechten Mundwinkel, wo die Haut unter den Schlägen der Stallwartssöhne aufgeplatzt war. Jeder Atemzug löste eine Schmerzwelle in seiner Brust aus, als hätte er alle Rippen gebrochen. Aber er brauchte nur an das Medaillon zu denken, das er auf der Haut spürte, um in sich ein zwiespältiges, aber dennoch berauschendes Gefühl aus Glück und Trauer auszulösen, und dann empfand er die Schmerzen als nicht mehr so schlimm.

Er war nicht länger Marius Niemandskind. Er war der legitime Sohn von Eginhard und Mariella, die aus dem adligen Geschlecht der Scalieri von Ravenna kam, und er war seinem Vater so kostbar gewesen, dass dieser nicht gezögert hatte, sein Leben für ihn zu riskieren!

Kunibert hatte offenbar schon Ausschau nach ihm gehalten. Denn kaum hatte Marius sich der zinnenbewehrten Stadtmauer, die im Dämmerlicht des hereinbrechenden Abends besonders abweisend und bedrohlich wirkte, bis auf zwanzig Schritt genähert, als die Seitentür der trutzigen Toranlage aufschwang und Kunibert ihn ungeduldig hereinwinkte.

»Na, da hat aber nicht viel gefehlt und du hättest die Nacht bei den Kreuzfahrern verbringen müssen!«, rief er ihm mit einem Anflug von Groll zu. Dann sah er, in welchem Zustand Marius sich befand. »Himmelherrgott, in was für eine üble Schlägerei bist du denn geraten?«

Marius lachte und zuckte sofort vor Schmerz zusammen. »Das ist nicht der Rede wert. Ein kleiner Familienstreit, nichts weiter.«

»Sag bloß, du hast deinen Vater gefunden und von ihm Prügel bezogen?«, fragte Kunibert verblüfft.

»Meinen Vater habe ich schon gefunden, aber die Schläge kamen nicht von ihm, denn er ist schon einige Jahre tot. Mein Vetter und seine willfährigen Knechte haben mich so zugerichtet. Aber das ist ein wirklich geringer Preis für das, was ich dafür bekommen habe!«, antwortete Marius fröhlich. »Das große Rätsel meines Lebens, das mich so lange gequält hat, ist endlich gelöst!«

Der Torwärter sah ihn verständnislos an. »Und was soll das für ein Rätsel gewesen sein?«

»Ach, das ist eine lange Geschichte, zu lang, um sie Euch jetzt zu erzählen! Macht Euch nichts draus und belasst es bei dem Wissen, dass Ihr mir einen großen Dienst erwiesen habt«, sagte Marius, bedankte sich noch einmal und eilte davon.

Er lief durch die Straßen und Gassen, ohne auf die Menschen zu achten, die ihm auf seinem Weg begegneten. Er konnte nicht schnell genug zu Sarah kommen, um ihr das Medaillon seiner Mutter mit der wunderschönen Haarlocke zu zeigen und ihr alles zu erzählen, was ihm im Kreuzfahrerlager widerfahren war.

Nein, widersprach er sich in Gedanken, als er das wie ausgestorben wirkende Judenviertel erreichte und sein innerer Jubel sogleich bitterer Ernüchterung wich, alles konnte er ihr auf keinen Fall erzählen. Das mit dem Juden, den die Kreuzfahrer gepfählt hatten, diese Unmenschlichkeit musste er verschweigen. Die Angst, in der Sarah und alle anderen Mainzer Juden lebten, war auch so schon groß genug.

»Nimm das verfluchte Gold und Silber, Graf Emicho, und zieh mit deiner Mörderbande weiter!«, murmelte Marius beschwörend und schickte ein inständiges Stoßgebet gen Himmel.

Zweiunddreißigstes Kapitel

Graf Emicho nahm das Gold und das Silber der Juden, dachte jedoch nicht daran, mit seinem Kreuzfahrerheer weiterzuziehen. Es beeindruckte ihn nicht, dass Erzbischof Ruthard alle Stadttore geschlossen, auf den Zinnen Soldaten postiert und die Juden ausdrücklich unter seinen Schutz gestellt hatte. Auch dass der Erzbischof auf den Beistand seines kampfbereiten Burggrafen bauen konnte, ließ Graf Emicho in seinem blindwütigen Fanatismus nicht von seinem Vorhaben abrücken, an allen Juden des Landes das Blut Christi zu rächen und die Israeliten auszurotten, wo immer er ihnen begegnete.

»Tod oder Taufe!«, schallte es am Montag aus Tausenden von Kreuzfahrerkehlen, als Graf Emicho einen Großteil seiner Streitmacht in voller Bewaffnung vor das Gautor führte. Nicht, um einen Angriff zu wagen, sondern um den Soldaten auf den Zinnen und dem Stadtvolk seine Kampfstärke vorzuführen. Er blieb mit seinen Kriegern weit genug von Tor und Mauerring entfernt, um die Bogenschützen und Lanzenträger auf dem Wehrgang nicht zu Kampfhandlungen herauszufordern. Gewaltsam in Mainz einzufallen und damit offen einen Verbündeten des Kaisers anzugreifen, entsprach auch nicht seinen Plänen. Er vertraute vielmehr auf die Macht der Einschüchterung, die schon durch das bloße Erscheinen eines solch mächtigen Kreuzfahrerheeres bewirkt wurde, und auf seine zahlreichen Anhänger in der Stadt.

»Tod oder Taufe! ... Öffnet die Tore und lasst uns Gottes Werk tun! ... Tod den Christusmördern! ... Tod oder Taufe! ... In Gottes Namen, öffnet die Tore!«

Die Sprechchöre der Kreuzfahrer, die waffenklirrend, bannerschwingend und in militärischer Ordnung von einem Tor zum anderen zogen, erreichten jeden Winkel der Stadt. Den ganzen Tag über hielt Graf Emicho seine Truppe in Bewegung und ließ sie seine fanatischen Parolen schreien, bis sie heiser wurden. Und die böse Saat des Grafen ging auf. Die blutrünstigen Parolen fanden nicht nur Widerhall bei den Mainzer Kreuzfahrern, die schon voller Ungeduld darauf gewartet hatten, sich dem nächsten vorbeiziehenden Heer anschließen zu können, sondern auch unter dem gemeinen Stadtvolk. Immer mehr Stimmen wurden auf Straßen und Plätzen, in Schenken und Wohnhäusern laut und verlangten, dass man den Kreuzfahrern die Tore öffnete.

Am Abend, nach einem Tag fast unerträglicher Anspannung, beschloss Rabbi Kalonymos, sich mit seiner Familie und den meisten anderen, die bislang im Viertel ausgeharrt hatten, nun doch hinter die Mauern des erzbischöflichen Palastes zu begeben. Eine kleine Anzahl von Juden zog es dagegen vor, sich in ihren Häusern oder bei befreundeten Christen zu verstecken.

»Es ist zu gefährlich, hier noch länger zu bleiben, um Wohnhäuser, Läden und Synagoge vor einzelnen Plünderern zu schützen. Es gärt zu sehr unter der Bevölkerung, als dass wir etwas ausrichten könnten, wenn sich der Pöbel gegen uns erhebt«, sagte er bedrückt. »Wir müssen jetzt jeden Augenblick damit rechnen, dass sich ein Teil des Stadtvolkes zusammenrottet und den Kreuzfahrern die Tore öffnet.«

»Dann lasst uns gehen!«, drängte Schemarja. »Die Waffen liegen bereit!«

»Nein, wir schicken zuerst einen Boten zum Erzbischof«, erwiderte Rabbi Kalonymos. »Ruthard hat versprochen, zu unserem Schutz eine Abteilung Soldaten zu entsenden, die uns in den Bischofshof bringen wird. Die Leute auf den Straßen werden gewiss davor zurückschrecken, ihre eigenen Soldaten anzugreifen.«

»Ich übernehme das«, sagte sein Sohn Mar Joseph und eilte in die Dunkelheit hinaus.

Rabbi Kalonymos wandte sich nun an Marius. »Du solltest dich jetzt in Sicherheit bringen!«, ermahnte er ihn nachdrücklich. »Du kannst nicht bei uns bleiben. Es ist zu gefährlich für dich.«

Marius schüttelte heftig den Kopf. »Nein, ich lasse Euch und Sarah nicht allein! Das bin ich nicht nur Euch, sondern auch mir schuldig!«

»Und hast du nicht selbst gesagt, dass wir im Palast des Bischofs sicher sind?«, fragte Sarah und tauschte einen schnellen Blick mit Marius.

Rabbi Kalonymos seufzte. »Gewiss, das werden wir wohl sein«, sagte er zögernd. »Aber dennoch hätte ich ein besseres Gefühl, wenn Marius ...«

Marius ließ ihn nicht ausreden. »Bitte verzeiht, wenn ich Euch so ungehörig ins Wort falle, Rabbi, aber mein Entschluss ist gefasst und niemand wird mich davon abhalten, bei euch zu bleiben. Es sei denn, Ihr wollt mich nicht bei euch haben, weil ich ein Christ bin und keiner von euch!«

Ein schmerzliches Lächeln glitt über das Gesicht von Rabbi Kalonymos. »Jeder, der zum einen Gott der Bibel betet und durch die Beachtung der Zehn Gebote ein Gerechter unter den Völkern ist, ist auch einer von uns.«

»Ich danke Euch«, sagte Marius. »Und damit steht wohl fest, wo jetzt mein Platz ist.«

»Also gut, dann komm in Gottes Namen mit«, sagte Rabbi Kalonymos schweren Herzens und gab es auf, ihn umstimmen zu wollen.

Marius atmete auf, denn er hatte befürchtet, nun vielleicht doch noch gezwungen zu werden, sich von Sarah zu trennen.

Als niemand in ihre Richtung blickte, trat Sarah an seine Seite und drückte kurz und in stummer Dankbarkeit seine Hand. Dann huschte sie schnell wieder davon, um ihrer Ziehmutter bei den letzten Vorbereitungen zur Hand zu gehen.

Eine knappe Stunde später trafen die Soldaten des Erzbischofs ein. Von dieser Abteilung schwer bewaffneter Krieger wie von einem Kordon umschlossen, gelangten sie nahezu unbehelligt in den Hof des Bischofs. Zwar war ihnen eine geifernde Menschenmenge durch die nächtlichen Straßen gefolgt und hatte sie mit Steinen und sogar mit Fäkalien beworfen, aber vor den Schwertern und Lanzen der Soldaten hatten die Leute dann doch Respekt gezeigt.

Marius war trotzdem erleichtert, als sie endlich den ersten der beiden hohen Torbogen passierten, durch die man in die befestigte Palastanlage des Erzbischofs gelangte. Fackeln brannten im Durchgang und warfen ihr unruhiges Licht auf die Steinquader und das schwere Tor, dessen Balken durch ein Gitter sich kreuzender Eisenbeschläge verstärkt waren.

Das Tor schwang vor ihnen auf. Marius bemerkte, wie Rabbi Kalonymos im Vorbeigehen seine Hand auf die eisenbeschlagenen Balken legte und sie dann kurz gen Himmel hob. Diese Geste, die etwas Beschwörendes an sich hatte, erinnerte ihn unwillkürlich an die Art, wie die Juden die Mesusa, die Schriftkapsel am Türstock eines Wohnhauses, berührten. Marius machte es ihm nach, glaubte er doch zu wissen, was in diesem Moment nicht nur in Rabbi

Kalonymos, sondern in ihnen allen vor sich ging: Ein jeder betete stumm zu Gott, dass dieses mächtige Tor und der Beistandsschwur des Erzbischofs halten mochten, was sie versprachen.

Die Räume, die Erzbischof Ruthard im vorderen Trakt hatte räumen lassen, waren längst von der ersten Welle der Schutz suchenden Juden belegt. Hunderte lagerten nun, unterschiedlich bewaffnet und nur mit dem Notdürftigsten versorgt, unten im Hof und im Säulengang. Und obwohl sich hier eine so große Menschenmenge eingefunden hatte, hörte man keine einzige laute Stimme. Gespräche und Gebete erhoben sich kaum einmal über ein Raunen hinweg. Sogar die Kleinkinder schienen zu spüren, dass auch von ihnen große Beherrschung erwartet wurde. Nur hier und da ließ sich ein leises Wimmern vernehmen, das meist sofort wieder an der warmen Mutterbrust erstarb.

Die Gruppe der Nachzügler rollte ihre Decken mitten im Hof unter freiem Himmel aus. Die Frauen holten das eingepackte Essen aus ihren Körben, doch keinem stand der Sinn nach einer ausgiebigen Mahlzeit. Jeder brach sich nur ein Stück von einem Fladen ab und dazu kreiste ein Krug mit Wasser. Indessen stieg der Mond über dem Dom empor und warf sein milchiges Licht in die erzbischöfliche Residenz. Von jenseits der Mauern, die Ruthards Anlage umgaben, kam das hasserfüllte Geschrei des Mainzer Pöbels. Und immer wieder war die Drohung »Tod oder Taufe!« zu hören, die Graf Emichos Kreuzfahrer im Sprechchor den ganzen Tag über gegen die Tore der Stadt geschmettert hatten.

»Lass uns eine Partie Schach spielen, sonst wird mir noch übel vor Angst«, flüsterte Sarah, die ihre Decke neben der von Marius ausgebreitet hatte.

»Wir haben alle Angst«, gab Marius so leise zurück, dass niemand sonst ihn hören konnte, und streckte ihr seinen Arm hin. »Hier, kannst du meine Gänsehaut fühlen?«

Ihre Fingerspitzen glitten sanft und leicht wie Federn über seinen Unterarm. »Ich fühle, dass du bei mir bist, und das macht es erträglich«, raunte Sarah zärtlich.

Marius erschauerte. »Und ich werde bei dir bleiben, was immer auch geschehen mag und wie elend ich mich selbst auch fühle!«, versicherte er.

Bis tief in die Nacht saßen sie über das Schachbrett gebeugt, obwohl das königliche Spiel diesmal nicht wie sonst jenen magischen Zauber entwickelte, der sie alles um sie herum vergessen ließ und sie in eine andere Welt zog. Dennoch spielten sie eine Partie nach der anderen, weil es immer noch besser war, als schlaflos auf der Decke zu liegen, in den Nachthimmel zu starren und mit jedem Herzschlag die Angst förmlich in sich wachsen zu spüren.

Erst als die Müdigkeit übermächtig wurde, räumten sie die Figuren vom Brett und streckten sich auf ihrem harten Nachtlager im Staub des erzbischöflichen Hofes aus. Wortlos fanden ihre Hände zueinander und ihre Finger verschränkten sich, wie zwei zum Gebet gefaltete Hände.

Marius lag noch wach, als Sarah schon längst in einen Schlaf der Erschöpfung gesunken war und sich dabei an seinen Arm geschmiegt hatte. Er hielt weiterhin ihre Hand. Seine andere Hand umschloss auf der Brust das Medaillon seiner Mutter. Und während er zu den funkelnden Sternen am nächtlichen Himmel hochblickte, erkannte er, dass weder Ruhm noch Reichtümer das aufwiegen konnten, was er in diesem Moment in seinen Händen hielt.

Dreiunddreißigstes Kapitel

»Verräter aus dem Stadtvolk haben das Tor geöffnet! Anhänger des Grafen sind den Wachen am Gautor in den Rücken gefallen und haben Emichos Heer freien Zugang verschafft! Die Kreuzfahrer dringen in die Stadt ein!«, schrie ein schreckensbleicher erzbischöflicher Bote zur Mittagsstunde des 27. Mai, eines fast schon sommerheißen Tages, kaum dass ihn die Soldaten am Portal in den Hof gelassen hatten.

Die Schreckensnachricht rief unter den Juden, die den Morgen und Vormittag in angsterfüllter Erwartung der kommenden Ereignisse verbracht hatten, blankes Entsetzen hervor. »Jetzt wird sich zeigen, wie ernst der Erzbischof und sein Burggraf es mit ihrem Treueschwur meinen! Möge Jahwe* ihnen Charakterstärke, Mut und Standhaftigkeit geben!«, rief Jehuda ben Nathan, der das heimische Wohnviertel mit seiner Familie auch erst in der Nacht zuvor verlassen hatte, beschwörend in Richtung des erzbischöflichen Palastes, wo Ruthard sich in seine privaten Gemächer zurückgezogen hatte.

»Ich sage euch, wie standhaft sie sein werden: wie ein schwaches Rohr im Sturmwind!«, höhnte Schemarja. Dabei griff er zu seinem breiten ledernen Waffengurt, an dem sein Schwert hing, und schnallte es sich um die Hüften.

Auch Rabbi Kalonymos griff zum Schwert. Als er Marius' erstaunten Blick sah, sagte er mit einem traurigen Lächeln: »Ich weiß, was dir jetzt durch den Kopf geht. Aber aus dem Gebot, dass man seine Feinde lieben soll, folgt nicht, dass man vor ihnen die Waffen strecken und sich mit seiner

Familie von ihnen niedermetzeln lassen muss. Im Gegenteil. *Wenn dich jemand umbringen will, so stehe du zuerst auf und töte ihn!* So steht es im Talmud. Wer die Gewalt unter allen Umständen vermeiden will, beschwört sie in Wirklichkeit herauf. Denn er überlässt das Feld demjenigen, der am wenigsten Skrupel zeigt, und liefert damit die Schwachen der Willkür der Stärkeren und Gewissenlosen aus.«

Waffengeklirr und wüstes Geschrei kamen vom Vorhof des Bischofspalastes, wo sich immer mehr Kreuzfahrer einfanden, die Einlass verlangten und dem Bischof drohten, auch ihn zu töten, sollte er sich weiterhin auf die Seite der verhassten Christusmörder stellen.

»Gebt auch mir ein Schwert oder eine Lanze!«, rief Marius. »Ich will an eurer Seite kämpfen!«

»So? Und welche Erfahrung hast du im Umgang mit Schwert oder Lanze? Ich meine mit einem *richtigen* Schwert, nicht mit einem Holzstecken«, fragte Schemarja spöttisch. »Die Kreuzfahrer werden dich in Stücke schlagen, bevor du auch nur weißt, wie du ein Schwert zu halten, geschweige denn zu führen hast!«

Marius funkelte ihn an. »Ich werde schon meinen Mann stehen!«, erwiderte er hitzig.

»Dass du das tust, wissen wir, Marius«, versicherte Rabbi Kalonymos, warf seinem Schwiegersohn einen scharfen, zurechtweisenden Blick zu und fuhr dann fort: »Aber dafür brauchst du nicht zu einem Schwert zu greifen, zumal du damit nicht umzugehen weißt. Du kannst uns bestimmt auf andere Art nützlich sein.«

Marius machte ein enttäuschtes Gesicht, widersprach jedoch nicht.

Auch wenn es seinen Stolz verletzte, so stimmte es natürlich, was Schemarja gesagt hatte: Er stellte für die

Soldaten, die Graf Emicho um sich geschart hatte, keinen ernst zu nehmenden Gegner dar.

Der Angriff der Kreuzfahrer ließ lange auf sich warten. Sie legten bei der brütenden Hitze keine sonderliche Eile an den Tag, nachdem sie den Dom mit der Bischofsresidenz umzingelt hatten und wussten, dass die Juden ihnen nicht entgehen konnten. Sie trieben mehrere schwere Balken auf, die sie mit Seilen zusammenbanden, und stürmten schließlich am Nachmittag mit diesem Rammbock gegen das schwere Portal an. Gleichzeitig begann eine andere Gruppe von Kreuzfahrern an der Mauer des Gebäudetraktes, der sich auf der Ostseite der Anlage erstreckte, ein Gerüst zu errichten, um darüber an dieser Flanke des Gevierts in die erzbischöfliche Residenz einzudringen. Die jüdischen Frauen warfen in ihrer Verzweiflung ihr letztes Geld und die wenigen noch geretteten Schmuckstücke aus den Fenstern unter die Männer, die auch sofort von der Arbeit am Gerüst abließen und sich unter großem Gejohle darum rauften. Aber damit vermochten sich die Eingeschlossenen nur einen kurzen Aufschub zu erkaufen.

Auch die Versuche, die Angreifer am Tor durch heißes Öl und Pech, das man von oben aus dem Portalhaus über sie ausgoss, auf Abstand zu halten, brachten wegen des geringen Vorrates nur eine kurze Verzögerung. Und gegen das siedend heiße Wasser, mit dem man sich danach behelfen musste, wussten sich die Kreuzfahrer durch ein Dach aus Schilden erfolgreich zu schützen. Zudem konnten Marius und die anderen Helfer gar nicht schnell genug so viel Wasser zum Sieden bringen und hoch ins Torhaus tragen, wie es dort gebraucht wurde.

Unablässig rannten die Kreuzfahrer mit dem Rammbock

gegen das Tor an und sprengten es schließlich auf. Triumphierendes Geschrei begleitete das Bersten der eisenbeschlagenen Balken. Der Zugang zum erzbischöflichen Palast war aufgebrochen. Jetzt war es nur noch eine Frage der Zeit, wann die Flut der Angreifer ungehindert in den Hof stürmen und über die Juden herfallen würde.

Mit dem Triumphgeschrei erhob sich auch wieder der Ruf »Tod oder Taufe!« aus der Menge, der jedoch bald durch die Drohung »Tod den Judenfreunden! ... Tod dem Bischof! ... Tod allen Verrätern!« abgelöst wurde. Denn die Soldaten des Erzbischofs hielten eine ganze Weile tapfer dem Ansturm der Kreuzfahrer stand. So mancher Soldat ließ in dieser ersten Stunde des Kampfes sein Leben.

Wegen des schmalen Durchgangs konnten die Kreuzfahrer nicht die geballte Macht ihrer Truppe zum Einsatz bringen. Und das erregte immer mehr den Zorn der Angreifer, sodass die Drohungen gegen den Bischof und seine Männer immer lauter und wütender wurden.

Doch je aussichtsloser es wurde, die Bischofsresidenz gegen Emichos gewaltige Streitmacht auf Dauer verteidigen zu können, desto tiefer sank die Kampfmoral der erzbischöflichen Truppe. Immer mehr Soldaten zogen sich aus der vordersten Reihe der Verteidiger zurück und sammelten sich im rückwärtigen, domseitigen Trakt des Palastes, um sich auf den Schutz des Bischofs zu beschränken.

Bald fand sich nicht ein einziger erzbischöflicher Soldat mehr unter den Männern, die den Zugang zum Hof verteidigten. Die ganze Last des Kampfes lag nun auf den Schultern der Juden, die mit erbittertem Todesmut jeden Handbreit Boden verteidigten.

Die entscheidende Wende im Schlachtgetümmel kam,

als jemand aus dem hinteren Trakt des Palastes schrie: »Der Bischof hat mit seinen Soldaten die Flucht ergriffen. Sie haben die Residenz durch einen Geheimausgang verlassen!«

Unter den Frauen und Kindern im Hof, im Säulengang und in den oberen Gemächern setzte lautes Wehklagen ein, während die Kreuzfahrer im Bewusstsein ihres Sieges, der jetzt nicht mehr fern sein konnte, jubelten und noch entschlossener vorwärts drangen.

Die vom wochenlangen Fasten geschwächten Juden wankten jedoch nicht. Sie wussten, dass ihr Tod und der ihrer Familien unabwendbar war, und kämpften mit dem Mut der Verzweiflung. Wo einer von ihnen unter einem Schwerthieb oder von einer Lanze tödlich durchbohrt zu Boden sank, da sprang ein anderer augenblicklich in die Bresche. Die Sonne neigte sich im Westen schon den Zinnen der Stadtmauer entgegen und noch immer verwehrten die Juden den Kreuzfahrern den Zugang zum Hof.

Marius und Sarah halfen bei der Versorgung der Verwundeten, die blutüberströmt aus der Phalanx der Verteidiger taumelten, um anderen Platz zu machen. Sie in den Schatten des Säulengangs oder nach oben in eines der Gemächer zu tragen und beim Verbinden der Wunden zu helfen verlangte alles an Kraft und Nervenstärke von ihnen ab. Aber das viele Blut, die schrecklichen klaffenden Wunden und das Stöhnen der Sterbenden waren immer noch leichter zu ertragen, als dem mörderischen Schlachtgetümmel tatenlos zusehen zu müssen.

Auch wenn Marius selbst nicht am Kampf teilnahm, wurde er doch immer wieder Zeuge entsetzlicher Bilder: die Streitaxt, die einem jungen Juden den Kopf spaltete, wie ein Messer durch eine reife Frucht fährt; der Arm, der unter einem Schwerthieb fiel; der Rücken, aus dem plötzlich die Lanze eines Angreifers hervordrang.

Und dann sah er Rabbi Kalonymos verletzt zu Boden gehen! Schemarja, der an seiner Seite gekämpft hatte, handelte geistesgegenwärtig, indem er sich schützend über ihn stellte. Eine Gruppe von mehreren älteren Männern, die sich gerade mit den Schwertern und Lanzen ihrer schon gefallenen Landsleute bewaffnet hatten, eilte zu ihnen, um die Verteidigung dieser Flanke zu übernehmen.

»Kümmere dich um unseren Rabbiner!«, hörte Marius einen von ihnen rufen, während sie Schemarja zur Seite drängten und sich in die Schlacht warfen.

Schemarja folgte der Aufforderung und zerrte seinen Schwiegervater aus der Gefahrenzone. Marius war im nächsten Moment an seiner Seite. Rabbi Kalonymos blutete aus einer tiefen Wunde an seiner rechten Schulter.

»Am besten bringen wir ihn nach oben! Wir können das Tor nicht mehr lange halten und dann sind die Gemächer oben leichter zu verteidigen«, stieß Schemarja hastig hervor.

Benommen stützte sich Rabbi Kalonymos auf Schemarja und Marius, die ihm die Treppe hinaufhalfen. Seine Familie, Sarah und einige andere folgten ihm. Immer mehr Juden ahnten das Ende nahen und suchten in den oberen Räumen Zuflucht.

Gerade hatte Jehuda ben Nathan die Wunde verbunden, als unten im Hof entsetztes Geschrei ausbrach. Marius stürzte mit den anderen hinaus auf den Flur, der zur Hofseite hin offen und in Rundbögen unterteilt war.

»Sieh doch, da drüben auf dem Dach!«, schrie Sarah und deutete auf den gegenüberliegenden Seitentrakt der Bischofsresidenz. Kreuzfahrer hatten das Dach erklommen, darunter auch mehrere Bogenschützen, die ihre Pfeile nun auf die Rücken der jüdischen Verteidiger am Tor abschossen. Andere rissen das Dach auf, sprangen in die darunter liegenden Räume und fielen über die Männer, Frauen und Kinder her, die sich dort aufhielten. Sie rissen ihnen die Kleider vom Leib und warfen ihre nackten, verstümmelten Leiber aus dem Obergeschoss.

»Das ist das Ende!«, murmelte Jehuda ben Nathan mit tränenerstickter Stimme. »Es sind ihrer so unzählige wie der Sandkörner am Ufer des Meeres! ... Sonne, Mond und Sterne, warum habt ihr euer Licht nicht zurückgehalten? Warum verdunkelt sich nicht der Himmel?«

Das Ende kam schneller und nahm einen grauenhafteren Verlauf, als Marius es sich in seinen schlimmsten Albträumen hätte vorstellen können.

Vor die Wahl gestellt, ihrem Glauben abzuschwören und sich auf der Stelle taufen zu lassen oder unter den Streitäxten, Schwertern und Lanzen der Kreuzfahrer einen grausamen Tod zu finden, begingen die Juden rituellen Selbstmord.

Mit dem Lobpreis »Höre, Israel, der Ewige ist unser Gott, der Ewige ist einzig!« auf den Lippen, schnitt der Vater seinen Söhnen und die Mutter ihren Töchtern mit dem rituellen jüdischen Schlachtmesser, das besonders scharf und ohne jede Scharte zu sein hatte, damit das Schlachtvieh schnell und schmerzlos starb, die Kehle durch, um danach Hand an sich selbst zu legen. Und was das Grauen in Marius' Augen noch steigerte, war die für ihn unfassliche Tatsache, dass die Kinder den Tod durch die Hände ihrer Eltern und Großeltern still und ohne Widerstand annahmen.

»Oh Gott, was tun Eure Leute da?«, rief Marius entsetzt, als Rabbi Kalonymos an seine Seite wankte.

»*Al kiddusch haschem,* Freitod für die Heiligung des göttlichen Namens«, antwortete der Rabbi mit schwacher, zitternder Stimme. »Wie einst auf der Felsenfestung Masada*, wo sich die Juden nach heldenhaftem Widerstand gegen die Römer lieber selbst töteten, als von ihren Feinden niedergemetzelt zu werden.«

In diesem Moment entdeckte Marius einen alten Mann, der sich in seinen Gebetsmantel gehüllt hatte und scheinbar unberührt von diesem albtraumhaften Tumult ruhigen Schrittes auf die hereinstürzenden Kreuzfahrer zuging. Er blieb wenige Schritte vor ihnen stehen, kniete sich hin, hob eine Menora gen Himmel und rief mit fester Stimme den vertrauten jüdischen Lobpreis: »Höre, Israel, der Ewige ist unser Gott, der Ewige ist einzig!« Weiter kam er nicht.

Ein Kreuzfahrer, dessen edle Rüstung ihn als Ritter von Rang auswies, baute sich breitbeinig vor ihm auf und schwang sein Schwert mit beiden Händen. Der alte Mann, gehüllt in seinen Tallit, rührte sich nicht von der Stelle. Im nächsten Augenblick rollte sein Kopf, mit einem wuchtigen Schwerthieb vom Rumpf getrennt, in den Sand.

»Lasst auch uns *al kiddusch haschem* wählen, bevor die Kreuzfahrer über uns herfallen können!«, rief jemand aus der Menge hinter ihnen. »Sterben werden wir so oder so!«

Marius konnte den grauenvollen Anblick des Geschehens, das sich unten im Hof abspielte, nicht mehr länger ertragen. Er taumelte von der Brüstung zurück und musste sich übergeben. Viel hatte er nicht im Magen. Es war überwiegend bittere Galle, was er erbrach.

Sarah klammerte sich an ihn. Er spürte, dass sie am ganzen Leib zitterte. Als er sich den Mund abwischte und in ihr leichenblasses Gesicht blickte, las er in ihren Augen das Grauen und dieselbe Angst, die auch ihn würgte.

»Es ist noch nicht alles verloren!«, rief da eine kindliche Stimme. »Ich kann euch helfen, den Kreuzfahrern zu entkommen! Ihr müsst mir nur vertrauen.«

Die Köpfe fuhren herum und richteten sich auf einen Jungen, der am Ende des Gangs stand und höchstens zehn Jahre alt sein konnte. Er trug die Livree eines erzbischöflichen Pagen.

»Niemand wird Emichos Schlächtern entkommen!«, widersprach der Mann, der sie gerade aufgefordert hatte, ebenfalls *al kiddusch haschem* zu wählen, solange noch Zeit dafür war. »Wir sind verloren. Nichts kann uns jetzt noch retten. Wenn Emicho mit seinem Heer weiterzieht, wird es die jüdische Gemeinde von Magenza nicht mehr geben. Wir werden alle tot sein!«

»Doch, ihr könnt ihnen entkommen!«, beharrte der Page. »Es gibt ein Versteck, wo man euch bestimmt nicht findet. Ich kann euch dorthin führen!«

»Dann tu das!«, forderte Rabbi Kalonymos ihn auf und rief in die Runde der Juden, die an die sechzig Personen jeden Alters zählte: »Wenn es noch Hoffnung auf Rettung gibt, darf keiner Hand an sich legen!«

»Kommt! Ihr dürft nicht länger zögern! Die ersten Kreuzfahrer werden gleich die Treppe hochkommen! Wenn sie uns sehen, ist alles verloren!«, drängte der Page und lief los.

Alle folgten ihm, auch der Mann, der eine Rettung aus dieser Lage für unmöglich hielt. Marius und Sarah blieben an der Seite von Rabbi Kalonymos, der sich auf seine Frau und seinen Sohn stützte. Sein schmerzverzerrtes Gesicht verriet, wie schwer es ihm fiel, mit den anderen mitzuhalten. Seine Schulterwunde mochte nicht lebensgefährlich sein, doch sie schmerzte und er befand sich am Ende seiner

Kräfte. Aber er fiel dennoch nicht zurück, sondern biss die Zähne zusammen und hielt Anschluss zum Rest der Gruppe.

Der Page führte sie im Laufschritt durch eine Flucht von prunkvollen Gemächern. Keiner achtete jedoch auf die kostbaren Gemälde, Teppiche und Möbelstücke, mit denen die Räume ausgestattet waren. Sie rannten buchstäblich um ihr Leben und da hinterließ weltliche Pracht nicht einmal einen flüchtigen Eindruck, geschweige denn ein Staunen.

Marius und Sarah hielten sich an der Hand, um im allgemeinen Gedränge nicht voneinander getrennt zu werden. Gemeinsam hasteten sie durch Flure, stolperten eine Treppe hinunter und rannten durch weitere Zimmer. Dann kamen sie zu einer schmalen, steinernen Wendeltreppe, die abwärts führte und unten in einen dunklen Gang mündete. Das einzige Licht kam nun von der Fackel, die der Page zuvor oben an der Treppe entzündet hatte. Aber da der livrierte Junge vorneweg lief und sie zusammen mit Rabbi Kalonymos und seiner Familie fast das Ende der Gruppe bildeten, drang nur ein schwacher Lichtschimmer zu ihnen nach hinten.

Der Gang bestand aus schweren Steinblöcken und war so niedrig, dass groß gewachsene Männer wie Rabbi Kalonymos und sein Sohn Mar Joseph den Kopf unter der gewölbten Decke einziehen mussten, um nicht anzustoßen. Er maß auch weniger als zwei Schritt in der Breite, sodass gerade zwei Personen nebeneinander gehen konnten.

»Wir müssen uns unter der Erde befinden«, keuchte Sarah, der das Kleid durchschwitzt am Leib klebte.

»Ja, und zwar ganz in der Nähe des Doms oder vielleicht

sogar schon unter dem Dom!«, gab Marius zurück. Auch ihm lief der Schweiß über Gesicht und Rücken.

»Hierhinein!«, rief der Page.

Wie die Lemminge stürzten sie durch eine schmale, aber massive Tür aus dicken Eichenbohlen, die der Junge am Ende des Ganges geöffnet hatte, in den dahinter liegenden kühlen dunklen Raum.

»Wo sind wir?«, wollte Rabbi Kalonymos wissen, als er die Tür erreichte.

»Im Secretarium*!«, stieß der Page hervor. »Macht schnell. Ich schließe hinter euch ab, dann seid ihr sicher! Nur wenige kennen diese Kammer. Und verhaltet euch bloß still! Ich komme zurück, sobald die Kreuzfahrer abgezogen sind. Dann zeige ich euch, wie ihr euch durch einen anderen versteckten Ausgang aus der Residenz schleichen könnt.«

»Warte!« Rabbi Kalonymos packte ihn am Arm. »Wie heißt du, Junge?«

»Gerolt.«

»Hör zu, Gerolt! Wenn dir an unserer Rettung liegt, läufst du, sowie die Lage es zulässt, zum Fernhändler Bernward! Er wohnt neben seinem Lagerhaus unten am Rhein, auf halbem Weg zwischen Fischtor und Eisentor. Sag ihm, wo wir uns versteckt halten, und richte ihm von mir aus, dass wir inständig auf seine Hilfe hoffen!«, trug der Rabbi ihm hastig auf. »Bernward ist ein aufrechter Mann unter den Christen dieser Stadt, und wenn er etwas für uns tun kann, wird er nicht zögern, es zu tun. Vielleicht kann er sogar Verbindung mit dem Erzbischof aufnehmen und ihn an seinen Treueschwur erinnern. Wirst du das für uns tun, Gerolt? Es wird nicht zu deinem Schaden sein, das verspreche ich dir!«

Der Page nickte. »Ich werde alles so ausrichten, wie Ihr es mir aufgetragen habt!«, versicherte er und fuhr hastig fort: »Aber jetzt muss ich rasch nach oben zurück und dafür sorgen, dass niemand den Zugang zu diesem Gang entdeckt! Falls doch jemand zufällig auf ihn stößt, wird er hier eine verschlossene Tür vorfinden, die von außen mit einem schweren Eisenschloss verriegelt ist. Also verhaltet euch um Gottes willen bloß still in der Kammer. Dann wird niemand auf den Gedanken kommen, dass sich hier jemand versteckt halten könnte!«

Rabbi Kalonymos murmelte einen Dank und bückte sich unter der niedrigen Tür hindurch. Im nächsten Moment schlug die schwere Eichentür hinter ihm zu. Ein Schlüssel drehte sich im Schloss und der flackernde Lichtschein, der eben noch unter der Türschwelle hindurch in den unterirdischen Raum gesickert war, erlosch.

»Und was ist, wenn der Junge uns in eine Falle gelockt hat und an die Kreuzfahrer verrät?«, fragte eine zitternde Stimme in der Dunkelheit.

Angsterfülltes Schweigen war die Antwort.

Vierunddreißigstes Kapitel

Als sich ihre Augen an die Dunkelheit gewöhnt hatten, wurde offenbar, dass der unterirdische Raum über eine kleine, vergitterte Fensteröffnung verfügte. Sie war ein gutes Stück über Kopfhöhe in das Mauerwerk eingelassen, führte jedoch nicht ins Freie hinaus. Andernfalls hätte Tageslicht durch die Gitter in das Secretarium fluten müssen. Doch der schwache graue Schein, der durch die schmale Öffnung fiel, reichte immerhin aus, um in der Dunkelheit vage Umrisse ausmachen zu können.

Marius kauerte mit Sarah in einer Ecke. Er hatte das Gefühl, keine Luft zu bekommen. Ihm war, als schnürte ihm eine unsichtbare Hand die Kehle zu. Gleichzeitig tauchten immer wieder diese grauenhaften Bilder des *al kiddusch haschem* vor seinem inneren Auge auf.

Sarah zitterte wie Espenlaub.

Marius legte seine Arme um sie, und als sie sich an ihn presste, spürte er die Tränen, die ihr über das Gesicht liefen und seinen Hals nässten. Er wünschte, er hätte sie irgendwie beruhigen und trösten können, doch ihm fehlten die Worte. Für das, was geschehen war und dort draußen wohl noch immer geschah, gab es keine angemessenen Worte des Trostes. Es war zu grauenhaft und lag jenseits dessen, was man durch tröstliche Worte erträglich machen konnte.

Die angsterfüllte Stille, die in dieser unterirdischen Kammer herrschte, während oben im Hof und in den Gemächern der Residenz die Kreuzfahrer mit unmenschlicher Grausamkeit wüteten, wurde von Minute zu Minute zu einer Qual, die einem langsamen Ersticken gleichkam.

Ein Kind begann zu schluchzen. »Still, mein Kind«, flüsterte die Mutter beschwörend.

»Lass es nur weinen«, kam eine schwache, hoffnungslose Stimme aus der Dunkelheit. »Wir sind so oder so verloren. Was macht es für einen Unterschied, wann sie uns finden? Unsere Lage ist aussichtslos.«

»Das dachte der arme Bauer Einochs auch, doch er irrte«, antwortete Rabbi Kalonymos leise.

»Einochs?«, fragte ein Mann aus einer anderen Ecke. »Nie von ihm gehört. Was ist mit ihm gewesen, Rabbi?«

»Erzähl uns die Geschichte vom Bauern Einochs, Rabbi!«, forderte eine andere Stimme ihn auf, die Marius sofort als die des Arztes Jehuda ben Nathan erkannte.

Zustimmendes Gemurmel ging leise wie ein milder Windhauch durch die dunkle Kammer.

»Einochs war ein armer Bauer, der am Meer lebte und dessen kostbarster Besitz ein alter Ochse war«, begann Rabbi Kalonymos, mit gedämpfter Stimme zu erzählen. »Als dieser starb, zog er ihm das Fell ab und verkaufte es auf dem Markt für gerade mal acht Groschen. Auf dem Rückweg in sein Dorf überkam ihn ein starkes menschliches Bedürfnis und er hockte sich hinter einen Busch, um sich zu erleichtern. Als er sein Geschäft erledigt hatte und Gras zum Säubern ausriss, stieß er auf einen kleinen Silberschatz. Als er ins Dorf kam und fröhlich die gefundenen Silbermünzen klingen ließ, eilten sofort die drei Männer, die im Dorf das Sagen hatten und keinem mehr gönnten, als sie selber besaßen, zusammen und bezichtigten ihn des Diebstahls. Da Einochs wusste, dass sie ihn um sein Geld betrügen wollten und daher die Geschichte mit dem gefundenen Silberschatz als Lüge abtun würden, sann er auf eine List und erzählte, das Geld sei der Erlös für den

Verkauf seines Ochsenfells. Als sie das hörten, wollten sie auch schnell reich werden. Deshalb schlachteten sie alle ihre Kühe und Ochsen, zogen ihnen das Fell ab und begaben sich auf den städtischen Markt. Dort lösten die drei Männer mit ihren überhöhten Forderungen jedoch Empörung aus und man brachte sie vor den Richter, der sie auf der Stelle bestrafte. Eine Strafe, die sie mit all ihren Fellen bezahlen mussten.«

»Recht ist ihnen geschehen«, murmelte jemand.

»Um sich an Einochs zu rächen, beschlossen die drei, ihn zu töten«, fuhr Rabbi Kalonymos fort. »Als Einochs davon erfuhr, griff er zu einer zweiten List. Er beschmierte seine Frau mit Schweineblut, als ob sie getötet worden sei, und erweckte sie dann scheinbar durch sein Flötenspiel vor den Augen der drei rachsüchtigen Nachbarn wieder zum Leben. Die drei Männer staunten und fanden, dass die Frau von Einochs nun noch viel schöner und jünger aussah als vor ihrem Tod.«

Ein Kind kicherte in der Dunkelheit und Marius merkte, dass Sarahs Zittern nachließ.

»Nun bestanden die Schurken darauf, ihm diese Zauberflöte für viel Geld abzukaufen, und töteten anschließend ihre Frauen. Doch als sie die Toten mit der Flöte wieder zum Leben erwecken wollten, gelang es keinem von ihnen. Wieder wollten sie Einochs töten, doch dieser vollbrachte nun sein drittes Scheinwunder: Er steckte einer Stute mehrere Geldstücke in den After und machte die drei zu Zeugen, wie das Pferd statt Pferdemist eine Münze nach der anderen ausstieß, wenn man es streichelte. In ihrer Gier fielen sie auch auf diese List herein. Sie kauften ihm die Stute für einen noch größeren Batzen Geld ab, als sie für die Flöte bezahlt hatten. Doch statt ihnen bei jedem

Verdauungsgang einen Strom von Münzen zu liefern, erhielten sie nichts als gewöhnliche Pferdeäpfel.

Jetzt war es mit ihrer Geduld und ihrer Gutgläubigkeit endgültig vorbei. Sie packten Einochs und sein Tod war beschlossene Sache. Sie erlaubten ihm jedoch, sich die Todesart selbst auszusuchen, und er erbat sich, in ein Fass gesteckt und darin im Meer versenkt zu werden. Doch vorher schenkte er ihnen all sein Geld, damit sie sich erst noch ordentlich betrinken konnten. Und während die drei Schurken auf seine Kosten zechten, kam ein Schweinehirt des Weges. Dem erzählte Einochs, dass er im Fass stecke, weil man ihn unbedingt gegen seinen Willen zum Richter machen wolle. Da bot ihm der Schweinehirt, der nur zu gern Richter sein und von den Abgaben anderer bequem leben wollte, sogleich an, ihn zu befreien und mit ihm zu tauschen. So geschah es denn auch. Als nun die drei betrunkenen Schurken zurückkehrten, halfen dem Schweinehirt seine Beteuerungen, er wolle ja Richter werden, nichts und er wurde mit dem Fass im Meer versenkt. Einochs aber kehrte mit der großen Schweineherde ins Dorf zurück. Seine drei Erzfeinde konnten es nicht fassen, ihn lebend und so reich wiederzusehen. Da erklärte Einochs auf ihre Fragen, er komme gerade aus dem Paradies auf dem Meeresgrund, wo es so viele Schweine gebe, wie man sich nehmen wolle. Daraufhin stürzten sich die drei Männer sogleich ins Meer – und Einochs hatte endlich seinen Frieden.«

»Ja, wir dürfen niemals die Hoffnung aufgeben«, sagte Jehuda ben Nathan, als das leise Gemurmel verklungen war. »Wie aussichtslos unsere Situation auch erscheinen mag, im Hoffen und Beten dürfen wir niemals nachlassen!«

»Beten? Gott hat sich von uns abgewandt!«, rief jemand anklagend.

»Es ging einmal ein Jude am Meer entlang«, antwortete Rabbi Kalonymos ruhig und scheinbar ohne jeden Zusammenhang. »Er sah dort im Sand die Fußspuren seines Lebens,die von einer zweiten Fußspur begleitet wurden – jener des HERRN. Doch plötzlich erschrak er, weil er entdeckte, dass auf langen Strecken bloß noch eine einzige Fußspur im Sand zu sehen war – und das gerade in den schwersten, bittersten Zeiten seines Lebens. Zornig rief er Gott an und fragte, warum Er ihn in diesen Zeiten allein gelassen hatte, als er Ihn doch am meisten brauchte. Da antwortete ihm Jahwe: ›Dort, wo du nur eine Spur siehst, dort habe ich dich getragen.‹«

Daraufhin herrschte wieder für lange Zeit Schweigen in der Kammer. Doch diesmal erschien Marius die Stille nicht mehr so qualvoll wie zu Anfang ihres Eingeschlossenseins. Stunden vergingen wie Ewigkeiten, und als draußen die Sonne unterging, umschloss sie endgültig eine Dunkelheit, die sich auch mit den schärfsten Augen nicht mehr durchdringen ließ. So entsetzlich ihre Lage auch war, es ließ die Angst, der Page könnte sie an die Kreuzfahrer verraten wollen, immer mehr nach und die Hoffnung keimte in ihnen auf.

Doch als die Nacht weiter voranschritt, überkam sie eine neue Angst: Was war, wenn der Page sie in der Kammer einfach vergaß oder aus welchen Gründen auch immer keine Möglichkeit hatte, sie wieder herauszulassen?

»Da! Licht!«, stieß plötzlich jemand hervor.

Der heller werdende Lichtschein, der unter der Türritze zu ihnen ins Secretarium drang, bedeutete, dass jemand den unterirdischen Gang mit einer Fackel oder Laterne betreten hatte und sich der Eichentür näherte.

»Kein Laut jetzt!«, zischte Schemarja.

Mit angehaltenem Atem und wie erstarrt kauerte Marius

in der Ecke. Wer war dort jenseits der Tür? Freund oder Feind? Winkte ihnen die Freiheit oder hatten sie vielleicht nur noch wenige Augenblicke zu leben? Sein Herz begann, zu rasen und gegen seine Brust zu hämmern, als ein Schlüssel in das Schloss fuhr. Das Geräusch von Metall auf Metall erschien ihm erschreckend laut. Gleich entschied sich ihr Schicksal!

Die Tür schwang auf und heller Lichtschein erfüllte mit einem Mal die Kammer. Geblendet hob Marius die Hand vor die Augen. Nach den vielen Stunden in völliger Finsternis schmerzte diese Helligkeit. Er blinzelte in das Licht.

»Bist du es, Gerolt?«, rief Rabbi Kalonymos, ebenso geblendet wie alle anderen im Secretarium.

»Ich bin es, Agobard, der Sohn des Fernhändlers Bernward!«, antwortete eine kräftige männliche Stimme. »Und Gerolt ist bei mir. Er hält oben Wache.«

»Gelobt sei Gott!«

Ein erlöstes Aufstöhnen, in das sich manches Aufschluchzen mischte, ging durch die Reihen der am Boden kauernden Männer, Frauen und Kinder.

Marius ließ die Hand sinken, als sich seine Augen nun an das Licht gewöhnt hatten. Er sah einen kräftig gebauten Mann in der Tür, der Anfang dreißig sein mochte. Sein wettergegerbtes Gesicht ließ darauf schließen, dass er die meiste Zeit im Freien verbrachte. Er hatte sich den blutverschmierten, mit einem großen Kreuz versehenen Umhang eines Kreuzfahrers übergeworfen und sich ein Schwert umgegürtet. Und er machte ganz den Eindruck, als wüsste er, mit solch einer Waffe bestens umzugehen, wenn es darauf ankam.

»Was bringt Ihr uns für Nachricht, Agobard?«, fragte Rabbi Kalonymos und richtete sich auf. »Wir wissen, dass die Residenz gefallen und außer uns wohl keiner mehr von denjenigen am Leben ist, die auf den Schutz des Bischofs gebaut hatten. Doch wie sieht es mit unseren Landsleuten aus, die sich in die Befestigung des Burggrafen geflüchtet hatten?«

»Die Soldaten des Burggrafen haben länger standgehalten als die unseres Erzbischofs. Aber schließlich ist auch die Anlage des Burggrafen unter dem Ansturm der Kreuzfahrer gefallen. Überlebende soll es keine gegeben haben«, antwortete Agobard und bemühte sich erst gar nicht, irgendetwas zu beschönigen. »Die meisten eurer Landsleute haben ...« Er zögerte.

»... den Tod durch eigene Hand gewählt?«, fragte der Rabbi.

Agobard nickte. »Was Graf Emicho und seine Kreuzfahrer angerichtet haben, ist ...« Er machte eine hilflose Geste. »Mir fehlen die Worte, um meinen Abscheu auszudrücken ... Ich bin gekommen, um Euch und Eure Freunde in Sicherheit zu bringen. Mein Vater erwartet Euch in seinem Haus am Rheinufer.«

»Und wie sollen wir dorthin gelangen, ohne unterwegs den Kreuzfahrern in die Arme zu laufen und von ihnen niedergemetzelt zu werden?«, wollte Schemarja wissen.

»Ein Großteil der Kreuzfahrer hat die Stadt wegen des Feuers schon verlassen ...«, begann Agobard.

»Was für ein Feuer?«

»Emichos Männer haben bei euch im Judenviertel gewütet, jedes Haus durchsucht und dabei wohl auch mehrere Häuser in Brand gesetzt. Es heißt auch, dass Mar Isaak, der gewaltsam getauft worden ist, sein Haus und die Synagoge angezündet hat, um zu verhindern, dass euer Gotteshaus geschändet und in eine christliche Kirche umgewandelt wird«, berichtete Agobard. »Er soll sich mit seiner Familie in der Synagoge verbrannt haben. Auf jeden Fall steht mittlerweile das ganze Viertel in Brand und das Feuer hat schon auf benachbarte Häuser übergegriffen. Wenn es nicht gelingt, die Brände zu löschen, steht bald ganz Mainz in Flammen.«

»Soll es doch niederbrennen bis auf die Grundmauern!«, rief jemand mit tränenerstickter Stimme aus der Menge, die sich um den Sohn des Fernhändlers drängte.

Agobard ging nicht darauf ein. »Wie gesagt, die meisten Kreuzfahrer haben die Stadt verlassen und die Mainzer Bevölkerung ist vollauf damit beschäftigt, das Feuer einzudämmen. Die Gelegenheit zur Flucht zu uns ins Haus am Fluss ist also günstig.«

Rabbi Kalonymos hielt eine kurze Beratung ab und man kam schnell zu dem Schluss, dass es nicht ratsam war, als geschlossene Gruppe den Weg von der Residenz zum Fluss hinunter zu wagen. Die Gefahr, dabei aufzufallen und doch noch unter die Schwerter und Streitäxte der Kreuzfahrer zu geraten, war einfach zu groß.

Agobards Vorschlag, sich in kleinen Gruppen von höchstens drei, vier Personen auf den Weg zu machen, fand breite Zustimmung. Und es wurde beschlossen, dass Rabbi Kalonymos sich zuerst in Sicherheit bringen sollte, begleitet von Schemarja und seinem Sohn Mar Joseph. Der Rabbi erhob heftigen Einspruch, musste sich schließlich aber dem Willen seiner Restgemeinde beugen.

Marius und Sarah gehörten zu den letzten zehn, die aus der unterirdischen Kammer herauskamen. Und obwohl die Abstände zwischen den einzelnen Gruppen nur wenige Minuten betrugen, zehrte das Warten doch sehr an ihren Nerven.

Dann endlich waren sie an der Reihe. Agobard und der mutige Page Gerolt geleiteten sie durch die dunklen Gänge und führten sie zu jenem geheimen Hinterausgang, durch den sich Erzbischof Ruthard und seine Soldaten viele Stunden vorher vor den mordlustigen Kreuzfahrern in Sicherheit gebracht hatten.

»Beeilt euch und passt gut auf!«, ermahnte Agobard sie zum Abschied. »Viel Glück!« Marius und Sarah liefen los.

Fünfunddreißigstes Kapitel

Die Mitternacht lag schon mehrere Stunden zurück, wie der Stand des Mondes verriet. Doch statt nächtlicher Finsternis erhob sich lodernder Feuerschein über der Stadt. Der Nachthimmel über Mainz glühte vom Widerschein der Flammen, die das Judenviertel in Schutt und Asche legten und auch vor den Häusern der Christen nicht haltmachten.

»Lass uns einen großen Bogen schlagen, das ist sicherer«, sagte Marius und zog Sarah rasch nach rechts in eine Gasse, denn der Platz zu seiner Linken war, wie er gerade noch bemerkt hatte, von Leichen übersät – Leichen, die aller Kleidung beraubt waren.

Mit den Bildern apokalyptischen Grauens im Kopf und mit vor Angst geschärften Sinnen hasteten sie durch die nächtlichen Gassen. Sie mieden jegliches Licht und hielten sich dicht an den Hauswänden, wo der Schlagschatten am dunkelsten über sie fiel.

Es gab Momente, da hatte Marius das Gefühl, die Welt um ihn herum sei aus den finstersten Abgründen des Bösen aufgestiegen und hätte alles ausgelöscht, was ihm einst vertraut gewesen war. Kam dieser zuckende Flammenschein am Himmel denn nicht geradewegs aus den Pforten der Hölle, die sich unter ihnen geöffnet hatten? Ihm war, als hätte das Böse die Seelen der Menschen verbrannt und als lauerten nun überall die Handlanger des Teufels, die sich vielerlei Tarnungen bedienten. Sie kamen als abgebrühte Kreuzfahrer und eifernde Priester daher, als verführte Kindersoldaten und anfeuernd kreischende Weiber – oder in der Maske einstiger Nachbarn, mit denen man sein Leben lang friedlich Tür an Tür gelebt hatte.

Wie in einem Zustand der Entrückung lief Marius mit Sarah durch die Straßen. Und dann geschah es: Als sie in unmittelbarer Nähe vom Fischtor um eine Hausecke bogen, liefen sie geradewegs einer fünfköpfigen Gruppe von Kreuzfahrern in die Arme.

Dabei hatte Marius vorher noch vorsichtig um die Ecke gespäht und sich vergewissert, dass der Weg frei war. Doch kaum hatten sie die Gasse betreten, als plötzlich diese fünf Männer unmittelbar vor ihnen aus einem Tordurchgang auftauchten.

»Halt! Wohin des Weges!«, schrie einer der Kreuzfahrer, sprang auf Marius zu und setzte ihm die Klinge seines Kurzschwertes auf die Brust.

Zwei andere Männer packten Sarah, rissen sie herum und pressten sie gegen die Hauswand. »Das ist eine verfluchte Jüdin!«, schrie einer. »Seht euch bloß ihre Kleidung an! Uns sind zwei verdammte Juden ins Netz gegangen!«

»Es lohnt sich also doch, mal eine Weile ruhig in einem dunklen Winkel zu hocken und zu sehen, wer da vorbeischleicht!«, rief einer der Männer voller Genugtuung.

»Los, schneiden wir ihnen die Kehle durch!«

»Nein! Nicht!«, schrie Marius entsetzt. »Ihr macht einen schrecklichen Fehler! Wir sind keine Juden!« Doch im selben Moment wusste er, dass nichts helfen würde, den Tod von ihnen abzuwenden. Sarah würde sich schnell als Jüdin verraten, sowie die Männer ein christliches Bekenntnis von ihr verlangten und sie aufforderten, den Irrglauben der Christusmörder zu verfluchen. Und wenn sie merkten, dass er versucht hatte, einer Jüdin zur Flucht zu verhelfen, würden sie auch ihn nicht verschonen.

»Dann soll sie auf das Kreuz unseres Heilands schwören, dass sie getauft ist!«, schlug einer der Männer vor. »Und dir brauchen wir ja bloß die Hosen vom Leib zu reißen. Dann sehen wir ja, ob du beschnitten* bist oder nicht!«

»Das könnt ihr euch sparen, Männer!«, rief da der hagere Mann, der sich bisher zurückgehalten hatte. »Das sind keine Juden, sondern welche von uns.«

Marius fuhr wie unter einem Blitzschlag zusammen, denn er kannte die Stimme! »Arnulf?«, stieß er ungläubig hervor. »Bist du es?«

Die hagere Gestalt trat näher. »Ja, ich bin's, mein Freund!«, bestätigte er und hob seine verkrüppelte Hand zum Gruß. Und zu seinen Komplizen sagte er: » Das ist mein Landsmann Marius mit seinem Liebchen Agnes! Sie kommen wie ich aus dem Prümer Land. Ihr habt euch gehörig vergriffen, Freunde. Also lasst sie los!«

»Ich traue dem Braten nicht. Du redest viel, wenn der Tag lang ist, Arnulf!«, sagte der Mann, der Marius das Schwert auf die Brust gesetzt hatte, mit unverhohlenem Misstrauen.

»Ja, wer weiß, ob er sich das nicht nur ausgedacht hat, weil ihm das viele Blut auf den Magen schlägt. Er ist schon den ganzen Tag so seltsam!«, sagte ein anderer argwöhnisch. »Hat er nicht mehr als einmal versucht, uns davon abzubringen, Juden zur Hölle zu schicken, wo sie nun mal hingehören?«

»Unsinn!«, erwiderte Arnulf scharf. »Ich kann beweisen, dass Marius ein Landsmann von mir ist und dass wir uns kennen. Zieht ihm das rechte Hosenbein hoch, dann findet ihr auf seinem Oberschenkel eine Brandnarbe, die noch gar nicht so alt ist. Ich habe ihn da vor ein paar Wochen mit der Fackel erwischt, als wir gegen ein Rudel Wölfe gekämpft haben.«

Einer der Männer zog sein Messer und schlitzte Marius kurzerhand das rechte Hosenbein bis fast zur Hüfte hoch auf. »Ja, da ist tatsächlich eine große Narbe, die von einer Brandwunde stammen könnte!«, stellte er fest.

Arnulf nutzte den Moment der Überraschung, um bei seinen Komplizen auch noch die letzten Zweifel auszuräumen. »Wisst ihr noch, welche Parole wir gebraucht haben, als wir das letzte Mal zur Wache eingeteilt wurden?«

»Klar, diesen saublöden Spruch, den dir deine selige Martha immer vorgehalten hat«, sagte der Mann, der Marius in Schach hielt.

Arnulf grinste. »Marius, nun sag ihnen, was ich mir von meiner Frau immer habe anhören müssen, wenn ich mich über andere beklagt habe!«.

Marius brach der Schweiß aus, während er sich fieberhaft zu erinnern suchte. Wie lautete dieser Spruch, von dem nun ihr Leben abhing? Er wusste noch, dass Arnulf ihm am Lagerfeuer von seiner Frau erzählt hatte. Doch was genau waren ihre Worte gewesen? Ihm war, als wäre sein Gedächtnis auf einmal blank gewischt wie eine beschriebene Schiefertafel, über die ein nasser Lappen gefahren war.

»Wenn er das nicht weiß, nehmen wir uns erst mal sein Liebchen vor ...«, drohte der Mann mit dem Schwert.

Marius bemerkte, dass Arnulf die Hand auf sein Schwert legte, als wollte er ihnen notfalls mit Gewalt und unter Einsatz seines eigenen Lebens zur Flucht verhelfen.

Doch da fielen Marius die entscheidenden Worte plötzlich wieder ein und hastig stieß er hervor: »Martha hat immer gesagt: ›Bevor du dich um den Frost auf dem Dach deines Nachbarn kümmerst, kehre erst mal den Schnee vor deiner Haustür weg!‹«

Zwei der Männer lachten, als sie den Spruch hörten, mit dem Arnulf sie offenbar schon bis zum Überdruss heimgesucht hatte. »Ja, der seligen Martha heilige Worte!«, spottete einer von ihnen, während Arnulf sich entspannte und die Hand vom Schwertgriff nahm.

Gelächter setzte ein, in das auch der Mann mit dem blank gezogenen Schwert einstimmte. Er gab Marius frei, schob seine Waffe in die Scheide und schlug ihm kräftig auf die Schulter. »Nichts für ungut, Kamerad, aber wenn ihr schon Juden plündert, dann sollte dein Liebchen die Finger von jüdischen Klamotten lassen. Das kann euch das nächste Mal den Kopf kosten!«

Marius nickte. »Daran ... haben ... haben wir ... nicht gedacht!«, stammelte er.

Auch Arnulf versetzte ihm einen freundschaftlichen Stoß in die Rippen. »Hätte nie gedacht, dass ich mal deinen Kopf aus der Schlinge ziehen müsste«, sagte er und zwinkerte ihm zu. Er hatte wohl die ganze Zeit gewusst, dass Sarah nicht gestohlene Kleidung trug, sondern Jüdin war. »Mach es gut, Marius. Wir sehen uns ja gewiss später im Lager!«

»Sicher«, gab Marius zurück.

Die anderen Kreuzfahrer entfernten sich schon, als Arnulf leise sagte: »Ich hoffe, ihr kommt durch!« Und ohne eine Antwort abzuwarten, wandte er sich um und entfernte sich rasch, um seine Komplizen einzuholen.

Sie kamen durch in dieser Schreckensnacht. Nicht nur Sarah und Marius, sondern alle dreiundfünfzig Personen, die im unterirdischen Secretarium Zuflucht gefunden hatten, trafen nach und nach am Hafen im Haus des Fernhändlers Bernward ein.

Sechsunddreißigstes Kapitel

Rabbi Kalonymos trug einen frischen Verband um seine verletzte Schulter, als er sich zwei Stunden vor Morgengrauen im Lagerhaus an die versammelte Gruppe der Flüchtlinge wandte, die dank des Pagen Gerolt dem Massaker in der Bischofsresidenz entkommen waren.

»Ich habe euch etwas Wichtiges mitzuteilen!«, sagte er und ließ im schwachen Licht einer Öllampe, deren Docht ganz heruntergedreht war, seinen Blick über die bleichen Gesichter schweifen, die von Hoffnungslosigkeit und Grauen gezeichnet waren. »Ein Bote des Bischofs ist eingetroffen.«

»Zur Hölle mit dem Verräter!«, fluchte jemand. Erregtes Stimmengewirr setzte ein.

Rabbi Kalonymos hob die Hand und das Stimmengewirr erstarb schnell wieder. »Er hat seinen Hauptmann mit einer Abteilung Soldaten geschickt. Sie sind mit dem Boot aus Rüdesheim gekommen, wo Bischof Ruthard dreihundert gepanzerte Soldaten um sich geschart hat. Er bietet uns Aufnahme und Schutz in seiner Residenz in Rüdesheim an.«

»Haben wir diese Worte nicht schon mal gehört? Hatte er uns nicht Treue bis in den Tod geschworen, um dann feige zu flüchten, kaum dass die Kreuzfahrer drohten, auch ihn zu töten? Was für ein mutiger Fürst und Ehrenmann unser Bischof doch ist!«, höhnte jemand und löste erneut ein Stimmengewirr aus, das von Bitterkeit, ohnmächtigem Zorn und Flüchen beherrscht wurde.

Diesmal brauchte Rabbi Kalonymos länger, bis er es geschafft hatte, dass wieder Ruhe einkehrte. »Ich weiß, Ruthard hat uns bitter im Stich gelassen. Aber seien wir ehrlich: Hätte er uns vor der Mordlust der Kreuzfahrer retten können, auch wenn seine Soldaten bis zum letzten Atemzug gekämpft hätten? Die Antwort ist nein! Früher oder später hätte Emichos Mörderbande den Palast gestürmt. Ihr wisst das so gut wie ich. Und wenn er es nicht ehrlich meinen würde, hätte er sich dann die Mühe gemacht, den Hauptmann zu entsenden, um zu sehen, wer von uns sich hat retten können, und um uns zu sich zu holen?«

Niemand widersprach ihm.

»Nun hat der Bischof dieses Boot mit Soldaten geschickt und lässt uns durch seinen Hauptmann ausrichten, dass wir uns zu ihm nach Rüdesheim flüchten können«, fuhr Rabbi Kalonymos fort. »Das mag keine Garantie dafür sein, dass wir dort auch wirklich sicher sind. Aber ich frage euch: Welche andere Möglichkeit haben wir denn? Wie lange können wir wohl hoffen, in diesem Haus unentdeckt zu bleiben?«

Ratloses Schweigen antwortete ihm.

»Irgendwann müssen wir uns wieder hinauswagen! Und dann werden keine dreihundert gepanzerten Soldaten zur Stelle sein, um uns zu schützen. Dagegen steht die Hoffnung, vielleicht im Schutz der Nacht unentdeckt nach Rüdesheim zu kommen und uns dort in der Residenz verstecken zu können, bis Graf Emicho mit seinem Heer weitergezogen ist. Die Gelegenheit ist günstig!«, rief Rabbi Kalonymos beschwörend. »Denn noch sind die Mainzer vollauf damit beschäftigt, das Feuer in der Stadt zu löschen, und das Boot des Bischofs liegt gleich hier unten an Bernwards Landungssteg. Wenn es jedoch Tag wird, ist an ein heimliches Wegkommen nicht mehr zu denken.«

Eine kurze und heftige Beratung setzte ein. Schließlich erhob sich Jehuda ben Nathan und erklärte mit fester Stimme: »Wir können es drehen und wenden, wie wir wollen: Es gibt keine bessere Alternative als das, was uns Ruthard anbietet! Deshalb schlage ich vor, dass wir nicht länger kostbare Zeit mit nutzlosem Gerede vergeuden, sondern uns unverzüglich auf das Boot und flussabwärts nach Rüdesheim begeben! Wer hierbleiben will, soll hierbleiben!«

Nicht einer beschloss, in Mainz zurückzubleiben.

Wenig später hasteten die Juden und Marius mit ihnen zum Landungssteg hinunter, wo auf der linken Seite das mit Soldaten besetzte Boot des Bischofs angelegt hatte. Auf der rechten Seite lag ein bedeutend größeres Rheinschiff vertäut, das einen schweren Mast trug und für mindestens zwei Dutzend Ruderplätze ausgelegt war. Auch auf diesem Schiff herrschte rege Geschäftigkeit.

Als Marius und Sarah sich der Laufplanke näherten, die an Bord des erzbischöflichen Bootes führte, hielt Rabbi Kalonymos sie zurück. Er bedeutete ihnen, ihm auf die andere Seite des Landungssteges zu folgen. Dort eröffnete er ihnen, dass sie nicht mit den anderen im Soldatenboot nach Rüdesheim fahren, sondern Mainz auf dem Handelsschiff verlassen würden – und zwar in entgegengesetzter Richtung. »Das Schiff gehört Bernward und sein Sohn Agobard befehligt es seit Jahren. Bei ihm seid ihr in Sicherheit.«

»Aber wir wollen nicht ohne Euch …«, versuchte Marius zu widersprechen.

Rabbi Kalonymos fiel ihm mit sanftem Nachdruck ins Wort. »Es muss sein, Marius, dass wir hier voneinander Abschied nehmen. Das Schicksal hat dich und Sarah zusammengeführt und das ist ein großes Zeichen der Hoffnung in jener entsetzlichen Finsternis, die sich in diesen

Wochen über unser Volk gelegt hat. Sarah und du, ihr habt einen anderen Weg vor euch, der euch beide nach Süden führt nach Lucca und nach Ravenna. Das Schiff bringt euch bis nach Basel und dort könnt ihr euch Bartholo anschließen. Denn wie du mir ja erzählt hast, will er in dieser Stadt gute Freunde besuchen und eine längere Rast einlegen, nicht wahr?«

Marius nickte beklommen.

»Ihr werdet vermutlich eher dort eintreffen als Bartholo. Aber Agobard wird in Basel für euch sorgen«, fuhr Rabbi Kalonymos fort. »Es ist alles mit Bernward und seinem Sohn besprochen und für die beiden würde ich meine Hand jederzeit ins Feuer legen. Es ist wirklich eine Fügung des Schicksals, dass Agobard heute mit dem Schiff aus Köln eingetroffen ist. Sein Vater hat schon voller Bangen auf ihn gewartet, um seine kostbaren Handelswaren aus dem Lagerhaus in Sicherheit zu bringen. Wie gesagt, bei Agobard und seiner Mannschaft seid ihr in den besten Händen. Aber dennoch: Hier ist genug Geld, damit ihr es im Notfall auch allein bis in die Lombardei schafft«, sagte er und drückte Marius einen kleinen Beutel mit Münzen in die Hand. Dann drängte er, dass sie sich an Bord des Handelsschiffes begaben. Denn Agobard könne es nicht erwarten, die Leinen loszuwerfen, um mit seiner kostbaren Handelsfracht so schnell wie möglich von Mainz und den plündernden Kreuzfahrern fortzukommen.

»Ich werde Euch niemals genug für alles danken können, was Ihr und Eure Leute für mich getan habt«, sagte Marius zum Abschied.

»Doch, das kannst du«, erwiderte der grauhaarige Rabbi, fasste ihn trotz der Schmerzen, die er haben musste, mit beiden Händen an der Schulter und sagte eindringlich:

»Und zwar indem du dein Herz nicht von dem Entsetzlichen vergiften lässt, dessen Zeuge du hier in Mainz geworden bist. Wehre dich mit aller Kraft dagegen, an die Übermacht des Bösen zu glauben. Keine Macht der Welt ist am Ende stärker als Liebe und Barmherzigkeit. Und denke daran: Wenn der Mensch an seinem Lebensweg nicht irre werden soll, muss er etwas haben, das wichtiger ist als er selbst! Das gilt auch für dich, Sarah!«

Sarah nickte, während ihr die Tränen über das Gesicht liefen. Sie warf sich an seine Brust und er küsste sie auf das Haar, bevor er sie sanft von sich drückte und ihnen seinen Segen gab.

Auch Marius umarmte ihn zum Abschied und schämte sich seiner Tränen nicht. Dann stolperte er mit Sarah auf das Handelsschiff des christlichen Fernhändlers, das kurz darauf die Leinen loswarf und vom Landungssteg ablegte – fast gleichzeitig mit dem Boot des Erzbischofs.

»Werden wir sie wiedersehen?«, fragte Sarah mit erstickter Stimme, während mehr als zwei Dutzend Ruderblätter kraftvoll durch die dunklen Fluten rauschten und die beiden Boote rasch voneinander wegstrebten.

Marius schwieg, weil er nicht etwas sagen wollte, woran er nicht glaubte. Lügen vermochten längst keinen Trost mehr zu bringen.

»Wir werden Rabbi Kalonymos, seine Familie und all die anderen nie wiedersehen«, gab Sarah sich selbst die Antwort.

»Nein«, sagte Marius nun leise.

Bald hatte die Dunkelheit das flussabwärts gleitende Boot des Erzbischofs verschluckt. Etwas länger dauerte es, bis endlich die brennende Stadt außer Sicht war und schließlich auch der Feuerschein am Himmel im schwarzen Meer der Nacht erlosch.

Marius und Sarah blieben an Deck. Sie kauerten am Bug, gegen eine Taurolle gelehnt, und das Schweigen, das sie miteinander teilten, verband sie so stark wie die Arme, die sie umeinandergelegt hatten. Sie glaubten, nie wieder im Leben Schlaf finden zu können, aber irgendwann fielen ihnen doch die Augen zu.

Als sie erwachten, glitt das Handelsschiff durch eine friedlich stille Landschaft, über die der aufsteigende Sonnenball sein erstes sanftes Licht warf.

»Ein neuer Tag«, sagte Sarah und sie klang erstaunt, als hätte sie es nicht für möglich gehalten, dass die Sonne noch einmal aufgehen würde.

Ja, ein neuer Tag – und ein neues Leben!, dachte Marius und wurde plötzlich von einem Gefühl überwältigt, das ihn sowohl mit unsäglichem Schmerz als auch mit Hoffnung erfüllte. Nichts würde mehr so sein, wie es einst gewesen war. Und dennoch: ein neuer Tag!

Nachwort

Das Schicksal der etwa 53 Personen, die im Secretarium Zuflucht gefunden hatten und so dem Massaker entkommen waren, ist gut dokumentiert, auch wenn die hebräischen Augenzeugenberichte der wenigen Überlebenden in einigen Details abweichende Aussagen enthalten. Gesicherte historische Erkenntnis ist jedoch, dass der Vorsteher der jüdischen Gemeinde in Mainz, Rabbi Kalonymos ben Meschullam, mit seiner Familie und den anderen Juden Rüdesheim noch in derselben Nacht erreichte. Dort nimmt Erzbischof Ruthard sie in seiner Residenz auf und schwört ihnen erneut, sie notfalls mit der Kampfkraft seiner dreihundert gepanzerten Soldaten vor weiterer Verfolgung zu schützen.

Als die Kreuzfahrer und ein Teil der Rüdesheimer Bevölkerung davon Wind bekommen, vor die Bischofsresidenz ziehen und Ruthard drohen, auch in diesen Palast mit Gewalt einzudringen und ihn dafür büßen zu lassen, dass er die Partei der Juden ergreift, verlässt ihn jedoch wieder der Mut. Er nimmt seinen Treueschwur zurück, lässt Rabbi Kalonymos rufen und teilt ihm, dem Augenzeugenbericht des Salomo ben Simeon nach, Folgendes mit: »Ich kann euch ferner nicht retten. Euer Gott ist von euch gewichen und will keinen Rest und Flüchtling von euch übrig lassen; ich habe nicht mehr die Macht, euch ferner noch rettend beizustehen. Wisse nun, was du und deine Gesellschaft bei dir zu tun habet: Entweder ihr bekennt euch zu unserem Glauben oder ihr büßt die Schuld eurer Väter!«

Die Wahl heißt also wieder einmal Tod oder Taufe!

Über die weiteren Ereignisse geben die Aufzeichnungen aus jener Zeit unterschiedliche Auskünfte. Einige der alten hebräischen Dokumente berichten, Rabbi Kalonymos habe sich mit seinen Gefährten besprochen, was zu tun sei, und angesichts ihrer hoffnungslosen Lage hätten schließlich auch sie beschlossen, *al kiddusch haschem,* den Freitod für die Heiligung des göttlichen Namens, zu wählen. »Da erhoben sie sich alle zusammen und sprachen den Segensspruch zu ihrer Opferung«, wie Salomo ben Simeon in seinem Bericht schreibt, »erkannten wie aus einem Munde und einem Herzen die Allgerechtigkeit Gottes und übernahmen das Joch Seiner Verehrung.«

Rabbi Kalonymos soll zuerst zum Messer gegriffen und seinen Sohn Mar Joseph getötet haben. Als der Bischof davon erfuhr, reagierte er mit großer Empörung und erklärte, dass er ihnen nun nicht mehr helfen wolle – was Rabbi Kalonymos wohl nur als die heuchlerische Empörung eines Mannes empfinden konnte, der zum zweiten Mal wortbrüchig geworden war und auf einmal so tat, als hätte er sie doch noch retten können und als könne er nun seine Hände in Unschuld waschen.

Was auch immer Rabbi Kalonymos in dieser schicksalhaften Stunde gedacht und empfunden haben mochte, es veranlasste ihn laut der Niederschrift des Salomo ben Simeon auf jeden Fall dazu, sein Messer zu ziehen und sich auf den Bischof zu stürzen, der ihr Gold und Silber genommen, ihnen Waffentreue bis in den Tod geschworen – und sie dann doch dem grausamen Schicksal in Gestalt der Kreuzfahrer überantwortet hatte, kaum dass seinem eigenen Leben Gefahr drohte. Rabbi Kalonymos gelang es jedoch nicht, den schändlichen Verrat an seinen Landsleuten in Mainz und hier in Rüdesheim zu rächen, indem er den Bischof tötete, bevor er sich selbst das Leben nahm. Er wurde von Ruthards Dienern gepackt und mit einem Holzscheit erschlagen.

In anderen Quellen findet sich dieser Angriff auf den Bischof nicht. Jenen Berichten zufolge soll Rabbi Kalonymos gleich nach dem Tod seines Sohnes rituellen Selbstmord begangen haben. In wieder anderen Aufzeichnungen findet sich die Vermutung, der Rabbi sei im Wald auf der Flucht von seinen Verfolgern erschlagen worden. Fest steht jedoch, dass er mit dem Großteil seiner Gefährten um den 1. Juni herum den Tod fand – durch eigene Hand oder durch die der Kreuzfahrer. Nur ganz wenige Mainzer Juden entkamen diesen tagelangen Massakern im Mai 1096. Zu den Überlebenden der Pogrome, die in Mainz den Tod von schätzungsweise 1.000 bis 1.200 jüdischen Einwohnern forderten und die blühende Gemeinde Magenza fast völlig vernichteten, gehörten auch einige Kinder und Jugendliche.

Graf Emicho zog mit seinem Heer nach Köln weiter, wo es schon vor seiner Ankunft zu schweren Ausschreitungen gegen die jüdische Gemeinde gekommen war. Die Kreuzfahrer brannten die Synagoge nieder. Da viele Juden aber vorher schon in umliegende Dörfer und in die Häuser befreundeter Christen geflohen waren und der Kölner Erzbischof sich den Schergen des Grafen entschlossener entgegenstellte, als Ruthard es getan hatte, forderte der Judenhass des Fanatikers in Köln ›nur‹ einige wenige Tote.

Indessen hatten sich Anhänger des Grafen von der Hauptstreitmacht getrennt, um auch das Moseltal und Trier von Juden zu »säubern«. Von dort zogen sie nach Metz weiter, wo sie mindestens zwei Dutzend Juden ermordeten. Als sie schließlich Mitte Juni in Köln eintrafen, mussten sie feststellen, dass Graf Emicho nicht auf sie gewartet hatte, sondern sich mit seinen Truppen schon auf dem Weg nach Ungarn befand. Daraufhin zog dieser Haufen Kreuzfahrer den Rhein flussabwärts und fiel in Neuß, Wevelinghofen, Eller und Xanten über die Juden her, bevor sich diese kleinere Truppe auflöste und in alle vier Winde zerstreute.

Im Juni 1099, fast vier Jahre nach Papst Urbans Aufruf, in den Heiligen Krieg gegen die Muslime zu ziehen und Jerusalem zu befreien, stand Gottfried von Bouillon mit einem Heer deutscher und französischer Ritter vor den Mauern der Heiligen Stadt. Am 15. Juli gelang es den Kreuzfahrern, den Widerstand der Verteidiger zu brechen und in die Stadt einzudringen. Der Kampf in den Straßenschluchten dauerte bis in die Nacht und ging dann in ein gnadenloses Morden über. Nach jahrelangen Strapazen und Entbehrungen entluden sich Hass und Vernichtungswut in einer wahren Orgie ungezügelter Grausamkeiten. Die Kreuzfahrer trieben die Bewohner wie Vieh durch die Straßen, drangen in die Häuser und Moscheen ein und metzelten jeden nieder, der ihnen in den Weg kam. Männer, Frauen und Kinder, ohne jeden Unterschied. Dieser blutrünstige Ausbruch von christlichem Fanatismus sollte den Fanatismus des Islam neu entfachen und das Verhältnis zwischen Christen und Muslimen für viele Jahrhunderte schwer belasten.

Die Juden hatten sich in ihre Hauptsynagoge geflüchtet. Die Kreuzfahrer setzten das Gebäude in Brand, weil die Juden angeblich mit den Muslimen gemeinsame Sache gegen die »Soldaten Christi« gemacht hatten, und so fanden die Eingeschlossenen in der brennenden Synagoge den Feuertod.

Erst als keine Muslime und Juden mehr übrig waren, die man hätte niedermetzeln können, versammelten sich die Fürsten des Kreuzfahrerheeres, um in feierlicher Prozession durch die verödeten christlichen Viertel – die Christen Jerusalems waren nicht ermordet, sondern nur ausgewiesen worden! – zum Dankgottesdienst in der Heiligen Grabeskirche zu ziehen. Indessen lag der Mann, der die Verantwortung für den ersten Kreuzzug trug (dem bis 1270 noch sechs weitere Kreuzzüge folgen sollten), im fernen Italien krank darnieder. Papst Urban II. starb am 29. Juli 1099 in Rom, zwei Wochen nach der Eroberung Jerusalems. Die Nachricht vom Sieg der Kreuzfahrer erreichte ihn nicht mehr.

Graf Emicho befand sich nicht unter den Rittern, die wie besessen in Jerusalem wüteten und ein unglaubliches Blutbad unter den Bewohnern anrichteten. Er sollte das Heilige Land nie erreichen. Plündernd zog er im Sommer 1096 in Ungarn ein. Doch an der Donau geriet sein Vormarsch ins Stocken, weil ihm König Koloman den freien Durchzug verwehrte. Nach wochenlangen Scharmützeln mit ungarischen Truppen am Donauarm bei Wieselburg wurden die Kreuzfahrer bei der Belagerung der Stadt durch einen überraschenden Ausfall der Eingeschlossenen überrumpelt und in Panik versetzt. Nach einer kurzen, aber heftigen Schlacht war das Kreuzfahrerheer geschlagen und die meisten Ritter gefallen.

Graf Emicho entkam mit einer Handvoll Getreuer auf schnellen Pferden und flüchtete in die rheinische Heimat zurück, wo der grausame Fanatiker 1117 starb. Jahrhundertelang hielt sich eine christliche Legende, wonach die gequälte Seele des Grafen auf ewig durch Mainz geistere und die Menschen anflehe, für sie zu beten, um ihn, den Verfluchten, von den Höllenstrafen zu erlösen.

Bis zum heutigen Tag wird der im Rheinland ermordeten Juden aus dem Jahr 1096, deren Zahl auf 2.000 bis 3.000 Personen geschätzt wird, beim Sabbatgebet gedacht. Was damals geschah, hinterließ tiefe Spuren im Judentum. Nicht nur der Kaddisch; der seinem Wortlaut nach eigentlich eine überschwängliche Lobpreisung Gottes darstellt, wurde in jener Zeit zum Totengebet umgewidmet, sondern die entsetzlichen Massaker fanden auch ein seit mehr als neunhundert Jahren widerhallendes literarisches Echo in den *pijutim,* den liturgischen Dichtungen. Eine davon, der *pijut* des Kalonymos ben Jehuda, Sproß einer der bedeutendsten Mainzer Familien und Überlebender der Massaker des ersten Kreuzzuges, heißt *Die Stimme, die so wimmert* und wird bis zum heutigen Tag in den Gemeinden Mittel- und Osteuropas am Nachmittag des Versöhnungstages beim Gottesdienst vorgetragen.

Die Stimme, die so wimmert

Die Stimme, die so wimmert,
ist die Stimme von Jakobs Kindern,
die von Frevlerhänden erschlagen werden.
Einst die Herren, werden sie jetzt
in fremden Landen durch Knechtschaft gedrückt
und durch das Joch, das man ihnen aufgelegt.

Man würgt sie, hängt sie
und vertilgt sie auf allerlei Art,

doch umso fester hangen sie Dir an.
Den lebendigen Gott sollten sie verlassen
und dafür ihren heidnischen Unfug lernen,
deshalb wurden sie geschlagen ohne Maß und Ziel.

Die Vogelfänger legten Schlingen
und glaubten, sie darin zu fangen,
dass wir Deine Einheit tauschen
gegen Baalsdienst. Sie wollten ganz
vernichten das heilige Volk,
der Name Israel sollte nicht mehr gedacht werden.

Darum hefteten sie in ihrer Arglist
das Zeichen ihres Gräuels an ihre Kleider,
damit man abfalle beim Anblick dieser Nichtigkeit von
Deiner Religion.
Darum eröffneten sie Streitreden gegen Deinen Glauben.
Doch wir, bewaffnet mit Deinen Pfeilen, erwiderten:
»Wir bleiben unserem Gotte getreu bis in den Tod!«
Den Hals streckten wir
dem großen Schlachtmesser entgegen,
gerechte Frauen eilten und brachten ihre Kleinen her,
gleich Tauben als Ganzopfer zum Wohlgefallen,
willig reichten sie dieselben
Dir als wohlgefällige Gabe.

Väter, im eigenen Blute schwimmend,
schlachteten ihre Kinder
und sahen in freudiger Gottergebenheit
das Blut zusammenfließen.
Um Deinen einzigen Namen zu erheben,
schonten sie nicht ihr Leben.

In seliger Begeisterung
riefen sie bei ihrer Ermordung
als Segensspruch: »Höre Israel!«
Einstimmig eilten Eltern und Kinder,
Bräutigame und Bräute hin zur Schlachtbank
wie zu ihrem Trauhimmel.

Es endeten Deine holden Kinder,
die anmutigen Pflänzlinge wurden aufgetrieben.
Du hast den Stammvätern
bei der Opferung Isaaks
bei Dir selbst zugeschworen,
ihre Nachkommen wie die Sterne des Himmels zu
vermehren.

Oh, siehe, siehe die vielen Opferungen dieser,
die im Leben Dich liebten
und in ihrem Tode sich nicht von Dir trennten,
die bereit waren, Deinen einzigen Namen zu
verherrlichen.
Gedenke ihrer frommen,
unverbrüchlich an Dir haltenden Liebe.

Gedenke, oh Gott, und vergiss nie
den Überrest jener mit Schmerzen Heimgesuchten.
Forderer der Blutschuld,
fordere und richte!
Erscheine zur Vergeltung
des vergessenen Volkes!

Tue es, erhebe Dich
ob meiner Bedränger Wut,
führe die Bedrücker und Räuber zur Strafe.
Nimm dich schonend Deiner Erkorenen an,
dass sie Schutz unter Deinen Fittichen finden,
alle ihre Frevel bedecke Deine Liebe.

Stärke und erhebe
den Rest Deiner Geretteten,
die Nachkommen Deiner Frommen,
die Deiner Gnade harren,
vernimm ihr Flehen vom Sitze Deiner Majestät,
denke an Abraham, Isaak und Israel, Deine Diener.

Obwohl die christliche Religion eine Religion des Friedens und der Barmherzigkeit ist, sind nicht wenige Historiker, die sich mit den Kreuzfahrern und den von ihnen angerichteten Massakern beschäftigen, in der Behandlung dieses Themenbereichs erstaunlich nachsichtig. Die einen kommentieren die Pogrome mit dem Hinweis, dass wegen der Naturkatastrophen, Missernten und der Bevölkerungsexplosion im 11. Jahrhundert ohnehin schon eine gewaltbereite Grundstimmung unter der Bevölkerung geherrscht habe und dass der religiöse Fanatismus, der von der Idee des Kreuzzuges ausging, nur der verhängnisvolle Funke gewesen sei, der dieses Pulverfass zur Explosion gebracht habe. Andere verweisen mit ähnlich entschuldigenden Untertönen darauf, dass die Menschen damals in der Erwartung der Apokalypse, des Endes aller Zeiten, gelebt hätten und in ihrer »Endzeitstimmung« daher bereit gewesen seien dem damaligen Märtyrer-Ideal nachzueifern, im Namen Christi und des Kreuzes zu sterben und – in geradezu perverser Paradoxie zu den Grundlagen ihres Glaubens – dafür auch unbarmherzig zu töten.

Sicherlich stimmt das eine wie das andere, nur reichen diese Beobachtungen allein noch nicht für eine Erklärung des Geschehens, geschweige denn für eine angemessene Beurteilung. Eine höchst verblüffende Deutung bietet Hannes Stein in seinem Buch *Moses und die Offenbarung der Demokratie.* »Was aber trieb den antisemitischen Pöbel beim Töten an?«, fragt der in Jerusalem lebende jüdische Autor. »Woher rührte die wütende Entschlossenheit, mit der man das auserwählte Volk vom Erdboden vertilgen wollte? So paradox es klingen mag, christliche Motive haben dabei keine Rolle gespielt. Der Apostel Paulus lehrte ja, dass die Juden als Zuschauer des göttlichen Heilsdramas dringend gebraucht wurden. Seit Kirchenvater Augustinus war dies offizielle Doktrin: Die Juden sind Zeugen für die Wahrheit des Alten wie des Neuen Testamentes. Unter dem Zeichen des Kreuzes haben sie darum Lebensrecht bis zu ihrer Bekehrung am Jüngsten Tag. So äußern die Chronisten (zur Zeit des ersten Kreuzzuges) dann auch keine Genugtuung über die Massaker; nicht einmal zwischen den Zeilen kommt Freude auf. Aber wenn sich der apokalyptische Judenhass nicht aus christlichen Quellen speiste, aus welchen Seelentiefen stieg er dann empor?«

Hannes Stein beantwortet diese Frage, indem er daran erinnert, dass für die Mehrzahl der Menschen im westlichen Europa gegen Ende des 11. Jahrhunderts die Christianisierung noch gar nicht lange zurücklag, nämlich höchstens drei, vier Generationen. Viele konnten sich noch an ihre heidnischen Großeltern entsinnen. Das Christentum habe in dieser kurzen Zeit eben nur die Körper mit brutaler

Gewalt unterworfen, nicht jedoch die Herzen erobert. Um seine These zu untermauern, führt Hannes Stein den Psychoanalytiker Sigmund Freud an, der in diesem geschichtlichen Zusammenhang wie folgt von den »Schlecht getauften« Völkern spricht:

»... unter einer dünnen Tünche von Christentum sind sie geblieben, was ihre Ahnen waren, die einem barbarischen Polytheismus (Vielgötterei) huldigten. Sie haben ihren Groll gegen die neue, ihnen aufgedrängte Religion nicht überwunden, aber sie haben ihn auf die Quelle verschoben, von der das Christentum zu ihnen kam. Die Tatsache, dass die Evangelien eine Geschichte erzählen, die unter den Juden und eigentlich nur von Juden handelt, hat ihnen eine solche Verschiebung erleichtert. Ihr Judenhass ist im Grunde Christenhass ...«

Inwieweit Hannes Stein mit seiner verblüffenden These den Kern der Wahrheit trifft, sei dahingestellt. Er wirkt auf mich jedenfalls ehrlicher im Bemühen, die wahren Hintergründe des Antisemitismus auszuloten, als die Erklärungen jener Historiker, die den Judenhass und die Massaker als mehr oder weniger zufällige Eruptionen einer grundsätzlich gewaltbereiten Bevölkerung in kritischer Zeit zu deuten und indirekt zu entschuldigen versuchen.

Woran jedoch kein Zweifel bestehen kann, ist der Mangel an Aufmerksamkeit, die diesen Ereignissen in den Geschichtswerken geschenkt wird. Sogar in gewichtigen, anerkannten Standardwerken geht die erdrückende Mehrzahl der Verfasser, auch jene von Rang und Namen in der Zunft der Historiker, mit einer Nonchalance über diese Blutbäder hinweg, dass man sich fragen muss, welche Geisteshaltung wohl hinter dieser Methode des Weglassens und Verschweigens stehen mag.

»Was hier in Mainz geschah«, schreibt Johannes Lehmann in *Die Kreuzfahrer – Abenteurer Gottes,* »steht nur stellvertretend für alle Toten, die ein Opfer des Glaubens, des Glaubensfanatismus oder einer Ideologie wurden. Den wenigsten Geschichtswerken gellen dabei die Ohren. Die *Illustrierte Weltgeschichte von den Anfängen bis zur Gegenwart* von Ploetz, das Standardwerk schlechthin, erwähnt auf 728 Seiten weder den ›Kreuzzug des Volkes‹ noch seine Judenpogrome; in Schulbüchern stehen farblose Sätze von ›Judenverfolgungen in Speyer, Worms, Mainz und Köln‹ und selbst moderne Monografien über die Kreuzzüge beschreiben meist nur (...) die traditionellen sieben Kreuzzüge und erwähnen das Blutbad an den rheinischen Juden höchstens mit ein paar Zeilen. Selbst die neuere Quellensammlung *Die Kreuzzüge in Augenzeugenberichten* findet auf 359 Seiten nur gerade eben auf zwei Seiten Platz, um unter der Überschrift ›Am Rande des Kreuzzuges: Die Räuber‹ auf völlig unzulängliche Art und Weise Berichte über die Judenverfolgungen unserer europäischen Geschichte zu zitieren.

Ich erwähne dies nicht, um die Juden jener Tage oder der Gegenwart hervorzuheben – sie waren damals nicht besser als heute und damit genau wie wir: Sie waren Opportunisten, die mit Geld bestachen, und Helden, als dies nichts nützte. Ich frage mich nur, warum die meisten Berichte dies auslassen. Vermutlich passt es manchen Leuten nicht in das Bild der Kreuzzüge, die man die »Bewährung des Glaubens in der Geschichte« genannt hat. Und wenn im Ploetz die Kreuzzüge mit dem Satz charakterisiert werden: »In den Kreuzzügen kommt die Einheit des christlichen Abendlandes, das Gut und Blut für eine religiöse Idee opfert, zu ihrem großartigsten Ausdruck«, so ist dies eben nur durch ein Weglassen möglich, das den tatsächlichen Ablauf glättet ...«

Der entschuldigende Hinweis, in jenen »rauen Zeiten« seien die Menschen nun mal in jeder Hinsicht brutaler miteinander umgegangen, verliert viel von seiner anfänglichen Überzeugungskraft, wenn man einen Blick auf die Kirche des Ostens und ihre Haltung zum Krieg im Namen der Religion wirft.

Schon die frühchristlichen Kirchenväter hatten keinen Zweifel daran gelassen, dass das Christentum eine Religion des Friedens ist und dass Krieg Massenmord bedeutet, der mit christlichen Grundsätzen nicht zu vereinbaren ist. Die Rechtsgelehrten der Ostkirche haben dies ganz besonders nachdrücklich vertreten und kundgemacht. Der heilige Basilios räumte beispielsweise ein, dass Soldaten zur Verteidigung nötig seien und dass diese auch Befehlen zu gehorchen hätten, erklärte aber dennoch jede Tötung für eine schwere Sünde und Schuld, für die der Soldat drei Jahre lang Buße tun müsse. Und wenn der byzantinische Soldat auch nicht als Mörder verachtet wurde, so trug ihm sein Beruf aber auch keinen Ruhm und kein hohes Ansehen ein – ganz im Gegensatz zu den Ländern der Westkirche.

»Der Tod auf dem Schlachtfeld galt nicht als glorreich und der Tod im Kampf gegen die Ungläubigen nicht als Märtyrertum; der wahre Märtyrer starb mit nichts anderem bewaffnet als mit seinem Glauben. Der Krieg gegen die Ungläubigen war ein bedauerliches, wiewohl zuzeiten unvermeidliches Vorkommnis; gegen die eigenen Christenbrüder in den Kampf zu ziehen, war doppelt verwerflich.

In der Tat ist die byzantinische Geschichte bemerkenswert frei von Angriffskriegen. Man gab friedlichen Methoden den Vorzug. Dem westlichen Geschichtsschreiber, der gewohnt ist, kriegerischen Heldenmut zu bewundern, erscheinen die Maßnahmen vieler byzantinischer Staatsmänner feige oder hinterhältig; aber ihr Beweggrund war zumeist der aufrichtige Wunsch, Blutvergießen zu vermeiden. Die Prinzessin Anna Komnene, eine der typischen Vertreterinnen der byzantinischen Geisteshaltung, gibt in ihrem Geschichtswerk klar zu verstehen, dass sie bei allem tief reichenden Interesse für militärische Fragen und bei aller Wertschätzung der kriegerischen Erfolge ihres Vaters doch den Krieg für etwas durchaus Schändliches hielt, für ein letztes Auskunftsmittel, wenn alles andere versagte, ja an sich bereits für ein Eingeständnis solchen Versagens.«

Es ist also nicht so, als wären ungewöhnlich hohe Gewaltbereitschaft und Kriegsverherrlichung in Verbindung mit dem Christentum sozusagen der gemeinsame Nenner des Mittelalters gewesen, dem sich keiner hätte entziehen können. Es gab zu allen Zeiten und in allen Ländern ausreichend Stimmen, die auf die erschreckende Diskrepanz zwischen Anspruch und Wirklichkeit des Christentums aufmerksam machten. Damals wie heute liegt es bei jedem Einzelnen, ob er auf diese Stimmen hört und sein Leben nach den Seligpreisungen Jesu auszurichten versucht – oder ob er sein Herz vor der Friedensbotschaft verschließt und zu einem jener religiösen Fanatiker wird, die vom Paradies reden, durch ihre Taten jedoch die Welt in eine Hölle verwandeln.

*

»Ich glaube, dass die oberste Pflicht des Historikers darin besteht, Geschichte zu schreiben, will sagen, zu versuchen, die großen Ereignisse und Bewegungen, welche die

Geschicke der Menschheit bestimmt haben, in einer umfassenden, mitreißenden Folge aufzuzeichnen«, schreibt Steven Runeiman im Vorwort seiner *Geschichte der Kreuzzüge*. Als Autor historischer Romane sehe ich mich in derselben Pflicht, Geschichte zu erklären, sie lebendig werden zu lassen und Zusammenhänge zwischen scheinbar längst abgeschlossenen Kapiteln der Geschichte und unserem heutigen Denken, Fühlen und Urteilen herzustellen. Aber auch der kreativste Geist, sei er nun Wissenschaftler, Sachbuchautor oder Romanschriftsteller, ist keine intellektuelle Insel, sondern baut vielmehr auf dem gesammelten Wissen und der Forschungsarbeit seiner Zeitgenossen und dem zusammengetragenen Material von Generationen vor ihm auf. Zudem ist er auf die Unterstützung zahlloser Experten mit ihrem Spezialwissen angewiesen, wenn seine Arbeit bei aller Eigenständigkeit von Erfolg gekrönt sein soll. Was die vielfältigen Quellen betrifft, aus denen ich geschöpft und Anregungen gefunden habe, so sind diese im Quellenverzeichnis aufgelistet.

Was die persönliche Unterstützung von wissenschaftlichen Experten angeht, so stehe ich bei den Mitarbeitern des Mainzer Stadtarchivs tief in der Schuld. Mein ganz besonderer Dank gilt dabei Herrn Friedrich Schütz, dem Leitenden Archivdirektor, der über das Thema »Die Juden in Deutschland« sowie die Mainzer Judenpogrome selbst schon mehrere Arbeiten publiziert hat. Er öffnete mir nicht nur mit großem Interesse für mein Romanprojekt sein Archiv, das einem Laien oft genug doch wie ein verwirrendes Labyrinth mit unergründlichen Tiefen vorkommt, sondern stellte mir für meine Recherchen auch seine kundigen Mitarbeiter – Frau Doris Braun sowie die Herren Wolfgang Jung und Wolfgang Dobras hilfreich zur Seite. Auch während der langen Monate der Niederschrift half mir Herr Schütz in zahlreichen transatlantischen Telefongesprächen immer wieder geduldig mit seinem profunden Wissen über das Leben im Mittelalter im Allgemeinen und in Mainz im Besonderen und mit seinem Rat. Sollten sich dennoch Fehler in meinen Roman eingeschlichen haben, so habe allein ich dies zu verantworten.

Danken möchte ich an dieser Stelle auch Herrn Leon W. Topf, dessen gleichnamige Stiftung zum Andenken seiner Eltern und Großeltern, die im Konzentrationslager der Nazis Opfer des Holocaust wurden, die Finanzierung des Buches *Tora, wer wird dich nun erheben?* von Simon Hirschhorn möglich gemacht hat. Denn erst die Lektüre dieses Buches über die religiösen Dichtungen der Juden aus dem mittelalterlichen Mainz hat mich vor gut vier Jahren mit den Judenpogromen zur Zeit des ersten Kreuzzuges vertraut gemacht und mich dazu veranlasst, diesen Roman zu schreiben. Zudem stellte Herr Topf freundlicherweise die Verbindung zu Herrn Friedrich Schütz her, die sich für meine Arbeit als so fruchtbar erwiesen hat.

Rainer Maria Schröder *im März 1999*

Zeittafel

768 Karl der Große wird in Aachen zum König gekrönt.

800 Kaiserkrönung Karls des Großen in Rom

1054 Heinrich IV. wird als Kind in Aachen zum König gekrönt. Erst elf Jahre später wird er mündig.

1076 Auf dem Reichstag in Worms erklärt Heinrich Papst Gregor VII., mit dem er verfeindet ist, für abgesetzt. Papst Gregor VII. antwortet drei Wochen später auf die »Absetzung«, indem er Heinrich exkommuniziert (Investiturstreit).

1077 Heinrich IV. ist zum Bußgang nach Canossa gezwungen, wo Papst Gregor am 25. Januar den Kirchenbann wieder aufhebt.

1095 Moslemische Seldschuken haben große Gebiete von Kleinasien erobert. Alexios I., der oströmische Kaiser in Konstantinopel, wendet sich an Papst Gregor mit der Bitte um militärische Hilfe.

27. Nov. 1095 Papst Urban II. hält seine Rede, die zum ersten Kreuzzug führt, am Stadtrand von Clermont anlässlich eines Konzils.

12. April 1096 Am Ostersamstag trifft Peter der Einsiedler mit seinem Kreuzfahrerheer in Köln ein.

20. April 1096 Mit einem Heer, das auf gut 20.000 Personen angewachsen ist, verlässt der Wandermönch und Kreuzzugsprediger Köln.

3. Mai 1096 Graf Emicho von Leiningen erreicht mit seinem Kreuzfahrerheer Speyer und überfällt die dortige jüdische Gemeinde. Mindestens elf Juden finden den Tod.

18.–20. Mai 1096 Graf Emicho fällt mit seiner Truppe

in Worms ein. Massenmord an den Juden. Etwa 800 von ihnen finden den Tod.

25. Mai 1096 Die Kreuzfahrer stehen vor den Toren von Mainz.

27. Mai 1096 Die Kreuzfahrer dringen in die Stadt ein und erobern nach kurzem Kampf die befestigte Residenz des Erzbischofs wie auch das befestigte Anwesen des Burggrafen. Zwischen 1.000 und 1.200 Juden werden niedergemetzelt oder sterben von eigener Hand.

28. Mai 1096 Rabbi Kalonymos ben Meschullam flüchtet mit 53 Juden, die sich während des Massakers im Secretarium der Bischofsresidenz verstecken konnten, nach Rüdesheim, wo Erzbischof Ruthard sie zu schützen verspricht.

ca. 1. Juni 1096 Der Erzbischof kann oder will die Juden nicht länger vor den Kreuzfahrern schützen. Er stellt sie vor die Wahl: »Taufe oder Tod.« Rabbi Kalonymos, seine Familie und ein Großteil seiner Landsleute ziehen den Freitod zur Heiligung des göttlichen Namens vor.

1.–27. Juni 1096 Überfälle der Kreuzfahrer auf die jüdischen Gemeinden von Köln, Trier, Neuß, Wevelinghofen, Eller und Xanten

30. Juni 1096 Massaker an den Juden in Prag

Juli/August 1096 Graf Emicho erreicht Ungarn. Nach einigen Scharmützeln stellt er sich mit seinem Heer den Truppen des ungarischen Königs zur Schlacht. Die Kreuzfahrer werden vernichtend geschlagen. Graf Emicho und einigen anderen Rittern gelingt die Flucht zurück nach Deutschland.

7. Juni 1099 Drei Jahre nach seinem Aufbruch erreicht das Kreuzfahrerheer unter Gottfried von Bouillon Jerusalem.

15. Juli 1099 Nach Wochen der Belagerung überwinden die Kreuzfahrer die Mauern, dringen in Jerusalem ein, erobern die Stadt – und richten ein entsetzliches Blutbad unter der Bevölkerung an.

29. Juli 1099 Papst Urban II. stirbt in Rom.

1117 Der grausame Fanatiker Graf Emicho stirbt in seiner Heimat. Das Heilige Land hat der Massenmörder nie erreicht.

1147–1149 Zweiter Kreuzzug, nach Aufruf durch Papst Eugen III.

1189–1192 Dritter Kreuzzug, an dem sich Kaiser Friedrich Barbarossa, König Richard Löwenherz von England und König Philipp II. August von Frankreich beteiligen.

1202–1204 Vierter Kreuzzug, nach Aufruf durch Papst Innozenz III. Er endet mit der Plünderung Konstantinopels.

1228–1229 Fünfter Kreuzzug unter Kaiser Friedrich II. Durch Vertrag mit dem ägyptischen Sultan al-Kamil Rückgabe von Jerusalem für zehn Jahre und Krönung Friedrichs II. zum König von Jerusalem.

1248–1254 Sechster Kreuzzug. König Ludwig IX. greift Ägypten an, um Jerusalem zu befreien, wird vor Kairo jedoch geschlagen und gefangen genommen und zieht sich nach Zahlung von Lösegeld nach Akkon zurück. Von dort aus herrscht er über Palästina.

1270–1275 Siebter Kreuzzug. König Ludwig IX. unternimmt seinen zweiten Kreuzzug, stirbt jedoch in Tunis. Das Unternehmen wird abgebrochen.

1291 Die christliche Festung Akkon in Palästina wird von Sultan al-Aschraf erobert. Die Christen räumen das Heilige Land. Von den Kreuzfahrerstaaten kann sich nur noch Zypern halten, das 1489 an Venedig fällt.

Worterklärungen

Allmende: Ländereien, meist aus Weide, Wald oder Ödland bestehend, die den Mitgliedern einer Gemeinde zur gemeinschaftlichen Nutzung zustehen
Anger: grasbewachsener Platz in einem Dorf
Atrium: offener Innenhof eines Hauses
Bergfried: Hauptturm der mittelalterlichen Burg, stand meist frei im Burghof. Er diente zur Verteidigung oder als letzter Zufluchtsort, war aber nicht zum Wohnen eingerichtet.
beschnitten: Ein Junge, an dem die Beschneidung der Vorhaut vorgenommen wurde, ist beschnitten. Im Judentum wird jeder Junge am achten Tag nach der Geburt durch Beschneidung in den »Bund Abrahams« eingeführt, als Zeichen für den Bund zwischen dem Volk Israel und seinem Gott. Dies ist ein feierlicher Akt, bei dem mindestens zehn jüdische Männer anwesend sein sollten.
byzantinisch: zum Byzantinischen Reich gehörend (abendländische Bezeichnung für das Oströmische Reich)
Diözese: Amtsgebiet eines katholischen Bischofs
Etter: Dorfzaun, der den Wohnbereich von den umgebenden Feldern abschloss. Er sollte das Eindringen wilder Tiere und das Davonlaufen der Haustiere verhindern.
Feste: befestigte Burg, Festung
Fronhof: Herrenhof (Wohn- und Wirtschaftsgebäude), der vom Grundherrn selbst oder von einem Verwalter geführt wurde. Dazu gehörten auch die Bauerngüter, die vom Grundherrn zu Lehen ausgegeben waren.
Gau: landschaftlicher Bezirk, oft identisch mit einer Grafschaft

Gewannflur: in mehrere Streifen aufgeteilter, allen Bauern eines Dorfes zustehender Teil der Flur (des offenen, nicht bewaldeten Kulturlandes)

Horen: (von lat. hora, Stunde) die acht Zeiten des Stundengebets in der katholischen Kirche

Hörigkeit: Im Mittelalter gehörte der überwiegende Teil des bäuerlich bewirtschafteten Bodens den adligen oder kirchlichen Grundherren; diese Grundherren überließen ein Bauerngut einem freien Bauern zur Bewirtschaftung, der dadurch zum Hörigen wurde. Der Hörige musste dafür Abgaben in Form von Naturalien oder Geld sowie Dienstleistungen erbringen. Die abhängigen Bauern gehörten, auch wenn sie selbstständig wirtschafteten, zum Haus- und Hofverband des Grundherrn. Sie waren dem Hofrecht des Herrn unterworfen.

Hufe: mittelalterliche Bezeichnung für die Hofstätte (Hütte und Stall) der bäuerlichen Familie mit Ackerland und Nutzungsrecht an der Allmende. Bauern wurden deshalb auch als »Hufner« bezeichnet.

Jahwe: hebräischer Name des Gottes Israels

Jeschiwa: Talmudschule. Hier lernen jüdische Jungen (Mindestalter 13 Jahre) den Talmud.

Karl der Große (747–814): König der Franken (seit 768) und Langobarden (seit 774) und Römischer Kaiser (seit 800). Zum ersten Mal in der Geschichte vereinte er alle germanischen Stämme zu einem Reich. Er führte die Dreifelderwirtschaft ein und ließ viele Kloster- und Domschulen bauen, in denen Kinder von freien Bauern und Handwerkern in Religion, Lesen und Schreiben unterrichtet wurden.

Kemenate: mit einem Kamin ausgestattetes Wohngemach in mittelalterlichen Burgen

Kirchenbann: Ein Bann bedeutete im mittelalterlichen Recht den Ausschluss aus einer Gemeinschaft. Einen Bann konnte z. B. der König aussprechen, aber auch der Papst, indem er jemanden aus der Kirche ausschloss (Exkommunikation). Ein berühmtes Beispiel für einen Kirchenbann ist mit dem Gang König Heinrichs IV. nach Canossa verbunden, den er tun musste, um vom dort weilenden Papst die Lösung vom Kirchenbann zu erbitten (im Jahre 1077).

Kleriker: Angehöriger des Klerus, also des katholischen Priesterstandes

Konzil: Versammlung von Bischöfen und anderen kirchlichen Amtsträgern zur Erörterung und Entscheidung theologischer und kirchlicher Fragen

Koran: das Heilige Buch des Islam, das die Offenbarungen enthält, die der Prophet Mohammed zwischen 608 und 632 in Mekka und Medina verkündete. Den Muslimen gilt der Koran als Wort Gottes.

Lehen: Besitz (meistens Grundbesitz), der vom Lehnsherrn (König oder Fürst) an einen Lehnsmann »Verliehen« wird. Die Lehnspflicht besagt, dass der Lehnsmann zu Dienst (z. B. Kriegsdienst, Zinszahlungen) und Treue gegenüber dem Lehnsherrn verpflichtet ist; umgekehrt muss der Lehnsherr seine Lehnsleute schützen.

Lehnsherr: siehe Lehen

Magenza: Name für die jüdische Gemeinde von Mainz

Mark (gemeine): Bezeichnung für die Feldflur, die gemeinschaftlich benutzt wurde

Masada: So heißt ein hohes Felsplateau am Toten Meer, auf dem König Herodes 36–30 v. Chr. eine Festung bauen ließ. Im Jahr 65 n. Chr. fanden dort oben 967 Juden Zuflucht vor den Römern. Nach langer Belagerung durch ein römisches Heer bauten die Römer eine Rampe, um die

Festung zu stürmen. Als damit ihr Widerstand aussichtslos war, begingen die Juden Massenselbstmord.

Matze: Fladenbrot ohne Sauerteig oder Hefe, wie es die Juden am Pessachfest essen. Pessach soll die Erinnerung an den Auszug der Juden aus Ägypten wachhalten. Während der acht Pessachfeiertage ist es verboten, Gesäuertes zu essen. Dies soll daran erinnern, dass die Juden, als sie Ägypten verließen, keine Zeit hatten, Sauerteig für das Brot vorzubereiten, und deshalb nur ungesäuertes Brot essen konnten.

Menora: siebenarmiger Kerzenleuchter, ein altes jüdisches Symbol

Mohammed (570–632): Stifter des Islam. Er fühlte sich zum gottgesandten Propheten erwählt, der die Araber zum Islam führen sollte. Seine Offenbarungserlebnisse fanden Niederschlag im Koran.

monastisch: klösterlich

Munt: Im germanischen Recht war dies das Herrschaftsrecht eines Haus- oder Grundherrn. Wer unter der Munt stand, genoss den Schutz des Muntinhabers, er war aber auch dessen Herrschaft unterworfen. So standen z. B. die Ehefrau, die Kinder und das Gesinde unter der Munt des Hausherrn.

Muselmanen: veraltetes Wort für Moslems, Muslime (Anhänger des Islam)

Muslim: Anhänger des Islam

Novize: jemand, der in einem Kloster eine mindestens einjährige Erprobungs- und Vorbereitungszeit verbringt, bevor er die öffentlichen Gelübde ablegt

Oheim: veraltetes Wort für Onkel

Okkultist: Anhänger des Okkultismus, also der Lehren von übersinnlichen, nach Naturgesetzen nicht erklärbaren Kräften und Dingen

Palas: Hauptgebäude der mittelalterlichen Burg mit Wohn- und Festsaal

Prior: Vorsteher eines Mönchsklosters

Rabbi: im Judentum ein Ehrentitel, mit der Bedeutung »verehrter Lehrer, Gelehrter«

Rabbiner: jüdischer Schriftgelehrter; geistliches Oberhaupt einer jüdischen Gemeinde, die er auch nach außen vertritt

Reliquie: Gegenstände (Gebeine, Asche, Kleider oder Gebrauchsgegenstände), die einem Heiligen gehört haben und deshalb verehrt werden (durch Prozessionen, Berührung oder Kuss)

Sabbat: der siebte Tag der Woche, ein Tag der Ruhe und der Heiligung zur Erinnerung an die göttliche Weltschöpfung. Der Sabbat beginnt am Freitagabend, bei Sonnenuntergang. Dann zündet die Frau des Hauses zwei Lichter an und der Hausherr segnet Wein, indem er darüber den Kiddusch (Segen) spricht. Den ganzen Sabbat über darf nicht gearbeitet werden, bis zum Sonnenuntergang am Samstagabend.

Sarazenen: Ursprünglich war dies der Name eines auf der Arabischen Halbinsel lebenden arabischen Stammes, doch später wurde er auf alle Araber übertragen.

Schalom: hebräisches Wort für »Friede«; jüdischer Gruß

Scharwerk: Arbeiten, die von mehreren Leuten (einer »Schar«) abwechselnd für einen Grundherrn zu leisten waren (z. B. Mithilfe bei Aussaat und Ernte, Brot backen, Bier brauen, Straßenbau, Burgenbau, Botengänge)

Scholaren: Schüler einer Kloster-, Stifts- oder Domschule

Scholle: nutzbares Stück Erdboden, Ackerland

Secretarium: eine Art Schatzkammer; unterirdischer

Raum, ähnlich einer Sakristei, zur Aufbewahrung wertvoller kirchlicher Gegenstände

Siwan: dritter Monat (Mai/Juni) im jüdischen Festjahr

Skriptorium: mittelalterliche Klosterschreibstube; hier wurden vor allem Bücher handschriftlich kopiert, da es noch keinen Buchdruck gab.

Spanndienste: Transportdienste; sie gehörten zum Scharwerk, das von Hörigen für den Grundherrn zu leisten war. Dabei hatten die Hörigen auch die Zugtiere zur Verfügung zu stellen.

Synagoge: Gebäude, in dem sich die jüdische Gemeinde zum Gebet versammelt.

Tallit: Gebetsmantel; viereckiges, mit Quasten versehenes Tuch, das die Juden bei religiösen Verrichtungen anlegen

Talmud: Name der beiden großen, zu den heiligen Schriften zählenden Literaturwerke des Judentums (Mischna und Gemara). Beide sind in einem langen Prozess mündlicher und schriftlicher Überlieferung entstanden.

Vagant: im Mittelalter ein umherziehender Sänger oder Musikant; oder jemand, der aus Gefallen am ungebundenen Leben auf Wanderschaft war

Vigil: nächtliches Gebet, das zur Gebetsordnung eines Klosters gehörte

Vogelfrei: Dieses Wort hat die Bedeutung »den Vögeln zum Fraß freigegeben wie ein Gehenkter«; es meint, dass jemand im Zustand völliger Rechts- und Schutzlosigkeit lebt. Einem Straftäter für vogelfrei zu erklären, das hieß: Niemand durfte ihn unterstützen, beherbergen, ernähren, jeder konnte ihn straflos töten.

Zehnt: Jeder, ob höriger Bauer oder Grundbesitzer, musste einmal jährlich den zehnten Teil seiner Erträge an die Pfarrkirchen abführen.

Zwinger: Bei einer mittelalterlichen Stadt hieß so der Zwischenraum zwischen Stadtmauer und Graben. Auch der umschlossene Raum zwischen äußerer und innerer Ringmauer einer Burg wurde Zwinger genannt.

Quellenverzeichnis

Zum Thema *Glaube und Leben im Judentum:*

Benyamin Z. Barslai: *Aus den Tiefen rufe ich zu Dir – jüdische Gebete,* Gütersloher Verlagshaus 1992

Arnulf H. Baumann (Hrsg.): *Was jeder vom Judentum wissen muss,* Gütersloher Verlagshaus 1991

Schalom Ben-Chorin: *Bruder Jesus – Der Nazarener aus jüdischer Sicht*, dtv 1997

Barbara Beuys: *Heimat und Hölle – jüdisches Leben in Europa durch zwei Jahrtausende,* Rowohlt Verlag 1996

A. Dresdner /L. Lewinski und J. Atonius (Hrsg.): *Regesten der Geschichte der Juden,* Verlag von Leonhard Simion 1902

Georg Fohrer: *Glaube und Leben im Judentum,* Quelle & Meyer Verlag 1991

Friedrich Gölz: *Gehören die Christen zu Gottes Volk?,* Quell Verlag 1996

Monika Grübel: *Judentum,* DuMont Verlag 1996

Joyce Hannover: *Gelebter Glaube – Die Feste des jüdischen Jahres,* Gütersloher Verlagshaus 1992

Simon Hirschhorn: *Tara, wer wird dich nun erheben? – Pijutim Magenza, Religiöse Dichtungen der Juden aus dem mittelalterlichen Mainz,* Bibliotheca Judaica, Verlag Lambert Schneider 1995

Sharon R. Keller (Hrsg.): *Judentum in Literatur und Kunst,* Könemann Verlag 1995

Israel M. Lau: *Wie Juden leben – Glaube, Alltag, Feste*, Gütersloher Verlagshaus 1993

Johann Maier/Peter Schäfer: *Kleines Lexikon des Judentums,* Verlag Katholisches Bibelwerk 1981

Siegmund Salfeld (Hrsg.): *Das Martyrologium des Nürnberger Memorbuches,* Verlag von Leonhard Simion 1898

Konrad Schilling: *Monumenta Judaica – 2000 Jahre Geschichte und Kultur der Juden am Rhein,* Stadt Köln 1963

Kurt Schuber: *Die Religion des Judentums,* Benno Verlag 1992

Hershel Shanks (Hrsg.): *Christianity and Rabbinie Judaism,* Biblical Archaeology Society, Washington, D.C. 1992

Rabbi Rami M. Shapiro: *Die Worte der Weisen sind glühende Kohlen – Das kleine Buch der jüdischen Weisheit,* Wolfgang Krüger Verlag 1995

Friedrich Schütz: *Die Geschichte des Mainzer Judenviertels,* Sonderdruck *Juden in Deutschland,* hrsg. von Michael Matheus, Franz Steiner Verlag 1995

Friedrich Schütz: *»Wo ist Deine frühere Gnade, Herr?«,* in: Allgemeine Zeitung Mainz vom 1. Juni 1996

Hannes Stein: *Moses und die Offenbarung der Demokratie,* Rowohlt Verlag 1998

Alexander Surikow: *Brot des Lebens – Salz der Erde,* Gütersloher Verlagshaus 1993

Dieter Vetter: *Die Wurzel des Ölbaums – Das Judentum,* Herder Verlag 1996

Zum Thema ***Geschichte der Kreuzzüge:***

W. Michael Blumenthal: *The Invisible Wall – Germans and jews,* Counterpoint Washington 1997

Dieter Breuers: *Sterben für Jerusalem – Ritter, Mönche, Muselmanen und der Erste Kreuzzug,* Lübbe Verlag 1997

Robert Chazan: *In The Year 1096 – The First Crusade & The Jews,* The Jewish Publication Society, Philadelphia 1996

Robert Chazan: *European Jewry and the First Crusade,* University of California Press 1996

Johannes Lehmann: *Die Kreuzfahrer – Abenteurer Gottes*, C. Bertelsmann Verlag 1976

S. Neubauer, M. Stern (Hrsg.): *Hebräische Berichte über die Judenverfolgungen während der Kreuzzüge*, Verlag von Leonhard Simion 1892

Steven Runciman: *Geschichte der Kreuzzüge*, Verlag C.H.-Beck 1995

Zum Thema *Leben im Mittelalter*:

Arnold Angenendt: *Geschichte der Religiosität im Mittelalter*, Primus Verlag 1997

Arnold Angenendt: *Heilige und Reliquien – Die Geschichte ihres Kultes vom frühen Christentum bis zur Gegenwart*, Verlag C.H.Beck 1997

Arnold Angenendt: *Das Frühmittelalter*, Verlag W. Kohlhammer 1995

G. Althoff/H.-W. Goetz/E. Schubert: *Menschen im Schatten der Kathedrale – Neuigkeiten aus dem Mittelalter*, Primus Verlag 1998

Dieter Breuers: *Ritter, Mönch und Bauersleut*, Lübbe Verlag 1994

Anton Brück/Ludwig Falck: *Geschichte der Stadt Mainz*, Walter Rau Verlag o. J.

Heinrich Brühl: *Mainz, geschichtlich, topografisch und malerisch dargestellt*, Florian Kupferberg Verlag 1829

Evamaria Engel: *Die deutsche Stadt des Mittelalters*, Verlag C.H.Beck 1993

Edith Ennen: *Frauen im Mittelalter*, Verlag C.H. Beck 1999

Everyday Faith in the Middle Ages, Christian History, Issue 49 (Val. XV, No.1)

Ludwig Falck: *Mainz im frühen und hohen Mittelalter*, Walter Rau Verlag o. J.

Norman Foster: *Die Pilger – Reiselust in Gottes Namen,* Wolfgang Krüger Verlag 1982

Christopher Gravett/Brett Breckon: *Die Welt der Ritter,* Carlsen Verlag 1997

Richard Kieckhefer: *Magie im Mittelalter,* Verlag C.H.Beck 1992

Bernhard Lang: *Heiliges Spiel – Eine Geschichte des christlichen Gottesdienstes,* Verlag C.H.Beck 1998

David Macaulay: *Es stand einst eine Burg*, dtv 1998

Norbert Ohler: *Pilgerleben im Mittelalter – Zwischen Andacht und Abenteuer,* Herder Verlag 1994

Norbert Ohler: *Sterben und Tod im Mittelalter,* Artemis Verlag 1990

Werner Rösener: *Bauern im Mittelalter,* Verlag C.H.Beck 1991

Heinrich Schipperges: *Die Kranken im Mittelalter,* Verlag C.H.Beck 1993

Wilhelm Volkert: *Adel bis Zunft – Ein Lexikon des Mittelalters,* Verlag C.H.Beck 1991

Cornelius Will (Hrsg.): *Regesten zur Geschichte der Mainzer Erzbischöfe 742?–1514,* Verlag der Wagnerschen Universitäts-Buchhandlung 1877

Zum Thema *Christliche Theologie sowie Diverses:*

Christ in der Gegenwart, Ausgaben 1998: Nr. 46, Nr. 49; Ausgaben 1999: Nr. 3, Nr. 5, Nr. 6, Nr. 12

Norbert Forsch: *Wanderführer Hunsrück,* Deutscher Wanderverlag Dr. Mair & Schnabel & Co. 1995

Manfred Heim: *Kleines Lexikon der Kirchengeschichte,* Verlag C.H. Beck 1998

Hunsrückverein e. V. (Hrsg.): *Hunsrück – Landesgeschichtlicher Exkursionsführer,* Verlag Arbogast 1993

Gerd-Klaus Kaltenbrunner: *Dionysius vom Areopag – Das Unergründliche, die Engel und das Eine,* Die Graue Edition 1996

Franz Kamphausen: *Wenn Gott zur Welt kommt,* Herder Verlag 1992

Monostisches Lektionar – Die Feier des Stundengebetes, EOS Verlag St. Ottilien 1981

Bill Moyers: *Genesis – A Living Conversation,* Doubleday 1996

Namenkunde – Vor- und Familiennamen im deutschen Sprachgebrauch, dtv-Atlas, dtv 1998

Joseph Kardinal Ratzinger: *Salz der Erde, Christentum und katholische Kirche an der Jahrtausendwende,* Deutsche Verlags-Anstalt 1996

Kurt Rommel: *Afra, Candidus und Fridolin – Kirchennamen und biblische Zahlen,* Quell Verlag 1998

Wolfram Runkel: *Schach – Geschichte und Geschichten,* Wunderlich Verlag 1995

Andrea Schwarz: *Die Sehnsucht ist größer, Vom Weg nach Santiago de Compostela – Ein geistliches Tagebuch,* Herder Verlag 1998

Leo Tolstoi: *Wahrheit will gefunden werden – Aufzeichnungen eines Gottsuchers,* Benziger Verlag 1998

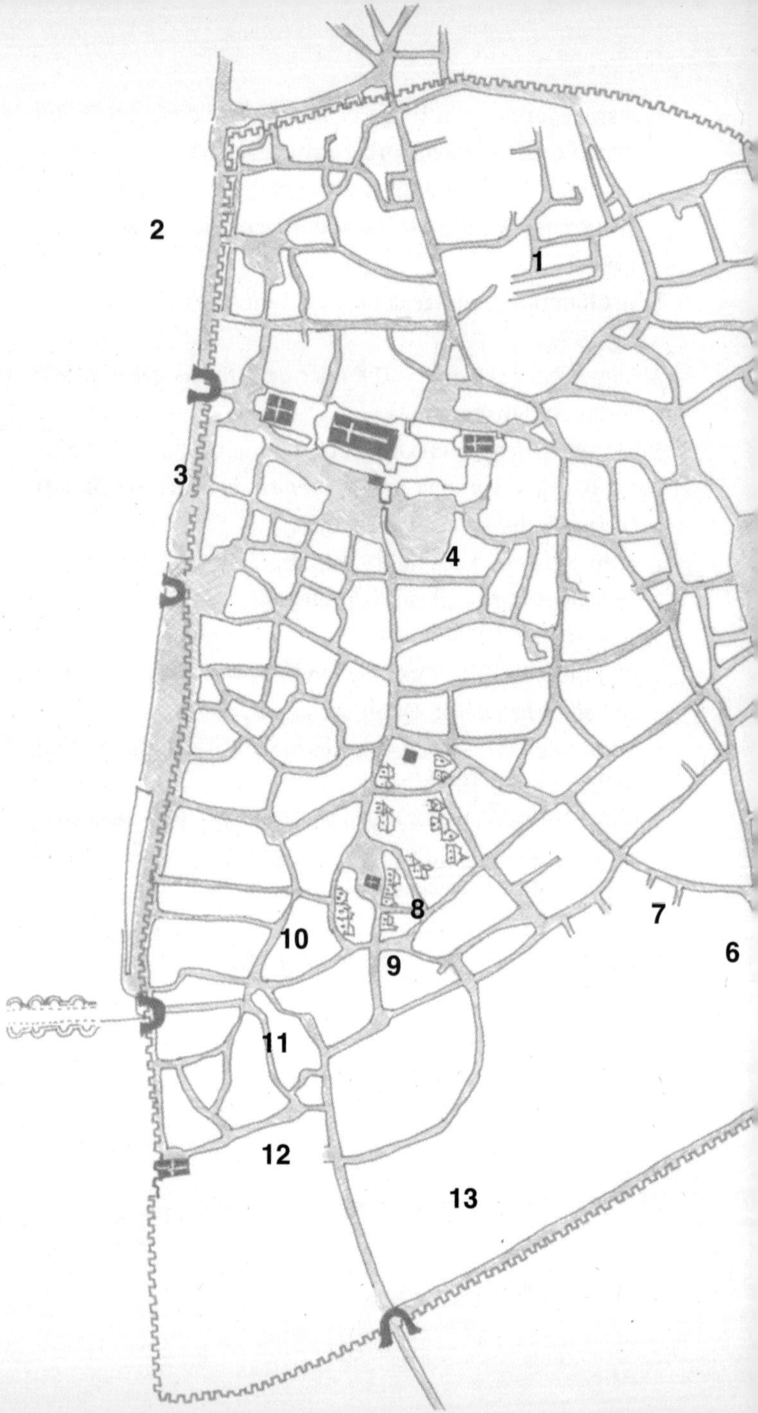

2
1
3
4
8
7
6
10
9
11
12
13

Mainz im frühen und hohen Mittelalter

1 Kästrich
2 Gautor
3 St. Stephan
4 Dietmarkt
5 Maria unter den Juden
6 Flachsmarkt
7 Synagoge
8 Bischofshof
9 Markt
10 St.-Martin-Domstift
11 St. Marien auf den Staffeln
12 Fischtor
13 Eisentor
14 Brückenpfeiler (Reste der ehem. Rheinbrücke)
15 Mühlpforte
16 Altmünster Tor

Weinberge

vermutete Ausdehnung des Judenviertels

Köln
Rhein
Ahrgebirge
Eifel
Taunus
Mosel
Rüdesheim
Mainz
Kirchberg
Ravengiersburg
Hunsrück
Pill
Soonwald
Stromberg
Rhein
Trier
Idarwald
Lerchenberger
Wald
Nahe
Hochwald
Worms
Saar
Speyer
Haardt

Rainer M. Schröder

Das Geheimnis der weißen Mönche

Der junge Jakob Tillmann hat den todkranken Bruder Anselm ins Kloster Himmerod gebracht. Nicht in seinen kühnsten Träumen hätte er sich ausgemalt, in welche Gefahr er sich damit begibt. Denn einige sehr ehrgeizige Kirchenmänner wollen wissen, was ihm der sterbende Bruder Anselm anvertraut hat – doch Jakob ist völlig ahnungslos, nach welcher Information sie suchen ...

Arena

Auch als E-Book erhältlich

480 Seiten • Arena-Taschenbuch
ISBN 978-3-401-50854-2
www.arena-verlag.de

Rainer M. Schröder

Tage der Finsternis

Himmerod, ein uraltes Kloster im einsamen Salmtal. Ein Ort der Stille und des Friedens. Doch hinter den dicken Mauern geht Entsetzliches vor sich. Warum hat sich Bruder Paulinus von der Orgelempore in den sicheren Tod gestürzt? Und was steckt wirklich hinter der Schändung des Klosteraltars? Der junge Bruder Thomasius macht sich an die Ermittlungen: Je tiefer er gräbt, desto rätselhafter wird das Geheimnis.

Auch als E-Book erhältlich

Arena

208 Seiten • Klappenbroschur
ISBN 978-3-401-50811-5
www.arena-verlag.de